Über dieses Buch ›Canopus‹ im Sternbild des ›Argos‹ bildet das Zentrum eines unermeßlichen Sternenreiches. Es ist die Heimat einer sanften Macht, einer großartigen und wohlwollenden Intelligenz, die ihr Reich durch Ausstrahlungen psychischer Macht gewaltlos steuert und kontrolliert.
Ein ferner, relativ unbedeutender Planet dieses Reiches heißt ›Rohanda‹, die »Blühende«: ein paradiesischer Ort tiefen Friedens. Durch einen genetischen Eingriff der Intelligenz von ›Canopus‹ sind hier aus affenähnlichen Vorfahren Menschen geworden, die sich vielversprechend entwickeln. Eine geringfügige Abweichung in der kosmischen Konstellation verändert jedoch das Schicksal ›Rohandas‹, unserer Erde, und aus der »Blühenden« wird ›Shikasta‹, die »Verletzte«, die »Zerstörte«. Die Ausstrahlungen von ›Canopus‹ erreichen den fernen Planeten nicht mehr – und ›Shammat‹, der kosmische Gegenspieler von ›Canopus‹, gewinnt Einfluß auf die Menschen.
Jetzt kommen nur noch selten Gesandte von ›Canopus‹ zu den Menschen auf ›Shikasta‹, um sie zu belehren und um ihre Entwicklung schriftlich zu fixieren. Einer von ihnen ist Johor, der Hauptberichterstatter dieses Buches. Nach dem großen Bruch mit ›Canopus‹ setzt die Geschichte der Erde, wie wir sie kennen, ein.
Was Doris Lessing hier entwirft, ist nichts Geringeres als eine Menschheitsgeschichte, gesehen mit den Augen einer zeitlosen, Jahrtausende mühelos durchschreitenden, gütigen Intelligenz. Es ist eine phantastische, zutiefst moralische Geschichte, eine Vision von Zorn und Trauer.

Die Autorin Doris Lessing, 1919 in Persien geboren, wuchs auf einer Farm in Südrhodesien auf und kam im Alter von dreißig Jahren nach England, wo sie 1950 ihren ersten Roman publizierte. In Deutschland erlangte sie erst durch die Veröffentlichung ihres Hauptwerks ›Das goldene Notizbuch‹ im Jahre 1978 Berühmtheit. Heute zählt Doris Lessing zu den bedeutendsten Schriftstellerinnen der Gegenwart.
Der Zyklus ›Canopus im Argos‹ besteht aus folgenden fünf Bänden: ›Shikasta‹; ›Die Ehen zwischen den Zonen Drei, Vier und Fünf‹; ›Die sirianischen Versuche‹; ›Die Entstehung des Repräsentanten von Planet 8‹; ›Die sentimentalen Agenten im Reich Volyen‹.

Die Bände von Doris Lessing im Fischer Taschenbuch Verlag finden Sie auf der letzten Seite in diesem Band.

Doris Lessing

Canopus im Argos: Archive
Betr.: Kolonisierter Planet 5

Shikasta

Persönliche, psychologische und
historische Dokumente zum Besuch
von JOHOR (George Sherban)

Abgesandter (Grad 9)
87. Periode der Letzten Tage

Roman

Aus dem Englischen von Helga Pfetsch

Indem sie mir Auskünfte gaben, Fragen beantworteten,
Textstellen lasen, haben Ardagh, Michel Bodmer,
Karin Graf, Heile Kessler, Gertraude Krüger,
Doris Lessing, Frank Pfetsch,
Rolf-Dieter Splitthoff und Elke Wehr
mir zur Übersetzung dieses Buchs geholfen.
Ich möchte ihnen herzlich dafür danken.

Helga Pfetsch

17.–19. Tausend: April 1989

Ungekürzte Ausgabe
Veröffentlicht im Fischer Taschenbuch Verlag GmbH,
Frankfurt am Main, Oktober 1987

Die englische Originalausgabe erschien 1979 unter dem Titel
›Canopus in Argos: Archives. Re: Colonised Planet 5, Shikasta‹
im Verlag Jonathan Cape Ltd., London.
© 1979 Doris Lessing
Für die deutsche Ausgabe:
© 1983 S. Fischer Verlag GmbH, Frankfurt am Main
Umschlaggestaltung: Jan Buchholz / Reni Hinsch
Illustration von Wolfgang Rudelius
Gesamtherstellung: Clausen & Bosse, Leck
Printed in Germany
ISBN 3-596-29146-1

*Für meinen Vater,
der Stunde um Stunde,
Nacht um Nacht
vor unserem Haus in Afrika saß
und die Sterne beobachtete.
»Na ja«, pflegte er zu sagen,
»wenn wir uns selbst in die Luft jagen:
da, wo wir herkommen,
gibt's noch mehr als genug!«*

EINIGE VORBEMERKUNGEN

Als ich *Shikasta* zu schreiben begann, glaubte ich, es würde ein einziges, in sich abgeschlossenes Buch werden, und wenn ich damit fertig wäre, hätte ich auch das Thema abgehandelt. Doch während ich schrieb, strömten mir Ideen für weitere Bücher, weitere Geschichten zu, und mich ergriff das Hochgefühl, das man empfindet, wenn sich der Zugang zu einem größeren Zusammenhang mit umfassenderen Möglichkeiten und Themen auftut. Es war klar, daß ich eine völlig neue Welt geschaffen – oder entdeckt – hatte, ein Reich, in dem die unbedeutenden Geschicke von Planeten oder gar Individuen nur Aspekte einer kosmischen Evolution sind, die sich in den Rivalitäten und Interaktionen großer galaktischer Imperien ausdrücken: Canopus, Sirius und ihres Feindes, des Imperiums Puttiora mit seinem Verbrecherplaneten Shammat. Ich habe das Gefühl, jetzt die Freiheit zum Experimentellen genauso zu haben wie zum Traditionellen, ganz nach Belieben: Der nächste Band dieser Folge, *Die Ehen zwischen den Zonen Drei, Vier und Fünf* (*The Marriages Between Zones Three, Four and Five*), ist ein Märchen oder ein Mythos geworden. Und, erstaunlicherweise, viel realistischer.

Es ist inzwischen fast banal zu sagen, daß Schriftsteller überall die Grenzen des realistischen Romans durchbrechen, denn alles, was wir um uns herum sehen, wird täglich abenteuerlicher, phantastischer, unglaublich. Früher, und so lange ist das noch nicht her, konnte man Romanautoren vielleicht der Übertreibungen, des Überstrapazierens von Zufällen und Unwahrscheinlichkeiten bezichtigen. Heute hört man Romanautoren klagen, daß die Wirklichkeit ohne weiteres die abenteuerlichsten Phantasien einholt.

Zum Beispiel habe ich in *Die Memoiren einer Überlebenden* ein Tier »erfunden«, das halb Katze, halb Hund war und erst später gelesen, daß Wissenschaftler dabei sind, an einer solchen Kreuzung zu experimentieren.

Ja, ich glaube daran, daß es möglich ist, und nicht nur für Schriftsteller, sich in ein Über-Bewußtsein oder Ur-Bewußtsein oder Unbewußtes, wie immer man es nennen will, »einzuschalten«, und daß dies eine Vielzahl von Unwahrscheinlichkeiten und »reinen Zufällen« erklärt.

Auch verändert sich der alte »realistische« Roman unter den Einflüssen jenes Genres, das mit der Bezeichnung *Space Fiction* nur vage beschrieben wird. Einige Leute bedauern das. Als ich einmal in den Vereinigten Staaten einen Vortrag hielt, unterbrach mich die Diskussionsleiterin, eine Professorin, deren einziger Fehler war, daß sie sich wohl zu lange von Akademiens keuschen Früchten genährt hatte: »Wenn Sie bei mir im Kurs wären, würde ich Ihnen das nicht durchgehen lassen!« (Nicht jeder kann über so etwas lachen.) Ich hatte gesagt, daß *Space Fiction* und *Science Fiction* den originellsten Zweig der heutigen Literatur bilden, daß sie einfallsreich und witzig seien; daß sie auf alle möglichen anderen Werke belebend gewirkt haben und daß die gelehrte literarische Welt sehr darum zu tadeln sei, daß sie sie entweder von oben herab behandle oder sie ignoriere – wobei man von ihr naturgemäß nichts anderes erwarten darf. Diese Einschätzung ist drauf und dran, sich zur starren Lehrmeinung zu verhärten.

Ich glaube, daß etwas ganz Falsches in einer Haltung liegt, die einen »ernsthaften« Roman auf das eine Bücherbord stellt und, sagen wir, *First and Last Men** auf ein anderes.

Welch ein Phänomen! *Science Fiction* und *Space Fiction*, die aus dem Nichts heraus entstanden, plötzlich und unerwartet, wie immer, wenn das menschliche Bewußtsein gezwungen wird, sich zu erweitern: dieses Mal sternwärts, bis zu Galaxien und vielleicht bald noch weiter. Diese Wunderkerzen haben unsere Welt oder Welten angeleuchtet, haben uns vor Augen gehalten, was hier vor sich geht, und das in Formen, die sonst noch kei-

---

* Olaf Stapledons Roman *First and Last Men* erscheint auf deutsch unter dem Titel *Die ersten und die letzten Menschen*.

ner benutzt hat; sie haben unsere scheußliche Gegenwart schon vor langer Zeit beschrieben, als sie noch Zukunft war und die offiziellen Wortführer der Wissenschaft behaupteten, daß alles mögliche, was sich jetzt abspielt, unmöglich sei; sie haben die unentbehrliche und (zumindest am Anfang) undankbare Aufgabe des verachteten unehelichen Sohnes gespielt, der es sich leisten kann, Wahrheiten auszusprechen, die die ehrbaren Kinder entweder nicht auszusprechen wagen oder, wahrscheinlicher, vor lauter Ehrbarkeit gar nicht sehen. Sie haben auch die erhabenen und heiligen Schriften der Welt ausgelotet, in derselben Weise, wie sie wissenschaftlich und gesellschaftlich Denkbares in ihre Logik aufgenommen haben, damit wir es kritisch betrachten können. Wieviel verdanken wir alle ihnen!

Shikasta hat, wie viele andere Werke der Gattung, das Alte Testament zum Ausgangspunkt. Wir haben uns angewöhnt, das Alte Testament achtlos beiseite zu schieben, weil Jehova oder Jahwe nicht denkt oder handelt wie ein Sozialarbeiter. H. G. Wells hat einmal gesagt, wenn der Mensch sein armseliges »Gib, gib, gib!« zu Gott schreit, so ist das, als ob ein Häschen sich in einer dunklen Nacht an einen Löwen ankuscheln wollte. Oder so ähnlich.

Die heiligen Literaturen aller Rassen und Nationen haben viel Gemeinsames. Man könnte sie fast für die Werke ein und desselben schöpferischen Geistes halten. Es ist möglich, daß wir einen Fehler machen, wenn wir sie als kuriose Fossilien einer toten Vergangenheit abtun.

Wenn wir einmal das Popol Vuh oder die religiösen Traditionen der Dogon beiseite lassen, oder die Geschichte von Gilgamesch oder all die anderen vielen, jetzt so leicht zugänglichen Aufzeichnungen (manchmal frage ich mich, ob den jungen Leuten eigentlich klar ist, wie bemerkenswert diese Zeit ist – und daß sie möglicherweise nicht ewig dauern wird –, in der man jedes erdenkliche Buch einfach von einem Regal herunter kaufen kann), und uns auf die Tradition und das Erbe unseres Raumes beschränken, so ist es eine nicht uninteressante Übung, das Alte Testament – das natürlich die Thora der Juden mit einschließt – und die Apokryphen zu lesen, zusammen mit jedem beliebigen, gerade zugänglichen Werk der Art, die zu verschiedenen Zeiten und an verschiedenen Orten verflucht oder geächtet oder als nicht-existent erklärt wurde; und danach das Neue Testament und dann den Koran. Es gibt sogar Menschen, die zu der Auffassung gekommen sind, daß es im Nahen Osten nie mehr als ein einziges Buch gegeben hat.

7. November 1978   Doris Lessing

Die Wahl ist auf Johor gefallen:
Er wurde für geeignet befunden, unsere Emissäre auf Shikasta – deren es viele, mit einer Vielzahl von Funktionen gab – in Form dieser Sammlung von Dokumenten darzustellen, die ausgewählt wurden, um den Studierenden im ersten Jahr des Faches Canopäische Kolonialherrschaft ein umfassendes Bild von Shikasta zu bieten.

JOHOR *berichtet:*

Ich bin schon in viele unserer Kolonien auf verschiedene Planeten entsandt worden. Krisen aller Arten sind mir vertraut. Ich war in kritischen Situationen tätig, die die Menschheit bedrohten, und mit sorgfältig geplanten regionalen Hilfsprogrammen befaßt. Mehr als einmal habe ich erfahren, was es bedeutet, Mißerfolge hinzunehmen, endgültige, unwiederbringliche, eines Bemühens oder Experiments mit Wesen, die in sich die Entwicklungsmöglichkeiten trugen, von denen man geträumt, die man eingeplant hat ... und dann – Finis! Aus! Eine Trommel, deren Schläge in der Stille verhallen ...
Aber die Fähigkeit, etwas aufzugeben, erfordert eine andere Art von Entschlossenheit, nicht jene zähe Geduld, die man braucht, um über die Jahrhunderte und Jahrtausende hinweg dem zermürbenden Dahinschwinden der Substanz Widerstand zu leisten – und am Ende all dessen nichts als ein schwacher Schimmer von Licht.
Entsetzen kennt Abstufungen und ist unterschiedlich beschaffen. Ich behaupte, nicht alle Erscheinungsformen sind nutzlos. Die Sichtweise eines Dienenden sollte festgehalten werden.
Ich bin nur einer unter vielen und tue, was mir aufgetragen wird. Das bedeutet nicht, daß ich nicht das Recht hätte – wir alle haben es – zu sagen: Genug! Unsichtbare, ungeschriebene, unverschlüsselte Gesetze gebieten Einhalt. Die Gesetze sind, so würde ich es sagen, die der Liebe. Jedenfalls habe ich dieses Gefühl, und andere haben es auch. In unserem Kolonialen Dienst gibt es, wie wir alle wissen, auch andere Auffassungen. Wenn ich hier Gedanken festhalte, die über das unbedingt Notwendige hinausgehen, so ist dabei eines meiner Ziele, die auf Canopus immer noch vorherrschende Meinung über Shikasta zu rechtfertigen. Nämlich, daß sich die Zeit und die Mühen lohnen, die wir für diesen Planeten aufwenden.

In diesen Aufzeichnungen will ich versuchen, Klarheit zu schaffen. Nach mir werden andere kommen, und sie werden diesen Bericht studieren, wie ich so oft die Berichte derer studierte, die vor mir dort waren. Während man über ein Ereignis oder einen Bewußtseinszustand schreibt, ist es nicht immer möglich vorauszusehen, wie dies auf einen anderen, vielleicht zehntausend Jahre später wirken mag.

Die Dinge verändern sich. Nur dessen können wir sicher sein.

Von allen meinen Missionen war jene erste auf Shikasta die schlimmste. Es ist die Wahrheit, wenn ich sage, daß ich bis heute fast nie mehr daran gedacht habe. Ich wollte nicht. Nachdenken über das Entsetzliche, das unvermeidbar ist – nein, das hilft nicht weiter.

Dies ist, war immer ein Universum der Katastrophen; plötzlichen Umschwüngen, Umbrüchen, Veränderungen, Zusammenbrüchen unterworfen, und Freude ist nie etwas anderes als ein Lied der Materie, die unter Druck in neue Gestalten und Formen gezwungen wird. Das arme Shikasta – nein, ich wollte wirklich nicht mehr als nötig daran denken. Ich habe mich nie bemüht, die Beauftragten kennenzulernen, die dorthin geschickt wurden (ach, es waren Tausende, immer wieder; keiner kann Canopus die Vernachlässigung jenes unglücklichen Planeten Shikasta vorwerfen, keiner kann auf den Gedanken kommen, wir hätten uns der Verantwortung entzogen), die Beauftragten, die dorthin entsandt wurden und zurückkehrten und ihre Berichte vorlegten wie wir alle. Shikasta war immer im Blickpunkt, es steht auf der Tagesordnung, der kosmischen Tagesordnung. Es ist kein Ort, den man willentlich einfach vergessen könnte, denn es machte oft von sich reden. Nur hielt ich mich nicht »auf dem laufenden«, »informierte« mich nicht – nein. Sobald ich meinen Bericht vorgelegt hatte, war die Sache erledigt. Und als ich zur Zeit der Zerstörung der Städte auf meine zweite Reise geschickt wurde, um über die Ergebnisse dieses langsamen, langwierigen Verkümmerns zu berichten, beschränkte ich meine Gedanken ganz auf meine abgegrenzte Aufgabe.

Und jetzt, wo ich nach einer Pause wieder dorthin zurückkehre

– sind es wirklich so viele tausend Jahre? –, jetzt rufe ich mir bewußt Erinnerungen ins Gedächtnis zurück, rufe sie wach, und diese Versuche werden in meinem Bericht dort ihren Platz finden, wo sie angebracht sein mögen.

Auszüge aus: BEMERKUNGEN über den PLANETEN SHIKASTA
EIN LEITFADEN FÜR KOLONIALBEAMTE

Unter allen Planeten, die wir vollständig oder teilweise kolonialisiert haben, ist dieser der reichste. Insbesondere der mit dem größten Potential hinsichtlich der Arten, der Verbreitung und der Vielfalt seiner Lebewesen. Das war schon immer so, durch all die vielen Veränderungen hindurch, die dieser Planet – das richtige Wort ist wohl leider: erlitt. Shikasta neigt in allem zum Extrem. Es hat beispielsweise Phasen unermeßlichen Größenwachstums gehabt, mit riesenhaften Lebewesen verschiedenster Art. Dann wieder gab es Phasen des Winzigen. Manchmal überschnitten sich solche Epochen. Mehr als einmal gab es unter den Bewohnern Shikastas Geschöpfe, die so groß waren, daß eines von ihnen zu einer einzigen Mahlzeit die Nahrung und den Lebensraum von Hunderten seiner Mitbewohner vertilgte. Dieses Beispiel bewegt sich im Bereich des Sichtbaren (man könnte fast sagen, des Dramatischen): Die Lebensordnung auf dem Planeten ist tatsächlich so, daß jede Art von Lebewesen auf eine andere Jagd macht und davon lebt; sie ist ihrerseits wieder die Beute einer anderen Art, bis hinunter zur Stufe des winzigsten subatomaren Teilchens. Den Geschöpfen selbst ist das nicht immer klar; sie sind so beschäftigt mit dem, was sie fressen, daß sie dazu neigen zu vergessen, was sie frißt. Immer wieder haben Erschütterungen oder Belastungen das besonders gefährdete Gleichgewicht dieses Planeten gestört und zu Unfällen geführt, die praktisch alles Leben auf Shikasta auslöschten. Und immer wieder war der Planet so übervoll von Arten und Gattungen, daß er daran erkrankte.

Vor allem ist dies, wegen der ihm innewohnenden Spannungen, ein Planet der Gegensätze und Widersprüche. Spannung ist die Grundlage seines Wesens. Das ist seine Stärke. Das ist seine Schwäche.
Der nach Shikasta abgeordnete Bevollmächtigte sollte immer daran denken, daß er dort nicht findet, was ihm von anderen Teilen unseres Hoheitsgebiets vertraut und was zu erwarten er geneigt ist, nämlich lange Perioden der Stagnation, Epochen von sich kaum veränderndem harmonischen Gleichgewicht.
Die Bevollmächtigten haben den Auftrag, sich hierauf gründlichst vorzubereiten. Es wird anheimgestellt, die empfohlene innere Anpassung mit Hilfe dessen, was in Abteilung 5 des Planetendemonstrationsgebäudes zur Verfügung steht, vorzunehmen.
Beispiel: Man betrachte das Modell von Shikasta im Maßstab 3 – das heißt jetzigen Ausmaßen entsprechend verkleinert. (Körpergröße der herrschenden Spezies etwa halbe Canopäische Größe.) Der Durchmesser dieser Kugel, die hier so wirkt wie auf den auf Shikasta gebräuchlichen Atlanten und sonstigen kartographischen Hilfsmitteln, entspricht etwa der Körpergröße eines durchschnittlichen Bewohners Shikastas. Über dem größeren Teil der Kugel ist eine schmierige Flüssigkeit erkennbar. Von diesem dünnen Flüssigkeitsfilm hängt das gesamte Leben des Planeten ab. (Auf dem Planeten selbst ist man sich dieses bißchen lebenspendenden Schaums auf seiner Oberfläche nicht bewußt: Man hat dort, wie wir wissen, andere Vorstellungen von sich selbst; aber das soll uns hier nicht beschäftigen.) Der Zweck dieser Übung ist folgender: Sich klarzumachen, daß die Ausbreitung dessen, was organisch möglich ist, die Summe der Entwicklungsmöglichkeiten, die Shikasta ausmacht, gewissermaßen von ein paar Tropfen Flüssigkeit abhängig ist; wie leicht könnten sie in Sekundenschnelle von einem Raubstern abgesaugt oder wie Pfützentropfen von einem Kinderball abgeschüttelt werden, wenn ein Komet einschlüge. Was schließlich nicht zum erstenmal vorkäme.

Beispiel: Man passe sich den verschiedenen Seinsebenen an, die den Planeten in konzentrischen Schichten, Hüllen oder Zonen umgeben, sechs alles in allem; das kostet wenig Mühe, da Eintreten und Verlassen so schnell vor sich gehen, ausgenommen bei Zone Sechs. Diese sollte man genauestens studieren, da jeder Gesandte sich dort aufhalten muß, bis er all die Aufträge erfüllt hat, die nur von Zone Sechs aus erledigt werden können. Es ist ein harter Bereich, voller Gefahren, doch läßt sich alles bezwingen, wie die Tatsache beweist, daß wir noch keinen unserer Abgesandten (mittlerweile mehrere hundert) dort verloren haben, nicht einmal die jüngsten und unerfahrensten. Für den Unvorbereiteten kann Zone Sechs alle möglichen Hindernisse, Verzögerungen und Strapazen bedeuten. Das rührt daher, daß die Natur dieses Ortes einem Gefühl entspricht – »Nostalgie« nennt man es auf Shikasta –, einer Sehnsucht nach dem, was nie gewesen ist, oder jedenfalls nie so gewesen ist, wie es die Vorstellung beherrscht. Trugbilder, Geister, Phantome, das Halberschaffene und Unvollendete drängen sich dort; doch wird dem, der auf der Hut ist, nichts begegnen, was er nicht bewältigen kann.

Beispiel: Es wird empfohlen, sich ausreichend Zeit zu nehmen, um sich mit den verschiedenen optischen Geräten vertraut zu machen, die zur Verfügung stehen, um die Geschöpfe Shikastas zu betrachten. Alle erdenklichen Dimensionen Shikastas finden sich in Abteilung 31, Zimmer 1 bis 100, vom Elektron bis hinauf zum dominanten Lebewesen. Die Faszination, die von diesen verschiedenen Perspektiven ausgeht, kann gefährlich werden. Auf der Ebene des Elektrons erscheint Shikasta als leerer Raum, in dem geformte Nebel in winzigen Schwingungen vibrieren – dünnste Mengen von Materie, geringste Impulse, durch riesige Zwischenräume getrennt. (Das größte Gebäude auf Shikasta würde, nähme man die Zwischenräume heraus, die seine Elektronen voneinander trennen, zu einem Klümpchen Materie von der Größe eines Fingernagels zusammenfallen.) Shikasta über *Originalton* zu erleben ist erst ratsam,

wenn man schon einige Übung hat. Shikasta *in Farbe* ist ein Gewaltangriff auf die Sinne, den man ohne Vorbereitung nicht überlebt.
In einem Wort, keiner der uns bekannten Planeten befindet sich auf so heftigen und groben Schwingungsebenen wie Shikasta, und setzt man sich dem Einfluß einer dieser Ebenen zu lange aus, ist eine Gefährdung und Fehlleitung des Urteilsvermögens durchaus möglich.

JOHOR *berichtet:*

Als ich mit dieser Mission, meiner dritten, beauftragt wurde, war nicht geplant, daß ich viel Zeit in Zone Sechs verbringen würde, sondern ich sollte sie schnell hinter mich bringen und mich nur so lange dort aufhalten, wie ich für meine wenigen Aufgaben brauchen würde. Damals war allerdings noch nicht bekannt, daß Taufiq in Gefangenschaft geraten war und daß andere seine Arbeit erledigen mußten, vor allem ich. Und daß es schnell gehen mußte. Mir würde keine Zeit bleiben, mich zu inkarnieren, heranzuwachsen und dann erst die Dinge in Angriff zu nehmen, die durch Taufiqs Unglück so dringlich geworden waren. Unser Personal auf Shikasta ist ohnehin voll ausgelastet, und keiner ist so ausgestattet, daß er Taufiq ersetzen kann. Man macht sich nicht immer klar, daß wir nicht austauschbar sind. Unsere Erfahrungen, einige gesucht, andere unfreiwillig, prägen uns unterschiedlich. Wir haben zwar alle auf einem der Planeten angefangen, und einige sogar in der gleichen Art auf Shikasta, und zu Beginn nicht viel größere Unterschiede aufgewiesen als junge Hunde desselben Wurfs. Aber schon nach ein paar hundert Jahren, und wieviel mehr nach Jahrtausenden, sind wir geschmolzen, gebrannt und auskristallisiert zu Formen, die sich wie Schneeflocken voneinander unterscheiden. Wenn einer von uns auserwählt wird, nach Shikasta oder auf einen anderen Planeten »hinabzusteigen«, so aufgrund reiflicher Überlegungen: Johor ist für diese oder jene Aufgabe geeignet, Nasar für eine andere und Taufiq für ein be-

sonders schwieriges, langwieriges Unternehmen, das, wie es schien, er, und nur er, bewältigen konnte. In Klammern und ohne es hervorheben zu wollen, gestehe ich, daß mich Zweifel an mir selbst quälen. Taufiq und ich wurden immer für einander sehr ähnlich gehalten: nicht für gleichwertig, das nicht, aber oft waren wir die beiden ersten auf einer Liste, und wir sind schon Freunde seit ... Ach, wie oft und auf wie vielen Planeten haben wir zusammengearbeitet! Und da wir einander so ähnlich sind, Brüder, Gefährten auf Leben und Tod, Freunde auf einer Stufe, wo es nichts mehr gibt, das unaussprechlich ist und nichts am anderen, für das nicht beide die Verantwortung übernehmen könnten; wo wir uns so nahestehen und wo er jetzt für uns verloren ist, nur vorübergehend, aber nichtsdestoweniger verloren und eingereiht in die feindlichen Streitkräfte, was habe ich da für mich zu erwarten? Hier halte ich es fest: Während meiner Vorbereitungen auf diese Reise, deren Hauptaufgabe ist, Taufiqs unvollendete Arbeit zu übernehmen, verwende ich viele Energieeinheiten darauf, meine Entschlußkraft zu stärken: Nein, sage ich mir, nein, ich werde *nicht* denselben Weg gehen wie Taufiq, mein Bruder. Und dann: Ich *werde* Widerstand leisten, wo ich muß ... deshalb habe ich auch ungehalten auf die Nachricht reagiert, daß ich so viel Zeit in Zone Sechs verbringen muß. Vom letzten Mal weiß ich, daß das ein Bereich ist, der schwächt, der den Willen untergräbt, der die Gedanken mit Träumen, Weichheit füllt, mit einem Hunger, den man für immer hinter sich gelassen zu haben hofft – das hofft man immer! Doch ist es unser Los, unsere Aufgabe, uns wieder und wieder Wagnissen, Gefahren und Versuchungen auszusetzen. Anders geht es nicht. Aber ich möchte nicht mehr nach Zone Sechs! Ich war schon zweimal dort, einmal als Assistent im Expertenteam der Ersten Periode und dann als Abgesandter in der Vorletzten Periode. Sicher hat sie sich verändert, wie Shikasta auch.
Ich durchlief die Zonen Eins bis Fünf unter möglichst geringem Leistungseinsatz. Ich bin schon verschiedentlich dort gewesen; es sind belebte und vorwiegend angenehme Gegenden, denn sie werden von jenen bewohnt, die sich aus den Mühen und Plagen

Shikastas herausgearbeitet haben und außer Reichweite der Ansteckungsherde von Zone Sechs sind. Doch um sie geht es im Augenblick nicht; während ich die Zonen durchquerte, zuckten nur kurze Eindrücke von Formen, Gefühlen, dem Wechsel von Hitze zu Kälte, einer allgemeinen Heiterkeit an mir vorüber. Dann merkte ich an dem, was ich um mich spürte, daß ich der Umgebung von Zone Sechs nahe war, und ohne weitere Information hätte ich sagen können: Ach, ja, Shikasta, da bist du wieder – mit einem inneren Seufzen, einem Wachrufen aller Kräfte.

Ein Zwielicht von Gram, ein Nebel hungrigen Sehnens, ein saugendes Zerren an allen Gefühlen – ich mußte jeden Schritt erzwingen, und es war, als würden meine Knöchel von unsichtbaren Händen gehalten, als ginge ich unter der Last von Wesen, die ich nicht sehen konnte. Endlich trat ich aus dem Nebel, und dort, wo ich das letzte Mal, als ich hier war, Weiden, Flüsse, grasendes Vieh gesehen hatte, war jetzt nur noch eine weite, trockene Ebene. Zwei flache schwarze Steine markierten das Östliche Tor, und davor versammelt standen die armen Seelen zusammengedrängt, die sich hinaus aus und fort von Shikasta sehnten, das auf der anderen Seite der staubigen Ebene von Zone Sechs hinter ihnen lag. Als sie mich spürten – sehen konnten sie mich noch nicht –, drängten sie sich wie Blinde vorwärts, die Gesichter suchend erhoben, und sie stöhnten, ein tiefes sehnsuchtsvolles Stöhnen, und als ich mich immer noch nicht zeigte, stimmten sie einen klagenden Gesang oder Choral an, den ich, wie ich mich erinnerte, vor all diesen Tausenden von Jahren schon in Zone Sechs gehört hatte.

Rette, Gott,
Rette mich,
Ich zu dir,
Du zu mir.

Auge Gottes,
Hab Geduld,
Mach mich frei,
Zahl die Schuld ...

Währenddessen arbeiteten sich meine Augen über ihre Gesichter. Wie viele waren mir vertraut, unverändert bis auf die Furchen des Grams, wie viele von ihnen hatte ich gekannt, sogar während der Ersten Zeit, als sie gut aussahen und gesund waren, robust wie Tiere, voller Selbstbewußtsein und so tüchtig. Unter ihnen sah ich meinen alten Freund Ben, den Abkömmling Davids und seiner Tochter Sais. Er spürte mich so stark, daß er sich ganz dicht vor mich stellte, die Tränen liefen ihm über das Gesicht, und er streckte die Hände aus, als warte er auf meine. Ich zeigte mich in der Gestalt, in der er mich zuletzt gesehen hatte und legte meine Hände in seine, und er warf sich mir in die Arme und weinte. »Endlich, endlich«, weinte er. »Bist du gekommen, mich zu holen? Darf ich jetzt kommen?« – und all die anderen drängten sich herzu, griffen nach uns, klammerten sich fest, und ich verlor mich fast im Abgrund ihres Verlangens. Ich stand da und fühlte, wie ich schwankte, fühlte, wie mein Innerstes aus mir herausgesogen wurde, und ich trat zurück, sie mußten mich loslassen, und auch Ben nahm seine Hände von mir, stand aber noch dicht bei mir und klagte: »So lange ist es schon, so lange...«
»Sag mir, warum du immer noch hier bist?« drang ich in ihn, und sie verstummten, als Ben sprach. Aber es unterschied sich nicht von dem, was er mir schon früher erzählt hatte, und als er geendet hatte, und die anderen einer nach dem anderen ihre Geschichte herausweinten, wußte ich, daß mich die Zwänge der Zone Sechs umfangen und gefesselt hielten, und mein ganzes Sein wallte vor Ungeduld, ja sogar Furcht, denn meine Arbeit lag vor mir, meine Arbeit rief mich – und ich konnte mich nicht hieraus befreien. Es war immer dasselbe, was sie erzählten, war es schon immer gewesen – und ich fragte mich, ob sie sich daran erinnerten, wie ich vor so langer Zeit schon hier gestanden hatte und sie hier gestanden und dasselbe gesagt hatten... Sie hatten sich dazu überwunden, dieses Tor zu verlassen, hatten kehrtgemacht, die Ebene durchquert und hatten Shikasta betreten – einige vor kurzem, einige vor Jahrhunderten oder Jahrtausenden –, und alle waren an Shikasta zerbrochen, gescheitert an fehlgeschlagenen Absichten und Vorsätzen und

waren hierher zurückgetrieben worden, wo sie sich um das Östliche Tor drängten. Einige hatten es erneut versucht, waren wieder gescheitert, hatten sich wieder hier gefunden – und immer weiter so, während andere alle Hoffnung aufgegeben hatten, jemals stark genug zu sein, Shikasta zu betreten und den Preis zu erringen, der darin bestand, es zu erdulden und dann für immer frei zu sein; sie irrten ziellos auf einer Stelle, dürre, erbärmliche Schatten, hungrig und voller Sehnsucht nach »Ihnen«, die kommen würden, um sie aus diesem schrecklichen Ort herauszuheben wie eine Katze, die ihre Jungen in Sicherheit bringt. Der Gedanke an Rettung, an Hilfe war hier an diesem Tor so stark gegenwärtig, wie ich ihn sonst nirgendwo je erlebt habe, und sein krampfhafter Zugriff machte mich wahnsinnig.

»Ben«, sagte ich und sprach durch ihn zu allen, »Ben, du mußt es noch einmal versuchen, es gibt keinen anderen Weg.«

Doch er weinte und hielt mich fest, bat und flehte – ich stand in einem Sturm aus Seufzern und Tränen.

Er habe nicht aufgegeben, das könne ich ihm nicht vorwerfen! Immer wieder hatte er vor den »Toren« Shikastas gewartet, und wenn er an der Reihe war, war er hinuntergegangen voller guter Absichten, fest entschlossen, dieses Mal endlich ... aber erst, wenn er Shikasta nach Monaten oder Jahren oder der Dauer eines ganzen Lebens (wie lange auch immer das damals war) wieder verlassen hatte, erinnerte er sich – erneut in Zone Sechs –, wozu er aufgebrochen war. Er hatte beabsichtigt, die Schrecken und Gefahren Shikastas zu seiner Rettung zu verwenden, sich durch sie zu einem Sein zu verdichten, das überleben und standhalten konnte; doch wenn er dann zu sich kam, merkte er, daß er sein Leben wieder in Zügellosigkeit, Schwachheit und Achtlosigkeit vertan hatte. Wieder und wieder ... so daß er diesen Ort jetzt mit solchem Abscheu betrachtete, daß er sich nicht mehr dazu zwingen konnte, sich in der Menge der Seelen anzustellen, die an den Zugängen zu Shikasta auf die Gelegenheit zur Wiedergeburt warteten. Nein, er hatte es aufgegeben. Wie all die anderen hier war er dazu verdammt, zu warten und zu warten, bis »Sie« kommen würden, um ihn

fortzuführen. Bis ich kommen würde ... und er hielt mich fest und wollte mich nicht loslassen.
Ich sagte, was ich schon immer zu ihnen, zu ihm, gesagt hatte: »Ihr müßt euch auf den Weg über die Ebene zur anderen Seite machen, und ihr müßt geduldig warten, bis ihr an der Reihe seid – aber diesmal wird es nicht lange dauern, denn immer mehr Seelen kommen nach Shikasta hinein, sie werden in großen Mengen geboren. Geht, wartet und versucht es noch einmal.«
Lärmen und Wehklagen stieg um mich auf.
Ben rief: »Aber es ist jetzt noch schlimmer, hört man. Es wird immer schlimmer und schwerer. Wenn ich es schon damals nicht geschafft habe, wie soll ich es jetzt schaffen? Ich kann nicht ...«
»Du mußt«, sagte ich und fing an, mir den Weg durch sie hindurchzubahnen.
Da stieß Ben ein lautes, heiseres Lachen aus, anklagend. »Du gehst einfach«, rief er, »du hast es leicht, du kannst kommen und gehen wie du willst, aber was ist mit uns?«
Ich war hindurchgegangen. Ein gutes Stück weiter schaute ich zurück. Die Menge wehklagte und jammerte und schwankte unter der Gewalt ihres Grames. Aber Ben machte einen Schritt aus der Menge heraus. Und noch einen. Ich deutete über die Ebene und sah, wie er mühsam einen Schritt weiterging. Er versuchte es. Er machte sich auf den Weg über die weite, mühselige Ebene.
Als ich weiterging, hörte ich sie singen:

Auge Gottes,
Hab Geduld,
Mach mich frei,
Zahl die Schuld.

Vor dir steh,
Wartend ich,
Rette Gott,
Rette mich ... und immer so weiter.

Ganz ausgehöhlt vor Gram, der das nutzloseste unter allen Gefühlen ist, lief ich über die Ebene, den Staub dick und weich unter den Füßen. Die Gräser und Büsche und Bäche meines letzten Besuchs fielen mir ein, als ich über trockene Erdrinnen stieg und ausgetrocknete Flußbetten als Weg benutzte. Grillen und Zikaden, der Schimmer heißen Lichts auf dem Fels – bald würde hier Wüste sein. Und ich dachte an das, was mir bevorstand, wenn ich Shikasta endlich würde betreten können.

Auf einem niedrigen zutage liegenden Felsen sah ich eine Gestalt sitzen, die mir bekannt vorkam. Ich näherte mich einer Frau, die von Kummer und Mattheit so niedergedrückt war, daß sie sich nicht einmal rührte, als ich näher kam. Ich schaute auf sie hinunter und sah, daß es Rilla war, die bei meinem letzten Besuch in der Menge am Östlichen Tor gestanden hatte.

Ich grüßte sie, sie hob das Gesicht, und ich sah trockenes, hartes Leid darauf abgezeichnet.

»Ich weiß, was du sagen willst«, sagte sie.

»Ben versucht es noch einmal«, sagte ich. Aber als ich mich umschaute, konnte ich ihn nicht sehen: nur den Staub, der rötlich in der Luft hing, und das trockene brüchige Gras. Sie schaute teilnahmslos hinaus.

»Er ist dort«, sagte ich. »Glaub mir.«

»Es lohnt sich nicht«, sagte sie. »Ich habe es so oft versucht.«

»Willst du bis zum Ende aller Zeit hier sitzen?«

Sie antwortete nicht, sondern saß wieder wie vorher reglos, mit gesenktem Blick. Sich selbst schien sie eine unbewegliche Masse, leer; mir erschien sie wie ein gefährlicher Wirbelstrom. Ich sah mich selbst, dünn und fast durchsichtig geworden, fühlte, wie ich schwankte, mich neigte – hin zu ihr, zu der in ihrem Innern eingeschlossenen Gewalt.

»Rilla«, sagte ich, »meine Arbeit wartet.«

»Natürlich«, sagte sie. »Wann sagst du je etwas anderes?«

»Geh und such Ben«, sagte ich.

Ich ging weiter. Lange danach sah ich mich um – vorher hatte ich es nicht gewagt aus Angst, daß ich umkehren und zu ihr

zurücklaufen würde. Ach, ich hatte sie gekannt, ich hatte sie so gut gekannt. Ich wußte, welche Fähigkeiten dort brachlagen, Gefangene ihrer Verzweiflung. Sie sah mir nicht nach. Sie hatte den Kopf gewendet und schaute hinaus in die dunstige Ebene, in der Ben war.
Ich ließ sie zurück.
Ich hatte mich verirrt. Erinnerungen an das letzte Mal halfen mir nicht, konnten mir nicht helfen – alles hatte sich verändert. Ich suchte nach den Niederlassungen der Riesen. Ich wollte sie nicht sehen, wegen der Degeneration, die ich dort vorfinden würde, das wußte ich. Aber sie waren der schnellste Weg zu Taufiq. Taufiq mußte sich, konnte sich, als Gefangener des Feindes, nicht anders als in einem Zustand des Eigendünkels, des Stolzes, der *Torheit* befinden. Ich würde nur durch die entsprechenden Eigenschaften Verbindung mit Taufiq aufnehmen können. Dann also die Riesen ... es mußte sein!
Weithin über die Wüste türmten sich Felsen, kahle schwarze Felsen wie Fäuste, die sich in einen blutroten Himmel recken. Purpurne Wolken, unbeweglich, dick, schwer. Unter ihnen in der Luft Treibsand, wie Armeen von Heuschrecken. Eine stille, todgeweihte Welt. Mein langer Spinnenschatten reichte fast bis zum Horizont, folgte mir schwarz und bedrohlich wie ein Feind. Schatten lagen auf dem Sand zu meinen Füßen, von den Felsspitzen. Tiefe, quälende Schatten, voller Erinnerungen ... Einer von ihnen buchtete sich aus, bewegte sich, löste sich ... heraus trat eine Schar von Riesen, und sofort fühlte ich bei ihrem Anblick jene Bewegung des Herzens wie ein Ausfließen von Kraft, das Leid bedeutet.
War das der Glanz und die Größe, die ich in Erinnerung hatte? Die hier?
Sie waren groß, an Gestalt glichen sie dem, was sie gewesen waren, aber sie hatten alle Kraft, alle Substanz verloren. Ein Trupp von mageren, haltsuchenden, schlurfenden Geistern mit ungelenken Bewegungen, die Gesichter leer und voller Schatten, so kamen sie auf mich zu, über die Sandwolken, die immer wieder hochstiegen und sie verdeckten und sich dann hinter ihnen legten, so daß sie vor einem Hintergrund plötzlich ver-

finsterten Himmels wieder auftauchten, der schwarzgrau auf rot war, in dem das Grau die purpurnen Wolken trübte, nach unten zog, alles schwer machte und in Nebeln um ihre Füße aufstieg. Sie wateten auf mich zu durch den wirbelnden Sand – Geister von Verstorbenen, Schatten ... dies war die große Rasse, die zu warnen ich auf meiner ersten Reise gekommen war, zu warnen und zu unterstützen, und – es nützte nichts, ich konnte nicht dagegen an, ich hörte einen klagenden Trauerlaut von meinen Lippen kommen, und er wurde von ihnen mit einem klagenden Schrei beantwortet, doch ihrer war ein Schlachtruf, oder doch als solcher gemeint. Ein trauriger Klageschrei, und jede Geste, jede Bewegung war steif vor lächerlichem Hochmut, diese Schar von Geistern war krank vor Stolz auf eine falsch erinnerte Vergangenheit, und sie hätten mich mit den Knochen ihrer Arme und Hände niedergeschlagen, hätte ich ihnen nicht Das Zeichen entgegengehalten. Sie erkannten es. Nicht sofort und nicht leicht, doch blieben sie stehen und standen vor mir im Sand, zweihundert Gestalten vielleicht, unsicher, halb sich erinnernd, schauten mich an, schauten einander an, schauten das glänzende Ding an, das ich ihnen entgegenhielt ... und ich blickte von einem ausgelaugten, abgezehrten Gesicht zum anderen, und ja, ich konnte in diesen Gesichtern etwas von den königlichen Wesen wiedererkennen, als die ich sie erlebt hatte.
Nach einer Weile drehten sie sich um, da ihnen nichts anderes einfiel, nahmen mich in ihre Schar auf und gingen oder stakten oder schlurften auf die hohen Felsen zu. Zwischen denen hatten sie ein rohes Schloß oder eine Ansammlung von Türmen gebaut. Diese unförmigen Gebilde hatten nichts gemein mit dem, was diese Riesen in der Ersten Zeit gebaut hatten, sondern sie waren Ausdruck einer kläglichen Grandiosität. Ich hätte gern gesagt: »Glaubt ihr wirklich, daß diese primitiven Gebilde auch nur entfernt an das heranreichen, was ihr euch als Behausungen geschaffen habt, als ihr noch ihr selbst wart?«
Sie führten mich in einen langen Saal aus roh verarbeiteten Steinen. An den Wänden standen hohe Stühle und Thronsessel, auf denen sie sich niederließen. Wenigstens hatten sie noch eine

dunkle Ahnung davon, daß sie einmal alle gleich gewesen waren, eine freie Schar freier Gefährten. Sie saßen in Posen, die »Macht« sagten, in schweren Roben, die »Pomp« sagten, hielten Tand und Spielzeug aller Art in der Hand, Kronen, Diademe, Zepter, Reichsäpfel, Schwerter. Wo hatten sie diesen Plunder nur her? Sie mußten einen Zug nach Shikasta gewagt haben!
Ich schaute diese Schatten an und wurde wieder von dem Bedürfnis gequält, meinen Gram über den Verlust all dessen, was die Erste Zeit bedeutet hatte, laut hinauszuklagen, aber ich warnte mich selbst davor, so meine Kräfte zu verausgaben; ich konnte mir nicht leisten, meinen Gefühlen freien Lauf zu lassen.
Ich hielt Das Zeichen vor ihnen hoch und fragte sie, wie es ihnen ergangen war, seit ich sie zum letzten Mal gesehen hatte. Stille, dann Unruhe, die großen hohlen Gesichter wandten sich in den Schatten des Saales einander zu ... Ich merkte, daß ich Schwierigkeiten hatte, ihre Gesichtszüge zu erkennen, und ging dicht an sie heran. Glänzende, schwarze Gesichter, alle Schattierungen von Braun, von Gelb, Elfenbein, Creme ... aber man konnte sie nur schwer sehen. Über hundert waren mit mir in den Saal marschiert und hatten die Stühle und Thronsessel besetzt, aber jetzt schienen es weniger. Einige Stühle waren leer. Noch während ich umherschaute, hatten Stühle, die eben noch besetzt gewesen waren, sich geleert wie Umrisse, die sich im dunkler werdenden Zwielicht verwischen. Nur Das Zeichen hielt Licht und Leben, die Riesen waren so dünn und grau und dahingeschwunden, daß sie fast durchsichtig wirkten – ja sie schienen sich beim Ändern ihrer Haltung in der Bewegung aufzulösen, so daß ein ungeheurer, brauner Mann in prächtigem Gewand zu einem Umhang wurde, der über der Lehne eines Throns lag, und scharf blickende Augen, die mein Gesicht nach Fingerzeigen auf fast vergessene Erinnerungen absuchten, schrumpften zum stumpfen Glanz von Ziersteinen auf einer zerrissenen Tiara, die über den Knauf einer Stuhllehne gestülpt war. Sie lösten sich auf und verschwanden unter meinen Augen.
Ich sagte zu ihnen: »Wollt ihr nicht euer Glück in Shikasta versuchen? Wollt ihr nicht versuchen, auf diesem Wege hindurchzu-

kommen?« – aber ein Zischen lief durch die Versammlung, rastlos bewegten sich Glieder und Köpfe, wütende Gesten wurden nur mühsam unterdrückt, und sie hätten mich umgebracht, wäre nicht Das Zeichen gewesen.

»Shikasta, Shikasta, Shikasta...« war murmelndes Gewisper um mich her, und der Laut war das Zischen einer Schlange, war Haß, Abscheu – und eine entsetzliche Furcht.

Sie erinnerten sich jetzt ein wenig an das, was sie gewesen waren: Das Zeichen brachte das in ihnen hervor. Nicht viel, aber sie erinnerten sich an etwas Herrliches und Rechtschaffenes. Und sie wußten, was aus ihren Abkömmlingen geworden war. Das war es, was in ihren Gesichtern geschrieben stand, daß ihnen schon im Wort Shikasta Unflat und Schmutz entgegenschlug.

»Ich muß hier so lange bei euch sitzen«, sagte ich, »wie ich für eine Reise nach Shikasta brauche.«

Wieder diese Bewegung, dieses Aufbäumen, wie von scheuenden Pferden.

Ich sagte, wie es meine Pflicht war, obwohl ich wußte, daß sie nicht zuhören wollten (der Wille fehlte, nicht die Fähigkeit zu hören, sonst hätte ich meine sich schon erschöpfenden Energien nicht vergeudet), ich sagte: »Kommt mit, ich helfe euch, ich tue alles, was ich kann, damit euch der Weg hindurch und hinaus gelingt.«

Teilnahmslos saßen sie da, eine Gesellschaft von halben Gespenstern. Sie waren unfähig, sich zu bewegen. »Nun gut«, sagte ich, »dann müßt ihr hier sitzen bleiben, bis ich zurückkomme. Durch euch kann ich diese Reise machen.«

Und umgeben von diesen Scharen von Toten, und getragen von ihrer furchtbaren Überheblichkeit war es mir möglich, die Nebel zu teilen, die mich von der Wirklichkeit Shikastas trennten, und nach meinem Freund Taufiq zu suchen.

Aber zunächst will ich meine wieder ausgegrabenen Erinnerungen aufschreiben an meine Reise nach Shikasta, damals noch Rohanda, in der Ersten Zeit, als diese Rasse noch der Stolz und die Hoffnung von Canopus war. Ich stütze mich da-

bei auch auf Berichte anderer Reisen nach Shikasta zur Zeit der Riesen.
Millionen von Jahren hindurch war dieser Planet einer von Hunderten, die wir überwachten. Man schätzte ihn als vielversprechend ein, da seine Geschichte von plötzlichen Veränderungen, raschen Entwicklungen aufwärts ebenso wie abwärts und dann wieder Phasen des Stillstandes bestimmt war. Man konnte alles von diesem Planeten erwarten. Während einer Phase des Stillstandes, die schon Jahrmillionen andauerte, war der Planet einer längeren, von einer Sternexplosion in Andar ausgehenden Strahlung ausgesetzt, und eine Abordnung wurde zur Bestandsaufnahme hinuntergeschickt. Der Boden war fruchtbar, aber vorwiegend sumpfig. Es gab Vegetation, aber sie war artenarm und stagnierte. In den Sümpfen gab es verschiedene Arten von Echsen und auf den begrenzten Flecken trockenen Landes kleine Nagetiere, Beuteltiere und Affen. Der Nachteil dieses Planeten war die kurze Lebenserwartung aller Lebewesen. Unser Rivale Sirius hatte verschiedene seiner Arten dorthin verpflanzt, die sich auch halten konnten; aber ihre Lebensdauer, die zuvor normal gewesen war – einige Jahrtausende –, glich sich den Verhältnissen auf Shikasta an, und die verschiedenen Einzelwesen lebten nun nur noch wenige Jahre. (Ich verwende die auf Shikasta geltende Zeitrechnung.) Es waren schon Konferenzen von Spezialisten auf Canopus und Sirius veranstaltet worden, um die Entwicklungsmöglichkeiten dieser kurzlebigen Arten zu erörtern und, falls sich das lohnte, das Land unter uns aufzuteilen. Seit dem Großen Krieg zwischen Sirius und Canopus, der alle Kriege zwischen uns beendet hatte, war man regelmäßig zusammengekommen, um Überschneidungen und Einmischungen bei den Experimenten von beiden Seiten zu vermeiden. Und diese Gepflogenheit haben wir bis heute beibehalten.
Die Konferenz brachte keine Ergebnisse. Es war nicht geklärt, was von dem Strahlenausbruch zu erwarten war. Sirius und Canopus einigten sich darauf, abzuwarten. In der Zwischenzeit hatte auch Shammat die Lage untersucht – aber das erfuhren wir erst später.
Unmittelbar danach berichteten unsere Abgesandten von über-

raschenden Veränderungen unter den Lebewesen. Der ganze dampfende, sumpfige, fruchtbare Boden knisterte vor Veränderungen. Vor allem die Affen brachten alle möglichen neuen Formen hervor. Mißgeburten und Monster, aber auch aufregende und vielversprechende neue Arten. Und so war es mit dem gesamten Leben: der Vegetation, den Insekten, den Fischen. Wir sahen, daß der Planet im Begriff war, einer der fruchtbarsten seiner Kategorie zu werden, und damals bekam er den Namen Rohanda, was blühend, fruchtbar bedeutet.

Einstweilen herrschten immer noch Nebel, Sümpfe und unfreundliche Nässe vor. (Es gibt keine bedrückenderen Orte als diese Planeten, auf denen es nur warmes Wasser, Wolken, Marschland, Sümpfe, Feuchtigkeit gibt – und keiner besucht sie gerne.) Aber auch das Klima veränderte sich. Wasser stieg dampfend von den Marschen und Sümpfen auf und verdichtete sich zu gewaltigen, tiefhängenden Wolken. Immer mehr trockenes Land tauchte auf, obwohl man, sich dem Planeten nähernd, nichts als die wallenden Wolkenmassen sah. Ein zweiter, völlig unerwarteter Strahlungsschub folgte, und die Pole gefroren und banden Massen von Eis. Rohanda war dabei, zu einem jener wertvollsten Planeten zu werden, die große Landmassen haben und Wasser, das in abgegrenzten Gebieten gehalten wird oder in Bächen und Flüssen fließt.

Lange vor dem geplanten Zeitpunkt berieten Sirius und Canopus sich wieder. Sirius wollte die südliche Hemisphäre für Experimente als Ergänzung zu anderen, die sie in gemäßigten und südlichen Gegenden einer ihrer Kolonien begonnen hatten. Wir wollten die nördliche Hemisphäre, da sich vor allem hier eine Untergruppe der ehemaligen »Affen« niedergelassen hatte und sich weiter fortentwickelte. Sie waren schon drei- und viermal so groß wie jene kleinen Wesen, die ihre Vorfahren waren. Sie zeigten Ansätze zum aufrechten Gang. Sie zeigten ein rasches Anwachsen ihrer Intelligenz. Unsere Experten erklärten, daß diese Wesen eine schnelle Evolution durchmachen und innerhalb von vielleicht fünfzigtausend Jahren wohl eine Gattung der Klasse A werden würden. (Vorausgesetzt natürlich, daß sich keine weiteren kosmischen Unfälle ereignen würden.)

Und ihre Lebensdauer hatte sich schon vervielfacht, was als wichtigstes Moment betrachtet wurde.
Canopus beschloß, Rohanda einer umfassenden Förderung zu unterziehen, auf höchster Prioritätenstufe, dem Plan für Verstärktes Wachstum. Teilweise geschah das, weil bekannt war, daß einer unserer Kolonien, die labil wie Rohanda war, nur noch eine kurze Lebenszeit bevorstand. Ein Komet würde sie in zwanzigtausend Jahren aus ihrer Umlaufbahn werfen. Das würde das so sorgfältig aufrechterhaltene Gleichgewicht unseres Systems stören. (Siehe Karten und Tabellen Nr. 67 M bis 93 M, Bereich 7D3 im Planetendemonstrationsgebäude.) Wenn es gelänge, Rohanda bis zu diesem Zeitpunkt funktionstüchtig zu machen, würde es in unserem kosmischen System den Platz jenes unglücklichen Planeten einnehmen können – dessen Zukunft tatsächlich genau so ablief wie vorausgesagt: Aus dem Gleichgewicht gebracht, verlor er alles Leben, und zwar sehr schnell, und ist jetzt tot.
Es war also erforderlich, Rohanda, um es genau zu sagen, in zwanzigtausend anstatt fünfzigtausend Jahren auf den notwendigen Entwicklungsstand zu bringen.
Wie üblich wurden in unseren Kolonien Ausschreibungen gemacht, und unter den Freiwilligen wählten wir eine Gattung von Kolonie 10 aus, die sich schon in früheren Symbiosen außerordentlich erfolgreich entwickelt hatte.
Natürlich muß eine Gattung bestimmte Anlagen haben, um solche Bedingungen überhaupt einzugehen: Sie muß auf jeden Fall wagemutig sein! Die Grundzüge einer möglichen Entwicklung sind zwar bekannt, doch ist es nie möglich, genau vorherzusagen, was geschieht, wenn zwei Gattungen zu einer Symbiose zusammengebracht werden: Es gibt zuviel Unvorhersehbares. Und ihnen wurde nicht verheimlicht, daß Rohanda von Natur aus unzuverlässig war und Zufällen und Umschwüngen ungewöhnlich stark unterworfen. Vor allem war nicht bekannt, wie ihre Lebensdauer sich verändern würde: Falls zum Schlechteren auf die in Rohanda gängige Norm hin, so hätte dieser freiwillige Einsatz als eine Art Rassenselbstmord betrachtet werden müssen.

Doch soll es reichen, hier festzustellen, daß diese Spezies auf ihrer damaligen Entwicklungsstufe und zu jener Zeit stark und gesund war; es waren aufgeweckte und geistig anpassungsfähige Geschöpfe, und in ihnen steckten vererbte Erinnerungen an Erfahrungen in ähnlichen Experimenten.
Mit Erfolg wurden kleine Gruppen von Freiwilligen aus Kolonie 10 an verschiedenen Orten auf der nördlichen Hemisphäre angesiedelt. Alles in allem waren es etwa tausend, Männer und Frauen, und fast sofort – das heißt innerhalb von fünfhundert Jahren – zeigte sich, daß das Experiment sehr zufriedenstellend verlaufen würde.
Die Wechselbeziehungen zwischen den beiden Gattungen waren großartig, und beide Seiten wurden dabei günstig beeinflußt. Es gab keine instinktiven Aggressionen aufgrund genetischer Unverträglichkeiten. Wir hier auf Canopus beglückwünschten uns gegenseitig.
Die jüngere Rasse (ehemals Affen) würde innerhalb der zwanzigtausend Jahre ohne Schwierigkeiten den erforderlichen Entwicklungsstand erreichen; und die sich schnell entwickelnden Menschen von Kolonie 10 würden in ihrer Evolution einen Schritt nach vorne getan haben, zu dem sie unter normalen Bedingungen sicher zehnmal so lange gebraucht hätten.
Ich beschreibe jetzt die Lage etwa tausend Jahre nach dem Einbringen der Gattung von Kolonie 10.
Zunächst zur ortsansässigen Art. Nichts Bemerkenswertes, wir alle haben das schon einmal miterlebt, da sich die Entwicklung auf vielen Planeten nach demselben Muster abspielte.
Die Lebewesen standen nun auf den Hinterbeinen, und ihre Arme und Hände waren so ausgebildet, daß sie damit zweckgerichtete Bewegungen ausführen und Werkzeuge benutzen konnten. Sie hatten ein stark ausgeprägtes Bewußtsein ihres Wertes: Wesen zu sein, die fähig sind, ihre Umgebung zu verändern und dadurch zu überleben. Sie waren Jäger und fingen gerade an, Ackerbau zu betreiben. Sie hatten etwa die Größe eines heutigen durchschnittlichen Bewohners von Shikasta und wurden rasch größer. Sie hatten dichtes, langes Haupthaar und eine kurze, dichte Körperbehaarung. Sie lebten in kleinen, weit

verstreuten Gruppen, die wenig Berührung miteinander hatten. Sie bekämpften sich nicht. Sie hatten eine Lebenserwartung von etwa einhundertfünfzig Jahren.
Ein beträchtlicher Teil der Leute von Kolonie 10 starb früh – doch das war zu erwarten gewesen. Es gibt keine Erklärung für diese Art von Tod. Die Kinder hatten die Größe ihrer Eltern schon erreicht, bevor sie erwachsen waren: Die Gattung nahm so rasch an Körpergröße zu, daß sie sich schon sehr bald als Riesen bezeichneten. Allerdings nicht ohne ein gewisses Unbehagen: Keine Gattung beobachtet ohne Mißtrauen so rasche Veränderungen an sich selbst. Sie waren von Anfang an groß und stark, aber schon tausend Jahre auf Rohanda hatten sie nochmals um ein Drittel größer gemacht. Sie waren gut gewachsen. Ihre Haut war dunkelbraun oder schwarz und auffallend glatt und gesund. Sie hatten keine Körperbehaarung und nur wenig Haupthaar. Ihre Finger- und Zehennägel waren verkümmert, kaum mehr als Verdickungen der Haut. Noch war es zu früh, um zu erkennen, wie ihre Lebensdauer beeinflußt werden würde. Noch waren einige der Individuen, die auf den Planeten umgesiedelt worden waren, im vollen Besitz ihrer Körperkräfte, und über die Jungen konnte man noch nichts aussagen. Kolonie 10 hat ein mildes Klima ohne große Temperaturschwankungen. Man trägt dort keine Kleider außer zu feierlichen Anlässen. Auf Rohanda war Kleidung zum Schutz gegen die Kälte erforderlich, und die Riesen gingen sofort daran, sich welche zu beschaffen, wobei sie schon bald auf die Sendungen von Canopäischen Warenhäusern verzichten und statt dessen Stoffe aus Pflanzenfasern und Rinde selbst herstellen konnten.
Zu den Eingeborenen hatten sie ein Schutzverhältnis gebildet, das beide Seiten lebhaft erregte und höchste Befriedigung gab. Die Riesen führten die Eingeborenen in die Anfänge der Pflanzenkultur ein. Sie brachten ihnen auch bei, Tiere zu benützen, ohne der Art zu schaden. Sie regten ihre sprachliche Entwicklung an. Zunächst war es nur die Grundlage für viele Talente – in der Kunst, in den Wissenschaften –, die die Riesen legten, denn noch war die Zeit nicht reif für die Errichtung der Schleu-

se zwischen Canopus und Rohanda, die die Phase des Verstärkten Wachstums einleiten sollte.

Die Bedingungen verbesserten sich weiterhin, und etwa siebentausend Jahre nach der Zusammenführung der beiden Gattungen wurde eine Sonderkommission von Canopus hingeschickt, um zu überprüfen, ob es Zeit sei, die Schleuse einzurichten.

Es folgen Auszüge aus ihrem Bericht (Nr. 1300, Rohanda).

DIE RIESEN

LEBENSDAUER: In Kolonie 10 wurden sie zwölf- bis fünfzehntausend Jahre alt. Befürchtungen, daß die Lebensdauer unter Rohandischen Bedingungen drastisch verkürzt würde, haben sich bestätigt. Zu Beginn sank die Lebenserwartung auf etwa zweitausend Jahre, bald stieg sie allerdings wieder an und beträgt jetzt vier- bis fünftausend Jahre. Der Trend geht nach oben. Wir beobachten die üblichen Anomalien. Eine Minderheit stirbt ohne offensichtlichen Grund sehr jung. Es handelt sich dabei nicht um die Gruppe, die man als degeneriert betrachten könnte (siehe unten, *Größe*), die Dünnen, Hageren; sie leben genau so lange wie die Kräftigen. Auch gibt es keine Möglichkeit der Vorhersage, wer mit zweihundert oder fünfhundert Jahren sterben wird.

GRÖSSE: Sie sind doppelt so groß wie zu der Zeit, als sie Kolonie 10 verließen. Sie sind stark und gut gewachsen und haben große körperliche Ausdauer. Eine Spielart ist außerordentlich dünn, spindeldürr und vergleichsweise ungelenk in den Bewegungen, eine andere sehr robust und kräftig, und Beispiele dieser beiden Extreme könnte man leicht für verschiedene Gattungen halten.

FARBE: Die vormals dunkelbraunen und schwarzen Hauttöne haben sich zu hellbraunen, sogar cremefarbenen Schattierungen gewandelt.

GEISTIGE FÄHIGKEITEN: Sie sind durch die Symbiose wesentlich verbessert worden. Die praktische Intelligenz unterscheidet sich nicht wesentlich von der der Bewohner von

Kolonie 10, doch die höheren Intelligenzbereiche sind bemerkenswert angeregt worden, und diese Tatsache macht den eigentlichen Erfolg (denn erfolgreich ist es zweifellos) des Experiments aus.

DIE EINGEBORENEN

LEBENSDAUER: Zunehmend, doch nicht im selben Maße wie bei den Riesen. Sie leben, wenn sie nicht Opfer von Unfällen werden, etwa fünfhundert Jahre. Sie sterben, wie die Riesen, durch den Befall von winzigen Organismen teils lokaler Herkunft, teils aus dem Weltraum. Wir erkennen keine Anzeichen der Degenerationskrankheit.

GRÖSSE: Halbe Größe der Riesen, etwa acht oder neun Fuß. Sie sind auffallend zivilisierter geworden. Die Körperbehaarung hat abgenommen, das Haupthaar ist dagegen üppig, die Augenbrauen sind buschig. Körperbau, Gesichtszüge und Gesamtwirkung sind breit, kompakt, stark. Die tierische Abstammung bleibt erkennbar. Sie haben meist braune Augen. Auf den verschiedenen Niederlassungen über die nördliche Hemisphäre sind diese Wesen beachtlich gleichartig.

HAUTFARBE: Die Farbtöne reichen von cremefarben bis braun, am häufigsten kommt ein warmes Hellbraun vor.

GEISTIGE FÄHIGKEITEN: Keine Anzeichen der Höheren Fähigkeiten, aber ihre praktische Intelligenz entwickelt sich besser als erwartet, und das ist eine solide und gesunde Grundlage für unsere Pläne in Verbindung mit der Errichtung der Schleuse.

ALLGEMEINES

Die Beziehungen zwischen Riesen und Eingeborenen sind gut. Es werden nicht sehr enge, aber beständige Kontakte gepflegt. Die Riesen machen ihre Besuche nur, wenn absehbar ist, daß die Eingeborenen von ihren Ratschlägen oder Hinweisen profitieren. Die Riesen leben nirgends weiter als hundert Meilen von ihren Schützlingen entfernt. Ihre Niederlassungen sind wohnlich, werden aber natürlich nur als vorübergehend betrachtet und als Experimente für die kommende Phase verwendet. Das heißt, alle Gebäude, die Pflanzungen, die Bewässerungsanlagen sind Versuche und auf die zukünftigen kosmischen Einstellungen hin geplant, die sich durch die Schleuse ergeben werden. Diese Kommission ist in der angenehmen Lage, berichten zu können, daß es keinerlei Anzeichen der Degenerationskrankheit gibt. Nirgends gibt es Gebäude oder Einrichtungen, die einem anderen Zweck als dem der Vorbereitung der Schleuse dienen. Die Niederlassungen sind natürlich, so weit als zu diesem Zeitpunkt möglich, auf geophysikalische Faktoren ausgerichtet.

Die Eingeborenen bewohnen weit primitivere Behausungen – wenn man sie unter dem Gesichtspunkt kosmischer Justierung betrachtet –, obwohl einige ein vom physikalischen Aspekt her ansehnliches Niveau erreicht haben und einen Ehrgeiz beweisen, der weit über die Befriedigung der Bedürfnisse nach Wärme und Bequemlichkeit hinausgeht. Diese Tatsache bringt uns, mehr als alles andere, zu dem Schluß, daß die Errichtung der Schleuse nicht hinausgeschoben werden sollte. In einigen Behausungen gibt es Verzierungen und Muster an Wänden, Dächern, Gefäßen, Gerätschaften und Stoffen. Diese Verzierungen halten sich, wegen des Einflusses der Riesen, noch in den Grenzen des für diese Phase Notwendigen, doch wird schon bald der Verlust des Gleichgewichts nicht mehr zu vermeiden sein.

Die Jagd ist inzwischen nicht mehr die Hauptnahrungsquelle. Der Ackerbau hat sich gut entwickelt, es gibt Getreide verschiedener Arten, Kürbisse und Blattpflanzen. Auch Viehzucht wird betrieben, mit guten Erfolgsraten. Bisher besteht noch kein Bedarf an künstlicher Bewässerung, die natürlichen Wasserquellen reichen aus. Doch schlagen die Riesen aufgrund ihrer Untersuchung vor, in den heißeren Gebieten des Mittleren Teils Bewässerungssysteme einzurichten.

Unser Bericht ist ein Erfolgsbericht.

Nach Meinung dieser Kommission ist die Zeit reif für die Errichtung der Schleuse. Den Riesen ist sehr daran gelegen. Ohne sich in irgendeiner Weise zu beklagen oder eine Beschleunigung in einer Phase zu wünschen, die keine Beschleunigung verträgt, fühlen sie sich doch von den üblichen Kontakten mit der Galaxis ausgeschlossen. Zwar erinnert sich keiner von ihnen als Individuum an den wahren Kontakt – den freien Fluß von Gedanken, Ideen, Informationen, den Austausch unter den Planeten innerhalb unserer Galaxis –, aber es ist noch nicht lange her, daß die ältesten Immigranten von Kolonie 10 starben. Und sie haben eine vererbte Erinnerung, die stark und aktiv ist und sich gut entwickelt. Und alle Vorbereitungen für die Errichtung der Schleuse sind abgeschlossen.

WARNUNG

Es gibt hartnäckige Gerüchte, meistens in Form von Geschichten und Liedern, die die Eingeborenen weitergeben – sie erfahren Neuigkeiten sehr schnell, da sie sich in Gruppen zur Jagd und anderen Unternehmungen treffen –, die besagen, daß es »im Süden« Völker äußerst kriegerischer und feindlicher Wesen gebe. Die Riesen haben auf die beiden großen Festlandmassive Expeditionen ausgeschickt, haben aber nur festgestellt, daß die Arten, die Sirius dort angesiedelt hat, sich gut entwickeln. (Sie werden Gegenstand eines weiteren Teilberichts sein.) Uns ist klar, daß die Betreuer aus Sirius diese Gerüchte verbreitet haben, um unsere Schützlinge daran zu hindern, sich auf ihr Gebiet zu wagen. Die Riesen, die das auch wissen, haben noch zusätzlich neue Legenden und Geschichten erdacht und tun ihr Bestes, um geistige Barrieren zu errichten, damit unsere Absprachen mit Sirius eingehalten werden.

Dies alles war zu erwarten; doch noch etwas anderes: Sowohl unter den Eingeborenen als auch unter den Riesen gehen Gerüchte um über »Spione«. Diese Spione betreten das Gebiet der Riesen nicht, tauchen jedoch recht häufig bei den Eingeborenen auf, überall auf der nördlichen Hemisphäre. Zunächst glaubten die Riesen, sie kämen aus den Sirischen Kolonien zu gewöhnlichen Erkundungszügen, aber inzwischen sind sie der Meinung, daß es Spione aus einem anderen Imperium sind. Sie wollen sich nicht festlegen, betonen aber, daß die entscheidenden Kennzeichen dieser Wesen nicht in ihrer Erscheinung, sondern in ihrem Verhalten lägen. In einem Wort, sie zeigen alle Anzeichen der Degenerationskrankheit. Nach unserer Meinung bestätigt alles, was wir gehört haben, die Gegenwart Shammats.

UNSERE SCHLUSSFOLGERUNGEN

1. Die Schleuse kann begonnen werden. Wir haben optimale Bedingungen.
2. Bei unseren Plänen sollten wir nicht vergessen, daß dieser Planet plötzlichen und drastischen Veränderungen unterworfen ist.
3. Auf Sirius sollten Erkundigungen eingeholt werden, ob in ihren Gebieten Spione von Shammat bemerkt worden sind.
4. Unsere Aufmerksamkeit sollte sich darauf konzentrieren zu erfahren, was Shammat eigentlich will. Auf diesem Planeten ist kein Platz für Shammat.

Kurz darauf wurde die Schleuse errichtet und erwies sich als Erfolg, da sie Missionen und Sonderbeauftragte überflüssig machte. Die Gehirne der Riesen, oder, um es richtiger, den Tatsachen entsprechend auszudrücken: Das Riesenhirn war eins geworden mit dem Hirn des Canopäischen Systems, zunächst teilweise und zögernd, aber es war ein ständig wachsendes und verfeinerteres Fließen. Von Rohanda kamen nur gute Nachrichten. Wer sich mit den Bändern und Berichten aus jener fast zehntausend Jahre dauernden Phase beschäftigt, erlebt nichts als Erfolge, Errungenschaften, positive Entwicklungen. Wenige unserer Kolonien haben unsere Erwartungen je so ermutigend erfüllt. Die »Spione« aus dem obenerwähnten Bericht der Kommission schienen von der Bildfläche verschwunden zu sein. Auf Canopus nahm man an, daß sie von der plötzlichen Wirkung der Schleuse vernichtet worden seien – daß sie den Wechsel zu den höheren und feineren Vibrationen nicht hatten überstehen können, obwohl wir die Möglichkeit nicht ausschlossen, daß diese Geschöpfe Shammats sich, anstatt auszusterben, weiterentwickelt haben könnten, vielleicht sogar in einer der allgemeinen Vielfalt und dem Artenreichtum Rohandas dienlichen Weise.

Inzwischen stellt sich die Lage allerdings ganz anders dar. Es geht, kurz gesagt, darum, wenn nicht gerade Schuldige zu suchen – das hilft in der Regel nicht weiter, da die Aufmerksamkeit dadurch eher vom Wesentlichen abgezogen wird, anstatt sich darauf zu konzentrieren –, so doch in Erfahrung zu bringen, was falsch gelaufen ist, um Ähnliches auf anderen Planeten zu vermeiden. Die Hauptursache des Desasters war wohl, was das Wort Des-aster nahelegt: Eine Störung im Umlauf der Sterne. Wir konnten sie nicht vorhersehen, ungeachtet unserer Einsicht, daß nichts auf Rohanda als unveränderlich und stabil gelten durfte. Wenn jene Verschiebung in der Stellung der Gestirne sich nicht ereignet hätte, wäre nichts von dem ins Gewicht gefallen, was die Agenten Shammats betrieben oder planten.

Aber wie kam es, daß wir nichts von ihrer Anwesenheit wußten?

Es war zum Teil unser, Canopus, Fehler. Mit Sirius liefen die Beziehungen weiterhin formal korrekt. Zwischen den Kolonialbehörden auf den Mutterplaneten wurden weiter Informationen ausgetauscht. Auf der Rohandischen oder Shikastischen Ebene benahmen sie sich nicht schlimmer, als wir erwartet hatten, wenn man den viel niedrigeren Stand ihres Imperiums bedenkt. Aber dieser geringere Entwicklungsstand des Sirischen Imperiums ist eben der Schlüssel zu diesem und anderen Problemen auf Rohanda/Shikasta; und ich sehe die Dinge jetzt ganz anders. Man darf nicht vergessen, daß wir Diener von Canopus uns auch in einem Entwicklungsprozeß befinden und unser Verständnis von Situationen sich mit uns wandelt. [*Vgl. Geschichte des Sirischen Imperiums.*]

Kurz, wir trauten Shammat einfach nicht viel zu. Es ist leicht, jetzt festzustellen, daß das ein Fehler war. Puttiora selbst war daran gelegen, oder so schien es, uns aus dem Weg zu gehen: Das Bündnis zwischen dem Imperium Sirius und dem Canopäischen Imperium war nicht geringschätzig abzutun. Keiner tat es geringschätzig ab! In unserem Teil der Galaxis herrschte überall Friede und harmonische Entfaltung, und keiner forderte uns heraus. Warum auch? Selten hat die Galaxis eine Periode so glänzender Errungenschaften, eine so lange Zeitspanne ganz ohne Krieg erlebt.

Vielleicht ist es ein Fehler derer, die sich des Friedens und der gegenseitigen Hilfe erfreuen und beides in noch stärkerem Maß anstreben, zu vergessen, daß es außerhalb ihrer Grenzen Wesen ganz anderer Denkart gibt, die sich auf ganz andere Energien stützen. Nicht daß Canopus nicht vor den bösen Emanationen Puttioras auf der Hut gewesen wäre oder daß wir uns nicht über dieses üble Imperium unterrichtet hätten, das uns um so mehr in Schrecken versetzte, als es uns an unsere früheren, weniger erfreulichen Entwicklungsstufen erinnerte – nein, in dieser Hinsicht haben wir nichts versäumt. Aber Puttiora trat sonst nirgends in Wettstreit mit uns – warum hätte es das auf Rohanda tun sollen?

Und so dachten wir einfach zu wenig an Shammat. Daß Puttiora einen Außenposten auf einem Planeten voller Felsen und Wüsten duldete, war uns immer unerklärlich erschienen, obwohl Gerüchte umgingen, daß Shammat von Puttiora-flüchtigen Sträflingen kolonialisiert worden sei und Puttiora sie unbeachtet gelassen hatte, bis es zu spät war. Wir hatten keinerlei Vorstellung davon, wie Shammat Nahrungsquellen aussaugte und auszehrte, wo sie nur greifbar waren, und wie es sich aufblähte wie ein Dieb, der von seiner Beute fett wird. Als Shammat schon ein erfolgreicher Piratenstaat war, hielten wir ihn immer noch für ein schändliches, aber unwichtiges Anhängsel des schrecklichen, aber glücklicherweise weit entfernten Puttiora.

Und die Riesen, diese aufgeweckte, intelligente Gattung, die alles auf Rohanda unter Kontrolle hatten?

Auch das, glauben wir, ist ein Fall von gutartigen und wohlmeinenden Gemütern, die unfähig sind, die Realität von Denkweisen zu begreifen, die auf Raub und Zerstörung ausgerichtet sind. Kolonie 10 war nie etwas anderes als ein Ort fruchtbarer Zusammenarbeit gewesen, und wie ich schon sagte, sind ihre Bewohner für harmonische Symbiosen mit anderen besonders geeignet. Und auf Rohanda hatten sie keinerlei Rückschläge oder Bedrohungen erlebt. Inzwischen glauben wir, daß es von Nachteil ist, zu viel Gedeihen, zu leichte Entwicklungen zuzulassen – und auf keiner unserer anderen Kolonien haben wir uns jemals wieder mit einem leichten, triumphalen Wachstum zufriedengegeben. Wir haben seither immer ein gewisses Maß an Belastung, an Gefahr eingebaut.

Aber angenommen, es hätte keine Sternenkatastrophe gegeben? Dann hätte wahrscheinlich nie jemand erfahren, daß Shammat nach Rohanda eingedrungen war ... denn Shammat ist nur erfolgreich, wo Ungleichgewicht, Unrecht, Schrecken herrschen.

Die Krise kam fast ohne Vorwarnung. Es gab keinen Grund, sie zu erwarten. Aber plötzlich war das Gleichgewicht von Canopus und seinem System gestört. Wir mußten herausfinden, was nicht in Ordnung war, und das möglichst schnell. Wir taten es. Es war Rohanda. Der Umlauf war phasenverschoben, und dieser Zustand verschlimmerte sich schnell. Die Schleuse wurde schwächer. Im Gleichgewicht der Kräfte innerhalb von Rohanda traten Verschiebungen auf. Dies waren Reaktionen auf Verschiebungen – wir mußten unsere Aufmerksamkeit nach außen, fort von Rohanda lenken – im Gleichgewicht der Kräfte an anderer Stelle, unter den Sternen, die uns, Canopus, mit unseren kolonialisierten Planeten in einem Netz von sich gegenseitig beeinflussenden Strömen hielten. Rohanda hatte die Störung in der Formation als erstes gespürt, da es von Natur aus empfindlich war. Rohanda schwebte in Gefahr, Rohanda

mußte gerettet werden, mußte in Phase gebracht werden, reguliert – das waren unsere ersten Überlegungen.
Aber bald stand fest, daß das nicht möglich war. Rohanda konnte seinen Platz in unserem System nicht halten. Es ging nicht darum, Rohanda abzukoppeln, vielmehr koppelte es sich selbst ab.
Nun gut: Wir konnten auffangen und versorgen ... das waren unsere Überlegungen in jener zweiten Phase unserer Entdeckungen.
Ein langes Stagnieren aller Entwicklung stand Rohanda bevor – allerdings wußten wir zu jenem Zeitpunkt noch nicht, wie lange diese Periode dauern würde. Wir würden jedoch dafür sorgen, daß es nicht zu einem völligen Schwund all dessen kommen würde, was es bisher erreicht hatte; wir würden Rohanda stützen, bis die kosmischen Kräfte wieder umschlagen würden, was unseren Feststellungen nach zu erwarten war.
Doch dann mußten wir etwas anderes, Schlimmeres erkennen. Wir konnten unsere Informationen nicht damit in Einklang bringen, was wir aus Richtung Rohanda registrierten. Die Ströme von Rohanda kamen wild, schrill, gebrochen ... es war klar, daß die Verbindungen angezapft wurden. Zuvor hatte die starke, vollständige Schleuse zwischen Rohanda und uns solches Schmarotzertum ausgeschlossen, aber jetzt konnte kein Zweifel mehr an diesem Tatbestand sein. Dann geschah alles auf einmal. Nachrichten von Sirius über die plötzlich angewachsene Macht Puttioras, seinen zunehmenden Stolz. Nachrichten von unseren Spionen im Imperium Puttiora – vor allem über Shammat. Shammat war wie betrunken, schamlos, prahlerisch, torkelnd ... Shammat erklomm immer neue Stadien der Stärke. Shammat nutzte die neue Schwäche Rohandas aus, das ihm ungeschützt, ungesichert ausgeliefert war. Was bedeutete, daß Shammat auf Rohanda auf der Lauer gelegen, sich einen Stützpunkt geschaffen hatte ... vielleicht gewußt hatte, was geschehen würde? Nein, das war nicht möglich, denn nicht einmal wir, mit unserer Shammat unendlich überlegenen Technologie, hatten es gewußt.

Es ging nicht mehr nur darum, Rohanda über eine lange Phase des Stillstands hinüberzuretten, es war viel schlimmer.
Ein Beauftragter mußte entsandt werden, und zwar auf der Stelle.
Und nun will ich Rohanda beschreiben, wie ich es auf meiner ersten Reise vorfand.
Jetzt war es schon Shikasta: Shikasta, das Verletzte, das Zerstörte, das Verwundete. Es trug schon diesen neuen Namen.
Kann ich wirklich sagen, daß ich »gern« darüber schreibe? Es ist ein retrospektives Gefühl, das auf die Zeit vor den schlimmen Nachrichten, die ich überbringen sollte, zurückreicht. Rohanda hatte uns mit so viel Befriedigung erfüllt, es war unsere leichteste und beste Leistung. Und immerhin sollte Rohanda an die Stelle jenes unglückseligen Planeten treten, der seiner Zerstörung entgegensah und dessen Bewohner wir schon an andere Orte brachten, wo sie weiterleben und sich entfalten können würden.
Welche Krisenstimmung ließ ich damals auf Canopus hinter mir! Welch ein Aufruhr von Anstrengung, Wandel und Neuorientierung: Pläne, die man jahrtausendelang gehegt, auf die man sich verlassen hatte, wurden umgeworfen, umgestellt, ersetzt – und von diesem Ort des Aufruhrs machte ich mich auf nach Shikasta, dem so schwer Getroffenen.
Ein wenig Trost zumindest liegt darin, daß so Vortreffliches einmal existiert hat. Das Gute, das gewesen ist, ist ein Versprechen, daß an anderem Ort, zu anderer Zeit, sich wiederum Gutes entwickeln kann ... über die Zeiten des Jammers und der Zerstörung mag uns dieser Gedanke Kraft geben.
Zur Zeit des Sternenunglücks gab es immer noch nicht mehr als sechzigtausend Riesen und etwa eineinhalb Millionen Eingeborene, die alle über die nördliche Hemisphäre verstreut lebten. Der Planet war überraschend fruchtbar und einladend. Die Wassermassen, die, freigelassen, wieder Sümpfe und feuchtes Marschland geschaffen hätten, waren noch immer als Eis an den Polen gebunden, und wir sahen keine Anzeichen dafür, daß sich das ändern sollte.
Große Wälder breiteten sich über die nördlichen und die gemä-

ßigten Zonen aus, die reichlich von Tieren aller Arten bevölkert waren; von denen auf meinen späteren Reisen unterschieden sie sich vor allem in der Größe. Sie waren keine Feinde der Bewohner. Es gab im Norden, sogar in klimatisch extremen Gegenden, Niederlassungen sowohl von Riesen als auch von Eingeborenen, aber der größte Teil der Bevölkerung saß weiter südlich, in den Mittelgebieten, wo das Klima angenehm warm, leicht, belebend war.
Die Städte waren dort errichtet worden, wo die Steinmuster entsprechend der Notwendigkeit des Plans entlang der damaligen Kraftlinien der Erde aufgestellt worden waren. Diese Steinmuster, Linien, Kreise, Figuren, unterschieden sich nicht von denen, die uns von anderen Planeten vertraut sind, und waren die Grundlage des durch die Schleuse errichteten Sendesystems zwischen Canopus und Rohanda ... jetzt das arme Shikasta.
Die Anlage und Ausrichtung der Steine hatten zu Beginn die Riesen völlig alleine besorgt; ihre Größe und Körperkraft erleichterten ihnen die Arbeit – aber inzwischen war das Einvernehmen zwischen Riesen und Eingeborenen so gut, daß die Eingeborenen bei dieser Aufgabe mithelfen wollten, von der sie wußten, daß sie – wie sie es in ihren Liedern und Geschichten ausdrückten – ihre Verbindung zu den Göttern, zum Erhabenen darstellte.
Die Riesen betrachteten sie nicht als Götter. Diese Entwicklungsstufe hatten sie schon hinter sich. Ihre Intelligenz war aufgrund der Schleuse so stark angewachsen, daß sie sich kaum mehr von der der Riesen vor der Schleuse unterschied.
Die Städte waren auf den Linien errichtet worden, die jene in der langen Vorbereitungsphase vor der Schleuse so ausgedehnten Experimente bezeichnet hatten.
Sie waren aus Stein und waren durch die Steinmuster miteinander verbunden, die ja einen Teil des Sendesystems darstellten. Städte, Dörfer, Niederlassungen, die aus Lehm, Holz oder pflanzlichen Materialien gebaut sind, können den Sendevorgang nicht stören oder ungeeignete Schwingungen einstrahlen. Aus diesem Grund hatten auch die Riesen während der Vorbe-

reitungsphase Stein als Baumaterial abgelehnt und selbst in Häusern aus organischen Substanzen, die geeignet und gerade zur Hand waren, gelebt. Nachdem die Schleuse erstellt worden war und die Steinmuster in Kraft getreten waren, wurden die Städte aus Stein neu aufgebaut, und die Eingeborenen wurden in dieser Kunst unterrichtet – die schon so bald wieder aus dem Gedächtnis Shikastas schwinden sollte. Der Plan war nämlich, daß die Riesen den Planeten, wenn die Eingeborenen sich ausreichend weit entwickelt hätten, verlassen und an anderer Stelle eine neue Aufgabe übernehmen sollten, da sie sich selbst ja über alle Erwartungen hinaus entwickelt hatten, die man vor Tausenden von Jahren angesichts der Handvoll Leute von Kolonie 10 hatte hegen können.

Die Eingeborenen wurden darin unterrichtet, jederzeit Kontakt mit Canopus zu halten, Kontakt zu halten mit ihrem Beschützer, ihrem Erhalter, ihrem Freund, dem, was sie Gott nannten, dem Erhabenen. Wenn sie für die richtige Anordnung der Steine und ihre Bewegungen entsprechend den sich verstärkenden und schwächenden Kraftlinien sorgen und die Städte nach dem Gesetz der Notwendigkeit erhalten würden, dann dürften sie erwarten – sie, diese kleinen Einwohner Rohandas, die noch vor kurzem als Affen in den Bäumen herumgeturnt waren, als Tiere, die nichts vom Canopäischen Geist in sich trugen – diese Tiere würden dann erwarten dürfen, Menschen zu werden, würden die Verantwortung für sich und ihre Welt übernehmen, wenn die Riesen sie nach Vollendung der Symbiose verlassen würden.

Die Städte waren alle verschieden, wegen der Verschiedenartigkeit des Geländes, auf dem sie standen, und den Strömungen und Kräften jener Gebiete. Sie standen in weiten Ebenen, an Quellen, an Meeresküsten, im Gebirge oder auf Hochplateaus. Sie standen in Schnee und Eis oder in größter Hitze, aber jede für sich war genau und perfekt und der Notwendigkeit entsprechend gebaut. Jede war ein mathematisches Symbol und eine geometrische Form, und die Kinder lernten Mathematik auf den Reisen, die sie machten. Ein Lehrer fuhr mit einer Gruppe von Schülern beispielsweise zur Quadratischen Stadt, wo sie

durch Osmose alles in sich aufnahmen, was man von Quadraten wissen muß. Oder über Rhomben oder Dreiecke usw.
Natürlich war die Gestalt jeder Stadt im Aufriß genau so festgelegt wie im Grundriß, und die runde Form oder das Sechseck oder die Vierer- oder Fünfereinheit erschien in der Raumdimension genau so wie an der Grundfläche, wo die Steinmuster sich während des Bauens mit der Erde vermischten.
Der Wasserfluß um eine Stadt herum und in ihr war der Notwendigkeit entsprechend geregelt, ebenso wie die Wahl eines Ortes für das Feuer, nicht der Wärmequellen – sie wurden mit Dampf und heißem Wasser gespeist –, sondern das offene Feuer, das die Eingeborenen nach wie vor für göttlich hielten, der Notwendigkeit entsprach.
So war jede Stadt ein vollkommenes Kunstgebilde, in dem nichts unkontrolliert blieb und das mit seinen Einwohnern ein funktionierendes Ganzes bildete. Es stellte sich heraus, daß bestimmte Temperamente in eine Runde Stadt oder ein Dreieck am besten paßten und dort auch am meisten bewirkten. Es hatte sich sogar eine Wissenschaft herausgebildet, schon sehr früh in der Kindheit zu entscheiden, wo eine bestimmte Person leben mußte. Und hier lag die Quelle jenes »Unglücks«, das in geringerem oder größerem Maße das Schicksal eines jeden Bewohners unserer Galaxis sein muß, denn keineswegs war es immer so, daß jedes Mitglied einer Familie sich für dieselbe Stadt eignete. Und sogar Liebende – wenn ich dieses Wort benützen darf für eine Beziehung, die man im gegenwärtigen Shikasta nicht mehr kennt – mochten feststellen, daß sie sich trennen mußten und taten es dann auch, denn jeder nahm als selbstverständlich hin, daß seine Existenz von der freiwilligen Unterwerfung unter das große Ganze abhing und daß seine Unterwerfung, sein Gehorsam keine Sklaverei, keine Leibeigenschaft bedeutete – solches hatte es auf dem Planeten nie gegeben, und sie wußten nichts davon –, sondern die Quelle ihres Wohlergehens und Grundlage ihrer Zukunft und ihres Fortschritts war.
Inzwischen lebten die beiden Rassen zusammen, es gab keine getrennten Siedlungen mehr; allerdings heirateten sie nicht un-

tereinander. Das war physisch nicht möglich. Die Riesen waren seit den Berichten der letzten Kommission nicht weitergewachsen: Sie maßen etwa achtzehn Fuß. Die Eingeborenen waren halb so groß. Doch hatten die Riesen sich in der Zwischenzeit in Hinsicht auf Hautfarbe und Gesichts- und Körpertypen beträchtlich auseinanderentwickelt. Einige waren von so tiefem, glänzendem Schwarz wie die ersten Einwanderer. Andere wiesen alle Schattierungen eines lebhaften, warmen Brauns auf. Es gab einige mit sehr hellen Gesichtern, und ihre Augen waren zuweilen von einem Blau, das auf den ersten Blick Unbehagen, ja sogar Entsetzen auslösen konnte. Auch unter den Eingeborenen gab es alle Farbschattierungen, und ihr Haupthaar variierte von Tiefschwarz bis Kastanienbraun. Die Riesen hatten, vielleicht aufgrund des Klimas, auch stärker entwickeltes Haupthaar, doch war es immer noch spärlich und kurz und hob sich deutlich von den üppigen Locken der Eingeborenen ab. Die blauäugigen Riesen hatten zuweilen farbloses oder hellgelbes Haar, doch wurde das eher als unglücklicher Zufall betrachtet.

Das Geschlechtsleben der beiden Rassen war unterschiedlich stark ausgeprägt. Die Riesen, die vier- oder fünftausend Jahre lang lebten, zeugten ein- oder zweimal in ihrem Leben Nachkommen, oder auch gar nicht. (Und trugen ihre Jungen lange aus, vier bis fünf Jahre lang.) Die weiblichen Riesen taten, wenn sie nicht schwanger waren oder ihre Kinder versorgten, also den größten Teil ihres Lebens, dieselbe Arbeit wie die Männer. In der Regel war das geistige Arbeit, nämlich das unaufhörliche und hingebungsvolle Bemühen um die richtigen Transmissionsebenen zwischen dem Planeten und Canopus.

Der Geschlechtstrieb der Riesen war nicht sehr stark und nicht das, was die Eingeborenen unter einem Trieb verstanden: Die sexuellen Kräfte, das Anziehen und Abstoßen, das Herauffluten und Verebben, waren zu feineren Impulsen geläutert, außer wenn sie für die Fortpflanzung genutzt wurden.

Die Eingeborenen wurden dazu ermutigt, Kinder zu zeugen. Sie lebten jetzt durchschnittlich tausend Jahre, doch konnte der Planet ohne weiteres eine größere Bevölkerung verkraften.

(Daß sie innerhalb der nächsten Jahrtausende auf mehr als 20 Millionen Einwohner anwachsen sollte, war nicht beabsichtigt gewesen: Nie war etwas in Richtung eines plötzlichen Wachstumsschubs geplant worden.) Und unter sorgfältiger Kontrolle würden weitere Städte an geeigneten Orten gebaut werden: Es gab keinen Mangel an Orten, die den Gesetzen der Notwendigkeit entsprachen. Eingeborene, die das wollten und übereinstimmend als tauglich betrachtet wurden, konnten in den ersten hundert Jahren ihres Lebens mehrere Nachkommen haben. Danach wurde der Fortpflanzungsmechanismus unwirksam, wobei allerdings weiterhin der Geschlechtsverkehr zum Vergnügen und als ausgleichendes Moment möglich war, und sie traten in eine lange, tatkräftige und kraftvolle mittlere Altersphase. Die Degenerationskrankheit, wie wir sie definieren, gab es noch nicht; allgemeine Zerfallskrankheiten der rein körperlichen Art, die später so häufig vorkamen, existierten noch nicht. Sowohl Riesen als auch Eingeborene starben natürlich an Unfällen, aber sonst nur an den sehr seltenen Einfällen von Viren, gegen die sie keinen Schutz besaßen. Die Fortpflanzungsprogramme wurden je nach Bedarf darauf abgestimmt.

Ich wurde in einem unserer schnellsten Fahrzeuge nach Rohanda geschickt, nicht über Zone Sechs. Ich hatte zwar vor, Zone Sechs zu besuchen, aber erst, nachdem ich die Lage auf dem Planeten selbst sondiert hatte, wo ich möglichst schnell und leibhaftig anwesend sein sollte. Es war beschlossen worden, daß ich die Gestalt eines Eingeborenen, nicht eines Riesen annehmen sollte, da ich dort bleiben und den Eingeborenen helfen sollte, wenn die Riesen abgezogen würden. Diese Entscheidung war richtig. Andere waren fragwürdig. In der Rückschau wurde mir später klar, daß ich andere Erwägungen hätte außer acht lassen sollen, um schneller an meine Arbeit zu kommen. Andererseits brauchte ich Zeit für die Akklimatisation. Ich hätte keine dieser Städte mit ihren ganz spezifischen Schwingungen ohne bedenkliche Folgen sofort unvorbereitet betreten können. Der Unterschied zwischen Canopus und Rohanda war enorm, und keiner von uns konnte sofort nach der Ankunft mit der Arbeit anfangen: Jedesmal mußte dem Prozeß der Eingewöhnung eine gewisse Zeit zugestanden werden. Doch war die Lage schlimmer, als wir gedacht hatten, und sie verschlimmerte sich schneller als erwartet.

Das Raumschiff näherte sich dem äußersten östlichen Rand des Großen Festlands von Nordwesten und senkte sich über den fruchtbaren und bewaldeten Bergen, Hochebenen und Ebenen, die später zu riesigen Wüsten wurden, Tausenden von Quadratkilometern Wüste. Wir sahen mehrere Städte und überlegten, was die Einwohner, die zufällig zu unserer vorbeiziehenden kristallinen Kugel heraufschauten, wohl davon halten und wie sie anderen, die uns nicht gesehen hatten, davon berichten mochten.

Zu diesem Zeitpunkt wußte ich noch nicht, welcher Stadt wir uns am besten zuerst nähern sollten. An der äußersten östlichen Küste des Festlandes, nicht einer der Inseln, machte ich meine Messungen. Inzwischen erforschte die Besatzung des Raumschiffs die Umgebung, allerdings sehr vorsichtig, weil wir niemanden erschrecken wollten und es zu Schwierigkeiten hätte führen können, wären wir gesehen worden: Mit Sicherheit hätte man vermutet, daß hier ein Eingeborener von fremdartigen Wesen entführt würde. Es war nicht einfach einzuschätzen, worin genau die Veränderung bestand, oder ihre Art und ihr Ausmaß, aber ich entschied, daß die Quadratische Stadt sich am besten eignen würde. Wir hatten sie gesehen, als wir darüber hinwegflogen. Sie lag etwa sieben anstrengende Tagesmärsche entfernt, und das würde gerade für meine Gewöhnung an Rohanda ausreichen. Ich hatte schon dem Raumschiff Anweisungen gegeben, wieder abzuheben, als ich feststellte, daß die Luft des Planeten sich verändert hatte. Und das ganz plötzlich. Weitere Berechnungen. Unter diesen Umständen kam die Quadratische Stadt nicht in Frage. Ich änderte meine Befehle, und wir stiegen wieder auf und flogen weiter, nicht über dieselben Städte, sondern weiter südlich über die Großen Berge, wo der Sender Shammats sich befinden mußte: Ich spürte ihn. Östlich des Gebiets der großen Binnenseen wurde ich abgesetzt. Wieder machte ich Untersuchungen – und dasselbe geschah: Ich hatte mich für die Ovale Stadt an der

Nordspitze des nördlichsten Binnensees entschieden, als sich wieder die Atmosphäre veränderte. Aber dieses Mal hatte ich das Raumschiff schon fortgeschickt. Ich würde wochenlang marschieren müssen, um die Runde Stadt zu erreichen, die nun mein neues Ziel war. Aber das würde zu lange dauern.
Die Runde Stadt lag auf dem Hochplateau südlich der großen Binnenseen. Sie war kein Verwaltungs- oder Regierungszentrum, ein solches Zentrum gab es gar nicht. Aber abgesehen davon, daß sie sich von ihren Schwingungsmustern her gut eignete, lag sie geographisch zentral, und meine Nachrichten würden sich von dort leichter verbreiten. Außerdem würden die Höhe und die Strenge der Atmosphäre diese Stadt länger als andere vor dem schützen, was sich in Kürze ereignen würde. Jedenfalls hoffte ich das. Ich hoffte auch, daß es keine weitere Verschiebung in der Ausrichtung des Planeten mehr geben würde, die die Runde Stadt für mich untauglich machen würde.
Zunächst war die Zeit mein Problem. Ich näherte mich einer Herde von Pferden, die an einem Berghang weideten, stellte mich vor sie hin und schaute sie konzentriert, in einer wortlosen Bitte um Hilfe an. Sie waren unruhig und verwirrt, aber dann kam eines der Tiere herüber, blieb abwartend vor mir stehen, und ich saß auf. Ich lenkte es, und wir galoppierten nach Süden. Die ganze Herde folgte uns. Meile um Meile legten wir zurück, und ich begann, mir Gedanken um die Fohlen und jungen Pferde zu machen, die mit uns Schritt hielten und die Reise zu genießen schienen: Sie schlugen aus, wieherten und liefen um die Wette. Da sah ich in der Nähe eine zweite Herde und ließ mich dorthin tragen. Ich stieg ab. Mein Reittier erklärte einem starken und kraftvollen Tier der zweiten Herde die Lage. Es kam heran und blieb stehen, ich stieg auf, und wir ritten los. Dies wiederholte sich mehrere Male. Ich machte kaum Pausen, ließ mein Reittier nur wenige Male anhalten, um mit dem Kopf auf seiner Flanke im Schatten eines Baumes ein wenig zu schlafen. So verging eine Woche, und ich sah, daß mein Zeitproblem gelöst war. Es wurde Zeit, meine eigenen Beine zu benützen und mich langsamer vorwärts zu bewegen. Ich bedankte mich bei meinem Geleit für die wirkungsvolle

Hilfe im Stafettensystem, und sie berührten mein Gesicht mit ihren Nüstern, drehten sich dann um und donnerten zurück zu ihren Weidegründen.
Und nun wanderte ich nach Süden, Tag um Tag, durch eine freundliche Savannengegend mit hellen, luftigen Bäumen, aromatischen Sträuchern, Graslichtungen von blassem Gold. Überall Vögel, in jenen Scharen, die ein Ganzes sind, mit Geist und Seele, wie der Mensch, und doch aus vielen Einheiten zusammengesetzt, wie der Mensch auch. Überall Tiere, alle zutraulich, neugierig, sie kamen herbei, um mich zu begrüßen, mir zu helfen, indem sie mir den Weg oder Plätze zum Ausruhen wiesen. Oft verbrachte ich einen heißen Mittag oder eine Nacht bei einer Familie von Rehwild, die unter Büschen vor der Hitze Schutz suchten, oder mit Tigern, die sich im Mondschein auf den Felsen ausstreckten. Eine heiße, doch nicht schmerzhaft heiße Sonne – es war vor jenen Ereignissen, die sie etwas in die Ferne rückten –, der nähere, strahlendere Mond jener Zeit, leichte Brisen, Früchte und Nüsse in Hülle und Fülle, klare, frische Flüsse – dieses Paradies, das ich während jener Tage und Nächte durchschritt, überall willkommen geheißen, ein Freund unter Freunden, ist jetzt Wüste und Fels, Sand und Schiefer, bedeckt mit den kümmerlichen Pflanzen der Dürre und der sengenden Hitze. Überall sind Ruinen, und jede Handvoll bittern Sandes war einmal Materie jener Städte, deren Namen die heutigen Shikaster nie gehört haben, von deren ehemaliger Existenz sie nichts ahnen. So wie die Runde Stadt, die so kurz darauf in Leere und Dissonanz fiel.
Ständig beobachtete, horchte, kontrollierte ich; bisher war der Einfluß Shammats noch gering, obwohl ich unter den tiefen Harmonien Rohandas schon die Mißklänge der kommenden Zeit spürte.
Ich wünschte mir, daß diese Reise niemals zu Ende gehen sollte. Ach, wie herrlich war das alte Rohanda! Nie habe ich auf all meinen Reisen und Besuchen ein einladenderes Land angetroffen, eines, das den Ankömmling so sanft und unbeschwert grüßte, ihn zu sich nahm, so anmutig, so betörend, daß man nachgeben mußte, wie man dem überraschenden Zauber eines

Lächelns oder Lachens nachgibt, das zu sagen scheint: »Ach, bist du überrascht? Ja, ich bin etwas Besonderes, ein Geschenk, etwas, das über das Notwendige hinausreicht, ein Beweis der Großzügigkeit, die in allen Dingen verborgen liegt.« Doch alles, was ich sah, sollte so bald schon vergangen sein, und jeder Schritt auf dem spröden, warm riechenden Boden und jeder Augenblick unter dem Schutz der freundlichen Äste war ein Abschied – adieu, adieu, Rohanda, adieu.

Ich hörte die Runde Stadt, bevor ich sie sah. Die Harmonien ihrer mathematischen Formeln schlugen sich in einem leisen Gesang oder Lied nieder, der Musik ihres ureigenen und ganz besonderen Seins. Auch sie hieß mich willkommen und umschlang mich, und das Böse von Shammat war noch nicht mehr als eine Schwingung von Unbehagen. Überall um die Stadt herum hatten sich Tiere versammelt, angezogen und gehalten von dieser Musik. Sie grasten oder lagen unter den Bäumen und schienen zu lauschen, von Zufriedenheit umfangen. Ich ließ mich unter einem großen Baum nieder, lehnte den Rücken an den Stamm und schaute unter den wie spitzengewirkten Zweigen in die Schneisen und Straßen hinein und hoffte, daß ein paar Tiere zu mir kommen würden, denn es würde das letzte Mal sein. Und sie kamen: Eine Löwenfamilie tappte herbei, drei ausgewachsene Tiere und einige Junge, und sie legten sich um mich herum. Ich hätte eines der Jungen sein können der Größe nach, denn sie waren sehr groß. Die ausgewachsenen Tiere lagen mit den Köpfen auf den Tatzen da und schauten mich mit ihren bernsteinfarbenen Augen an, und die Jungen sprangen und spielten um mich herum und über mir. Ich schlief, und als ich weiterzog, folgten mir einige der Jungen, sich balgend und umeinanderrollend, bis ein Laut von einem der großen Tiere sie zurückholte.

Die Bäume standen jetzt weniger dicht. Zwischen ihnen und der unmittelbaren Umgebung der Stadt lagen die Steinmuster. Während der vielen Tage meiner Wanderung hatte ich die Steine nicht gesehen, aber nun kam ich zu Steinkreisen und -straßen, einzelnen Brocken und Haufen. In der Nähe der anderen Städte, durch die ich gekommen war oder die ich gestreift hat-

te, waren viele Tiere in der Nähe der Steine gewesen, sie hatten sich wegen der Harmonien, die sie dort fanden, darum geschart, doch hier, am Rande der Runden Stadt, sah ich, daß die Steinmuster überhaupt keine Tiere anzogen. Die Musik, wenn das das richtige Wort für die tiefen Harmonien der Steine ist, war zu stark geworden. Als ich zurückschaute, sah ich, daß die Masse der Tiere dort, wo die Steine begannen, wie von unsichtbaren Zäunen zurückgehalten wurden. Die Vögel schienen von den Steinen noch nicht beeinträchtigt zu werden, ganze Scharen begleiteten mich, und ihr Rufen und Zwitschern mischte sich in die Klänge der Symphonie.
Zwischen den Steinen hindurchzugehen war nicht angenehm. Ich fühlte, wie mir elend wurde. Aber sie ließen sich nicht umgehen, da sie die Runde Stadt lückenlos umgaben. Sie hörten vor dem breiten, ruhigen Strom auf, der um die ganze Stadt herumfloß, sie mit zwei Armen umgab, die sich in einem See an der südlichen Seite vereinigten, bevor sie sich wieder teilten und nach Osten und Westen davonflossen.
Kleine Ruderboote, Kanus, alle möglichen Schiffe waren zur Benutzung aller, die sie brauchten, am Ufer festgebunden, und ich ruderte über den Fluß. Am inneren Ufer hörte die Musik der Steine auf, und es herrschte Stille. Eine vollkommene Stille von solcher Intensität, daß sie sogar die Schritte auf dem Stein, die Geräusche von Maurerwerkzeugen und Stimmen schluckte.
Vor dem weißen Rund der hochaufragenden Gebäude lag ein breiter Gürtel von Gärtnereien, der die Stadt umgab. Dort arbeiteten Gärtner, Männer und Frauen, die mich aber natürlich nicht beachteten, da ich einer von ihnen zu sein schien. Es war ein stattlicher Menschenschlag, mit kräftigen, braunen Gesichtern, und die leichte, kurze, vorwiegend blaue Kleidung gab ebenso kräftige braune Gliedmaßen frei. Blau war die Farbe, die in dieser Stadt am häufigsten für Kleidung, Wandbehänge und Ornamente benutzt wurde, und das Blau schien wie eine Antwort auf den immer wolkenlosen Himmel über der Hochebene.
In der Runden Stadt gab es nichts, das nicht rund war. Sie war als vollkommener Kreis angelegt und konnte sich nicht ausdeh-

nen: Der Kreisbogen war ihre Begrenzung. Die Außenwände der äußeren Gebäude bildeten den Kreisbogen, und die Seitenwände waren, wie ich sah, als ich einen ebenfalls kreisförmigen Weg einschlug, leicht gekrümmt. Die Dächer waren nicht flach, sondern wölbten sich zu Kuppeln und Domen in zarten Pastelltönen, cremefarben, hellrot und zartblau, gelb und grün, so schimmerten sie unter dem sonnigen Himmel. Als ich den äußeren Teil der Stadt durchschritten hatte, kam ich an eine Straße, die ebenfalls einen vollständigen Kreis bildete und von Bäumen und Gärten gesäumt war. Es waren nicht viele Menschen zu sehen. In einem Garten saß ein Grüppchen zusammen, und auch sie strahlten Kraft, Gesundheit, Gelöstheit aus. Sie waren nicht weniger stämmig gebaut als die Arbeiter in den Gärten, was darauf schließen ließ, daß es hier keine Trennung zwischen körperlich und geistig Arbeitenden gab. Ich ging dicht an ihnen vorbei, grüßte und wurde wiedergegrüßt und sah den Glanz auf ihrer braunen Haut und ihre großen, meist tiefbraunen Augen. Das Haar der Frauen war lang, braun oder kastanienrot und auf verschiedene Arten frisiert und aufgesteckt und mit Blumen und Blättern geschmückt. Sie trugen lose Hosen und Jacken in verschiedenen Blautönen mit hier und da etwas Weiß.
Durch einen weiteren Kreisausschnitt dieser Stadt kam ich wieder auf eine gebogene Straße, auf der mehr Menschen zu sehen waren, da es hier Geschäfte, Marktbuden und Stände gab. Diese Straße bildete innerhalb des äußeren wiederum einen vollständigen Kreis und wurde in ihrer ganzen Länge vom Markt eingenommen; wie auf allen Märkten, die ich kenne, herrschten Geschäftigkeit und reges Treiben. Wieder eine Zeile von Gebäuden, dann eine Straße voller Cafés, Restaurants und Gärten. Hier drängte sich alles, und ich habe niemals eine harmonischere und freundlichere Menschenmenge als diese erlebt. Eine alles umfassende, gute Stimmung beherrschte diesen Ort, ein liebenswürdiger Charme – und dabei ging es weder laut noch hektisch zu. Mir fiel auf, daß trotz des Lärms, den eine solche Menschenmenge doch hervorbringen mußte, nichts die tiefe Stille beeinträchtigte, die der Grundton dieses Ortes war,

die Musik seines innersten Wesens, die die ganze Stadt in ihren Harmonien umfangen hielt. Weitere Ringe von Gebäuden und Straßen; ich näherte mich jetzt dem Mittelpunkt und suchte nach dem Schwulst und Pomp, die immer die ersten Anzeichen der Degenerationskrankheit sind. Aber es gab nichts dergleichen: Als ich auf den Platz im Mittelpunkt der Stadt hinaustrat, vor die öffentlichen Gebäude, die aus demselben goldbraunen Stein gebaut waren, sah ich nichts als Harmonie und Ebenmaß. In dieser Stadt mußte kein Kind, dem seine Eltern die Hallen und Türme zeigten, diese Zentren seines geistigen Erbes, Furcht oder Fremdheit empfinden oder sich selbst als ein Nichts fühlen, ein kleines ängstliches Wesen, das gehorchen, sich vor der Amtsgewalt ducken muß. Bittere Erfahrungen hatten mich gelehrt, danach Ausschau zu halten ... nein, im Gegenteil, wer hier hindurchschritt, zwischen diesen einladenden, in warmen Farben leuchtenden Gebäuden, konnte nur die Vertrautheit, die Übereinstimmung zwischen dem einzelnen und seiner Umgebung spüren.

Ich war noch nicht ausreichend akklimatisiert für die schwierigen Aufgaben, die mir bevorstanden ... und eine Trauer erfüllte mich, die ich nicht niederkämpfen konnte. Ich saß eine Weile am erhöhten Rand eines kleinen Teichs, der einen Springbrunnen umgab, und schaute den Kindern zu, die angstlos zwischen den Gebäuden spielten, den plaudernden Frauen, Männern, die sich unterhielten, anderen gemischten Gruppen, die zusammensaßen oder herumgingen. Alles war durchflutet vom klaren Licht der Hochebene und der Hitze, die aber wegen der vielen Brunnen, Bäume und Blumen nirgends zu stark wurde. Und alles war erfüllt von dem ruhigen starken Zielbewußtsein, das ich immer und überall – in Städten, auf dem Lande, in großen oder kleinen Menschengruppen, und auf jedem Planeten – als einen Beweis für das Herrschen der Notwendigkeit, des rhythmischen Fließens und Oszillierens der Schleuse vorgefunden habe.

Und doch war er da, kaum hörbar, ein feiner Mißklang, die Anfänge des Endes.

Ich hatte noch keine Riesen gesehen, doch mußten sie irgend-

wo sein. Ich wollte nicht fragen, um mich nicht als Fremden zu erkennen zu geben und Unruhe zu verbreiten, bevor es nötig war. Ich wanderte eine Zeitlang umher, bis ich am Ende einer Straße zwei Riesen entdeckte, auf die ich zuging. Es waren Männer, beide von glänzend schwarzer Hautfarbe, beide in der gleichen losen Kleidung, die ich an den Eingeborenen gesehen hatte, beide auf ihre Tätigkeit konzentriert. Mit Hilfe eines Werkzeugs aus Holz und rötlichem Metall, das ich nicht kannte, waren sie dabei, die Schwingungen einer Säule aus poliertem schwarzen Stein zu messen, die am Schnittpunkt zweier Straßen stand. Der schwarze Stein fiel in dieser vom weichen, honiggelben Gestein beherrschten Umgebung auf, wirkte aber nicht düster, denn sein Glanz spiegelte das Blau der Kleidung der beiden Riesen und die Bewegungen ihrer schwarzen Gesichter wider.
Ich muß gestehen, daß ich zunächst auf der Hut war und erst einmal abwartete, wie ich begrüßt werden würde. Der äußeren Erscheinung nach war ich ein Eingeborener, und ich war immer vorsichtig, was die Beziehungen zwischen Lehrern und Lernenden betrifft – schließlich war es schon oft mein offizieller Auftrag gewesen, mißtrauisch zu sein und nach den Anzeichen der Krankheit Ausschau zu halten. Ich blieb also ein paar Schritte von ihnen entfernt stehen und schaute zu den Schultern dieser riesigen Männer hoch: Sie waren mehr als doppelt so groß wie ich. Als sie ihre Arbeit beendet hatten und im Begriff waren zu gehen, sahen sie mich, lächelten sofort und nickten mir zu – allerdings ohne sich aufhalten zu lassen, woraus deutlich wurde, daß sie nicht davon ausgingen, daß wir einander brauchten.
Ich hatte mit Befriedigung festgestellt, daß ihrem Verhalten einem ›Eingeborenen‹ gegenüber keine Herablassung anzumerken war und sagte nun, daß ich Johor sei und von Canopus käme.
Sie standen da und schauten auf mich herunter.
Ihre Gesichter waren nicht so attraktiv und warm wie die der liebenswürdigen Menschen, die ich beobachtet und unter denen ich mich bewegt hatte auf dem Weg zum Zentrum der

Stadt. Natürlich ist es nicht so einfach, sich Wesen einer anderen Rasse vertraut zu fühlen: Man braucht etwas Zeit zur Anpassung, um zu lernen, wie man den Angriffen auf das eigene Wahrscheinlichkeitsempfinden widersteht. Aber hier ging es um mehr. Die Riesen waren im Canopäischen Denken zu Hause, hatten aber Tausende von Jahren lang keinen Bewohner von Canopus mehr gesehen, denn wir hatten uns auf die Berichte dieser gewissenhaften Verwalter verlassen. Und nun verkündete Canopus plötzlich seine physische Präsenz, aber aus dem Mund eines Eingeborenen! Ich wiederum war überrascht, in mir ein kindliches Verlangen zu entdecken. Der Blick hinauf zu diesen ungeheuren Wesen erinnerte mich an Impulse, deren ich mir gar nicht mehr bewußt war. Ich hatte das Bedürfnis, nach ihren Händen zu fassen und mich halten, stützen zu lassen; hatte das Bedürfnis, mich auf die Höhe jener gütigen Gesichter heben zu lassen, hatte das Bedürfnis nach allen möglichen Tröstungen und Besänftigungen, die ich in Wirklichkeit gar nicht wollte – so daß ich mich schämte und sogar ungehalten wurde. Und diese Konflikte zwischen verschiedenen Ebenen meiner Erinnerung verstärkten die Trauer, die ich wirklich empfand, nämlich über das, was ich ihnen sagen mußte. Abgesehen davon fühlte ich mich immer noch nicht wohl. Normalerweise hätte ich zur Vorbereitung mehr Zeit in Zone Sechs verbracht. Ich wurde plötzlich schwach, und die Riesen merkten es. Doch noch bevor sie mich halten konnten, wozu sie im Begriff waren, was ich aber nicht wollte, weil es dieses lang vergessene Kind in mir anrühren würde, setzte ich mich auf den Sockel der Säule und schaute von dieser noch tieferen Ebene hinauf zu den hochaufragenden Männern, hinter denen die Bäume kaum größer schienen, und zwang mich dazu zu sagen: »Ich habe eine Nachricht für euch. Schlechte Nachricht.«

»Man hat uns gesagt, daß wir dich erwarten sollten.«

Ich saß da und nahm die Antwort in mich auf, benutzte meine Schwäche als Vorwand für mein Schweigen.

Was hatte man ihnen gesagt? Was sollten sie erwarten? Wieviel hatte Canopus sie wissen lassen?

Es war nicht so, daß alles, was sich im Canopäischen Hirn abspielte, augenblicklich auch im Denken der Riesen gegenwärtig gewesen wäre – oder umgekehrt. Es war alles komplizierter und spezieller als das.

Die Phase vor der Schleuse hatte das Ziel gehabt, die Kräfte – wenn man es so nennen will – des Planeten durch die Symbiose von Riesen und Eingeborenen so zu fördern, daß Rohanda, das heißt das materielle Sein des Planeten, über die Verbindung Riesen–Eingeborene mit dem Canopäischen System gekoppelt werden konnte. Während dieser Phase, die so unerwartet kurz gewesen war, hatte es wenig geistige Strömungen zwischen Canopus und Rohanda gegeben, doch war gelegentlich etwas aufgeflackert, Augenblicke von Kommunikation: Nichts, auf das man sich hätte verlassen, das man hätte aufnehmen und weiterentwickeln können.

Als die Schleuse begann, wurden die Kräfte oder Schwingungen (oder wie man es sonst nennen will, alle Bezeichnungen sind ungenau und nur Annäherungen) von Rohanda mit Canopus verschmolzen, und über Canopus mit dessen Tochterplaneten, Monden und Gestirnen. Es war jedoch nicht so gewesen, daß das Denken der Riesen in dem Augenblick, in dem die Schleuse einsetzte, eine augenblickliche, absolute und dauerhafte Verschmelzung mit Canopus erreicht hätte. Rohanda war von diesem Zeitpunkt an zwar eine Funktion im Funktionssystem von Canopus, aber noch konnte nichts als endgültig erreicht betrachtet oder als gegeben hingenommen werden. Die Aufrechterhaltung der Schleuse war von einer stetigen Wartung und Pflege abhängig. Zunächst das Stellen, Beobachten und Überwachen der Steine, die ständig von neuem ausgerichtet werden mußten – die Abweichungen waren nur geringfügig, aber bei der großen Anzahl der Steine war all das eine mühselige und zeitraubende Arbeit. Dann der Aufbau der Städte; mit der Bildung einer jeden neuen mathematischen Einheit wurde die Schleuse gestärkt, und jede Stadt wiederum mußte beobachtet und angepaßt werden, und all das mit Hilfe der Eingeborenen, denen man alles beibrachte, sobald sie fähig waren, es zu lernen. Vor allem wurde ihnen die Fähigkeit übermittelt, ihre eigene Entwicklung zu beobachten und sie ständig

zu nähren und neu auszurichten, damit alles, was sie taten, in fortwährender Harmonie und phasengleich mit Canopus, den Schwingungen von Canopus war.
Unaufhörlich wurde von Canopus Kraft nach Rohanda gestrahlt. Rohandas neue, sich immer weiter entfaltenden Kräfte strahlten unaufhörlich zurück nach Canopus. Durch diesen gezielten und ausgeklügelten Austausch von Strahlungen wurde das vorrangigste und oberste Ziel der Galaxis gefördert – die Erschaffung von sich ewig fortentwickelnden Söhnen und Töchtern des Zwecks.
Die Möglichkeiten, Substanz auszutauschen, waren unendlich vielfältig und wandelbar. Das »Denken«, das Rohanda und Canopus gemeinsam hatten, bedeutete nicht, daß jeder Gedanke in jedem Kopf automatisch auch Besitz eines jeden anderen wurde. Gemeinsam war die Grundlage des Denkens, ein notwendiges Netzwerk, ein Geflecht oder Gitter, ein Muster, über das alle verfügten und das in sich selbst nicht statisch war, sondern mit dem Stärkerwerden und Nachlassen der Strahlungen wuchs und sich veränderte. Wenn ein Individuum mit einem anderen Kontakt aufnehmen wollte, so geschah das in einem sorgfältigen und gezielten »Einstimmen«, und anschließend wurde genau das mitgeteilt, was beabsichtigt gewesen war, nicht mehr und nicht weniger. So waren die Riesen zwar Funktionsträger des Denkens von Canopus, doch wußten sie nichts, was Canopus sie nicht wissen lassen wollte. Auch waren die Bedingungen nicht immer ausreichend gut für den Austausch von Gedanken. So gab es etwa eine Zeitspanne von mehr als hundert Jahren, während derer kein Austausch gezielter Information möglich war, wegen der Störungen bestimmter Ordnungen in einem nahe gelegenen Sonnensystem, das zeitweise phasengleich mit Canopus lief. Der Austausch von Kraftfeldern ging weiter, aber die feineren Strömungen konnten erst wieder fließen, als das betreffende Gestirn seine Stellung im himmlischen Tanz geändert hatte.
»Habt ihr die Schwingungen der Säule aus bestimmten Gründen gemessen?« fragte ich schließlich.
»Ja.«

»Habt ihr festgestellt, daß etwas nicht in Ordnung ist?«
»Ja.«
»Habt ihr eine Vorstellung davon, was es sein könnte?«
Mir war, wie man sieht, daran gelegen, Shammat einzuführen, denn von dem, was ich von ihnen erfuhr, würde so viel für die Planung der Zukunft abhängen; aber während ich noch nach einer Möglichkeit suchte, auf Shammat zu sprechen zu kommen, merkte ich, daß dies ein ganz fernliegendes, zweitrangiges Thema war. Wieder überkam mich das drängende Gefühl, eilen zu müssen, und bezwang meine Schwäche. Ich stand mühsam auf und schaute sie an.
»Man hat uns gesagt, daß der Gesandte Johor kommen würde und daß wir uns inzwischen auf eine Krise vorbereiten sollen.«
»Und das war alles?«
»Das war alles.«
»Dann bedeutet das, daß ihre Angst vor Feinden, die sie abhören könnten, noch größer ist, als mir bei meiner Abreise klar war«, sagte ich. Ich sprach entschlossen, fast verzweifelt und schaute dabei zuerst den einen, dann den anderen an.
Sie reagierten nicht auf »Feinde«. Das Wort glitt an ihnen ab, ungehört, es rührte nichts in ihnen an! Hier wurde eine Schwäche deutlich, die wir verschuldet hatten, verschuldet haben mußten.
Doch noch während ich von dieser Schwäche in ihnen berichte, einer ernsten Schwäche, muß ich doch zur Ehre aller Betroffenen und im Interesse der Wahrheit noch einmal betonen, welch eine außergewöhnliche Rasse das war – die Riesen, die es bald nicht mehr geben würde, zumindest nicht in dieser Form. Nicht wegen ihres Körperbaus, ihrer Größe, ihrer Stärke! Ich hatte schon oft unter großgewachsenen Völkern gearbeitet. Die Größe hing nicht immer zusammen mit den Eigenschaften, die diese Menschen besaßen. Sie hatten etwas Unvergeßliches an sich. Sie hatten eine innere Größe, eine Hochherzigkeit, ein Maß an Verständnis, das weit über das der meisten Gattungen, derer wir uns angenommen haben, hinausging. Eine tiefe Besonnenheit umgab sie wie die tiefe Stille diese Stadt. Sie besaßen die ruhige Stärke ihrer Funktion, die darin bestand, dem Be-

sten, das je war und je sein wird, zu dienen. Ihre Augen waren gedankenvoll und beobachtend und sprachen von Bindungen an Kräfte, weit jenseits dessen, weit höher als alles, was sich die meisten Wesen nur erträumen können. Nicht, daß die Eingeborenen in ihrer Art nicht auch eindrucksvoll gewesen wären; auch sie dachten, beobachteten und waren vor allem reich begabt mit einer natürlichen Gemütswärme. Doch hier war etwas, das mehr, das feiner war. Ich schaute hinauf in diese majestätischen Gesichter, und das Erkennen stellte sich ein: Diese Männer gaben denselben Ton, denselben Klang ab wie die Besten in Canopus. Ich wußte, daß ich bei solchen Menschen nur Gerechtigkeit, Wahrheit finden würde – so einfach war es.
»Du brauchst vielleicht Ruhe?« erkundigte sich der eine.
»Nein, nein!« rief ich und versuchte das Drängen, das in mir war, auf sie zu übertragen. »Nein, ich muß mit euch sprechen. Ich sage es euch jetzt, wenn ihr wollt, und ihr könnt es den anderen weitersagen.«
Ich sah, daß ihnen nun endlich dämmerte, daß etwas Schreckliches drohte. Und wieder beobachtete ich, wie sie innere Kräfte wachriefen. Zwischen diesen beiden floß ein gegenseitiges Verstehen: Sie brauchten keine vordergründigen Gesten wie den Austausch von Blicken oder bedeutungsvolles Kopfnicken.
Vor uns zog sich die baumgesäumte Straße leicht abwärts zu einer Gruppe von hohen weißen Gebäuden.
»Es ist besser, wenn wir eine Versammlung der Zehn einberufen«, sagte der eine und war mit diesen Worten schon unterwegs, mit so langen Schritten, daß er in einem Augenblick schon am Ende der Straße war, auf einer Höhe mit den Gebäuden, auf die er zulief, so daß es schien, als halte er sie im richtigen Größenverhältnis. »Ich heiße Jarsum«, sagte mein Gefährte, und wir setzten uns in Bewegung. Er hielt immer wieder inne, ging langsamer und wartete, während ich ging, so schnell ich konnte, doch schuf das keine Spannung zwischen uns, und ich merkte, daß die Riesen und Eingeborenen daran gewöhnt waren, nebeneinander herzugehen und sich dieser Form des Beisammenseins angepaßt hatten.
Als ich in die Nähe der Gebäude der Riesen kam, wirkten sie

zwar hoch auf mich, jedoch nicht erdrückend; erst innerhalb des einen, das wir betraten, fühlte ich mich unwohl und angespannt, denn der zylinderförmige Raum schien sich über meinem Kopf in endlose Höhen zu dehnen, und die Sitzflächen der Stühle waren für mich in Stirnhöhe. Jarsum bemerkte es und gab über ein Instrument Anweisungen, einen Stuhl, Tisch und ein Bett in Eingeborenengröße herbeizuschaffen und in einen besonderen Raum, der kleiner als die anderen war, zu stellen. Als ich diesen immer noch riesenhaften Raum bezog, kamen mir die Möbelstücke darin allerdings fast komisch vor.
Der große Raum oder Saal wurde als Versammlungsort benützt. Innerhalb kurzer Zeit hatten sich zehn Riesen versammelt. Sie ließen ihre üblichen Sitzgelegenheiten unbeachtet und setzten sich statt dessen auf den Boden, mich hoben sie auf einen Stapel gefalteter Teppiche, so daß unsere Gesichter auf derselben Höhe waren. Sie saßen da und warteten darauf, daß ich anfing. Sie sahen besorgt aus, nicht mehr. Ich schaute in die Runde dieser königlichen, erhabenen Wesen und dachte daran, daß es unmöglich ist, sich gegen den Schrecken so zu wappnen, daß man ihn nicht spürt, wenn er kommt. Ich würde langsam vorgehen müssen, von Stufe zu Stufe, auch bei Wesen wie diesen.
Ich mußte ihnen sagen, daß ihre Geschichte zu Ende war. Daß ihr Auftrag hier zu Ende war. Daß die lange Entwicklung, die sie so hervorragend durchlaufen hatten und die sie erst am Beginn glaubten, zu Ende war. Als Einzelwesen hatten sie noch eine Zukunft vor sich, denn sie würden auf andere Planeten gebracht werden. Aber sie würden nicht mehr die Existenz und die Funktion haben, in der sich zu sehen sie gelehrt worden waren.
Einem Einzelwesen mag man sagen, daß es sterben muß, und der oder diejenige wird das hinnehmen, denn die Art wird weiterleben. Auch seine oder ihre Kinder werden sterben, vielleicht sinnlos oder zufällig – aber die Art wird am Leben bleiben. Aber daß eine ganze Art, eine Rasse aufhören wird zu sein, oder sich von Grund auf verändern soll – nein, das kann keiner ohne Aufruhr in seinem tiefsten Innern einfach hinnehmen.
Uns mit uns selbst als Einzelwesen zu identifizieren – das ist der Kern der Degenerativen Krankheit, und jeder von uns im Cano-

päischen Imperium lernt, sich selbst nur soweit zu schätzen, als wir in Harmonie mit dem Gesamtplan sind, mit den Phasen unserer Evolution. Was ich zu sagen hatte, rührte an das, was wir am höchsten schätzten, und so konnte es keinen Trost bedeuten zu hören: Als Einzelwesen werdet ihr weiterleben. Was die Eingeborenen anbetraf, so gab es auch für sie keine Hoffnungsbotschaft, es sei denn die Aussicht auf eine rückläufige Bewegung, ein Abklingen in ferner Zukunft könnte als solche betrachtet werden. Eine neue Evolution würde einsetzen – aber erst viele Zeitalter später.

Die Daseinsberechtigung der Riesen, ihre Funktion, ihr Nutzen, bestand in der Entwicklung der Eingeborenen, die ihre zweite Hälfte waren, Sein von ihrem Sein. Nun gab es für die Eingeborenen keine anderen Aussichten mehr als die Degeneration ... Die Riesen waren in der Lage des gesunden oder gesünderen siamesischen Zwillings, der in der Operation gerettet wird, durch die der andere sterben muß.

Das alles mußte ich ihnen sagen.

Ich sagte es.

Und wartete, damit sie das Ungeheuerliche in sich aufnehmen konnten.

Ich erinnere mich daran, wie ich dort saß, lächerlich aufgebaut auf diesem Teppichstapel, und mir vorkam wie ein Zwerg. Ich beobachtete ihre Gesichter, besonders das von Jarsum. Jetzt, wo ich auf einer Höhe mit ihm saß, sah ich, daß er unter den anderen hervorstach. Er war ein Mann von ganz besonders kräftigem Gesichtsschnitt, voller dramatischer Furchen und Höhlen, die dunklen Augen blitzend unter den schweren Brauenwülsten, die Wangenknochen vorspringend und ausgeprägt. Er war ein unermeßlich starker Mann, äußerlich und innerlich. Doch noch während ich ihn betrachtete, verlor er an Stärke. Sie alle verloren an Stärke. Es war kein Mangel an Mut oder Fassung, noch waren sie nicht fähig, sich den Gesetzen, die uns beherrschen, so weit zu entziehen. Aber während ich scheu von einem Gesicht zum anderen schaute, sah ich, wie sie ganz allmählich in sich zusammenfielen. Ihre Macht ließ nach. Und ich überlegte, ob man oben auf Canopus diesen Augenblick wohl registrierte und daran erkannte, daß ich getan hatte, was zu tun ich geschickt worden war. Jedenfalls zum Teil getan: Das Schlimmste hatte ich jetzt hinter mir.

Ich wartete. Man mußte ihnen Zeit lassen, damit sie aufnehmen konnten, was ich gesagt hatte. Die Zeit verstrich ... Zeit verstrich ...

Wir sprachen nicht. Zunächst glaubte ich, das sei wegen des Schmerzes über diese Nachricht, aber bald merkte ich, daß sie darauf warteten, bis das, was jetzt ihre Gedanken bewegte, hinauspulste in das Denken zunächst all der anderen Riesen in der Runden Stadt, und von dort aus – wenn auch notwendigerweise in einer schwächeren, unpräziseren Form: wahrscheinlich würde kaum mehr als ein Gefühl drohender Gefahr, eine warnende Unruhe übertragen werden – an die Riesen der anderen Mathematischen Städte. Der hohe Zylinder, in dem wir saßen, war ein Senderaum, der so gebaut war, daß er in Funktion trat, wenn zwischen zehn und zwölf Riesen sich darin aufhielten. Zehn reichten aus, gleichgültig, ob männlich oder weiblich, aber sie mußten geübt sein; deshalb kamen die sehr Jungen für diesen Zweck nicht in Frage.

Die Art und Weise, in der dieser Sendevorgang bewerkstelligt wurde, spiegelte die Übertragungsabläufe zwischen Canopus und Rohanda wider. Es gab ein Raster, eine gemeinsame Denkgrundlage, die die Weitergabe genauer Nachrichten ermöglichte; doch mußte die Mitteilung in eine Form gebracht, geordnet, gegliedert werden. Es war keineswegs so, daß alles, was sich im Kopf eines Riesen oder der Zehn abspielte, sofort und automatisch hinaus und in die Köpfe der anderen Riesen in derselben Stadt und dann in die anderen Städte übertragen wurde.

Anschließend stellten wir Überlegungen über die Auswirkungen an. Zunächst würde sich ein Grundsockel von Emotionen – wenn das das richtige Wort ist für Gefühle, die so sehr viel tiefer waren als das, was später auf Shikasta unter Emotionen verstanden wurde – aufbauen. Und dann, nachdem alles vorbereitet war, sollten weitere Nachrichten ausgestrahlt werden.

Inzwischen ließ ich meine Augen wandern ... Mir fiel auf, daß unter den zehn Riesen eine Frau des Typs war, der nach norma-

len Canopäischen Begriffen als Mißgeburt gegolten hatte und noch galt. Sie überragte die anderen Riesen um eine gute Handspanne, und ihre Knochen waren dünn und lang, und das Fleisch auf ihnen wirkte wie ausgehöhlt. Ihre Haut war totenblaß, von kaltem blauen und grauen Glanz überspielt. Ich hatte auf allen meinen Reisen noch nie eine ähnliche Hautfarbe gesehen und fand sie zunächst abstoßend, dann faszinierte sie mich, und schließlich wußte ich nicht mehr, ob ich davon abgestoßen oder angezogen wurde. Ihre Augen waren erstaunlich, von strahlendem Blau wie der Himmel über Shikasta. Wie die anderen Riesen hatte sie sehr wenig Haupthaar, nur einen leichten Flaum blassen Goldes. An den Fingerspitzen hatte sie lange Fortsätze knochenartigen Gewebes wie die Eingeborenen, die einst Pfoten mit Klauen gehabt hatten. Die genetischen Vorstellungen, die hierdurch erweckt wurden, waren vielfältig und beängstigend – aber wie mußte sie sich angesichts all dessen fühlen! Sie wirkte exotisch unter diesen braunen, schwarzen und rotbraunen Menschen mit ihren braunen, schwarzen oder grauen Augen. Sie mußte sich ausgeschlossen und fremd fühlen! Dazu noch diese Dünngliedrigkeit, ja Schwäche und Erschöpfung, die nichts mit den Belastungen dieser schwierigen Situation zu tun hatte, sondern ihrer Art angeboren war. Sie hatte gewiß nicht die unmittelbare und offensichtliche Vitalität der anderen Riesen. Nein, für sie mußte alles überaus anstrengend sein. Ich merkte, daß sie als einzige der Anwesenden von dem, was ich gesagt hatte, betroffen war, ja angegriffen wurde. Sie seufzte unaufhörlich, ihre unglaublichen himmelblauen Augen wanderten ruhelos umher, sie biß sich auf die dünnen roten Lippen. Auch die Lippen waren etwas, was ich noch nie gesehen hatte: Sie sahen aus wie eine Wunde. Doch bemühte sie sich, ihre Gefühle zu beherrschen, richtete sich auf ihrem Stuhl an der Wand hoch auf und strich glättend über den weichen blauen Stoff ihrer Hose. Sie legte ihre langen zerbrechlichen Hände auf ihre Knie und schien sich in das Unvermeidliche zu schicken.
Als das Gefühl in der Versammlung dafür richtig schien, fuhr ich fort, daß die Ursache dieser Krise eine unerwartete Störung

im Gleichlauf jener Sterne sei, die Canopus stützten. Ich muß festhalten, daß sich bei diesen Worten Unruhe regte, unterdrückt nur, fast Protest ...
Wir sind alle Geschöpfe der Sterne und ihrer Kräfte, sie machen uns, wir machen sie, wir sind Teil eines Tanzes, von dem wir uns um keinen Preis und niemals unabhängig betrachten dürfen. Doch wenn die Götter explodieren oder sich irren oder sich in fliegende Wolken von Gas auflösen oder zusammenschrumpfen oder sich ausdehnen oder was immer das Schicksal ihnen bestimmt, dann drücken die winzigen Teilchen ihrer Substanz auf ihre kleine Art – nicht Protest aus, das ist ihrem Stellenwert im Leben natürlich nicht angemessen, aber ein Zugeständnis an die Existenz der Ironie: ja, zuweilen mögen sie sich – immer voller Respekt – eine ganz leichte, die mildest denkbare Grimasse der Ironie erlauben.
Den Eingeborenen konnte nicht einmal das zugestanden werden, sie hätten nie die Fähigkeit gehabt, das in sich aufzunehmen, sie konnten die Ereignisse nicht auf der Ebene verstehen, auf der die Riesen dachten und handelten. Nein, die Hauptopfer dieser Entgleisung himmlischen Verhaltens, dieses unvorhergesehenen Unheils, der Verschiebung der Sternenbahnen, hätten nicht einmal die Voraussetzungen gehabt, resigniert den Kopf zu schütteln, die Lippen zusammenzukneifen und zu murmeln: »Na, denen macht es ja wohl nichts aus!«, oder: »Ach, herrje, schon wieder! Aber *wir* dürfen ja nicht klagen!«
Es ist nicht einzusehen, daß die Herren der Galaxis, die sich auf ihren Sternenwellen, durch ihre Sternenzeit, ihre Planetenperspektive bewegen, von ihren Schützlingen noch weniger erwarten als dieses kleine ironische Lächeln, einen Seufzer nur, angesichts des Gegensatzes zwischen den Äonen des Bemühens, des Ringens, des langsamen Hinaufkletterns, als das schon ein einziges Leben erscheint, wieviel mehr noch die lange Evolution einer Kultur, zwischen all diesen und jener fast beiläufigen – so scheint es jedenfalls – »Aber wir haben diesen Strahlenausbruch, diesen Planetenzusammenprall doch gar nicht vorhergesehen!«, oder: »Aber wir sind doch, verglichen mit den Majestäten über uns, von denen wir ein Teil sind wie

ihr ein Teil von uns, nur geringe Wesen, die sich unterordnen müssen, so wie ihr ...«

Als ich diesen Bericht anfing, sagte ich, daß ich an meinen ersten Besuch zwischen damals und jetzt nie gedacht habe. Wenn die Erinnerung sich zu nähern schien und bewußt werden wollte, blockte ich sie ab. Das war das Schlimmste, was ich in meinem langen Dienst als Gesandter je tun mußte.

Ich erinnere mich nicht daran, wie lange, ob einen halben Tag, oder einen ganzen, wir dasaßen, einander anschauten und versuchten, einander zu stützen und zu halten, während wir an die Zukunft dachten. Die Geräusche der Stadt schienen weit fort, von der Stille und den Dimensionen dieses Gebäudes verschluckt. Ein paar Riesenkinder spielten zwar ein Weilchen draußen in dem sonnenbeschienenen Hof, riefen einander etwas zu und lachten, ihre Ausgelassenheit schmerzlich gegensätzlich zu unserem Zustand, aber schon kurz darauf machte die weiße, zerbrechliche Riesin ihnen ein Zeichen, und sie trollten sich fort.

Schließlich sagte Jarsum, daß es ihnen nun nicht mehr möglich sei, Weiteres aufzunehmen, daß sie aber morgen wieder aufnahmebereit sein würden. Inzwischen würden die Riesen besprechen, wie man es den Eingeborenen am besten beibringen könne, oder ob man überhaupt etwas sagen solle. Für die Zwischenzeit hätte ich mein Zimmer, wie alle hofften, zu meiner größtmöglichen Bequemlichkeit eingerichtet. Wenn mir der Sinn danach stünde, ein wenig spazierenzugehen, so sollte ich das tun, mir stehe frei, mich ganz nach Belieben zu verhalten. Essen stehe zur Verfügung um ... ach, diese Höflichkeit, alles so freundlich und zuvorkommend. Und ich fühlte mich, als wollte mir das Herz brechen. Ich muß das sagen, mit diesen banalen Worten. Das war es, was ich fühlte, Verlassenheit, eine unaussprechliche Öde und Leere, und diese Gefühle strömten von den Riesen auf mich über, die all dies und noch mehr empfanden.

Am nächsten Tag wurde ich früh in den Senderaum geholt. Zehn Riesen warteten, es waren andere als am Tag zuvor, aber ich fühlte ihnen gegenüber keine Fremdheit.

Wenn die Riesen die Eingeborenen verließen, wie würde deren so sorgsam gehegte und geschulte Erwartungshaltung den Schock verkraften? Auf welche Verirrungen und Entstellungen würde man sich gefaßt machen müssen? Und was würde mit den Tieren des Planeten geschehen, zu deren Spielarten die Eingeborenen bis vor so kurzer Zeit noch gehört hatten? Es war geplant gewesen, daß die Eingeborenen die Tiere verwalten und beaufsichtigen und dafür sorgen sollten, daß die Fähigkeiten und Eigenschaften der verschiedenen Arten auf die Erfordernisse der Schleuse abgestimmt würden. Wie würden sie diese Tiere jetzt betrachten? Wie mit ihnen umgehen?
Während sich an jenem Morgen diese Gedanken in uns entwickelten, wurde mir immer dringlicher bewußt, daß ich Shammat einführen mußte. Dieses Bewußtsein war so stark in mir, daß ich überrascht war, daß sie nicht selbst auf Shammat kamen. Ich vermeinte, einen Druck aus Unbehagen, ja Argwohn zu spüren, der darauf hindeutete, daß das Thema an die Oberfläche wollte. Aber nichts geschah. Noch nicht. Ich mußte auf das Stichwort von ihnen warten, auf ihre Zeichen und Entschlüsse. Bald wurde das Ende der Sitzung beschlossen, und ich wurde, wiederum mit aller geziemender Höflichkeit, entlassen.
Dieses Mal machte ich von der Aufforderung Gebrauch, mich ganz nach meinen Wünschen frei zu bewegen, und ich suchte die Teile der Runden Stadt auf, an denen ich die Eingeborenen finden würde. Alles schien in bester Ordnung. Ich ging von einer Gruppe zur anderen und sprach mit allen, die Zeit hatten, mit mir zu sprechen. Zuerst sagte ich, ich sei aus der Sichelförmigen Stadt zu Besuch gekommen, aber ich stellte bald fest, daß ihnen Reisen nichts Ungewöhnliches war, und ich wollte mich noch nicht entdeckt wissen. Dann fand ich heraus, daß es weit im Norden eine ovale Stadt gab, von der sie so sprachen wie wir von den Randgebieten unserer Galaxis und die offensichtlich nie besucht wurde, und ich behauptete daraufhin, ich käme von dort und verbrämte meine Erzählung mit Geschichten von Eis und Schneestürmen, um mich an ihrer Unterhaltung beteiligen zu können. Ich wollte herausfinden, ob diese Menschen etwas von Shammat wußten, ob Reisende von

widrigen Zwischenfällen berichtet hatten und ob sie sich irgendwie krank oder unwohl fühlten. Ich fand nichts, das mir weiterhalf, bis eine Frau, die mit zwei streitenden kleinen Jungen auf einer Bank auf dem Platz in der Mitte der Stadt saß, sagte, sie seien dieser Tage sehr »gereizt«. Freilich war das nicht viel an neuer Information. Ich selbst fühlte mich auch reizbar und niedergeschlagen, wofür es allerdings gute Gründe gab. So ging ich zurück in mein Zimmer mit seinen turmhohen Wänden, unter denen sich mein Bett und mein Stuhl so winzig duckten, und wurde auch bald wieder in den Senderaum geholt.
Jarsum war dort, aber die anderen waren wiederum unbekannt. Wir ließen uns nieder wie zuvor. Ich war entschlossen, von Shammat zu sprechen und begann auch sofort mit folgenden Worten: »Ich muß euch noch mehr sagen, Schlimmeres – schlimmer aus der Sicht zumindest der Eingeborenen, vielleicht auch aus eurer. Dieser Planet hat einen Feind. Habt ihr das noch nicht bemerkt?«
Schweigen. Wieder schien das Wort »Feind« sich in der Atmosphäre dieses Raumes aufzulösen. Es schien ganz einfach an keiner Stelle Zugriff zu finden, zu packen. Es ist eine äußerst merkwürdige Erfahrung, wenn man selbst immer in einem System des Überlistens, Gegenarbeitens, Verschwörens und Taktierens gedacht hat, dessen man sich gegen die Bösen dieser Galaxis bedienen muß, und sich dann plötzlich und so unerwartet unter Menschen findet, die den Gedanken einer Gegnerschaft oder gar des Bösen überhaupt noch nie gedacht haben.
Ich versuchte es von der humorvollen Seite: »Aber euch muß doch zumindest klar sein, daß hin und wieder mal einer von dieser Sorte auftaucht. Es gibt sie, wirklich! Ja, sie sind sogar ständig an der Arbeit! Böse Kräfte sind am Werk in dieser unserer Galaxis, und zwar starke ...«
Zum ersten Mal sah ich, wie sie versuchten, die Blicke der anderen aufzufangen in jenem instinktiven Reflex, der immer ein Zeichen von Schwäche ist. Sie wollten voneinander erfahren, was dieses Ding »Feind« wohl sei. Und dabei war in ihren Berichten, zumindest am Anfang unseres Experiments mit Ro-

handa, von Gerüchten über Spione die Rede gewesen, und der Begriff Spion mußte doch, selbst für den Unschuldigsten, die Vorstellung Feind einschließen.
Ich merkte, daß ich einer Spezies gegenübersaß, die aus irgendeinem unerklärlichen Grund nicht fähig war, in Begriffen von Feindschaft zu denken. Ich konnte es kaum glauben. Jedenfalls hatte ich auf keinem der anderen Planeten je etwas Ähnliches erlebt.
»Als du mir sagtest, Jarsum, daß ihr eure Säule überprüft habt, daß ihr den Verdacht hattet, daß etwas nicht in Ordnung sei, was hast du da gemeint?«
»Die Ströme waren ungleichmäßig«, antwortete er ohne Zögern, und sein ganzes Verantwortungsgefühl und sein technisches Verständnis drückten sich in seinen Worten aus. »Wir hatten es ein paar Tage vorher festgestellt. Natürlich kommen immer kleine Abweichungen vor. Manchmal gibt es auch Unterbrechungen. Aber keiner von uns erinnert sich an diese ganz besondere Art von Abweichung. Etwas ist anders. Und du hast erklärt, warum.«
»Aber es ist noch mehr dahinter, als ich bisher gesagt habe.«
Wieder eine allgemeine, wenn auch geringe Bewegung des Unbehagens, Verlagern des Gewichts, leise Seufzer.
Gegen diesen Widerstand erzählte ich ihnen in kurzen Worten die Geschichte des Imperiums Puttiora und seiner Kolonie Shammat.
Nicht daß sie nicht zuhörten: sie schienen vielmehr unfähig zuzuhören.
Ich wiederholte, was ich gesagt hatte, blieb beharrlich. Shammat, sagte ich, habe eine Zeitlang Agenten auf diesem Planeten gehabt. Ob es Berichte über Fremde gegeben habe? Über verdächtige Vorgänge?
Jarsums Augen wanderten. Trafen auf meinen Blick. Glitten zur Seite.
»Jarsum«, sagte ich, »gibt es unter euch keine Erinnerung daran, daß eure Vorfahren, ja noch eure Väter, glaubten, daß es hier feindliche Elemente geben könnte?«
»Die Gebiete im Süden kooperieren schon lange.«

»Nein, ich meine nicht die sirischen Gebiete.«
Wieder Seufzer und Unruhe.
Ich versuchte, mich so kurz wie möglich zu fassen.
Ich sagte, dieser Planet werde unter den veränderten Einflüssen der auf ihn einwirkenden Sterne plötzlich in eine Knappheit von, wenn man so will, Kraftstoff geraten. Ja, ja, ich wußte, daß ich ihnen das schon erzählt hatte. Aber Shammat habe das auch herausgefunden und sei schon dabei, die Ströme und Kräfte anzuzapfen.
Rohanda, jetzt Shikasta, der zerbrochene, der verletzte Planet, sei wie ein reicher Garten, den man in Abhängigkeit von einem unerschöpflichen Wasservorrat geplant habe. Nun habe sich herausgestellt, daß er nicht unerschöpflich sei. Dieser Garten könne nun nicht mehr so bestellt werden wie bisher. Ein geringer, sehr dünner Zustrom von Kraft aus Canopus könne zwar noch immer hindurchsickern und Shikasta ernähren; es würde nicht völlig verhungern müssen. Doch sogar dieser dünne Zufluß von Kraft würde Shikasta entzogen. Und zwar von Shammat. Nein, wie, das wüßten wir nicht, und es sei uns ein dringendes Anliegen, das herauszufinden.
Wir glaubten, daß die Erhaltung zu einem winzigen Teil möglich bleibe, der »Garten« werde nicht vollkommen schwinden. Aber um planen und handeln zu können, würden wir alles herausfinden müssen, was über unseren Feind in Erfahrung zu bringen sei.
Keine Reaktion. Nicht in der Art, wie ich sie brauchte.
»Eines ist sicher«, fuhr ich beharrlich fort, »je mehr die Eingeborenen degenerieren, je schwächer sie werden, je mehr sie Substanz verlieren, um so besser ist das für Shammat. Versteht ihr? Je schlechter die Qualität der Verbindungen Canopus/Shikasta, um so besser für Shammat! Gleiches zu Gleichem! Shammat kann vom Hohen, Reinen, Feinen nicht leben. Das ist Gift für Shammat. Die Ebene der Schleuse lag bisher weit über dem Zugriff von Shammat. Jetzt liegen sie auf der Lauer, warten genau auf den Augenblick, in dem ihre Natur, ihre Shammatnatur sich mit all ihrer gräßlichen Gewalt an der Substanz der Schleuse festbeißen kann. Sie entziehen uns schon

Kraft, sie nähren sich davon und werden fett und unverschämt, aber das ist nichts verglichen mit dem, was geschehen wird, wenn wir sie nicht irgendwie hindern können! Versteht ihr?«
Nein, sie verstanden nicht. Sie konnten nicht verstehen.
Sie hatten die Fähigkeit verloren, den Gedanken an Diebstahl und Parasitentum zu erfassen. Vielleicht hatte ihre genetische Struktur die Anlage dafür verloren – obwohl schwer vorstellbar war, wie ein solcher Wandel sich vollzogen haben sollte. Jedenfalls merkte ich, daß nichts von dem, was ich sagte, zu ihnen durchdrang. Nichts, was dieses Thema betraf. Ich würde weiter daran arbeiten müssen.
Zunächst verbrachte ich nach jeder Sitzung eine bestimmte Zeit mit Jarsum und versuchte, auf ihn einzuwirken. Von ihm bekam ich Unterstützung und Informationen zu jedem Thema außer dem einen.
Die Übertragungssitzungen liefen weiter. Sie spielten sich immer gleich ab. Ein Thema wurde angesprochen, von den Anwesenden gedanklich durchdrungen, dann folgte vielleicht eine kurze Diskussion oder ununterbrochenes Schweigen. Das Thema erfuhr durch die Übersetzung in Ideen und Einzelaspekte, die im Geist jedes der Riesen vor sich ging, seine Erweiterung und Fortentwicklung, und in dieser Komplexität gelangte es dann nach außen zu den Riesen der anderen Städte.
Ich drang immer wieder darauf, Boten auszuschicken, um das, was übertragen wurde, zu bestätigen und zu ergänzen. Woher konnten wir wissen, ob die Stärke der Ströme noch so wie früher war? Ich hätte gerne die schnellsten Läufer entsandt und sie, wenn nötig, den ganzen Weg im Laufschritt zurücklegen lassen. Aber ich prallte auf eine merkwürdige Mauer der Abwehr. So etwas sei noch nie nötig gewesen, sagten die Riesen.
»Gut, aber jetzt ist alles anders.«
Nein, sie wollten warten.
Und ich konnte sie nicht dazu bringen, zuzuhören.
Dann kam von Canopus die Nachricht, daß die Raumschiffe,

die die Riesen wegbringen sollten, in der Nähe der wichtigsten Städte landen würden, dazu genaue Zeit- und Ortsangaben.
»Jarsum, wir müssen uns beeilen. Wir können nicht mehr warten ...« Aber jetzt war er halsstarrig, sogar mißtrauisch.
Da sah ich, daß es angefangen hatte. Die Riesen waren befallen. Sie waren nicht mehr, was sie gewesen waren.
Und wenn sie befallen waren, dann war ich es mit großer Wahrscheinlichkeit auch. Ich hatte in der Tat Augenblicke, in denen mir schwindelte. Ja, und zuweilen kam ich nach einer Pause zu mir und hatte das Gefühl, mein Kopf sei voller Wolken gewesen.
Ich hatte nicht gedacht, daß es so früh nötig werden würde, aber ich nahm Das Zeichen aus dem Versteck und verbarg es, an den Oberarm gebunden, unter meinem Gewand. Mein Denken wurde klarer, und ich merkte, daß ich mich in der Tat ohne es zu merken verändert hatte. Mir wurde deutlich, daß ich bald das einzige Wesen auf Shikasta mit Urteilsvermögen und der Fähigkeit zu sinnvollem Handeln sein würde.
Dabei wußten die Riesen nichts von ihrem Zustand und beherrschten noch immer alles.
Ich stellte fest, daß die Riesen nicht gleichmäßig stark beeinflußt waren – einige waren noch bei klarem Verstand und verantwortungsbewußt. Doch ach, Jarsum gehörte nicht zu diesen. Er war fast sofort erlegen. Ich wußte nicht, wie ich das verstehen sollte, versuchte es auch nicht. Ich war mit praktischen Dingen beschäftigt und drängte, diejenigen, die wollten, in den Senderaum zu kommen, wo sie mir bei klarerem Verstand schienen als außerhalb.
Bei einer dieser Sitzungen erkannte ich, daß ein tatsächlicher und drastischer Wandel eingesetzt hatte. Der Ablauf der Sitzungen war noch derselbe, aber die Unruhe war größer, und es gab häufiger Augenblicke, in denen schien, daß alle sich verloren hatten: Ihre Augen verschleierten sich und irrten umher, und sie sprachen ins Blaue hinein. Eines Morgens sagte dann ein Riese plötzlich aufmüpfig, er ziehe es vor, auf dem Planeten zu bleiben und nicht mit den anderen zu gehen. Er trug es vor und begründete es wie in einer Debatte, und dies wirkte so

fremd auf die anderen, daß sie zu plötzlichem Verstehen aufgerüttelt wurden. Mein Freund Jarsum, zum Beispiel, wurde bis in sein Innerstes erschüttert, und ich merkte, daß er hinter seinen herrlichen Augen wieder er selbst war. Er sprach nicht, sondern saß da und konzentrierte seine ganze Kraft. Ein anderer Riese sprach, argumentierte gegen den ersten, aber nicht so sehr für das Verlassen des Planeten, sondern eher um des Widerspruchs willen. Der erste schrie, es sei doch »ganz offensichtlich«, daß es dumm sei, den Planeten zu verlassen. Jarsum kämpfte, sammelte innerlich alle Kräfte, um die Versammlung wieder zu dem zu machen, was sie einmal gewesen war. Eine andere Gegenstimme erhob sich. An der Anstrengung in Jarsums Gesicht, an der Spannung in seinen Augen sah ich, daß das zuviel war ... und plötzlich platzte er los, und seine Stimme gesellte sich zu den anderen in das laute, wirre Gezänk.
Und so fielen, buchstäblich von einem Augenblick auf den anderen, die Dinge auf Shikasta auseinander. Draußen hörte man laute, streitende Stimmen, hörte man Kinder zanken, Meinungsverschiedenheiten, Diskussionen. Drinnen herrschten Aufregung und Unruhe. Man lehnte sich vor, versuchte die Blicke der anderen zu erhaschen, gestikulierte, unterbrach. Es gab zwei Parteien: eine Gruppe, die immer noch versuchte, an ihrer inneren Stärke festzuhalten, mit verwirrten Gesichtern, und die anderen, die sich hatten mitreißen lassen, allen voran Jarsum, der wie ein Kind bockte, daß sie »so viele Raumschiffe herschicken könnten wie sie wollten«, er würde sich jedenfalls nicht von der Stelle rühren, auf keinen Fall! Und dann die Gruppe derer, die standgehalten hatten und dann doch erlegen waren.
Ich schritt ein. Zu diesem Zweck schloß ich meine Hand fest um Das Zeichen und benützte es. Ich sagte, wer entschlossen sei zu bleiben, mache sich der Gehorsamsverweigerung schuldig. Erstmals in ihrer Geschichte würden sie gegen das Canopäische Gesetz verstoßen.
Sie unterbrachen mich mit den Argumenten, mit der Logik ihrer neuen, vergifteten Tonart.
Unter anderem sagten sie, wenn sie dablieben, könne das die

Lage der Eingeborenen nur verbessern, da sie, die Riesen, mit den örtlichen Gegebenheiten vertraut seien, im Gegensatz zu Außenstehenden. Sie sagten, wenn die Eingeborenen von Canopus verraten würden, so wollten sie, die Riesen, keinen Teil daran haben.
Ich sagte, wenn die Riesen oder auch nur einige von ihnen blieben, so sei der modifizierte Canopäische Plan in Gefahr. Die Riesen würden gar nicht fähig sein, die Eingeborenen zu lenken und zu führen, wie sie behaupteten, da auch ihre Macht unterhöhlt werde, ja schon unterhöhlt sei, ob sie denn nicht merkten, daß ihr augenblickliches Verhalten ein Beweis für ihren Zerfall sei. Aber nein, sie hatten schon vergessen, was sie einmal gewesen waren, Zwietracht und Feindseligkeit waren ihnen schon ganz selbstverständlich.
Ich sagte, daß Ungehorsam dem Zentralplan gegenüber immer, überall das erste Anzeichen der Degenerationskrankheit sei ... und schaute mich um nach den edlen Gesichtern und verständnisvollen Augen, die dies alles nicht mehr waren – in die Gesichter waren Verdrießlichkeit und Anmaßung und in die Augen Unbestimmtheit gezogen.
Die nächsten Tage waren ein einziges Parteiengezänk, voller Streitereien und erhobenen Stimmen.
Ich war überall, soweit ich konnte, immer mit meinem verborgenen Zeichen. Unter Aufwand aller Kräfte, die ich zur Verfügung hatte, gelang es mir, den Canopäischen Raumschiffen die Botschaft zu übermitteln, daß sie nicht erwarten durften, bei der Landung die Riesen zur Abreise bereit zu finden, der Stand der Dinge habe sich überschlagen. Sie sollten sich darauf gefaßt machen, in jede Stadt hineingehen zu müssen, zu argumentieren und zu überreden und wenn nötig Gewalt anzuwenden. Doch inzwischen war der Widerstand gegen meine ins All gerichteten Sendeversuche so groß, daß ich befürchten mußte, daß nichts klar durchkommen würde. Später stellte sich allerdings heraus, daß sie das Wesentliche verstanden hatten. In den meisten Städten, besonders in denen des mittleren Gebietes, war zumindest bekanntgeworden, daß eine Krise eingetreten sei und Raumschiffe sich näherten. Der Abtransport lief kei-

neswegs in jener gutgeplanten, glatten Weise ab, die man vorgesehen hatte. In jeder Stadt gab es Auseinandersetzungen, Weigerungen abzureisen, endlich – im besten Falle – konfuses Sichdreinschicken; in einigen Städten mußten die Canopäischen Truppen Gewalt anwenden.

Ich erfuhr nicht sofort, was geschehen war, sondern mußte mir später die Informationen zu einem Gesamtbild zusammensetzen.

Inzwischen führte in der Runden Stadt Jarsum eine Gruppe an, die sich weigerte, Shikasta überhaupt zu verlassen. Sein Entschluß zu bleiben trug die Züge edler Selbstaufopferung. Er wußte, daß er und seine Genossen, die den Gehorsam verweigernden Riesen, ihr Sein gefährdeten, ja ihre Seelen – und doch wollte er bleiben. Die große weiße Riesin mit ihrer absonderlichen und beunruhigenden Schönheit blieb auch und mit ihr andere Riesen ihrer Nachkommenschaft, samt und sonders Entwicklungsabarten mit den erstaunlichsten Kombinationen körperlicher Merkmale. Sie sagte, da sie eine genetische Mißgeburt sei, könne es für sie auf dem Planeten, auf den die Riesen gebracht werden sollten, keinen Platz geben.

Woher sie das wisse, fragte ich und wies darauf hin, daß in unserer Galaxis Spielarten existierten, die sie sich nicht einmal erträumen könnte. Aber sie »wußte es einfach«. Schlimm genug, daß sie ihr Leben unter Leuten habe verbringen müssen, die anders als sie selbst waren, immer eine Fremde, und nun das Ganze noch einmal von vorne?

Währenddessen warteten wir auf die Ankunft der Raumschiffe.

In der Zwischenzeit wurde darüber diskutiert, was man den Eingeborenen sagen sollte.

Die Riesen trugen eine weinerlich hingebungsvolle Besorgnis für ihre ehemaligen Schützlinge zur Schau, die in auffälligem Gegensatz zu ihrer früheren Selbstsicherheit stand. Ständig stand mir einer gegenüber, Jarsum oder ein anderer Riese, mit großen anklagenden Augen und tragischem Gesicht. Wie könnt ihr die armen Wesen nur so behandeln! sollte ich dabei empfinden. Und jede Diskussion über praktische Fragen wur-

de von schweren Seufzern, vorwurfsvollen Blicken, gemurmelten Anschuldigungen der Grausamkeit und Gefühllosigkeit begleitet. Trotz alledem gelang es mir zu veranlassen, daß ein paar Lieder und Geschichten erdacht und von geeigneten Sängern oder Erzählern von Stadt zu Stadt unter die Eingeborenen gebracht wurden, um zumindest das Wichtigste über die neue Situation zu verbreiten.
Diese Gesandten wurden beauftragt, sich in jeder Stadt einige Eingeborene herauszusuchen und ihnen stellvertretend mitzuteilen, daß sie sich auf eine Krise, auf eine Periode der Not und Entbehrungen vorbereiten und auf weitere Sendboten warten sollten, die kommen und sie weiter anleiten würden.
Die Riesen organisierten es. Sie mußten es tun. Die Eingeborenen waren an die Riesen in der Rolle der Lehrer gewöhnt und sollten sie nicht plötzlich in ganz anderem Licht sehen.
Doch die Riesen gingen fort – so hieß es in den Liedern.

Auf Flügeln hinauf in die Himmel
Sie sind fort, fort, die Großen,
Unsere Freunde, die uns halfen,
Zu fernen Orten sind sie geflogen
Wir bleiben zurück, ihre Kinder,
Und nichts bleibt uns mehr, als zu trauern.

Und so weiter. Das waren nicht unbedingt die Worte, die ich gewählt hätte, aber sie drückten deutlich die Empörung der Riesen aus, die sich auf die Eingeborenen übertragen hatte.
In der Zwischenzeit knüpfte ich Kontakte mit den Eingeborenen, vorsichtig, langsam, indem ich ein Individuum nach dem anderen prüfte. Interessant war die Tatsache, daß zu Beginn die Riesen schlimmer und schneller betroffen waren als die Eingeborenen, die längere Zeit vergleichsweise normal weiterlebten. Die höheren, feiner gestimmten Organismen unterlagen zuerst. Dies gab mir Zeit mitzuteilen, was ich durfte. Die Schwierigkeit oder Widersprüchlichkeit dieser Aufgabe liegt auf der Hand: Ich mußte diesen Unglücklichen mitteilen, daß sie, aufgrund von Umständen außerhalb ihres Einfluß- und Verant-

wortungsbereiches, bald Schatten ihres früheren Selbst werden würden. Wie würden sie das überhaupt begreifen können? Sie waren nicht auf Mißerfolge, nicht auf die Katastrophe programmiert! Sie waren noch weniger als die Riesen für schlechte Nachrichten gerüstet. Und je genauer und sachlicher die Information, um so mehr mußte ich damit rechnen, daß sie entstellt werden würde. Kernpunkt der Situation war, daß ich es mit Wesen zu tun hatte, die binnen kurzem das, was ich sagte, verzerren mußten, anfangen mußten, Unwahres zu erfinden, Einfluß darauf zu nehmen.

Es war, als hätte man mir die Aufgabe gestellt, jemandem, der sich bei vollster Gesundheit befindet, zu erzählen, daß er bald verrückt werde und daß er sein Bestes tun müsse, um ein paar nützliche Tatsachen in Erinnerung zu behalten, nämlich a), b) und c).

Eines Morgens waren ein gutes Drittel der Riesen verschwunden. Keiner wußte wohin. Die, die zurückgeblieben waren, warteten ergeben am Landeplatz, auf dem das Raumschiff ankommen würde – was auch kurz darauf geschah. Drei unserer größten Flugkörper landeten, und mehrere tausend Riesen verließen den Planeten. Plötzlich keine Riesen mehr, nicht ein einziger.

Die Eingeborenen sahen den Anflug der Raumschiffe, sahen zu, wie die Riesen sie bestiegen, sahen zu, wie die großen glänzenden Kapseln abhoben und hinauf in die Wolken schwebten.

Auf den Flügeln hinauf in die Höhen
Sie sind fort, fort, die Großen ...

lautete das Lied, und tagelang drängten sich die Eingeborenen noch um die Landezone und schauten singend in den Himmel. Natürlich glaubten sie, ihre Riesen würden zurückkehren. Die Gerüchte hatten sich schnell überall ausgebreitet und entsprechende Lieder geboren.

Wenn sie zurückkehren, unsere Großen,
Sollen sie nicht enttäuscht sein ...

Ich fand nicht heraus, wo die Riesen waren, die den Gehorsam verweigert hatten.

Die Eingeborenen bezogen die hohen Gebäude, die zuvor die Wohnhäuser und Amtsgebäude der Riesen gewesen waren, und machten sie zu ihren Wohnungen. Für das Gleichgewicht der Runden Stadt war das nicht gut. Ich sagte es ihnen. Sie hatten mich als jemanden mit einem gewissen Maß an Autorität anerkannt, wenn auch nicht als auf einer Stufe mit ihren Riesen stehend, doch waren inzwischen die meisten nicht mehr fähig, Mitteilungen aufzunehmen. Schon jetzt trafen Vernunft und Offenheit auf ein unbestimmt irrendes Starren oder unruhige, kampflustige Blicke, die das erste Zeichen der Degeneration waren.

Ein Geschichtenerzähler und Liedermacher, David, hatte sich mit mir angefreundet oder schien mich zumindest anzuerkennen. Er war noch in gewissem Grad Herr seiner selbst, und ich bat ihn, zu beobachten, was um ihn vor sich ging und mir darüber zu berichten, wenn ich von einer Reise in die nächste Stadt zurückkommen würde. Sie lag an einem großen Fluß in der Nähe eines Binnenmeeres mit einem geringen Tidenhub, die Sichelförmige Stadt. Auch hier umgab ein Flußarm die Stadt, aber nur an einer Seite. An der offenen Seite verliefen Straßen und Gärten im rechten Winkel dazu wie die Saiten einer Lyra. Die Musik dieser Stadt entsprach den Harmonien des Lyraspiels, doch schon bevor ich sie erreichte, hörte ich die Dissonanzen, ein knirschendes Schrillen, das mir sagte, was ich dort vorfinden würde.

Die Stadt war sehr schön, aus weißem und gelbem Stein gebaut, mit kunstvollen Mustern überall, auf dem Pflaster, an den Wänden und Dächern. In den Kleidern der Menschen überwogen die rostroten und grauen Farben und hoben sich deutlich ab von den grünen Blättern und einem strahlenden Himmel. Die Eingeborenen ähnelten an Wuchs denen der Runden Stadt, doch war ihre Haut gelb und ihr Haar war durchweg tiefschwarz. Ich habe sie nie so gesehen, wie sie waren, wirklich waren, denn als ich zu ihnen kam, war der Zerfallsprozeß schon fortgeschritten. Wieder suchte ich mir einen Menschen, der sich mehr als die anderen bewußt war, was vor sich ging. Die Lieder und Geschichten waren auch hierhergekommen, und auch diese Eingeborenen hatten zugesehen, wie die Riesen in den ungeheuren kristallinen Raumschiffen fortgeflogen waren, doch kam ihnen schon alles wie ein Traum vor. Ich bat meinen Freund, andere Eingeborene zu versammeln, sie dazu zu bringen, geduldig zu sein, keine übereilten Entschlüsse zu fassen, nicht in Panik zu verfallen, keine Angst zu haben. Ich sagte das alles im vollen Bewußtsein darüber, wie sinnlos es war.

Ich beschloß, zur Runden Stadt zurückzukehren. Wenn die Lieder und Geschichten die Sichelförmige Stadt erreicht hatten, dann mußten sie auch bis zu all den anderen vorgedrungen sein, und das war immerhin ein Anfang. Mittlerweile erfüllte mich mehr und mehr ein inneres Drängen, das Gefühl der Gefahr – ich mußte zurück zur Runden Stadt, und das schnell. Das wußte ich, doch nicht warum, bis ich in ihre Nähe kam.

Ich kam dieses Mal von der anderen Seite auf die Stadt zu. Wieder ging es durch lichten, offenen Wald. Als ich in die Nähe der Stelle kam, an der die Steine beginnen mußten, standen dort Walnußbäume, Mandelbäume, Aprikosen- und Granatapfelbäume. Viele Tiere gab es hier, doch standen sie ängstlich still, den Blick auf die Stadt gerichtet. Sie schüttelten den Kopf, wie um einen unwillkommenen Klang abzuwehren: Sie hörten schon, was ich erst hören konnte, als ich das Gebiet erreichte, wo die Steine anfingen. In den Klängen, die aus der Stadt drangen, war eine Härte, die meinen Ohren weh tat. Ich fühlte beginnende Kopfschmerzen, und als ich zwischen die Steine trat, war mir übel. Die Luft war unheilvoll, bedrohlich. Ob die Anordnung der Steine den Bedürfnissen von Canopus wegen der Diskordanz der Sterne nicht mehr entsprach, oder ob die Harmonien der Runden Stadt durch die Abreise der Riesen und die Übernahme ihrer Behausungen durch die, deren Platz dort nicht war, zerbrochen waren, wußte ich nicht. Doch welchen Grund es auch immer hatte, als ich die Innenseite erreichte, schien der schmerzerregende Lärm noch schlimmer als bei meinem Eintritt, und als ich in die Höhe schaute, sah ich, wie die

Vögel, die auf die Steine zuflogen, eine Kurve beschrieben, um von dem fortzukommen, was an dieser Stelle zum Himmel aufstieg, dessen tiefes Blau verunstaltet und feindlich erschien.
Überall in der Runden Stadt hasteten und drängten die Eingeborenen umher, in ständig sich neu formenden Gruppierungen. Sie waren unaufhörlich in Bewegung, suchten etwas, jemanden; sie schoben sich von einer Straße in die andere, von einem Garten in den nächsten, von den Außenbereichen ins Zentrum, und wenn sie dort angekommen und kreuz und quer über den Platz gelaufen waren, sahen sie sich verstört und beklommen um, und ihre Augen, die jetzt alle jenen ruhelosen Blick hatten, der das Beherrschende an ihnen zu sein schien, standen nie still, sondern suchten ständig, waren ständig unzufrieden. Die Gruppen beachteten einander wenig, schoben und drängten sich vielmehr, als seien sie plötzlich Unbekannte oder sogar Feinde. Ich sah Schlägereien und Handgemenge, Kinder, die sich zankten und versuchten, einander weh zu tun, hörte ärgerlich erhobene Stimmen. Schon waren die goldbraunen Mauern von Kritzeleien und Schmutz überzogen. Kinder, allein, zu zweit oder in Gruppen standen vor den Wänden und beschmierten sie mit Schlamm von den Blumenbeeten in bitterernsten, gewalttätigen Versuchen zu – ja, was eigentlich? Nach jeder Unterbrechung wandten sie sich sofort wieder ihrer Aufgabe zu, als solche verstanden sie dies offensichtlich. Doch auch sie waren auf der Suche, die Suche war Triebfeder all ihrer Geschäftigkeit. Wenn genügend Menschen umhereilten, von einem Ort zum anderen hasteten, wenn die Kinder, und einige Erwachsene, Schlamm über die feinen Muster der noch immer leuchtenden Wände schmierten, wenn genügend Menschen zusammentrafen, um einander herumrannten, einander schoben und dann einander hungrig in die Gesichter schauten – wenn genügend Betriebsamkeit entwickelt würde, dann würde das Verlorene gefunden werden! So kam es mir, dem Außenstehenden, vor, der ich mich wie um mein Leben zu retten an mein Zeichen klammerte.
Doch schienen diese armen Wesen schon nicht mehr zu wissen, was sie verloren hatten.

Das Leck, der Einbruch war inzwischen sehr groß, es mußte ungeheure Ausmaße angenommen haben, gemessen an dem, was ich sah.
War niemand übrig, der nicht befallen war? Jedenfalls soweit, daß er noch zuhören konnte?
Ich suchte die Gesichter ab nach einem Schimmer von Verstand, ich begann Gespräche, aber immer wandten sich diese braunen, gehetzten Augen, die vor so kurzer Zeit noch offen und freundlich gewesen waren, von mir ab, als hätten sie mich gar nicht wahrgenommen, als könnten sie mich nicht hören. Ich hielt Ausschau nach den Geschichtenerzählern und Sängern, denen ich so viel an Informationen anvertraut hatte, wie sie eben ertragen konnten. Ich fand einen, dann einen anderen, die mich fragend anschauten und, als ich wissen wollte, ob den Leuten ihre Lieder gefielen, hochzuschrecken schienen, als seien sie nahe daran, sich zu erinnern. Dann sah ich David auf dem Rand eines Brunnens sitzen, der voller Unrat lag, er sang halb, halb sprach er: »Höret mich, hört die Geschichte aus alter Zeit, als die Großen noch unter uns waren und uns alles lehrten, was wir wußten. Hört, wie ich euch erzähle von der Weisheit der großen Tage.« Er sprach von Dingen, die nicht weiter als dreißig Tage zurücklagen.
Während er sprach, unterbrachen ganze Gruppen von Menschen ihr Hasten und Suchen, lauschten einen Augenblick, als werde etwas in ihnen berührt, angesprochen – und ich trat vor und stellte mich neben David, und indem ich ihn als Brennpunkt der Aufmerksamkeit benützte, rief ich aus: »Freunde, Freunde, ich habe euch etwas zu sagen ... Erinnert ihr euch an mich? Ich bin Johor, der Gesandte von Canopus ...« Sie starrten herüber. Sie wandten sich ab. Nicht, daß sie feindselig wirkten: Sie konnten nur nicht begreifen, was ich sagte.
Ich setzte mich neben David, den Geschichtenerzähler, der still geworden war, seine starken braunen Arme um die Knie gelegt hatte und nachdachte.
»Erinnerst du dich an mich, David?« fragte ich. »Ich habe viele Male mit dir gesprochen, und noch vor kurzem, vor einem Monat habe ich dich gebeten, zu beobachten, was sich hier ereignet

und mir das bei meiner Rückkehr zu berichten. Ich war in der Sichelförmigen Stadt.«
In einem breiten Lächeln entblößte er die Zähne, so voller Wärme wie eh und je, doch seine Augen zeigten kein Erkennen.
»Wir sind Freunde, du und ich«, sagte ich und blieb bei ihm sitzen. Doch er stand auf und wanderte fort und hatte schon vergessen, daß ich da war.
Ich dagegen blieb, wo ich war, schaute dem Getümmel zu und dachte nach. Es war deutlich, daß die Dinge sehr viel schlimmer standen, als man auf Canopus vorausgesehen hatte. Meine eigene Verbindung zu Canopus war abgebrochen, obwohl ich Das Zeichen trug. Ich mußte meine Entschlüsse selbst und ohne ausreichende Informationen fassen. Zum Beispiel wußte ich nicht, was sich in den Sirischen Gebieten abspielte. Wo waren die aufsässigen Riesen hingezogen? Ich hatte keine Möglichkeit, das herauszufinden. War der Verfall der Eingeborenen abgeschlossen, war er, wenigstens teilweise, rückgängig zu machen? Wie war die Lage in allen anderen Städten?
Einige Stunden lang tat ich gar nichts, sondern beobachtete die allgemeine Rastlosigkeit, die immer schlimmer wurde. Dann mischte ich mich unter die armen Kreaturen und sah, daß die inzwischen sehr starken Schwingungen der Stadt und der sie umgebenden Steine ihnen körperlichen Schaden zufügten. Sie legten beim Laufen schützend die Arme um den Kopf, stießen kurze Schmerzensschreie aus, doch immer mit ungläubigem und erstauntem Blick, denn Schmerzen waren bisher selten ihr Los gewesen. Ja, die meisten kannten diese Empfindung gar nicht. Gelegentlich hatte einer ein Glied gebrochen; und dann hatte es auch vereinzelt ansteckende Krankheiten gegeben; doch kam beides so selten vor, daß man es als etwas weit Entferntes, Unwahrscheinliches behandelte. Kopfweh, Zahnschmerzen, Übelkeit, Gliederschmerzen, Gelenkrheumatismen, Erkrankungen der Augen oder Ohren – jene traurige Liste von Plagen, mit denen die Degeneration den Körper befällt: All das war ihnen unbekannt. Wieder und wieder beobachtete ich, wie einer von ihnen strauchelte, sich an den Kopf griff und stöhnte; oder die Hände auf den Magen preßte oder auf das

Herz, und immer mit diesem Blick: Was ist das nur? Was geschieht mit mir?
Ich mußte sie von hier wegbringen. Was ich ihnen sagen mußte, würde unmöglich scheinen, unsinnig. Sie mußten diese Stadt verlassen, ihre schöne Heimat mit ihren perfekten Symmetrien, ihren aufeinander abgestimmten Gärten, ihren kunstvollen Mustern, die die Bewegungen der Gestirne widerspiegelten – das alles mußten sie verlassen, und zwar sofort, wenn sie nicht wahnsinnig werden wollten. Aber sie wußten gar nicht, was Wahnsinn war. Und doch waren einige schon davon befallen. Einer schüttelte wieder und wieder seinen vor Schmerzen fast berstenden Kopf und faßte mit beiden Händen daran mit jener Geste: Was ist das? Ich kann das nicht glauben! – stieß dann ein Schmerzensgeheul aus und fing an zu laufen, überall hinzueilen, als sei der Schmerz etwas, was er hinter sich lassen könne. Oder sie fanden einen Ort oder ein Gebäude, wo der Schmerz nachließ, denn die Intensität der Schwingungsstörungen war nicht überall gleich. Und dann standen diese Menschen an dem vergleichsweise angenehmeren Ort, den sie gefunden hatten, und wollten nicht mehr fort.
Ich meinerseits hatte so etwas nicht mehr verspürt, seit ich an einem ähnlich schlimm befallenen Ort gewesen war, jener armen Kolonie nämlich, die durch diesen Planeten ersetzen zu können man einmal gehofft hatte.
Ich fand David. Er lag auf dem Steinpflaster, das Gesicht am Boden, die Hände über den Ohren. Ich zwang ihn aufzustehen und sagte ihm, was zu tun war. Energie- und willenlos suchte er schließlich ein paar Freunde, seine Frau, seine erwachsenen Kinder mit ihren Kindern zusammen. Es war eine Gruppe von etwa fünfzig Menschen, die ich ansprach, und er übersetzte meine Worte in ein Lied, während ich sprach. Die Gesichter waren von Schmerz und Übelkeit verzerrt, die Menschen fühlten sich schwindelig, lehnten sich gegen Wände oder legten sich irgendwo auf den Boden und stöhnten. Ich bat sie, die Stadt zu verlassen, sofort, bevor die Schwingungen sie umbringen würden. Ich sagte, wenn sie die entsetzlichen Ausströmungen dieses Ortes verlassen und hinaus in die Grassteppen und Wälder

der Umgebung gehen würden, so würden die Schmerzen nachlassen. Aber sie müßten möglichst schnell zwischen den Steinen hindurch. Und bevor sie auszogen, sollten sie es so vielen ihrer Freunde sagen, wie sie konnten, um ihrer Zukunft und ihrer Sicherheit willen.
Ausrufe des Unglaubens, der Weigerung begleiteten meine Worte, die Leute widersetzten sich ihnen, seufzten und weinten. Inzwischen taumelten Tausende von Eingeborenen umher, wälzten sich auf dem Pflaster.
Plötzlich lief die Gruppe, die ich anfangs angesprochen hatte, fort von diesem tödlichen Ort, durch die verlassenen Gärten hindurch und zwischen die Steine, wo der Schmerz so heftig wurde, daß einige umkehrten und in den Fluß sprangen und sich vor lauter Qualen absichtlich und gierig ertränkten.
Andere legten die Arme um ihren Körper, hielten sich den Kopf, preßten die Hände auf den Magen und liefen weiter, gebückt, als könnte die Nähe zur Erde ihnen helfen, und dann, außerhalb des entsetzlichen Rings von Strahlen warfen sie sich unter den ersten Bäumen des Waldes zu Boden und weinten vor Erleichterung. Denn der Schmerz hatte sie verlassen.
Sie riefen die anderen, die hinter ihnen waren. Einige hörten es und folgten ihnen. Ich ging zwischen den Zurückgebliebenen umher und erzählte ihnen, daß viele ihrer Gefährten sich in Sicherheit gebracht hatten. Und bald zogen sie alle los. Hinter sich ließen sie ihre Häuser, ihre Wohnungen, Möbel, Nahrung, Kleidung, ihre Kultur, ihre Zivilisation, alles, was sie vollbracht und geschaffen hatten. Dieses kleine Häuflein, das sich zwischen Bäumen und Gräsern zusammenfand, sah sich von Tieren umringt, die sie mit ihren klugen, fragenden Augen anschauten. Sie waren allen Besitzes beraubt, so hilflos, als seien sie noch immer das, was sie Jahrtausende zuvor gewesen waren: arme Tiere, die versuchten, sich auf die Hinterbeine zu erheben.
Einige liefen, als sie sich von der Tödlichkeit dessen, vor dem sie geflohen waren, ein wenig erholt hatten, durch die Steine zurück zu den Gärten am Stadtrand und sammelten Gemüse, Früchte und Samen, in wilder Hast, so lange sie konnten, bis

die Schmerzen unerträglich wurden. Ein paar Beherztere kehrten sogar in die Stadt selbst zurück, wo sie unter Schreien und Erbrechen in die Häuser hasteten und Warmes und Schützendes herauszerrten – Bettzeug, Kleider und Geräte aller Arten. Auf diese Weise wurden genügend Dinge herbeigeschafft, um sich zu nähren und warm zu halten. Doch hatten diese Abstecher in die Stadt auch ihre schlimme Seite, wie sich bald herausstellte. Schon jetzt war zu merken, daß einige von denen, die sich den Ausstrahlungen der Steine ausgesetzt hatten, den Drang zu haben schienen, dieses Erlebnis zu wiederholen.

Im Wald wurden Unterstände aus Zweigen, Grasbüscheln, auch Erdschollen gebaut. Aus der Stadt war in einem Tongefäß Feuer geholt worden, das jetzt als großes offenes Feuer Tag und Nacht genährt und bewacht wurde und den Mittelpunkt dieser Siedlung von – Wilden bildete. Der Boden für neue Anbauflächen war abgesteckt und umgegraben worden. Es wurden sogar Versuche gemacht, die Werkstätten und Fabriken der Städte nachzubauen, aber die Menschen hatten keine Erinnerung mehr an ihr Handwerk, das von dem Können und dem Wissen der Riesen abhängig gewesen war.

Die Tiere hatten begonnen fortzuziehen. Die ersten Jäger hatten einige von ihnen getötet, indem sie auf die Tiere zugingen und ihnen ein Messer ins Herz stießen. Sie hatten keine Furcht gekannt, diese sanften, klugen Wesen aus der Zeit der Riesen – dies wurde der Name der vergangenen Epoche, und damit wurde all das, was verloren war, bezeichnet. Jetzt lernten die Tiere, sich zu fürchten, und zogen fort, zögernd erst, mit dem gleichen fragenden ungläubigen Blick, den die Eingeborenen gehabt hatten, als sie erstmals die neuen Schmerzen spürten. Und dann, als sie verfolgt und gejagt wurden, begannen die Herden, Rudel und Schwärme der herrlichen Tiere, die damals in so viel größerer Vielfalt und besser angepaßt auf Shikasta lebten als je danach, zu fliehen. Wir hörten das Geräusch der donnernden Hufe und wußten, daß wieder ein Teil der Tiervölker auf der Flucht war.

In der Zwischenzeit mußte ich versuchen, all die Städte zu besuchen, aus denen die Einwohner hoffentlich instinktiv in die

Sicherheit geflohen waren. Vielleicht war noch so viel des gemeinsamen Denkrasters übrig, daß die anderen Städte hatten spüren können, was sich in der Runden Stadt abspielte? Ich und David und ein paar andere wanderten zuerst zur Sichelförmigen Stadt, wo wir Scharen von Menschen außerhalb, in den fruchtbaren Feldern des großen Flußdeltas antrafen. Sie berichteten, daß ihre Stadt »voller Dämonen« sei, aber daß ein großer Teil der Bevölkerung die Stadt nicht verlassen habe, da keiner ihnen befohlen habe, zu gehen, und sie darauf warteten, daß die Riesen wiederkämen. Die, die entkommen waren, bauten sich Hütten aus Reet, und der Boden war für die Bepflanzung im Frühling gerodet. Die Tiere waren fortgezogen. Wir waren vielen Herden verschiedenster Arten begegnet, die vor den tödlichen Randgebieten der Sichelförmigen Stadt flohen und vor jenen Wesen, die sich auf zwei Beinen bewegten und ihre Feinde geworden waren.

Um diesen Teil meines Berichts abzukürzen: Wir wanderten von Stadt zu Stadt, wobei wir uns in mehrere Gruppen aufspalteten; von der Quadratischen Stadt zu der Stadt der Dreiecke, von der Rhombischen Stadt zur Achteckigen Stadt, von der Ovalen Stadt zur Rechteckigen Stadt – und immer so weiter. Es dauerte einen vollen Umlauf Shikastas um seine Sonne. Die Gruppen blieben nicht in der Besetzung, in der sie ausgezogen waren: Einige beschlossen, in Siedlungen zu bleiben, die ihnen gefielen, andere wurden krank und starben, wieder andere mochten einen besonders schönen Wald oder Fluß, den sie gefunden hatten, nicht mehr verlassen; doch etwa einhundert Menschen, einschließlich derer, die zu uns stießen und helfen wollten oder von der neuen Rastlosigkeit getrieben wurden, die ein Wesenszug Shikastas geworden war, reisten ein ganzes Jahr lang herum und stellten fest, daß es überall gleich aussah. Die Städte waren alle verlassen. Nicht eine einzige, die nicht eine Todesfalle oder ein Irrenhaus gewesen wäre. Wo die Menschen in der Stadt geblieben waren, hatten sie sich umgebracht oder waren verrückt geworden.

Außen um die Städte lagen die neuen Niederlassungen der Eingeborenen, die in allen möglichen roh zusammengebauten

Hütten wohnten, Fleisch aßen, das sie gejagt hatten, Felle trugen und Gärten und Kornfelder bewirtschafteten. Wo noch Kleidung aus ihrer Stadtvergangenheit vorhanden war, wurde diese sorgfältig gehütet und war ein Bestandteil von Ritualen geworden. Die Geschichtenerzähler sangen von den Göttern, die ihnen alles beigebracht hatten, was sie wußten, und die – denn dies war schon zu Beginn in die Geschichten eingeflochten worden – wiederkommen würden.

Als wir zur Runden Stadt zurückkamen und am äußeren Rand der Steine entlanggehen wollten, waren die Schwingungen so schlimm geworden, daß wir einen weiten Umweg machen mußten. Meilen im Umkreis gab es kein Leben, keine Tiere, keine Vögel. Selbst die Vegetation verdorrte. Die Niederlassungen, von denen wir ausgezogen waren, hatte man ein gutes Stück weiter von der Stadt fortverlegt.

Der größte Wandel bestand darin, daß mehr Kinder geboren wurden als zuvor. Die Schutzmaßnahmen waren in Vergessenheit geraten: Vergessen war das Wissen darum, wer gebären sollte, wer sich paaren sollte, welche Art von Menschen sich als Eltern eigneten. Das Wissen um das Geschlechtliche und die sexuellen Gebräuche waren in Vergessenheit geraten. Und während es früher ein unglücklicher Zufall gewesen war, vor Ablauf der üblichen tausend Jahre zu sterben, schwankte die Lebensdauer nun deutlich. Einige starben schon sehr jung oder in mittleren Jahren, und viele der Neugeborenen waren bereits gestorben.

So lagen die Dinge in ganz Shikasta ein Jahr nach dem Zusammenbruch der Schleuse.

Wenigstens gab es aber genügend Menschen, die weit genug von den alten Städten entfernt lebten, um die Art zu erhalten. Und ich wußte, daß die Städte zwar eine Zeitlang noch ständig gefährlicher werden würden, dann aber, nach drei- oder vierhundert Jahren (die unzureichende Information machte genauere Angaben unmöglich), wenn das Wetter und die Vegetation das ihre an Gebäuden und Steinen getan hätten, zu Haufen von Ruinen zerfallen würden, die nichts mehr nach außen bewirkten, weder zum Guten noch zum Schlechten.

Ich komme zur letzten Phase meiner Mission.
Als erstes mußte ich die aufständischen Riesen ausfindig machen. Ich hatte jetzt eine Vorstellung davon, wo sie sein konnten, denn als ich in der Sechseckigen Stadt im Norden der Großen Berge gewesen war, hatte ich in sehr weiter Ferne eine Siedlung ausgemacht, wo man keine erwartete, und Gerüchte gingen um von »baumlangen« Geistern und Teufeln.
Wieder war es David, den ich mitzunehmen beschloß. Wenn ich behaupte, daß er verstand, was vor sich ging, so ist das richtig. Wenn ich behaupte, daß er nichts verstand – so ist auch das richtig. Ich saß mit ihm zusammen und erklärte ihm alles, wieder und wieder. Er hörte zu, die Augen fest auf mein Gesicht gerichtet, die Lippen in Bewegung, als wiederhole er für sich, was ich sagte. Dann nickte er, ja, er habe begriffen. Doch ein paar Minuten später, wenn ich etwas ganz Ähnliches sagte, wirkte er beunruhigt, eingeschüchtert. Warum ich das sage? und das? fragten seine besorgten Augen. Was ich denn meine? Seine Fragen in solchen Augenblicken klangen, als habe er nie etwas von mir gelernt. Er war wie unter der Einwirkung von Drogen oder Schock. Und doch schien es, als ob er Informationen aufnähme, denn manchmal redete er wie aus einer Grundlage gemeinsamen Wissens: Es war, als ob ein Teil seiner selbst all das wisse und sich daran erinnere, was ich ihm sagte, ein anderer Teil aber kein Wort gehört habe. Ich habe weder vorher noch danach je wieder diese Erfahrung gemacht, mit einem Menschen zusammenzusein und zu wissen, daß ein Teil jenes Menschen zweifellos die ganze Zeit in Verbindung mit mir stand, ein wirklicher, lebendiger Teil, der zuhörte – daß aber meistens das, was man sagte, gar nicht bis zu jenem stillen und unsichtbaren Stück seines Wesens durchdrang und daß das, was er sagte, nicht oft von seinem wirklichen Teil kam. Es war, als stände dort einer gefesselt und geknebelt und ein schlechter Darsteller gebe sich für ihn aus und spreche für ihn.
Als ich ihn bat, wieder mit mir auf Reisen zu gehen, sagte er, daß er seine jüngste Tochter nicht allein lassen wolle. Er hatte diese Tochter noch nie zuvor erwähnt. Wo sie sei, fragte ich. Ach, bei Freunden, glaube er. Aber ob er sie nicht häufig sehe,

ob er nicht verantwortlich für sie sei? Er schien mir zu Gefallen sein zu wollen und nickte eifrig mit dem Kopf und drechselte ein paar Sätzchen des Inhalts, daß sie ein braves Mädchen sei und selbst auf sich aufpassen könne. Hier erfuhr ich zum ersten Mal jene für Shikasta später so typische Gleichgültigkeit den eigenen Kindern und Nachkommen gegenüber.

Seine Tochter Sais war ein großes Mädchen mit hellbrauner Haut und einer Fülle von bronzefarbenem, dichtgelocktem Haar. Alles an ihr war gesund und lebendig. Sie war kaum mehr als ein Kind und konnte in der Tat auf sich selbst aufpassen – das mußte sie auch. Sie schien keine Erinnerung daran zu haben, daß sie in der Runden Stadt aufgewachsen war und auch nicht an ihr Leben mit den beiden Eltern. Von ihrer Mutter sprach sie, als sei sie vor Jahren gestorben, aber ich erfuhr, daß sie erst vor kurzem auf der Jagd umgekommen war. Ein Tiger hatte auf der Lauer gelegen und sie mit ein paar Hieben seiner großen Pranken erschlagen. Sais wußte nicht, daß noch vor einem Jahr so etwas unvorstellbar gewesen war. Für sie waren Tiger Feinde der Menschheit und waren es immer gewesen!

Sie willigte ein, mit uns zu kommen.

Als mich das Raumschiff zu Beginn auf dem Planeten abgesetzt hatte, war das nördlich der Großen Berge gewesen, östlich des Mittleren Festlands. Ich war in westliche Richtung gegangen und geritten. Nun wanderten wir zurück nach Osten, aber südlich der Großen Berge, die so kennzeichnend für Shikasta sind und alle anderen Gebiete überragen. Schon die vorgelagerten Hügel waren hier höher als die höchsten Berge des südlichen Kontinents, und wir kletterten und stiegen endlos. Rings um die zentralen Bergspitzen und -massive zog sich nicht nur eine Bergkette, sondern Kette um Kette, Bergkamm hinter Bergkamm, Gipfel an Gipfel – eine Welt von Bergen nach Norden, Süden, Osten und Westen. Von unermeßlicher Höhe schauten wir hinunter auf die ausgestorbene Sechseckige Stadt mit ihren umliegenden Siedlungen, die wir von hier allerdings nicht erkennen konnten. Doch sah ich etwas ganz Unerwartetes. Tief unter mir, auf einer Lichtung an einem Berghang stand eine Säule, ein Pylon – etwas, das glänzte und aus Metall sein

mußte und außerordentlich hoch war, obwohl es von hier aus so winzig erschien. Das mußte etwas mit Shammat zu tun haben. Außerdem spürte ich, sogar hier oben in dieser herrlich erfrischenden Luft, die bösen Impulse, die von dort ausgingen. Ich wollte David und Sais dem nicht aussetzen und merkte mir den Ort, um später alleine hierher zurückzukommen.
Wir stiegen hinunter und weiter hinunter, wobei wir in ansehnlicher Entfernung von dem Ding Shammats blieben, und als wir schließlich am Hang eines weniger hohen Berges standen und über unendliche Ebenen hinwegschauten, sah ich das, worauf ich gewartet hatte. Wir schauten auf eine höchst merkwürdige Siedlung hinunter. Sie schien weder als Schutz noch als Wärmespender noch zu irgendeinem anderen der üblichen Zwecke gebaut, sondern war eine einzige Manifestation verlorengegangener Erinnerungen.
Einem hohen, zylinderförmigen Gebäude fehlte das Dach, aber ein paar Äste waren darübergelegt worden. In einem anderen, würfelförmigen Haus gähnte ein scharfkantiges Loch. Eine fünfseitige Hütte neigte sich krumm zur Seite. Es gab Gebäude aller denkbaren Formen und Größen, doch nicht ein einziges war vollständig. Das Baumaterial stammte aus der Sechseckigen Stadt. Auch große Steine über mehrere Meilen weit zu schleppen, war für diese Riesen keine Schwierigkeit.
Was aber hatten sie sich vorgestellt? An welche Einzelheiten der alten Städte konnten sie sich noch erinnern? Wie erklärten sie die tückischen Strahlungen, denen sie sich ausgesetzt haben mußten, und in welcher Weise waren sie davon beeinträchtigt?
Während wir immer weiter durch die bewaldeten Abhänge der vorgelagerten Berge abstiegen, erzählte ich David und Sais von den Riesen. Bald würden wir auf sehr große, sehr starke Menschen treffen, aber nein, das seien nicht die Großen aus den Geschichten und Balladen. Wir würden behutsam vorgehen müssen und immer wachsam sein. Es war möglich, daß sie uns ein Leid antun würden.
So versuchte ich die beiden auf das vorzubereiten, was ich befürchtete. Aber wie sollte ich es denen erklären, die nie etwas

dergleichen gekannt hatten, nie auch nur davon gehört hatten, was Sklaverei war oder Leibeigenschaft? Sie kannten die Verachtung nicht, die eine degenerierte und verbrauchte Rasse einer andersgearteten entgegenbringen kann, und waren unfähig, sie sich vorzustellen.

Schließlich erreichten wir die Ebene und gingen auf die wahllos zusammengewürfelte Siedlung zu. Die Riesen hielten sich alle in ihren Gebäuden auf. Wir riefen im Näherkommen einen Gruß hinüber, und sie kamen mit allen Anzeichen von Furcht aus ihren Häusern. Dann, als wir ihnen nicht bedrohlich erschienen und sie sahen, daß wir nur halb so groß waren wie sie, begann einer von ihnen eine empörte Miene aufzusetzen, sozusagen um sie auszuprobieren, und schaute die anderen an, um zu sehen, ob es auf sie wirkte; da ahmten ihn alle anderen nach und führten sich auf, als sei es eine Unverschämtheit, sie anzusprechen. Sie führten uns in eine Art Korral, der so schlecht gebaut war, daß Licht zwischen den Steinen hindurchfiel. Dort war Jarsum. Er war der Häuptling oder Anführer. Er erkannte mich nicht. Neben ihm saß wie eine Königin seine Gefährtin, die weiße Riesin. Sie starrte uns an und gähnte dann betont. Man kann sich nichts Kläglicheres vorstellen als die Art, wie sie verstohlen zueinander hinüberschauten, um zu sehen, ob ihre Gesten bewundert würden. Sowohl Jarsum als auch sie probierten alle möglichen Mätzchen und lächerlich arrogante Gesten aus, warfen stolz den Kopf zurück und blickten uns mit hocherhobenem Kinn verächtlich an. Ich sah, daß David und seine Tochter verwirrt waren, weil sie noch nie dergleichen gesehen hatten.

Ich sagte zu Jarsum, ich sei Johor, ein alter Freund, und er starrte mich mit vorgerecktem Kopf an, wobei sein großes Gesicht sich in angestrengte Falten legte, wie bei einem, dem man ein schwieriges Rätsel aufgibt. Ich sagte, daß meine Begleiter David und Sais seien, aus der ehemaligen Runden Stadt, seiner früheren Heimat. Aber er konnte sich nicht erinnern und schaute fragend die weiße Riesin an, die sich überheblich neben ihm räkelte, und die anderen Riesen in der Runde, die wie Diener an der Wand standen. Keiner erinnerte sich an die Runde Stadt. Später merkte ich, daß nicht alle aus der Runden Stadt

gekommen waren, sondern einige aus anderen Städten, geleitet offensichtlich von dem letzten Rest an Intuition, der ihnen geblieben war. Sie hatten in diesen verrückten Andeutungen von Häusern versucht, wiederaufzubauen, was ihnen möglich war.
Die weiße Riesin hatte den robusten David und seine gesunde Tochter genau gemustert, und nun flüsterte sie Jarsum etwas zu. Auf ihre Anweisung schaute auch er uns prüfend an: Vor ihm standen drei Wesen, halb so groß wie er und seine Artgenossen, von anderem Gesichtsschnitt und anderer Hautfarbe.
Er verkündete, uns sei erlaubt zu bleiben und für ihn und seine Leute zu arbeiten.
Da benützte ich den Namen Canopus. Ich mußte es tun.
Etwas regte sich in ihnen. Sie suchten die Blicke der anderen, zuerst Jarsum und die weiße Riesin, dann, als sie in den Augen des anderen nichts fanden, beugten sie sich vor und starrten die anderen Riesen an, die zurückstarrten.
»Ja, Canopus«, sagte ich, »Canopus«, und wartete wiederum, bis das Wort in ihnen nachklang.
Sie dürften nicht gegen die Gesetze von Canopus verstoßen, sagte ich, keiner von uns dürfe das, und das erste Gebot von Canopus sei, andere nicht zu Sklaven oder Dienern zu machen.
Das drang zu ihnen durch.
Ich bat um eine Unterkunft für die Nacht.
Sie erwiderten, es gäbe kein Gebäude, das nicht bewohnt sei, aber in Wahrheit wollten sie, daß wir fortgehen sollten, da wir sie vor eine Aufgabe stellten, die ihnen zu schwer war.
Ich sagte, daß wir die Nacht außerhalb der Siedlung irgendwo unter einem Baum verbringen und am Morgen wiederkommen würden, um mit ihnen zu sprechen.
Ich sah, daß sie uns fortschicken, ja vielleicht davonjagen wollten.
Ich sagte, Canopus verfüge, daß Reisenden Nahrung und Unterkunft gegeben werde. Das sei ein Gesetz, das für jeden von uns verbindlich sei.
Dies drang nur mühsam zu ihnen durch. Sie rebellierten innerlich und waren zornig, und sie hätten uns umgebracht, wäre

ihre Angst nicht gewesen. Wir drei standen und warteten, ich in unterdrückter Furcht, da ich wußte, in welcher Gefahr wir schwebten, aber David und Sais ganz ruhig und sogar gespannt, da sie nichts von dem verstanden, was hier vor sich ging. Und wieder sah ich, daß es den Eingeborenen besser ging als den Riesen, einfach weil sie den Steinen, der Erde, den Pflanzen und den Tieren so viel näherstanden: Sie hatten einen Grundstock an Kraft, den die Riesen nicht besaßen. An ihren von innen erschreckten und leeren Augen sah ich, daß sogar ihre körperliche Existenz dem Untergang geweiht war. Sie würden nicht mehr lange leben.
Sie brachten uns wirklich etwas zu essen. Tierische Nahrung – sie hatten sich also auf das Jagen verlegt. Wir hatten keine Tiere gesehen, als wir uns der Siedlung genähert hatten, die Herden mußten also wohl schon weit über die Ebenen geflohen sein. Wir legten uns unter einigen Bäumen in der Nähe nieder, und ich blieb wach, während die anderen schliefen. Als es schon sehr spät war, die Sterne über einen fast schwarzen Himmel zogen, löste sich aus der Masse der Häuser ein großer Schatten: Es war Jarsum, der zu uns herüberkam. Er blieb ein paar Schritte – seiner Größe, für uns wären es viele gewesen – entfernt stehen, spähte suchend herüber, konnte uns aber unter den Ästen nicht erkennen. Er kam noch näher und bückte sich. Als er mich wach sah, lächelte er. Es war ein verlegenes Lächeln. Dann drehte er sich um und ging weg, und die Steine und Ästchen knackten unter seinen großen Füßen, die jetzt in Felle gehüllt waren.
Am Morgen gingen wir drei einige Meilen bis hin zum Rand der Sechseckigen Stadt, wo die Steinmuster begannen. Die unangenehmen Schwingungen schienen hier nicht so stark wie an anderen Orten, entweder weil sie sich mit der Zeit abgeschwächt hatten oder weil die vielen Steine, die weggeholt worden waren, das Muster zu stark aufgebrochen hatten, oder aus anderen Gründen, die außerhalb meiner Vorstellung lagen.
Aber wir sahen etwas Erstaunliches: Ein halbes Dutzend Riesen waren aus ihrer kümmerlichen Siedlung hinter uns hergekommen, nahmen aber keine Notiz von uns, sondern schritten mitten hinein zwischen die Steine, blieben dort stehen, drehten

sich, hoben die Arme und neigten und beugten sich. Mir wurde klar, daß sie die Empfindungen genossen. Doch mußte diese Angewohnheit sie nur noch mehr berauschen und süchtiger machen, als sie ohnehin schon waren.

Nach einiger Zeit verließen sie die Steine wieder, wobei ihre Glieder und Köpfe zuckten, als seien sie vom Veitstanz befallen, und sie tanzten und zuckten ihren Weg nach Hause zurück.

Ich merkte David und Sais an, daß beide zu gerne »die Steine ausprobiert« hätten – sie mußten vergessen haben, was diese Dissonanzen bewirken konnten.

Ich sagte, nein, nein, das dürften sie nicht und führte sie zu den Riesen zurück.

Dort war ein Fest im Gange mit Bergen von gebratenem Fleisch und Gesang und Tanz. Mir wurde klar, daß die Riesen, die zu den Steinen gegangen waren, das taten, um die Macht der Disharmonien in sich selbst zurückzutragen, um sie dann wie Alkohol dazu zu benutzen, die Festlaune anzuheizen.

Ich erinnerte sie an unsere Gegenwart und bat um etwas Obst.

Ich bat Jarsum, zu uns zu kommen und allein, unter einem Baum mit uns zu sprechen. Er kam, war aber wie trunken oder halb im Schlaf.

Ich sprach wieder von Canopus.

Er nahm es hin. Er hörte zu. Aber nicht viel drang durch die Nebel und die Beschränktheit dieses kümmerlichen Gehirns.

Ich zog Das Zeichen heraus und hielt es vor ihn hin. Ich hatte das eigentlich nicht tun wollen, da mir aufgefallen war, daß seine Kraft inzwischen zuweilen eher herausfordernd oder aufwiegelnd wirkte.

Doch, ja, er erinnerte sich daran. Er erinnerte sich an etwas. Die verstörten Augen, die wie vom Trunk gerötet und verengt waren, starrten Das Zeichen ganz aus der Nähe an, und die großen, zitternden Hände schoben sich vor, um es zu berühren. Und dann tat er etwas, was ich auf diesem edlen Planeten noch nie gesehen hatte und was auf Rohanda nie hätte geschehen können – er bückte sich, warf sich zu Boden und streute sich Sand auf den Kopf. Und David und Sais taten es ihm nach:

voller Eifer und hocherfreut darüber, daß sie so etwas Herrliches gelernt hatten.

Ich führte sie zurück zur Siedlung und beauftragte Jarsum, alle anderen herbeizuholen. Er tat es, aber mehr als die Hälfte waren zu den Steinen gezogen, um dort zu tanzen, und wir mußten warten, bis sie zurückkamen.

Dann stand ich vor ihnen, auf einem freien Platz zwischen den windschiefen, halbfertigen Gebäuden, und ich hielt ihnen Das Zeichen entgegen, so daß es glänzte und blendete und seinen Glanz auf ihre Gesichter, auf ihre Augen ausstrahlte.

Ich sagte, Canopus verbiete ihnen, sich in die Nähe der Steine zu begeben. Das sei ein Befehl. Und ich ließ Das Zeichen aufblitzen.

Ich sagte, Canopus verbiete ihnen, sich gegenseitig oder andere Wesen auf dem Planeten als Diener zu benutzen, es sei denn, die Diener würden so behandelt, wie sie einander behandelten, nämlich als Gleichgestellte.

Ich sagte, Canopus verbiete ihnen, Tiere zu töten, außer für ihren Fleischbedarf, und dann müsse es sorgsam und ohne Grausamkeit geschehen. Sie müßten Getreide anbauen, sagte ich und Früchte und Nüsse ernten.

Ich sagte, sie dürften die Früchte der Erde nicht verschwenden, und jeder dürfe nur das nehmen, was er brauche, nicht mehr. Sie dürften einander keine Gewalt antun.

Über allen diesen Geboten aber stehe das erste und wichtigste: Nie, niemals dürften sie die alten Städte betreten oder die Steine zum Bau ihrer Behausungen verwenden. Auch dürften sie sich der Versuchung nicht hingeben, wenn sie an Stätten oder Gegenstände mit jener berauschenden Wirkung gerieten. Durch dergleichen Praktiken würden sie sich selbst zerstören und sich den Zorn von Canopus zuziehen.

Dann verbarg ich Das Zeichen wieder unter meinem Gewand und ging zu Jarsum hinüber, der zitternd neben der weißen Riesin auf dem Boden lag, und sagte: »Lebwohl. Ich werde wieder zu euch kommen. Haltet die Gesetze von Canopus!«

Und wir gingen davon, ohne uns umzuschauen. Das hatte ich David und Sais eingeschärft aus Furcht, daß ein Zurückschauen

die Wirkung unseres Auftritts, die ich ohnehin für schwach hielt, noch weiter abschwächen würde. Als wir schon tief im Wald an den ersten Hügeln des Gebirges waren, fragte ich meine beiden Gefährten, ob sie verstanden hätten, was geschehen sei. Sie antworteten nicht. Sie waren eingeschüchtert.
Als ich in sie drang, sagte David, ich habe Kenntnis von etwas, das Canopus heiße.
Und Sais? Vielleicht war aus ihr etwas herauszubekommen. Ich nahm sie ins Kreuzverhör. Ich wartete, bis wir eine Hügelkette überquert hatten und in ein hübsches Tal voller rieselnder Bäche und blühender Pflanzen gekommen waren, und fragte sie dann noch einmal, ob sie verstanden hätten, was mit den Riesen geschehen sei.
David hatte jenen Ausdruck im Gesicht, der mir inzwischen so vertraut war, eine Verdrossenheit, als sei das alles zuviel verlangt. Dann wandte er die Augen ab und gab vor, einen Vogel auf einem Zweig zu beobachten.
Sais sah mich aufmerksam an.
»Was weißt du von Canopus?« fragte ich sie.
Sie sagte, Canopus sei ein böser Mann, und er wolle nicht, daß jemand dort tanze, wo es Steine gäbe. Er wolle nicht, daß die Jäger mehr Tiere töteten als sie Fleisch brauchten. Er wolle nicht ...
Sie konnte alles aufsagen, und ich beschloß, mich auf sie zu konzentrieren. Während wir weitergingen, drillte ich ihr wieder und wieder alles ein, und David, ihr Vater, schlenderte neben uns her, sang manchmal zu seiner eigenen Unterhaltung ein Lied, denn wir langweilten ihn mit unserer Gründlichkeit, manchmal hörte er zu und stimmte ein oder zwei Sätze lang mit ein: »Canopus will nicht ...«
So zogen wir weiter, Tag um Tag, durch die niedrigen Hügelketten und Täler des Gebirges, bis ich die Gegenwart Shammats stärker werden fühlte und wußte, daß ich die beiden fortschicken mußte.
Ich machte den Abschied zu einer feierlichen und ernsten Angelegenheit. Sie sollten eine Aufgabe übernehmen, die von höchster Wichtigkeit sei – für mich, vor allem aber für Cano-

pus. Sie sollten von Ort zu Ort über ganz Shikasta wandern, überallhin, wo es Siedlungen gab, und sie sollten all das wiederholen, was ich gesagt hatte. Sais sollte die Sprecherin sein und David ihr Beschützer. Und ich gab ihr Das Zeichen und schärfte ihr ein, sie müsse es besser hüten als – ja, als was? Ihr Leben? Sie hatten keine Vorstellung davon, was das bedeutete: Den Gedanken des Todes als immer gegenwärtige Drohung, das gab es bei ihnen nicht. Dies komme von Canopus, sagte ich. Das ganze Wesen und Sein von Canopus liege darin und es müsse fortwährend bewacht werden, und wenn sie dabei ihr Leben verlören. So hielt ich ihnen den Tod vor Augen, benutzte ihn, um in diesen Kreaturen ein Leid und eine Wachsamkeit zu erzeugen, die sie vorher nicht gekannt hatten!
Sais steckte Das Zeichen ehrfürchtig in ihren Gürtel und legte ihre Hand darauf, während sie vor mir stand, die Augen fest auf mein Gesicht geheftet, und mir zuhörte.
Wenn sie an eine Siedlung kämen, sagte ich, müsse sie zuallererst den Namen Canopus nennen, und wenn das Wort ausreiche, um alte Erinnerungen und Gedanken zu wecken, und wenn ihre Zuhörer um dieses Wortes willen fähig wären zu hören, so solle sie ihre Botschaft verkünden und dann wieder gehen. Nur wenn es ihr nicht gelänge, irgend jemand zum Zuhören zu bringen, oder wenn ihrem Vater und ihr ein Leid drohe, so solle sie Das Zeichen vorzeigen. Und wenn sie überall gewesen seien und mit allen gesprochen hätten, auch mit herumziehenden Gruppen von Jägern, die sie trafen, oder alleinlebenden Bauern oder Fischern in den Wäldern oder an Flüssen, so sollten sie mir Das Zeichen zurückbringen.
Und dann erklärte ich langsam und eindringlich, was es bedeutet, einen Auftrag, eine Pflicht zu erfüllen, denn ich hatte Sorge, daß dies völlig aus ihrer Vorstellung geschwunden war. Diese Reise, zu der sie auszogen, sagte ich, die Unternehmung selbst und das Tragen und Hüten des Zeichens würde in ihr eine Entwicklung bewirken, würde in ihr etwas freilegen, was zugeschüttet und getrübt sei. Und wenn ich von Shikasta fortginge, sagte ich – und teilte ihnen damit zum ersten Mal mit, daß ich den Planeten wieder verlassen mußte –, würden sie dafür ver-

antwortlich sein, daß die Gesetze eingehalten und weitergegeben wurden. In beiden Gesichtern sah ich Panik bei dem Gedanken, daß ich sie verlassen wollte, aber ich sagte, sie würden schon jetzt monatelang und länger ohne mich auskommen müssen und würden lernen, sich selbst und die Gesetze zu schützen. Wir trennten uns, und ich sah sie fortgehen, und mein Wille begleitete Sais: Du kannst es, du kannst es, du kannst, flüsterte ich, sagte es dann laut und schrie es hinaus, als sie zwischen den riesigen Bäumen dieses herrlichen Waldes aus Sicht- und Rufweite verschwanden. Ich würde sie mindestens für die Dauer eines Umlaufs Shikastas um seine Sonne nicht mehr sehen.
Und jetzt zu Shammats Sender.
Wenn ich je das Paradies erlebt habe, dann war es dort. Weder Eingeborene noch Riesen hatten je in diesem Gebiet gelebt. Die Wälder waren so, wie die Natur sie hatte wachsen lassen, und die Bäume waren zum Teil Tausende von Jahren alt. Überall gab es Blumen und kleine Bäche. Und die Vögel und Tiere wußten nicht, daß sie vor diesem neuen Tier Angst haben sollten und kamen heran, um mich zu beschnuppern und legten sich zu mir, um mir Gesellschaft zu leisten. In jener Nacht lag ich am Ufer eines Flusses, zu dem die Tiere zum Trinken kamen, und das Schlimmste, was ich befürchten mußte, war, daß in der Dunkelheit irgendein großes Tier auf mich träte. Die Tiger, die Löwen betrachteten mich nicht als Beute. Elefantenherden streckten ihre Rüssel nach mir aus und zogen dann weiter.
Daß ich mich dort aufhielt, den gesunden Atem der Bäume einsog und mit den Tieren Zwiesprache hielt, hatte einen Zweck. Ich war nun nicht mehr mit Dem Zeichen bewaffnet und mußte doch der Gewalt Shammats entgegentreten.
Ich wußte nicht, wie ich die Suche nach dem Sender angehen sollte. Seine Ausstrahlungen schienen von allen Seiten zu kommen. Hoch über mir ragte in den blauesten Himmel, an den ich mich erinnern kann, der Berggipfel, auf dem ich gestanden und von dem ich in das Tal mit der glänzenden Säule geschaut hatte. Mußte ich denn den mühseligen Aufstieg noch einmal machen? Ich konnte mich nicht dazu überwinden, woran ich merkte,

daß ich schon von Shammats Wirkung angegriffen war, und ich legte mich unter einem großen Baum mit weißen Blüten, die einen belebenden Duft verströmten, zur Ruhe. Als ich erwachte, beugte sich eine zottige Gestalt über mich. Sie hatte die Größe eines Eingeborenen, war aber stark behaart, und mir war sofort klar, daß es der Nachkomme eines Eingeborenen sein mußte, der sich vor langer Zeit von seinen Artgenossen getrennt und sich nicht mit den anderen entwickelt hatte. Er schien durchaus nicht feindlich gesinnt, vielmehr neugierig, schien zu lächeln, und seine lebhaften braunen Augen hatten etwas wie Bewußtsein in sich. Er brachte mir Früchte, und wir aßen zusammen. Bald konnten wir uns verständigen. Er zeigte Ansätze einer Sprache, die weit mehr war als bloßes Grunzen oder Bellen. Einige seiner Gesten und Gesichtsbewegungen ähnelten denen der Eingeborenen, und halb mit Lauten, halb mit Mimik und Gebärden gelang es mir, ihm mitzuteilen, daß ich etwas suchte, das neu im Gebirge war und nicht hierhergehörte. Er schien schon zu begreifen, und als ich sagte, das sei ein schlimmes Ding, böse, zeigte er Furcht, überwand sie aber und zog mich besorgt von dem Platz hoch, an dem ich saß – die Tatsache, daß er stärker und größer war als ich, schien in ihm ein Schutz- und Hilfsbedürfnis auszulösen –, und wir machten uns zusammen auf den Weg.

Ich war weiter von dem Ding entfernt, als ich gedacht hatte. Wir stiegen und stiegen, immer höher. Wir kamen auf einigen Bergen an die Schneegrenze, überquerten sie und stiegen wieder ab, den Schnee hinter uns lassend. Mir war kalt, aber ihm mit seiner dichten Behaarung nicht. Er war besorgt, baute kleine Unterschlüpfe aus Zweigen und legte sich nachts dicht neben mich, damit sein Körper mich wärmte. Und er brachte mir Früchte und Nüsse und dann auch Blätter, die ich aber nicht essen konnte, und wir speisten miteinander.

Mir ging es jedoch immer schlechter. Ich fühlte mich todkrank und bezweifelte, ob ich fähig sein würde, meine Aufgabe durchzuführen. Und auch er fing an, sich schlecht zu fühlen und zu zittern. Er wollte nicht, daß ich weiterging. Ich sagte, ich müsse es, und er solle hier auf mich warten. Er harrte noch

kurze Zeit bei mir aus. Voller Furcht bewegte er sich neben mir durch den Wald. Die Bäume waren hier gebrochen und zersplittert. Felsbrocken waren ohne ersichtlichen Grund in die Gegend geschleudert worden, gefällte Bäume lagen umher, und über allem lag ein entsetzlicher Geruch. Wir stolperten über Tierknochen, überall lagen halbverweste Kadaver und Vögel, die getötet und liegengelassen worden waren, und alles war nur um des Tötens und Zerstörens willen geschehen. O ja, das war eindeutig Shammat!
Ich befahl meinem Freund, zurückzubleiben und auf mich zu warten. Er wollte nicht und streckte seine behaarten Hände nach mir aus, um mich zurückzuhalten, aber ich wandte mich ab, um ihn nicht mehr zu sehen und nicht in Versuchung zu geraten, und ging weiter.
Nach kurzer Zeit kam ich an einen hohen Kamm. Tief unten lag ein Tal, und ringsum erhoben sich hohe Berge, auf denen der Schnee glitzerte und strahlte. Shammat war jetzt schon sehr stark zu spüren.
Alles in diesem Tal war zerschlagen und zerstört. Ich wußte, daß dies das Tal war, in das ich von oben hineingeschaut hatte, konnte aber die Säule nirgends sehen. Doch sie mußte dasein, das spürte ich. Wellen und Stöße von Shammat trafen mich und machten mich schwindelig, doch hielt ich mich an einem jungen Baum fest, der an der Wurzel halb abgehauen und umgefallen war und nun auf meiner Höhe eine Art Geländer bildete. Ich schaute angestrengt in alle Richtungen, aber ich konnte die Säule einfach nicht sehen, von der ich doch wußte, daß sie da war. Die Mitte des Tales, in der sie gestanden hatte, war keine zweihundert Schritt entfernt. Und noch immer kamen die Impulse, pochend, tödlich, machten mich krank. Ich schickte meine Gedanken nach Canopus und flehte um Hilfe. Helft mir, helft mir, rief ich innerlich, dies ist die entsetzlichste Gefahr, in der ich mich befinde, eine Gefahr, die viel zu stark für mich ist – ich ließ meine Gedanken gleichmäßig strömen wie eine Brücke, und bald merkte ich, wie ein winziges Tröpfchen Hilfe herübersickerte. Und als ich mich ein wenig gekräftigt hatte, sah ich sie – nur einen kurzen Blick lang: die Säule. Ein Wasser-

strahl, eine schmale Fontäne stieg in die Luft, manchmal sichtbar und dann wieder nicht, doch erschien sie immer wieder. Es war, als habe die Luft sich an dieser Stelle verdichtet und sei zu einer feinen Flüssigkeit geworden, einem kristallinen Wasser, das aufsprang und wieder in sich selbst zurückfiel. Aber jetzt erkannte ich es, und ich merkte, daß ich es auch zuvor erkannt hätte, wenn mir diese Vorstellung nicht so ferngelegen hätte. Ich kannte diese Substanz! Ich nahm alle Kraft zusammen, deren ich fähig war, und ging zu der Stelle hin, an der diese glitzernde Säule stand – nicht mehr stand – und wieder da war.
Ein paar Schritte davon entfernt blieb ich stehen, ich konnte nicht näher heran: Sie stieß mich ab.
Es war eine Substanz, die kürzlich auf Canopus erfunden oder entdeckt worden war, Effluon 3, deshalb hatte ich sie hier nicht erwartet. Nein, es war unmöglich, daß Puttiora sie hergestellt haben konnte, da seine Technologie noch weit hinter unserer zurück war. Und bestimmt konnte Shammat sie nicht hergestellt haben. Also mußten sie sie von Canopus gestohlen haben.
Effluon 3 war so beschaffen, daß es, je nach Programmierung, Eigenschaften anzog oder aussandte. Es war der empfindlichste und gleichzeitig der stärkste Leiter; keinerlei Apparatur war zu seiner Herstellung nötig, denn er entstand durch die gezielte Anwendung geistiger Konzentration. Was Shammat oder Puttiora von uns gestohlen haben mußte, war also nicht ein Gegenstand, sondern eine Fertigkeit. Dies alles konnte ich in meinem augenblicklichen Zustand am Rande der Bewußtlosigkeit nicht zu Ende denken; außerdem gab es ein dringlicheres Problem: Effluon 3 hatte anders als Effluon 1 und 2 keine lange Lebensdauer, es war ein Katalysator, sonst nichts.
Von oben hatte ich eine Metallsäule wahrgenommen, einen kompakten und stabilen Gegenstand, weil ich etwas in dieser Richtung erwartet hatte. In Wirklichkeit war es nun eine Substanz, die aufgrund ihrer Eigenschaften bald nicht mehr bestehen würde. Und doch war es kaum wahrscheinlich, daß Shammat sich so vieler Mühen unterzogen hätte und Vergeltungsmaßnahmen von uns, von Sirius (und möglicherweise sogar

von Puttiora, wenn dies – wie durchaus denkbar – ein Akt des Widerstands wäre) riskiert hätte, um irgendeines kurzfristigen Nutzens willen.

Andererseits war es kaum möglich, daß ich mich täuschte. Es war einer meiner Kollegen auf Canopus gewesen, der diese Erfindung gemacht hatte, und ich hatte die flüchtigen Säulen aus verdichteter Luft in allen verschiedenen Stadien ihrer Entwicklung gesehen. Dies konnte nichts anderes als Effluon 3 sein, und schon in einem Jahr würde es nicht mehr existieren.

Ich merkte, daß ich auf die Knie gefallen war und nur ein paar Schritte von diesem entsetzlichen Ding entfernt taumelte – das natürlich an einem anderen Ort und zu anderer Zeit auch heilsam und wohltuend wirken konnte –, und mir wurde schwarz vor Augen, mein Kopf füllte sich mit schwankenden grauen Wellen, ein schmerzhaftes Schrillen fraß mein Gehirn von innen an, und ich spürte, wie mir aus meinen gemarterten Ohren Blut über den Hals lief. Die schneebedeckten Berggipfel, die sonnigen Abhänge des Tales, die geborstenen und zersplitterten Bäume, der halb sichtbare Strahl glitzernder Substanz, alles verschwamm und verschwand, und ich fiel in eine tiefe Bewußtlosigkeit.

Ich lag nicht lange dort und wäre sicher umgekommen, hätte mich nicht mein neuer Freund gerettet, der mir von einer Hügelkette aus zugeschaut hatte, wobei er sich an einem Baum festhielt, aus Angst um Gesundheit und Leben, denn sein Verstand war, genau wie meiner, in höchster Gefahr. Er sah mich schwanken, dann auf die Knie fallen, dann ausgestreckt daliegen. Er kroch den Berghang hinunter und zwang sich vorwärts, bis er meine Fersen erreichen konnte. Er drehte mich auf den Rücken, damit mein Gesicht nicht verletzt würde, und zog mich von der Stelle fort, dann hob er mich auf und trug mich. Als ich auf der anderen Seite des Bergkammes wieder zu Bewußtsein kam, lag er ohnmächtig neben mir. Nun war es an mir, ihm zu helfen, indem ich seine behaarten Hände und Schultern rieb, mit aller Kraft, aber er war so ein mächtiges Geschöpf, daß ich kaum hoffen konnte, mit diesen schwachen Versuchen wieder Leben in ihn zu bringen. Als er endlich doch

zu sich kam und wir beide wieder stehen konnten, halfen wir uns gegenseitig in die Berge hinauf, um den Ausstrahlungen, die wir beide fühlten, zu entgehen. Er hatte eine warme Höhle mit Haufen von trockenen Blättern und Vorräten von getrockneten Früchten und Nüssen. Er konnte auch Feuer machen, und bald war uns warm, und wir fühlten uns wieder bei Kräften.
Während ich bewußtlos gewesen war, hatte ich einen Traum oder eine Vision gehabt und darin das Geheimnis der Säule Shammats erfahren. Ich hatte, wie in einem Planetarium, das alte Rohanda gesehen, glänzend und herrlich, Harmonien ausstrahlend. Zwischen Rohanda und Canopus schwang das silberne Band unserer Liebe. Doch fiel ein Schatten darüber, es war ein häßliches Gesicht, pockennarbig und bleich mit starren bläulichgrünen Augen. Hände streckten sich wie Mäuler aus, bereit zuzupacken, und unter ihrer Berührung zitterte der Planet und seine Töne veränderten sich. Die Hände rissen Stücke aus dem Planeten heraus und stopften sie in das Maul, das gierig schlang und saugte und gar nicht genug bekommen konnte. Dann zerrann dieses fressende Ding in die halb sichtbare Fontäne des Senders, die das Gute und die Kräfte aus dem Planeten heraussog. Als auch die Säule verschwand, beugte ich mich in meinem Traum verzweifelt nach vorne, begierig zu erfahren, was das alles bedeutete, bedeuten konnte ... Ich sah, daß die Einwohner Shikastas sich verändert hatten, das gleiche Wesen angenommen hatten wie die hungrige, hochschießende Säule: Shammat hatte sich im Wesen der Bewohner Shikastas eingenistet, und *sie* waren jetzt der Sender, der Shammat nährte.
Das war mein Traum, und nun verstand ich, warum Shammat seinen Sender dort nur eine kurze Zeitlang brauchte.
Ich blieb ein paar Tage bei meinem Freund und gewann meine Kräfte zurück. Ich verstand inzwischen eine Menge von dem, was er wußte und mir mitzuteilen versuchte. Zitternd und voller Angst erzählte er mir, ein großes Ding sei vom Himmel herabgekommen, habe sich auf den Abhang des Tales gesetzt, und dann seien entsetzliche Wesen gekommen – er konnte nicht von ihnen sprechen ohne zu zittern und verbarg dabei sein Gesicht wie vor der Erinnerung – und hatten alles getötet

und verwüstet. Sie hatten Brände gelegt, die sich ausbreiteten und auf den Berghängen wüteten, alles verzehrend und zerstörend. Sie hatten aus reinem Vergnügen alles niedergemetzelt. Sie hatten Tiere gefangen und gequält ... Das arme Geschöpf wimmerte, und die Tränen liefen über seine behaarten Wangen, während er in die Flammen unseres Feuers starrte und sich erinnerte.
Wie viele es gewesen seien?
Er hob beide Hände mit den Handflächen nach außen, dann noch einmal und dann, unbeholfen, denn dies war ein schwieriger Denkvorgang für ihn, noch einmal. Dreißig waren es also gewesen.
Wie lange sie geblieben seien?
Ach, eine schreckliche Zeit, eine lange, lange Zeit – er legte die Pfoten oder Hände vor die Augen, wiegte sich hin und her und gab schmerzvolle Laute von sich. Ja, er sei von ihnen gefangen und in einen Käfig aus Zweigen gesperrt worden, und sie seien um ihn herumgestanden und hätten gelacht und mit spitzen Stöcken nach ihm gestoßen ... er teilte sein Fell an den Seiten, um mir die Narben zu zeigen. Aber er war entkommen und hatte viele andere Tiere und Vögel aus ihren Käfigen befreit und war geflohen – alle Tiere und Vögel waren fortgezogen und waren – wie ich wohl bemerkt haben mußte – nie zurückgekehrt. Keiner der Waldbewohner hielt sich mehr in der Nähe des Tales auf. Aber er sei in einer dunklen Nacht zurückgekrochen, habe so leise wie möglich den Kamm erklommen und hinübergeschaut – und nichts gesehen, aber die Ausstrahlung der Säule habe ihn krank gemacht, und deshalb habe er gewußt, daß dort etwas war ... auch jetzt wisse er noch nicht, was es sei, denn er habe es nie sehen können, sondern nur gespürt.
Und das große Ding, in dem die schrecklichen Wesen gekommen waren? Ob er es gesehen oder berührt habe?
Nein, er habe zu große Angst gehabt, um hinzugehen und es zu berühren. Er habe noch nie etwas Ähnliches gesehen und nicht gewußt, daß es so etwas überhaupt gebe. Es sei rund gewesen – er machte seine Arme rund. Es sei riesengroß gewesen – er brei-

tete sie aus, bis er das ganze Innere seiner sehr großen Höhe anzeigte. Und es sei – er wimmerte und schwankte – entsetzlich gewesen.
Mehr konnte ich nicht in Erfahrung bringen.
Aber mehr brauchte ich auch nicht.
Ich sagte zu ihm, daß ich sehr weit wegreisen müsse. Er verstand »sehr weit« nicht. Er würde mitkommen, sagte er, und er begleitete mich tatsächlich, aber als ein Tag nach dem anderen verging, wurde er sehr still und ängstlich, denn er befand sich nun schon weit entfernt von den Bergen, die er kannte. Er fühlte sich einsam, das merkte ich ihm an. Aber vielleicht wußte er gar nicht, daß er einsam war. Ob es dort andere wie ihn gegeben habe? Ja, früher einmal! Viele? Wieder hob er die Hände, einmal, zweimal und noch einmal und noch einmal ... Es hatte viele gegeben, und sie waren ausgestorben, vielleicht an einer Seuche, und jetzt gab es nur noch ihn. Wenn es noch andere im Gebirge gab, so wußte er nichts von ihnen. Er trottete neben mir her, während ich Berge hinaufstieg und wieder hinunter, und von neuem hinauf und hinunter. Schließlich ließen wir die Berge hinter uns und stiegen nur noch ab, fort vom Schnee, durch wunderbare unberührte Wälder und noch weiter hinab durch weite Gebiete mit blühenden, duftenden Büschen – und dann lag vor uns der dampfende Urwald des Südens, und jenseits, aber noch sehr, sehr weit entfernt, das Meer. Ob er das Meer kenne? Aber er verstand nichts von meinen Versuchen, es zu erklären.
Ich mußte zurück zu den Siedlungen der Eingeborenen, die aus der Runden Stadt geflohen waren, denn dort würde ich Sais und ihren Vater wiedertreffen. Ich versuchte, das arme Tier zu überreden mitzukommen, denn ich glaubte, daß die Eingeborenen es freundlich aufnehmen würden. Zumindest Sais würde das tun. Aber als ich die niedrigen Hügel erreichte, hinter denen sich der Urwald ausdehnte, wurde er still und verdrießlich, drehte ständig den Kopf zur Seite, als habe ich mich von ihm zurückgezogen, und dann kam er stolpernd auf mich zugelaufen, packte meine Arme und versuchte meine Hände so festzuhalten, daß ich ihn nicht verlassen konnte. Große Tränen liefen

aus seinen gutmütigen braunen Augen und rannen in das Fell auf seinen Wangen und hinterließen nasse Streifen auf seiner Brust. Er gab winselnde Laute von sich, dann ein Schmerzensgebrüll und lief zurück, halb fallend und sich wieder aufrappelnd, bis er den Schutz der Bäume erreicht hatte. Er stand da, die Hügel hinter sich, schaute mir nach und rief Abschiedsgrüße herüber, die eine flehende Bitte waren. Komm zurück, komm zurück! Dann rannte er mir ein kleines Stück nach, kehrte aber wieder um. Ich winkte, bis er nur mehr ein kleiner Punkt unter Bäumen war, die man aus meiner Entfernung kaum mehr für hoch halten konnte. Aber ich mußte weiter. Und so überließ ich ihn seiner Einsamkeit.
Ich war ein halbes Jahr unterwegs gewesen, als ich zurück zu der Siedlung kam. Ich hätte gerne gewußt, wie es Sais und David ergangen war, konnte aber nichts in Erfahrung bringen. Es schien sogar, als seien sie schon vergessen. Ich baute mir einen Unterschlupf aus Erde und Holzbalken und wartete. In der Zwischenzeit versuchte ich, den Eingeborenen, die verständig genug schienen, soviel wie möglich über Canopus beizubringen und darüber, wie sie leben müßten, um Shammats Macht über sie in Grenzen zu halten. Aber sie waren unfähig, das zu begreifen.
Dagegen waren sie willig, alles zu lernen, was ich ihnen an praktischen Kunstfertigkeiten beibringen konnte – sie waren im Begriff, alles auf diesem Gebiet völlig zu vergessen. Ich lehrte sie – oder lehrte sie von neuem – Gartenbau und Tierzucht. Ich lehrte sie, ein ziegenähnliches Tier zu zähmen, das ihnen Milch geben konnte, und zeigte ihnen, wie man Butter und Käse macht. Ich lehrte sie, geeignete Pflanzen für die Gewinnung von Fasern zu suchen, sie vorzubereiten, zu weben und zu färben. Ich zeigte ihnen, wie man aus Lehm Ziegel macht und sie brennt. All diese Fertigkeiten brachte ich Wesen bei, die diese Tausende von Jahren beherrscht und sie vor wenigen Monaten vergessen hatten. Es war manchmal schwer zu glauben, daß sie sich nicht über mich lustig machten, wenn sie mir zuschauten und ihre Gesichter sich vor Staunen und Entzücken aufhellten, wenn sie den Käse, die gebrannten Ge-

fäße oder die Geschmeidigkeit der richtig gegerbten Tierfelle sahen.
Zwei Jahre, nachdem sie mich verlassen hatten, kehrten Sais und David zurück. Schon als sie in die Siedlung hereinkamen, sah ich, daß sie schwere Zeiten hinter sich hatten. Sie waren argwöhnisch und vorsichtig, bereit sich zu verteidigen, was sie auch fast tun mußten, da ihre Freunde und sogar ihre Familie sich nicht mehr an sie erinnerten. Sie waren abgemagert und von der Sonne verbrannt. Das Mädchen war während der Reise zu ihrer vollen Größe herangewachsen, war aber immer noch kleiner als ihr Vater, kleiner als der Durchschnitt der Eingeborenen, und mir wurde klar, daß wahrscheinlich ein allgemeiner Rückgang des Wachstums zu erwarten war.
Es war ihnen gelungen, die meisten Siedlungen zu erreichen. Sie waren zu Fuß gegangen, waren auf Tieren geritten, hatten Kanus und Boote benützt. Sie waren an keinem Ort länger als einen Tag geblieben. Sie hatten genau das getan, was ich ihnen befohlen hatte – von Canopus gesprochen, die Wirkung beobachtet und Das Zeichen nur benützt, wenn es nötig war.
An zwei Stellen hatte man sie weggejagt und ihnen mit dem Tod gedroht, falls sie sich noch einmal blicken ließen.
Beide erzählten von Toten, die sie in den Siedlungen gesehen hatten. Sie zeigten keine Furcht, auch keinen Kummer oder Gram darüber; so, wie der Tod ihrer Mutter in Sais eher Verwunderung ausgelöst hatte als Trauer, so verursachte es ihnen Mühe, die Anzeichen für die Nähe des Todes, etwa einen Leichnam, der unbeerdigt in einem Wald lag, oder eine Gruppe von Menschen, die einen Toten auf einer Bahre vorübertrugen, zu verstehen. Meine Versuche, ihnen die Realität des Todes klarzumachen, indem ich ihn in Verbindung mit Dem Zeichen brachte, hatten keinen Erfolg gehabt. Sie konnten nicht an ihren eigenen Tod glauben, da diese robusten Körper wußten, daß noch Hunderte von Lebensjahren vor ihnen lagen und das Wissen ihres Körpers stärker war als die schwachen Gedanken ihres beeinträchtigten Verstandes. Sie erzählten mir, als sei es eine außerordentliche Tatsache, die zu glauben man wohl kaum von mir erwarten konnte, daß einige der Toten, die sie gesehen

hatten, bei einem Streit umgebracht worden waren: Ja, die Menschen brachten sich gegenseitig um! Tatsächlich! Es gebe keinen Zweifel!
In vielen Siedlungen hatten viele oder die meisten, besonders die älteren Eingeborenen, die es schwer fanden, sich den neuen Umständen anzupassen, sich angewöhnt, Ausflüge zu den Steinen zu unternehmen und sich den Empfindungen hinzugeben, die sie zunächst als entsetzlich, dann als angenehm oder mindestens unwiderstehlich erlebten.
Die ständige Wiederholung meiner Befehle hatte allerdings auch einen Wandel bewirkt. In fast allen Siedlungen hatten die Menschen die Worte auswendig gelernt, die ihnen von diesen beiden Fremden überbracht worden waren, und sie wiederholten wieder und wieder, allein oder vor anderen: Canopus sagt... Canopus wünscht...
Wieder und wieder, an Hunderten von verschiedenen Orten hatte Sais gesagt oder gesungen, denn die Worte waren zu einem Lied oder einem Gesang geworden:

> *Canopus sagt, wir dürfen nichts verschwenden,*
> *Canopus befiehlt, keinem Gewalt anzutun,*

und hatte eben diese Worte flüstern, sagen oder singen hören, wenn sie fortgingen.
Sais war in jenen zwei Jahren in jeder Hinsicht gewachsen. Ihr Vater war ein gutmütiger Mann geblieben, der gerne lachte und nichts im Kopf behalten konnte, obwohl er seine Tochter überall beschützt hatte, wo sie hingingen, da »Canopus das befohlen hatte«. Doch Sais war, wenn sie auch in keiner Weise an die erstaunliche Intelligenz und die geistige Entwicklung aus der Zeit »vor der Katastrophe« – wie die Lieder und Geschichten es ausdrückten – herankam, vernünftiger geworden, klarer, fähiger, Dinge wahrzunehmen und zu behalten, und all dies, weil sie Das Zeichen getragen und gehütet hatte. Sie war mutig, das hatte ich schon gewußt, bevor ich sie ausgeschickt hatte – und stark. Aber jetzt konnte ich mich hinsetzen und mit ihr sprechen, und es war eine echte Unterhaltung, ein echter Aus-

tausch, weil sie zuhören konnte. Es ging langsam, denn dieses ausgehungerte Gehirn schaltete immer wieder ab, ein leerer Blick kam in ihre Augen, dann schüttelte sie sich, machte sich wieder bereit zuzuhören und aufzunehmen.
Eines Tages gab sie mir Das Zeichen zurück, obwohl ich sie nicht darum gebeten hatte. Sie war zufrieden mit sich, weil es ihr gelungen war, es gut aufzubewahren, und es fiel ihr schwer, es abzugeben. Ich nahm es zurück, allerdings nur für kurze Zeit, aber das wußte sie nicht, und sagte, daß jetzt der wichtigste Teil dessen, was sie lernen und vollbringen sollte, anfange. Denn ich würde Shikasta bald verlassen müssen, und zurück nach Canopus gehen, und sie würde hierbleiben als Hüterin der Wahrheit über Shikasta, die sie lernen und bewahren mußte und allen denen kundtun, die zuhören konnten.
Sie weinte. Auch ihr Vater David weinte. Und auch ich hätte gerne geweint. Diese unglückseligen Wesen hatten ein langes Martyrium vor sich, einen Weg voller Gefahren und Schwierigkeiten – die zu begreifen sie nicht annähernd in der Lage schienen.
Ich ließ sie sich zuerst von ihrer Reise erholen, dann versammelten wir drei uns auf einem freien Platz zwischen den Hütten, nicht weit von dort, wo das gemeinsame Feuer brannte, ich legte Das Zeichen auf die Erde zwischen uns und begann, sie daran zu gewöhnen, Zuhören und Verstehen zu üben. Als wir das ein paar Tage lang gemacht hatten und andere uns dabei gesehen hatten – einige hatten in geringer Entfernung dabeigestanden und erstaunt und sogar interessiert gelauscht –, bat ich alle Bewohner der Siedlung, die nicht gerade auf der Jagd waren oder Wache hielten oder sonst in irgendeiner Weise etwas zur Lebenserhaltung des Stammes taten – denn als solchen mußte man das Gemeinwesen wohl bezeichnen –, sich zu uns zu setzen und jeden Tag etwa eine Stunde lang mit zuzuhören. Sie mußten lernen zuzuhören, um verstehen zu können, daß sie auf diese Weise Informationen aufnehmen konnten. Denn das hatten sie vollständig vergessen. Sie erinnerten sich nicht mehr daran, was die Riesen sie gelehrt hatten, und verstanden nur, was sie sahen, etwa wenn ich Steine auf einem Stück Leder rieb, um es weich zu machen oder saure Milch zu Butter schüttelte.

Doch lauschten sie abends David, wenn er von den »früheren Zeiten« sang, und dann sangen sie auch ...
Bald sprach ich jeden Tag, zur Stunde, wenn die Sonne unterging, nach der Abendmahlzeit zu ihnen, und sie hörten zu. Dann und wann bestätigten sie sogar, was ich sagte, in Worten, die aus der Vergangenheit aufstiegen, in einem flüchtigen Aufbrechen ihrer Erinnerungen – doch dann wanderte ihr Blick wieder zur Seite und irrte umher. Plötzlich waren sie nicht mehr da. Wie kann ich das beschreiben? Wie sollte ein Canopäer das nachempfinden können?
Und das erzählte ich den Shikastern:
Vor der Katastrophe, zur Zeit der Riesen, die ihre Freunde und Ratgeber gewesen waren und die sie alles gelehrt hatten, sei Shikasta eine schöne und angenehme Welt gewesen, auf der es keine Gefahren und Bedrohungen gab. Canopus habe Shikasta mit einer reichhaltigen und stärkenden Luft versorgen können, die alle gesund und tatkräftig hielt und vor allem bewirkte, daß alle einander liebten. Aber wegen eines Unfalls könne diese lebenserhaltende Substanz nicht mehr wie früher auf den Planeten strömen, sie könne nur noch in bedauernswert kleinen Mengen durchdringen. Dieser Zustrom von belebender Luft habe einen Namen, nämlich SUWG – Substanz-des-Wir-Gefühls –, ich hatte einige Zeit und Mühe darauf verwendet, eine einprägsame Abkürzung zu finden. Der winzige Zustrom von SUWG, der ihren Planeten erreichte, sei der wertvollste Besitz, den sie hätten, und könne sie davor bewahren, auf eine tierähnliche Entwicklungsstufe zurückzufallen. Ich sagte, es gebe eine Kluft zwischen ihnen und den anderen Lebewesen auf Shikasta, und das, was sie zu etwas Höherem mache, sei ihre Kenntnis von SUWG. SUWG werde sie schützen und erhalten. SUWG müßten sie verehren.
Denn man könne es auch auf falsche Art und Weise verschwenden, vergeuden. Aus diesem Grund dürften sie sich nie in den alten Städten aufhalten oder zwischen den Steinen tanzen. Deshalb dürften sie auch, wenn sich berauschende Dinge anboten, niemals der Versuchung nachgeben. Der kleine beständige Strom dieser Substanz fließe von Canopus nach Shikasta und

würde weiter fließen, immer. Dies sei ein Versprechen, das Canopus Shikasta gebe. Wenn die Zeit dafür reif sei – ich sagte nicht in Tausenden und Abertausenden von Jahren –, würde aus diesem dünnen Rinnsal ein Strom werden. Und ihre Nachkommen würden darin baden können, so wie sie jetzt in den kristallklaren Flüssen badeten. Doch würde es diese Nachkommen nie geben, wenn sie nicht gut acht auf sich hätten. Wenn sie, die da vor mir säßen und diesen kostbaren Offenbarungen lauschten, sich nicht hüteten, so würden sie schlimmer werden als Tiere. Sie dürften sich nicht verwöhnen, indem sie zuviel von der Substanz Shikastas verschwendeten. Sie dürften andere Lebewesen nicht ausnützen. Sie dürften nicht auf die Stufe von Tieren herabsinken, die nur lebten, um zu fressen und zu schlafen und dann wieder zu fressen – nein, ein Teil ihres Lebens müsse der Erinnerung an Canopus vorbehalten bleiben, der Erinnerung an die Substanz-des-Wir-Gefühls, das ihr einziges Besitztum sei.

Noch mehr sei zu sagen, Schlimmeres. Auf Shikasta gebe es Feinde, böse Menschen, Feinde von Canopus, die das SUWG stehlen wollten. Diese Feinde machten die Shikaster zu Sklaven, wo sie nur könnten. Das taten sie, indem sie jene Eigenschaften verstärkten, die Canopus hasse. Diese Feinde könnten sich dort breitmachen, wo Zwietracht und gegenseitige Ausnutzung herrschten, ihr höchstes Entzücken fänden sie, wo das SUWG verkümmere.

Um diese Feinde zu überlisten, müßten die Shikaster einander lieben, einander helfen, einander als Gleiche behandeln, dürften sie einander nichts wegnehmen... Das sagte ich ihnen einen Tag um den anderen, während Das Zeichen schimmernd dalag im Licht, das der Abendhimmel ausstrahlte und später im Licht der Flammen, die auflodert, wenn die Nacht kam.

Während dieser Zeit war Sais meine zuverlässigste und treuste Helferin. Mit einer Kraft, die ganz neu in ihr wiederzuerwachen schien, wählte sie die Menschen aus, die am vielversprechendsten waren, und wiederholte ihnen diese Lektionen vielmals. Sie trug sie vor und sang sie, und David machte neue Lieder und Geschichten daraus.

Wenn genügend Menschen in der Siedlung dieses Wissen fest in sich aufgenommen hätten, sagte ich, müßten sie über ganz Shikasta reisen und weiter lehren. Sie müßten dafür sorgen, daß alle Menschen die Botschaft hörten und, vor allem, in Erinnerung behielten.

Dann war es an der Zeit für mich, sie zu verlassen und nach Zone Sechs aufzubrechen. Ich legte Das Zeichen in Sais' Hand, vor aller Augen, und sagte, daß sie die Hüterin sei.

Ich sagte nicht, daß der SUWG-Strom von Canopus nach Shikasta über Das Zeichen komme, doch wußte ich, daß sie das bald glauben würden. Ich mußte ihr etwas dalassen, das ihr Kraft gab.

Dann sagte ich ihnen, daß ich nach Canopus zurückkehre, aber eines Tages wiederkommen würde.

Ich verließ den Stamm eines Morgens sehr früh, als die Sonne über der Lichtung, in der die Siedlung lag, aufging. Ich lauschte den Vögeln, die über mir in den uralten Bäumen zankten, und hielt einer kleinen Ziege, die jemand sich als Haustier gezogen hatte und die hinter mir herkam, die Hand hin. Ich schickte sie zurück und ging hinüber zum Fluß, dort wo er breit und tief und sehr reißend war und mich weit von der Siedlung wegspülen würde, so daß keiner meine Leiche finden würde. Ich stieg hinein und schwamm hinaus in die Strömung.

Ich komme jetzt wieder zurück auf meinen Besuch während der Letzten Tage.

Die Situation hatte es erfordert, daß Taufiq in die Minderheitenrasse des Planeten hineingeboren wurde, in eines der weißen oder hellhäutigen Völker, die in den nördlichen Gegenden heimisch waren. Die Stadt, die er gewählt hatte, stand nicht auf den Grundfesten einer der Mathematischen Städte der Großen Zeit, obwohl einige der gegenwärtigen Städte in der Tat an solchen Stellen gebaut waren – es braucht wohl nicht betont zu werden, daß dies in Unwissenheit um die Entwicklungsmöglichkeiten solcher Standorte geschah. Dieser Ort war nie etwas Besonderes gewesen. Er lag tief und war den größten Teil seiner jüngeren Geschichte über wegen des feuchten Klimas sumpfig gewesen. Der Boden war schwer und mühsam zu bearbeiten. Die Stelle hatte sich in keiner Weise für den Einsatz hoher Energien angeboten, war aber trotzdem von uns für bestimmte Zwecke eingerichtet und in bestimmten Situationen benutzt worden, wenn auch nur zeitweise. Die Stadt war die größte einer kleinen Insel, die wegen ihrer kriegerischen und herrschsüchtigen Neigungen einen guten Teil des Planeten überrannt und beherrscht hatte, vor kurzer Zeit aber wieder zurückgedrängt worden war.

Taufiq war John, er hatte diesen Namen schon recht oft in seiner Laufbahn benutzt – Jan, Jon, John, Johann, Sean, Yahya, Khan, Ivan usw. Er war John Brent-Oxford, und die Eltern, die er gewählt hatte, waren gesunde, ehrliche Menschen, weder zu hoch noch zu niedrig in der sozialen Rangordnung, was eine Sache von Bedeutung und sorgfältigem Abwägen war in dieser Gesellschaft mit ihrer lästigen Einteilung in Klassen und Kasten, die einander allesamt mißtrauisch gegenüberstanden.

Um vollbringen zu können, was ihm aufgetragen war, war Taufiq ein Mensch geworden, der in allen Regeln und Bestimmungen bewandert war, mit denen die verschiedenen, sich ständig streitenden und bekriegenden Individuen oder Gesellschaftsgruppen sich selbst und einander kontrollierten. Seine Jugend hatte er intelligent genutzt, um sich das geistige Rüstzeug der Zeit anzueignen und sich schon früh von seinen Altersgenossen abzuheben. Genau so wie in höheren Sphären vielversprechende junge Leute von Menschen beobachtet werden, von deren Existenz sie nichts wissen, obwohl sie vielleicht etwas ahnen, so werden auch in den niedrigeren Sphären der Aktivität Möglichkeiten für jene vorbereitet, die sich beweisen, und John wurde von Kindheit an von »Leuten mit Einfluß«, wie man in Shikasta sagt, beobachtet. Doch waren die »Einflüsse« durchaus nicht alle von der wünschenswerten Art.

In diesem korrupten und schrecklichen Zeitalter konnte der junge Mann dem Druck von allen Seiten, der ihn vom Pfad der Pflicht abzubringen suchte, nicht entgehen, und er erlag ihm schließlich, kaum fünfundzwanzig Jahre alt. Er war sich bewußt, daß er etwas Schlimmes tat. Junge Menschen haben oft

Augenblicke gedanklicher Klarheit, die mit zunehmendem Alter seltener und verschwommener werden. Irgendwo in seinem Inneren war das Wissen lebendig, daß er »bestimmt« war, etwas zu vollbringen. Er hatte das Gefühl von etwas Reinem, Makellosem, empfand es aber, je älter er wurde, immer öfter und stärker als »undurchführbar«. Daß er sich seiner Abweichung bewußt war, zeigte seine Neigung, in bestimmten Situationen entschuldigend zu lachen und zu bemerken, er habe »der Versuchung einfach nicht widerstehen können«. Diese Worte hatten äußerlich betrachtet wenig mit den offensichtlichen und anerkannten Gepflogenheiten seiner Gesellschaft zu tun, weshalb es erforderlich war zu lachen. Das Lachen tat diesen Sitten und Gebräuchen Genüge. Er verhalte sich lächerlich, sagte das Lachen ... doch verließ ihn nie ein Unbehagen über das, was er tat, die Wahl, die er getroffen hatte.
Es wäre erforderlich gewesen, daß er sich zu einer bestimmten Zeit an einem bestimmten Ort befand, um die Rolle zu spielen, die so grundlegend wichtig war zur Bewältigung der Shikasta bedrohenden Krise. Er sollte eine ganz bestimmte Position anstreben nicht nur im Rechtssystem seines eigenen Landes, sondern eine führende Rolle in dem Bündnissystem, das jene Länder der nördlichen Hemisphäre vereinte oder zu einen versuchte, die noch vor kurzem einen großen Teil des Planeten erobert und ausgeplündert und bis in allerjüngste Zeit ständig untereinander Krieg geführt hatten. Er sollte in seinem Bereich eine zuverlässige, rechtschaffene Persönlichkeit werden. In dieser Zeit der privaten und öffentlichen Korruption sollte er als unbestechlich, redlich, unparteiisch und offen gelten.
Er hatte jedoch gerade erst die letzte der ihm bestimmten Bildungsinstitutionen durchlaufen, eine Eliteanstalt zur Produktion von Nachwuchs für die Regierungsschicht, als er den falschen Schritt tat. Anstatt einen Posten in der erwähnten Organisation des nördlichen Länderblocks anzunehmen, wie es von uns (und natürlich von ihm, als Taufiq) geplant gewesen war, trat er in eine Anwaltskanzlei ein, die dafür bekannt war, daß die meisten ihrer Mitglieder in die Politik gingen.
Der Zweite Weltkrieg – so die Bezeichnung auf Shikasta – war

gerade vorbei. [*Vgl. **Geschichte Shikastas, Bd. 2955–3015, Das Jahrhundert der Zerstörung.***] Er hatte in diesem Krieg gekämpft, viel Grausamkeit, viel Zerstörung, viel Leid gesehen. Seine Weltsicht war verändert, sein ganzes Sein – wie bei allen anderen auch. Er sah sich selbst in einer entscheidenden Rolle – wie er das ja sollte –, doch hatte ihn eine der stärksten falschen Ideen jener Epoche, die Politik, in ihren Bann gezogen. Nicht, daß er nackte Macht, nackte Autorität gewollt hätte, so einfach war es nicht: Nein, er malte sich aus, wie er »die Dinge zum Guten hin beeinflussen« würde. Er war ein »Idealist«, das heißt ein Mensch, der von sich selbst behauptete, das Gute zu wollen, und nicht die Durchsetzung von Eigeninteressen auf Kosten von anderen.

In Klammern möchte ich dazu bemerken, daß das auch für eine ganze Reihe unserer Bürger – um ein Wort von Shikasta zu entlehnen – jener Zeit galt. Sie schlugen falsche und zerstörerische Richtungen ein, im Glauben, daß sie besser seien als andere, deren Glaube an ihre Eigeninteressen offen ausgesprochen wurde, besser, weil sie und nur sie allein wüßten, wie die praktischen Angelegenheiten des Planeten zu führen seien. Eine emotionale Reaktion auf die Leiden Shikastas schien ihnen Qualifikation genug, diese Leiden zu kurieren.

Die Einstellungen, die ich in diesem Abschnitt skizziere, definieren »die Politik«, »politische Parteien« und »politische Programme«. Nahezu alle mit der Politik beschäftigten Menschen waren unfähig, in Begriffen von Wechselwirkungen, wechselseitigen Einflüssen zu denken, daran, daß die verschiedenen Sekten und Parteien zusammen ein Ganzes, Ganzheiten bilden könnten – oder gar, daß Gruppierungen von Nationen ein Ganzes bilden könnten. Nein, die Bewußtseinsebene zu betreten, in der die »Politik« herrschte, bedeutete immer, eine lähmende Parteilichkeit anzunehmen, einen Zustand der Blindheit aufgrund der »Richtigkeit« eines bestimmten Standpunkts. Und wenn eine dieser Sekten oder »Parteien« an die Macht kam, so verhielt sie sich fast immer so, als könne nur ihr Standpunkt der einzig richtige sein. Der einzig *gute*: als John eine Sekte wählte, war er, in seiner eigenen Vorstellung, von den höchsten Gedan-

ken und Idealen beflügelt. Er sah sich selbst als eine Art Retter, träumte von sich als Führer der Nation. Vom Augenblick an, als er dieser Gruppe von Juristen beitrat, traf er kaum mehr Menschen, die anders dachten als er. Bei verschiedenen Gelegenheiten versuchten Leute unseres Stabs ihn zu beeinflussen, versuchten ihn, natürlich indirekt, zu erinnern, aber keiner hatte Erfolg: Die Denk- und Seinsformen, die ihm bis an die Grenzen Shikastas eigen gewesen waren, waren so tief in ihm verschüttet, daß sie nur selten an die Oberfläche kamen, in Träumen oder in Augenblicken der Reue und Panik, die er nicht ihrer wahren Ursache zuschreiben konnte.
Er war zeitweise völlig abgeschrieben gewesen. Wenn es geschehen sollte – das war die Meinung auf Canopus –, daß Taufiq durch irgendeinen im Augenblick nicht vorhersehbaren Prozeß wieder »zu sich kommen würde« – viele solcher aufschlußreichen Ausdrücke waren auf Shikasta gängig –, und sehr oft kamen Menschen, die uns augenscheinlich völlig entglitten waren, zumindest zeitweise, »wieder zu sich«, »sahen das Licht« und so weiter, recht oft aufgrund eines schrecklichen Schocks oder Traumas, der Art, wie sie in Shikasta so häufig auftraten, dann und nur dann konnte noch weitere Mühe auf ihn verwendet werden. Wir alle waren so unter Druck, so dünn gesät und die Situation auf dem Planeten so verzweifelt.
Eine meiner Aufgaben war es, ihn zu beobachten, seinen Zustand zu beurteilen und, wenn möglich, ihm eine Mahnung zukommen zu lassen.
Er war Anfang Fünfzig, das heißt, er hatte schon mehr als die Hälfte des bedauerlich kurzen Lebens hinter sich, mit dem die Bewohner Shikastas in dieser Zeit rechnen konnten. Allerdings traf es sich, daß ihm ein längeres Leben als den meisten bestimmt war: Seine letzte Aufgabe sollte es sein, mit etwa fünfundsiebzig Jahren die alten Menschen zu vertreten. Als angesehener Repräsentant, obwohl man sich im Augenblick schwer vorstellen konnte, wie das bewerkstelligt werden sollte.
Er lebte in einem Haus in einem wohlhabenden Viertel in einem Stil, den er als einfach beschrieben hätte und der sich nicht übermäßig von dem unterschied, was damals in diesen Breiten

üblich war, aber nach Maßstäben, die kurze Zeit später angelegt werden sollten – globalen Maßstäben –, anstößig, ausschweifend und verschwenderisch. Er hatte zwei Familien. Seine erste Frau hatte vier Kinder von ihm und wohnte in einem anderen Teil der Stadt. Seine gegenwärtige Frau hatte zwei Kinder. Die Kinder wurden alle verwöhnt, nachgiebig behandelt und untauglich gemacht für das, was vor ihnen lag. Beide Frauen widmeten ihr Leben ganz ihm, der Unterstützung seiner Ziele. Beide hatten Gefühle für ihn, die bezeichnend waren für alle, die ihm irgendwann nahestanden. Er war ein Mensch, der andere immer zu den Extremen der Liebe oder Abneigung herausforderte. Er beeinflußte die Menschen. Er veränderte Menschenleben – zum Guten oder zum Schlechten. Eine mächtige innere Energie (etwas äußerst Wertvolles, was sozusagen unrund geraten war) hatte bewirkt – und auch das war keineswegs ungewöhnlich für jene Zeiten –, daß sein Leben einem Stück Wald glich, über das ein Feuer hingefegt war. Extrem in allem: erst schwarze Erde, verbrannte Tiere und Pflanzen, und danach wieder üppiges Wachstum, ein Wandel in den genetischen Mustern, ein unermeßliches Potential.

Seine Erscheinung war unauffällig: dunkles Haar, dunkle Augen, in denen ich auch jetzt noch Spuren seiner frühen Vorfahren, der Riesen, zu erkennen meinte. Sehr helle Haut, wahrscheinlich ein Erbteil der genetischen Abweichungen unter den Riesen. Der kräftige, energische Körper erinnerte an die Eingeborenen. Aber natürlich waren inzwischen viele verschiedene Erbmerkmale hinzugekommen, durch die Experimente von Sirius, die Spione Shammats und andere.

Wie alle Menschen des öffentlichen Lebens jener Zeit hatte er zwei Gesichter: ein offizielles und ein privates. Das rührte daher, daß man als Mensch des öffentlichen Lebens denen, die man repräsentierte, auf keinen Fall die Wahrheit sagen durfte. Das notwendige Rüstzeug hierfür waren Überredungskunst, Eindringlichkeit, Charme. Und es war erforderlich, Methoden anzuwenden, die zu anderen Zeiten, an anderem Ort, auf anderen Planeten als hinterlistig, betrügerisch, ja kriminell eingestuft worden wären. Die Qualitäten, die an den »Staatsdienern«

auf Shikasta gelobt wurden, waren samt und sonders oberflächlich und unbedeutend und konnten nur in einer solchen Zeit totaler Verderbtheit und Falschheit Anerkennung finden. Dies traf auf alle Sekten, Gruppierungen, »Parteien« zu: Denn bemerkenswert an dieser Zeit war, wie sehr diese Gruppen einander ähnelten, dabei aber einen großen Teil ihrer Energien darauf verwendeten, ihre vermeintlich so unterschiedlichen Standpunkte aufzuzeigen und gegenseitig abzuwerten.

John war schon mit 40 Jahren ein Mann von nationaler Bedeutung geworden. Bedingt war das dadurch, daß er ganz bestimmte Positionen innehatte und an Schaltstellen saß, nicht durch seine überdurchschnittlichen Fähigkeiten oder seinen ungewöhnlichen politischen Scharfblick – gemessen an den für Shikasta gültigen Maßstäben. Seine Gespaltenheit belastete ihn. Die Tatsache, daß er seine inneren Qualitäten unterdrückte, löste in ihm Enttäuschung über das, was er war, aus. Er wußte, daß er größere Fähigkeiten besaß als die, die er einsetzte, wußte aber nicht, wo sie lagen. Diese Unruhe hatte ihn dazu getrieben, zuviel zu trinken und sich Anfällen von Selbstanklagen und Zynismus hinzugeben. Das Ansehen, das er genoß, war nicht von wirklicher Bedeutung, und das wußte er. Er war nur einer unter den Hunderten oder Tausenden von Politikern des Planeten, von denen keiner etwas erwartete, schon gar nicht die Menschen, die sich durch sie repräsentiert fühlen sollten. Sie hatten sich zwar abgemüht, gekämpft oder gar Verbrechen begangen, um »ihren« Volksvertreter an die Macht zu bringen, aber danach betrachteten sie sich nicht mehr verantwortlich für ihre Wahl. Denn ein Merkmal, vielleicht ein hervorstechendes Merkmal der Bewohner dieses Planeten war, daß ihr zerrütteter Verstand nichts dabei fand, wenn sie jetzt Meinungen und Überzeugungen hatten und – sogar gewaltsam – vertraten, die sie schon kurze Zeit später, nach ein paar Jahren, einem Monat oder gar nur wenigen Minuten, von Grund auf verwarfen.

Zu der Zeit, als ich seinen Wohnort ausfindig gemacht und mich in eine Stellung begeben hatte (wohlverborgen in Zone Sechs), aus der ich das beobachten konnte, was ich brauchte,

um Entscheidungen zu treffen und ihn zu beeinflussen, befand er sich in einer Phase angespannter emotionaler Aktivität.
Er mußte eine Wahl treffen. Innerlich wußte er, daß dies wieder eine Krise für ihn war. Die politische Partei, die er vertrat, hatte die Macht verloren. Sie war mehrere Male seit dem Zweiten Weltkrieg (oder wie wir sagen, der Zweiten Intensivphase des Kriegs im Zwanzigsten Jahrhundert) an die Regierung gekommen und wieder abgelöst worden; das war es nicht, was ihn beschäftigte. Er wurde gedrängt (indirekt von uns), wieder ausschließlich in seine Anwaltskanzlei zurückzukehren und sich dort zu betätigen, wo er die Möglichkeit haben würde, jenes Ansehen zu erwerben und zu kultivieren, das die solideste Grundlage hat: bei den Menschen, die auf demselben Gebiet arbeiten wie man selbst. Wenn er das täte, bliebe ihm genügend Zeit, eine Reihe von Fällen in nützlicher Weise zu betreuen. Die andere Tätigkeit, die ihm angeboten wurde, war in den Ratsversammlungen des Blocks der nördlichen Länder. Doch war das eine hohe Position, und ihm fehlten die notwendigen Fähigkeiten, um sie auszufüllen. Wir wußten, daß er dort nicht am richtigen Platz sein würde, wenn es um den Kampf der weißen Rassen, um das Überleben ging. Er besaß die notwendigen Fähigkeiten nicht. In unseren Augen hätte es einen Fehler bedeutet, wenn er dieses Angebot annähme.
Seine jetzige Frau fand das auch. Sie ahnte, was es bedeuten würde. Sie sah ihn nicht gern in der Rolle des leidenschaftlichen Sektierers. Ähnlich auch seine frühere Frau. Beide Frauen hatten ihn geheiratet, weil sie sich von seinen verborgenen und ungenutzten Fähigkeiten oder dem, was in ihm steckte, angezogen fühlten. In beiden Fällen erfüllte er die Erwartungen nicht, und das war auch der wahre Grund, warum sie unzufrieden mit ihm waren, was sie selbst nicht verstanden; und dies wiederum führte zu Bitterkeit und allen möglichen Frustrationen. Die zweite Ehe war in Gefahr auseinanderzubrechen. Aus all diesen Gründen war er am Rande eines Nervenzusammenbruchs. In seinem Haus herrschte ein Aufruhr von Gefühlen und Konflikten. [*Vgl. Geschichte Shikastas, Bd. 3012, Geistig-Seelische Instabilität im Jahrhundert der Zerstörung, Teil 5,*

Menschen des öffentlichen Lebens.] Er war schon einmal zusammengebrochen und längere Zeit behandelt worden. Die meisten Politiker jener Zeit brauchten psychischen Beistand, um das zu bewältigen, was ihre Tätigkeit charakterisierte: die mangelnde Realitätsbezogenheit der täglichen Entscheidungen, des Denkens, des Funktionierens.
Ich beobachtete ihn mehrere Tage lang. Er hielt sich in einem großen Zimmer im obersten Geschoß seines Hauses auf, einem Bereich, den er sich für seine Arbeit eingerichtet hatte und den seine Familie nicht betrat. Da er allein war, hatte er den gespenstischen Charme seines öffentlichen Selbst abgelegt. Er lief hin und her, sein Haar war wirr (die sorgfältige Anordnung des Haupthaares war in jener Epoche von Bedeutung), die Augen waren gerötet und unfähig, sich scharf auf einen Punkt einzustellen. Er hatte wochenlang hemmungslos getrunken. Während er hin und her ging, stöhnte er und murmelte vor sich hin, krümmte sich zusammen und richtete sich dann wieder auf, wie um sich von einem inneren Schmerz Erleichterung zu verschaffen; dann setzte er sich, legte beide Arme um sich, hielt die Schultern mit den Händen umfaßt, oder er warf sich auf eine Liege, schlief ein paar Augenblicke lang, fuhr wieder hoch und nahm seinen rastlosen Marsch wieder auf. Er hatte sich dazu entschlossen, die Stelle bei der Organisation des Nördlichen Blocks zu übernehmen. Er wußte, daß das ein Fehler war und wußte es doch nicht. Sein rationales Selbst, auf das er sich verließ – er war in der Tat ein hervorragender und klar denkender Kopf –, konnte nichts anderes darin sehen als eine Gelegenheit, seine ehrgeizigen Ziele zu verwirklichen ... die er selbst nie anders als in den Begriffen »Fortschritt«, »Gerechtigkeit« usw. definierte. In seiner Vorstellung würde dieser Nördliche Block zum Wohle aller immer mächtiger und immer erfolgreicher werden. Und dabei war damals schon der allgemeine Zusammenbruch der Weltordnung ganz augenscheinlich. Daß die Probleme nicht durch die damals in der Parteipolitik üblichen Denkmodelle gelöst werden würden, war ebenfalls offensichtlich: Eine Reihe von Minoritäten, von denen einige viel Einfluß hatten, entwickelten neue und andere Denkmodelle, die John

oder Taufiq durchaus zusagten... doch war er den Mustern des Parteidenkens verpflichtet und mußte es bleiben, solange er Politiker war. Und er wollte nicht, daß seine Ehe in die Brüche ging. Noch wollte er seine beiden Kinder enttäuschen, wie er die Kinder aus seiner ersten Ehe enttäuscht hatte – er fürchtete seine Nachkommen, wozu die Menschen damals neigten. Doch davon später.

Wenn er hingegen Mitglied des örtlichen Parlamentes blieb, würde er sich noch weniger gebraucht und frustrierter vorkommen als bisher – so daß das für ihn gar nicht in Frage kam. Und dann sprang er wieder von seinem zerwühlten Bett in seinem unordentlichen Zimmer auf oder warf sich hin oder wiegte sich oder ging umher und stellte sich dabei jene andere Möglichkeit vor, daß er allen Ernstes in seine Anwaltskanzlei zurückkehren und dort nach Gelegenheiten Ausschau halten sollte, sich nützlich zu machen in einer Art und Weise, die er sich leicht vorstellen konnte ... erstaunlich, wie attraktiv diese Aussicht war ... und doch war daran nichts, was seinem Ehrgeiz Nahrung gab: Er würde von der Bühne abtreten, aus dem nationalen Rampenlicht, ganz zu schweigen von dem Glanz der weiteren Gebiete, die ihm offenstanden. Und doch ... und doch ... er konnte nicht anders, als sich zu dem hingezogen zu fühlen, was für ihn und *von* ihm vor seinem Eintritt nach Shikasta geplant worden war.

Hier schaltete ich mich ein.

Es war mitten in der Nacht. Ruhig lag die freundliche und behütete Straße da. Das Getöse der Maschinen, mit denen sie alle lebten, war verstummt.

Kein Geräusch im Haus. Eine einzige Lichtquelle brannte in der Ecke seines Zimmers.

Wieder und wieder schweiften seine Augen dorthin ... er war halb in Trance vor Erschöpfung und vom Alkohol.

»Taufiq«, sagte ich, »Taufiq ... erinnere dich! Versuch dich zu erinnern!«

Ich sprach natürlich über seine Gedanken zu ihm. Er bewegte sich nicht, straffte sich aber, kam zu sich und saß dann da und hörte zu. Seine Augen waren wach. In diesen starken schwar-

zen Augen, die jetzt so gedankenvoll und ganz da waren, erkannte ich meinen Freund, meinen Bruder.
»Taufiq«, sagte ich, »was du jetzt denkst, ist richtig. Bleib dabei. Handle danach. Es ist noch nicht zu spät. Du hast einen falschen Schritt gemacht, als du in die Politik gingst. Das war nicht das Richtige für dich. Mach die Dinge nicht noch schlimmer!«
Noch immer rührte er sich nicht. Er hörte zu mit jeder Faser seines Seins. Vorsichtig wandte er den Kopf, und ich wußte, daß er halb erwartete, in den Schatten seines Zimmers jemanden oder etwas zu sehen. Fast erinnerte er sich an mich. Aber er sah nichts, als er den Kopf hierhin und dahin wandte und die Ecken und dunklen Stellen absuchte. Er hatte keine Angst.
Aber er war erschüttert. Der Einbruch meiner Worte in seine quirlenden, halb wahnsinnigen Gedankengänge war zuviel für ihn. Er stand plötzlich auf, warf sich auf seine Liege und schlief augenblicklich ein.
Er träumte. Ich gab den Stoff ein, aus dem sein Traum sich formte ...
Wir beide, er und ich, waren zusammen im Projektionsraum des Planetendemonstrationsgebäudes auf Canopus.
Wir sahen uns Szenen aus Shikasta an, Szenen der jüngsten Vergangenheit, das Gewimmel der Millionen und Abermillionen von armen, kurzlebigen Wilden – ja, das waren sie jetzt. Die Menge der wertvollen Substanz des Wir-Empfindens war so begrenzt und mußte von so vielen geteilt werden, daß jedem einzelnen nur ein winziges Quentchen zustand, ein winziger Tropfen wahren Gefühles ... Wir waren beide von Mitleid für das Schicksal der Shikaster überwältigt, die sich selbst nicht helfen konnten, vielmehr weiter kämpften und haßten und stahlen und halb verhungerten. Beide hatten wir Shikasta zu ganz anderen Zeiten erlebt, er öfter und noch vor kürzerer Zeit als ich. Wir standen zusammen im Projektionsraum, weil er den Auftrag bekommen hatte, diese Reise zu unternehmen und seine Arbeit anzutreten.
Eine Weigerung kam nicht in Frage. Wir lehnten solche Bitten ab. Zumindest einige von uns nicht! [*Vgl. Geschichte von Ca-*

nopus, Bd. 1 752 357, Unstimmigkeiten im taktischen Verhalten gegenüber Shikasta, ehem. Rohanda, Zusammenfassung.] Doch dieser Auftrag kam einer Aufforderung gleich, sich geistig zerrütten, sich verrückt, wahnsinnig machen und dann in eine Grube mit mordenden Wilden werfen zu lassen. Er sagte ohne Zögern zu. So wie ich kurz danach zusagte, als offensichtlich war, daß er versagt hatte.

Er lag völlig still auf seinem Bett. Dann ließ der Traum ihn eine Bewegung machen, die ihn fast wieder zur Oberfläche brachte. Aber er sank zurück, erschöpft.

Er träumte von einer hohen, kahlen Landschaft voller farbiger Berge, einem strahlenden, unfreundlichen Himmel, alles schön und unwiderstehlich, aber wenn man richtig hinschaute, war alles Wüste. Städte waren hier gestorben, zu giftigem Sand verbrannt, Hungersnot, Tod und Krankheit hatten die schrecklichen Ebenen freigelegt. Die Schönheit hatte ein düsteres, tödliches Untergesicht: doch war sie durchtränkt vom Gefühl der Sehnsucht, der Entbehrung, der falschen Bedürfnisse, die aus Zone Sechs kamen und diesen Alptraum schufen, der ihn auffahren, stöhnen, murmeln und nach einem Glas Wasser laufen ließ. Er trank Glas um Glas, spritzte sich Wasser ins Gesicht und nahm dann sein Hin- und Herwandern wieder auf. Während der Himmel draußen hell wurde und die Nacht verging, lief und lief er. Er war jetzt nüchtern, aber in sehr schlechter Verfassung.

Er würde einen Entschluß fassen müssen. Und das bald, oder der Druck würde ihn umbringen.

Den ganzen Tag blieb er in diesem Zimmer oben in seinem Haus. Seine Frau brachte ihm das Essen herauf, und er bedankte sich, aber in einer unbeteiligten, gleichgültigen Art, die in ihr den Entschluß festigte, sich von ihm scheiden zu lassen. Er ließ das Essen unberührt stehen. Seine Augen hatten alles Leben verloren. Starrten. Glasig vor Anstrengung. Er warf sich hin, um zu schlafen, sprang aber sofort wieder auf. Er fürchtete die Begegnung mit mir, seinem Freund, der sein zweites Selbst war, sein Bruder.

Canopus, das doch seine Heimat, sein tiefstes Selbst war, jagte ihm ein Entsetzen ein, das ihn fast zum Wahnsinn trieb.

Als er dann schließlich doch einschlief, weil er sich nicht mehr wachhalten konnte, gab ich ihm einen Traum ein über uns, die Gruppe seiner Gefährten, seiner wahren Kameraden. Er lächelte im Schlaf. Er weinte, Tränen strömten über sein Gesicht, während er im Traum mit uns, mit sich zusammen war und redete.

Er erwachte lächelnd und ging hinunter, um seiner Frau zu sagen, daß er sich entschlossen habe. Er werde die neue Stelle annehmen, diese neue, wichtige Arbeit. Die Art, in der er ihr das mitteilte, war voll der verlogenen Leutseligkeit seiner öffentlichen Seinshälfte.

Doch ich wußte, das, was ich ihm im Schlaf eingegeben hatte, würde bleiben und ihn verändern. Ich wußte – ich konnte es voraussehen, genau voraussehen, da es als Bild vor meinem inneren Auge stand –, daß ich später, in der entsetzlichen Zeit, die vor uns lag, ihm als junger Mann gegenüberstehen und Worte zu ihm sagen würde, die treffen und wirken würden. Dann würde er sich erinnern. Ein Feind – denn das würde er eine Zeitlang sein – würde wieder zum Freund werden, würde wieder zu sich kommen.

Geschichte Shikastas, Bd. 3012, Das Jahrhundert der Zerstörung.
AUSZUG AUS DER ZUSAMMENFASSUNG

Während der vorausgegangenen beiden Jahrhunderte hatte der schmale Streifen am Nordwestrand des Großen Festlands eine technische Überlegenheit über den Rest des Planeten erreicht und damit eine große Zahl fremder Kulturen erobert oder doch auf andere Art und Weise von sich abhängig gemacht. Typisch für die Völker der Nordwestlichen Randgebiete war ein eigenartiger und in der Geschichte Shikastas nie dagewesener Mangel an Sensibilität für die Werte und Vorzüge anderer Kulturen. Ursache dafür war ein unglückliches Zusammentreffen mehrerer Umstände. (1) Diese Randvölker waren selbst erst vor kurzer Zeit der Barbarei

entwachsen. (2) Die Oberschichten erfreuten sich beträchtlichen Wohlstands, hatten aber keinerlei Verantwortungsgefühl für die unteren Schichten entwickelt, so daß das ganze Gebiet, obwohl unermeßlich viel reicher als der größte Teil des übrigen Planeten, sich durch extreme Gegensätze zwischen Reich und Arm auszeichnete. [*Dies traf nicht zu für eine kurze Zeitspanne zwischen den Phasen II und III des Kriegs im Zwanzigsten Jahrhundert, vgl. Bd. 3009, Die Ökonomie des Wohlstands.*]

(3) Die bestimmende Religion war materialistisch ausgerichtet. Dies ging wiederum auf ein unglückliches Zusammentreffen mehrerer Umstände zurück: einmal waren es geographische Gründe, dann die Tatsache, daß diese Religion den größten Teil ihrer Geschichte ein Werkzeug der besitzenden Klassen gewesen war, und weiter, daß sie noch weniger als die anderen Religionen das bewahrte, was ihr Begründer gelehrt hatte. [*Vgl. Bd. 998 und 2041, Die Religionen als Werkzeug der herrschenden Klassen.*] Aus diesen und anderen Gründen unternahmen die aktiven Gläubigen dieser Religion wenig zur Bekämpfung von Grausamkeit, Ignoranz und Dummheit in den Nordwestlichen Randgebieten. Im Gegenteil, sie taten sich selbst darin oft am schlimmsten hervor. Mindestens einige Jahrhunderte lang beherrschte damals eine besonders arrogante und selbstzufriedene Rasse, eine Minorität der minderheitlichen weißen Rasse, fast ganz Shikasta und damit eine Vielzahl verschiedener Rassen, Kulturen und Religionen, die im großen ganzen denen der Unterdrücker überlegen waren. Diese weißen Nordwestrandbewohner waren anderen Eroberern vergleichbar darin, wie sie die Länder ausraubten, über die sie hergefallen waren, doch übertrafen sie sie bei weitem in ihrer Fähigkeit sich einzureden, was sie taten, sei »zum Besten« der Eroberten, wofür weitgehend die obenerwähnte Religion verantwortlich war.

Der Erste Weltkrieg – um die Terminologie Shikastas zu benutzen (oder: die Erste Intensivphase des Kriegs des Zwanzigsten Jahrhunderts) – begann als Streit zwischen den Ländern der Nordwestlichen Randgebiete um die Beute der Kolonialzeit. Er zeichnete sich durch eine Roheit aus, die bei den unterentwickeltsten Barbaren nicht ihresgleichen gefunden hätte. Und durch Dummheit: Die sinnlose Verschwendung von Menschenleben und Gütern der Erde war für uns Zuschauer einfach unglaublich, sogar an Shikastischen Maßstäben gemessen. Und durch die absolute Unfähigkeit der Masse der Bevölkerung zu verstehen, was vor sich ging: Erstmals wurden die Mittel der Propaganda in diesem Ausmaß erprobt, Indoktrinierungsmethoden benutzt, die auf den neuen Technologien beruhten; und das mit Erfolg! Was den Unglücklichen erzählt wurde, die ihr Leben und Hab und Gut – oder im günstigsten Fall nur ihre Gesundheit – für diesen Krieg hingeben mußten, stand zu keinem Zeitpunkt im Verhältnis zu den wahren Tatsachen; jede Gruppierung oder Kultur, die in einen Krieg verwickelt ist, gibt sich, je nach den Erfordernissen des Eigeninteresses, dem Selbstbetrug hin, aber niemals in der Geschichte Shikastas oder irgendeines anderen Planeten – außer denen der Puttiorischen Gruppe – sind Täuschung und Betrug in einem solchen Ausmaß bewußt eingesetzt worden.

Dieser Krieg dauerte fast fünf ihrer Jahre. Er endete mit einer Epidemie, die sechsmal so viele Menschen hinwegraffte, wie im eigentlichen Kampf fielen. Dieser Krieg metzelte, besonders in den Ländern der Nordwestlichen Randgebiete, die Generation ihrer besten jungen Männer nieder. Und – möglicherweise war das die schlimmste Folge – er stärkte die Stellung der Rüstungsindustrien (mechanisch, chemisch und psychologisch) in einer Weise, daß von jetzt an behauptet werden konnte, daß diese Industrien die Wirtschaft und deshalb die Regierung aller beteiligter Nationen beherrschten. Vor allem führte dieser Krieg zu einer Verrohung und setzte die schon sehr niedrige Schranke erlaubten Verhaltens in der, wie sie sagten, »zivilisierten Welt« – womit sie vor allem die Randgebiete im Nordwesten meinten – noch weiter herunter.

Dieser Krieg oder diese Phase des Krieges im Zwanzigsten Jahrhundert legte schon die Grundlage für den nächsten.
In mehreren Regionen brachen wegen des Unglücks, das der Krieg verursacht hatte, Revolutionen aus, unter anderem in einem sehr großen Gebiet, das sich vom Nordwestrand über Tausende von Meilen bis zum östlichen Ozean erstreckte. In dieser Periode lagen die Anfänge der Tendenz, Regierungen nicht nach dem, was sie vollbrachten, sondern nach ihrem Namen, dem Etikett, das sie trugen, als »gut« oder »schlecht« zu bewerten. Hauptgrund dafür war der durch den Krieg verursachte Abbau von Werten: Man kann sich nicht jahrelang falscher und verlogener Propaganda aussetzen, ohne daß die geistigen Fähigkeiten beeinträchtigt werden. (Das ist eine Tatsache, die jeder unserer Gesandten nach Shikasta bestätigen kann!)
Ihre geistigen Fähigkeiten, die aus Gründen, die ihnen nicht zur Last zu legen sind, nie sehr beeindruckend waren, entarteten durch den Gebrauch, den sie von ihnen machten, zusehends.
Die Zeit zwischen dem Ersten Weltkrieg und dem Anfang der Zweiten Intensivphase brachte viele kleine Kriege, einige zum Zweck der Erprobung von Waffen, die in Kürze in massivem Umfang verwendet werden sollten. Als Folge der Leiden, denen eines der im Ersten Weltkrieg besiegten Länder durch die Strafe der Sieger ausgesetzt war, entstand dort eine Diktatur – eine Entwicklung, die man leicht hätte vorhersehen können. Der Isolierte Nördliche Kontinent, der erst kürzlich von Auswanderern aus den Nordwestlichen Randgebieten erobert worden war, und zwar mit der üblichen abscheulichen Brutalität, war dabei, sich zu einer bedeutenden Macht zu entwickeln, während die verschiedenen nationalen Gebiete der Nordwestlichen Randgebiete, die vom Krieg geschwächt waren, ins Hintertreffen gerieten. Die hektische Ausbeutung der kolonialisierten Gebiete, vor allem des Ersten Südlichen Kontinents, wurde noch verstärkt, um die Verluste auszugleichen, die man während des Krieges erlitten hatte. Als Folge davon erhoben sich die eingeborenen Völker,

die so unerträglich ausgebeutet und unterdrückt wurden, in Widerstandsbewegungen verschiedener Art.
Die beiden großen Diktaturen etablierten sich mit ungehemmter Skrupellosigkeit. Beide verbreiteten Ideologien, die sich auf Unterdrückung und Schikanierung ganzer Volksgruppen mit anderen Denkweisen, Ansichten, Religionen und Gebräuchen gründeten. Beide machten grenzenlosen Gebrauch von der Folter. Beide hatten überall auf der Welt Anhänger, und beide Diktaturen und ihre Anhänger betrachteten sich gegenseitig als Feinde, als völlig verschieden voneinander, als böse und verachtenswert – obwohl ihr Verhalten identisch war.
Der Zeitraum zwischen dem Ende des Ersten Weltkriegs und dem Anfang des Zweiten umfaßte zwanzig Jahre.
An dieser Stelle müssen wir betonen, daß den meisten Einwohnern Shikastas nicht klar war, daß sie eine Zeit durchlebten, die als ein hundertjähriger Krieg gesehen werden kann, als das Jahrhundert, das ihren Planeten an den Rand der völligen Zerstörung bringen sollte. Wir legen hierauf so viel Wert, weil es für Menschen mit unversehrten Seelen- und Geisteskräften – solchen, die das Glück gehabt haben (und wir dürfen nicht vergessen, daß es auch für uns eine Sache des Glücks war), im vollen Genuß der Substanz des Wir-Empfindens zu leben – nahezu unmöglich ist, das möchten wir hervorheben, die Denkabläufe der Shikaster nachzuvollziehen. In einer Zeit, in der schändlich ungeeignete Technologien die Kulturen der Welt verwüsteten und zerstörten, wo Kriege wüteten, wo ganze Völker ausgelöscht wurden – wissentlich und zum Vorteil der herrschenden Kasten –, wo die Reichtümer der Nationen nur dem Krieg dienten, der Vorbereitung auf den Krieg, der Kriegspropaganda, der Kriegsforschung, wo die Maßstäbe von Anständigkeit und Ehrlichkeit schwanden, wo Korruption alles beherrschte; war es in dieser Zeit des alptraumhaften allgemeinen Zerfalls wirklich möglich, muß man sich fragen, daß diese armen Wesen glaubten, im »großen und ganzen« sei alles in Ordnung?

Die Antwort ist – ja. Besonders natürlich für jene, die Wohlstand und Bequemlichkeit genossen – eine Minderheit; aber sogar die Millionen, Billionen, die ewig an Zahl wachsenden Hungrigen, Frierenden und Einsamen, auch sie schafften es, von einem kargen Mahl zum nächsten hinzuleben, von einem Augenblick der Wärme zum nächsten.

Die Menschen, die sich dazu aufrütteln ließen, »etwas zu tun«, waren fast alle in den Schlingen einer jener Ideologien, die in ihrer Arbeitsweise sich so ähnlich, ihrer Selbstbeschreibung aber so unterschiedlich waren. Diese, die Aktiven, hasteten umher, wie der unglückselige Taufiq, hielten Reden, diskutierten, waren von endlosen Vorgängen in Anspruch genommen, die darin bestanden, daß man in Gruppen herumsaß, Informationen austauschte und Erklärungen abgab. Sie waren gut gemeint, diese Erklärungen, und geschahen immer im Namen der Massen jener verzweifelten, verschreckten, verwirrten Volksmengen, die wußten, daß alles im argen lag, aber glaubten, daß sich irgendwie, irgendwo noch alles zum Guten wenden würde.

Es ist nicht übertrieben: in einem Land, das vom Krieg verheert war, in Trümmern lag, vergiftet war, in einer Landschaft, die schwarz und verbrannt unter einem niedrigen rauchenden Himmel lag, konnte es geschehen, daß sich Bewohner Shikastas aus zerbrochenen Ziegelsteinen und Metallteilen einen Unterschlupf bauten, sich eine Ratte kochten, Wasser aus einer nach Öl stinkenden Pfütze tranken und dabei dachten: »Es hätte ja auch noch schlimmer kommen können ...«

Der Zweite Weltkrieg dauerte fünf Jahre und war in jeder Hinsicht unvergleichlich schrecklicher als der Erste. All das, was im ersten Krieg in Ansätzen dagewesen war, verschlimmerte sich nun noch. Das sinnlose Verschleudern von Menschenleben war zu einer Massenausrottung ganzer Bevölkerungsgruppen ausgeartet. Städte wurden vollständig zerstört. Landwirtschaftliche Anbaugebiete wurden über riesige Flächen hin vernichtet. Wieder blühten die Rüstungsindustrien, und das machte sie schließlich zu den

wahren Herrschern über alle Länder. Die schlimmsten Wunden aber wurden den Menschen selbst in ihrem Bewußtsein, ihrem tiefsten Inneren beigebracht. Die Propaganda war überall, gleichgültig von welcher Seite sie kam, skrupellos, tückisch, voller Lügen, und zum eigenen Schaden, denn auf die Dauer konnten die Menschen die Wahrheit, wenn sie ihr begegneten, nicht mehr glauben. In den Diktaturen bestand das Regieren im Verbreiten von Lügen und Propaganda. Die Herrschaft über die kolonisierten Gebiete wurde durch Lügen und Propaganda aufrechterhalten, da sie wirkungsvoller und wichtiger waren als physische Gewalt; und die Vergeltungsschläge der Unterdrückten geschahen in erster Linie und mit großer Wirkung ebenfalls in Form von Lügen und Propaganda: So war es ihnen von ihren Eroberern beigebracht worden. Dieser Krieg ließ keinen Punkt des Planeten unberührt und unbeeinflußt. Der erste Krieg, oder die erste Phase des Krieges, hatte nur einen Teil in Mitleidenschaft gezogen: Am Ende des Zweiten Weltkriegs gab es kein Land auf Shikasta, das nicht der Unwahrheit, Lüge und Propaganda ausgesetzt war.
Dieser Krieg brachte auch erstmals den Einsatz von Waffen, die ohne weiteres den ganzen Planeten zerstören konnten; es braucht wohl nicht betont zu werden, daß dies mit Schlagworten wie Demokratie, Frieden und wirtschaftlicher Fortschritt verbrämt wurde.
Die Degeneration des schon Degenerierten beschleunigte sich. Mit dem Ende des Zweiten Weltkriegs wurde eine der großen Diktaturen besiegt, in eben der Region, die schon im ersten Krieg die schlimmste Niederlage erlitten hatte. Die andere Diktatur, die einen so großen Teil der mittleren Landmassen einnahm, war geschwächt worden, fast bis zum Punkt der endgültigen Niederlage, überlebte aber und erholte sich langsam und mühselig. Ein anderes großes Gebiet der mittleren Landmassen, östlich dieser Diktatur gelegen, zog einen Schlußstrich unter ein halbes Jahrhundert von kleineren Kriegen, Bürgerkriegen und Not und mehr als ein Jahrhundert der Ausbeutung und Invasionen durch die

Nordwestlichen Randgebiete, indem es zur Diktatur wurde. Der Isolierte Nördliche Kontinent war durch den Krieg gestärkt und zur größten Weltmacht geworden. Die Nordwestlichen Randgebiete waren im großen und ganzen erheblich geschwächt. Sie mußten die Herrschaft über ihre Kolonien aufgeben. Verarmt und verroht, wenn auch dem Namen nach Sieger, waren sie keine Weltmacht mehr. Bei ihrem Rückzug aus diesen Kolonien hinterließen sie den Glauben an die Technik: Eine Vorstellung, die die Gesellschaft als vollkommen auf körperliches Wohlergehen, äußere Befriedigung und die Anhäufung materieller Güter gegründet sieht – und dies jenen Kulturen, die vor ihrem Zusammentreffen mit diesen alles plündernden Bewohnern des Nordwestens viel stärker in Einklang mit Canopus gewesen waren, als die Nordwestler jemals seit den Anfängen ihrer Existenz.
Man könnte diese Periode als das *Zeitalter der Ideologien* bezeichnen, und so wird sie von einigen unserer Gelehrten auch genannt. [*Zu diesem Aspekt vgl. Bd. 3011, Zusammenfassung.*]
Die politischen Gruppierungen wurzelten ausnahmslos in erbittert verteidigten Ideologien.
Die örtlichen Religionen bestanden weiter, unendliche Male gespalten und unterteilt, eine jede Sekte fest in ihrer Ideologie verwurzelt.
Der Glaube an die Wissenschaft war die jüngste Ideologie. Der Krieg hatte sie unermeßlich gestärkt. Die Denkweisen und Methoden, die zu Beginn so beweglich und offen gewesen waren, hatten sich verhärtet, wie es das Schicksal aller Dinge auf Shikasta war, und die Wissenschaftler waren fast durchweg – wie überall nehmen wir auch hier einige einzelne Individuen aus – wirklichen Erfahrungen gegenüber so unzugänglich wie die religiösen Schwärmer aller Zeiten. Die Wissenschaft, ihre grundlegenden Denkweisen, ihre Vorurteile erfaßten den ganzen Planeten, und es gab kein Entrinnen. So wie die Menschen unserer Vorstellungsweisen, unserer Einstellung zur Wahrheit, unsere »Bürger« auf Shikasta

unter dem Einfluß und der Bedrohung der Religionen leben mußten, die jeglicher Brutalität fähig waren, wenn es um die Verteidigung ihres Dogmas ging, so mußten jetzt die Menschen, die andere Neigungen und Bedürfnisse hatten als die von der Wissenschaft geduldeten und rechtgeheißenen, ein Leben im verborgenen führen, sich davor hüten, dem Fanatismus dieser herrschenden Wissenschaftlerklasse zu nahezutreten, die im Dienst der nationalen Regierungen und damit des Krieges stand – eine unsichtbare, den Planeten beherrschende Kaste, die den Kriegsmachern hörig war. Die Industrien, die die Waffen herstellten, die Armeen, die Wissenschaftler, die ihnen dienten, sie boten keine leichte Angriffsfläche, da die offizielle Version davon, wie der Planet regiert wurde, die wahren Verhältnisse nicht eingestand. Nie hat es irgendwo eine ähnlich totalitäre, alles durchdringende, alles beherrschende regierende Kaste gegeben. Und trotzdem waren die Bewohner Shikastas sich dessen kaum bewußt, wenn sie ihre Schlagwörter droschen und auf ihre Massenvernichtung warteten. Bis zum Schluß wurde ihnen nicht bewußt, was »ihre« Regierungen da taten. Jedes Nationalgebilde entwickelte Industrien, Waffen, Schrecken aller Arten, von denen die Menschen nichts wußten! Wenn etwas über diese Waffen bekannt wurde, leugneten die Regierungen ihr Vorhandensein. [*Vgl. Geschichte Shikastas, Bd. 3013, 3014 und Kapitel 9 in diesem Band, »Der Mond als Militärstützpunkt«.*] Es gab Raumsonden, Raumwaffen, Forschungsflüge zu anderen Planeten, Nutzungen von Planeten, Rivalitäten um ihren Mond, von denen die Bevölkerung nie etwas erfuhr.

Hier ist der Ort, einmal festzustellen, daß der Großteil der Völker, die Durchschnittsbürger, unendlich viel besser und vernünftiger waren als die, die sie regierten. Die meisten von ihnen wären entsetzt über das gewesen, was ihre Repräsentanten da anrichteten. Man kann sicher sein, wenn auch nur ein Bruchteil dessen, was ihnen vorenthalten wurde, bekannt geworden wäre, so hätte es über den ganzen Planeten Massenaufstände gegeben, Anschläge auf die Herrschenden,

Unruhen ... Unglückseligerweise kennen die Völker, die hilflos sind, da sie betrogen und belogen werden, keine anderen Waffen als die (nutzlosen) des Aufruhrs, des Plünderns, Massenmordens, Schmähens.

Während der Jahre, die auf den Zweiten Weltkrieg folgten, gab es viele »kleine« Kriege, von denen einige so grausam und langwierig waren wie die Kriege, die in der jüngeren Vergangenheit als große Kriege bezeichnet worden waren. Im selben Maße wie die Ideologien diktierten die Erfordernisse der Rüstungsindustrie die Form und Heftigkeit dieser Kriege. Während dieser Periode wurden verschiedene, ehemals autonome »primitive« Völker grausam ausgerottet, vor allem auf dem Isolierten Südlichen Kontinent (der auch unter dem Namen Zweiter Südlicher Kontinent bekannt ist). Während dieser Periode wurden Aufstände in den Kolonien von den Großmächten geschürt und zum eigenen Vorteil ausgenutzt. Während dieser Periode wurden Methoden psychologischer Kriegführung und die Überwachung der Zivilbevölkerungen zu einem bis dahin unvorstellbaren Ausmaß entwickelt.

Und noch etwas muß an dieser Stelle betont werden, etwas, das für Wesen unseres Bewußtseinsstandes nahezu unbegreiflich ist: Wenn ein Krieg oder eine Kriegsphase, dieses Versinken ins Barbarische, Wilde, Entwürdigende, einmal beendet war, schafften es fast alle Bewohner Shikastas, eine Art geistige Neueinstellung zu vollziehen, die es ihnen ermöglichte zu »vergessen«. Das schloß allerdings nicht aus, daß der Krieg zu einem Abgott und zum Gegenstand allerlei andächtiger Übungen gemacht wurde. Heldenstückchen und Gewaltstreiche wurden, auch wenn nur von lokaler und begrenzter Bedeutung, in religiös anmutender Schwärmerei zu nationalen Großtaten erhoben. Dies trug natürlich nicht zum Verständnis darüber bei, wie stark das Gefüge der Kulturen angegriffen und zerstört worden war, sondern es verhinderte ein solches Verständnis geradezu. Nach jedem Krieg war ein erneuter Abstieg in die Barbarei klar erkennbar – aber offensichtlich wurden Ursache und Wirkung im

Bewußtsein der Bewohner Shikastas nicht miteinander in Verbindung gebracht.

Nach dem Zweiten Weltkrieg traten in den nordwestlichen Randgebieten und im Isolierten Nördlichen Kontinent die Korruption und das niedrige Niveau der Verhaltensweisen im öffentlichen Leben ganz deutlich zutage. Im Laufe der beiden »kleineren Kriege«, in die der Isolierte Nördliche Kontinent sich verstrickte, führten die Handlungsweisen der Regierung, sogar die nach außen hin für die Öffentlichkeit sichtbaren, zum Skandal. Führer der Nation wurden ermordet. Bestechung, Plünderungen, Diebstahl waren von der Spitze der Machtpyramide bis zur Basis die Norm. Die Menschen wurden gelehrt, für ihr eigenes Weiterkommen und das Anhäufen von Besitz zu leben. Der Konsum von Essen, Getränken und allen sonst möglichen Waren wurde in die Wirtschaftsstruktur jeder Gesellschaft eingebaut. [*Bd. 3009, Wohlstandsökonomie.*] Und doch wurden diese abstoßenden Verfallssymptome nicht als direkte Konsequenz der Kriege, die das Leben beherrschten, wahrgenommen.

Immer wieder gab es während des Jahrhunderts der Zerstörung ganz plötzliche Richtungsänderungen: Bündnisse zwischen Nationen, die sich bekriegt hatten, so daß diese wiederum ihre Feindseligkeiten gegen Nationen richteten, mit denen sie noch vor kurzem verbündet gewesen waren; heimliche Bündnisse zwischen Nationen, die gegeneinander Krieg führten; ein ständiger Stellungswechsel zwischen Feinden und Verbündeten, der bewies, daß zum Regieren Kriege schlechthin nötig waren. Während dieser Periode war jede größere Stadt von einem Gürtel des Terrors umgeben: Auf jede dieser Städte waren bis zu dreißig Großwaffen gerichtet, von denen jede einzelne die Stadt und ihre Einwohner in Sekundenschnelle zu Asche verwandeln konnte – von künstlichen Satelliten am Himmel aus, von Unterseebooten, die unaufhörlich die Meere überwachten, von Landstützpunkten, die möglicherweise auf der anderen Seite des Planeten lagen. Sie wurden von Geräten kontrolliert, die bekanntlich nicht unfehlbar waren – und alle wußten, daß die

Zerstörung von Städten und Landstrichen mehr als einmal nur durch ein »Wunder« verhindert worden war. Der Bevölkerung wurde allerdings nicht mitgeteilt, wie oft diese »Wunder« schon stattgefunden hatten – um ein Haar tödlich verlaufene Begegnungen von Flugkörpern am Himmel, Beinah-Zusammenstöße zwischen Schiffen unter der Meeresoberfläche, Raketen, die schon startklar waren. Von außen betrachtet wirkte der Planet wie von einer Spezies von Wahnsinnigen beherrscht.

In großen Teilen der nördlichen Hemisphäre herrschte ein Lebensstandard, wie ihn vor kurzem nur Kaiser und ihr Hofstaat gepflegt hatten. Besonders im Isolierten Nördlichen Kontinent erregte der Reichtum sogar bei vielen der eigenen Bürger Anstoß. Arme Leute lebten dort wie in früheren Epochen die Reichsten. Auf dem ganzen Kontinent häuften sich Abfall, Müll und die Beute aus dem Rest der Welt. Um jede Stadt, um jedes Dorf, ja um kleine Siedlungen herum erhoben sich Berge von weggeworfenen Lebensmitteln und Gebrauchsgegenständen, die in anderen, weniger wohlhabenden Teilen des Planeten für Millionen den Unterschied zwischen leben können und sterben müssen bedeutet hätten. Besucher dieses Kontinents staunten darüber, wie man Menschen einreden kann zu glauben, was ihnen zusteht und was ihr Recht ist.

Diese beherrschende Kultur gab für den größten Teil Shikastas den Ton an und setzte Maßstäbe. Denn unabhängig vom ideologischen Etikett, das jedem Nationalgebiet anhaftete, war ihnen allen gemeinsam, daß die Technologie der Schlüssel zu allem Guten war und das Gute immer im Ansammeln von materiellen Gütern, in Gewinn, in Bequemlichkeit und Vergnügen bestand. Die wahren Bestimmungen und der Sinn des Lebens – die schon vor so langer Zeit entstellt und von uns unter so großen Schwierigkeiten, um solch einen teuren Preis aufrechterhalten worden waren – waren vergessen, wurden von denen, die davon gehört hatten, lächerlich gemacht, denn auch in den Religionen hielten sich nur verzerrte Anklänge an die Wahrheit. Und die ganze

Zeit über wurde die Erde geplündert. Die Mineralien wurden herausgerissen, die Brennstoffe vergeudet, die Böden von einer unachtsamen und kurzsichtigen Landwirtschaft ausgelaugt, die Tiere geschlachtet, die Pflanzen vernichtet, die Meere mit Unrat und Gift verseucht, die Atmosphäre verschmutzt – und ständig, die ganze Zeit über, hämmerte die Propagandamaschinerie: mehr, mehr, mehr, trinkt mehr, eßt mehr, konsumiert mehr, werft mehr weg – wie besessen, wie toll. Verrückt waren diese Wesen, und die Stimmen, die sich zum Protest erhoben, reichten nicht aus, um die Prozesse zum Stillstand zu bringen, die einmal in Bewegung gekommen waren und von der Gier weitergetrieben wurden. Vom Mangel an der Substanz-des-Wir-Gefühls.
Doch der außergewöhnliche Wohlstand auf der nördlichen Hemisphäre war nicht gleichmäßig auf die Bevölkerungen verteilt, und die weniger begünstigten Klassen begannen zu rebellieren. Auf dem Isolierten Nördlichen Kontinent und in den Nordwestlichen Randgebieten lebten auch eine große Anzahl dunkelhäutiger Menschen, die ursprünglich als billige Arbeitskräfte hergebracht worden waren, um Arbeiten zu verrichten, die die Weißen für unter ihrer Würde hielten – und obwohl diese in gewissen Grenzen auch von dem allgemeinen Wohlstand profitierten, konnte man doch sagen, daß es auf Shikasta im ganzen gesehen die Weißen waren, denen es gut ging, wohingegen die Schwarzen arm waren. Dies wurde natürlich auch von den Schwarzhäutigen selbst immer lautstärker ausgesprochen: Sie haßten ihre weißhäutigen Ausbeuter so, wie Eroberer vorher vielleicht nie gehaßt wurden.
Überall, im Norden und Süden, im Osten und Westen, wuchs die Unzufriedenheit innerhalb der einzelnen nationalen Gebiete. Nicht nur wegen den Unterschieden zwischen Reich und Arm, sondern weil das Leben der Menschen, in dem allein das Anwachsen des Konsums maßgebend war, immer trostloser wurde und ihr wahres, verstecktes Selbst unterdrückte, das keine Nahrung bekam, nicht beachtet wurde, ausgehungert wurde, belogen wurde von fast jeder

Stelle, jeder Autorität, die zu respektieren sie gelehrt worden waren und doch nicht vermochten.

Zunehmend wurden die beiden großen südlichen Kontinente von Kriegen und Unruhen aller Art geschüttelt – manchmal waren es Bürgerkriege unter den Schwarzen, manchmal zwischen Schwarzen und den Nachkommen der früheren weißen Unterdrücker und zwischen rivalisierenden Sekten, Juntas und Machtgruppen. Es wimmelte von kleinen Diktatoren. Riesige Gebiete wurden abgeholzt, ganze Tierarten wurden ausgerottet, Eingeborenenstämme ermordet oder in alle Winde zerstreut ...

Krieg. Bürgerkrieg. Mord. Folter. Ausbeutung. Unterdrückung und Schikane. Und immer Lügen, Lügen, Lügen. Immer im Namen des Fortschritts und der Gleichheit und der Entwicklung und der Demokratie.

Die Hauptideologie über ganz Shikasta hinweg bestand aus Variationen des Themas Wirtschaftsentwicklung, Gerechtigkeit, Gleichheit und Demokratie.

Nicht zum ersten Mal in der traurigen Geschichte dieses schrecklichen Jahrhunderts kam gerade diese Ideologie von ökonomischer Gerechtigkeit, Gleichheit, Demokratie und so weiter gerade dann zu großer Bedeutung, wenn irgendwo die Wirtschaft völlig zerrüttet war: Die Bewohner der Nordwestränder wurden von Regierungen »der Linken« beherrscht, die dem Abstieg ins Chaos und Elend präsidierten.

Die ehemals ausgebeuteten Gebiete der Welt ergötzten sich an diesem Sturz ihrer früheren Peiniger, ihrer Verfolger – der Rasse, die sie zu Sklaven gemacht und geknechtet und vor allem ihrer Hautfarbe wegen verachtet hatte und ihre ursprünglichen Kulturen zerstört hatten, die erst jetzt allmählich Verständnis und Wertschätzung fanden ... doch leider zu spät, da sie schon von der weißen Rasse und ihren Technologien zugrunde gerichtet worden war.

Keiner kam dem Nordwestrand zur Hilfe, der in den Klauen von zermürbend sich wiederholenden dogmatischen Diktaturen war, unfähig allesamt, die ererbten Probleme zu lösen, wobei das schwerste und größte Problem darin bestand, daß die Weltreiche, die den Wohlstand gebracht hatten, nach dem Zusammenbruch ihren Erben nicht nur ein Vakuum hinterließen, sondern auch völlig falsche und unrealistische Vorstellungen über sich und ihre Bedeutung für den Planeten. Auch Rachegelüste spielten mit bei dem, was vor sich ging, und zwar zu einem nicht unbeträchtlichen Teil.

Es herrschte Chaos. Wirtschaftliches, geistiges, seelisches Chaos – ich benütze dieses Wort in seinem präzisen Canopäischen Sinn – herrschte, während die Propaganda aus Lautsprechern, Radios, Fernsehapparaten plärrte.

Die Zeit der Seuchen und Krankheiten, die Zeit der Hungersnöte und des Massensterbens war gekommen.

Auf dem Großen Festland bekämpften sich zwei große Mächte auf Leben und Tod. Die Diktatur, die am Ende des Ersten Weltkriegs in der Mitte entstanden war und die Diktatur, die von den östlichen Gebieten Besitz ergriffen hatte, zogen jetzt den größten Teil Shikastas in ihren Konflikt hinein, direkt oder indirekt. Die jüngere Diktatur war stärker. Die ältere war schon im Absterben, ihr Weltreich brach auseinander; ihre Völker wurden aufständisch oder stumpften ab, die herrschende Klasse entfremdete sich dem Volk immer mehr – Wachstums- und Zerfallsprozesse, die in der Vergangenheit mehrere Jahrhunderte gedauert hatten, spielten sich jetzt innerhalb von wenigen Jahrzehnten ab. Diese Diktatur konnte dem Vordringen der östlichen Diktatur, deren Menschenmassen über die Grenzen schwappten, nicht standhalten. Diese Massen überrannten einen großen Teil der älteren Diktatur und überrannten dann ebenfalls die Nordwestlichen Randgebiete im Namen einer überlegenen Ideologie – die genaugenommen nichts anderes war als eine Version der im Nordwestrand vorherrschenden Ideologie. Die neuen Herren waren schlau, geschickt, intelligent; sie sahen sich schon in der Rolle des unangetasteten Herrschers über das ganze Große Festland Shikastas.

Aber inzwischen wuchsen die Waffenarsenale immer weiter an ...

Der Krieg entstand aus einem Versehen. Ein Mechanismus funktionierte falsch, und mehrere Großstädte wurden in Schutt und tödliche Asche gelegt. Daß etwas dieser Art früher oder später passieren müsse, war von Technikern aller Länder ausgiebig vorhergesagt worden ... der Einfluß Shammats war zu stark.

In kurzer Zeit lag fast die ganze nördliche Hemisphäre in Trümmern. Ganz andere Trümmer waren das als die des zweiten Krieges, nach dem die Städte schnell wieder aufgebaut wurden. Nein, diese Ruinen waren unbewohnbar, die Erde ringsum vergiftet.

Waffen, die geheimgehalten worden waren, füllten jetzt den Himmel, und die sterbenden Überlebenden, die in ihren Ruinen taumelten, heulend und würgend, hoben die Augen und schauten den gigantischen Schlachten zu, die dort oben geschlagen wurden, und murmelten mit den letzten Atemzügen: Götter! Teufel! Engel! Hölle!

Unter der Erde gab es Schutzräume, die gegen Strahlung, Gifte, chemische Einwirkungen, tödliche Geräuschimpulse, Todesstrahlen abgedichtet waren. Sie waren für die herrschenden Klassen gebaut worden. Dort überlebten einige wenige.

In abgelegenen Gebieten, an Orten, die durch Zufall geschützt waren, überlebten ein paar weitere.

Auch die Bevölkerung aller südlichen Kontinente und Inseln war den Seuchen, der Strahlung, der Vergiftung von Boden und Wasser ausgesetzt und wurde stark reduziert.

In wenigen Jahrzehnten blieb von den mehreren Milliarden Bewohnern Shikastas vielleicht ein Prozent übrig. Das Wir-Empfinden, das sich die Massen zuvor untereinander hatten teilen müssen, reichte jetzt aus, um sie alle zu versorgen und sie gut und gesund zu halten.

Als die Einwohner Shikastas zu sich kamen, schauten sie umher und konnten nicht glauben, was sie sahen – und fragten sich, warum sie so verblendet gewesen waren.

Bericht der Abgesandten TAUFIQ, NASAR *und* RAWSTI, MITGLIEDER *der* SONDER- UNTERSUCHUNGSKOMMISSION *über den* ZUSTAND *auf* SHIKASTA, VORLETZ- TE PERIODE. ZUSAMMENFASSUNG. [Erste von Canopus ausgehende Mission seit Johors Besuch zur Zeit der Katastrophe.]

1. Wir haben die nördliche Hemisphäre gründlich inspiziert und sind mit den Vertretern von Sirius zusammengetroffen, sowohl mit denen, die hier stationiert sind, als auch mit Besuchern. Wir sind auch, ohne deren Wissen, den Agenten Shammats begegnet.
2. Wir bestätigen die Berichte unserer vorübergehend dorthin entsandten und dort lebenden Beauftragten, daß sich eine unerwartete Entwicklung vollzieht. Über die ganze nördliche Hemisphäre verteilt gibt es eine Rasse von »kleinen Leuten«, wie sie genannt werden; Blut-, Gewebe- und Knochenproben deuten auf Sirischen Ursprung hin, und Repräsentanten von Sirius haben bestätigt, daß sie auf Experimente von Sirius aus der Zeit von Johors Besuch in der Epoche der Achsenverlagerung zurückgehen. Ein großer Teil der nördlichen Hemisphäre ist jetzt von Eis bedeckt. Dieser Vorgang hat eine größere Menge des Wassers auf Shikasta gebunden, die Wasserspiegel sind gesunken, und an Stellen, wo vorher kein Land war, sind Brücken zwischen dem Festland und den Inseln entstanden, die die Ausbreitung dieser »kleinen Leute« überallhin ermöglichen. Sirius bestätigt, daß sie auf den beiden größeren südlichen Kontinenten und dem kleineren südlichen Kontinent zahlreich anwesend sind. Diese »kleinen Leute« sind zuweilen nur eine Spanne groß und bestenfalls bis zu vier Spannen. Es gibt verschiedene Typen, von untersetzt, schwer und stark an Körperkräften bis zu zierlich, fein und hübsch, sogar nach Canopäischen Maßstäben. Die erste Sorte lebt gern unter der Erde in Höhlen und allen möglichen anderen Schlupfwinkeln, manchmal sehr

tief unter dem Erdboden, so weit, daß sie selten oder nie die Erdoberfläche sehen. Sie sind geschickt im Bergbau, Erzschmelzen und Vermessen. Sie schürfen Eisen, Kupfer, Bronze, Gold und Silber und verarbeiten diese Metalle. Die zierlichere Sorte wohnt in Blumen und anderen Pflanzen, versteht deren Sprache oder hat sich dem Leben im Wasser und seinen Bedingungen angepaßt. Einige sind im Feuer zu Hause. Sie alle halten sich fern von den größeren Bewohnern Shikastas, so daß sie in manchen Teilen schon Gegenstand von Mythen und Sagen geworden sind. An anderen Orten wurde hingegen eine Verbindung hergestellt und aufrechterhalten, die bis zum Austausch von Informationen und Waren geht. Diese Rassen haben unserer Meinung nach wenig oder kein Entwicklungspotential. Sie nehmen ab an Größe und Zahl, und die meisten sind schon hinübergewechselt nach – nicht Zone Sechs, dort gehören sie nicht hin, sondern nach den Zonen Eins und Zwei.

3. Wegen des Vordringens der polaren Eismassen in so südlich gelegene Gebiete haben unter den beiden Rassen, mit denen wir uns vorwiegend beschäftigen, ausgedehnte Bewegungen stattgefunden. Die Riesen, die sich vor allem in den Berggebieten und den Hochplateaus des Großen Festlands niedergelassen hatten, breiteten sich nach Osten aus und wanderten in großer Zahl über die neuen Eisbrücken zum Isolierten Nördlichen Kontinent aus. Dort geht es ihnen gut. Sie erreichen jetzt zwei Drittel ihrer früheren Körpergröße. Sie leben etwa tausend Jahre. Ihre Lebensdauer und ihre Körpergröße nehmen beide verhältnismäßig schnell ab.

Die Eingeborenen, die weiter südlich und weiter nördlich als die Riesen angesiedelt worden waren, sind in die Gebiete hereingeströmt, die die Riesen dünn oder unbesiedelt gelassen haben und sind auch überallhin in den Süden ausgewandert, sogar bis zu den nördlichen Gebieten des Ersten Südlichen Kontinents. Auch sie nehmen an Körpergröße ab und sind nur noch zwei Drittel so groß wie zu Johors Zeit. Sie leben etwa achthundert Jahre. Wie die der Riesen nimmt auch ihre Lebensdauer und Körpergröße rasch ab.

4. Es kommt jetzt zu Paarungen zwischen den beiden Rassen; das Ergebnis ist ein körperlich noch vollkommenerer Typ, kräftig, gesund, vor allem aber anpassungsfähig, den klimatischen Extremen gegenüber widerstandsfähig, fähig, sich mit jeder Nahrung zu begnügen und sich an plötzliche und heftige Veränderungen rasch zu gewöhnen. Zum Beispiel leben sie problemlos in unmittelbarer Nähe der Eisgebiete. Ihre geistigen Fähigkeiten sind nicht besser als die der Riesen oder der Eingeborenenrassen, aber sie sind einfallsreich und beweglich und – auch in dieser Hinsicht – sehr anpassungsfähig, innerhalb der Schranken natürlich, die ihnen die begrenzte Aufnahme von SUWG auf dem Planeten setzt.

Die neue Kreuzung lebt bei den Einheimischen oder in deren Nähe; die Riesen sind ihnen weniger freundlich gesonnen. Es kommt immer häufiger zu Unstimmigkeiten zwischen einzelnen und Gruppen, doch gibt es keine Anzeichen für eine Ausweitung zu regelrechten Kriegen. Krieg wird bei ihnen nicht für etwas Unvermeidliches oder gar Wünschenswertes gehalten. Im Gegenteil, die Wirkung von Johors »Regeln« hält noch so weit vor, daß alle drei Arten Unbehagen befällt, wenn sich in ihnen, und sei es auch nur für kurze Zeit, die Kriegslust regt; Feindseligkeiten bleiben örtlich und zeitlich begrenzt.

Diese drei Arten – die Kreuzung kann man inzwischen durchaus als neue Art bezeichnen – halten und züchten Tiere verschiedener Gattungen, zum Schlachten, als Reittiere und zur Arbeit in der Landwirtschaft. Von der Verwendung der Metalle verstehen sie wenig, doch lassen Gerüchte über die Fertigkeiten der »kleinen Leute« auf verschiedenste Experimente und Versuche schließen. In allen Teilen Shikastas haben wir einzelne Menschen dazu angeregt, die »kleinen Leute« ausfindig zu machen und von ihnen, besonders in dem Bereich der Metallherstellung, möglichst viel zu lernen.

5. Die »Canopäischen Gesetze«, wie Johor sie einführte, haben sich zu einem gewissen Maß nicht nur in den verschiedenen ethischen Lehren, sondern auch genetisch niederge-

schlagen. Überschreitungen verursachen Unbehagen und müssen kompensiert werden, zuweilen auf verhängnisvolle und unproduktive Weise. Doch müssen wir vermerken, daß, wie erwartet, die Wirkung dieser Gesetze rasch abnimmt. Nicht zuletzt aufgrund der Bemühungen Shammats, dessen Agenten unermüdlich am Werk sind. Das psychologische Unbehagen, das die »Übertretungen« verursachen, bereitet fruchtbaren Boden für die Bedürfnisse Shammats. Zum Beispiel wurden Menschenopfer eingeführt als Mittel, »die Götter zu besänftigen«. Dieser Brauch setzt sich immer mehr durch. Shammat unterstützt überall und in jeder Weise den Rückfall der Bewohner Shikastas ins Animalische. Da dies sich in nichts von dem unterscheidet, was wir schon anderweitig von Puttiora und Shammat wissen, besteht keine Notwendigkeit, hier näher darauf einzugehen.

UNSERE EMPFEHLUNGEN:
a) Belebung der neuen Kreuzung mit Canopäischen Genen. Diese neue Art hat unserer Meinung nach die größten Entwicklungsmöglichkeiten und zeigt Neigung zu häufiger und vielfältiger Mutation.
b) Häufigere Besuche unserer Repräsentanten. Wir wissen, daß wir Shammats SUWG-Raubzüge nicht verhindern können, doch können wir ihre Versuche, eine Degenerierung der Rassen herbeizuführen, bekämpfen.

Der Gesandte 99, TAUFIQ, berichtet:

Ich habe die angegebenen Gebiete beobachtet. Die polaren Eismassen nehmen ab. Der Meeresspiegel hat fast seine frühere Höhe erreicht.
Die Bewohner haben sich wegen der klimatischen Vorteile meist in den Gebieten der großen Binnenmeere und auf den Inseln in dem Ozean, der den Isolierten Nördlichen Kontinent von dem zentralen Festland trennt, niedergelassen. (Diese Inseln sind instabil.) Das heißt, zwischen 20 und 40 Grad nörd-

licher Breite nach ihrer Messung. Die Kreuzung Riesen/Einheimische erweist sich, wie vorhergesagt, als widerstandsfähigste. Reinrassige Riesen und reinrassige Eingeborene sind jetzt Minderheiten und leben gern allein für sich. Beide werden von der Kreuzung als »Riesen« angesehen. Die Kreuzung wird von Generation zu Generation kleiner, bleibt aber stark und kräftig. Sie ist intellektuell unterlegen, auch wenn man von den Benachteiligungen durch Shammats Raubzüge absieht. Sie sind kriegslustig und habgierig.

Einige wenige häufen Reichtümer und sogar Land an, auf Kosten der großen Masse, die oft die Stellung von Sklaven und Dienern innehat. Einige davon fliehen in den Norden, dem schwindenden Eis nach, und lassen sich unter schwierigen Bedingungen nieder. Sie machen oft Überfälle in den Süden, um Getreide und Vieh zu erbeuten. Überall wird jetzt unaufhörlich gekämpft, geraubt und geplündert.

Wenig ist übrig von den Lehren, die der Gesandte Johor und die nachfolgenden Besucher hinterlassen haben.

Tabubereiche entstehen um verschiedene Gegenstände, Kunstprodukte und Tiere. Menschen- und Tieropfer werden gebracht, meist von »Priestern«, den selbsternannten Wächtern des »Göttlichen«.

MEINE EMPFEHLUNGEN:

a) Ich unterstütze die Empfehlungen der Kommission hinsichtlich einer Gen-Übertragung. Es gibt die Auffassung, daß schon zu viele Arten auf Shikasta existieren. Dagegen führe ich ins Feld, daß die Riesen/Eingeborenen-Kreuzung bald dominieren wird. Ihre Veranlagung zu gewalttätigem und räuberischem Verhalten muß reduziert werden. Andernfalls wird es bald überhaupt keine Arten mehr geben! Beispielsweise sind die »kleinen Leute« inzwischen fast ausgestorben, abgesehen von bestimmten, meist nördlichen Gegenden, wo das harte Klima sie schützt. Man hat aus reinem Spaß Jagd auf sie gemacht. Ich brauche nichts mehr hinzuzufügen, um meiner Auffassung Nachdruck zu geben, daß Shammats Einflüsse immer verheerender werden.

b) Unsere Beauftragten sind angewiesen, unbemerkt zu bleiben, soweit das möglich ist. Ihre Aufgabe ist es vor allem gewesen, aufzunehmen und zu beobachten. Ich glaube, wir sollten eine neue Politik nachdrücklichen Eingreifens beginnen. Es wird notwendig sein, innerhalb der bestehenden Auffassungen und geistigen Richtungen zu arbeiten. Das bedeutet, sich die vorhandenen »Religionen« zunutze zu machen und vielleicht neue einzuführen.

Der Gesandte 102, TAUFIQ, *berichtet:*

Unsere Pläne müssen verschoben werden. Die Instabilität dieses Planeten ist erneut bestätigt worden. Shikasta ist um seine eigene Achse abgekippt und wieder zurückgeschnellt. Ich habe veranlaßt, daß Experten die Ursache ermitteln. Es hat Überschwemmungen, Stürme und Erdbeben gegeben. Einige Inseln sind überflutet worden. Es wird klimatische Änderungen geben. Shikasta hat sich geringfügig von seiner Sonne entfernt. Die Auswirkungen auf seinen Mond sind noch nicht absehbar. Viel Leben wurde zerstört, in der nördlichen Halbkugel mehr als auf der südlichen. Mehrere vielversprechende Kulturen, die von uns sorgfältig überwacht wurden, sind ausgelöscht worden. Eine davon ist Adalanterland. Der Beauftragte Nasar, der sich jetzt ständig auf Shikasta aufhält, wird einen gesonderten Bericht schicken. Diese Ereignisse ändern jedoch nichts an der Grundsituation, und die Empfehlungen aus meinem Bericht sollten nach einer stabilisierenden Pause befolgt werden.

Der Gesandte 105, TAUFIQ, *berichtet:*

Ich habe je fünf Individuen männlichen Geschlechts vom Östlichen Sektor auf Canopus, von Planet 19 und Planet 27 geholt. Es deutet nicht mehr viel auf die jüngsten bedauerlichen Ereignisse hin, nur die Bevölkerung ist noch immer reduziert.
Die Männer wurden in fünf Gruppen aufgeteilt und folgender-

maßen verteilt: unmittelbar nördlich des Großen Gebirges; unmittelbar südlich davon; in den äußersten Norden des Ersten Südlichen Kontinents, zwei Gruppen südlich der Großen Meere, eine dieser Gruppen habe ich begleitet. Alle mußten sich mehrere Tage lang akklimatisieren, bevor sie sich bemerkbar machen konnten.

Die Dreiergruppe, die ich begleitete, befand sich auf einem Berg in der Nähe einer ebenen Fläche, auf der unser Raumschiff gelandet war. Diese Ebene gilt in der Gegend als heilig.

Eine Schwierigkeit bestand darin, daß nur auserwählte Frauen zur Paarung kommen sollten.

Ich wandte mich an Abkömmlinge des alten, von David abstammenden Zweigs, die aufgrund einer natürlichen Überlegenheit in der Regel einflußreiche Stellungen innehaben. Jeder dieser Frauen erzählte ich »streng geheim«, daß »heilige Wesen« in der Nähe seien, die, von ihrer Schönheit angezogen, aus »höheren Regionen« zu ihnen herabgekommen seien. Die ausgewählten Frauen wurden den Männern zugeführt und die Paarung vollzogen. Es waren etwa fünfzig Frauen, von denen zunächst jede glaubte, nur sie allein sei auserwählt.

Unser Plan war, daß sie es »unter dem Siegel der Verschwiegenheit« den anderen weitererzählen sollten. So sollten Gerüchte über höhere Wesen etc. in Umlauf gebracht werden. Paarungen größeren Ausmaßes wollten wir nicht.

Binnen kurzem war die Hochebene auf dem Berg, auf dem sich unsere Freiwilligen niedergelassen hatten, von willigen Frauen und mißtrauischen Männern belagert. Wir vier machten uns verstohlen auf den Weg zu unserem Raumschiff, aber zwei der Frauen folgten uns, und trotz meines Einspruches, daß diese Frauen nicht auserwählt seien, kam es zum Geschlechtsverkehr. (Habe den Eindruck, daß Männer von Planet 27 für diese Art von Aufgabe nicht geeignet sind. Planet-19-Männer weniger leidenschaftlich.) Wir versicherten uns, daß der Start unseres Raumschiffs von den beiden Frauen beobachtet wurde, die inzwischen wahrscheinlich die Kunde von den feurigen Himmelswagen weitergegeben haben.

Der Gesandte 111, TAUFIQ, *berichtet:*

Ich traf Vorbereitungen zur Durchführung unseres früheren Plans. Das bedeutete, daß ich über Zone Sechs hinabsteigen würde. Es war beabsichtigt, daß ich Menschengestalt annehmen und als Mentor auftreten sollte. Berichte unserer Beauftragten über unerwartete Entwicklungen auf Shikasta verhinderten die Durchführung dieses Plans.
Ich benützte deshalb wieder ein Raumschiff. Die Berichte unserer Beauftragten bestätigten sich bald. Die Eiskappen schmolzen mit unvorhergesehener Geschwindigkeit. Dies war um so unerwarteter, als sie sich eine Zeitlang sogar geringfügig vergrößert und ehemals eisfreie Gebiete zurückerobert hatten. Der plötzliche Umschwung hat wiederum alle Küstengebiete überschwemmt. Er hat den Himmel über Shikasta mit Wolken bedeckt, die nie aufreißen. Die dadurch bedingte Düsterkeit hat zu einem Wandel im Temperament der Shikaster geführt. Sie sind weniger lebhaft, sind mürrisch, mißtrauisch und reagieren langsamer als zuvor.
Ich bearbeitete die angegebenen Gebiete. Ich erstellte meinen Überblick so schnell wie möglich wegen eines starken Gefühls der Dringlichkeit.
Folgendes fand ich vor: Die Ergebnisse der genetischen Auffrischung – von Planet 19, 27 und dem Östlichen Canopus – sind zufriedenstellend. Dem allgemeinen Niedergang ist Einhalt geboten. Die Abkömmlinge dieser Geburtenförderung bilden eine deutlich überlegene Rasse. Doch die anderen sinken rasch auf einen bedauernswerten Zustand ab. Unser Plan, auch ihnen eine Auffrischung zukommen zu lassen, mußte offensichtlich zurückgestellt werden, aber ich möchte empfehlen, ihn durchzuführen, sobald Shikasta sich von dem neuerlichen Rückschlag erholt hat.
Es war klar, daß Wolkenbrüche und damit eine große Überschwemmung drohten. Die Wolkenmassen wurden von Tag zu Tag schwerer und dichter.
Ich näherte mich dem Führer der neuen Rasse (Davidscher Abstammung, aufgefrischt), warnte ihn und empfahl ihm, zusam-

men mit seiner Familie und einer Reihe von Tieren zu einem höhergelegenen Punkt zu ziehen. Er verstand, daß ich nicht »von diesem Reich« war, wie er es ausdrückte. Der Mythos »Götter« hat festen Fuß gefaßt. Ein Maßstab für die verbesserten geistigen Fähigkeiten der neuen Rasse ist die Tatsache, daß sie auf solche Informationen reagieren. Ich trug ihm auf, alle Bewohner der Gegend zu warnen. Wer zuhöre, müsse dazu gedrängt werden, Vorbereitungen für das Überleben zu treffen. Wenige hörten ihn: Ihre Erbanlagen machten es ihnen unmöglich. Diese neue Katastrophe bedeutet ein unvorhergesehenes, aber brauchbares Mittel, die Überlegenen von den Minderwertigen zu trennen. Ich würde diesen Aspekt gern mit unseren Gesandten in den anderen bedrohten Gegenden Shikastas diskutieren. Ich schlage vor, die Ergebnisse dieser Diskussionen, die wertvolle Informationen über die Mentalität der neuen Rasse Shikastas ergeben werden, in einem Zusatzbericht niederzulegen.
Rechtzeitig vor der Überschwemmung befand sich der Davidsche Stamm auf einem Berg in Sicherheit. Die Überschwemmung fing auf ganz Shikasta gleichzeitig an, wie ich aus informellen Gesprächen unter unseren Gesandten erfahren habe. In der Region, die Gegenstand dieses Berichtes ist, dauerten die Regenfälle fast zwei Monate an. Außer den Berggipfeln war alles Land überschwemmt. Die Flut setzte so schnell ein, daß es weder für niedere noch für höhere Tiere ein Entrinnen gab. Nichts überlebte. Natürlich hob sich der Spiegel der Ozeane, als das Wasser dorthin abfloß. Die großen Binnenmeere waren alle überflutet und werden wesentlich größer bleiben.
Die psychische Zustand des geretteten Stammes war bedauernswert. Es empfahl sich, einen »Bund« mit ihnen zu schließen, daß sich eine solche Heimsuchung durch die Götter nie wieder ereignen sollte. Sie ihrerseits mußten aber verstehen, daß die Flut eine Folge ihres Abfalls in die Bosheit und in frevelhafte Gewohnheiten gewesen war. Sie sollten immer bereit sein, den Befehlen von uns, ihren Freunden, zu gehorchen. Diese Befehle würden dann erfolgen, wenn sie notwendig seien.
Als die Erde trocknete, wurden sie in ihre früheren Gebiete

zurückgeschickt. Sie sollten dort bescheiden und vernünftig leben, ohne einander zu unterdrücken, als Hüter der Tiere, denen sie kein Leid antun und die sie nicht quälen durften. Sie hatten die Erlaubnis, den Göttern Tieropfer zu bringen, nicht aber Menschenopfer, und es mußte ohne Grausamkeiten an den Tieren geschehen. (Unglücklicherweise war es notwendig, dies zu erlauben: Der böse Einfluß Shammats wird zu stark.)
Ich hinterließ ihnen, wie mir aufgetragen war, verschiedene Gerätschaften. Ich sagte, daß diese die Verbindung zwischen ihnen und dem »anderen Reich« stärken würden.
Ich schließe diesen Bericht mit einer persönlichen Bitte ab. Wenn es nicht als unbillig erachtet wird, würde ich es vorziehen, nicht mehr nach Shikasta abgeordnet zu werden.

Der Gesandte 159, TAUFIQ, *berichtet:*

Seit meinem letzten Besuch sind in dem ehemals überfluteten Gebiet einundzwanzig neue Städte entstanden. Fünf davon sind groß, mit Bevölkerungszahlen von einer Viertelmillion oder mehr. Der Handel blüht zwischen den Städten und wird bis hin zu den östlichen Gegenden des Großen Festlands, seinen Nordwestlichen Randgebieten, den nördlichen Teilen des Ersten Südlichen Kontinents und dem Isolierten Nördlichen Kontinent betrieben.
Luxus und Verschwendung bestimmen das Leben, höhere Ziele sind vergessen, außer von ein paar wenigen.
Es hat eine Rassenmischung mit den Abkömmlingen der Experimente auf beiden südlichen Kontinenten gegeben. Die Vorteile, Nachteile und Besonderheiten dieser Kreuzungen werden in beiliegendem Bericht der Beauftragten für Bevölkerungsanalyse, den Gesandten 153, 154 und 155, abgehandelt.
Der schlimmste der widrigen Umstände ist, daß es Paarungen mit Abkömmlingen von Shammat gegeben hat, eine gezielte Taktik Shammats, um unseren auf die Erbauffrischungen vor der Flut zurückgehenden genetischen Verbesserungen entgegenzuwirken.

Shammat ist nicht nur beständig am Werk, um Shikasta auf seine Bahnen zu lenken, sondern jetzt redet es diesen Unglücklichen ein, Shikasta werde von seinen »Göttern« betrogen und seines rechtmäßigen Erbes beraubt, und behauptet, wenn die Shikaster bestimmte Praktiken anwendeten, so würden sie werden wie die »Götter«.
Dies glaubt man inzwischen überall. Es werden Aufstände gegen uns geplant. Sie sollen sich so abspielen, daß Menschen in Massen versuchen, sich mit Mitteln, die Spione Shammats ihnen einreden, zu »transzendieren«. Sie versammeln sich zu »höheren Riten« – deren Schwingungen nach Shammat abgeleitet werden. Sie schlachten in einem Ritual Massen von Tieren. Sie praktizieren auch gefälschte Versionen der Kunst der Steine, so wie Shammat sie ihnen vorschlägt.
Ich unterstütze die Empfehlung von 153, 154, 155, die Rede- und Versammlungsorte zu sprengen.
Stellvertreter aus allen Gegenden Shikastas sollen sich auf den Plätzen der Städte treffen, um darüber zu beraten, wie sie »Götter« werden können. Was sie nicht wissen, ist, daß Shammat den Vorsitz führen wird.

Der Gesandte 160, TAUFIQ, *berichtet:*

Die Dringlichkeit der Lage machte wieder den Einsatz von Raumschiffen erforderlich. Wir nahmen alle sechs an der Konferenz teil, angeblich als Delegierte von den äußersten Nordwestlichen Randgebieten. Da so viele verschiedene Arten von Delegierten anwesend waren, gab es keine Schwierigkeiten. Die empfohlenen Techniken haben gewirkt. Als Ergebnis davon gab es Störungen in den Kommunikationssystemen, und jetzt gibt es acht verschiedene Sprachen auf Shikasta. Sie werden sich weiter aufspalten in Hunderte und dann Tausende von Sprachen und Dialekten, dank des Shikastischen Gesetzes von der unvermeidlichen Teilung und Unterteilung.
Noch einmal möchte ich um meine Versetzung aus dem Shi-

kastischen Dienst in irgendeinen anderen Zweig des Kolonialen Dienstes bitten.

Der Gesandte 192, TAUFIQ, berichtet:

Auf die Berichte von unseren ortsansässigen Beauftragten hin, daß die Stadtgebiete derzeit für unsere Absichten ungeeignet sind, wurden die Nordwestlichen Randgebiete und die im Äußersten Osten liegenden Länder erforscht. Die Nordwestlichen Randgebiete sind aufgrund der rauhen Bedingungen und der Verarmung der Landschaft nach der Zeit des Eises nur dünn besiedelt. Wir setzten dort einige Beauftragte ein, die eine ausreichende Anzahl von Steinmustern schaffen und pflegen sollten, um unsere Strömungen stabil zu halten. Ähnlich im Äußersten Osten. Allerdings sind die klimatischen Bedingungen dort gut, der Boden ist fruchtbar, und die Bevölkerungszahlen nehmen zu. Wir haben dort einige kleinere Städte nach Canopäischem Muster gebaut, dafür geeignete Bewohner ausgesucht und an passenden Stellen Stein- und Baummuster angelegt.
Ich habe die Stadtgebiete selbst besucht und muß bestätigen, daß der Einfluß Shammats dort so stark ist, daß man von ihnen nichts erwarten kann. In drei Städten habe ich ausführliche Forschungen angestellt und nicht mehr als etwa hundert Personen gefunden, die fähig waren, in irgendeiner Weise auf die Canopäischen Schwingungen anzusprechen.
Wie schon andere Gesandte zu früheren Gelegenheiten, möchte ich darauf hinweisen, daß Rassen, die genetisch aufgefrischt werden, einerseits zwar gestärkt und brauchbarer für die Kontakte zu Canopus werden, auf der anderen Seite aber auch in erhöhtem Maße empfänglich für schlechte Einflüsse.
Nichtsdestotrotz ist es empfehlenswert, da die Verbindungen, die wir in den Nordwestlichen Randgebieten und im Äußersten Osten aufgebaut haben, in neunhundertfünfzig Jahren (ihrer Zeitrechnung) auslaufen werden, in vielleicht vierhundert Jahren eine weitere genetische Auffrischung an geeigneten Kandidaten aus den Stadtgebieten zu versuchen. Dieser Zeitraum wird

lang genug sein für die Entwicklung einer neuen, stärkeren Rasse, nicht aber für ihre Korrumpierung durch Shammat. Diese Vorausplanung ist natürlich optimistisch. Ich möchte sie der prüfenden Aufmerksamkeit der Eugeniker empfehlen.

DIE GESANDTEN 276 und 277, TAUFIQ und JOHOR, berichten: (Gemeinsame Mission)

TAUFIQ:

Ich besuchte die Nordwestlichen Randgebiete. Unser Personal, das die Steine errichtet und die Bewohner in der Kunst der Steine unterrichtet hat, ist abgezogen worden, fast durchweg nach Planet 35, wie geplant. Nur eine kleinere Gruppe hat sich in das Stadtgebiet begeben, um geeignete Kandidaten in der Aufrechterhaltung der Kontakte zu schulen.
In den Nordwestlichen Randgebieten gibt es eine zahlenmäßig geringe, aber stabil bleibende einheimische Bevölkerung. Sie betreibt Ackerbau und hält Vieh, beides auf einem niedrigen Niveau. Unser Personal entschloß sich gegen eine Unterweisung in fortgeschritteneren Techniken, da dies in der Vergangenheit so oft zum Gegenteil dessen, was beabsichtigt war, geführt hat, nämlich zur Besitzhäufung und der Unterdrückung von anderen. (Vgl. die Bemerkungen zu den Landgebieten im Äußersten Osten im folgenden.) Die Grundeinheit ist der Stamm. Die Landschaft ist karg und nicht leicht erschließbar, die Menschen, die darin leben, sind robust. Es hat in begrenztem Maße Geschlechtsverkehr zwischen ihnen und unserem Personal gegeben. Ihre Frauen sind in ihrer handfesten Art anziehend. Es ist zu erwarten, daß die Produkte der Zeugung die Erbmasse in unvorhersehbarer Weise verbessern. Die Eingeborenen sind klein, dunkelhaarig, drahtig. Die neu eingebrachten Gene tendieren zu großen, äußerst hellhäutigen, blau- und grauäugigen Typen (Planet 14).
Ich besuchte die Gebiete im Äußersten Osten. Die Versamm-

lungsdörfer sind auf Befehl verlassen worden. Sie werden bald zerfallen. Einzelne Personen haben diese Stätten heimlich zu »heiligen Übungen« aufgesucht, eine Wiederholung der Geschichte. Sie sind gewarnt worden. Unser ortsansässiger Gesandter hat es mit Drohungen und Versprechungen versucht. Diese Praktiken hatten schon zu einer Verkümmerung der geistigen Fähigkeiten geführt. Dies alles gilt für die Gebiete in unmittelbarer Nachbarschaft der Versammlungsdörfer.
Abgesehen davon ist dies ein ausgedehntes Kulturland, das schon die Entwicklungsstufe G erreicht hat. Es vergrößert sich weiter, ständig kommen neue Gebiete hinzu, einschließlich der Inseln in den südöstlichen Randzonen. Es gibt eine stabile und ertragreiche Landwirtschaft. Die Städte sind mehr als nur Handelszentren. Es gibt eine zahlenmäßig umfangreiche herrschende Klasse, ehemals leistungsfähig und pflichtbewußt, jetzt dem Luxus verfallen und verbraucht. Die gesamte Kultur wird in Kürze von einer kräftigen, primitiveren Kultur aus dem Norden, dem Nordwesten und den Ödländern überrollt werden, wo man keine Spuren unserer alten mathematischen Städte oder der jüngeren Siedlungen aus der Zeit vor dem Eis findet. Die kraftlos gewordene Kultur wird dadurch neu belebt werden. Einer Auswahl von Personen ist die Kontaktfähigkeit beigebracht worden. Es handelt sich um Kaufleute und Bauern; keiner der geschwächten regierenden Schicht hatte die notwendigen Voraussetzungen. Es wurde Vorsorge dafür getragen, daß die in den Kontakten unterwiesenen Personen sich während der Invasion außer Landes befinden und erst danach zurückkehren werden, um die ihnen zugewiesenen Positionen einzunehmen.
Ein Erdbeben hat kürzlich die größte der Inseln am Ostrand völlig zerstört. Nichts ist mehr übrig von den Städten. Dagegen sind die landwirtschaftlichen Gebiete soweit unversehrt, daß die Kultur auf einer niedrigen Stufe neu beginnen kann.
Ich habe mich mit den Repräsentanten von Sirius getroffen. Sie berichten von Erfolgen mit ihren Experimenten. Besonders der Zweite Südliche Kontinent war für ihre Zwecke sehr brauchbar. Die im letzten Experiment dort eingeführten Tiere haben

sich rasch und gut entwickelt und wurden in einer großen Aktion alle auf einmal zurück nach Planet 3 verfrachtet.
Sie berichten, daß es in begrenztem Rahmen zu ungeplanten Paarungen zwischen ihren Vertretern und diesen Säugetieren gekommen sei.
Vielleicht darf ich dies zum Anlaß nehmen, um anzuregen, daß die Canopäischen Eugeniker doch bei ihren Planspielen für Shikasta auch die sexuellen Neigungen der Shikaster in ihre Überlegungen einschließen mögen. Ich bin schon vor langer Zeit zu der Auffassung gekommen und habe sie mehr als einmal zum Ausdruck gebracht, daß, als die Sexualität als Sicherung für den Fortbestand der Spezies so betont wurde, des Guten vielleicht zuviel geschah. Wir haben dies mit Repräsentanten von Sirius diskutiert. Sie, die auch geraume Zeit auf Shikasta verbracht haben, stimmten zu. Sie vertreten ihren Eugenikern gegenüber denselben Standpunkt. Ich möchte behaupten, daß es nur wenige Fälle in der Geschichte von Canopus oder Sirius gibt, bei denen Einzelpersonen oder ganze Rassen nach Shikasta gebracht wurden, wenn auch nur für kurze Zeit, ohne daß es zu ungeplanten Paarungen kam.
Dürfen wir diese Gelegenheit wahrnehmen für den Vorschlag, eine Delegation von Eugenikern nach Shikasta zu schicken, um dort diese Erfahrungen selbst zu machen?

JOHOR:

Es sind dreißigtausend Jahre her, seit ich das letzte Mal in Shikasta war, 31 505, um genau zu sein.
Wie dunkel es hier ist! Wie schwer fällt es, sich zu bewegen, wie wird man zu Boden gezogen, gedrückt, beschwert.
Die Luft, die wir atmen, ist so dünn und substanzlos, der Vorrat von SUWG so kärglich.
Shikasta zu betreten, meine Erinnerungen zu betreten – es ist, als ob alles geschrumpft sei. Kann es sein, daß diese Menschen die Nachkommen der hochaufragenden und königlichen Riesen und der prachtvollen Eingeborenen sind? Denn so kom-

men mir diese jetzt vor, wo ich zurückschaue aus dieser schwindsüchtigen Zeit, von diesen verkleinerten Menschen, die nur achthundert Jahre lang leben, wo doch einst die Lebenserwartung ein Vielfaches davon betrug. Ein Hasten, ein Jagen, ein gehetztes Hineinzwängen eines Lebens in ein paar halbverhungerte Atemzüge ... kaum geboren, schon erwachsen, dann alt, dann tot.

Unsere Leute hier, die ihr wahres Leben unter so großen Schwierigkeiten aufrechterhalten, tragen alle einen Ausdruck klaglosen Erduldens im Gesicht, der sich nur allzu schnell in Entsetzen verwandelt, wenn die Gegensätze zu groß werden. Nur unter größten Anstrengungen hindern wir uns selbst daran, uns auf jede Wahrnehmung zu stürzen, die eine Bedeutung zu versprechen oder zu garantieren scheint, und sei es absolute Nutzlosigkeit – so wie es diese Wesen tun, die aus Mangel an Substanz Schatten nachjagen, allem nachjagen, was sie, irgendwo tief in ihrem Inneren, an die Wahrheit von Canopus zu erinnern scheint – denn diese Erinnerung ist noch immer da. Sie schauen die Sonne an, als wollten sie sie herunterziehen, sie schleppen sich unter einem Mond dahin, der viel weiter entfernt ist, als ich ihn in Erinnerung habe – und sie hungern, sie sehnen sich, sie erheben die Arme zur Sonne und wollen in den Strahlen des Mondes baden oder sie trinken. Der Glanz des Lichts auf einem Baum oder auf dem Wasser, die kurze, herzzerreißende Schönheit ihrer jungen Leute, diese Dinge quälen sie, ohne daß sie wissen warum oder es vielleicht nur ahnen, und sie machen Lieder und Geschichten, immer mit diesem Hunger dahinter, einem Hunger, den nicht einer von ihnen beschreiben könnte. Und doch ist ihr kleines Leben davon beherrscht, sind sie Untertanen eines unsichtbaren Königs, während sie doch Shammat den Hof machen, der ihren Hunger mit Blendwerk nährt.

Ich habe mich in den Gebieten der Städte aufgehalten, wo ich auch früher den größten Teil meiner Zeit verbrachte. Wo die Runde Stadt, die Quadratische Stadt, die Sichelförmige Stadt und all die anderen Wunder standen, sind Städte entstanden und wieder zerfallen, neu entstanden und wieder zerfallen, immer

wieder. Die Wassermassen des schmelzenden Eises, die Reihen der Eisberge selbst überschwemmten, zermalmten, zerstörten sie. Und doch ist alles wieder grün, fruchtbar, mit Ausnahme der Stellen, an denen Wüsten wachsen, sich ausbreiten und Besitz ergreifen. Es gibt Wälder, grüne Ebenen und Tierherden ... Ich erinnere mich an die herrlichen Tiere Rohandas, die wunderbaren Vorfahren dieser Tierlein, dieser Miniaturlöwen, winzigen Rehe und Elefanten halber Größe, die den geschrumpften Menschen so riesengroß erscheinen – doch jenen, die die mächtigen, weisen Tiere früherer Zeiten kannten, kommen sie niedlich vor, wie Kinderspielzeug. Die jetzigen Kinder brechen einem das Herz. Damals wurden die Kinder der Riesen, die Kinder der Eingeborenen aufgrund so reiflicher Überlegungen geboren, jedes einzelne war erwünscht und kam von den Eltern, die als die besten betrachtet wurden ... alle hatten sie so ein langes Leben vor sich, so viel Zeit zu wachsen, zu spielen, zu denken, Zeit, innerlich zu reifen und in sich selbst hineinzuwachsen. Heute werden diese Kinder ganz zufällig geboren, Ergebnisse einer beliebigen Paarung, beliebiger Eltern, werden gut oder schlecht behandelt, wie es das Schicksal will, sie sterben so leicht, wie sie geboren werden, und so schnell nach der Geburt – und doch hat jedes Kind, jedes einzelne und noch immer und vollständig, die Fähigkeit in sich, von seinem niedrigen, tierähnlichen Zustand zu wahrer Menschlichkeit emporzusteigen. Jedes hat diese Fähigkeit, und doch können so wenige erreichen, dazu gebracht werden, diesen Schritt zu tun.
Ich beschäftige mich nicht gern mit ihren Säuglingen, ihren Kindern: das ist ein trauriges Kapitel.
Oder mit ihren Frauen, die dieses Potential gebären und es nicht wissen oder doch nur halb wissen.
Und bevor wir die lange und traurige Geschichte Shikastas hinter uns haben, kommt noch viel mehr und noch Schlimmeres.
Es wird eine Zeit kommen, in der dieses arme kleine Leben als herrliche Erinnerung erscheint, eine Zeit, in der ein Leben von zweihundert Jahren als etwas Herrliches erscheinen wird.
Ihr seid großzügig, wenn ihr euren Abgesandten erlaubt, sub-

jektiven Gefühlen Ausdruck zu geben. Doch ich trage eine Quelle der Trauer in mir, die noch mehr Großzügigkeit von euch verlangt, wollt ihr sie nicht als Anklage bewerten. Anklagen ist den Kindern des Geschicks nicht erlaubt, auch die großen Sterne bewegen sich klaglos auf ihren Bahnen ...
Ich, Johor, erhebe von diesem dunklen Ort, Shikasta, dem vom Unglück heimgesuchten Planeten, meine Stimme, doch nicht in Anklage, sondern in Trauer, so wie diese armen Wesen ihre Toten betrauern, die nur so kurz gelebt haben, daß ein Schaf oder ein Reh einst voller und länger lebte und tiefer atmete.
Heute ging ich durch die Straßen der Stadt, die dort steht, wo ehemals die Runde Stadt sich erhob, eine Ansammlung von Straßen, Gebäuden, Märkten, die irgendwie, irgendwo erbaut wurden, ohne Fertigkeit, Symmetrie oder irgendeine Meisterschaft, ohne jegliche Ahnung des Wissens, wie man solche Dinge bauen kann – ich ging und schaute in die Gesichter der Händler, Bordellbesitzer, Geldverleiher, sah, wie diese Opfer einander behandeln, als bedeute ihr Schicksal eine Berechtigung zu betrügen, zu lügen, zu morden und jeden Vorübergehenden als eine Möglichkeit, Gewinne zu machen, zu betrachten, so zu leben, als finde sich jeder allein im Feindesland, ohne Hoffnung auf Gnade.
Doch gibt es ein paar wenige, die nicht so sind und die wissen, daß es eine Rettung geben wird – eines Tages, irgendwie.
Ich saß genau auf dem Fleck, auf dem ich einst mit Jarsum und den anderen gesessen hatte, als sie ihr Urteil und den Urteilsspruch über Rohanda vernahmen. Wo jenes Gebäude stand, das von den warmen, glänzenden Mustern und den Steinen jener schöpferisch angelegten Stadt umgeben war, verläuft jetzt eine enge Straße, gesäumt von Hütten aus sonnengetrockneten Lehmziegeln, und jedes Gesicht in der Umgebung war entstellt, innerlich oder äußerlich.
Es gibt dort kein Augenpaar, das dem deinen frei, ohne Verdacht oder Furcht begegnen kann, die innere Verwandtschaft wahrnehmend.
Dies ist eine entsetzliche Stadt. Und unsere Gesandten sagen, daß all diese großen Städte genauso sind, eine jede voller Be-

trug, Streit, voller Verträge, die der Verrat auflöst, wo jeder damit beschäftigt ist, fremden Besitz an sich zu bringen; eines anderen Herden zu rauben, eines anderen Leute gefangenzunehmen, um sie zu seinen Sklaven zu machen.

Es gibt die Reichen, das sind nur wenige; und die unzähligen Sklaven und Diener, die in Abhängigkeit gehalten und benützt werden.

Frauen sind Sklavinnen ihrer Schönheit, und sie betrachten ihre Kinder als weniger wichtig als die in Bewunderung erstarrenden Männer.

Die Männer behandeln die Frauen je nach dem Grad ihrer Schönheit und die Kinder nur danach, wie sie ihnen selbst, ihrem Namen und ihrem Besitz gesellschaftlichen Nutzen bringen.

Das Geschlechtliche ist bei ihnen verzerrt und zerrüttet: Ihre Verzweiflung an dem kurzen Traum, den ihr Leben zwischen Geburt und Tod darstellt, macht aus ihrem Geschlechtstrieb einen Heißhunger, eine verzehrende Flamme.

Was soll man mit ihnen tun?

Was kann man tun?

Das, was wir schon so oft tun mußten mit den Kindern von Shammat, dem schändenden und schändlichen Planeten ...

Mein Freund Taufiq hat eine Reise in die Nordwestlichen Randgebiete angetreten. Er sagt, er unternimmt diese Reise, um nicht ansehen zu müssen, was er schon so oft gesehen hat.

Ich verließ mit dem ständigen Beauftragten Jussel zusammen die Städte. Wir gingen zu den Hirten auf den großen Ebenen. Wir reisten von Herde zu Herde, von Stamm zu Stamm. Es sind einfache Menschen, mit der Direktheit derer, die sich nach den Gesetzen der Natur richten müssen. Ich traf auf Abkömmlinge des Davidschen Stammes, und sie zeigten Ehrlichkeit und Gastfreundschaft und vor allem einen Hunger nach etwas anderem, Größerem.

Wir gesellten uns eine Weile zu einem Stamm, der diese Eigenschaften in noch stärkerem Maße als die anderen aufwies, und als sie Zutrauen zu uns gefaßt hatten und den Wunsch äußerten, wir sollten bei ihnen bleiben, entdeckten wir ihnen, daß wir aus einem »anderen Reich« kämen und eine Mission hätten. Sie nannten uns ihre Herren, Götter und Meister. Diese Bezeichnungen haben in ihre Lieder und Geschichten Eingang gefunden.

Wir sagten ihnen, wenn sie bestimmte Handlungsweisen annähmen und genau befolgten und untereinander, in ihrem Stamm und unter ihren Nachkommen das Wissen bewahrten, daß die Götter, die Herren diese Handlungsweisen forderten, so würden sie dem Zerfall, der die Städte ergriffen habe, entgehen (sie verabscheuen und fürchten ihn) und ihre Kinder würden stark und gesund werden und keine Diebe, Lügner und Mörder. Diese Kraft, diese Gesundheit und eine Verbindung mit den Quellen des Wissens um die Götter würden ihnen so lange erhalten bleiben, wie sie bereit seien, unsere Vorschriften zu befolgen.

Wir wiederholten unsere Lehren über ein gesundes und rechtschaffenes Leben auf Shikasta – in Bescheidenheit, Enthaltung von allem Luxus, Einfachheit, Fürsorge für andere, Verzicht auf Ausbeutung und Unterdrückung, Sorgfalt im Umgang mit allem Lebendigen und der Erde und vor allem stille Bereitwilligkeit für das, was am nötigsten sei, nämlich Gehorsam. Bereitschaft, auf das zu hören, was wir verlangten.

Dem angesehensten Glied des Stammes, einem – nach ihren Begriffen – alten Mann verkündeten wir, daß in seinen Adern das Blut der Götter fließe und seine Nachkommen den Göttern immer nahebleiben würden, sofern sie auf dem rechten Weg blieben.

Wir ließen ihn zwei Söhne bekommen, die beide von den Canopäischen Schwingungen erleuchtet waren.

Dann kehrten wir um und machten uns auf die Suche nach Städten, in denen genügend Menschen lebten, die eine Rettung rechtfertigen würden – wir fanden keine einzige. Doch gab es in jeder Stadt ein paar Menschen, die uns hören konnten, und ihnen befahlen wir, sofort aus ihrer Stadt zu ziehen und alle die mitzunehmen, die bereit waren, ihre Aufforderung anzuhören. Wir kehrten zu unserem alten Mann inmitten seiner Herden zurück, dessen Söhne inzwischen geboren waren, und sag-

ten ihm, daß außer seiner Familie, seinem Stamm und ein paar anderen keiner am Leben bleiben würde, da alle Städte wegen ihrer Schlechtigkeit zerstört werden würden. Sie alle waren den Feinden des Herrn zum Opfer gefallen, die überall gegen den Herrn arbeiteten, um die Herzen und Sinne seiner Wesen für sich zu gewinnen.
Er flehte uns an, die Städte zu verschonen.
Andere aus der kleinen Schar guter Menschen aus den Städten flehten uns an, die Städte zu verschonen.
Ich möchte nicht weiter darüber schreiben.
Nachdem wir Vorkehrungen zur Sicherheit derer, die gerettet werden konnten, getroffen hatten, gaben wir der Raumflotte unser Zeichen, und die Städte wurden, alle gleichzeitig, in die Vergessenheit gesprengt.
Wüsten dehnen sich aus, wo diese Städte einmal blühten.
Diese fruchtbaren, reichen Gegenden mit den dichtbesiedelten verderbten Städten – jetzt ist alles Wüste. Die Hitze knistert und schwimmt in Wellen, es gibt keine Bäume, kein Gras, kein Grün.
Und wieder sah ich, wie die Tiere flohen, in großen Herden, die Köpfe im Lauf zurückgelegt, brüllend und schreiend, auf der Flucht vor den Orten der Menschen.

Geschichte Shikastas, Bd. 997, Die Periode der warnenden Stimmen.
AUSZÜGE AUS DER ZUSAMMENFASSUNG

Während wir das Ende dieser Periode auf das Jahr genau datieren können, ist es nicht einfach, ihren Anfang zu bezeichnen. Können wir beispielsweise Taufiq und Johor als warnende Stimmen bezeichnen? Auf jeder ihrer Reisen warnten und mahnten sie – oder vielmehr erinnerten sie – alle jene, die hören konnten, was zu ihnen gesagt wurde. Abgesandte von Canopus hielten sich fast ununterbrochen seit der Zeit, als das Eis zurückging, auf Shikasta auf; die meisten waren »geheim«, das heißt, den angesprochenen Personen

war nicht klar, daß ihr Gegenüber von einem anderen Sternensystem kam; doch war immer auch irgendwo auf Shikasta ein Gesandter oder Beauftragter irgendeines Ranges ganz offen an der Arbeit, erklärte, ermahnte, erinnerte. Man kann also sagen, daß Shikasta immer warnende Stimmen hatte, mit Ausnahme eines sehr kurzen Zeitraums, nämlich den tausendfünfhundert Jahren (ihrer Zeitrechnung) am Ende.

Dieser Band beschäftigt sich mit der Periode von etwa tausend Jahren vor der ersten Zerstörung (durch die Überschwemmung) der Städte in der besonders begünstigten Gegend um die Großen Meere und südlich davon bis zu dem Zeitpunkt tausendfünfhundert Jahre vor dem Ende. Eine gründliche Beschäftigung mit den verschiedenen verfügbaren Texten wird deutlich machen, warum diese Zeit uns eines fortwährenden Einsatzes von Gesandten wert schien. Man kann nicht sagen, daß in unserer Politik gegenüber Shikasta eine Veränderung eingetreten sei – das ist und war undenkbar: Unsere langfristige Politik ist unverändert gültig. Noch kann man sagen, daß die allgemeine Entartung der Shikastischen Rasse oder Rassen unvorhergesehen war. Der Unterschied zwischen dieser Periode und den anderen war eher ein gradueller. Wenn man eine Kultur nach der anderen so lange auf einem nach Canopäischen Maßstäben erbärmlichen Leistungsstand hat erdulden müssen und sie dann endlich an ihrer eigenen Korruptheit zugrunde gehen läßt oder sie zerstört, da sie eine Gefahr für das übrige Shikasta oder für uns oder für die anderen Canopäischen Kolonien darstellen: Wenn es soweit kommt, und zwar auf dem größten Teil des Mittleren Festlandes, so muß man das in Art und Ausmaß völlig anders betrachten als eine Kultur, in der kleine Bevölkerungsgruppen weit verstreut leben, vielleicht eben autark, in der eine einzige Handelsstadt (nicht ganze Gruppen von Städten in einem Verbund) eine Gegend beherrscht und wo ein oder zwei unserer Beauftragten im Verlauf eines begrenzten Aufenthalts unter geringen Mühen alle Bewohner eines großen Teils Shikastas erreichen.

Über die Jahrtausende der Periode der Mahner oder Warner hinweg kann man folgende sich ständig wiederholende Abfolge von Ereignissen beobachten:
Wir beobachten oder uns wird berichtet, daß die Verbindung zwischen Canopus und Shikasta schwach wird, daß die Sicherheit bedroht ist.
Es folgen Berichte darüber, daß eine Kultur, eine Stadt, ein Stamm oder Gruppen von Individuen, die für unsere Interessen auf Shikasta von großer Bedeutung sind, von dem zwischen uns geschlossenen Bund abzufallen beginn.
Es wird dringend notwendig, die Verbindung, das Bündnis zu stärken, indem ausgewählte Individuen in geeignete Lebensumstände versetzt und so bestimmte Gegenden, Kulturen oder Städte zurückgewonnen oder neu belebt werden.
Wir schicken einen Techniker oder zwei oder mehrere hinunter. Möglicherweise arbeiten alle außer einem still und unerkannt unter der Bevölkerung.
Dieser eine muß über Zone Sechs geboren und von geeigneten Eltern aufgezogen werden, damit das, was – normalerweise – von ihm verkündet wird, wirken kann.
Eine Bemerkung zur Auswahl hinsichtlich des Geschlechts. Natürlich sind bei uns die entwickelten Lebewesen androgyn, das heißt, so genau wie möglich in Shikastische Begriffe übersetzt: Wir haben weder emotionale, noch physische, noch psychologische Eigenschaften, die dem einen mehr als dem anderen Geschlecht zugerechnet werden, wie das auf den noch nicht so weit entwickelten Planeten üblich ist. Es hat bei uns eine Reihe von Gesandten gegeben, die sich in weiblicher Gestalt manifestiert haben, aber seit der Zeit, als die Schleuse unwirksam wurde – zuvor waren weibliche und männliche Wesen überall auf Shikasta gleich und keiner beutete den anderen aus –, werden auf Shikasta die Frauen unterdrückt und entrechtet, und dies hat Probleme mit sich gebracht, die unsere Gesandten als unnötige Erschwerung ihrer ohnehin schon schwierigen Aufgabe betrachten. [*Vgl. Kapitel 9 in diesem Band, »Materialisation von Gesandten als Frauen zu regionalkulturellen Zwecken«.*]

Wenn unser Gesandter oder Beauftragter in der betreffenden Kultur herangewachsen ist, zeigt er in der Regel ein besonders hohes Maß an Erkenntnisfähigkeit und Verständnis, so daß sein Verhalten fast immer im Gegensatz zu den ortsüblichen Vorstellungen und Bräuchen steht.
Eine Anzahl von Menschen, die sich zu unserem Gesandten hingezogen fühlen, durch Zuneigung oder – das geschieht häufig – über anfängliche Widerstände, die ein zunehmendes Verständnis in Zuneigung verwandelt, bilden einen Kern, der zur Stärkung und Aufrechterhaltung der Verbindung, des Bundes, benützt werden kann.
In früheren Zeiten waren diese Menschen oft zahlreich und bildeten ihre eigenen starken Subkulturen. Oder, wenn sie sich über die ganze Bevölkerung verteilten, bildeten sie gleichsam einen Sauerteig, der die ganze Masse dazu bringen konnte, rechtschaffen und gesund und in Einklang mit den Canopäischen Gesetzen zu leben. Dann gab es, je weiter die Zeit fortschritt, wegen des Anwachsens der Bevölkerung, was bedeutete, daß jedem immer weniger Substanz-des-Wir-Gefühls zukam und wegen der ständig wachsenden Stärke von Shammat, immer weniger Menschen, die die Fähigkeit besaßen anzusprechen oder die, nachdem sie ursprünglich einmal angesprochen hatten, dieses Angesprochensein in Form eines lebendigen und ständig erneuerten Kontakts zu uns, Canopus, aufrechterhalten konnten. In einer Stadt, in der der Großteil der Bewohner in einen Zustand eigennütziger Selbstbetrachtung versunken war, gab es in der Regel kaum mehr als einen oder zwei solcher Verbindungsmenschen, die hoffnungslos um ihr Überleben kämpften. Manchmal hatten ganze Kulturen nichts von diesem »Sauerteig« und nie etwas davon besessen; oder, wenn unsere Bemühungen, etwas davon anzusiedeln, Erfolg gehabt hatten, so wurden diese Menschen bald vertrieben oder zugrunde gerichtet, oder sie erlagen dem Druck, der von allen Seiten auf sie ausgeübt wurde. Manchmal konnten diese wertvollen Menschen nur noch in Irrenhäusern oder als Ausgestoßene in der Wüste überleben.

Sogar einige unserer Gesandten, wenn auch nicht viele, mußten die Erfahrung machen, diesem Druck eine begrenzte oder auch unbegrenzte Zeit zum Opfer zu fallen. Wenn dies der Fall war, wurden sie bei ihrer Rückkehr nach Canopus ausgedehnten Umschulungsprozessen unterworfen oder zur Erholung auf geeignete Planetenkolonien geschickt.
Während der ganzen hier betrachteten Periode blühten Religionen aller Arten. Diejenigen, die für uns in diesem Zusammenhang von Belang sind, formten sich aus dem Leben oder der Lehre unserer Gesandten. Es war eigentlich die Regel, daß jeder unserer öffentlichen Mahner eine Religion oder einen Kult hinterließ, und das taten auch viele der unbekannteren.
Diese Religionen hatten zwei wichtige Seiten. Die positive Seite bestand im besten Falle darin, daß die Kultur eine Stabilisierung erfuhr und die schlimmsten Ausschweifungen an Brutalität, Ausbeutung und Gier verhindert wurden; die negative Seite darin, daß eine Priesterschaft Gesetze und Regeln mit einer Härte und Unnachgiebigkeit handhabte, die zuweilen Ausschreitungen von Brutalität, Ausbeutung und Gier duldete, ja sogar verstärkte. Diese Priesterschaften verzerrten, was von den Lehren unserer Gesandten übrig war, wenn sie es überhaupt verstanden, und schufen ein sich selbst erhaltendes System von Individuen, die sich vollständig mit ihren erfundenen Ethiken, Regeln, Glaubenssätzen identifizierten und stets die schlimmsten Feinde der von uns geschickten Gesandten waren.
Diese Religionen waren eine der Hauptschwierigkeiten bei dem Bemühen, Shikasta unserem System zu erhalten.
Oft waren sie willige Agenten für Shammat.
Zu keinem Zeitpunkt während dieser Periode war es einem unserer Gesandten möglich, sich einer Stelle auf Shikasta zu nähern, ohne in irgendeiner Weise diese Vertreter »Gottes«, »der Götter« oder wie immer sie gerade genannt wurden, abwehren, überlisten oder in sonst einer Weise unschädlich machen zu müssen. Oft wurden unsere Gesandten verfolgt,

ermordet, oder es geschah ihnen noch Schlimmeres – denn alles, was sie lehrten, Lebenswichtiges für den jeweiligen Ort und die jeweilige Zeit, wurde entstellt und verzerrt. Häufig war der Zugriff einer »Religion« auf eine Kultur oder gar einen ganzen Kontinent so verfänglich, daß unsere Beauftragten nicht das geringste bewirken konnten und an anderer Stelle auf Shikasta ansetzen mußten, wo die Standpunkte weniger verhärtet waren, wenn auch die Bedingungen – nach den eben gültigen Vorstellungen – vielleicht primitiver waren. Wie oft in der Geschichte Shikastas wurde unser Bündnis von einer Kultur oder Subkultur getragen, die von den herrschenden Mächten verachtet wurde, wobei diese herrschende Gruppe eine Verbindung von Militär und Religion darstellte: Militärs, die die Priester benutzten, oder Priester, die die Militärs benutzten.

Für lange Zeiträume in der Geschichte Shikastas können wir die wahre Situation so zusammenfassen: An einem bestimmten Ort gelang es ein paar Hundert oder auch nur einer Handvoll Individuen unter größten Schwierigkeiten, ihr Leben nach Canopäischen Forderungen auszurichten und dadurch die Zukunft Shikastas zu retten.

Je länger all dies andauerte, um so schwieriger wurde es für unsere Beauftragten, durch das Netzwerk von an die Gefühle oder den Verstand gerichteten Formulierungen der früheren Besucher hindurchzufinden. Shikasta war ein Potpourri an Kulten, Glaubensrichtungen, Religionen, Bekenntnissen und Überzeugungen; ihre Zahl nahm kein Ende, und jeder unserer Beauftragten mußte damit rechnen, daß seine Lehre noch vor seinem Tode sich zu Phantasien verflüchtigt oder zu Dogmen verhärtet haben würde: Jeder von ihnen wußte, daß die auf diese spezielle Phase zugeschnittene neue, flexible Methode, noch bevor er seine Arbeit vollbracht hatte, vom Gesetz Shikastas eingeholt und dadurch mechanisiert und nutzlos werden würde. Er, oder sie, würde nicht nur gegen Tausende von erstarrten Formulierungen aus der Vergangenheit anarbeiten müssen, sondern sogar gegen seine eigenen ... Ein Gesandter drückte es einmal so aus: Es sei, als laufe er mit Höchstgeschwindigkeit in einem Rennen gegen seine eigenen Worte und Taten, die unmittelbar hinter ihm aus dem Boden schossen und sich in Gegner verwandelten – was noch vor wenigen Minuten lebendig und wirksam gewesen war, war jetzt schon tot und wurde von Toten benützt. Von den Statthaltern und Gefangenen Shammats, das sich während dieser speziellen Periode zu einem Höhepunkt an Bestialität und zerstörerischem Tun hinaufgearbeitet hatte, und zwar fast vollständig auf Kosten der Kräfte, die es von Shikasta abzapfte. Shammats Beauftragte befanden sich ständig auf Shikasta, genau wie unsere. Shammat brachte ganze Kulturen so weit in seine Gewalt, daß sie eben außerhalb unseres Zugriffs blieben. Shammat war, nach seinen eigenen Begriffen, ein erfolgreicher Kolonisator Shikastas. Aber nie alleiniger, vollständiger Kolonisator. Das konnte ihm nicht gelingen.

Die bedeutenderen Religionen der Letzten Tage waren alle von Gesandten des Höheren Diensts gegründet worden. Die letzte diese Religionen blieb etwas weniger zerrissen und aufgespalten als die anderen. Auf einer allgemeinverständlichen Ebene war es eine einfache, die Gefühle ansprechende Religion, die Grundlage bildete eine Schrift, die in ihrem niedrigsten Verständnisbereich – auf der Ebene, die der Religion ihren Halt gab – aus nichts anderem als Drohungen und Versprechungen bestand, denn das war das einzige, worauf die Shikaster zu reagieren im Augenblick noch imstande waren. Sehr wenige konnten überhaupt noch auf etwas reagieren außer in Begriffen persönlichen Gewinns oder Verlusts. Oder wenn diese Individuen durch ausführlichen und gewissenhaften Kontakt und gewissenhafte Belehrungen doch lernten, daß das, was von ihnen gefordert wurde, nicht auf der Ebene Gewinn und Verlust lag, so geschah das auf einer späteren Stufe, denn die frühen Stufen eines Angezogenseins von Canopäischen Einflüssen wurde immer so gesehen wie inzwischen alles auf Shikasta: als Gabe, als Geschenk.

Der Begriff der Pflicht war in dieser letzten Zeit fast vergessen. Was Pflicht bedeutete, war nicht bekannt. Daß sie etwas schulden sollten, war ihnen eine fremde unverständliche Kunde, die sie nicht in sich aufnehmen, nicht verarbeiten konnten. Sie waren nur darauf aus zu nehmen. Oder geschenkt zu bekommen. Sie bestanden aus nichts anderem als offenen Mündern und ausgestreckten Händen – Shammat! Sie packten und rissen an sich – Shammat! Shammat!

Während es in der ersten Zeit nach der Katastrophe manchmal ausgereicht hatte, wenn einer von uns ein Dorf, eine Siedlung betrat, sich setzte und ihnen von ihrer Vergangenheit erzählte, davon, was sie gewesen waren und was eines Tages aus ihnen werden würde, aber nur, wenn sie sich selbst mit Fleiß darum bemühten – daß sie an Canopus Schulden zurückzuzahlen hätten, an Canopus, das sie geschaffen hatte, das sie durch die lange Zeit der Finsternis hindurch schützen werde, sie gegen Shammat verteidigen; daß sie in sich eine Substanz trügen, die nicht Shikastischer Herkunft sei und die sie eines Tages retten würde – oft war es genug, wenn ihnen all dies gesagt wurde, und sie machten sich daran, sich in das im Augenblick Notwendige zu schicken.

Aber dies konnten wir immer weniger erwarten. Als es dem Ende zuging, begann jeder unserer Beauftragten seine Arbeit schon in dem Wissen, daß es nicht einen Tag, nicht einen Monat oder ein Jahr, sondern vielleicht sein ganzes Leben dauern würde, bis er ein paar einzelne Menschen so weit in sich gefestigt hatte, daß sie zuhören konnten.

Die Berichte und Aufzeichnungen unserer Boten zeigen auf, wie immer mehr und schmerzlichere Mühen in immer weniger erfolgreiche Arbeit gesteckt wurden.

Eine Handvoll einzelner Menschen, die vor der Vergeßlichkeit bewahrt wurden, waren die Früchte der Mühen von Dutzenden unserer Gesandten aller Ränge, Arten und Erfahrungsbreite auf vielen Planeten. Diese Handvoll Menschen, diese wenigen reichten, um die Verbindung, das Bündnis aufrechtzuerhalten. Aber um welchen Preis!

Wieviel hat Shikasta Canopus gekostet, immer und immer! Wie oft kehrten unsere Gesandten von ihren Pflichten auf

Shikasta zurück voller Staunen darüber, wovon die Verbindung abhängig war; entsetzt über das, was sie gesehen hatten.
Es muß festgehalten werden, daß es mehr als einmal Diskussionen darüber gab, ob Shikasta dieses Aufwands wert sei. Eine Konferenz, an der ganz Canopus und unsere Kolonien beteiligt waren, behandelte diese Frage. Eine Gruppierung bildete sich – sie blieb allerdings eine Minderheit –, die die Meinung vertrat, Shikasta solle aufgegeben werden. Aus diesem Grund nimmt Shikasta eine Sonderstellung unter den kolonisierten Planeten ein: Der Dienst dort ist freiwillig, außer für jene, die seit den Anfängen mit Shikasta beschäftigt gewesen sind.

JOHOR *berichtet:*

Dies ist der angeforderte Bericht über die Individuen, die sich in einer völlig anderen Lage befunden hätten, wäre Taufiq nicht in Gefangenschaft geraten, und über die Ereignisse, die sonst eine andere Wendung genommen hätten. Ich werde nicht in jedem Fall darauf eingehen, welche Rolle John Brent-Oxford zugefallen wäre.
Um zu ihnen zu kommen, näherte ich mich Shikasta von Zone Sechs aus, wobei ich verschiedene Punkte benützte, meist aber den Aufenthalt der Riesen.

INDIVIDUUM EINS

Obwohl sie in ein Land der weiten Himmel und großräumigen Landschaften hineingeboren war, wurde sie von frühen Jahren an von einem Gefühl, eingesperrt zu sein, gequält. Ihr schien, es müsse ihr gelingen, in sich selbst Erinnerungen an umfassendere Erfahrungen und weitere Himmel zu finden. Doch sie besaß diese Erinnerungen nicht. Die sie umgebende Gesellschaft erschien ihr unbedeutend und albern, wie eine Karikatur. Als Kind konnte sie nicht glauben, daß die Erwachsenen die Spiele, die sie spielten, ernst nahmen. Alles, was sie sagten oder taten, schien eine Wiederholung, zum soundsovielten Male wieder abgespult, als seien sie Marionetten in einem Stück, das immer von neuem aufgeführt wird. Von übermäßiger Klaustrophobie befallen, lehnte sie alle normalen Ausbildungsmöglichkeiten ab und verließ, sobald sie auf eigenen Füßen stand, ihre Familie und diese Gesellschaft. Wie sie ihren Lebensunterhalt verdiente, war ihr nicht wichtig. Sie zog in eine andere Stadt auf demselben Kontinent, aber dort schien alles genauso. Nicht nur dieselben Gedanken und Verhaltensmuster, sondern die Menschen, die sie kennenlernte, schienen auch immer Freunde oder Verwandte von denen, die sie gerade verlassen hatte. Sie zog in eine andere Stadt, dann wieder in eine andere und dann auf einen anderen Kontinent. Alles schien sich zu der einhelligen Meinung verschworen zu haben, daß diese Kultur sich von der, die sie verlassen hatte, in so vielem unterschied, daß tausend Bücher und politische, psychologische, ökonomische, soziologische, philosophische und religiöse Abhandlungen darüber vonnöten waren, doch ihr schien sie im Gegenteil ganz ähnlich. Eine andere Sprache. In manchem vielleicht etwas großzügiger – darin, wie die Frauen behandelt wurden, zum Beispiel. In anderem wieder viel schlimmer: die Kinder hatten es schlechter. Tiere – geachtet hier, aber dort nicht, und so weiter. Doch die Muster der menschlichen Zwänge – als solche sah sie sie – schienen sich nicht stark zu unterscheiden. Und gleichgültig, wohin sie reiste, sie traf keine neuen Menschen. Der Mann, den sie in irgendeiner unwahrscheinlichen Situation kennenlernte, in einem Waschsalon oder an einer Bushaltestelle, stellte sich alsbald als Verwandter eines Bekannten aus einer anderen Stadt oder einer Freundin oder einer Familie, die sie als Kind gekannt hatte, heraus. Wieder brach sie auf, wählte dieses Mal eine »alte« Gesellschaft aus, die – so würden Shikaster das sehen – vielschichtiger, stärker strukturiert, abwechslungsreicher war als alle, die sie bis dahin kannte. Wieder wurden Unterschiede betont, wo sie nur Ähnlichkeiten sah. Sie verdiente ihren Lebensunterhalt so gut es eben ging, auf eine Art, die sie nicht festlegte, heiratete nicht und trieb dreimal ab, weil die Männer ihr nicht bedeutend genug erschienen, um einen Nachkommen zu rechtfertigen. Und es gelang ihr nicht, neue, andere Menschen kennenzulernen. Ihr wurde klar, daß sie sich auf oder in einem unsichtbaren Netzwerk befand, in ihren düsteren Stimmungen stellte sie es sich als riesiges Spinnweb vor, in dem alle Menschen und Ereignisse miteinander verknüpft waren, und nichts, was sie je tun würde, ihr die Freiheit geben könnte. Sie erwähnte nie etwas von dem, was sie fühlte, weil sie nicht verstanden wurde. Was sie sah, sah kein anderer. Was sie hörte, konnten andere nicht hören.

Sie lebte in einem Land in den Nordwestlichen Randgebieten. Ihr kam der Gedanke, daß der Entschluß, in dieses Land zu ziehen, der sie soviel Mühe gekostet hatte, gar nicht aus ihrem eigenen Willen stammte: Es war der Wille ihres Vaters. Er hatte, daran erinnerte sie sich jetzt, immer gewünscht, genau in dieser Stadt, in diesem Land und unter ganz bestimmten Umständen zu leben. Sie hatte zwar nicht seinen erträumten Lebensstil gelebt – er war inzwischen veraltet –, doch lebte sie eine zeitgemäße Entsprechung. Kurz nach dieser Entdeckung fand sie sich vor einer Tür in einer Straße, in der sie noch nie zuvor gewesen war, um einen Arzt zu konsultieren, und erinnerte sich daran, daß dies das Haus war, in dem einmal eine Tante von ihr gewohnt hatte. Sie hatte aus ihrem Heimatland Briefe hierhergeschrieben.

Wieder zog sie fort, jetzt hoch in den Norden des Isolierten Nördlichen Kontinents. Sie blieb in einer kleinen Stadt, die den größten Teil des Jahres unter Schnee lag. Hierher kam niemand zum Vergnügen. Es war eine Arbeitsstadt, und sie hatte einen Job in einem Geschäft, das den Trappern und den noch verbliebenen Indianern Waren verkaufte. Sie hätte keine Situation finden können, die dem, was ihre Eltern oder ihre Herkunft für sie hätten vorsehen können, weniger entsprochen hätte. Dann kam ein Mann in das Geschäft, den sie kannte. Es war ein Arzt, den sie vor fünfzehn Jahren in ihrer Heimatstadt zum letzten Mal gesehen hatte. Sie waren kurze Zeit in einer unpersönlichen Beziehung verbunden gewesen, wie sie in jener Zeit so typisch war.

Sie floh zurück in die Nordwestlichen Randgebiete. Sie befand sich im Herzen einer riesigen, weit auseinandergezogenen, unförmigen Stadt mit mehreren Millionen Einwohnern, als sie spontan aus einem Bus ausstieg und in ein kleines Restaurant ging, um eine Tasse Tee zu trinken. Sie hatte das Gefühl von etwas Vertrautem. Ein Mädchen, das dort als Bedienung arbeitete, grüßte sie. Es war die Schwester des Arztes.

Die Welt war wie eine Handschelle um sie herum zugeschnappt. Sie schrie, sprang auf, zerbrach Geschirr und stieß Tische um.

Die Polizei kam. Sie wurde ins Krankenhaus gebracht. Die Ärzte konnten sich nicht darüber einigen, ob sie verrückt war oder nicht; das Restaurant klagte gegen sie. Aber der richtige Verteidiger für diesen Fall war nicht da. Wäre er zur Stelle gewesen, so hätte der Fall weit über seine ursprüngliche Bedeutung hinaus wirken können, hätte Ereignisse und Menschen beeinflußt...

Sie wurde länger, als ihr gerechtfertigt schien, im Krankenhaus behalten, Papiere wurden verbummelt und verzögert. Schließlich wurde sie zu einer Geldstrafe verurteilt, die ein freundlicher Mensch für sie bezahlte. Sie wurde entlassen und hatte das Gefühl, in einem schlimmeren Gefängnis zu sitzen, als je ein Mensch hätte ersinnen können.

Hätte John (oder Taufiq) sie verteidigt, so hätte er sie dazu bringen können, endlich zur Ruhe zu kommen und sich darauf einzulassen, zu erkennen, was es war, das sie gefangenhielt.

Ich veranlaßte als Ausweg einen vorübergehenden Anfall von Lähmungen, der als hysterisch diagnostiziert wurde.

Unfähig zu fliehen, kämpfte sie eine Zeitlang innerlich und lernte es dann, wie ein in die Enge getriebener Habicht, der in seinem Flaum und den ungeschickt ausgebreiteten Federn zusammensinkt und dem Angreifer mit glänzenden Augen entgegenstarrt, das zu fixieren, was sie am meisten ängstigte.

INDIVIDUUM ZWEI

Die Normierung von Denk- und Gefühlsmustern war extrem geworden. Der Hauptmechanismus, der das bewirkte, war eine Vorrichtung, die identisches Indoktrinierungsmaterial gleichzeitig in alle lebenden oder funktionierenden Einheiten pumpte, ob Einzelpersonen, Familien, Institutionen oder ganze Länder. Diese Programme waren standardisiert, vor allem für Kinder. Im besten Falle vermittelten sie eine primitive Form von Ethik – Tierliebe zum Beispiel –, schlimm hingegen wirkte allein schon die Tatsache der endlosen Wiederholung.

Bauchrednerei wurde beliebt. So konnte ein Mensch mit angepaßtem und verbindlichem Wesen sich eine Nebenpersönlichkeit schaffen und diese als Puppe mit seiner Bauchstimme in Erscheinung treten lassen. Diese andere Persönlichkeit konnte seiner eigenen Spezies angehören oder eine Variante aus dem Tierreich sein. Besonders beliebt war der Typ des niedlichen kleinen Hundes, der es so gewitzt verstand, mit unehrlichen Methoden zum Erfolg zu kommen. In jeder Version dieser Geschichte stahl, log und betrog dieses Tierchen, immer gelang es ihm, sein Versagen zu vertuschen, andere hinters Licht zu führen, zu prahlen, zu schmeicheln und Dinge zu deichseln. Außerdem war es unmäßig gefräßig. Dieses Wesen war kein Verbrecher, kein Ungeheuer, nur ein kleiner Gauner, und wenn man diese Voraussetzung akzeptierte, war es wirklich lustig. Natürlich konnte so etwas überhaupt nur in Zeiten fast völliger Korruptheit als komisch empfunden werden.

Man identifizierte Kinder mit diesen »unwirklichen« Figuren, die immer wie Puppen oder Marionetten wirkten und die so ausnehmend geeignet als zweites Selbst waren, einfach weil sie keinerlei Selbstkritik aufbringen mußten, wie das von »wirklichen« Menschen gefordert werden würde.

Eine bestimmte Gruppe von Kindern, die von ihren im Berufsleben stehenden Eltern vernachlässigt und fast vollständig sich selbst überlassen wurde, formte sich ihre eigene kleine Welt, in der jedes Kind diese Marionette verkörperte, das halbwüchsige Hündchen mit dem typischen, schmeichelhaften Namen

Listig Lustig. Diese Kinder lebten immer mehr innerhalb der Welt, die sie sich geschaffen hatten und verlegten sich selbst, wie ihr Vorbild, auf kleine Betrügereien und Schwindeleien nach der ihnen so anregend vorgezeichneten Art. Sie brauchten nichts anderes zu tun, als ein Knöpfchen zu drücken, um jeden Nachmittag ein Programm anzuschauen, dem ihr anderes Selbst nacheifern konnte. Sie verlegten sich auf ausgeklügeltere Unternehmungen. Bald hatten sie einen Anführer. Es war ein Mädchen, ein kluges, einfallsreiches Kind von elf Jahren. Sie war es, die alle zusammenhielt und dafür sorgte, daß sie sich die Sendungen des Bauchredners anschauten, und die die Lehren von Listig Lustig dann in die Tat umsetzte. So ging es drei Jahre lang, und die Kinder wurden zu Jugendlichen von dreizehn, vierzehn, fünfzehn Jahren. Ihre Verbrechen fielen in dieser Zeit, wo fast jedermann in irgendeiner Form an Betrügereien oder Eigentumsdelikten beteiligt war, kaum auf. Sie stahlen in Geschäften, brachen in Häuser ein und versorgten sich so mit Geld und Gütern. Nach jedem Beutezug versammelte sich die Gruppe zu einem Ritual, in dem sie ihre Taten auf der Begriffsebene ihrer Trugwelt darstellten.

Bei einem Einbruch in ein Haus geschah ein Mord, fast zufällig, jedenfalls sinnlos.

Sie wurden festgenommen, und Einzelheiten über den Kult gelangten an die Öffentlichkeit. Fotos der jugendlichen Straftäter und des Versammlungsorts, den sie benützten – ein mit Bildern und Figuren von Listig Lustig ausgeschmücktes Zimmer in einem leerstehenden Haus –, wurden überall abgedruckt. Als Ärzte und Psychiater die jungen Leute untersuchten, stellte sich heraus, daß ihre Identifizierung mit der Marionette sie nur zur Hälfte bestimmte, denn jeder von ihnen hatte eine eigene Persönlichkeit mit Zielen, Normen und Wertvorstellungen, die sich von denen ihrer anderen Persönlichkeit, der Gruppenpersönlichkeit, deutlich unterschieden.

Es war das Mädchen, das darauf hinwies, daß erst vor einem Monat Listig Lustig gezeigt worden war, wie er eine geistesgestörte alte Frau ärgerte und quälte und sie dann zu Boden schlug und offensichtlich bewußtlos liegenließ, natürlich gerügt von seinem Schöpfer oder anderen Selbst, das jeweils die – unwirksame – Rolle des Gewissens bei den Misse- (oder Helden)taten seiner zweiten Persönlichkeit spielte.

Die ganze Gruppe wurde verurteilt, in einer Weise, die vor jener Zeit nicht üblich gewesen war; ein Exempel sollte statuiert werden. Die Kinderkriminalität hatte so überhandgenommen, daß die Menschen sich vor Kindern fast mehr fürchteten als vor Erwachsenen.

Das Mädchen nahm als Wortführerin, als die sie sich bekannte oder vielmehr brüstete, denn sie war stolz auf ihre Rolle als »Mutter« der Gruppe, eine Sonderstellung ein.

Wäre Taufiq dort gewesen, wo er eigentlich hätte sein müssen, so wäre es seine Aufgabe gewesen, diese Kinder als Opfer der Indoktrinierung zu verteidigen. Ob diese Indoktrinierung seitens des Staates absichtlich geschehen oder ein Ergebnis von Ignoranz und Achtlosigkeit war – so hätte er argumentiert –, sei, was die Kinder angehe, nicht von Belang, sie hätten schließlich unter den Folgen zu leiden gehabt. In anderen Worten: Taufiq, John, hätte den notwendigen Zunder gelegt, um eine laue und gleichgültige Öffentlichkeit zu der Erkenntnis zu bringen, wie, wo und wann die raffinierteste Indoktrinierungsmethode aller Zeiten zur Manipulation einer Gesellschaft benützt wurde, die ihre Sklaven waren.

Hinzu kommt, daß nur Taufiq durch die besondere Art seiner Persönlichkeit fähig gewesen wäre, diese jungen Menschen in der richtigen Weise zu prägen und zu beeinflussen. Sie waren alle vernachlässigt worden, keiner hatte ein Vorbild gehabt, mit dem zu identifizieren es sich gelohnt hätte. Er hätte sie dorthin lenken können, wo sie allmählich ausreichend innere Freiheit hätten erwerben können, um eine echte Wahl darüber zu treffen, wie sie leben wollten.

Doch was ein einzelner hätte bewirken können, mußte nun auf mehrere verteilt werden. Ich veranlaßte, daß eine Gruppe von Anwälten, die sich zuvor noch nie für Aufgaben von öffentlicher Verantwortung engagiert hatten, diesen Fall übernahm. Man durfte erwarten, daß sie zumindest einen Teil dessen, was notwendig war, leisten konnten. Was den Einfluß auf die Jugendlichen anging, sorgte ich dafür, daß jeder von ihnen in Kontakt mit einem Menschen kam, der ihm in gewissem Umfang helfen konnte: ein Jugendpfleger einer ganz bestimmten Charakterstruktur, ein Vollzugsbeamter – drei kamen ins Gefängnis –, ein Arzt, Sozialarbeiter.

Die Beschäftigung mit diesen jungen Leuten dauerte viel länger, als ich erwartet oder eingeplant hatte. Es war nicht die erfolgreichste meiner Anstrengungen. Das Mädchen erholte sich nicht von ihrem Aufenthalt im Gefängnis, der nur ihrer Abhärtung und Umformung dienen sollte. Sie war wirklich kriminell geworden. Als sie herauskam, wandte sie sich gefühlsmäßig bald einer der extremen politischen Sekten zu, die damals florierten, und kam bei einer Aktion ums Leben, hinter der teils terroristische Absichten und teils Profitinteresse standen. Sie war noch keine zwanzig Jahre alt. Ihre Resozialisierung mußte deshalb auf die Zeit nach ihrem Eintritt in Zone Sechs verschoben werden.

INDIVIDUUM DREI *(Arbeiterführer)*

Ein während des Jahrhunderts der Zerstörung in ganz Shikasta häufig vorkommender Typ, aber die Variante, über die ich hier berichte, war ein Produkt der Nordwestlichen Randgebiete und spielte in der dortigen Sozialstruktur eine Schlüsselrolle. Sie wirkte stabilisierend, was von vielen Menschen als ein bitteres Paradox empfunden wurde, denn fast immer gründete sich ihre Ideologie auf den Glauben an eine revolutionäre Veränderung der Gesellschaft zu einer Art »Paradies«, das von den jeweils gängigen »Bibeln« geprägt und beeinflußt war.

Dieses Individuum wurde in chaotische Zustände hineingeboren, die durch den Ersten Weltkrieg noch verschlimmert wurden. Es gab eine kleine Schicht, die im Wohlstand lebte, aber der Großteil der Bevölkerung war arm. Er war Säugling, Kind und dann Jugendlicher unter Menschen, die nie genug zu essen hatten, froren, unzureichend wohnten und oft arbeitslos waren. Drei seiner engeren Familienmitglieder starben an Krankheiten, die auf Mangelernährung zurückgingen. Seine Mutter war durch Überarbeitung und Kränklichkeit verbraucht, noch bevor sie dreißig war.

Er lebte von dem Augenblick an, in dem ihm seine Situation bewußt wurde – und das war früh –, in einem Zustand wütender Ungläubigkeit über die Mühsal und Not seiner Umgebung. Der schmächtige Junge lief oft stundenlang durch die Straßen, aufrechtgehalten in Kälte, Hunger und bitterer Ungerechtigkeit durch seine Visionen und Träume. Jeder Mann, dem er begegnete, jede Frau, jedes Kind schienen ihm eine zweite, eine andere Existenz zu besitzen ... Was sein könnte, was hätte sein können ... Erhoben von seinen Gedanken schaute er in ein Gesicht und sprach innerlich zu ihm: »Du armes, erschöpftes Wesen, du könntest etwas ganz anderes sein, es ist nicht deine Schuld ...«

Er betrachtete seine Schwester, ein von Blutarmut ausgezehrtes Mädchen, das seit seinem vierzehnten Lebensjahr arbeiten mußte und vor sich keine andere Hoffnung sah als die auf eine ebenso beschränkte Zukunft wie ihre Mutter, und er sagte innerlich zu ihr: »Du weißt nicht, was du bist und was du sein könntest« – und das war, als hätte er seine Arme nicht nur um sie, sondern um alle Armen und Leidenden der Welt gelegt. Er liebkoste die Entstellten und Mißgestalteten mit seinem Blick, er stützte die Hungrigen und Verzweifelten, während er flüsterte: »Du trägst etwas Wunderbares in dir! Ja, du bist ein Wunder, aber du weißt es nicht!« Und er machte Versprechungen, tat leidenschaftliche innere Gelübde, ihnen und sich selbst.

Er konnte einfach nicht glauben, daß ein solches Übermaß an Not und Entbehrung in einem Land möglich war – er sah das Problem als das seines Landes, ja sogar seiner Stadt; »die Welt«, das waren für ihn Namen, die in Zeitungen standen, ein Land, das sich selbst als wohlhabend bezeichnete und an der Spitze eines Weltreichs stand.

Er war besser informiert als die meisten seiner Gefährten, weil sein Vater als Vertreter der Arbeiterschaft tätig war, soweit sein hartes Leben ihm dazu Zeit und Energie ließ. Es gab Bücher bei ihm zu Hause und Ideen, die über das hinausgingen, was mit dem Kampf um das tägliche Brot und die Kleidung für die Familie zusammenhing.

Er war fünf Jahre lang Soldat im Zweiten Weltkrieg gewesen. Jenes allmächtige Gefühl verwunderter Ungläubigkeit darüber, wie Menschen einander solches Leid zufügen konnten, wandelte sich. Er war nicht mehr ungläubig. Als Soldat kam er weit herum und sah überall dieselben Zustände wie dort, wo er aufgewachsen war. Der Krieg lehrte ihn, in Begriffen von Shikasta als einer Einheit von sich gegenseitig beeinflussenden Kräften zu denken, zumindest bis zu einem gewissen Grad: Er war unfähig, Dunkelhäutige in sein Mitleid einzubeziehen, unfähig, den Einflüssen seiner Erziehung zu widerstehen, die ihn gelehrt hatte, sich selbst als überlegen zu betrachten. Doch war er auch, wie jeder Soldat oder gewesene Soldat, von der allgemeinen Brutalisierung und Verhärtung beeinflußt. Er nahm jetzt Dinge als in der »menschlichen Natur« begründet hin, die er als Kind abgelehnt hätte. Aber er war voller guter Absichten, träumte davon heimzukehren, um andere aufzurichten, zu retten, zu unterstützen, sie vor den Realitäten abzuschirmen, denen zu widerstehen er sich im Gegensatz zu ihnen fähig fühlte.

Als er aus dem Krieg heimkehrte, machte er sich aktiv daran, »für die Arbeiterklasse zu sprechen«, wie es damals hieß, und bald ragte er unter den anderen hervor.

Die Periode, die auf den Zweiten Weltkrieg folgte, war bitter, arm, grau, farblos. Die Nationen der Nordwestlichen Randgebiete waren zerbrochen, physisch und moralisch. [*Vgl. Geschichte Shikastas, Bd. 3014, Die Periode zwischen dem Zweiten und Dritten Weltkrieg, Zusammenfassung.*] Der Isolierte Nördliche Kontinent war stark geworden und unterstützte jetzt die Nationen der Nordwestlichen Randgebiete unter der Bedingung, daß sie unterwürfige und gehorsame Verbündete in dem von diesem Kontinent beherrschten militärischen Machtblock wurden. Reichtum floß von diesem Machtblock in die Nordwestlichen Randgebiete, und etwa fünfzehn Jahre nach dem Ende des Zweiten Weltkriegs herrschte plötzlich ein kurzlebiger Wohlstand. Ein Paradox in einer Zeit voller Widersprüchlichkeiten und vollends demoralisierend für eine Bevölkerung, die schon entmutigt war und der es an Entschlußkraft und Zielbewußtsein fehlte.

Das Wirtschafts- und Produktionssystem war abhängig davon, daß jedermann alle nur erdenklichen Arten von Waren konsumierte, völlig unnötige Dinge, Lebensmittel, Getränke, Kleider, Geräte, Apparate. Jeder einzelne, der in den Nordwestlichen Randgebieten oder auf dem Isolierten Nördlichen Kontinent lebte, war jeden Augenblick seines Lebens durch den Einfluß einer der mächtigsten Propagandamaschinerien, die es je gegeben hatte, dem Zwang unterworfen, zu kaufen, zu konsumieren, zu verschwenden, zu vernichten, wegzuwerfen, und dies zu einem Zeitpunkt, wo der Planet als Ganzes schon knapp an Gütern aller Art war und die Mehrheit der Menschen auf Shikasta darauf verzichten mußte, ja am Verhungern war.

Das hier betrachtete Individuum hatte im Alter von vierzig Jahren eine einflußreiche Stellung in einer Arbeiterorganisation.

Seine Funktion war es, zu verhindern, daß die Menschen, die er vertrat, weniger bezahlt bekamen, als sie für ein anständiges Leben brauchten; oder ihnen zumindest »ein möglichst großes Stück vom Kuchen« zu verschaffen; oder – aber dieses Ziel war schon vor längerer Zeit den anderen zweitrangig geworden – das Gesellschaftssystem umzustürzen und eine Arbeiterregierung einzusetzen. Oft stellte er seine jetzige Sichtweise der Dinge dem gegenüber, wie er sie früher gesehen hatte, als er ein Kind war und Straßen, Gegenden, ja ganze Städte gehungert und gedarbt hatten. Diese Welle von Scheinwohlstand, der jeglicher Grundlage entbehrte und schon so bald vorbei sein sollte, war berauschend. Plötzlich schien alles möglich. Erfahrungen und Lebensweisen, die er sich für Menschen seiner Schicht nie erträumt hätte, waren jetzt in den Bereich des Möglichen gerückt. Nicht um akzeptable Mindestlöhne ging es – dieses Schlagwort schien ihm jetzt schäbig und feige –, sondern darum, so viel wie möglich zu bekommen. Und diese Haltung wurde ständig durch alles um ihn herum bestätigt. Nicht, daß die Arbeiterklasse auch nur annähernd das bekam, was die Reichen immer noch hatten, aber immerhin bekamen Millionen jetzt mehr, als ohne einen Umsturz der Gesellschaft oder eine Revolution nie möglich geschienen hatte ... In dieser Atmosphäre, in der den Erwartungen keine Grenzen gesteckt zu sein schienen, schien es auch keinen Grund zu geben, warum die Arbeiter der Nation nicht Vergeltung für die Armut ihrer Eltern, ihrer Großeltern, ihrer Urgroßeltern, für die Demütigungen ihrer eigenen Kindheit fordern sollten. Rache als Motiv, deutlich erkennbar für jedermann.

Doch lag es in der Natur der Dinge, daß das Zeitalter des Wohlstands nicht andauern konnte; dies war nicht durch örtliche Gegebenheiten bedingt, sondern global – soviel begriff unser Freund. Er war immer noch jemand, der die Ereignisse weniger eng betrachtete als die meisten anderen. Er blieb einsam. Man bezeichnete ihn als Einzelgänger. Wo Menschen in einer Gruppe eng verbunden sind, geeint durch Gegenkräfte, die sie bekämpfen, indem sie sie abwehren, werden die besonderen Eigenschaften von Einzelstehenden wohlwollend betrachtet, werden gelobt, hervorgehoben.

Er wurde dafür bewundert, daß er Minderheitenstandpunkte vertrat. Dafür, daß er ruhig war, wachsam, überlegt, oft kritisch.

Dies war seine Rolle.

Er war rechtschaffen.

Er war stolz darauf, noch immer stolz, aber sah inzwischen, daß solche Worte zweischneidig werden können. Er merkte, daß die Menschen sehr bereitwillig waren, ihm zu dieser seiner Rechtschaffenheit zu gratulieren. Er hatte gesehen, daß Menschen anderen gerne in der Art Komplimente machen, in der sie selbst welche bekommen wollen: Schmeicheleien, die fordern.

Als »rechtschaffen« zu gelten, war eine Art Nebenverdienst.

Nicht der einzige. Allerlei Angenehmes fiel für ihn ab aufgrund seiner Stellung als Repräsentant der Arbeiter. Aber warum auch nicht? Das war nichts, verglichen mit dem, was für die abfiel, die etwas »Besseres« waren – so hatte man sie in seiner Kindheit bezeichnet, und er hatte trotzig dagegen rebelliert. Und alle taten es schließlich. Was denn? Ach, nichts Großes! Kleine Krumen und ein bißchen hier und dort von dem großen Kuchen. Was war denn schon dabei? Erstens durfte man mit Recht behaupten, daß diese Nebeneinkünfte gar nicht für ihn persönlich waren, sondern seiner Stellung galten und damit Hochachtung vor den Arbeitern bewiesen. Oft dachte er im stillen über Bestechung nach, darüber, wo sie anfing und wo sie aufhörte. Über Schmeichelei als etwas, das einen am Leben hielt – und käuflich machte? Er verbrachte Stunden mit Definitionen, Selbsteinschätzungen, Zweifeln.

Fast fünfzig, zwei Drittel seines Lebens hinter sich, die Kinder erwachsen. Seine Kinder erschreckten ihn. Nichts war ihnen wichtig als ihr eigenes Wohlergehen, ihr Vergnügen, ihr Besitz, ihre Bequemlichkeit. Er kritisierte sie und sagte sich, dies sei nichts anderes, als was alle Eltern mit ihren Kindern taten. (Und zu Recht, brummte er dann eigensinnig vor sich hin, aber nicht so, daß seine Frau es hörte, die ihn für kratzbürstig und schwierig hielt.) Er war auch stolz auf seine Kinder, weil sie nach den Gesetzen einer unvermeidlichen Entwicklung, die er sehr gut verstand, eine Sprosse höher auf der Leiter dieser auf ewig in Klassen aufgeteilten Gesellschaft standen; so wie ihre Kinder, seine Enkel, erwartungsgemäß wiederum eine Sprosse höher klettern würden – aber er war stolz mit einem Teil seiner selbst, den er verachtete. Er war innerlich zerrissen, hocherfreut, daß seine Kinder Forderungen an das Leben stellten, die er noch immer nicht als ihm von Rechts wegen zustehend begreifen konnte, doch taten sie es ja um des Aufstiegs in einer Gesellschaft willen, die er so stark wie eh und je verachtete.

Indem er seine Kinder kritisierte, kritisierte er auch die jüngeren Mitglieder seines eigenen Verbands – eine ganze Generation. Dies war gefährlich, da Hinterlist und Untreue drohten. Aber er konnte seine Gedanken nicht unterdrücken. Die Ungläubigkeit, die das stärkste Gefühl seiner Kindheit gewesen war, kam wieder, in anderer Form. Wie war es möglich, daß die Menschen so schnell vergessen konnten? Daß sie alles, was links und rechts des Weges lag, als ihnen zustehend vereinnahmten – Diebe, die grapschten, was sie konnten, wo sie

konnten (und jeder wußte es, sie selbst inbegriffen), und sie waren auch noch stolz darauf, betrachteten dieses »Beiseiteschaffen« und »Organisieren« als Beweise ihrer Schlauheit, als Methode, der Welt ein Schnippchen zu schlagen. Sie waren alle achtlos, sorglos, gedankenlos, unfähig zu erkennen, daß diese Zeit der Bequemlichkeit und des Wohlstands einer vorübergehenden Verschiebung im internationalen wirtschaftlichen Gleichgewicht zuzuschreiben war. Und das waren die Söhne und Töchter von Menschen, die in ihrem Leben öfter hungrig hatten zu Bett gehen müssen als satt und deren Wachstum so verkümmert war, daß man mit einem Blick aus einer Gruppe von Arbeitern die Generation der Großeltern und Eltern ausmachen konnte, die im Vergleich zu ihren Enkeln und Kindern fast zwergwüchsig waren. Die Geschichte der unteren Klassen dieses Landes war immer eine Geschichte bitterster Armut und größter Not gewesen. Hatten sie das vergessen? Wie war das möglich? Wie konnte das alles geschehen?
Währenddessen war er beschäftigt mit tausend Dingen, saß in Komitees, verhandelte mit Arbeitgebern, reiste und hielt Reden, nahm an Konferenzen teil.
Was tat er, was bewirkte er?
Wo stand er jetzt, verglichen mit den Träumen, die er am Ende des Zweiten Weltkriegs gehabt hatte?
Häufig befand er sich in Sitzungen oder auf Konferenzen mit Männern und Frauen, die er schon lange, oft von Kindesbeinen an kannte. Dann beobachtete er die anderen, hoffte, daß er nicht beobachtet wurde und fühlte sich ihnen zunehmend fremder.
Sein Leben lang hatte er sich darin geübt, bestimmte Erinnerungen aus seiner Kindheit scharf und klar im Gedächtnis zu behalten als eine Art Gewissen oder Eichmaß, um Ereignisse der Gegenwart daran zu messen. Nach dem Krieg, als er mit seiner Arbeit in den Komitees begann, stand ihm besonders eine Erinnerung deutlich vor Augen, die durch das, was er ringsumher beobachtete, noch verschärft wurde. Ein Cousin hatte an einem Karren auf der Straße Gemüse verkauft. Sein

Kampf um schieres Überleben war grausam gewesen und hatte ihn früh verbraucht. Er stand den ganzen Tag und Abend über an seinem Karren, bei jedem Wetter, hustend, fröstelnd, sich mit Mühe aufrecht haltend. Diese Haltung war es, die im Gedächtnis haftete, die Haltung eines Schuljungen, der so oft von Raufbolden zusammengeschlagen worden ist, daß er weiß, die Anstrengung, wieder auf die Füße zu kommen, wird nur damit enden, daß er wieder zu Boden geschlagen wird. Es war eine herausfordernde Tapferkeit auf schwankenden Füßen, und jede Geste sagte: Mich könnt ihr nicht unterkriegen, ich bin groß, ich bin stark, ich schwimme oben auf der Suppe ... So stand er prahlerisch da und war doch ein armes gebeuteltes Opfer. Für den kleinen Jungen, der ihn sah, war es schrecklich; und jetzt sah er genau dieselben Gesten, die prahlerische Tapferkeit an den Menschen seiner Umgebung, und wieder war es schrecklich.
Doch dann kamen bessere Zeiten, »Wohlstand« breitete sich aus.
Als Jugendlicher hatte er eine sehr klare Vorstellung von seinen Gegnern, dem »Klassenfeind«, gehabt. Charakteristisch für sie war, daß sie nicht die Wahrheit sagten. Sie logen. Sie betrogen. Wenn es darum ging, ihre Stellung oder ihren Besitz zu verteidigen, gab es keinen Trick und keine Niederträchtigkeit, zu denen sie sich nicht hergegeben hätten. Wenn sie sich gegenüberstanden, jene Vertreter der »herrschenden Klassen« und die Männer, die für die Millionen von hart ums Überleben ringenden Menschen sprachen, präsentierten jene die kühle, gelassene Miene vollendeter Lügner, die stolz auf diese Vollkommenheit sind. Sich selbst hatte er damals als einen Kämpfer mit den lauteren Waffen der Wahrheit gesehen, der einer Armee von Dieben und Lügnern gegenüberstand.
Und jetzt? Wenn er so dasaß und diese freundlichen, liebenswürdig lächelnden Männer betrachtete, die einen Fall vortrugen, dann erinnerte er sich ...
Sie waren keine Sieger, er und seinesgleichen, in keiner Hin-

sicht, sie waren noch immer die Besiegten, denn sie waren geworden wie ihre »Herren«. Er und die anderen hatten sich von all dem einfangen lassen, was sie eigentlich hassen mußten und einmal gehaßt hatten, aber jetzt zu hassen verlernt hatten. Sie hatten ihnen ins Gesicht geschaut, ihren Unterdrückern, die sie einschüchterten, täuschten und überlisteten, früher einmal; und hatten sich überlegen gefühlt, weil sie ehrlich waren und auf dem Boden der Wahrheit standen. Und jetzt schüchterten auch sie ein und täuschten und überlisteten – wie alle anderen, natürlich. Wer tat das nicht? Wer log nicht, stahl nicht, klaute nicht, nahm nicht, was er kriegen konnte? Warum also sollten sie anders sein?
Was er dachte, war schon fast Verrat.
Indem er dies dachte, es nicht denken wollte, weil er sich schämte und sich dann doch sagte, daß er recht hatte und an diesen Gedanken festhalten mußte, hatte er einen Nervenzusammenbruch. Er wurde ein Jahr lang beurlaubt, von besorgten – und erleichterten – Kollegen. Schon seit Monaten war er bei Beratungen verschiedenster Art stumm dabeigesessen und dann plötzlich mit Einwänden gekommen wie: »Aber sollten wir uns nicht erst einmal auf unsere Grundprinzipien besinnen?« Oder: »Warum dulden wir eigentlich diese Stehlerei und Unehrlichkeit?« Oder: »Ja, aber das stimmt doch gar nicht, oder?« – mit verzweifeltem Gesicht und den heißen trockenen Augen der Schlaflosigkeit.
Er ging nach Hause zu seiner Frau, die den ganzen Tag eine Arbeit verrichtete, die er für unnötig und entwürdigend hielt. Sie ging arbeiten, weil sie sagte, sie komme sonst mit dem Geld einfach nicht aus, aber er meinte, er verdiene genügend für ein Leben, das ihren beiden Eltern noch wie ein Luxus erschienen wäre. Warum sie nicht etwas aus sich mache, etwas Richtiges!
Was zum Beispiel?
Sie könne sich in Abendkursen weiterbilden. Oder einen richtigen Beruf erlernen. Und was denn? Und wozu?
Oder sie könne einen Verein gründen und sich für die Verbesserung der Stellung der Frau einsetzen.

Aber sie fuhr fort, Geld zu verdienen, um ein Haus mit Möbeln zu füllen, die ihm protzig vorkamen. Sie konnte nicht aufhören, Kleider und Vorhänge durch neue zu ersetzen oder Gefriertruhen mit Mengen von Lebensmitteln zu füllen, die große Familien hätten satt machen können.

Er unternahm eine lange Reise zu Fuß, allein, besuchte alte Freunde, von denen er einige jahrelang nichts gesehen hatte. Sie waren, so schien ihm, von einem bösen Geist besessen, so wie es im Märchen vorkommt; er fand nicht mehr in ihnen, was sie einmal gewesen waren. Oder für was er sie gehalten hatte?

Auf seiner einsamen Wanderung kehrte er immer wieder in seine Kindheit zurück, in die Zeit, als ihm alle Menschen wie ein Schatten ihrer Möglichkeiten geschienen hatten, weil er ihr potentielles Selbst so deutlich vor sich sah, das, was sie sein sollten, konnten, würden ... oder hatte er sich das alles nur eingebildet?

Er besuchte eine seiner Schwestern, nicht die, die er so gern gehabt und in Gedanken für die Schrecklichkeit ihres Lebens getröstet hatte, sie war an Tuberkulose gestorben; sondern eine andere, die viel jünger als er war. Er fand eine Frau, die müde war. Das war ihr Hauptmerkmal. Sie umsorgte ihren Mann, der freundlich schien, aber auch müde und still und der sie über ihre Fürsorglichkeit hinaus nicht sonderlich zu lieben schien. Abends gingen sie früh zu Bett. Sie sprach viel mit ihren Katzen. Die Tochter war mit ihrer Familie nach Australien gegangen. Sie machte sich Gedanken wegen eines Teppichs, der, wie sie fand, durch einen neuen ersetzt werden sollte, das aber überstieg ihre Kräfte; der ganze Umstand, den alten loszuwerden, die Leute, die im Haus ein und aus gehen müßten. Sie konnte kaum von etwas anderem sprechen. Abgesehen vom Krieg, an den sie sich fast sehnsüchtig erinnerte, weil alle »so freundlich zueinander gewesen« waren.

Als er von seiner langen Reise zu Fuß nach Hause kam, sagte er zu seiner Frau, er wolle Klage gegen sich erheben.

»Du willst was?«

»Ich werde Klage gegen mich erheben.«

»Du bist wohl verrückt geworden?« sagte sie, womit sie nicht ganz unrecht hatte, und machte sich auf, um Freunden und Kollegen mitzuteilen, daß er das, was an ihm nage, noch immer nicht überwunden habe, was immer es sei.
Er trat auf einer Versammlung seiner Gewerkschaft auf und informierte die Teilnehmer darüber, daß er sich vor Gericht stellen werde, »stellvertretend für uns alle«, und ihre Unterstützung erbitte.
Sie ließen ihn gewähren.
Aber er fand niemanden, der ihn verteidigen wollte.
Zu jener Zeit waren Musterprozesse verschiedenster Art nicht ungewöhnlich. Es kam oft vor, daß eine Gruppe von Menschen bestimmte Vorgänge oder Einrichtungen verklagte, weil ihnen Mängel oder Unrichtigkeiten aufgefallen waren.
Was unser Freund sich vorstellte, war ein Prozeß, in dem sein jugendliches Ich sein jetziges Ich anklagen sollte und danach fragen, was aus seinen Idealen geworden war, den Visionen, der Fähigkeit, Menschen als unbegrenzt entwicklungsfähig zu erkennen, aus dem Haß auf Kleinlichkeit und Ausflüchte, dem Haß vor allem auf Lügen und Doppelzüngigkeit, auf die Täuschungen an Konferenztischen und in Komitees, in öffentlichen Bekanntmachungen, in öffentlichen Auftritten.
Er wollte, daß der feurige, sich verzehrende, hungrige, wunderbare junge Mann öffentlich aufstehen sollte, um jenes erschreckende, unehrliche Werkzeug, jene Marionette, die er geworden war, zu entlarven und in Stücke zu reißen.
Er lief von einem Anwalt zum anderen. Zu einzelnen. Dann zu Organisationen. Es gab Tausende von kleinen politischen Gruppierungen mit unterschiedlichen Zielen oder zumindest Formulierungen.
Die großen politischen Parteien, die großen Gewerkschaften, alle Regierungsorgane waren so aufgebläht, so schwerfällig geworden, so von der Bürokratie überwuchert, daß nichts mehr erreicht werden konnte außer durch die sich beständig formenden und neu formenden Interessengruppen: Interessengruppen regierten und Interessengruppen verwalteten, denn die Regierung konnte nichts selbst in Gang setzen, sondern nur noch

reagieren. All diese Gruppierungen, die zuweilen mit bewundernswerter Zielstrebigkeit agierten, hatten jedoch ihre eigenen Ideologien und ihre Treueeide, und nicht eine war bereit, diesen grotesken Fall zu übernehmen, und nicht eine sah diesen unbestechlichen, wahrhaftigen jungen Mann, wie er ihn sah. Sie ließen ihn gewähren. Oder er sah sich plötzlich im Begriff, auf irgendeinem Podium die Angelegenheiten einer Partei zu verteidigen. Er bewegte sich von einer Gruppierung zur anderen, in endlosen und in der Regel scharfen Diskussionen, Debatten, Definitionen begriffen; zuerst war er bereit, die Schärfe als ein Zeichen innerer Stärke, »Rechtschaffenheit« zu sehen, aber dann konnte er es nicht mehr. Er fragte sich, ob das, was er an seinem Verhalten als junger Mensch so bewunderte, vielleicht nichts anderes war als Intoleranz, als die Energie, die das Ergebnis einer Identifizierung mit einem eng gesteckten Ziel ist.
Nicht lange danach hatte er einen Herzanfall, dann einen zweiten, und er starb.
Hätte Taufiq zur Verfügung gestanden, so wäre dieser Fall bei ihm in den denkbar besten Händen gewesen.
Er hätte es nicht zugelassen, daß dieser Prozeß grotesk oder albern oder marktschreierisch geworden wäre. Er hätte die Vorstellungskraft einer ganzen Generation gefesselt, Fragen und innere Zweifel herausgeschält und vor allem die Jugend zu einem tieferen Verständnis der raschen Wandlungen und Verschiebungen der jüngeren Vergangenheit gebracht, die ihr schon so fern vorkam.

INDIVIDUUM VIER *(Terroristin, Typ 3)*
[Zur Liste der verschiedenen Typen von Terroristen dieser Zeit siehe *Geschichte Shikastas, Bd. 3014, Die Periode zwischen dem Zweiten und Dritten Weltkrieg.*]

Diese junge Frau lief bei ihren Kollegen und, während der kurzen Momente, die sie im Rampenlicht der Öffentlichkeit stand, auch bei der übrigen Welt unter dem Namen »Das Brandmal«. Sie hatte ihre Kindheit in Konzentrationslagern zugebracht, in denen ihre Eltern starben. Sie machte keine Versuche, noch lebende Mitglieder ihrer Familie, falls es solche gab, aufzuspüren. Den Pflegeeltern gegenüber, die ihr ein neues Zuhause gaben, war sie gehorsam, korrekt – wie ein Schatten. Die Pflegeeltern gehörten nicht zur Wirklichkeit. Wirklich waren nur Menschen, die in Konzentrationslagern gewesen waren. Mit ihnen hielt sie Kontakt. Sie waren ihre Freunde, weil sie mit ihr das Wissen darüber teilten, »wie die Welt wirklich ist«. Sie war Halbjüdin, identifizierte sich jedoch nicht ausgesprochen mit ihrer jüdischen Herkunft. Sobald sie erwachsen war, fühlte sie sich einem Druck ausgesetzt, normal sein zu müssen. Sie reagierte darauf, indem sie sich »Das Brandmal« nannte. Sie hatte sich geweigert, die Tätowierung aus dem Lager entfernen zu lassen. Jetzt trug sie Hemden, Pullover mit ihrem Zeichen, in Schwarz. Wenn sie mit ihrem oder ihrer »Liebsten« (sie war bisexuell) im Bett lag, wo sie die Welt in der ihr eigenen kalten, unbeteiligten Art herausforderte – nahm sie gern die Finger ihres Partners und legte sie lächelnd auf das Brandmal an ihrem Unterarm.

Sie machte mehr und mehr Menschen ausfindig, die in Konzentrationslagern, Flüchtlingslagern, Gefängnissen gewesen waren. Mehrere Male stahl sie sich über Grenzen, um in Lager oder Gefängnisse zu gelangen. Sie schaffte »absolut Unmögliches«. Das absolut Unmögliche wagend war sie lebendig wie sonst nie. Sie setzte sich selbst weitere waghalsige Unternehmungen zum Ziel. Sie lebte sogar ein Jahr lang in einem Arbeitslager in einem Land der Nordwestlichen Randgebiete. Die Insassen vermuteten einen politischen Auftrag, aber sie stellte sich auf die Probe. Wofür? Ihre »historische Aufgabe« war noch nicht von der Geschichte geprägt: Ihr Vokabular bestand aus politischen Slogans oder Klischees, meist linker Herkunft, vermischt mit Konzentrationslager- und Gefängnisjargon. In diesem Stadium sah sie noch keine festumrissene Zukunft vor sich. Sie hatte keine eigene Bleibe, sondern zog in einem Dutzend Städte der Nordwestlichen Randgebiete von einer Wohnung in die andere. Diese Wohnungen gehörten Leuten wie ihr, von denen einige einer gewöhnlichen Arbeit nachgingen, ande-

re sich ihr Geld auf die eine oder andere illegale Weise beschafften. Geld war ihr nicht wichtig. Sie trug immer Hosen mit einem Hemd oder Pullover, und wenn diese nicht mit dem Brandmal bedruckt waren, trug sie es als Anhänger an einem silbernen Armband.
Sie war ein untersetztes, farbloses Mädchen, an ihr war nichts Auffälliges; doch ertappten sich die Menschen dabei, daß sie zu ihr hinsahen, beunruhigt durch ihre kalt beobachtende Gegenwart. Sie war immer beherrscht und feindselig, außer in Gegenwart derer, die ihr zweites Selbst waren, den Produkten der Lager. Zu ihnen war sie herzlich in einer ungelenken, kindlichen Art. Doch nur ein Mensch kannte alle Einzelheiten ihrer waghalsigen Unternehmungen in Lagern und Gefängnissen. Es war ein Mann, der X genannt wurde.
Als überall terroristische Vereinigungen aus dem Boden schossen, meist aus jüngeren Leuten als sie bestehend, war Das Brandmal schon fast eine Legende. Man empfand das als eine Gefahr, als »Exhibitionismus«, und hielt sich fern von ihr; doch in dem Netzwerk von Wohnungen und Häusern, in dem sich diese Menschen bewegten, war sie immer gerade gegangen oder sollte gleich kommen, oder es kannte sie jemand, oder sie hatte jemandem geholfen. Ein Mann, der von ihnen geachtet wurde und im Begriff war, ordentlich und ganz formell eine Gruppe zu gründen und deren »Führer« zu werden – sie verstanden dieses Wort anders –, weigerte sich, über sie zu sprechen, ließ aber durchblicken, daß sie geschickter und mutiger sei als alle, die er je gekannt hatte. Er bestand darauf, daß man sie darum bitten sollte, in seine Gruppe einzutreten: Er bestand darauf gegen den Widerstand anderer.
Er hatte gesagt, sie sei eine Meisterin im Verkleiden.
Eines Nachmittags kam sie in einer Industriestadt im Norden der Nordwestlichen Randgebiete in eine Wohnung. Es war ein bitterkalter Tag, mit Schnee, einem schneidenden Wind. Vier junge Menschen in den Zwanzigern, zwei Männer, zwei Frauen, sahen, wie diese Frau hereinkam: blond, braungebrannt, ein wenig überernährt, in einem Pelzmantel, der vulgär und teuer war, mit dem gutmütigen, unbefangenen Lächeln der

Behüteten und Zufriedenen dieser Welt. Diese Frau aus dem Mittelstand setzte sich umständlich hin, wobei sie auf ihre Handtasche achtgab, die ein Vermögen gekostet hatte, aber schon ein wenig abgewetzt war, in der Art, wie Menschen es tun, denen ihr Besitz wichtig ist. Ihr Publikum lachte laut hinaus. Sie wurde ihnen eine ältere Schwester, eine unendlich schlaue Genossin, die schon immer und erfolgreich schwierigere Dinge unternommen hatte, als sie sich je erträumt hatten. Dieser Kreis von Geächteten war ihre Familie und würde es bis zu ihrem Tode bleiben müssen, denn einen solchen Kreis konnte man nie mehr verlassen, um in ein normales Leben zurückzukehren – was auch gar nicht erstrebenswert für sie war, ja nicht einmal begreiflich. Sie erzählte von ihren Herausforderungen an sich selbst, ihren Heldentaten, und man diskutierte darüber und zog alle möglichen praktischen Lehren daraus.
Es war eine der erfolgreicheren Terroristengruppen. Sie bestand acht Jahre lang, bevor Das Brandmal mit acht anderen festgenommen wurde. Ihre Ziele waren immer dieselben: besonders schwierige und gefährliche Taten, die Geschicklichkeit, Mut und Schlauheit erforderten. Es waren alles Menschen, die die Gefahr brauchten, um zu spüren, daß sie lebten. Sie waren »links«, in gewisser Weise Sozialisten. Aber Diskussionen um eine »Linie«, Variationen des Dogmas, waren ihnen nie wichtig. Wenn sie die Schlagwörter des internationalen linken Vokabulars austauschten, so geschah es ohne Leidenschaft.
Sie buhlten nicht um Publicity, aber sie benutzten sie.
Die meisten ihrer Begegnungen mit der Gefahr waren anonym und erreichten weder Zeitungen noch Fernsehen.
Sie erpreßten Geld von internationalen Geschäftsfirmen oder Geldmagnaten. Große Summen davon wanderten zu Flüchtlingsorganisationen, entflohenen Sträflingen oder in das »Netz«. Junge Menschen in Flüchtlingslagern kamen plötzlich auf ihnen unerklärliche Weise in den Genuß eines Studiums oder einer Berufsausbildung. Wohnungen und Häuser wurden in diesem oder jenem Land für den Bedarf des »Netzwerks« gebaut. Organisationen, die der ihren ähnelten, bekamen Hilfe, wenn sie vorübergehend in Schwierigkeiten waren. Sie er-

preßten und entführten Menschen, auch um bestimmte Informationen zu bekommen. Sie wollten genaue Angaben darüber, wie diese oder jene Firma funktionierte, über die Verbindungen und Verflechtungen eines multinationalen Konzerns; sie wollten Informationen über geheime militärische Einrichtungen – und bekamen sie. Sie verschafften sich das nötige Material, um verschiedene Arten von Bomben und Waffen herzustellen, und versorgten auch andere Gruppen damit. Wenn einer dieser jungen Leute gefragt worden wäre, warum er oder sie diese Talente nicht zum »Nutzen der Allgemeinheit« einsetze, so wäre die Antwort gewesen, »Aber das tue ich doch!«, denn sie sahen sich selbst als alternative Weltregierung.

Als sie gefaßt wurden, war das reiner Zufall; und hier ist nicht der Ort, das Wie und Wo zu beschreiben.

Das Brandmal und ihre Genossen waren nun im Gefängnis, gegen alle liefen mehrere Verfahren. Einige hatten Morde begangen, wenn auch nicht aus Lust am Morden. Die Lust – wenn das das richtige Wort ist für das angespannte, überhöhte Pulsieren von Erregung, das sie suchten oder vielmehr sich verschafften – bestand nicht in dem isolierten, brutalen Akt der Folterung eines einzelnen Menschen, sondern in dem Unternehmen als ganzem, dem Aufkeimen der Idee, der Planung, dem langsamen Anwachsen der Spannung, der peinlich genauen Aufmerksamkeit für tausend Einzelheiten.

INDIVIDUUM FÜNF *(Terrorist, Typ 12)*

X war der Sohn reicher Eltern, von Geschäftsleuten, die sich in der Rüstungsindustrie und anderen mit dem Krieg zusammenhängenden Produktionszweigen ein Vermögen erwirtschaftet hatten; der Erste Weltkrieg schuf die Grundlage für dieses Vermögen. Seine Eltern waren beide mehrere Male verheiratet gewesen, ein stabiles Familienleben hatte er nie gekannt, war schon von Kind auf emotional unabhängig gewesen. Er konnte viele Sprachen, hatte Anspruch auf die Staatsbürgerschaft mehrerer Länder. War er Italiener, Deutscher, Jude, Armenier, Ägypter? Er konnte alles sein, je nach Bedarf.

Als Mann mit vielseitigen Begabungen hätte er ein tüchtiges Glied in der Todesmaschinerie werden können, die sein Erbe war, aber er wollte nicht und konnte nicht der Erbe irgendeines Menschen sein.

Er war fünfzehn, als ihm mehrere Erpressungsversuche – Taschenspielereien im Affekt – im Firmengeflecht seiner verschiedenen Familien gelangen. Sie bewiesen seine Fähigkeit zu analysieren, einen kühlen Weitblick, seine Gleichgültigkeit persönlichen Gefühlen gegenüber. Er war einer von jenen, die unfähig waren, einen Menschen unabhängig von seinen Lebensumständen zu sehen. Der Mann, der sein Vater war (obwohl er ihn nicht als solchen anerkannte, sondern einen anderen Mann, dem er ein paarmal fast zufällig begegnet war und dessen Gespräche ihm Erleuchtungen gebracht hatten, als seinen »Vater« bezeichnete), dieser gewöhnliche, gequälte, besorgte Mann, der in mittleren Jahren an einem Herzanfall starb, einer der reichsten Männer der Welt, war in seinen Augen ein Ungeheuer, wegen der Umstände, in die er hineingeboren war. X hatte diese Sichtweise nie in Frage gestellt, er konnte es nicht. Für ihn war eine Frau oder ein Mann eins mit ihren oder seinen Verhältnissen und Handlungen. Schuld gab es für ihn nicht; es war ein Wort, das er nicht verstand, nicht einmal unter angestrengtem Einsatz aller Vorstellungskraft. Er hatte nie den Versuch gemacht, die Menschen, unter denen er aufgewachsen war, zu verstehen; sie waren alle niederträchtig, böse. Seine selbstgewählte Umgebung, das »Netzwerk« war seine Familie.

Das Zusammentreffen mit dem »Brandmal« war wichtig für ihn. Er war zwölf Jahre jünger als sie. Er verfolgte ihre Abenteuer mit der totalen Versunkenheit, die man einer Gottheit oder einem »absoluten Wesen« entgegenbringt.

Zuerst war da dieser zufällig getroffene Mann gewesen, dessen skrupellose Äußerungen ihm die Quintessenz der Weisheit zu sein schienen. Dann kam Das Brandmal.

Als sie Geschlechtsverkehr hatten – fast sofort, da für sie Sex ein Trieb war, den es zu befriedigen galt, weiter nichts –, fühlte er sich in seiner tiefsten Auffassung von sich selbst bestä-

tigt. Die kühle Effizienz, die nie weit vom Perversen entfernt war, kam ihm vor wie eine Erklärung darüber, was Leben sei.
Er hatte nie für einen Menschen Wärme empfunden, nur Bewunderung, eine Entschlossenheit, Außergewöhnlichkeit zu verstehen, wie er sie definierte.
Er wollte nicht, beanspruchte nicht die Aufmerksamkeit der Öffentlichkeit oder der Presse oder eines anderen Propagandainstruments: Er verachtete die Welt. Wenn er jedoch, mit oder ohne Hilfe des »Netzwerks« (er arbeitete oft allein oder mit dem »Brandmal«), einen Coup gelandet hatte, was immer im Firmenimperium einer seiner Familien geschah, so hinterließ er sein Zeichen, damit sie wußten, wem sie das verdankten: ein X wie die Unterschrift eines Analphabeten.
Im Bett mit dem »Brandmal« meinte er über dem erhabenen Muster der Konzentrationslagernummer auf ihrem Unterarm ein X erkennen zu können, besonders in orgiastischen Augenblicken.
Er wurde nie gefaßt. Später trat er einer der internationalen Polizeistreitmächte bei, die Shikasta in den letzten Tagen mitregierten.

INDIVIDUUM SECHS *(Terrorist, Typ 8)*

Die Eltern dieses Individuums verbrachten den ganzen Zweiten Weltkrieg in Lagern verschiedener Art. Der Vater war Jude. Daß sie überhaupt überlebten, war ein Wunder. Es gibt Tausende von Dokumenten, die solche unvorstellbaren Überlebensfälle bezeugen, jeder einzelne eine Geschichte des unbeugsamen Lebenswillens, der inneren Stärke, der Schlauheit, des Muts und – des Glücks. Diese beiden Menschen hatten die Domäne der Lager nie verlassen – sie befanden sich in einem Arbeitslager im östlichen Teil der Nordwestlichen Randgebiete, den letzten Teil des Kriegs über und noch fast fünf Jahre nach Ende des Krieges. Es gab keinen Platz für sie. Inzwischen war das Individuum, das uns hier interessiert, geboren, hinein in Elend, Hunger und Kälte, in unvorstellbare Zustände. Er war schwächlich, geschädigt, aber lebensfähig. Er bekam nie Geschwister: Die Vitalität der Eltern war erschöpft durch die Anstrengungen, sich mit Hilfe offizieller karitativer Organisationen als kleine Familie in einem Städtchen einzurichten, in dem der Vater Arbeiter in einem Industriebetrieb wurde. Sie waren genügsam, gründlich, argwöhnisch, sparsam in allem: Menschen wie diese wissen genau, was Dinge kosten, was das Leben kostet. Ihre Liebe zu dem Kind war Dankbarkeit dafür, weiterleben zu dürfen; nichts Gedankenloses, Animalisches, Instinktives war an dieser Liebe. Er war für sie etwas, was sie unvorstellbarerweise aus der Katastrophe hatten retten können.

Die Eltern fanden schwer Kontakt zu anderen: Ihre Erlebnisse hatten sie von den Menschen in ihrer Umgebung abgeschnitten, die zwar alle durch den Krieg bis an den Rand des Untergangs geschwächt worden, von denen aber nur wenige in Lagern gewesen waren. Die Eltern sprachen nicht oft über ihre Zeit im Lager, aber wenn sie es taten, nahm das, was sie sagten, das Kind mit der Macht einer fremden Vision gefangen. Was hatten diese beiden Zimmer, in denen sie wohnten, mit jenem Alptraum zu tun, von dem seine Eltern sprachen? Manchmal erstarren Jugendliche in diesem Alter unter der Gewalt von Drüsenumstellungen in ihrem Körper so nachdrücklich in Opposition zu ihren Eltern, daß sie den Rest ihres Lebens darin verharren.

Dieser Junge sah seine Eltern an und war entsetzt. *Wie ist das möglich?* war sein Gedanke.

Ich möchte hier kurz abschweifen zu der Ungläubigkeit, die ich in meinem Bericht über Individuum drei erwähnte, wo der Jugendliche Jahre damit zubrachte, die Not der Menschen um ihn her zu betrachten und dabei ständig dachte: »*Wie ist es nur möglich? Ich kann das nicht glauben!*« Was wohl zum Teil bedeutete: »Warum schicken sie sich darein?« Was auch bedeutete: »Daß Menschen einander so behandeln können! Ich kann das nicht glauben!«

Im Fall sechs war diese Ungläubigkeit viel tiefer als im Fall drei, wo der Jugendliche die Straßen seiner Umgebung sah, dann die Stadt, sich aber nur mit Mühe die ganzen Nordwestlichen

Randgebiete vorstellen konnte, geschweige denn das gesamte Mittlere Festland oder gar die Welt: Jahrelange Erfahrung im Krieg war nötig, um die Grenzen seiner Vorstellung zu erweitern.

Individuum sechs hatte das Gefühl, *selbst der Krieg zu sein*, und der Krieg war ein globales Ereignis gewesen, hatte seine Vision des Lebens als ein System ineinandergreifender, einander beeinflussender Prozesse geprägt.

Von der Zeit an, da er selbständig zu denken begann, war es ihm unmöglich, die Entwicklung der Ereignisse so zu sehen wie die Generation vor ihm. Es gab ebensowenig eine »schuldige« wie eine »besiegte« oder »siegreiche« Nation. Eine einzelne Nation konnte nicht allein verantwortlich für das sein, was sie tat, da Gruppen von Nationen ein Ganzes bildeten, einander beeinflußten. Der geographische Raum, der »Deutschland« genannt wurde – was ein Synonym für Grausamkeit geworden war –, konnte nicht allein für die Massenmorde und die brutalen Verbrechen, die es begangen hatte, verantwortlich sein. Wie konnte es das, wenn ein Tag gründlichen Studiums der Tatsachen ausreichte, um zu zeigen, daß der Zweite Weltkrieg viele Ursachen hatte, ein Ausdruck dessen war, was in den Nordwestlichen Randgebieten vor sich ging, eine Entwicklung aus dem Ersten Weltkrieg heraus. *Wie war es möglich*, daß die Älteren die Dinge so isoliert, stückweise sahen, wie Kinder oder Idioten! Sie waren einfältig! Sie waren dumm! Vor allem *schienen sie keinerlei Vorstellung davon zu haben, wie sie selbst waren*.

Der fünfzehnjährige Junge erlegte sich selbst eine Disziplin auf, die seinen Eltern höchste Pein verursachte. Er hatte kein eigenes Zimmer, sondern ein Feldbett in der Küche, und dieses bedeckte er mit dem, was sie im Lager gehabt hatten, einer einzigen dünnen Wolldecke. Er rasierte sich die Haare ab und trug den Kopf blankgeschoren. Einmal in der Woche aß er nur, was es im Lager während der letzten Kriegstage gegeben hatte: fettiges, heißes Wasser, Kartoffelschalen, Speiseabfälle aus der Mülltonne. Er war darum bemüht, um nicht zu sagen versessen darauf, sich sein »Essen« selbst zu beschaffen, stellte das unap-

petitliche Zeug zu den Mahlzeiten auf den Tisch und aß ehrfurchtsvoll – eine heilige Handlung. Währenddessen aßen seine Eltern ihre kargen Mahlzeiten; ihr angegriffener Magen vertrug keine normalen Nahrungsmengen. Er las ihnen Auszüge aus Biographien vor, Berichte von den Zuständen in Lagern, über die Verhandlungen oder nicht stattgefundenen Verhandlungen, die zum »Zweiten Weltkrieg« geführt hatten – wobei er jeweils vielfältige Ursachen und Wirkungen betonte: Wenn diese Nation das und das getan hätte, wäre dieses nicht geschehen. Wenn diese oder jene Warnungen beachtet worden wären ..., jener Schritt unternommen worden wäre ..., jener Staatsmann ein offenes Ohr gehabt hätte ...
Für diese armen Menschen war es, als habe ein Alptraum, dem sie nur durch ein Wunder entronnen waren, wieder Besitz von ihnen und ihrem Leben ergriffen. Sie hatten sich ein kleines, geschütztes Plätzchen geschaffen, an dem sie sich sicher wähnen konnten, da das Böse zu jenem anderen Ort gehörte, oder zu jener anderen Nation; das Böse war an die Vergangenheit gebunden, an die Geschichte – der Schrecken könnte zwar eines Tages wiederkehren, aber das würde Gott sei Dank in der Zukunft sein, und dann wären sie mit ein wenig Glück schon unter der Erde und in Sicherheit ... und nun wurde ihr Schlupfwinkel aufgebrochen, nicht von »der Geschichte« oder »der Zukunft«, sondern von diesem, ihrem kostbaren Kind, das alles war, was sie aus der Katastrophe hatten retten können.
Sein Vater bat ihn, seine Wahrheiten an anderer Stelle zu verkünden.
»Ist es wahr oder nicht?« forderte ihn der Junge heraus.
»Ja ... nein ... Das ist mir egal, um alles in der Welt ...«
»Das ist dir egal?«
»Deine Mutter ... Du hast keine Ahnung, was sie durchgemacht hat. Verschon sie doch!«
Der Junge erweiterte seine Übungen noch dadurch, daß er an bestimmten Tagen der Woche nur schmutzige Fetzen und Lumpen trug. Die Wände in der Küche, die er schließlich als die einzigen ihm zustehenden betrachten konnte, hingen voller Bilder von Konzentrationslagern, und nicht nur denen der

Nordwestlichen Randgebiete: Bald bedeckte eine Dokumentation in Bildern von allem Grauenhaften, was Menschen einander antun, den ganzen Raum. Er saß still am Tisch, sein Vater und seine Mutter aßen ihre Mahlzeit in einem Schweigen, das ein Gebet war, er möge nicht wieder »damit anfangen« – und dann fing er wieder damit an, sagte Tatsachen, Zahlen, Litaneien der Zerstörung auf, Todesfälle durch Mißhandlungen und Folter, in kommunistischen Ländern, nichtkommunistischen Ländern, allen anderen Ländern der ganzen Welt.
[*Vgl. Geschichte Shikastas, Bd. 3011, Das Zeitalter der Ideologien,* »Selbstdarstellungen der Nationen«. **Geographische Räume oder zeitweilige Zusammenschlüsse von Völkern zum Zwecke der Verteidigung oder des Angriffs. Solch ein Gebilde hält sich selbst für anders, besser, »zivilisierter« als andere, obwohl für den Außenstehenden keine Unterschiede bestehen. Und** *Bd. 3010, Psychologie der Massen,* **»Selbstschutzmechanismen«.**]
Durch eine Reihe von Zufällen war es diesem Jungen unmöglich geworden, sich mit den nationalen Mythen und Selbstschmeicheleien zu identifizieren. Er konnte einfach nicht verstehen, wie andere das konnten. Er glaubte, daß sie sich wohl verstellten oder absichtlich feige waren. Er gehörte zu der Generation – oder dem Teil einer Generation –, die in einer Zeitung nichts anderes sehen konnte als ein Forum für Lügen, alle Nachrichten- und Dokumentationssendungen im Fernsehen automatisch übersetzte in das, was wahrscheinlich die Wahrheit war, sich ständig selbst daran erinnerte, wie ein Gläubiger an die Ränke des Teufels, daß das, was der Welt oder der Nation als Information über ein Ereignis verfüttert wurde, per definitionem nur zum geringsten Teil echte Information war, die wußte, daß nirgendwo auf der Welt jemals der Bevölkerung eines Landes die Wahrheit gesagt wurde. Die Tatsachen gelangten erst sehr viel später, wenn überhaupt je, ins allgemeine Bewußtsein.
All das war gut, war ein Schritt hin zur Freiheit, weg von den Krankheitsherden Shikastas.
Aber es konnte ihm nichts nützen, denn er kannte keine Güte.

Er war unausstehlich zu seinen Eltern. Die Mutter, die nach Lebensjahren erst eine Frau mittleren Alters war, fühlte sich alt und schwach, wurde krank, hatte einen Herzanfall. Der Vater machte ihm Vorhaltungen, flehte, benützte sogar Worte wie: »Verschon sie, verschon sie!«
Der strenge und selbstgerechte Racheengel blieb in den kargen Zimmern, die die Familie beherbergten, die Augen in ungläubigem Abscheu auf seine Eltern gerichtet: Wie ist es nur möglich, daß ihr so seid!
Schließlich teilte ihm sein Vater mit, wenn er seine Mutter – »Ja, und mich auch! Ich geb's zu!« – nicht schonungsvoller behandle, müsse er ausziehen.
Der Junge war sechzehn. Sie werfen mich hinaus! triumphierte er, denn alles, was er schon wußte, bestätigte sich.
Er suchte sich ein Zimmer im Hause eines Schulfreunds und sah seine Eltern niemals wieder.
In der Schule legte er es darauf an, eine beunruhigende Gegenwart zu verkörpern. Es war eine gewöhnliche Kleinstadtschule, die ihren Schülern hinsichtlich der Lehrer und Lehrinhalte nichts Besonderes bot. Er saß hinten im Klassenzimmer und strahlte kalte Abneigung aus, die Arme verschränkt, die Beine zur Seite gestreckt, den Blick unverwandt auf einen Punkt gerichtet. Dann stand er auf, nachdem er zuvor ganz korrekt die Hand gehoben und sich Erlaubnis zum Sprechen geholt hatte: »Ist es nicht eine Tatsache, daß...? Ist Ihnen möglicherweise entgangen...? Der Regierungsbericht Nr. XYZ ist Ihnen doch selbstverständlich vertraut...? Ich nehme doch an, daß das Buch soundso zu diesem Thema auf dem Lehrplan steht? Nein? Aber wie ist das möglich?«
Er war bei den Lehrern gefürchtet und auch bei den meisten Schülern, obwohl einige ihn bewunderten. Zu dieser Zeit, wo jede extreme politische Gruppierung die Obrigkeit in Unruhe versetzte und »Jugend« von ihrer Definition her schon eine Bedrohung war, hatte er sein siebzehntes Jahr noch nicht erreicht, als sein Name schon der Polizei bekannt war, da sein Direktor ihn angezeigt hatte mit dem Gebaren eines, der sich vor zukünftigen Möglichkeiten absichert.

Er geriet an verschiedene Gruppen, zunächst an rechtsstehende, keiner politischen Partei angeschlossene Organisationen, dann an eine linke revolutionäre Gruppierung. Diese hatte strenge ideologische Ausrichtungen: dieses Land war gut, jenes schlecht, dieser Glaube verabscheuungswürdig, jener »richtig«. Wieder sagte er: »Aber euch muß doch klar sein...? Habt ihr denn nicht... gelesen? Wißt ihr denn nicht, daß...? Es war klar, daß er eine eigene Gruppe würde bilden müssen, aber es eilte ihm nicht. Um leben zu können, klaute er und beteiligte sich an verschiedenen kleineren Verbrechen. Es war ihm gleichgültig, auf welche Art und Weise er an eine Unterkunft für ein paar Monate in irgendeiner Wohnung kam, oder an kostenlose Mahlzeiten für eine Woche oder an eine Freundin. Er war vollkommen, geradezu gewinnend amoralisch. Einer Lüge oder eines Diebstahls angeklagt, konnte er ein Lächeln aufsetzen, das alles um ihn herum schlechtmachte. Sein Ruf bei den politischen Gruppen war noch nicht festgelegt, aber im ganzen wurde er für schlau gehalten, als geschickt in den Überlebenstechniken, die sie respektierten, aber als leichtsinnig.
Als sich schließlich eine Gruppe von einem Dutzend junger Männer und Frauen um ihn herauskristallisierte, geschah das nicht auf der Grundlage eines bestimmten politischen Glaubensbekenntnisses. Jeder von ihnen war geformt durch Erfahrungen gefühlsmäßiger oder körperlicher Entbehrungen, war vom Krieg unmittelbar beeinträchtigt. Keiner konnte die Welt anders als mit kalten Augen voller Haß betrachten: *So bist du nun einmal!* Sie träumten nicht von Utopien in der Zukunft; ihre Vorstellungskraft richtete sich – anders als bei früheren Revolutionären oder religiösen Eiferern überhaupt – nicht auf die Zukunft: Nichts von »Nächstes Jahr, oder im nächsten Jahrzehnt, oder im nächsten Jahrhundert werden wir das Paradies auf Erden errichten...«, nur: »So bist du also.« Wenn dieses heuchlerische, verlogene, erbärmlich dumme System erst beseitigt wäre, dann würde jedermann es sehen können... Es war ihre Aufgabe, das System bloßzustellen als das, was es war.

Aber sie hatten einen Glauben und kein Programm. Sie waren im Besitz der Wahrheit, aber was mit ihr anfangen? Sie hatten ein Vokabular, aber keine Sprache.

Sie beobachteten die Heldentaten der Guerilla-Gruppen, die Aktionen der Terroristen.

Sie sahen, daß es erforderlich war, Situationen, Ereignisse scharf zu beleuchten.

Sie inszenierten die Entführung eines Politikers, der an einer von ihnen nicht gebilligten politischen Handlung beteiligt war, und forderten die Befreiung eines Häftlings, der in ihren Augen unschuldig war. Sie erklärten im einzelnen, warum dieser Mann unschuldig war, und als er nicht freigelassen wurde, erschossen sie ihre Geisel und ließen die Leiche auf dem Marktplatz liegen. *So bist du,* war das Gefühl, das sie hatten, als sie ihn ermordeten, womit sie die Welt meinten.

Der Mord war nicht geplant gewesen. Sie hatten die Einzelheiten der Entführung säuberlich ausgearbeitet, aber nicht damit gerechnet, daß sie den Politiker umbringen müßten, hatten halb geglaubt, die Obrigkeit würde ihnen ihren »Unschuldigen« herausgeben. Es war etwas Sorgloses, Unbedachtes an der ganzen Sache, und mehrere Mitglieder der Gruppe forderten ein »ernsthafteres« Vorgehen, Analysen, genauere Vorüberlegungen.

Unser Individuum sechs hörte ihnen mit seinem typischen, unbekümmerten Lächeln zu, aber seine schwarzen Augen sprühten Tod. »Natürlich, was kann man von Leuten wie euch auch anderes erwarten?« drückten sie aus.

Zwei der protestierenden Mitglieder fielen innerhalb der folgenden Tage »Unfällen« zum Opfer, und jetzt herrschte er über eine Gruppe, die ihn nicht mehr für unbekümmert hielt – oder doch nicht so, wie sie es zuvor getan hatte.

Sie waren zu neunt, drei davon waren Frauen.

Eine der Frauen betrachtete sich als zu ihm gehörig, aber er weigerte sich, dies so zu sehen. Sie hatten Gruppensex in allen Kombinationen. Es ging heftig und erfinderisch zu, und sie benützten Drogen und verschiedene Arten von Waffen. Nitroglyzerinstäbe zum Beispiel. Vier Mitglieder der Gruppe jagten sich bei einer Orgie in die Luft. Er suchte keinen Ersatz.

Die vier verbleibenden Mitglieder bemerkten, daß er die Publizität genoß. Er bestand darauf, ein »Begräbnis« zu inszenieren, das Aufmerksamkeit und Verhaftungen herausforderte, obwohl die Polizei nicht wußte, welche Gruppe für dieses kleine Massaker verantwortlich war. Elegien für die Toten, Gedichte, heroische Zeichnungen wurden in dem Lagerhaus hinterlassen, in dem das »sozialistische Requiem« abgehalten wurde.

Inzwischen hatten sie gemerkt, daß er verrückt war, aber es war zu spät, um die Gruppe zu verlassen.

Sie arrangierten eine weitere Entführung. Der Leichtsinn in der Durchführung grenzte an Verachtung, und sie wurden gefaßt und vor Gericht gestellt. Es war ein Prozeß, der zersetzend auf die Moral im Lande wirkte, wegen der Verachtung, die sie für das Gesetz und die gerichtlichen Vorgänge zur Schau trugen.

Zu jener Zeit betrachtete man in den Nordwestlichen Randgebieten Gerichtsverfahren und rechtliche Schritte als einzige und schwächste Barriere vor einer totalen und brutalen Anarchie.

Jeder wußte, daß die »Zivilisation« auf äußerst schwachen Beinen stand. Das Urteil der älteren Leute über das, was in der Welt geschah, war nicht weniger mit Angst besetzt als das von Jüngeren wie Individuum sechs und seiner Gruppe oder anderen Terroristen, doch war die Wirkung genau umgekehrt. Sie wußten, daß der geringste Druck, auch zufällig oder unbeabsichtigt, das ganze Gebäude zum Einsturz bringen konnte ... und hier standen diese Verrückten, diese jungen Idioten, bereit, alles aufs Spiel zu setzen – ja mehr: *willens*, es herunterzureißen, *in der Absicht* zu zerstören und kaputtzumachen. Wenn Menschen wie Individuum sechs es »nicht glauben konnten«, so konnten gewöhnliche Bürger es genausowenig »glauben«: Es war nicht möglich, daß sie einander verstanden.

Als die fünf in den Gerichtssaal gebracht wurden und mit Ketten gefesselt auf der Anklagebank saßen, hinter zusätzlichen Eisengittern, war das für sie die Erfüllung, der Höhepunkt dessen, was sie vollbringen konnten.

»So bist du also«, sagten sie zu der Welt. »Diese brutalen Ketten, diese Gitter, die Tatsache, daß ihr Urteile fällen werdet, die uns den Rest unseres Lebens hinter Gitter bringen – so seid ihr! Schaut in den Spiegel, durch uns!«

Im Gefängnis und im Gerichtssaal waren sie in gehobener Stimmung, siegesgewiß, sangen und lachten wie bei einem Fest.

Etwa ein Jahr nach der Urteilsverkündung konnten Individuum sechs und zwei andere aus dem Gefängnis fliehen. Sie gingen getrennte Wege. Individuum sechs wurde fett, trug eine Perücke und legte sich eine korrekte Beamtenerscheinung zu. Er bemühte sich nicht um Kontakt mit den anderen entflohenen Mitgliedern seiner Gruppe, noch mit denen im Gefängnis. Er dachte kaum an sie; das gehörte der Vergangenheit an!

Er forderte absichtlich die Gefahr heraus. Er blieb auf der Straße stehen, um mit Polizisten zu plaudern. Er ging in Polizeireviere, um kleinere Vergehen zu melden, einen Fahrraddiebstahl etwa. Er wurde wegen Geschwindigkeitsüberschreitung festgenommen. Er trat in einem Verfahren vor Gericht auf. All das mit einer heimlichen, glühenden Verachtung: So seid ihr also, dumm, unfähig...

Er kehrte in die Stadt zurück, in der er aufgewachsen war, nahm eine anspruchslose Arbeit an und lebte ein Leben, das jeglicher Geheimhaltungsversuche entbehrte außer der Veränderung von Namen und äußerer Erscheinung. Die Menschen erkannten ihn, und man redete über ihn. Dies zu wissen machte ihm Vergnügen.

Sein Vater lebte jetzt in einer Einrichtung für Alte und Erwerbsunfähige, nachdem seine Mutter gestorben war, und als er hörte, daß sein Sohn in der Stadt sei, machte er es sich zur Gewohnheit, auf der Straße herumzulungern in der Hoffnung, ihn zu sehen. Das geschah auch, aber Individuum sechs winkte eine nette, freundliche Halt-mich-jetzt-bitte-nicht-auf-Geste hinüber und ging weiter.

Von seiner unvermeidlichen Wiederfestnahme erwartete er einen ähnlich aufsehenerregenden Prozeß wie den ersten. Er sehnte jenen Augenblick herbei, wo er in Ketten, wie ein

Hund, hinter doppelten Gittern stehen würde. Aber als es schließlich zur Verhaftung kam, wurde er unverzüglich ins Gefängnis eingeliefert, um seine Strafe abzusitzen.

Eine Hochstimmung, ein Wahn – der ihn seit dem Augenblick der Wahrheit, als er zum ersten Mal gesehen hatte, wie die Welt war, als sich ihm »die Augen geöffnet hatten«, hoch, hoch, hoch getragen hatte – schmolz plötzlich zusammen, und er beging Selbstmord.

INDIVIDUUM SIEBEN *(Terrorist, Typ 5)*

Sie war ein Kind reicher Eltern, Fabrikanten eines international bekannten Haushaltsgegenstands von keinerlei Nutzen, der zu nichts beitrug als zur Stärkung des ökonomischen Imperativs: Du sollst konsumieren!

Sie hatte einen Bruder, aber da sie in verschiedene Schulen gingen und es nicht für wichtig gehalten wurde, daß sie miteinander aufwuchsen, hatte sie nach ihrer frühesten Kindheit kaum mehr äußerlichen oder inneren Kontakt mit ihm.

Sie war unglücklich, unbefriedigt, ohne zu wissen, was ihr fehlte. Als sie älter wurde, sah sie, daß es in ihrer Familie keinen Mittelpunkt gab, keinen Punkt, an dem Verantwortung übernommen wurde: Weder der Vater, noch die Mutter, noch der Bruder – der nie eine andere Bestimmung kannte als die, der Erbe seines Vaters zu werden – nahmen Einfluß auf die Verhältnisse. Sie waren völlig passiv angesichts von Ereignissen, Ideen, Moden, Verhaltensnormen. Als sie das begriffen hatte – und sie konnte kaum glauben, daß sie so lange dazu gebraucht hatte –, merkte sie, daß sie die einzige in ihrer Familie war, die so dachte. Keinem kam je die Möglichkeit, »nein« zu sagen, in den Sinn. Ihr kam vor, als ließen sie sich wie Papierfetzen durch die Straßen treiben.

Sie haßte sie nicht. Sie verachtete sie nicht. Sie fand sie belanglos. Sie besuchte drei Jahre lang die Universität. Sie genoß das Doppelleben der jungen Leute ihrer Herkunft: Demokratie und Genügsamkeit in der Universität und den Luxus einer geduldeten Minderheit, die sich alles leisten konnte, zu Hause.

Sie interessierte sich nicht für das, was ihr beigebracht wurde, nur dafür, wen sie kennenlernte. Sie wechselte von einer politischen Sekte zur anderen, alle linksgerichtet. Sie benutzte dort das in jenen Kreisen obligatorische Kultvokabular, das alle gemeinsam hatten – bei allen war es dasselbe, obwohl sie einander zeitweise heftig befehdeten.

Ihnen allen gemeinsam war die Überzeugung, daß »das System« dem Untergang geweiht sei. Und durch Leute wie sie ersetzt werden würde, die anders waren.

Diese Gruppen, und es gab Hunderte davon in den Nordwestlichen Randgebieten – im Augenblick lassen wir die anderen Teile der Welt einmal außer acht –, hatten die Freiheit, ihr Programm, ihr Ideengerüst so anzulegen, wie es ihnen gefiel, ohne irgendeinen Bezug zur objektiven Wirklichkeit. (Dieses Mädchen merkte beispielsweise gar nicht, daß sie während ihrer Jahre bei den verschiedenen Gruppen Dinge genauso passiv hinnahm wie früher in ihrer Familie.) [*Vgl. Geschichte Shikastas, Bd. 3011, Das Zeitalter der Ideologien, »Pathologie der Politischen Gruppen«.*]

Seit der Zeit, als die dominierenden Religionen die Herrschaft nicht nur über die Nordwestlichen Randgebiete, sondern über ganz Shikasta verloren, trat unter den jungen Leuten ein Phänomen immer wieder auf: Wenn sie erwachsen wurden und ihre unmittelbaren Vorgänger mit den kalten, ablehnenden Augen ansahen, die den Zerfall der Kultur, den Abstieg in die Barbarei kennzeichneten, lehnten ganze Gruppen plötzlich, erstmals von der »Wahrheit« betroffen, alles um sich her ab und suchten in politischen Ideologien (was die Emotionen anging, war dies natürlich nichts anderes als die Reaktionen der Gruppen, die sich unter den Tyranneien der Religionen ständig gebildet und umgebildet hatten) nach Lösungen, die ihnen selbst unvergleichbar und einmalig vorkamen. Solche Gruppen bildeten sich über Nacht, hingerissen von einer Weltsicht, die sie für vollkommen neu und originell hielten, und innerhalb weniger Tage hatten sie sich eine Philosophie gezimmert, Verhaltensregeln und Listen von Feinden und Freunden aufgestellt, im persönlichen Bereich und auf nationaler und internationaler

Ebene. Eingebettet in einen Kokon von Selbstgerechtigkeit (denn der Kernpunkt ihrer Überzeugung war, daß sie recht hatten), lebten diese jungen Leute wochen-, monate-, sogar jahrelang dahin. Und dann fing die Gruppe an, sich zu unterteilen. Wie ein Stamm sich in Äste teilt, ein Blitz sich verzweigt, Zellen sich teilen. Ihre emotionale Identifikation mit der Gruppe war aber so geartet, daß sie jede kritische Untersuchung der Gruppendynamik verbot. Während die Studien von all jenen Wissenschaftlern, die die Mechanismen in der Gesellschaft untersuchen, von Tag zu Tag intelligenter, umfassender, genauer wurden, wandte man die Schlußfolgerungen nie auf politische Gruppen an – so wie es auch nie möglich gewesen war, zur Zeit der Religionstyrannis mit rationalem Blick religiöses Verhalten zu betrachten, oder daß religiöse Gruppen solche Ergebnisse auf sich selbst angewandt hätten. Die Politik war in das Reich des Heiligen gehoben, des Tabuisierten. Der flüchtigste Blick auf die Geschichte zeigte, daß jede Gruppe ohne Ausnahme dazu verurteilt war, sich wie Amöben zu teilen und wieder zu unterteilen und nichts dagegen tun konnte. Aber wenn es dann geschah, so immer unter »Verräter!«-, »Verrat!«-, »Hetze!«-Rufen und ähnlichen gedankenlosen Geräuschen. Wenn ein Mitglied einer solchen Gruppe unterstellte, daß die aus anderen Zusammenhängen bekannten Gesetze hier auch gültig sein müßten, war das Verrat; und wer dies wagte, wurde auf der Stelle hinausgeworfen, wie das auch bei den Religionen und religiösen Gruppen der Brauch gewesen war, unter Verwünschungen, heftigen Denunzierungen und emotionalen Ausbrüchen – ganz zu schweigen von physischer Folterung oder sogar Todesstrafe. So kam es, daß in dieser unendliche Male unterteilten Gesellschaft, in der unterschiedliche Ideengebäude nebeneinander existieren konnten, ohne einander zu beeinträchtigen – jedenfalls lange Zeit –, Apparate wie Parlamente, Räte, politische Parteien, Minderheitengruppen existieren konnten, ohne je hinterfragt zu werden, vor kühl-rationaler Untersuchung durch Tabus geschützt, während auf anderen Gebieten der Gesellschaft Psychologen und Soziologen Auszeichnungen

und Anerkennung für Arbeiten erhielten, die, wären sie angewendet worden, die Gesellschaftsstruktur zerstört hätten.
Als Individuum sieben die Universität verließ, schien ihr nichts, was sie gelernt hatte, für sie von Bedeutung. Ihre Familie erwartete, daß sie einen Mann wie ihren Vater oder ihren Bruder heiraten oder eine nichtssagende Arbeit annehmen würde. Ihr kam es plötzlich vor, als sei sie überhaupt nichts und als läge nichts vor ihr, das sie interessieren könnte.
Es war in der Zeit, als fortwährend »Demonstrationen« stattfanden. Die Massen zogen auf die Straße, um die Forderungen der Stunde hinauszubrüllen.
Sie hatte während ihres Studiums an Demonstrationen teilgenommen, und im Rückblick schien ihr, daß sie sich während des stundenlangen Laufens, Singens und Schreiens in der großen Menge lebendiger und aufnahmefähiger gefühlt hatte als je in ihrem Leben.
Sie machte es sich zur Gewohnheit, sich für ein paar Stunden des Rausches aus dem Haus zu entfernen, wann immer eine Demonstration anberaumt war. Es spielte keine Rolle, welches der Anlaß oder die Ursache war. Durch Zufall befand sie sich eines Tages in der ersten Reihe einer Menge im Kampf gegen die Polizei und war im Nu in ein Handgemenge mit einem Polizisten verwickelt, einem jungen Mann, der sie packte, ihr Beleidigungen ins Gesicht schrie und sie wie ein Bündel Lumpen einem anderen Polizisten zuwarf, der sie zurückstieß. Sie schrie und wehrte sich und wurde wie eine Trophäe fortgeschleppt, zusammen mit einem jungen Mann, den sie vom Namen her als einen der »Anführer« kannte.
Er verkörperte einen Typ, wie es ihn damals häufig gab: engstirnig, schlechtinformiert, dogmatisch, humorlos – ein Fanatiker, der nur in einer Gruppe existieren konnte. Sie bewunderte ihn offen und rückhaltlos und schlief an diesem Abend mit ihm, bevor sie nach Hause zurückkehrte. Sie war ihm gleichgültig, aber er tat ihr den Gefallen.
Sie machte sich daran, diesen jungen Mann für sich zu gewinnen. Sie wollte »seine« Frau sein. Er fühlte sich geschmeichelt, als bekannt wurde, daß sie die Tochter einer der

reichsten Familien der Stadt, nein der ganzen Nordwestlichen Randgebiete war. Aber er behandelte sie streng, sogar brutal, forderte als Beweis für ihre Hingabe an die Sache (und an ihn, denn er sah beides als eins), daß sie sich an immer gefährlicheren Aktionen beteiligen sollte. Es ging nicht um Unternehmungen gut durchdachter Art, wie sie von den Terroristen vom Typ 12 oder 3 durchgeführt wurden. Er forderte, daß sie mit ihm in der ersten Reihe der Demonstranten vorrücken, sich den Polizisten entgegenwerfen sollte, daß sie lauter schreien sollte als die anderen Mädchen, daß sie sich unter den Griffen der Polizisten wehren sollte, denen diese hysterischen Frauen im Grunde genommen Spaß machten. Er forderte ein ständig zunehmendes Maß an freiwilliger Degradierung von ihr.

Sie tat es mit Lust. Sie brachte einen immer größeren Teil ihres Lebens im Gerangel mit der Polizei zu. Er wurde laufend verhaftet, und sie stellte auf der Polizeiwache Kaution für ihn, stieg mit ihm ins Polizeiauto oder verteilte Flugblätter für ihn und seine Genossen. Ihre Eltern bekamen Kenntnis von diesen Aktivitäten, aber nach Beratungen mit anderen Eltern trösteten sie sich mit der Formel, die Jugend müsse eben »über die Stränge schlagen«. Sie war empört über diese Haltung: Man nahm sie nicht ernst! Ihr Geliebter nahm sie ernst. Die Polizei auch. Sie ließ sich verhaften und verbrachte einige Tage im Gefängnis, einmal – zweimal – dreimal. Ihre Eltern bestanden darauf, sie gegen eine Kaution auszulösen, so daß sie ihren Freund und ihre Genossen in der Polizeizelle zurücklassen mußte, während sie in einem der familieneigenen Autos nach Hause chauffiert wurde.

Sie nahm einen anderen Namen an und verließ ihr Zuhause, fest entschlossen, mit ihrem Freund zusammenzuleben, was bedeutete, mit einer Gruppe von etwa zwölf jungen Leuten. Sie nahm alles in Kauf; das Leben in einem finsteren Schuppen, der schon vor Jahren zum Abbruch bestimmt worden war. Sie genoß die Entbehrungen, den Schmutz. Sie fand Befriedigung darin, zu kochen und zu putzen und ihren Freund und seine Genossen zu bedienen. Sie fand Gefallen daran, wegen ihrer Herkunft, aber sie spürte, daß sie ernst genommen wurde, ja, daß ihr verziehen wurde.

Ihre Eltern spürten sie auf, kamen zu ihr, und sie schickte sie weg. Sie bestanden darauf, ein Bankkonto für sie zu eröffnen und Boten mit Bargeld, Lebensmitteln, Gebrauchsgegenständen, Kleidern zu ihr zu schicken. Sie gaben ihr, was sie ihr immer gegeben hatten – *Dinge*.

Ihr Geliebter saß mit gespreizten Beinen auf einem harten Stuhl, die Arme über der Lehne verschränkt, beobachtete sie mit einem kalten, sarkastischen Lächeln und wartete ab, was sie tun würde.

Sie hielt die Dinge, die, wie sie wußte, ihre Eltern nichts gekostet hatten, nicht für wert, zurückgeschickt zu werden und übereignete alles, auch das Geld, der »Sache«.

Ihr Geliebter blieb gleichgültig. Gut zu essen, etwas Hübsches anzuziehen oder sich aus Wärme und Gemütlichkeit etwas zu machen, schien ihm verachtenswert. Er diskutierte mit seinen Freunden über sie, ihre Klassenposition, ihre ökonomische Lage, ihre Psychologie, ausführlichst, jonglierte hin und her mit dem Jargon der linken Literatur. Sie hörte zu, fühlte sich unwürdig, aber ernst genommen.

Er forderte von ihr, daß sie bei der nächsten »Demo« einen Polizisten ernsthaft angreifen sollte. Sie tat es ohne Widerspruch. Nie zuvor war sie sich so erfüllt vorgekommen. Sie saß drei Monate lang im Gefängnis, wo ihr Geliebter sie einmal besuchte. Andere besuchte er öfter. Warum, fragte sie sich demütig. Nicht alle von ihnen waren mittellos und unwissend; einer seiner Freunde war sogar recht wohlhabend und gebildet. Aber sie war eben sehr reich, ja, das mußte es sein. Sie waren alle würdiger als sie. Im Gefängnis unter den anderen Gefangenen, die zumeist unpolitisch waren, strahlte sie eine unveränderliche, lächelnde Überzeugung aus, die sich als Demut manifestiert. Sie tat immer die Dinge, die kein anderer tun wollte. Schmutzige Arbeiten und Strafen waren für sie wie Essen und Trinken. Die Gefangenen tauften sie voller Abscheu »die Heilige«; doch sie nahm es als Kompliment. »Ich versuche, würdig zu werden, ein wahres Mitglied der – zu werden«, und sie nannte den Namen ihrer politischen Gruppe. »Um ein wahrer Sozialist zu werden, muß man leiden und hart an sich arbeiten.«

Als sie freigelassen wurde, lebte ihr Freund mit einer anderen Frau zusammen. Sie nahm es hin; das war natürlich, weil sie nicht gut genug war. Sie bediente sie. Wartete ihnen auf. Sie kauerte sich auf den Boden vor dem Zimmer, in dem ihr Geliebter und die Frau einander in den Armen lagen, verglich sich mit einem Hund, sich sonnend in ihrer Erniedrigung, und murmelte vor sich hin, wie Gebete eines Rosenkranzes: »Ich werde würdig sein, ich werde es schaffen, ich werde es ihnen zeigen, ich werde...«, und so weiter.

Zur nächsten »Demo« nahm sie ein Küchenmesser mit, ohne auch nur zu prüfen, ob es scharf war: das Gefühl, es bei sich zu tragen, war schon genug. Berauscht, über sich selbst erhoben, kämpfte und rang sie, eine Walküre mit flatterndem schmutzigblondem Haar, rotunterlaufenen blauen Augen, einem starren, häßlichen Lächeln. (Zu Hause hatte man ihren »sanften Blick« so geliebt.) Sie griff Polizisten mit den Fäusten an und zog dann das – wie der Zufall es wollte – stumpfe Messer heraus und stach damit um sich. Aber sie wurde nicht verhaftet. Andere wohl. Es herrschte ein solches Mißverhältnis zwischen der Atmosphäre und sogar dem Zweck dieser Demonstration und ihrer Erscheinung, ihrer Besessenheit, daß die Polizisten verdutzt waren. Einer der Vorgesetzten gab den Befehl aus, sie nicht zu verhaften; sie war ganz offensichtlich geistesgestört. In der Verzückung eines erneuten Versuchs schrie sie und schwenkte ihr Messer, begriff dann aber, daß die Demonstration zu Ende war und die Leute nach Hause strömten. *Man nahm sie nicht ernst!* Sie stand da und schaute zu, wie die Verhafteten in die Polizeiautos geladen wurden, wie ein Kind, das nicht mitspielen darf, das Messer in der Hand, als wolle sie Fleisch oder Gemüse damit schneiden.

Eine Gruppe von Leuten hatte sie beobachtet: nicht erst an diesem Tag, sondern schon bei früheren Demonstrationen.

Ein Mädchen, das wie eine Heldenstatue am Rand des Bürgersteigs stand, das Messer stichbereit in der Hand, mit schmutzi-

gen Haaren um ein geschwollenes, gerötetes Gesicht und Tränen wütender Enttäuschung, sah vor sich einen Mann, der darauf wartete, daß sie ihn wahrnahm. Er hatte ein Lächeln, das ihr *freundlich* erschien. Seine Augen waren »streng« und »durchdringend«; er verstand sich gut auf den emotionalen Typ, den sie verkörperte.
»Ich finde, du solltest mit mir kommen«, schlug er vor.
»Warum?« sagte sie, voller Angriffslust, in der eine Bereitschaft zu gehorchen steckte.
»Du kannst dich nützlich machen.«
Sie machte automatisch einen Schritt auf ihn zu, zwang sich dann aber verwirrt zum Stehenbleiben.
»Wofür?«
»Du kannst dich für den Sozialismus nützlich machen.«
Über ihr Gesicht huschte ein Ausdruck, der sagte: So leicht kriegst du mich nicht!, während ihr Satzfetzen aus dem *Vokabular* durch den Kopf wirbelten.
»Genau deine Fähigkeiten und Qualitäten werden gebraucht«, sagte er.
Sie ging mit.
Die Gruppe hauste in einer großen, schäbigen Wohnung am Rande der Stadt, in einer Arbeitergegend. Es war nur einer der Schlupfwinkel dieser zwölf jungen Frauen und Männer, deren Anführer sie angesprochen hatte. Während die Umstände – eine Armut, die noch verschärft und betont wurde – ihres vorherigen Wohnorts eine emotionale Notwendigkeit für die Selbstdefinition jener Gruppe gewesen war, war es diesen Menschen einfach gleichgültig, wie sie lebten, und sie zogen innerhalb eines einzigen Tages vom Überfluß ins Elend und dann in einen Mittelschichtkomfort, wenn es nötig war, ohne das, was sie umgab, recht wahrzunehmen. Das Mädchen paßte sich sofort an. Obwohl sie tagelang vor der Tür ihres Geliebten und seiner neuen Frau gelegen und ihr Elend ausgekostet hatte, dachte sie jetzt kaum mehr an jenes Leben, *in dem sie nicht gewürdigt worden war*. Sie sah nicht sofort, was man von ihr fordern würde, war aber geduldig, gehorsam, sanft und übernahm jede Aufgabe, die gerade anstand.

Diese neuen Genossen waren mit der Planung einer Aktion beschäftigt, aber ihr wurde nicht gesagt, was es war. Nach einiger Zeit wurde sie wieder in eine andere Wohnung gebracht, in der sie noch nie gewesen war, und wurde aufgefordert, eine junge Frau auszuziehen und zu untersuchen, die zu einer »Befragung« hergebracht worden war. Das Mädchen war in Wirklichkeit eine Komplizin, aber kurz bevor die »Untersuchung« begann, bekam Individuum sieben gesagt, es handle sich um einen »besonders harten Fall«, und es würde »nichts bringen, sie mit Samthandschuhen anzufassen«.

Allein mit ihrem Opfer, das benommen und mutlos wirkte, fühlte sich das Mädchen von demselben vertrauten und langersehnten Glücksgefühl, von der Atmosphäre der Gefahr erhoben wie bei ihren Zusammenstößen mit der Polizei. Sie »untersuchte« die Gefangene, die, wie ihr schien, alle Zeichen von Verstocktheit und Boshaftigkeit aufwies. Es fehlte nicht viel zu einer Folterung, und sie genoß es.

Sie bekam Komplimente über die Art, wie sie ihren Auftrag erfüllt hatte, von dieser Gruppe ernsthafter, verantwortungsvoller Revolutionäre. So beschrieben sie sich selbst. Aber bisher hatte sie noch nichts aus ihrem Munde über die Sache gehört, an die sie glaubten oder der sie sich verpflichtet fühlten. Und sie sollte auch nichts mehr darüber hören.

Ihr wurde befohlen, das Haus nicht zu verlassen, sich versteckt zu halten; sie sei zu wichtig, um sich aufs Spiel zu setzen. Wenn die Gruppe in eine andere Wohnung zog, wurden ihr immer die Augen verbunden. Sie nahm es mit einer demütigen Freude hin; es mußte wohl notwendig sein.

Diese Gruppe arbeitete bei ihren Entführungen reicher oder bekannter Persönlichkeiten mit einer zusätzlichen Raffinesse, die in der Entführung und Folterung oder angedrohten Folterung von Verwandten oder Vertrauten des Opfers bestand – Schwestern, Frauen, Geliebte, Töchter. Immer Frauen. Das Mädchen bekam die Aufgabe, sie zu foltern, zunächst andeutungsweise, dann richtig, eine junge Frau nach der anderen.

Sie freute sich darauf. Sie hatte ihre Situation akzeptiert. Aufflackernde Gewissensbisse beschwichtigte sie mit: Sie haben mehr Erfahrung als ich, sie sind besser als ich, es muß wohl notwendig sein.

Wenn sie bedachte, daß sie nicht einmal etwas über die ideologischen Bindungen der Gruppe wußte, tröstete sie sich mit den Schlagworten, die ihr so vertraut waren, seit sie – wie sie es ausdrückte – politisch reif geworden war.

In Augenblicken, wenn eine jähe Freude sie ergriff, entweder über ein eben beendetes Verhör oder auf ein ihr versprochenes, fragte sie sich zuweilen, ob sie vielleicht unter Drogen stehe: ob diese neuen Freunde ihr Stimulantien verabreichten, so lebendig fühlte sie sich, so vital und voller Energie.

Die Gruppe bestand drei Jahre, bevor sie von der Polizei ausgehoben wurde, und das Mädchen beging Selbstmord, als offensichtlich wurde, daß sie der Verhaftung nicht entgehen konnte. Der Impuls hinter dieser Tat war eine Fortsetzung des Gebots, daß sie niemals in Erscheinung treten dürfe – nie ausgehen, sich nirgends sehen lassen und selbst nicht einmal wissen dürfe, wo sie sich befand. Sie spürte, daß sie sie unter Folter – sie lebte jetzt in einer Gedankenwelt, in der Folter nicht nur möglich, sondern unvermeidbar war – »verraten« würde. Ihr Selbstmord war daher in ihren Augen ein Akt des Heldenmuts und der Selbstaufopferung im Dienst des Sozialismus.

Man wird bemerkt haben, daß keines der hier aufgeführten Individuen zu den Opfern besonders ungerechter Umstände gehörte, etwa unter einer willkürlichen oder tyrannischen Herrschaft litt, eines Landes vertrieben war, um der Zugehörigkeit zu einer verachteten oder unterdrückten Rasse willen verfolgt wurde, oder durch Gedankenlosigkeit, Gleichgültigkeit oder Grausamkeit anderer in Armut leben mußte.

Mit dem nächsten Individuum konnte ich weder über die Riesen noch auf ähnliche Weise Kontakt aufnehmen. Ich hatte schon längere Zeit nach jemand Geeignetem gesucht, und auf meinen Reisen nach und von Shikasta hatte ich an der Stelle in Zone Sechs, wo die armen Seelen um ihre Chance der Wiedergeburt anstehen, meine alte Bekannte Ranee warten sehen. Ich

hatte ihr gesagt, daß ich bald mit ihr zusammensein müsse und aus welchem Grund. Als ich nun die Schlange der Wartenden nach ihr absuchte, konnte ich sie nicht entdecken, und mir fiel auch auf, daß die Schlange kürzer und dünner geworden war. Ich hörte Gerüchte über eine Katastrophe, eine entsetzliche Gefahr in Zone Sechs und daß alle, die dazu in der Lage gewesen seien, fortgezogen wären, um anderen bei der Flucht zu helfen. Die armen Seelen, die in der Schlange stehengeblieben waren, hatten sich so auf ihre Hoffnung auf einen früheren Einlaß versteift, drängten jedes Mal, wenn die Tore sich auftaten, nach vorne, einander beiseite schiebend und nur Augen für das offene Tor, daß ich nichts weiter aus ihnen herausbekam.
Ich ging an ihnen vorbei in das niedrige Gestrüpp und Gras der Hochebene, ganz allein in der hereinbrechenden Dämmerung. Mir war beklommen zumute, und ich glaubte zunächst, das rühre daher, daß man mir von der drohenden Gefahr erzählt hatte. Aber bald wurde das Gefühl des Bedrohlichen so stark, daß ich das Buschland verließ und auf einen schmalen Bergkamm stieg, indem ich mich in der Dunkelheit von Fels zu Fels hocharbeitete. Ich stellte mich mit dem Rücken an eine schmale Klippe, das Gesicht in die Richtung, aus der ich die Morgendämmerung erwartete. Es war still. Aber nicht völlig still. Ich hörte ein leises Raunen wie von Wasser... von einem Meer, wo keines war, nicht sein konnte. Die Sterne zogen hell und mächtig am Himmel auf, und ihr schwaches Licht beleuchtete niedriges Buschwerk und freiliegendes Gestein. Nichts, was dieses Geräusch erklären konnte, das ich meiner Erinnerung nach noch nie zuvor gehört hatte. Doch wisperte es weiter Gefahr, Gefahr, und ich blieb, wo ich war, wandte mich aber in alle Richtungen, suchte zu spüren und zu sehen, wie ein Tier, das eine Gefahr wittert, die es nicht versteht. Als das Morgenlicht über dem Himmel aufzog und die Sterne verblaßten, war das Geräusch noch da, jetzt stärker. Ich stieg von dem Kamm hinunter und ging weiter und kam an den Rand der Wüste, wo ich das unaufhörliche Zischen hörte. Doch wehte kein Wind, der den Sand hätte aufblasen können. Alles war ganz ruhig, und ein leichter Duft von Tau stieg unter meinen Füßen auf, sobald ich

sie auf den knisternden Boden aufsetzte. Ich ging weiter, mit jedem Schritt langsamer, denn alle meine Sinne warnten mich. Ich hielt mich dicht neben dem Bergkamm, den ich während der Nacht als Schutz benutzt hatte. Er zog sich vor mir hin, bis er in weiter Ferne in schwarze, zerklüftete Berggipfel mündete, die in der kühlen, grauen Morgendämmerung düster, fast unheimlich wirkten. Die raschelnde Stimme des Sandes wurde lauter ... Nicht weit vor mir sah ich dünne Sandsäulen aufsteigen und wieder in sich zusammenfallen, dabei wehte kein Wind! Niedrige Wolken hingen dunkel und bewegungslos am Himmel, und weiter oben verdichteten sie sich, von der Morgenröte gefärbt, zu dicken, unbeweglichen Massen. Eine windlose Landschaft und ein ruhiger Himmel: und doch kam das Flüstern von überall her. Ein kleiner Fleck in der Luft weit vor mir wurde größer, und dicht um mich schien der Sand zu beben. Ich verließ ihn und stieg wieder auf den Kamm, wo ich mich nach der Stelle umschaute, an der ich eben gestanden hatte. Zuerst nichts; dann sah ich, wie der Sand, fast genau an der Stelle, wo ich gewesen war, bebte. Dann lag er wieder ruhig. Aber es war keine Einbildung. Ich sah jetzt an mehreren Stellen über der Sandebene, die links des Bergkamms lag, Sandwirbel stehen. Auf die rechte Seite hatte ich noch nicht geschaut, da ich nicht wagte, die Augen von der Stelle zu nehmen, an der ich gewesen war. Es schien lebenswichtig, sie zu beobachten, als könne etwas wie ein wildes Tier herausstürzen, sobald ich den Blick abwandte. Es war unsinnig, aber ich mußte stehenbleiben und dorthin starren. Die Stelle, wo der Sand sich bewegt hatte, bebte wieder. Der Sand bewegte sich ganz eindeutig und lag dann wieder still. Als habe ein riesiger unsichtbarer Stock darin gerührt ... Das leise Pfeifen füllte meine Ohren, und ich konnte nichts anderes hören. Ich wartete. Ein Stück Boden, das ich mit ausgestreckten Armen hätte messen können, wurde von dem unsichtbaren Stock gerührt; es war die langsame, zögernde Bewegung eines Strudels, die dann wieder aufhörte. Eine halbe Meile weiter vermeinte ich unter einem der Flecken in der Luft ein Wirbeln zu sehen. Aber ich hielt meine Augen auf die Geburt des Sandwirbels – denn jetzt wußte ich, daß es das war, was ich hier beobachtete – in meiner Nähe gerichtet. Langsam, knirschend, mit Unterbrechungen und neuen Ansätzen bildete sich der Strudel heraus, und dann bebte in verschiedenen Abständen darum herum der Sand, lag wieder ruhig und begann von neuem ... Dann befand sich die Mitte in langsamer, regelmäßiger Drehung, und Sandkörner wirbelten hoch und fielen zur Seite und glitzerten im Fallen. So war also die Sonne aufgegangen? Ich blickte auf und sah den Himmel vor mir in wildem, wütendem Rot hinunter auf den Sand strahlen.

Der Sandstrudel hatte sich jetzt vollständig gebildet und zog immer mehr Sand ringsum herein, und die Stellen in der Nähe, an denen ich kleine Bewegungen bemerkt hatte, fingen auch an, Kreise zu werfen und wieder einzusinken und dann von neuem zu beginnen, wenn sich die Nebenwirbel bildeten. Ich sah, daß die ganze Ebene voll von diesen bewegten Stellen war, und die Luft über einer jeden hielt eine kleine Wolke, die sich vergrößerte, aber nicht weiterzog, weil kein Wind da war. Und jetzt endlich zwang ich mich dazu, von dieser entsetzlichen, heimtückischen Ebene wegzusehen und schaute zu meiner rechten Seite hinunter. Auch hier Wüste, die sich ins Endlose ausdehnte, aber ich sah keine Bewegung. Das öde Land lag ruhig und still da, beleuchtet vom wilden Scharlachrot des Himmels, doch dann kam ein Wüstenfuchs von dort her auf mich zu, das sanfte Gelb seines Pelzes wie glühend, und lief den Bergkamm hinauf und verschwand. Ein zweiter näherte sich. Und plötzlich sah ich, daß viele Tiere auf der Flucht waren vor einer Gefahr, die hinter ihnen sein mußte. Weit hinter ihnen, denn ich konnte auf dieser Seite des Bergkamms immer noch keine Bewegung im Sand erkennen, obwohl auf der anderen Seite die ganze Ebene zwischen den Sandstrudeln zitterte und bebte. Weit in der Ferne über dieser stabilen und noch normalen Seite der Ebene sah ich, daß der Himmel, der von einem klaren Morgen voll erhellt war und in dem die Rottöne rasch verblaßten, von einem niedrigen Dunst verhangen war, den ich jetzt verstand.

Ich hatte begriffen, was hier geschah, was noch geschehen würde und begann hastig, den Felsenkamm entlangzulaufen, der, wie ich glaubte oder hoffte, nicht unter den Bewegungen im

Sand nachgeben würde, sondern in der Tiefe fest verankert war.
Ich hielt Ausschau nach Menschen, die vor diesen schrecklichen Strudeln flohen und sich in die Sicherheit der Felsen gerettet haben mochten, aber es kam mir wahrscheinlicher vor, daß sie schon die Berge erreicht hatten, die von meinem Standpunkt aus noch so fern schienen. Dann sah ich, wie sich eine Gruppe von fünf Menschen näherte, eine Frau, ein Mann und zwei halbwüchsige Kinder. Sie waren benommen von den Gefahren, die sie überstanden hatten, und konnten mich nicht sehen. Sie wurden von einer Frau geführt, deren Gesicht ich in der Menge der an der Grenze Wartenden schon gesehen hatte, und ich hielt sie an und fragte, was hier vor sich gehe. »Beeil dich«, sagte sie, »es sind immer noch Menschen auf dem Sand. Aber du mußt dich beeilen« – und sie lief weiter den Bergkamm entlang und mahnte ihre Schützlinge zur Eile. Sie standen mit offenem Mund da, die Augen auf den bebenden, wirbelnden Sand zu meiner Rechten, ihrer Linken, gerichtet und schienen gar nicht zu hören. Sie mußte sie weiterdrängen, sie in Bewegung schieben. Wieder hastete ich weiter, ungeschickt, über die Felsen und Steine strauchelnd und fallend und überholte mehrere kleine Gruppen, jeweils geführt von einer Person aus den Warteschlangen. Die Geretteten zitterten und starrten wie gebannt auf die schwimmende Wüste, mußten ununterbrochen daran erinnert werden, weiterzugehen und die Augen nach vorne zu richten.
Als ich endlich den Fuß der Berge erreichte, die sich steil aus dem Sand erhoben, war es keinen Augenblick zu früh: Ich hatte gesehen, daß der Bergkamm nicht lange standhalten konnte, wenn sich auch die große Sandfläche auf meiner Rechten in Bewegung auflösen würde und einstürzen mußte. Ich wandte mich um und sah, daß auf der einen Seite des Bergkamms keine Stelle mehr unbewegt war: Die ganze Wüste schwankte, wirbelte, zerfloß. Auf der anderen Seite schien noch alles in Sicherheit. Doch sah ich riesige Schwärme von Tieren über die weiten Sandflächen herüberkommen. Keines der Tiere schaute zurück, schien in Panik oder verzweifelt, sondern zielbewußt

und umsichtig suchten sie sich ihren Weg durch die Dünen und Sandvertiefungen hinüber zum Bergkamm, auf dem sie sich durch die Felsen zu der Hochebene hinaufarbeiten mußten, von der ich gekommen war. Von einer bestimmten Stelle an sah man in der Ferne keine fliehenden Tiere mehr: Was ich hier sah, war der Auszug der letzten Flüchtenden, und hinter ihnen lag nur noch Sand. Am Horizont waren die Staubwolken höher hinauf in das Kobaltblau des Morgenhimmels gestiegen.
Ich war nicht sicher, was ich als nächstes tun sollte. Ich hatte schon längere Zeit keine Flüchtlinge mehr getroffen. Vielleicht waren inzwischen alle gerettet worden und es gab keine mehr? Ich stieg an der felsigen, kantigen Seite des Bergs nach rechts und erreichte einen kleinen Vorsprung schroffen Felsens, der mit trockenem Buschwerk bedeckt war. Von hier aus konnte ich direkt hinunter in die Ebene sehen, wo plötzlich Anfänge von Bewegungen waren, Sandwirbel entstanden. Gleichzeitig sah ich dort unten eine kleine Erhöhung schwarzer Felsen und darauf zwei Menschen. Sie standen mit dem Rücken zu mir und starrten hinaus in die Ebene. Sie kamen mir bekannt vor. Ich lief hinunter und auf sie zu, und verschiedene Gedanken regten sich gleichzeitig in mir. Daß es ein Schocksymptom war, daß diese armen Opfer in ihr Verderben starren mußten, wie hypnotisiert und jeder Bewegung unfähig. Daß ich sie sicher rechtzeitig erreichen würde, aber ob ich sie rechtzeitig von dort wegbringen könnte ... und daß es meine alten Freunde Ben und Rilla sein mußten, die wieder zusammengefunden hatten, in Sicherheit waren, wenn auch von der Außenwelt abgeschnitten.
Als ich die Ebene erreicht hatte, fühlte ich, wie der Sand unter mir bebte. Ich stolperte weiter, wobei ich zu ihnen hinüberrief und schrie, doch hörten sie mich nicht, oder konnten sich nicht bewegen. Als ich ihre kleine Felseninsel erreichte, hatte sich nicht weit davon ein Sandstrudel gebildet, und ich sprang auf den Felsen und rief: »Rilla! Ben!« Sie standen da, zitternd wie Hunde, die naß geworden sind, schauten mich nicht an, sondern starrten auf die verschwimmende, strudelnde Wüste. Ich rief wieder, und sie richteten ausdruckslose Blicke auf mich,

konnten mich aber nicht erkennen. Ich faßte sie an und schüttelte sie, und sie wehrten sich nicht. Ich schlug ihnen ins Gesicht und schrie, und ihre Augen, die jetzt auf mich gerichtet waren, schienen ein ärgerliches Warum tust du das? anzudeuten. Aber schon hatten sie sich wieder abgewandt, standen wie versteinert und starrten.
Ich stieg um den Felsen herum, so daß ich unmittelbar vor ihnen stand. »Ich bin Johor«, sagte ich, »Johor, euer Freund!« Ben schien nahe daran, zu sich zu kommen, aber schon versuchte er, an mir vorbeizusehen, um weiter den Sand zu beobachten. Rilla hatte mich anscheinend noch gar nicht gesehen. Ich nahm Das Zeichen heraus und hielt es vor ihre starrenden Augen. Beide Augenpaare folgten dem Zeichen, als ich von dem Felsen herabstieg, und sie kamen hinter mir her. Sie kamen! – aber wie Schlafwandler. Das Zeichen hochhaltend und rückwärts vor ihnen hergehend erreichte ich den Wüstenboden, der jetzt überall bebte, mit einem singend zischenden Geräusch, und ich rief ihnen zu: »Folgt mir, kommt! Folgt mir!«, wobei ich Das Zeichen unaufhörlich bewegte, so daß es aufglänzte und strahlte. Ich ging so schnell ich konnte, zuerst rückwärts, dann drehte ich mich, weil ich die schreckliche Gefahr sah, in der wir schwebten, zwischen den Sandwirbeln, die überall um uns entstanden, halb zur Seite und führte sie so vorwärts. Sie stolperten und stürzten und schienen die ganze Zeit von dem Bedürfnis besessen, zurückzuschauen, aber ich zog sie mit der Macht des Zeichens vorwärts; und schließlich standen wir auf dem festen Abhang des Berges. Dort drehten sie sich sofort um und starrten auf die Wüste, wobei sie einander fest umschlungen hielten. Auch ich stand da und starrte zurück, denn ich war wie sie von dem Entsetzlichen in Bann geschlagen. Wo wir gegangen waren, war jetzt schon alles Bewegung, im Wandel, im Absinken begriffen: So weit wir sehen konnten, bebte der goldene Sand. Und wir standen da, wir standen da, denn ich hatte mich wie sie darin verloren, und starrten auf einen riesigen Strudel: Die ganze Ebene war eine einzige wirbelnde Zentrifuge geworden, die sich drehte und drehte und deren Mittelpunkt immer tiefer sank und schließ-

lich nicht mehr sichtbar war. Irgendein beängstigender Mechanismus zerrte und sog an dieser Stelle, nährte sich von den Energien und freigesetzten Kräften, und ich konnte meine Augen nicht abwenden; es war, als würden mir meine Augen aus dem Kopf gezogen, mein Verstand ging verloren, floß in den Strudel hinein. Da kam ein schwarzer Adler vom Himmel heruntergeflogen und warnte uns: Fo...o...rt, fo...o...ort... und das Klatschen seiner Schwingen über meinem Kopf brachte mich wieder zu mir. Ich hatte sogar Das Zeichen fallen gelassen und mußte mich jetzt auf die Knie niederlassen und es suchen, und da sah ich seinen Glanz halb unter einem Felsen hervorschimmern. Ich mußte Ben und Rilla schütteln und schlagen, um sie zu wecken und wieder Das Zeichen vor ihren Augen hin und her bewegen, um sie aus dem Bann des Sandes fortzulocken. Über uns zog der Adler, der uns gerettet hatte, seine Kreise, schaute herunter, um sich zu vergewissern, ob wir wirklich aufgewacht, in Sicherheit waren, und als er merkte, daß wir ihn sahen, zog er einen Bogen nach Osten, wo das Gelände über die Höhe der Wüste anstieg und Buschwerk und niedrige Felsen Sicherheit boten vor der tödlichen Ebene, die wir so schnell wie möglich verlassen mußten. Ben und Rilla folgten passiv, fast blöde, wohin ich sie führte und der Adler uns leitete. Ich versuchte nicht, mit ihnen zu reden, überlegte aber, was zu tun war, denn wir entfernten uns jetzt von der Grenze zwischen Zone Sechs und Shikasta, wo wir eigentlich hinmußten. Doch folgte ich dem Adler, mir blieb keine andere Wahl. Wenn er so viel Verstand besessen hatte, mich aus meiner Trance zu erwecken, so konnte ich ihm auch jetzt vertrauen... Nach stundenlangem, mühseligem Fußmarsch mit meinen beiden betäubten Schützlingen stieß der große Vogel einen Schrei aus, um meine Aufmerksamkeit zu erhaschen, und zog in weitem Bogen nach links, und ich wußte, daß wir uns nun dorthin wenden mußten. Wir gingen den ganzen Tag lang weiter, bis zum Abend, nur dem Vogel vertrauend, denn ich wußte nicht, wo wir waren. Rilla und Ben konnten jetzt schon ein wenig sprechen, wenn auch nur ungeschickte, halbe Sätze und hingeworfene Wörter. Für die Nacht fanden wir einen geschützten

Ort, und ich hieß sie sich setzen und ausruhen. Schließlich schliefen sie ein, und ich stand auf und stieg an eine höhere Stelle, von der ich über das Gestrüpp der Hochebene zurück zu der Wüste schauen konnte. Im Licht der Sterne sah ich einen einzigen ungeheuren Wirbelstrom, der die ganze Fläche ausfüllte. Der rückgratartige Felsenkamm war hineingesogen worden und völlig verschwunden. Nichts war geblieben als der bis zum Horizont reichende Wirbel, und sein Geräusch war jetzt zu einem Brüllen angewachsen, das die Erde bis zu der Stelle, an der ich stand, erzittern ließ. Ich kroch durch die Dunkelheit zurück zu meinen Freunden und saß bis zum Anbruch der Morgendämmerung neben ihnen. Der Adler, der auf einer hohen Felsspitze saß, schrie mir einen Morgengruß zu, der so dringlich klang, daß ich wußte, daß wir weitermußten. Ich weckte Ben und Rilla, und den ganzen Tag über folgten wir dem Vogel durch das Bergland, das die Sandebene einschloß, um die wir jetzt unseren Weg suchten. Wir konnten sie nicht sehen, aber wir hörten das Brüllen der wütenden, vergewaltigten Erde. Gegen Abend erkannte ich, wo wir waren. Und nun fiel mir wieder ein, daß ich mit meinen Aufgaben auf Shikasta im Verzug war und daß ich dringend zu ihnen zurückkehren mußte. Doch konnte ich Ben und Rilla noch nicht allein lassen. Während sie gingen, wandten sie immer wieder den Kopf nach jenem entfernten Tosen, das klang, als wenn Wellen wieder und wieder an die Küste branden, und ich wußte; wenn ich sie allein ließe, würden sie sich zurück in den Sand locken lassen. Ich konnte ihnen auch Das Zeichen nicht anvertrauen; sie waren nicht zuverlässig genug. Schließlich hatte sogar ich es fast verloren, und verglichen mit ihnen war ich immer Herr meiner Sinne gewesen. Ich rief hinauf zu dem Adler, daß ich seine Hilfe brauche, und als er dicht über uns kreiste, bat ich ihn, Ben und Rilla weiter zu begleiten. Ich hielt noch einmal Das Zeichen vor ihnen hoch und schärfte ihnen ein, daß der Vogel der Diener des Zeichens sei und sie tun müßten, was er ihnen befehle. Ich sagte, wir würden einander an der Grenze Shikastas wiedertreffen und sie dürften nicht aufgeben. Indem ich sie so ermahnte, prägte ich ihnen ein, soviel ich konnte und ging dann

alleine weiter, sehr schnell. Ich schaute später zurück und sah, wie sie sich langsam vorwärtsmühten, die Augen zum gleitenden Flug des Adlers erhoben, der vor ihnen weiter- und weiterflog.
Ich traf Ranee mit einer Gruppe, die sie aus dem Strudel gerettet hatte, nicht weit von der Grenze entfernt. Ich fragte, ob ich mit ihr weiterreisen könne, um den Kontakt herzustellen, den ich brauchte, und sie willigte ein. So ging ich mit ihr. Ihre Schützlinge waren genauso gelähmt, so verloren wie der arme Ben, die arme Rilla. Doch schienen sie langsam wieder zu sich zu finden, während Ranee mit leiser, gleichmäßiger, zwingender Stimme mit ihnen sprach wie eine Mutter, die ihr Kind über einen bösen Traum tröstet, beschwichtigend und erklärend.

INDIVIDUUM ACHT

Ihr Typ und ihre Situation waren in Shikasta häufig, wiederholten sich immer wieder, und das, seit die Ungleichheit zwischen Mann und Frau in der sozialen Stellung und in den Erwartungen der Umwelt erstmals aufgetreten waren. Da die Frauen während der Zeit, in der sie kleine Kinder haben, verletzbarer sind und Hilfe brauchen (ich wiederhole hier ganz offensichtliche Tatsachen, da es die grundlegenden Dinge sind, die am leichtesten übersehen werden), wegen dieser Abhängigkeit haben die Frauen sich zu allen Zeiten in Situationen befunden, in denen sie keine Alternative hatten, als Dienerinnen zu werden.
Ein nobles Wort.
Ein nobler Zustand.
In Shikasta kann es vorkommen, daß eine Rasse in der einen Epoche herrscht und in der nächsten unterdrückt wird. Eine Rasse oder ein Volk, das zu einer bestimmten Zeit oder an einem bestimmten Ort in Sklaverei gehalten wird, kann innerhalb weniger Jahrzehnte die Herrschaft über andere erringen. Die Rolle der Frau hat sich immer entsprechend eingepaßt, und wo immer ein Volk, ein Land, eine Rasse unterdrückt wird,

sind es die Frauen, die, doppelt vom Schicksal geschlagen, in den Häusern der Herrschenden zum Dienen angestellt werden. Eine solche Frau konnte, oft zum Schaden ihrer eigenen Kinder, die sie vielleicht sogar verlassen mußte, die Stütze und der Halt einer ganzen Familie sein, und das unter Umständen ihr ganzes Leben lang. Ihr ganzes *Arbeits*leben lang, denn eine solche Bedienstete konnte man, wenn sie alt war, einfach fortschicken, mit wenig mehr an Hab und Gut, als sie einst mitgebracht hatte. Obwohl sie vielleicht das Band gewesen war, das die ganze Familie zusammenhielt.

Eine wenig beachtete, wenn nicht gar eine verachtete Person, jemand, der für geringer gehalten und nicht so sehr als Individuum, sondern vielmehr als Rollenträger betrachtet wurde – eine *Dienerin*: die doch tatsächlich der Mittelpunkt einer Familie war, ihr Gleichgewicht – diesen Fall gab es wieder und wieder, in jedem Zeitalter, in jeder Kultur, an jedem Ort.

Der Fall, der mich beschäftigte, ereignete sich auf einer Insel im äußersten Westen der Nordwestlichen Randgebiete. Jahrhundertelang war das ein armes Land gewesen, von vielen anderen Ländern ausgebeutet.

Eine Familie, die stolz auf ihr »Geblüt« war, aber nicht viel Geld besaß, nahm ein armes Mädchen aus dem Dorf in ihre Dienste. Wegen der wirtschaftlichen Lage war es auf dieser Insel nicht eben leicht zu heiraten, aber der Grund, warum dieses Mädchen nicht heiratete, ja, den Gedanken daran nicht einmal in Betracht zog, war, daß sie von Anfang an, schon im Alter von fünfzehn Jahren von den Bedürfnissen dieser Familie emotional mit Beschlag belegt wurde. Sie hielt das Haus – das groß war – in Ordnung, kochte und betreute die Kinder, wie sie nacheinander auf die Welt kamen. Sie arbeitete wie eine Sklavin und gab sich mit einem geringen Lohn zufrieden, da sie wußte, daß die Familie nicht viel Geld hatte, und da sie niemals gelehrt worden war, viel zu erwarten – und weil sie ihre Herrschaft gerne hatte. Sie konnte einen Monatslohn für ein Spielzeug für einen der Jungen oder für ein Kleid für eines der geliebten kleinen Mädchen ausgeben.

Mehrere Male stritten Mutter und Vater und trennten sich:

Dann versorgte sie die Kinder und hielt die Dinge zusammen, bis die Eltern sich wieder versöhnt hatten.

Die Kinder, es waren fünf an der Zahl, wuchsen heran, während sie langsam alt wurde. Sie verließen ihr Zuhause und die Insel, um in anderen Ländern zu leben. Die beiden alten Eltern saßen in ihrem großen Haus, allein, schon etwas gebrechlich, mit keiner Gemeinsamkeit außer der Erinnerung daran, einmal eine Familie gehabt zu haben. Sie beschlossen, auszuwandern. Eines Abends teilten sie ihrem Dienstmädchen, das mittlerweile fünfzig Jahre lang für sie gearbeitet hatte, mit, daß ihre Dienste nun nicht mehr benötigt würden.

Sie reisten ab und überließen es ihr, das Haus zu putzen und abzuschließen – es sollte verkauft werden – und zurück in ihr Dorf zu wandern, wo sie keinerlei Bindungen mehr hatte außer zu einer verwitweten Schwester, die sie widerstrebend aufnahm. Das entlassene Dienstmädchen besaß nichts, nur ihre Kleider, und auch das waren zum größten Teil abgelegte Stücke, die ihre Familie ihr geschenkt hatte.

Sie brauchte Monate, um zu verstehen, was ihr widerfahren war. Sie hatte sich nie als ausgebeutet oder schlecht behandelt betrachtet. Sie hatte die Familie geliebt, als Ganzes und ein jedes ihrer Mitglieder, und deren Leben war ihr eigenes Leben gewesen. Sie hatten sie nicht geliebt, obwohl sie glaubte, sie hätten es getan »auf ihre Weise«. Sie hatte sie oft sorglos, gedankenlos gefunden. Aber sie war von ihnen bezaubert, entzückt gewesen. Ein Kuß von einem der kleinen Mädchen, ein Lächeln von der »gnädigen Frau« und »Ich weiß nicht, was wir ohne dich täten!« – das hatte genug geschienen.

Sie war erstarrt, niedergeschlagen, bekam Weinanfälle »wegen nichts und wieder nichts«.

Ihre Schwester erzählte empört herum, wie sie behandelt worden sei. Eine junge Frau im Dorf, die journalistische Ambitionen hatte, schrieb die Geschichte auf, und sie erschien in einem Lokalblatt und wurde später von einer großen Zeitung auf der Nachbarinsel übernommen.

Dies bedrückte die Dienerin nur noch mehr. Sie fürchtete, daß die Familie sie für undankbar halten könnte.

Sie bekam einen vorwurfsvollen Brief von den Eltern, die jetzt auf einer sonnigen Insel lebten, wo es aufgrund der ökonomischen Situation Bedienstete in Hülle und Fülle gab. Ihre Verzweiflung über den Brief sprach sich im Dorf herum. Die junge Frau, die den Artikel geschrieben hatte und eine Gefahr für ihre vielversprechende Karriere witterte, ging mit der Angelegenheit zu einem Anwalt. Die Schwester, die davon hörte, suchte ihren eigenen Anwalt auf; die Insel war, wie alle Regionen, die von anderen arm gehalten und ausgebeutet werden, bekannt für ihre Vorliebe für Rechtsstreitigkeiten.

Es kam zu knurrenden, zähnefletschenden Zankereien um die Frau, die selbst völlig passiv blieb und nicht wußte, wie ihr geschah.

Sie schrieb einen unzusammenhängenden Brief an ihre ehemaligen Arbeitgeber, gespickt mit Sätzen wie: »Ich hab nichts davon gewußt!« und »Das haben sie gemacht, ohne mir etwas zu sagen.«

Nun suchten diese ihrerseits Rat bei einem Anwalt. Dieser Anwalt hätte Taufiq sein sollen, da dieser Fall, wäre er in der richtigen Weise aufgerollt worden, eine ganze Anzahl von Bereichen möglicher Ausbeutung aufgedeckt hätte. Es hätte sich zum Beispiel herausgestellt, daß solche Fälle, in denen Menschen jahrelang die persönlichsten Dienste an einer Familie versehen haben, um dann mit einer Gedankenlosigkeit fortgeschickt zu werden, wie nicht einmal ein Tier sie verdient hätte, damals weit verbreitet waren – und Taufiq wäre fähig gewesen, ein Dutzend Länder als Beispiele zu zitieren und Zeugen mehrerer Rassen und Kulturen beizubringen.

Es kam zu einer Gerichtsverhandlung, doch war sie von der Art, die auf Außenstehende abstoßend und peinlich wirkt, ein Aufeinanderprallen von Eigeninteressen und Unehrlichkeiten ohne rechte Klärung und weiterreichende Bedeutung.

Mein Verantwortungsbereich erstreckte sich nur auf die Dienerin selbst, eine alte Freundin von mir, obwohl sie das natürlich nicht wußte, und zwei Kinder ihrer ehemaligen Herrschaft, denen leid tat, was geschehen war. Sie hatten, seit sie von zu Hause weggegangen waren, nie anders als in rührseliger Nostalgie an das alte Dienstmädchen gedacht. Doch der Zeitungsartikel und die gefühlsbetonten, sich selbst bemitleidenden Briefe ihrer Eltern brachten sie zur Besinnung. Beide zeigten sich offen für bessere Einflüsse, die ich ihnen bot, und richteten ihr Leben darauf aus.

Was die alte Dienerin anbetrifft, so nagte weiter der Kummer an ihr. Sie fühlte sich im Unrecht und unrecht behandelt. Das Zusammenleben mit ihrer Schwester war für beide schlecht. Sie starb kurze Zeit später.

Ich übergab sie Ranee in Zone Sechs, denn sie hatte schon jetzt die Voraussetzungen für den Wiedereintritt nach Shikasta zu einem »weiteren Versuch«.

Während ich mit diesen Aufgaben befaßt war, machte mir immer mehr das Problem der angemessenen Berichterstattung zu schaffen. Ich hatte vor kurzem die Individuen unterrichtet, die sich für den Dienst auf Shikasta während seiner letzten und schrecklichen Epoche gemeldet hatten, und konnte nun ihre Erwartungen und Vorstellungen von Shikasta mit der Wirklichkeit vergleichen. Tatsachen lassen sich leicht niederschreiben; Stimmungen und die Ausstrahlungen bestimmter Denkmuster dagegen nicht. Ich wußte, daß meine Notizen und Berichte an Leser geraten würden, denen die Situation auf Shikasta sehr fremd war. Deshalb verfaßte ich als Ergänzung zu meinen Berichten noch weiteres Informationsmaterial.

ERLÄUTERUNGEN zur Situation auf Shikasta
[Bei seiner Rückkehr von Shikasta bot Johor für die Dokumentation einige Skizzen und Notizen an, die über das, wozu er beauftragt gewesen war, hinausgingen. Er ging, wie oben berichtet, davon aus, daß diejenigen, die diesen unglückseligen Planeten studieren, Illustrationen extremen, durch eine so geringe Konzentration von SUWG bedingten Verhaltens hilfreich finden werden. Der Gesandte Johor entschuldigte sich fast für diese Skizzen, die er, wie er zu verstehen gab, zuweilen geschrieben hatte, um sich selbst Klarheit zu verschaffen, aber auch als Hilfe für andere. Wir unsererseits müssen darauf hinweisen – und wir tun es

mit voller Billigung des Gesandten Johor –, daß er dem Einfluß Shikastas geraume Zeit ausgesetzt gewesen war, als er diese Skizzen anfertigte, und daß dieser Einfluß zu gefühlsbetonten Sichtweisen beiträgt. *Die Archivare.*]

Die westlichste Insel der Nordwestlichen Randgebiete (die schon in Fallstudie 8 erwähnt wurde) war, wie gesagt, mannigfachen Eroberungen, Invasionen und Besiedelungen ausgesetzt gewesen, und zwar durch verschiedene Völker und über mehrere Jahrhunderte hinweg. Eine Periode der Armut wucherte zur Hungersnot aus, ließ die Wirtschaft zusammenbrechen, zwang Millionen von Menschen zum Auswandern und verstärkte Mangelerscheinungen aller Art. In dieser Situation sah sich ein bestimmter Jugendlicher ohne Arbeit und irgendwelche Gaben der Natur. Außer einer. Er war in einem Slum aufgewachsen, aber die Großeltern, die noch auf dem Lande lebten, hatten die Familie mit Milch und Kartoffeln versorgt, und er war groß, breit und stark geworden. Und dumm. Er war nicht schlau genug auszuwandern und sein Schicksal selbst in die Hand zu nehmen. Wegen seines Körperbaus wurde er in die Armee der letzten Eroberer der Insel eingezogen, bekam eine schmucke Uniform, regelmäßige Mahlzeiten und die Aussicht, etwas von der Welt zu sehen. Die Armee war, wie alle Armeen in den Nordwestlichen Randgebieten, hierarchisch geschichtet und von den Klassenbewußten und Arroganten befehligt, und er war ganz unten und ohne Hoffnung, jemals besser behandelt zu werden als ein Stück Vieh. Zwanzig Jahre lang wurde er in Regionen Shikastas herumgeschickt, die zu einem (kurzlebigen) Imperium gehörten, das bald wieder auseinanderfallen sollte, damals aber seine Blütezeit hatte. Das Amt dieses Opfers seiner Lebensumstände war es, ein Heer von weiteren Opfern zu kontrollieren. Vom Äußersten Osten des Zentralen Festlandes bis zum Norden des Ersten Südlichen Kontinents sollte der arme Teufel den Herren spielen über Völker, deren Kulturen bei weitem älter, vielschichtiger, toleranter und in der Regel humaner waren als seine eigene. Er war ständig halb betrunken. Er hatte schon seit seiner Kindheit getrunken, um die Brutalität seiner Existenz zu vergessen. Er hatte ein gerötetes Gesicht, auf dem gewöhnlich Schweißperlen standen, und einen hölzernen Ausdruck, der seine Entschlossenheit bekundete, niemals selbst zu denken. Für alle Ansätze in dieser Richtung war er sein Leben lang immer sofort bestraft worden. Manchmal diktierte er einem der Offiziere einen Brief an seine Familie, und diese Briefe enthielten jedesmal den Satz: »Hier braucht man nur die Beine auszustrecken, dann putzen einem die Schwarzen schon die Stiefel.«

In jedem Land, in das er verlegt wurde – wenn er hinkam, wußte er nie mehr als den Namen –, nahm er jede denkbare Gelegenheit wahr, sich in der Öffentlichkeit auf einen Stuhl zu setzen, erst das eine, dann das andere Bein auszustrecken, ein herablassendes Lächeln auf dem Gesicht, und sich von einem durch Armut zu einem Schatten entstellten Mann, der vor ihm kniete, die schwarzen Stiefel putzen zu lassen.

Er pflegte mit einem Kameraden durch die Kontrollzonen der Städte zu stolzieren, zwei riesige Männer, manchmal doppelt so groß wie die Einwohner des Landes, in scharlachroten Uniformen, besteckt mit Kordeln und Medaillen, und in einem Land nach dem anderen wurden sein rotes Gesicht und sein einfältiges Lächeln, die gebrüllten Befehle und Flüche, die Verachtung und Geringschätzung, die in seiner Miene geschrieben standen, ein Symbol für alles, was brutal, ignorant und tyrannisch war. Für sie verkörperte er das Imperium. Und als dieses auseinanderbrach, zum Teil wegen des Hasses, den die Eroberten für ihre Eroberer empfanden, stand das Bild dieses rotgesichtigen Bullen noch lange Millionen von Menschen vor Augen und erregte Abscheu und Furcht in ihnen.

Bei ihm selbst führte das Klima dieser Breiten, in denen er zwanzig Jahre lang zuviel gegessen und getrunken hatte, in mittleren Jahren zu einem Gehirnschlag. Er wurde nach Hause geschickt, auf seine Heimatinsel, wo die Armut noch bitterer war als zu der Zeit, als er fortgegangen war und wo Aufstände und Bürgerkrieg wüteten. Er beschloß, sich im Land der Eroberer seines Landes niederzulasssen und arbeitete dort als Lastträger auf einem Fleischmarkt. Er heiratete eine Frau vom Lande, die Kindermädchen gewesen war – achtzehn Stunden Arbeit am Tag, sechseinhalb Tage in der Woche, für freie Verpflegung, ein Dach über dem Kopf und einen Hungerlohn. Für sie hatte es keine Aussicht auf Entrinnen gegeben, außer durch eine Heirat, und sie war froh, diesen bärenstarken Soldaten abzukriegen, der sie um fast zwei Fuß überragte, scharlachrot daherstolzierte und bald Pension beziehen würde.

Diese winzige Pension war für sie Sicherheit, Zuflucht; und in der Tat konnte sie die größte Not, die durch seine Leidenschaft zu trinken noch verschlimmert wurde, ein wenig mildern.

Vier von sieben Kindern blieben am Leben.

Seine Frau und die Kinder saßen abends in ihrer armseligen Wohnung und warteten, bis er krachend die Treppe heraufstolperte und hofften das Beste, nämlich, daß dieser Mann nicht herumbrüllen, wüten und sie mit Schlägen bedrohen würde, um anschließend in Tränen auszubrechen und sich in den Schlaf zu schluchzen; sondern daß er bei guter Laune sein und als Herr des Hauses am Kopfende des Tisches sitzen würde, die mächtigen Beine von sich gestreckt, das verschwollene, rote Gesicht selbstzufrieden, wenn er verkündete: »In den Ländern da braucht' ich bloß die Beine auszustrecken, dann haben die Schwarzen sich schon drum geschlagen, wer mir die Stiefel putzen darf.« Oder: »Wir brauchten bloß mit dem Kopf zu wackeln, da sind diese schwarzen Idioten schon um ihr Leben gerannt.«

Er starb in einem Armenhaus. Er saß in die ärmlichen Kissen gelehnt, seine Orden vorne auf dem Schlafanzug, das große Gesicht vom Schlagfluß aufgedunsen, die blauen Augen zwischen tiefen Speckfalten, und seine letzten Worte waren: »Wir brauchten bloß mit dem Kopf zu wackeln, da sind diese schwarzen Idioten schon um ihr Leben gerannt.«

ERLÄUTERUNGEN zur Situation auf Shikasta
Diese Episode ereignete sich im südlichen Teil des Ersten Südlichen Kontinents, wiederholte sich aber tausendfach während der Zeit, als die Bewohner der Nordwestlichen Randgebiete

ihre hochentwickelte Technologie dazu benutzten, andere Teile Shikastas zu erobern, um ihnen dann Bodenschätze, Arbeitskräfte und Land zu rauben. Die Region, von der hier die Rede ist, hatte die Vorzüge, hoch zu liegen, Wasser und Wald zur Genüge und ein gesundes, trockenes Klima zu haben. Der Boden war fruchtbar. Er ernährte eine Vielzahl von Tieren. Das Land war nicht sehr dicht besiedelt von einem Stamm besonders angenehmer Wesensart; die Menschen waren friedliebend und fröhlich, lachten gern, konnten Geschichten erzählen und verstanden sich auf alle möglichen handwerklichen Fertigkeiten. Alle Bewohner des Ersten Südlichen Kontinents lebten in der Musik: Singen, Tanzen, Herstellen und Spielen von unzähligen Musikinstrumenten gehörten zu ihren Grundbedürfnissen. Sie lebten im Gleichgewicht mit ihrer Umgebung, nahmen sich nicht mehr, als sie zurückgeben konnten. Ihre »Religion« war ein Ausdruck dieses Einsseins mit dem Land, auf dem sie lebten, die Medizin war eine Erweiterung und ein Ausdruck ihrer Religion, und ihre weisen Männer und Frauen verstanden es, die Krankheiten der Seele zu kurieren. Dieser paradiesische Zustand war allerdings nicht von langer Dauer; jahrhundertelang waren fremde Völker über den Ersten Südlichen Kontinent hergefallen, um die Bewohner als Sklaven zu entführen. Inzwischen war der Sklavenhandel unterbunden worden, und es hatte eine Epoche ohne Einfälle von außen und Kriege im Innern gegeben.

Dieser Stamm hatte aus dem Süden Berichte über die Weißen gehört, die eroberten und Sklaven gefangennahmen und Land stahlen; es hatte Entdecker und Reisende verschiedener Art gegeben, einige von ihnen mit »religiösen« Zielen. Die weisen Männer und Frauen, die Seher und Warner, hatten gesagt, daß auch ihr Gebiet von Weißen besucht werden würde und daß sie ihre Existenz würden verteidigen müssen. Doch lag es nicht im Wesen dieser Stämme, Ängste zu schüren und schlimme Ahnungen zu nähren.

Eines Tages tauchte ein langer Zug von weißen Menschen auf, zu Pferde und in Wagen. Die Schwarzen, die sie beobachteten, staunten über die phantastische Erscheinung dieser Eindringlinge. Auch über die Pferde. Irgendeiner lachte. Bald konnten sich alle nicht mehr halten vor Lachen. Alles kam ihnen so komisch vor. Einmal ihre Hautfarbe, so bleich und ungesund. Dann ihre Kleidung. Sie selbst bekleideten sich kaum, das gesegnete Klima machte das möglich. Aber die Eindringlinge waren mit allen möglichen Packen, Höckern und Auswüchsen überladen und trugen die merkwürdigsten Dinge auf dem Kopf. Dann ihre steife Feierlichkeit, ihre Ungeschicklichkeit. *Sie konnten sich nicht bewegen!* Nie zuvor war den Beobachtern ihre eigene Vollkommenheit bewußt geworden, aber jetzt schauten sie sich selbst und einander an und sahen, wie gut sie standen, gingen, saßen und wie sie tanzten. Das wechselnde Pulsieren der Landschaft, deren Teil sie waren, bestimmte den Rhythmus ihrer Bewegungen. Doch diese Neuankömmlinge, die sie mit so ungläubigem Gelächter betrachteten, waren unfähig, einen Arm auszustrecken oder einen Schritt zu machen, waren so ungelenk, als ständen sie unter einem Fluch. Und dann ihr Troß! Was waren das für Leute, die nicht reisen konnten ohne diese Mengen von Gepäck, die so viele Wagen füllten, von so vielen Ochsen gezogen? Warum brauchten sie das alles? Was taten sie damit?

Sie überlegten und sie wunderten sich, und am Abend sahen sie, wie diese Stöcke von Menschen, von ihren Kleidern behindert, steif und gerade dastanden, die Arme an der Seite, und Geräusche von sich gaben ... aber was waren das nur für Laute? Es war keine Musik darin, kein Rhythmus, es glich dem Geheul von Hyänen.

Aber die Pferde! Dieser Stamm kannte Pferde nur vom Hörensagen. Dieses »Wild«, das die Wagen zog, verblüffte sie, und die Art und Weise, wie die Weißen auf ihnen ritten, erregten in ihnen den Wunsch, es auch zu tun. Und dann gab es noch Gewehre, die aus weiter Entfernung töten konnten. Zuerst lachten sie, dann zeigten sie Bewunderung. Erst später bekamen sie Angst.

Als Abgeordnete der Kolonne herüberkamen, um die Benutzung ihres Landes zu erbitten, gaben sie ihre Erlaubnis bereitwillig. Der Begriff des Landbesitzes war ihnen unbekannt: Das

Land gehörte sich selbst, es diente zum Nutzen der Menschen und Tiere, die darauf lebten, und war durchdrungen vom Großen Geist, der die Quelle allen Lebens war.
Innerhalb weniger Jahre waren ihnen ihr gewohntes Land und ihre Jagdgründe genommen und sie selbst wie Tiere weggejagt worden. Doch vor allem wurden sie mit einer Kälte und Verachtung behandelt, die sie nicht verstanden, die sie nicht kannten und die die Seelen dieser liebenswürdigen und warmherzigen Menschen ausdörrte. Sie hatten dieser vernichtenden Behandlung genausowenig entgegenzusetzen wie die anderen »primitiven« Völker in anderen Teilen der Welt den Krankheiten, die die Weißen mitbrachten.
Ihre weisen Männer und Frauen waren sich nicht darüber einig, was zu tun sei, nicht einmal darüber, was sie würden erreichen können. Daß sie um das kämpfen mußten, was man ihnen gestohlen hatte, war klar. Es war, als ob die Invasion dieser Fremden die natürlichen Reaktionen der Eingeborenen gelähmt hatte, ihre Instinkte und ihre Intuition ausgelöscht. Wie sollten sie kämpfen? Wann? Wo? Vor allem aber, warum? Das Land war so groß, es gab so viel Platz. Aber die Eindringlinge schienen schon überall zu sein.
Die Unterworfenen sahen, daß ihnen bald gar nichts mehr gehören würde und rebellierten. Die Eindringlinge benützten die Technologie ihrer fremden Kultur und schlugen den Aufstand mit äußerster Grausamkeit und Unbarmherzigkeit nieder.
Es ist nötig, hier die kalte Abneigung, den Widerwillen zu beschreiben, den die Weißen für die Schwarzen empfanden und die typisch blieben bis zu der Zeit – kurz danach, allerdings erst, nachdem sie die unterworfene Kultur schon zugrunde gerichtet hatten –, als sie selbst aus dem Land verjagt wurden. Es gibt nichts Erstaunlicheres als diesen verächtlichen Widerwillen, der von den Eroberten immer wieder beschrieben wurde, aber auch von vielen der Eroberer selbst; denn nicht alle Weißen verachteten die Schwarzen, einige achteten und bewunderten sie, doch wurden diese von ihren eigenen Leuten als Verräter betrachtet.
Vielleicht finden wir Aufschluß darüber in dem Werk eines der

Experten von Shikasta (Marcel Proust, Soziologe und Anthropologe). Der Magd einer reichen Familie wird befohlen, ein Huhn für die Abendmahlzeit zu schlachten und zuzubereiten. Sie jagt das Huhn im Hof und schilt es ein gemeines Wesen, eine widerliche Kreatur, während sie es einfängt und tötet.

Ähnlich der Folterer, der seine Arbeit zum ersten Mal verrichtet: Er muß jemandem Schmerz und Demütigungen zufügen, von dem er nichts weiß, als daß er sein Feind ist. Vor ihm steht, liegt oder sitzt ein verwirrtes, ängstliches Wesen, das nicht anders ist als er selbst. Aber es gibt ein Mittel: Der Folterknecht steigert sich in die Arbeit hinein, indem er sein Opfer alles Schlimme nennt, was seine Zunge weiß. Und schon wird dieses Wesen, das nicht anders ist als er selbst, eine widerliche Bestie, eine dreckige Sau, und die Arbeit kann beginnen. Man kann diesen Prozeß als eine Art Tribut sehen, den das Mitgefühl für andere (SUWG) denen abverlangt, die noch nicht völlig verroht sind.

Genauso die Eroberer eines Landes. Sie reden sich ein, daß die Menschen, deren Land zu stehlen sie im Begriff sind, schmutzig, primitiv, grausam, Kommunisten, Faschisten, Kapitalisten, Niggerschweine, weißer Abschaum oder wer weiß was sind.

So kommt es, daß in der Geschichte Shikastas niemals eine Rasse oder ein Volk ein anderes Volk unterworfen hat, das freundlich und zivilisiert war und fähig, seine Geschicke selbst zu lenken!

Die Weißen, die über den Ersten Südlichen Kontinent herfielen und sich dabei jeder Form von Gaunerei, Lüge, Brutalität, Barbarei, Grausamkeit und Gier bedienten, um alles an sich zu reißen, konnten niemals ohne diese schneidende, kalte Verachtung mit einem Schwarzen reden, die sich daraus herleitete, daß er rückständig und unaufgeklärt sei.

Ihre Religion untermauerte noch ihr unmenschliches Verhalten. Unter den größeren Religionen war sie die selbstgerechteste, die unerbittlichste, die der Selbstkritik am wenigsten fähige; ausgerechnet sie wurde, oft gewaltsam, Völkern aufgezwungen, die mit sich selbst im reinen und mit ihrem Glauben als Kinder des Großen Geistes vollkommen zufrieden waren; und sie wurde von Individuen vertreten, die keinen Zweifel an ihren eigenen Fähigkeiten und Rechten kannten. Zu der Verwirrung und dem Schaden, den sie anrichteten, trug noch bei, daß eine Reihe dieser Vertreter sich durch größte Tapferkeit und Rechtschaffenheit auszeichnete, die gepaart war mit einer Bereitschaft – um nicht zu sagen einer Gier nach Selbstaufopferung. Daß auch sie Opfer waren, Opfer nämlich einer der fanatischsten Religionen, die Shikasta je erlebte, kann dem Chronisten dieser Ereignisse nicht weiterhelfen.

Was immer die Gründe, was immer die Motivationen, was immer die Entschuldigungen und Rechtfertigungen, der beherrschende Charakterzug dieser Eroberer war ihr Panzer von Selbstgerechtigkeit, ihre Überzeugung, im Recht zu sein. Um ihres Imperiums willen. Um ihrer Religion willen.

Dreißig Jahre nachdem das Gebiet, von dem hier die Rede sein soll, unterworfen wurde, bot sich folgendes Bild. Das Land, ehemals die Heimat von Menschen, deren Lebensweise keine Spuren von Ausbeutung oder Plünderung darauf hinterlassen hatte, war parzelliert und zu günstigen Bedingungen an weiße Farmer verteilt worden, in keiner anderen Absicht als der, es den Schwarzen zu entreißen, und diese waren mit Peitsche und Gewehr in besondere Reservate auf den ärmsten Landstrichen getrieben worden, aus denen sie sich nur zur Arbeitssuche entfernen durften. Riesige Farmen von Tausenden von Morgen waren in der Hand einzelner Familien und schon größtenteils ihres Baumbestands beraubt, der oft in die Schmelzöfen der Zechen wanderte, waren von Tagebau und Probeschürfungen verunstaltet, von Erosion bedroht, von Bränden verwüstet.

Auf jeder Farm gab es »Lager« von schwarzen Landarbeitern; man hatte ihnen Steuern auferlegt, um sie zum Arbeiten zu zwingen. Schwarze konnten nur Landarbeiter oder Dienstboten werden.

Die weißen Herren verkörperten die Extreme ihrer Heimatländer. Es konnten Menschen mit Unternehmungsgeist sein, die mehr Raum für ihre Energien und Talente brauchten, als die zunehmend überbevölkerte Heimat ihnen bieten konnte. Es konnten Kriminelle sein, die hofften unterzutauchen, oder Menschen mit kriminellen Neigungen, die wußten, daß sie sie hier würden ausleben können. Es konnten Menschen sein, die behindert waren oder zu dumm, um mit ihresgleichen konkurrieren zu können. Und alle, ob gut oder schlecht, ob tüchtig oder nicht, genossen einen Lebensstandard, der höher war, als sie in ihren Herkunftsländern je hätten erreichen können, und viele von ihnen wurden sehr reich.

Lauschen wir doch einmal dem, was die Unterworfenen in einem Augenblick besonderer Klarsicht untereinander reden.

Der Schauplatz ist eine weiße Farm und darauf das Lager der Schwarzen. Es besteht aus einer zufälligen Ansammlung von strohgedeckten Lehmhütten, wasserdurchlässig, baufällig, armselig: eine klägliche Variante der Dörfer, die diese Menschen in ihrer natürlichen Umgebung bauen.

Ein großes Feuer brennt in der Mitte des Lagers, wie immer in ihren Dörfern, aber es gibt noch Nebenfeuer, nicht nur, um darauf zu kochen; es gibt hier nicht nur einen Stamm, sondern mehrere, denn die Arbeiter kommen aus einem großen Gebiet, in dem mehrere Stämme leben. Ein Dutzend verschiedener Sprachen werden gesprochen, und dieses Lager, die Nachbildung eines Dorfes, dessen Natur es ist, die Menschen zu einer Gemeinschaft zusammenzuschließen, ist in zuweilen feindliche Parteien gespalten. An einem der Nebenfeuer hockt eine Gruppe junger Männer und hört einem älteren Mann zu, der vor der Zeit des weißes Mannes Häuptling war. Ein junger Mann am Rande dieser Gruppe schlägt leise eine Trommel. Andere Trommeln ertönen aus anderen Teilen des Lagers. Aus dem Busch ringsum kommen Geräusche von Insekten und manchmal anderen Tieren, aber der Prozeß, der in Kürze in diesem Gebiet die natürliche Fauna ausrotten wird, ist schon weit vorangeschritten: Die ersten Arten sterben aus.

Am Nachmittag war es zwischen zwei jungen Männern verschiedener Stämme zum Kampf gekommen. Die Ursache war Frustration.

Der weiße Farmer hatte daraufhin den beiden eine Strafpredigt über ihre kriegerischen Gelüste gehalten. Es sei rückständig und primitiv zu kämpfen, hatte er gesagt. Die Weißen seien hier, um den hoffnungslos rückständigen Schwarzen ihre Streitlust abzugewöhnen durch ihr, der Weißen, zivilisiertes und zivilisierendes Beispiel.

Der ältere Mann saß aufrecht. Der Widerschein des Feuers spielte auf seinem Gesicht, das Behagen und Vergnügen ausstrahlte. Er unterhielt die anderen; seiner Familie hatten die traditionellen Geschichtenerzähler seines Stammesteils angehört. Die jüngeren Männer hörten zu, lachten.

Der ältere Mann betrachtete die weiße Kultur von unten, aus der scharfen Sicht des Sklaven.

Er zählte die großen Farmen auf und die weißen Männer, die ihre Besitzer waren.

Dies spielte sich etwa fünf Jahre nach dem Ende des Ersten Weltkrieges ab, der diesen Schwarzen als Verteidigungskampf um die Errungenschaften der Zivilisation dargestellt worden war. Ein halbes Dutzend Farmer der Gegend hatte auf der anderen Seite gekämpft, und auch sie stellten ihren Anteil daran als Verteidigung der Grundlagen der Zivilisation dar.

»Auf der Farm drüben, überm Berg, der Mann mit dem einen Arm ...«

»Ja, ja, so ist es, er hat nur einen Arm.«

»Und auf der Farm drüben, überm Fluß, der Mann mit dem einen Bein ...«

»Ja, nur ein Bein hat er, nur eins.«

»Und an der Straße zur Bahnstation, der Mann mit der Metallplatte, um seine Eingeweide drinzuhalten.«

»Ja, wirklich, der Mann muß seine Eingeweide mit einem Stück Eisen halten.«

»Und auf der Farm, wo sie nach Gold graben, der Mann, der das Metallstück im Schädel hat.«

»Ach ja, das stimmt, ohne das würde sein Gehirn ausfließen.«

»Und auf der Farm, wo die Flüsse ineinandermünden, hat der Farmer nur ein Auge.«

»Stimmt, stimmt, nur ein Auge.«
»Und auf der Farm hier, dieser Farm, die nicht unser Land ist, nein, sein Land ist es. Da hat der Farmer auch nur ein Bein.«
»Ach, ach, wie schrecklich, so viele, und alle verwundet!«
»Und auf der Farm ...«
Man hatte ehemaligen Soldaten, die auswandern und hier Land übernehmen wollten, besondere Vergünstigungen angeboten. Deshalb waren die Weißen in den Augen der Schwarzen ein Heer von Krüppeln. Wie ein Schwarm von Heuschrecken, die nach ein paar Stunden auf dem Boden eine Schar von beinlosen, flügellosen Wesen darstellen, unfähig wegzufliegen, wenn der Hauptschwarm weiterzieht. Heuschrecken, die alles auffressen, alles zudecken, überallhin schwärmen ...
»Die Heuschrecken haben unsere Nahrung gefressen ...«
»Ai, ai, sie haben unsere Nahrung gefressen.«
»Die Heuschrecken machen unsere Felder schwarz.«
»Sie machen unsere Felder schwarz mit ihren fressenden Mäulern.«
»Die Schwärme kommen, die Heuschrecken kommen, sie kommen aus dem Norden, und unser Leben wird mit Stumpf und Stiel aufgefressen ...«
Wie in einem Lied, das im Lager oft gesungen wurde.
Und immer wieder an diesem Abend brachen diese Menschen in Gelächter aus, setzten die weißen Krüppel in der Umgebung und die feierliche Predigt des verkrüppelten Farmers neben das Bild ihrer beiden gesunden jungen Männer, die sich kämpfend im Staub gewälzt hatten. Und sie lachten und lachten, taumelten vor Lachen, rollten sich auf dem Boden vor Lachen, heulten vor Lachen ...
Derweil traf am selben Abend oben auf dem Hügel, wo das Haus des Farmers stand, der Mann mit dem einen Bein seine Vorbereitungen, um ins Bett zu gehen. Sein Bein war ihm bis zur Hälfte des Oberschenkels abgeschossen worden. Nur wegen dieser Wunde lebte er überhaupt noch: Seine ganze Kompanie war in einer großen Schlacht ausgelöscht worden, zwei Wochen, nachdem er das Glück gehabt hatte, daß sein Bein von

einer neben ihm explodierenden Granate zerschmettert wurde. Natürlich hatte er oft überlegt, ob es nicht besser für ihn gewesen wäre, mit seiner Kompanie zu sterben. Er war sehr krank gewesen und hatte fast den Verstand verloren. Davor war er ein Mann gewesen, der in seinem Körper lebte, der tanzte, Fußball und Cricket spielte, mit den Farmern der Umgebung auf die Jagd gegangen war, viel gelaufen und geritten war. Dieser aktive Mann mußte jetzt mit einem Bein weiterleben. Er kam gut zurecht. Wenn er morgens aufstand, straffte er seinen Mund zu jenem Ausdruck, den seine Familie so gut kannte, dem Ausdruck geduldiger Entschlossenheit. Er arbeitete sich an die Bettkante, hob seinen Beinstumpf hoch und zog einen, zwei oder bis zu zehn Stumpfsocken darüber, je nach dem Gewicht, das er aushalten mußte. Er zog die schwere Prothese aus Holz und Metall über den Stumpf und stemmte sich an der Tischkante zum Stehen. Dann schnallte er die Befestigungsgurte um die Hüfte und über die Schulter.

Sein Tag konnte beginnen. Er ging. Er ritt. Er fuhr in Bergwerkschächte ein. Er blieb nächtelang auf, um die Temperaturen in den Tabakschuppen zu überwachen. Er stapfte über Felder, an Entwässerungsgräben und Furchenrainen entlang, wankte über Äcker, auf denen sich die riesigen, frischgepflügten Erdschollen türmten. Er gab die Rationen aus, wobei er stundenlang neben den Kornsäcken und -tonnen stand.

Er war ein Mann, der gegen die Armut kämpfte. So sah er es jedenfalls.

Abends zerrte er das hölzerne und metallene Bein von sich und ließ sich auf sein Bett fallen, mit geschlossenen Augen tief atmend. »Mein Gott«, murmelte er dann. »Mein Gott. Das wär's also, für heute.«

Dann sank er in den Schlaf, während er den Trommeln aus dem Lager lauschte.

»Da unten tanzen sie wahrscheinlich wieder«, dachte er. »Tanzen. Sie tanzen wegen allem. Haben diese Gabe. Musik. Welche Gabe. Heute das Bohnendreschen, da machen sie einen Tanz draus. Sie tanzen ihre Arbeit. Und denken sich ein Lied dazu aus.«

ERLÄUTERUNGEN zur Situation auf Shikasta
[Folgender Bericht von Johor scheint uns eine brauchbare Ergänzung zu den Erläuterungen zu sein. *Die Archivare.*]
Einige Regionen in den Nordwestlichen Randgebieten sind noch vergleichsweise wenig vom Fortschritt der Technik berührt, und die Menschen leben dort (auch jetzt, wo ich dieses schreibe) nicht viel anders als schon vor Jahrhunderten. Ein bestimmtes Dorf in einem besonders armen Gebiet zeichnet sich vor den anderen dadurch aus, daß dort jedes Jahr das Fest des Kindes gefeiert wird. Dieses Fest zog schon immer Besucher aus der Umgebung an, und jetzt, im Zeitalter des Tourismus, kommen auch Touristen von überall her. Es hat nie ein Gasthaus in dem Dorf gegeben, Besucher wurden bei ihrer Verwandtschaft untergebracht. Aber jetzt gibt es einen staatlichen Campingplatz, und für die Dauer des Fests rollen Geschäfte auf Rädern an. Eine Stadt in der Nähe erhofft sich Gewinne und trifft die entsprechenden Vorkehrungen.
Die Kirche ist Mittelpunkt des Geschehens, aber das ganze Dorf ist geschmückt: Geschäfte, die Schenke, der Dorfplatz. Und auch die Häuser der Dorfbewohner, die ihre Anrechte auf Beteiligung nie preisgegeben haben.
Seit dem letzten Bericht von Agent 9 ist eine neue Entwicklung eingetreten. Am Vorabend des Fests findet ein Feuerwerk statt, und auf dem Dorfplatz und den anschließenden Straßen wird getanzt. Die Touristen kommen immer rechtzeitig zu diesem – für sie – interessantesten Teil des Fests und heben sich in ihren guten Kleidern und dem sie kennzeichnenden Erlebnishunger von den Ortsansässigen ab, die ihre reichen Gäste mit einem von Ironie nicht ganz freien Humor beobachten.
Dieser Abend mit Tanz und Trunk steht unter der Schirmherrschaft der weltlichen Gewalt, doch wahren die Priester ihren Zugriff, indem sie bei Sonnenuntergang unter feierlichen Gesängen mit ihren Räuchergefäßen auf die Treppe vor die Kirche treten. Man bleibt die ganze Nacht auf, tanzt und singt, aber beim ersten Morgengrauen ist jeder auf seinem Platz in der

Kirche und beugt sich in Demut und Unterwürfigkeit den Drohungen und Mahnungen der Priester.

Die Gottes»dienste« dauern den ganzen Vormittag, und die Menschen lösen sich in Schichten ab, denn das Gebäude ist zu klein für alle auf einmal.

Genau am Mittag schließt eine Gruppe von Priestern, alle aufwendig gekleidet und festlich geschmückt, hinten in der Kirche eine Tür auf und trägt das Kind heraus. Es ist eine aufgeputzte Statue ohne Anspruch auf Realismus in der Darstellung, mit starren Augen, grellfarbener Haut und grellfarbenen Haaren, eingehüllt in Spitzen und verschiedenste Stoffe. Diese Figur wird in eine mit Blumen und Grün behängte Sänfte gesetzt und von einem Zug von Kindern, die die Priester hierfür bestimmt haben, aus dem Gebäude hinausgetragen. Sie wird dreimal um den Platz herumgetragen (der nichts anderes ist als ein staubiges Geviert mit ein paar Bäumen am Rand), von den Kindern, die nicht weniger aufwendig aufgeputzt sind als das Bildnis, wobei sie zusammen mit den Dorfbewohnern und den Priestern psalmodieren und singen. Die Statue wird auf einen erhöhten Platz im Vorbau der Kirche gehoben und dort von Priestern bewacht, und der Gesang dauert den ganzen Nachmittag bis Sonnenuntergang fort.

In der Zwischenzeit werden alle Kinder des Dorfes einschließlich der Sänftenträger von ihren Eltern unter Anordnung der Priester aufgestellt und zwei und zwei an der Statue vorbeigeschoben, wobei die Priester sie »segnen«. Wenn das vorbei ist, werden sie durch einen Schmaus mit den feinsten Kuchen, die das Dorf bietet, und süßen Getränken belohnt.

Noch vor ein paar Jahren war dieses Fest nur für die Kinder, aber der Tourismus hat einen so starken ökonomischen Druck ausgeübt, daß es jetzt auch Unterhaltung und Speisen und Getränke für Erwachsene gibt. Dieses Jahr waren erstmals Fernsehkameras dabei, und deshalb war alles aufwendiger als gewöhnlich. Wenn die Statue hineingetragen worden und wieder in ihrem Schrank verschlossen ist, beginnt noch einmal der Tanz und dauert bis Mitternacht.

Es ist wirklich ein hübsches Fest und eine notwendige Abwechslung für diese Menschen, deren Leben wahrhaftig nicht leicht ist. Es hat sich seit dem Bericht des Gesandten 76 vor vierhundert Jahren nicht wesentlich ausgeweitet. Aber es steht zu erwarten, daß, solange der Tourismus andauert, jedes Jahr neue Meisterstücke an Einfallsreichtum bringen wird.

Dieses Fest hat, nach unserem Dafürhalten, keinerlei Sinn mehr.

Ich konnte nicht umhin, mich, während ich diese lebhaften (aber wohlkontrollierten) Szenen beobachtete, zu fragen, was wohl geschehen würde, wenn ich mich dort in die Mitte stellen und vom wahren Ursprung dieses Fests erzählen würde.

»Vor mehr als tausend Jahren kam einmal ein Besucher in dieses Dorf. Die Nordwestlichen Randgebiete waren damals unterentwickelt und wurden von anderen, weiter fortgeschrittenen Gebieten – wie zum Beispiel dem an der anderen Seite des großen Binnenmeeres, das ihr das Mittelmeer nennt – für wild und primitiv gehalten. Diese höherentwickelten Kulturen schickten oft Menschen in unterschiedlicher Verkleidung in den Norden, wo sie von Ort zu Ort ziehen und Fertigkeiten und Ideen weitergeben sollten, um die erschreckenden Zustände zu bessern. Dieser Besucher nun kam mit drei Schülern, die von ihm die Kunst lernten, wie man fortschrittliche Ideen in unterentwickelte Gebiete bringt. Als sie zu diesem bitterarmen Ort kamen, stellten sie fest, daß es hier auf Meilen im Umkreis keinerlei bildenden Einfluß gab, abgesehen von ein paar Mönchen, die aber abgeschieden und fern der primitiven Belange der Dorfbewohner lebten.

Die Atmosphäre des Dorfes war für das Vorhaben geeignet, und die Dorfbewohner waren bereit, den Erzählungen über eine Kultur zu lauschen, deren geographische Lage sie sich gar nicht vorstellen konnten, da sie über die Beschaffenheit ihres Planeten genausowenig wußten wie über ihre eigene Herkunft – und ihre Zukunft.

Die Besucher blieben viele Wochen in dem Dorf. In ihrer unaufdringlichen Art vermittelten sie praktisches Wissen, etwa zu Fragen der Reinlichkeit; über Nutzen des Badens zur Vermeidung von Krankheiten, die Wichtigkeit sauberer Wasservorräte, Krankenpflege, Grundlagen der Medizin: lauter Dinge, von denen diese armen Menschen sehr wenig wußten. Als eine Reihe der Intelligenteren unter ihnen genügend davon verstanden hatten, um es weitergeben zu können, folgten Anweisungen für handwerkliche Tätigkeiten wie Schnapsbrennen, Färben, Konservieren von Lebensmitteln für Hungersnöte und knappe Zeiten und bestimmte Verfahren bei der Viehzucht und beim Ackerbau, die ihnen neu waren.

Und dann begannen die Besucher, den Dorfbewohnern in einfachen Worten, manchmal in Form von Geschichten oder Liedern, ein wenig über ihre eigene Geschichte zu erzählen – darüber, wer sie eigentlich waren und was aus ihnen werden konnte.

Diese Menschen, deren Kräfte der Kampf um Nahrung, Kleidung und ein Dach überm Kopf fast überstieg, hörten bereitwillig zu; und das will etwas heißen, denn mancher, dessen Leben sich an solchen Grenzen bewegt, weigert sich schlechthin, zuzuhören: sogar eine gute Nachricht, eine Hoffnungsbotschaft, ist dann zuviel.

Am Abend, wenn das Licht schwand und die Dorfbewohner von ihrer Arbeit auf dem Feld nach Hause kamen, um zu essen und zu ruhen, saßen unsere Besucher auf diesem Platz, dem Dorfplatz – der damals fast wie heute aussah –, und sprachen, erzählten Geschichten und sangen.

Rauch stieg von den Hütten und Häusern auf. Kinder spielten im Staub. Magere, hungrige Hunde kratzten sich oder balgten mit anderen. Knochige Esel standen herum.

Die Dorfbewohner saßen ruhig im Halbdunkel. Frauen hielten ihre Säuglinge in den Armen.

Eine Frau saß auf einem Stein, wiegte ein Kind und summte ihm etwas vor.

Der ältere Mann fragte, ob er das Kind ein Weilchen nehmen dürfe, und sie willigte ein. Er saß da, den Säugling vor sich auf den Knien. Das Kind war schläfrig, die Augen fielen ihm zu, und er senkte seine Stimme, um es nicht zu stören, und die Dorfbewohner mußten sich vorbeugen, um ihn zu verstehen.

Er forderte sie auf, dieses Kind anzuschauen, das sie alle kannten, das sich in keiner Weise von anderen unterschied, ein Kind wie jedes andere, dessen Leben wie das aller anderen hier ablaufen würde, kein bißchen anders, genau wie das seiner Kinder, und der Kinder seiner Kinder ...

Hier beugte sich die Frau nach vorn, um entschuldigend zu sagen, daß dieses Kind ein Mädchen sei.

Doch dieses Kind, fuhr der Besucher fort, sei nicht, was es scheine – o nein, es mache durchaus nichts aus, daß es ein Mädchen sei, denn ein Mädchen sei so gut wie sein Bruder ... ohne die leichte Unruhe, die sich an dieser Stelle erhob, zu beachten, sprach er weiter. Dieses Kind, ob Mädchen oder Junge, sei nicht, was es scheine. Nein, wichtig sei, daß sie – oder er – allen im Dorf gleich sei und auch allen in den Dörfern ringsum, ja sogar in der großen Stadt (die nur wenige von ihnen je gesehen hatten, obwohl sie sie vom Hörensagen kannten) und in den Städten jenseits des Meeres (von denen sie auch schon gehört hatten: ein Junge aus dem Dorf war zur See gegangen und hatte bei seiner Rückkehr die wunderlichsten und unwahrscheinlichsten Geschichten erzählt, die sie vorsichtshalber lieber nicht glaubten), ja, dieses Kind sei gleich wie alle Menschen auf der ganzen Welt. Sie wüßten das nicht, aber dieses Dorf, das ihnen so groß schien und ihr Leben und alles, was sie kannten, in sich schloß, sei nur ein winziger Fleck in der großen Welt. Dieses Dorf müßten sie sich so viele Male denken, wie Körner auf jenem Feld wüchsen und die großen Städte so viele Male, wie Steine an jenem Abhang lägen – das Tageslicht war fast vergangen, der Mond ging auf, und auf dem Abhang schimmerten die weißen Steine. Die Dorfleute saßen still da und lauschten und lauschten ... Sie vertrauten diesen Menschen, die ›wie Engel‹ zu ihnen gekommen waren und ihnen so viel Nützliches beigebracht hatten, das sich schon bewährte. Sie spürten, daß ihnen etwas Erstaunliches und Wunderbares erzählt wurde, aber es war so schwierig, so schwer zu verstehen. Wo die nächste Stadt an der Grenze ihres Vorstellungsvermögens lag, wie sollten sie da an viele solche Städte und tausendmal größere glauben ...

Es gebe auf der Welt Städte ... Städte mit so vielen Menschen wie Sterne am Himmel. Menschen, die wie Engel sein mußten, denn die Besucher betonten, daß sie selbst sich in keiner Weise von den Menschen dort unterschieden.
Die Dorfleute hörten zu, strengten sich an.
Es gebe Städte in der Welt, wo die Menschen zu essen hatten, soviel sie wollten und noch mehr. Sie hätten genügend Kleider, um sich warm und trocken zu halten. Ihre Häuser seien viele Male so groß wie die Häuser hier im Dorf. Ja, das sei alles wahr. Aber was noch wichtiger sei: Im Leben dieser herrlichen Menschen gebe es Zeit und Gelegenheit, alles mögliche zu lernen, nicht nur, wie man Käse macht oder eine Kuh vor Seuchen schützt. Die Menschen hätten in ihrem Leben Muße zu studieren, nachzudenken, zu träumen. Sie wüßten viel Merkwürdiges und Wahres – o ja, das sei wahr, alles, was sie heute abend hörten, sei wahr.
Diese Menschen seien beispielsweise in der Lage, die Bewegungen der Planeten am Himmel zu erforschen – die Sterne seien gar nicht so fern, wie man hier vielleicht glaubt, in diesem Dorf oder anderen armen Dörfern. Jeder Stern dort oben sei eine Welt für sich, aus Stoffen gemacht, die jeder von ihnen so gut kannte wie seine eigenen Hände oder Füße oder die Haare auf seinem Kopf. Die Sterne dort oben, sie seien aus Lehm – wie dieser Lehm und aus Stein – wie dieser Stein. Und aus Wasser. Und aus Feuer, ja, aus wirbelndem, tanzendem Feuer.
Am nächsten Abend und am folgenden und wieder am folgenden saß unser Besucher da, lieh sich ein Kind aus der Menge, irgendeines, darauf bestehend, daß es keine Rolle spiele, wessen Kind oder ob Junge oder Mädchen oder wie alt, und indem er das Kind den Leuten hinhielt, betonte er immer wieder, daß dieses Kind, wenn man es aus dieser Umgebung fortbringe – o nein, das sei nicht beabsichtigt (denn die Menge kam plötzlich in Bewegung und murrte), das Kind, das hier auf seinen Knien, in seinen Armen liege, um sie an etwas zu erinnern, wenn dieses Kind oder irgendein anderes in einer dieser wunderbaren Städte aufwachsen würde, wo die Menschen nicht

jede Minute ihres Lebens schuften mußten, sondern Zeit hatten zu lernen, zu studieren: dann würde dieses Kind werden wie sie. Und wenn es eine Reise – nun, vielleicht zu dem kleinen Stern dort oben machen würde? Ja! zu dem dort! Oder dem! – dann ...
Die Leute lachten, als sie hinaufschauten, der Mund blieb ihnen offenstehen, während sie in den Himmel starrten, der an diesem Abend mit Sternen übersät war.
Ja, der dort! Wenn dieses Kind, das hier lag und schlief, hinauf zu dem Stern dort gebracht würde, dann würde es ein Sternenkind werden, würde vielleicht ein Riese werden, wer weiß? Oder ihm würden Flügel und Federn wachsen – wer könne das schon sagen.
Sie lachten. Lautes Gelächter erhob sich. Aber es war ein wundergläubiges und vertrauendes Lachen.
Oder ein Kind werden, das im Wasser leben konnte, oder vielleicht im Feuer!
Und das sei wichtig, das sei es, was sie nie vergessen dürften: daß jedes Kind die Fähigkeit zu allem in sich trage. Ein Kind sei ein Mirakel, ein Wunder! Ein Kind habe in sich die ganze Geschichte der Menschheit, die sich noch viel weiter zurückerstrecke, als sie sich vorstellen könnten. Ja, sie, diese Kleine, die kleine Ottilie, sie habe in der Substanz ihres Körpers und ihrer Gedanken alles, was der Menschheit jemals zugestoßen sei. Wie ein Brotlaib die Substanz aller Weizenkörner enthalte, die ihn gemacht haben, vermischt mit allem Korn jener Ernte und der Substanz des Feldes, auf der es gewachsen ist, so sei dieses Kind aus der Ernte der gesamten Menschheit geknetet und geformt und trage sie in sich.
Diese Worte und Gedanken, die so anders waren als alles, was diese Menschen je gehört oder gedacht hatten, strömten Abend für Abend in sie ein, und jedesmal wurde dazu ein Kind hochgehoben und ihnen gezeigt.
Denkt immer daran, daß später einmal, nicht zu eurer Zeit, auch nicht zu der eurer Kinder oder eurer Enkel – aber die Zeit wird kommen –, daß dann eure Mühen, eure Not und die Last eures Lebens, daß alles gesühnt werden wird, daß alles Frucht

tragen wird, und daß die Kinder dieses Dorfes und die Kinder der Welt das sein werden, was zu sein sie in sich tragen ... Denkt daran, denkt daran ... es wird sein, als kämen Menschen von jenem kleinen Stern herab, der über den dunklen Bäumen dort funkelt, ja, der dort! und füllten plötzlich dieses arme Dorf, das so voller Unglück und Not ist, mit Gutem und mit Hoffnung. Denkt daran, dieses Kind ist nicht, was es scheint, es ist mehr, ist alles und birgt in sich die ganze Vergangenheit und die ganze Zukunft – denkt daran.

Eines Morgens in aller Frühe kam ein Mädchen zu der Hütte gelaufen, in der die vier Männer schliefen, klopfte heftig an die Tür und stieß atemlos hervor, daß sie im Kloster als Magd in der Küche arbeite und daß die Mönche von der Anwesenheit der Männer erfahren und einen Boten zum König gesandt hätten und daß Soldaten kämen. Ja, sie seien schon unterwegs ...

Als die Soldaten kamen, waren keine Fremden mehr im Dorf. Sie waren in die gefährlichen Wälder gezogen und hinterließen nichts als ein paar Steinmuster am Berghang, eine Kette um den Hals eines Kindes und ein paar Zeichnungen mit farbigem Ton und Erde an den Wänden des einzigen Steingebäudes im Dorf, das ein Vorratshaus war. Die Dorfbewohner sagten, alles sei nur ein Gerücht gewesen, ein dummes Mädchen habe geschwatzt, um sich wichtig zu machen. Es war in der Tat das Mädchen gewesen, das in der Küche der Mönche geplaudert und dann Angst vor den Folgen bekommen hatte.

Als die Soldaten abgezogen waren, kam eine Gruppe von Mönchen ins Dorf.

Sie besuchten das Dorf vielleicht einmal im Jahr. Sie verachteten die Dorfleute, obwohl sie selbst nicht viel besser waren, fast so arm und kaum weniger unwissend. Zu dieser Zeit sammelten sich oft Männer oder Frauen an einem entlegenen Ort und nannten sich Mönche oder Nonnen, um sich vor den Grausamkeiten der Zeit zu schützen.

Die Mönche waren von den Soldaten im Namen des Königs angewiesen worden, darauf zu achten, daß keine unerwünschten Vagabunden in den Dörfern Schutz suchten.

Dies schärften die Mönche den Dorfbewohnern ein und kehrten dann zurück in ihre steinernen Schlupflöcher auf der anderen Seite des Berges.
Die Dorfbewohner hörten sich an, was zu ihnen gesagt wurde.
Aber es war, als seien die Sterne näher zu ihnen gerückt, hätten in ihren Häusern gewohnt, an ihrem Leben teilgenommen und seien dann wieder verschwunden. Sie behielten für sich, was geschehen war, bewahrten die Fertigkeiten, die sie erworben hatten und die sich bald in den umgebenden Dörfern verbreiteten – und vor allem, was ihnen gesagt worden war.
Sie hoben ein Kind auf, hielten es in den Armen und wiederholten untereinander, was sie noch im Gedächtnis hatten.
Keiner der Menschen, die damals im Dorf lebten, vergaß es. Sie machten einander immer wieder, solange sie lebten, auf diejenigen aufmerksam, die als Kinder von dem Fremden im Arm gehalten worden waren. Etwas wahrhaft Wunderbares war geschehen, und jeder wußte es, und bald wußte man es auch in den Dörfern ringsum.
Noch die Kinder der Kinder, die auf dem Dorfplatz vor der Menge hochgehoben worden waren, trugen ein wenig davon in oder an sich.
Doch dann begann die Erinnerung daran, was damals gesagt oder geschehen und wer da gekommen war, zu verblassen. Engel? Waren es Engel gewesen?
Eines Abends, nach einem heißen, staubigen Sommertag, als die Dorfleute vor ihren Häusern saßen, während die Kinder herumliefen, die Hunde sich kratzten und ein paar magere Esel nach frischem Gras suchten, wo noch wochenlang keines wachsen würde, sagten sie zueinander: Erinnert ihr euch? – Nein, so war es nicht – Ja, meine Mutter hat erzählt – Aber das war doch nicht..., als ein Mann, der der Sohn eines der kleinen Mädchen war, die hochgehoben worden waren, seinen Sohn hochhob, ihn vor sich auf die Knie setzte und sagte: ›Wir wollen versuchen, uns genau daran zu erinnern, was damals gesagt wurde, und dann wollen wir es wiederholen, und das werden wir regelmäßig tun, damit wir immer daran denken.‹ Jedes Jahr hielt nun der Mann sein Kind vor den Leuten in den Armen,

und sie wiederholten zusammen, woran sie sich erinnerten, schauten hinauf in den Himmel, lachten und schüttelten den Kopf. ›Der Stern dort!‹ ›Nein, der da drüben!‹ ›Menschen aus Feuer!‹ ›Oder mit Federn!‹

Anfangs wurde es geheimgehalten, so wie man vieles vor den Mönchen und Soldaten verbarg, aber schließlich wurde die Zeremonie doch bekannt. Die Mönche verboten sie und drohten mit Strafen, aber umsonst. Jedes Jahr wurde an einem bestimmten Abend in einem der Häuser des Dorfes ein Kind ausgewählt und vor den anderen hochgehoben, wobei sie die Worte wiederholten, die im Gedächtnis zu behalten sie beschlossen hatten.

Inzwischen klangen die Worte anders: der Neid der Armen auf die Reichen klang durch, wie er sich überall auf Shikasta oder der ganzen Welt äußert: Ich bin so gut wie er, mein Kind ist genauso gut wie das des reichen Mannes, zieh mir ihre Kleider an, dann bin ich auch eine feine Dame!

Dann kamen die Mönche und Soldaten, und mehrere Dorfbewohner wurden fortgeschleppt und wegen Rebellion, Widerstand gegen den König, Ungehorsam den Mönchen gegenüber hingerichtet.

Auf Anweisung von oben führten die Mönche die Zeremonie des Kindes ein, die nun jedes Jahr unter ihrer Schutzherrschaft stattfand. Eine kleine Kirche wurde in dem Dorf gebaut, das zuvor keine gehabt hatte, und sie wurde später viele Male neu- oder umgebaut. Das Kind sei das Christus-Kind, sagten die Mönche, doch verlor die Zeremonie für die Dorfbewohner nie ihren Zusammenhang mit jenem Besuch vor langer Zeit. Seine Wirkung war immer noch stark genug, um den Menschen ihre feste Überzeugung zu erhalten, daß *sie*, nicht die Mönche, gesegnet worden waren, daß *ihnen*, nicht den Mönchen, das Kind gezeigt worden war. Doch von wem? Von was? Menschen, die von den Sternen kamen? Nein, nein, das konnte nicht sein! Menschen vom Mond? Welcher Unsinn! Aber es war doch einer gewesen oder mehrere, die waren gekommen und hatten etwas versprochen und waren verjagt worden ...

Und eines Tages würden sie wiederkommen, und dann würde

es ein Ende haben mit dieser Last und dieser Mühe und dieser schrecklichen Not, die uns alle in den Staub zwingt und uns daran hindert, uns zu erheben ...
Und dies, gute Leute und liebe Besucher und ihr Priester und Touristen und Camper und Leute aus den Nachbardörfern, dies war der Ursprung des Fests, das ihr jedes Jahr feiert. So war es. Und jetzt werde ich wohl um mein Leben laufen müssen ...«

[Im Laufe seiner Übermittlungen aus dieser Phase seines Botschafteramts hat Johor uns unaufgefordert weiteres Informationsmaterial sachlicher Art angeboten, da er (nicht zu Unrecht) glaubt, daß unser Kolonialdienst bestimmte örtliche Schwierigkeiten nicht immer in Betracht zieht. Im Hinblick auf die langfristige Betreuung und Entwicklung der Planeten ist Anteilnahme, Einfühlungsvermögen, Ausschnitthaftes, Konzentration auf einen Punkt nicht gefragt, und es darf keine Abhängigkeit davon entstehen. Doch sich auf Shikasta aufzuhalten (zwei der für diese Notiz verantwortlichen Archivare haben sich dem Erlebnis Shikasta schon unterzogen), bedeutet, sich gewaltigen Emotionen auszuliefern, deren man sich beim Verlassen des Planeten wieder entledigen muß. Wir fügen dieses Schriftstück und ein weiteres bei in der Annahme, daß sie den Studierenden in mehrfacher Hinsicht von Nutzen sein können. *Die Archivare.*]

ZUSATZERKLÄRUNG I

Der Generationskonflikt (um einen Begriff zu benützen, der im Augenblick ständig und in jedem Zusammenhang von allen möglichen »Experten« auf Shikasta verwendet wird): Ein bei allen Tierarten zu beobachtendes Phänomen tritt in diesen letzten Tagen Shikastas übertrieben und verzerrt auf. Es gibt immer einen Augenblick, in dem das Muttertier sein

herangewachsenes Junges wegstößt, wenn es zum Saugen kommt oder der Vogel sein flügge gewordenes Junges aus dem Nest wirft. Der Augenblick, in dem ein Kind als erwachsen gilt, wird in vielen Kulturen als öffentliche oder private Zeremonie begangen: In diesem Sinne muß man den »Generationskonflikt« als soziologisches Faktum sehen oder, wenn er nicht in Form eines Rituals Ausdruck findet, als psychologisches.
Es hat Kulturen auf Shikasta gegeben, die Hunderte, sogar Tausende von Jahren stabil waren: stabil innerhalb der Grenzen, die Kriege, Epidemien, Naturkatastrophen setzten, die nun einmal das Los der Shikaster sind. Die meisten dieser Kulturen bestanden zu der Zeit, als die Shikaster noch viel länger lebten als jetzt, manchmal zehn- oder zwanzigmal so lang, obwohl die Lebenserwartung schon immer, schneller oder langsamer, abnahm. Die Jugendlichen hatten, wenn sie ihr Erwachsenenbewußtsein erreichten, ein, verglichen mit späterer Zeit, sehr langes Leben vor sich. Jeder Jugendliche erkannte den Augenblick, in dem er seine persönliche psychologische Unabhängigkeit erkämpfen mußte, und dies konnte zu einer kurzen Periode der Unsicherheit führen und vielleicht einer Neuorientierung auf seiten der Eltern. Doch war es die Regel, daß Kinder lange neben ihren Eltern als Erwachsene lebten. Die Kindheit war eine kurze Vorbereitung auf das Leben. Die Eltern, die die ihnen gewährte Anzahl von einem, zwei oder drei Kindern auf die Welt brachten, vermehrten damit die Gesamtzahl der Menschen, mit denen sie mehrere hundert Jahre lang eine besonders freundschaftliche Beziehung zu pflegen hofften.
Als sich nun die Lebenserwartung so dramatisch und tragisch verkürzte, blieb in dem, was die Shikaster das »Rassengedächtnis« nennen, die Erwartung haften, die angemessen gewesen war, als die Menschen tausend Jahre lang gelebt hatten – oder manchmal sogar die zwei- oder dreitausend Jahre der früheren Mischlingsspezies. Jeder junge Mensch sieht ein unendlich langes Leben vor sich. Das Ende ist so weit weg, daß nur sehr wenige tatsächlich fähig sind zu glau-

ben, daß sie einmal sterben werden. Individuen, die, mit viel Glück, achtzig Jahre lang leben werden, haben in ihrem Körper, in ihrem Blut, die Überzeugung, daß sie achthundert Jahre leben werden. Oder vielleicht dreitausend.

Diese Tatsache, die die Shikaster selbst nicht ahnen, da sie ihre ehemals so langen Lebenszeiten in den Bereich des Mystischen verdrängt haben, ist die Ursache vieler ihrer psychologischen Störungen. Hier will ich jedoch nur eine einzelne herausgreifen, nämlich die Auswirkung auf die Beziehungen zwischen den Generationen.

Den Shikastern ist bekannt, daß die »Zeit« für Junge und Alte unterschiedlich schnell vergeht. Nach der subjektiven Einschätzung verrinnt die Zeit für ein Kind sehr langsam, sie hat kein Ende, scheint ewig. Ein Kind kann am Anfang des Tages sein Ende kaum absehen: Hier ist das Gen-Gedächtnis früherer Lebenserwartung am stärksten.

Ein »Zeit«abschnitt ist also für ein Kind anders als für einen Jugendlichen und wieder anders als für einen Menschen mittleren Alters oder einen alten Menschen. Verallgemeinernd kann man wohl sagen, daß das Shikastische Leben derzeit entsprechend einer Kurve mit Höhepunkt im mittleren Alter, etwa in der fünften Dekade verläuft. Davor schwebt das Individuum in der Unbeschwertheit des »Ich werde tausend Jahre leben«; doch danach ist es, als sei ein Schleier weggezogen, und jeder von ihnen begreift sehr schnell, daß er sich in seiner Jugend Illusionen hingegeben hat. Das Individuum mittleren Alters schaut zurück über die Hälfte seines Lebens, die Hälfte der ihm »zugeteilten Zeit«, die ihm nach solchen Erwartungen auf Endlosigkeit wie ein kurzer, bunter, aber verschwommener Traum vorkommt. Und nun weiß er, daß er nichts weiter erwarten darf als einen zweiten kurzen, trügerischen Traum. Daß er, wenn es ans Sterben geht – und das ist schon bald –, auf Erlebnisse zurückschaut, die nicht greifbarer sind als die, aus denen er jeden Morgen erwacht: Ereignisse und Stimmungen, die aufregend oder schön oder schrecklich waren, schon entglitten und halb vergessen.

Hoffnungsvoll blicken sie auf ihre Kinder, ihre Nachkommen, ihr Weiterleben – aber diese Erben betrachten sie mit Enttäuschung oder Schlimmerem.

Ein Grund dafür ist, daß die Eltern mit den erschreckenden Zuständen auf Shikasta identifiziert werden; die vorausgehende Generation repräsentiert das Chaos und den Terror, die überall sichtbar sind. Dies ist ein emotionaler, kein intellektueller Vorgang. Die meisten jungen Leute würden auf die Frage »Aber du glaubst doch nicht, daß deine Eltern persönlich für das Jahrhundert der Zerstörung verantwortlich sind?« antworten: »Natürlich nicht!« Aber sie wird *empfunden*, diese störrische, widerspenstige Ablehnung der Eltern, um dessentwillen, was sie haben geschehen lassen.

Ein anderer Grund ist, daß die Menschen auf Shikasta, technologiegläubig und materialistisch, wie sie im Augenblick sind, gelehrt wurden, daß sie auf alles einen Anspruch haben, alles haben können, alles haben müssen. Der junge Mensch – ich spreche von der Allgemeinheit, nicht von seltenen Ausnahmefällen – steht seinen Eltern feindselig gegenüber, da ihm zwar alles versprochen worden ist, er aber bald begreifen muß, daß nichts davon eintritt. Die Enttäuschung darüber ist die über ein gebrochenes Versprechen – und sie vermehrt noch die Vorwürfe den Eltern gegenüber.

Sie wissen nichts über ihre eigene Geschichte als Spezies, nichts über die wahren Gründe ihrer Situation. Sie wissen nichts und verstehen nichts, sind aber wegen ihrer anerzogenen Überheblichkeit davon überzeugt, daß sie die geistigen Erben allen Verstehens, allen Wissens seien. Dabei ist ihre Kultur zerbrochen und ist bei den Jugendlichen verhaßt. Sie lehnen sie ab und grapschen doch danach, beanspruchen sie, pressen heraus, was sie können. Und in diesem Haß wird auch das an traditionellen Werten abgelehnt, was gut und gesund und brauchbar ist. So steht der junge Mensch plötzlich völlig allein dem Leben gegenüber, ohne Regeln, ohne Gesetze, ohne auch nur Informationen, denen er trauen kann. Wie kann er denn glauben, daß aus der brutalen Anarchie, die er rings um sich sieht, irgend etwas Gu-

tes kommen kann? Dabei ist er dafür gerüstet, zu werten, seinen Kopf zu benützen – das hat man ihm beigebracht. Er ist für Unabhängigkeit und individuelles Werten ausgerüstet und steckt sein emotionales Territorium weiterhin mit derselben absoluten Skrupellosigkeit und dem Eigennutz ab, die die Nordwestlichen Randgebiete schon charakterisierten, als deren Bewohner die Welt überrannten, an sich rissen und zerstörten – doch sind es jetzt nicht mehr nur diese, sondern alle Menschen, überall. Vor ihnen liegt ja dieses lange Leben, ohne Ende, ohne Grenzen – Zeit genug, um Fehler in Ordnung zu bringen, eine neue Richtung einzuschlagen, Unrecht in Recht zu verwandeln ...
Die Erwachsenen schauen ihnen zu, voller Verzweiflung.
Alles, was die Erwachsenen sagen, trifft auf taube Ohren bei diesen Kindern, die in ihren schöngefärbten, trügerischen Nebeln umherwandern.
Die meisten Erwachsenen, und besonders die der nördlichen Hemisphäre und die der besitzenden Klassen überall, haben ihr Leben nach dem Gesetz gelebt, daß sie *keinem etwas schulden* und sind an verschiedene bittere Küsten gespült worden, sind gestrandet, umgeben von den Folgen des Raubbaus, den sie in ihrer Jugend betrieben haben. Die meisten würden gern zurücknehmen, was sie getan haben, würden »alles anders machen, wenn ich noch einmal von vorne anfangen könnte«. Es verlangt sie danach, dies ihrer Jugend zu vermitteln. »Tut das um Gottes willen nicht, seid vorsichtig, ihr habt so wenig Zeit, wenn ihr dies tut, wird das oder jenes geschehen.«
Doch die Jungen müssen »ihre Erfahrungen selbst machen«. Dies ist ihr Recht, ihre Weise, sich selbst zu definieren, lebensnotwendig für sie. (Genau wie einst für ihre Eltern, die wissen, wie vergeblich es ist, ihnen klarmachen zu wollen, daß sie vielleicht auf dem falschen Weg sind.) Dieses Recht auf Entfaltung, den Ausdruck der eigenen Persönlichkeit, Entdeckung des eigenen Ichs preiszugeben, würde bedeuten, einem Druck nachzugeben, der als unerträglich, korrupt und falsch empfunden wird.

Die Alten beobachten die Jungen in Sorge, Schmerz und Furcht. Was sie gelernt haben, ist vor allem, was die Dinge kosten, was man zahlen muß, welche Folgen und Ergebnisse bestimmtes Handeln hat. Aber ihr eigenes Leben ist nutzlos, weil sie nichts von dem, was sie gelernt haben, weitergeben können. Welchen Sinn hat es, so viel, unter so vielen Schmerzen, unter so großen Opfern, eigenen und fremden (oft auf Kosten des betreffenden Nachwuchses) zu lernen, wenn die Generation nach ihnen nichts übernehmen kann, nichts als »gegeben«, als erlernt, als verstanden hinnehmen kann?
Und diese Alten, die soviel durchgemacht haben, wissen sehr genau, welche Schrecken möglich und sogar unvermeidlich sind, aber die Jungen haben das Gefühl, daß ja vielleicht doch alles gutgeht.
Die Alten leben in der Erwartung, in der Sehnsucht, daß die Jungen zu Sinnen kommen und verstehen, daß sie nur noch wenig Zeit haben und daß der Planet selbst nur noch wenig Zeit hat: »Um Gottes willen! Es ist keine Zeit mehr, ihr habt keine Zeit mehr, und wir auch nicht, und ihr plustert euch auf und spielt eure Spielchen ...«
Aber da sind die Jungen, in ihren Horden, ihren Rotten, ihren Gruppen, ihren Kulten, ihren politischen Parteien, ihren Sekten, Parolen brüllend, unendlich zersplittert, jeder gegen jeden, immer im Recht, jeder ans Ruder drängend. Da sind sie – die die Zukunft verkörpern, eine Zukunft, die sich selbst das Urteil spricht.
Die Alten haben keine Zukunft, denn für solche Wesen, die sterben müssen, kaum daß sie zu Sinnen gekommen sind, müssen die Jungen die Zukunft sein. Die alten, die auf ihr kleines Fleckchen farbiger Nebel zurückschauen, sagen: »Ich habe gar nicht gelebt.« Und das stimmt. Aber sie schauen auf ihre Jungen – und wissen, daß auch sie nicht leben werden.
Dies ist eine der Kräfte, die hier und jetzt auf Shikasta wirksam sind. Durch all die unzähligen Gruppen und Untergruppen, Völker, Rassen, Ideologien, Glaubensbekenntnisse, Religionen zieht sich überall, auf dem ganzen Planeten, die Kluft, die Jung und Alt trennt.

JOHOR *berichtet:*

Anbei eine Liste der Individuen, die ich zu überwachen hatte. War ihre Situation zufriedenstellend und ihre Entwicklung plangemäß, so bin ich nicht näher darauf eingegangen. Dagegen habe ich einige andere Fälle aufgenommen, in denen unsere Beauftragten Schwierigkeiten festgestellt hatten. Die Situation dieser Individuen war Canopus nicht bekannt, weshalb ihre Namen nicht auf der ursprünglichen Liste standen.
Sie werden getrennt von denjenigen Individuen aufgeführt, die ich wegen Taufiqs Versäumnissen ausfindig machen und unterstützen mußte; sie gehören nicht in dieselbe Kategorie.

[Die Bewohner Shikastas verbringen einen großen Teil ihrer Zeit damit, sich über das Verhalten der anderen zu wundern und es zu kommentieren. Dies kommt zum Teil daher, daß ihre Kenntnisse auf dem Gebiet, das sie als »Psychologie« bezeichnen, mangelhaft sind, zum anderen daher, daß sie das, was sie wissen, nicht anwenden.
Das meiste Erstaunen, freudig oder auch nicht, das sie über eine Entwicklung empfinden können, wird ausgelöst, wenn sich ein innerer Druck im Konflikt oder Aufeinanderprallen verschiedener Mentalitäten entlädt. Eine Volksweisheit besagt, daß Menschen sich oft zu denen hingezogen fühlen, die ihnen zwangsläufig Schmerz zufügen müssen. Richtig ist auch, daß die verborgene Kraft, die Shikasta auf seinem mühsamen und schmerzlichen Weg vorantreibt, und die von einigen als »Wegweiser« oder »innere Stimme« begriffen wird, keineswegs das »Glück« oder die »Bequemlichkeit« berücksichtigt, wenn sie auf ein Individuum einwirkt, um es der Selbsterkenntnis, dem Verstehen näherzubringen.
Es ist meistens nicht notwendig, ein Individuum in diese oder jene Beziehung oder Situation hineinzudirigieren; bestimmte Seiten seiner Persönlichkeit, deren es sich vielleicht gar nicht bewußt ist, werden es, nach den Gesetzen von Anziehung und Abstoßung, an die Orte, in die Nähe der Menschen führen, die ihm nützen. Häufig begegnen sich zwei

oder mehrere in einer eindrucksvollen und für sie förderlichen Situation, die von unbeteiligten Betrachtern als das Ergebnis eines »Wunders« oder göttlichen Eingreifens erklärt wird. Die beiden oder die Gruppe sind zueinander hingezogen worden, manchmal über Kontinente, durch unüberwindlich scheinende Gefahren, weil sie einander brauchten, um voneinander zu lernen. Ein solcher Prozeß konnte dem uneingeweihten Beobachter allerdings zuweilen wie ein sinnloser oder vergeblicher Konflikt, wie eine Sackgasse vorkommen oder sogar wie etwas Zerstörerisches.
Und natürlich sind solche Begegnungen manchmal wirklich enttäuschend, vergeblich, zerstörerisch. Wie könnte es auch anders sein auf dem bedauernswerten Shikasta in seiner verzweifelten Situation, am Ende der langen Entwicklung, die es in diesen schändlichen Zustand gebracht hat?
Doch oft auch nicht; und vielleicht sagen die Beteiligten später zu sich selbst oder zueinander von dieser Zeit, die sie als so schwierig oder unerträglich schmerzhaft oder enttäuschend erlebt haben: Wieviel habe ich damals gelernt! Ich möchte diese Erfahrungen um die Welt nicht missen! *Die Archivare.*]

33. Ihre Aufgabe war es, ein riesiges Familienvermögen zu verwalten, dessen einzige Erbin sie war. Sie verfiel nicht dem Reichtum – im Grunde war er ihr gleichgültig –, sondern den Männern, die sich wegen ihres Vermögens zu ihr hingezogen fühlten. Sie heiratete mehrmals, ohne jeden Nutzen für sich selbst – einer der Männer allerdings profitierte von der Erfahrung insofern, als eine Seite seiner Persönlichkeit sich vervollkommnen konnte, und er danach fähig war, an einem anderen Punkt an sich weiterzuarbeiten. Ihr gelang es nicht, sich aus dem verhängnisvollen Kreislauf Liebe – Enttäuschung – neue Liebe zu befreien. Beratungen mit dem Beauftragten 15 haben ergeben, daß ihr Vermögen drastisch, ja geradezu absurd anwachsen soll, auf eine Weise, die sie nicht erwartet und die ihre Verantwortung betont. Es ist denkbar, daß der Schock darüber bei ihr ein neues Verantwortungsgefühl auslöst. Der Beauftrag-

te 15, der die Durchführung übernommen hat, wird außerdem ein Zusammentreffen mit Nr. 44 veranlassen, der sich nach wie vor auf der Talsohle bewegt und der sie, wie wir glauben, günstig beeinflussen wird.

44. Wenn es nicht zu seinem Vorteil ist, wird der Beauftragte 15 ihn an anderer Stelle einsetzen. Seine Situation könnte allerdings kaum schlimmer sein als im Augenblick, und das Risiko eines Rückschlags, das der Kontakt, auch ein geschäftlicher, mit dieser infantilen Frau bedeutet, muß eingegangen werden.

14. Ihr war die Aufgabe gegeben, sich der Pflege ihrer behinderten und schwierigen verwitweten Mutter zu widmen. Sie tat es von ihrem dreißigsten Lebensjahr an. Sie war der harten, sie unaufhörlich beanspruchenden Aufgabe gewachsen, bis sie selbst älter und von einer plötzlichen Krankheit sehr geschwächt wurde. Sie war unfähig, sich von der nachfolgenden Depression freizumachen und dachte an Selbstmord oder sogar daran, ihre jetzt altersschwache Mutter in ein Heim abzuschieben. Ich vergrößerte den Druck, indem ich ihr die Verantwortung für eine Tante aufbürdete, die gesundheitlich ebenso schlimm betroffen wie die Mutter, aber energisch, unkompliziert und humorvoll war. 14 ging nicht daran zugrunde, sondern sammelte neue Kräfte und übernahm, von diesem Schicksalsschlag stimuliert, zusätzlich die Betreuung und Pflege anderer alter Menschen in der Nachbarschaft. Ihre frühere Tüchtigkeit und ihr Optimismus sind wiederhergestellt.

21. Dieser Mann der unterdrückten schwarzen Rasse im Ersten Südlichen Kontinent (Südgebiete) hatte es übernommen, für andere Widerstand gegen die Unterdrückung zu leisten. Er engagierte sich früh politisch, wie erwartet und geplant, denn an diesem Ort und zu dieser Zeit gab es keine andere Möglichkeit, Selbstvertrauen und Selbstachtung auszudrücken. Er wurde eingesperrt, gefoltert und zum Krüppel gemacht. An diesem Punkt kam er von seinem Weg ab, wurde verbittert und mutlos. Er zog sich zurück, wurde Einzelgänger, bekam von

seinen Gefährten den Namen »der Zornige«. Wenn er so weitergelebt hätte, wäre ihm ein früher Tod sicher gewesen. Er verdiente sich sein Brot als Gemüseverkäufer in einem »schwarzen« Bezirk. Dort wurde er bei einem Tumult verhaftet und zu Unrecht inhaftiert. Dies vermehrte seinen Zorn noch. Allen im Gefängnis war klar, daß er es nicht mehr lange machen würde, denn er schlug nur noch um sich, gegen seine Mitgefangenen ebenso wie gegen die Obrigkeit. Ich veranlaßte, daß er mit einem Mann zusammengelegt wurde, der ebenso verkrüppelt war wie er, ebenso ungerecht behandelt worden war und der dieses Schicksal mit Hilfe einer der vielen religiösen Kultgemeinschaften akzeptiert hatte. Die beiden Männer überstanden ihre Haft als Freunde. Nach ihrer Freilassung sind sie Freunde geblieben und arbeiten jetzt für die Verbesserung der Bedingungen für die vielen verkrüppelten und behinderten Kinder in diesem »schwarzen« Bezirk.

42. Ihm war aufgetragen, so normal und gesund zu leben, wie es in einer Zeit solcher Schrecken irgend möglich war, um andere, die durch Krieg, Elend oder politische Verfolgung in extreme Situationen gezwungen worden waren, an die Möglichkeit eines einfachen Lebens in der Familie zu erinnern und vor allem daran, wie Eltern für ihre Kinder sorgen und sie leiten und lenken können. Er wurde von einer Mutter aufgezogen, die, unerwartet verwitwet, Trost im Essen suchte. Selbst nachgiebig, lehrte sie ihn zügellose Genußsucht. Er war vom Essen besessen. Dies kommt gar nicht so selten vor: Essen hat auf Shikasta eine Bedeutung bekommen, die uns bei unseren Besuchen in Erstaunen versetzt. Es gibt mehrere Faktoren, die dazu beigetragen haben. Erstens haben zahllose Menschen niemals genug zu essen, und deshalb wird die Notwendigkeit zu essen zur fixen Idee; wenn die Armut und die Not nachlassen, wird das Essen dann zu mehr als einer bloßen Notwendigkeit. Zweitens haben Kriege über große Gebiete Shikastas Zeiten gebracht, in denen Essen etwas wurde, wovon man träumt, wonach man sich sehnt. Wenn es dann wieder genügend zu essen gibt, bleibt diese Gewohnheit. Drittens ist, wie schon erwähnt,

die Wirtschaft in großen Gebieten Shikastas auf Konsum ausgerichtet, und jedes Individuum wird unaufhörlich der Aufforderung zu essen und zu trinken ausgesetzt; nur sehr wenige sind fähig, dem zu widerstehen. Und dann gibt es natürlich noch das gierige Shammat, dessen Gift im Körper und in den Gedanken aller Shikaster wirksam ist. So extrem ist die Situation, daß es in einer Welt, in der der größte Teil der Bevölkerung verhungert oder halb verhungert, keineswegs als haarsträubend gilt, wenn Menschen in andere Städte, in andere Länder oder sogar Kontinente reisen, um dort gut zu essen, angelockt von Orten, die für ihre Küche berühmt sind. In Beschreibungen von Städten werden unter den besonderen Attraktionen oft an erster Stelle kulinarische Spezialitäten und sogar Einzelheiten über deren Zubereitung aufgeführt.

Als 42 heiratete, wählte er eine Frau, die, wie fast alle Menschen, die er kannte, mehr Gedanken auf ihr Essen verwendete als auf etwas anderes. Ihr Haushalt war vom Einkaufen, Zubereiten und Essen von Nahrung beherrscht. Ihre Kinder wurden dazu erzogen, dem Essen höchste Wichtigkeit beizumessen. Der Beauftragte 9 hat im vorigen Bericht dargelegt, wie veranlaßt wurde, daß 42 plötzlich seine Arbeit verlor und sich ihm Gelegenheit bot, ein Restaurant zu übernehmen. Dahinter stand die Absicht, ihn zu einer objektiveren Betrachtung der Nahrungszubereitung und -aufnahme zu bringen. Aber er, seine Frau, seine Kinder und einige ihrer Freunde ließen sich von diesem Restaurant, das nicht nur in seinem eigenen Land, sondern in mehreren anderen Ländern berühmt war, völlig vereinnahmen. Das Essen ging ihnen nun gar nicht mehr aus dem Sinn, und es war offensichtlich, daß alles nur noch schlimmer geworden war. Ich habe veranlaßt, daß ihm aufgrund seiner Kenntnisse über alle Aspekte der Ernährung von einer internationalen Organisation ein Posten als Berater eines Ernährungsprogramms in bestimmten sehr armen Gegenden im Ersten Südlichen Kontinent angeboten wird. Ich glaube, daß er und seine Frau dieses Angebot annehmen werden und ihnen der Schock der täglichen, stündlichen Begegnung mit dem Hunger in seiner schlimmsten Form ihre Hauptbeschäftigung verleiden wird. Es bliebe das Problem der Kinder, und ich habe den Beauftragten 20 gebeten, sich hier einzuschalten.

17. Sie ließ sich darauf ein, ihre geistige Gesundheit zu riskieren – in einer Zeit, in der immer mehr Menschen wahnsinnig werden oder am Rande des Wahnsinns leben oder erwarten müssen, mehrmals in ihrem Leben einen Nervenzusammenbruch zu erleiden –, um diesen Bereich in aller Ruhe zu erforschen und zum Nutzen anderer darzustellen. Es war zuviel für sie. Sie war durch den frühen Tod ihrer Mutter einem stärkeren Druck ausgesetzt als von uns beabsichtigt. Einige Individuen in ihrer Nähe haben von ihr etwas über die Möglichkeiten und Gefahren des gestörten geistigen Gleichgewichts gelernt, aber sie selbst konnte ihr Gleichgewicht nicht halten. Sie hat einen großen Teil ihres Lebens in psychiatrischen Krankenhäusern oder unter anderen behüteten Umständen verbracht, auf Kosten anderer, finanziell und emotional. Ein früherer Bericht hat ihren Zustand beschrieben und Möglichkeiten genannt, helfend einzugreifen, doch wurde keine Besserung herbeigeführt. Ich suchte sie in einem psychiatrischen Krankenhaus auf, in dem sie sich freiwillig aufhielt, und fand sie widerspenstig und aufsässig; um mit dem spärlichen und stoßweisen Zugriff auf geistige Klarheit, den sie besitzt, existieren zu können, muß sie störrisch und mißtrauisch sein: Zu oft ist sie mit Dummheit und Brutalität behandelt worden. Ich habe veranlaßt, daß ein bestimmter Arzt mit ungewöhnlichem Verständnis für solche Fälle, der unauffällig und mit großer Besonnenheit auf seinem Gebiet wirkt, Kontakt mit ihr aufnehmen und mit ihr arbeiten soll, indem er ihr vorschlägt, ihre Erfahrungen aufzuschreiben, um anderen damit zu helfen. Dies wird für beide von Nutzen sein, doch habe ich nicht allzuviel Hoffnung.
ANMERKUNG: Ich habe mich geirrt. Siehe Anlage Lynda Coldridge.

4. Zu einer Zeit, in der die Konvention freien Zugang zu den Informationen über wissenschaftliche Entdeckungen verlangt, wo aber in Wirklichkeit ganze Forschungskomplexe (die zum

Teil, aber nicht durchweg militärischen Zwecken dienen) geheimgehalten werden, so daß die Öffentlichkeit nur einen Teil der Schrecken kennt, die für sie zusammengebraut werden, unternahm es dieser Mann, in einem militärwissenschaftlichen Forschungsinstitut zu arbeiten. Er leistete bemerkenswert gute Arbeit und zeichnete sich früh auf seinem Fachgebiet aus, wobei sein Name jedoch außerhalb des kleinen Kreises mit ähnlichen Fragen beschäftigter Forscher nicht bekannt wurde. Doch war er, und ist noch, in einer Schlüsselposition. Im Lauf der Zeit begann der Schrecken, an dem er arbeitete, ihn zu belasten, was eine Neurose zur Folge hatte – die Konflikte zwischen seinen Pflichten »dem Land«, »der Wissenschaft«, »der Familie« gegenüber, die er nicht lösen konnte, machten ihn krank. Jahrelang war er innerlich, heimlich krank, denn es gab niemanden, mit dem er seine Situation diskutieren konnte. Während er seine Arbeitsfähigkeit bewahrte und sogar die Forschung vorantrieb, auf eben diesem Gebiet, das er in zunehmendem Maße als kriminell betrachtete, drückte ihn innerlich ein Alptraum von Schuldgefühlen. Ich richtete es so ein, daß er bei einer internationalen Konferenz einen Mann traf, der auf demselben Gebiet wie er arbeitete, allerdings in einem »feindlichen« Land. (Ich setze das in Anführungszeichen, weil es Zeiten gibt, in denen feindliche Länder über Nacht zu Verbündeten werden oder heimlich auf eine bestimmte Weise verbündet sind, während sie sich auf andere Art bekriegen.) Diese beiden Männer, beide schwer an der Bürde ihres Wissens tragend, fanden sich sofort, wurden zueinander hingezogen durch das, was sie innerlich beschäftigt. Sie haben vereinbart, einige ihrer brisantesten Informationen in Richtungen durchsickern zu lassen, die ihnen die tödliche Gefährlichkeit nimmt und ihre Anwendung hinauszögert. So ist dieser Mann wieder auf dem Weg, den er gewählt hatte. Er wird seine Zeit zunehmend damit verbringen, Geheiminformationen zu verbreiten, bis er festgenommen und inhaftiert wird.

Jetzt folgen die Fälle, auf die ich aufmerksam gemacht wurde, weil sie Hilfe brauchen. Ich numeriere sie nach System 3.

1 (5). Das Hauptmerkmal dieses Individuums war schon immer sein Kritikvermögen: treffend und scharf. Verschiedene Einflüsse in seiner Jugend hatten diese Veranlagung gestärkt; jede Situation, in der er sich befand, wurde von ihm sofort erfaßt und durchschaut. Er verließ schon jung sein Milieu, in Rebellion gegen elterliches Verhalten, in dem er nichts als Heuchelei sehen konnte, und heiratete früh. Er zeugte drei Kinder, meinte, er müsse in der Mittelmäßigkeit und Heuchelei ersticken und zog aus. Er ging andere, unkonventionelle Formen des Zusammenlebens mit Frauen ein, woraus drei uneheliche Kinder hervorgingen. Er heiratete noch einmal, zeugte zwei Kinder, aber die Ehe hielt nicht. Wieder heiratete er, zeugte ein Kind, ließ sich scheiden. Im Alter von fünfundfünfzig war er allein, abgenutzt und vor Schuldgefühlen unfähig zu kreativer Arbeit. Er hatte seinen Lebensunterhalt immer in den Randbereichen der schönen Künste verdient, oft als Kritiker und als Satiriker. Neben seiner Spottlust, die immer verhindert hatte, daß er sich Situationen einfach überließ, ist in ihm eine warme Großherzigkeit, die durch seine Schuldgefühle noch verstärkt wird und ihn ständig von »nein« auf »ja« umschwenken läßt.
Nach einer Lagebesprechung mit dem Beauftragten 20 veranlaßten wir, daß einem Mädchen aus seiner Familie der Gedanke kam, sich an ihn um Hilfe zu wenden. Er nahm sie auf und wurde für sie verantwortlich. Andere seiner Kinder, die davon hörten, suchten auch Zuflucht bei ihm. In dieser Zeit, wo Kinder ihre Eltern oft fliehen, als bedeute ein weiterer Kontakt mit ihnen, alle Untugenden Shikastas in sich selbst zu verewigen, kommt es häufig vor, daß Jugendliche ihr Zuhause verlassen und sich Ersatzeltern suchen. In diesem Fall spielte er die Rolle des Ersatzvaters, denn er hatte sie alle jahrelang nicht gesehen. So fand dieser Mann nach einiger Zeit sein Haus vollbesetzt mit Kindern, Jugendlichen und jungen Erwachsenen in verschiedensten Schwierigkeiten, und er zog um in ein großes Haus auf dem Land. Trotz seiner uns nicht neuen Haltung »Bindungen«, »Pflichten«, »Konventionen«, »falscher Loyalität«, »Heuchelei« gegenüber ist er geradezu vorbildlich in dem, was er tut. Weit mehr als ein konventioneller Vater, dessen Kin-

der aus dem Haus sind, wenn er sein fünftes Jahrzehnt durchlebt, ist er mit verspäteter Verantwortung belastet. Eine ehemalige Geliebte, die krank wurde, ist mit aufgenommen worden. Eine andere, kurz vor dem Nervenzusammenbruch, folgte. Der Ehemann einer früheren Frau, der in finanzielle Schwierigkeiten geraten ist, wird von ihm unterstützt. Der Mann ist inzwischen für etwa zwanzig Menschen in einer oder der anderen Weise verantwortlich und hat den unerträglichen Zustand der Stagnation überwunden. Vor allem sein kritischer und analytischer Sinn findet jetzt eine nützliche Anwendung bei der Diagnose der Leiden und Bedürfnisse seiner Schützlinge. Da die Last, die auf seinen Schultern liegt, so schwer ist, habe ich veranlaßt, daß der Beauftragte 20 ihn im Auge behält, mit der Genehmigung zu intervenieren, falls nötig.

1 (13). Dieser Mann wurde nach einem harten Kampf gegen Armut und Mangel an Bildung in seiner Kindheit und Jugend Journalist. Jahrelang war er in den Augen der Obrigkeit eine zweifelhafte Figur, denn er gehörte zu denen – ausgestattet mit kritischen und analytischen Fähigkeiten ähnlich wie 1 (5) –, die unaufhörlich versuchten, der Öffentlichkeit eine realistische Darstellung von Ereignissen und Vorgängen zu präsentieren, die sich von der Sichtweise der Mehrheit der Menschen sehr unterschied. Er tat das von einem unpolitischen Blickwinkel aus, obwohl er als Sozialist bekannt war, in einer Zeit, in der das nicht als »schick«, sondern geradezu als anrüchig galt. Wie das oft auf Shikasta geschieht, wurden die Ansichten, die er drei Jahrzehnte lang Seite an Seite mit einer Minderheit ähnlicher Männer und Frauen unter größten Schwierigkeiten vertreten hatte, plötzlich zur Meinung der Mehrheit, und fast über Nacht wurde er eine Art Held, vor allem für die jungen Leute. Es gibt Gebiete auf Shikasta, wo die Kritiker der Gesellschaft ihr Leben lang gehetzt und verfolgt werden. In anderen Gebieten werden sie absorbiert. Immer wieder finden sich Menschen, die geistig immer in Bewegung waren, ihre Wahrnehmung der Ereignisse ständig verteidigen, schärfen, verfeinern mußten, plötzlich im Rampenlicht der Publizitätsmaschinerie,

sie werden zu nationalen Figuren gemacht, werden, wenn man so will, in die öffentliche Meinung eingefroren. Immer wieder werden so wertvolle Menschen neutralisiert, zu – oft – lächerlichen Gestalten gemacht, verlieren zumindest ihre Kraft, ihren Nachdruck. Der Mann, von dem hier die Rede ist, ging in diese Falle und begriff nicht, daß er nur alte Meinungen immer wiederholte. Ich habe veranlaßt, daß er einer Frau aus dem Ersten Südlichen Kontinent begegnet, die ihr Leben lang so hart ums Überleben kämpfen mußte, daß sie Energie für zwei hat. Er wird sie heiraten, zu neuem Leben finden, aus seinen festgefahrenen Verhaltensmustern hinausgezwungen werden. Man darf erwarten, daß ihre Kinder überdurchschnittlich ausfallen werden, und ich habe dafür Sorge getragen, daß der Beauftragte 20 sie im Auge behalten wird.

1 (9). Diese Frau reagierte immer übersensibel auf Einflüsse jeder Art, und es fehlte ihr an Robustheit und Eigenständigkeit. Sie war behütet, von einer starken Familie, dann von einem starken Mann. Er starb und sie wurde das Opfer von Schmerzzuständen und Depressionen, die suchtähnlich wirkten. Diese Zustände zogen Vampire einer besonders bösartigen und hartnäckigen Sorte aus Zone Sechs an. Es war klar, daß sie so nicht lange weiterleben konnte und sie in Zone Sechs nicht gerade von hilfreichen Wesen erwartet wurde. Ich erwog, den Versuch einer zweiten Ehe zu machen, aber zufällig befand sich gerade eine andere Frau mit Charakterstärke und Entschlußkraft und der Fähigkeit, ansteckenden und schwächenden Einflüssen zu widerstehen, in einem Stadium der Unentschlossenheit. Sie leben jetzt zusammen, und die dabei entstehenden Energien treiben erfolgreich die heimtückischen Wesen von Zone Sechs zurück.

DOKUMENT LYNDA COLDRIDGE
(s. Bericht, Nr. 17)

Ich schreibe dies für Herrn Dr. Hebert. Ich sag ihm immer wieder, ich kann nicht schreiben, ich schreibe nie, ich hab's nie

getan. Er sagt, ich muß. Also tu ich's. Er sagt, wenn andere Leute es lesen, hilft es ihnen. Aber der Grund, warum er will, daß ich was schreibe, ist, daß es *mir* hilft. Das glaubt er. Jedenfalls liest er dies zuerst, dann wird er merken, was *ich* glaube. Obwohl ich es ihm immer sage. Herr Dr. Hebert ist nett. (Sie sind nett!) Aber Sie hören nicht zu. Ärzte sind so. (Nicht nur Ärzte.) Ich rede oft stundenlang mit Herrn Dr. Hebert. Aber er will, daß ich meine Gedanken aufschreibe. Das kommt mir komisch vor. Verrückt. Aber *ich* bin verrückt, nicht Herr Dr. Hebert. Herr Dr. Hebert weiß alles, was ich erlebt habe. Er weiß mehr als alle anderen Ärzte. Mehr als Mark. Aber das ist sowieso klar. Auch mehr als Martha. Und als Sandra oder Dorothy. Herr Dr. Hebert sagt, es ist wichtig, daß er alles über mich weiß. Er sagt, ich habe schon jede Behandlung gehabt, die in der Psychiatrie angewandt wird. Er sagt, ich hab sie alle überlebt. Das stimmt nicht. Ich hab sie nicht überlebt. Ich erzähle ihm, wie ich als Mädchen war. Damals war ich schon verrückt. Jedenfalls nach ihren Vorstellungen.
Dann erzähl ich ihm, wie ich verrückt war, als ich so verrückt war, daß man angefangen hat, mich zu behandeln und mich in Kliniken zu stecken. Denn die zwei Arten von Verrücktsein sind unterschiedlich, sie sind nicht das gleiche. Verstehen Sie das, Herr Dr. Hebert? (Sie haben gesagt, ich soll John zu Ihnen sagen, aber ich verstehe nicht warum. John zu Ihnen zu sagen macht Sie nicht verrückt und mich nicht gesund.) Als ich ein kleines Mädchen war, ist in meinem Kopf alles mögliche vorgegangen, und jetzt weiß ich, daß das verrückt war. Weil es so viele Leute gesagt haben. Aber es war schön. Ich denke oft dran. Ich hab so was Schönes seither nicht mehr erlebt. (Manchmal kommen ein paar kleine Blitze, aber das schreib ich später. Wenn ich überhaupt dazu komme.) Und als sie angefangen haben mit den Maschinen und den Spritzen und dem Schrecklichen, war das, was in meinem Kopf war, anders als vorher. Aber das wollten sie nicht verstehen. Verstehen *Sie* es, Herr Dr. Hebert? Ja? Ich *sage* es Ihnen. Mit Wörtern. Wörtern, aber auf Papier. Ich fang jetzt noch mal an. Ich komm durcheinander. Ich wollte zuerst etwas anderes sagen.

Herr Dr. Hebert hat alle möglichen Ideen. Einige sind gut. Ich muß Beifall klatschen. Ich klatsche Ihnen Beifall, Herr Dr. Hebert. Klatsch, klatsch. Ich hab einen kindischen Tag. Herr Dr. Hebert sagt, daß ich mich nutzlos fühle. (Ich bin nutzlos. Das sieht doch jeder.) Er sagt, daß ich Leuten nützen kann, die gerade verrückt geworden sind und nicht verstehen, was mit ihnen passiert. Er sagt, ich sollte zu so jemand hingehen und sagen: Das ist es, was mit dir passiert. Er sagt, daß es ihnen dann besser geht. Und daß es mir besser geht, weil es ihnen besser geht. Aber er versteht eben nicht, daß es ihnen dann besser geht, weil es ihnen besser geht, d. h. es hört alles auf, es vergeht, sie sind nicht mehr verrückt. Er sagt, ich muß zu so einem armen Verrückten, der zittert und weint und Stimmen hört, die manchmal aus der Wand kommen, oder schreckliche Dinge sieht, die nicht da sind (aber vielleicht sind sie da!), ich muß sagen ... neuer Satz. Sieh mal, muß ich sagen. Du brauchst keine Angst zu haben. Es ist nämlich so. (Ich sprech jetzt mit diesem armen Verrückten.) Unsere Sinne sind nur auf einen kleinen Bereich von dem, was sichtbar und hörbar ist, eingestellt. Die ganze Zeit kommen von allen Seiten Geräusche, wie ein Wasserfall. Aber wir sind Maschinen, die so reguliert sind, daß sie nur vielleicht fünf Prozent davon auffangen. Wenn die Maschine nicht richtig funktioniert, hören wir mehr, als wir brauchen. Wir sehen mehr, als wir brauchen. Eure Maschine funktioniert nicht richtig. Anstatt daß ihr nur das Tageslicht und die Nacht seht und eure Kusine Fanny und die Katze und euren liebevollen Ehemann, mehr braucht ihr nicht, um zurechtzukommen, seht ihr jetzt aber viel mehr, nämlich all dieses Schreckliche und sonderbare Farben und Visionen und so. Der Grund, warum das alles schrecklich ist und nicht schön, ist, daß eure Maschine das verzerrt, was da ist und was in Wirklichkeit schön ist. (Sagt Herr Dr. Hebert jedenfalls. Er ist sehr nett. Sie sind nett, Herr Dr. Hebert, aber woher wissen Sie das?) Aber statt daß du hörst, wie dein Mann sagt, er liebt dich, oder deine Frau, oder einen Bus, der vorbeifährt, hörst du, was dein Mann in Wirklichkeit denkt. Daß du eine häßliche alte Schrulle bist vielleicht. Oder was deine Kinder denken. Oder

der Hund. (Ich höre, was der Hund denkt, der dem Verwalter gehört. Ich mag ihn lieber als die meisten Menschen. Mag er mich lieber als die meisten Hunde? Ich muß ihn fragen. Wenn die Menschen wüßten, was die Hunde denken, würden sie ihr blaues Wunder erleben. Aber was soll's.) Wenn ich also all das zu den armen Verrückten sage, werden sie wieder froh, und es geht ihnen besser. Sagt Herr Dr. Hebert. Alles verstehen bedeutet alles vergeben. Aber ich sage zu Herrn Dr. Hebert, daß das nicht stimmt. Wenn die Stimmen im Kopf auf einen einhämmern, hundert verschiedene, so kommt es einem manchmal vor, dann ist einem egal warum. Man braucht keine Theorien und Prozentzahlen, glauben Sie mir. Man will nur, daß sie aufhören. Und wenn man Ungeheuer sieht und schreckliche Sachen, will man nur, daß sie weggehen. Ob sie davon wirklich froh werden? Ich meine, wo wir doch wissen, daß wir (die Menschen, und soviel ich weiß auch die Hunde) so eingestellt sind, daß wir nur Tante Fanny und die Katze und die Straße sehen, weil alles andere grauenhaft ist? (Herr Dr. Hebert, woher wollen Sie denn so genau wissen, daß das Grauenhafte *nicht* da ist? Warum sind Sie so sicher? Ich möchte das wirklich wissen. Ich meine, in welcher Welt leben Sie denn, Herr Dr. Hebert? Denn ich glaube nicht, daß es dieselbe ist wie meine. Na ja, das versteht sich wahrscheinlich von selbst, weil Sie ja nicht verrückt sind, aber ich.) Ich fang noch mal von vorn an. Der Punkt, an dem Sie sich irren, ist, daß es den Leuten besser geht, wenn ich oder Sie so etwas sagen. Denn fast jeder ist davon überzeugt, daß die fünf Prozent alles sind, was es gibt. Fünf Prozent ist das ganze Universum. Und wenn Sie etwas anderes glauben, sind sie sonderbar. Und wenn die Maschine nicht richtig funktioniert und, sagen wir mal, zehn Prozent reinkommt und sie dann noch Angst haben vor den Stimmen, die aus dem Ellbogen von jemand kommen oder aus dem Türgriff, und vor dem, was die Stimmen sagen, was fast immer dumm ist, dann sind sie überzeugt davon, daß sie *böse* sind. *Schlecht*. Weil man die Gedanken der Leute nicht ändern kann. Nicht einfach so. Nicht plötzlich. Die armen Verrückten müssen mit diesen dummen Stimmen fertigwerden, von denen sie *wissen*, daß sie dumm sind, was schon schlimm genug ist, aber diese Stimmen sagen, daß sie schlecht und abscheulich sind. Fast immer. Und zusätzlich müssen sie dann noch damit fertigwerden, daß sie für mehr als fünf Prozent offen sind, *was schon schlecht an sich ist*. Als Kinder haben sie sehr wahrscheinlich alles mögliche mehr als die fünf Prozent gesehen und gehört, z. B. hatten sie vielleicht Freunde, die sie sehen konnten, andere aber nicht; und wenn sie das ihren Eltern erzählten, sagten die, sie würden lügen und wären böse. Ich reg mich auf. Ich höre jetzt auf zu schreiben.

Gestern abend wurde eine arme Verrückte eingeliefert. Sie hatte Angst. Herr Dr. Hebert hat mich gebeten, mich zu ihr zu setzen. Ich hab's getan. Sie ist schizophren. Wahrscheinlich versteht sich das von selbst. Sie hat einen Mann geliebt, und diese Woche sollten sie heiraten. Er löste die Verlobung. Sie war fassungslos. Sie aß nicht. Sie schlief nicht. Sie weinte viel. Gestern ging sie über die Waterloo-Brücke, und dann war sie plötzlich zehn Meter drüber und schaute auf sich selbst hinunter, wie sie über die Brücke ging. Mir passiert das ziemlich oft. Es bedeutet folgendes: Wir sind mehrere Menschen, die ineinander verschachtelt sind. Chinesische Kästchen. Unser Körper ist das äußerste Kästchen. Oder das innerste, wenn man will. Wenn man einen Schock hat, vielleicht weil der beste Freund nein sagt, ich heirate dich nicht, ich will deine Freundin Arabella heiraten, dann kann alles passieren. Ich beobachte mich gern von außen. Dieses Weiter-und-weiter-und-weiter-Leben scheint dann nicht so wichtig. Ich guck mich an, mich arme alte Schlampe, das bin ich nämlich (Herr Dr. Hebert sagt, ich soll meine hübschen Kleider anziehen und mir das Gesicht zurechtmachen). Aber wie wenig ist ihm klar, wie wenig ist Ihnen klar, Herr Dr. Hebert, daß es dem chinesischen Kästchen, das draußen steht und die arme Schlampe Linda anschaut, egal ist. Was ich wirklich bin, ist nicht die arme Schlampe Linda, lauter Knochen und Gänsehaut. Ich stehe neben ihr und schau sie an und denke: Wein doch, soviel du willst, warum denn nicht? Mir ist es egal. Aber diese arme Verrückte gestern abend. Sie heißt Anne. Ich nehme an, Herr Dr. Hebert, Sie glauben, daß es ihr besser ginge, wenn ich zu ihr sagen würde: Du bist wie diese chinesischen Kästchen, und als du so unglücklich und krank über die Waterloo-Brücke gegangen bist, haben sich die Kästchen ein bißchen auseinandergeschachtelt, und eins hat auf die anderen oder das andere heruntergeschaut. Denn, Herr Dr. Hebert, man gewöhnt sich nicht so schnell an etwas. Man kann es nicht einfach sagen, die gute Nachricht einfach verkünden. Wenn sie religiös wäre, vielleicht. Die Seele. Aber diese Anne ist nicht religiös, ich hab sie gefragt. Wenn sie religiös wäre, würde sie vielleicht Angst kriegen, aber es wäre doch eine Idee, von der sie schon mal was gehört hat. Ich würde Seele sagen, nicht chinesische Kästchen. Aber die meisten religiösen Leute machen sich über das unwichtigste chinesische Kästchen Gedanken und über die Beerdigung oder das Aufbahren, und wie es im Grab oder bei der Einäscherung aussehen soll. Wenn sie so sind, dann würde auch Seele nicht viel helfen, geschweige denn das chinesische Kästchen. Worte. Chinesisches Kästchen: *schlecht*. Seele: *gut*. Bei Christen. Manchmal wird ein armer Verrückter eingeliefert, und ich kann mit ihm reden. Mit ihr. Kinder sind am besten. Ich meine, sie haben oft keine Angst, wenn sie sehen, daß sie selbst vor sich hergehen oder so etwas. Manchen ist es wie ihre zweite Natur. Es ist ein Spiel. Sie müssen nur den Mund halten. Das hab ich auch getan als Kind. Meine Eltern stritten viel. Wenn sie anfingen, versetzte ich mich nach draußen. Natürlich dachten sie, ich wäre drinnen, aber das war ich nicht. Ich saß mit einem blöden Grinsen da, aber ich war weg, draußen, und dachte ganz andere Gedanken. Ich höre jetzt auf.

Anne geht es sehr schlecht. Ich bin bei ihr gesessen. Sie hat eine wahnsinnige Angst. Sie hört die üblichen Stimmen, die sagen, daß sie böse ist und schlecht und all das. Und sie sieht ihren Freund, der Arabella heiraten will. Sie sieht, wie sie miteinander sprechen. Und wie sie miteinander schlafen. Sie hat es mir erzählt. Sie hat Angst, es Herrn Dr. Hebert zu sagen. Ich hab gesagt, sie soll es ihm nicht sagen. Ich sage es ihm hier. Herr Dr.

Hebert ist in Ordnung, aber es gibt schließlich noch andere Ärzte. So erfährt es nur Herr Dr. Hebert und die anderen nicht. Ich hab ihr gesagt, sie würde eigentlich nur das »zweite Gesicht« benützen, davon hätte sie doch sicher schon gehört. Ich hab gesagt, daß viele Leute es haben. Ich hab sie gefragt, ob sie als Kind Dinge gesehen hat. Sie hat ja gesagt. Ich hab gesagt, es ist wie Klavierspielen oder Fahrradfahren. Die Übung macht's. Ich hab alles mögliche gesagt. Vernünftiges. Es ist nur das zweite Gesicht! Wenn du aus zehn Metern Entfernung auf dich runterschaust, denk dir nichts dabei! Es hat ihr kein bißchen geholfen. Denn wenn diese Dinge so stark sind, daß sie die Leute krank machen, dann ist es wegen den sechs Prozent *Wellenlänge*, was immer das ist. Es ist eine Spannung. Es sind tausend Volt statt einem. Es ist nicht nur so, daß man so wie immer ist und sich dann plötzlich von außen sieht oder Stimmen hört, das kann wie ein Gleiten zur Seite oder nach oben sein, ohne daß die Spannung stark wird. Sondern bei anderen Gelegenheiten oder anderen Leuten geht die Spannung plötzlich hoch, und man hat das Gefühl, daß sie einen sprengt. Die fünf Prozent Sehen, Hören usw. sind Energie. Das ist die Erklärung. Soundsoviel Volt Sehen oder Hören. Und wenn es ein bißchen mehr ist, reißt es die Maschine in Stücke. Das ist es! So ist es, Herr Dr. Hebert! Anne will, daß es aufhört. Sie hält es nicht aus.

Gestern abend hatten Herr Dr. Hebert und ich wieder eine Sitzung. Nach dem Lichtausmachen. Er hatte Dienst. Er hatte dies alles gelesen. Er hatte einen vernünftigen Gedanken. Und zwar: Wenn irgend jemand, sagen wir mal eine alte Schottin in den Highlands, so ähnlich wie ein Kindermädchen, das ich mal hatte, das zweite Gesicht hat und sie sagt: Ein großer dunkler Unbekannter wird deinen Weg kreuzen, und er das dann auch tut, oder: Diese Woche wird jemand sterben, und tritt das ein, dann reißt es diese Leute nicht in Stücke, weil die Spannung zu hoch ist. Oder Kinder, die aus einem Baum auf sich selbst hinunterschauen, wie sie auf dem Boden sitzen und im Sand spielen. Es reißt sie nicht in Stücke. Sie zittern nicht oder schreien und weinen und wünschen, es würde aufhören, im Gegenteil, es erscheint ihnen als das Natürlichste auf der Welt.

Die Antwort ist, daß manche Menschen dazu veranlagt sind, nicht nur fünf Prozent, sondern vielleicht sechs Prozent aufzunehmen. Oder sieben Prozent. Oder noch mehr. Aber wenn man ein Fünf-Prozent-Mensch ist und einen plötzlich ein Schock auf sechs öffnet, ist man »verrückt«. Ich bin sicher, daß ich als Sechs-Prozent-Mensch geboren bin und gar nicht verrückt bin. Sie haben mich verrückt gemacht, weil ich erzählt habe, was ich wußte. Wenn ich den Mund gehalten hätte, hätte ich in Frieden weiterleben können. Mit Mark. Der arme Mark. Ach, der arme Mark. Er ist mit Rita in Nordafrika. Er schreibt mir. Er liebt mich. Er liebt Rita. Er liebt Martha. Liebe Liebe Liebe Liebe Liebe. Wenn es mir gefallen hätte, wie er mich überall abschleckte und seine Hände und Dinger in mich reinsteckte, dann hätte das wahrscheinlich bedeutet, daß ich ihn liebte. So hat er das jedenfalls gesehen.

Die Gespräche mit Herrn Dr. Hebert sind wie die Gespräche, die ich immer mit Martha führte. Nicht so lang, nicht die ganze Nacht oder gleich tagelang, weil Herr Dr. Hebert viel arbeitet. Er muß sich um Dinge kümmern. Aber wir sprechen über dasselbe. Herr Dr. Hebert sagt, ich hätte so viel gelernt und würde es nicht anwenden. Er sagt, was es denn hilft, wenn Martha und ich so viel rausgefunden haben und ich jetzt nichts tue. *Was* tue? Einen Leserbrief an die *Times* schreiben? (Würde Mark sagen.) Auf einem Podium diskutieren? (Arthur, Phoebe.) Ich hab gesagt, wenn Martha mal wieder schreibt, bitte ich sie, mich zu besuchen, und dann können er und Martha sich auch unterhalten. Martha ist in dieser Kommune. Ich bin mal dagewesen, um Francis zu besuchen. Da lebt sich's vielleicht nicht schlecht. Aber warum müssen die Leute an einen Ort ziehen und zusammen leben? Wie Hunde, die sich in einem Korb zusammengerollt haben und einander ablecken. Leute, die sich ähnlich sind, sind sowieso zusammen. Finde ich. Sie brauchen doch nicht so leck leck zu machen.

Herr Dr. Hebert möchte mit mir Martha und Francis besuchen und die ganze Nacht reden. Kann er ruhig.

Herr Dr. Hebert will, daß ich jeden Tag an meinen »Begabungen« arbeite. Ich sage zu ihm (ich sage es Ihnen jetzt), daß meine »Begabungen« manchmal stark sind und manchmal nicht und daß keine Rede sein kann von »jedem Tag« wie von einer Büroarbeit. Aber er ist erpicht auf dieses von 9 bis 17 oder meinetwegen 14 bis 16. Montag bis Freitag? Habe ich Samstag und Sonntag frei? Er sagt, Leute, die hier eingeliefert werden und nicht zu viele Ängste haben, sollten mitmachen. Wobei mitmachen? Er interessiert sich sehr für das, »was ich weiß«. Und wenn das, was ich weiß, nicht so angenehm ist? Und wenn ich Dinge weiß, die passieren werden, die ich aber lieber nicht wüßte? Herr Dr. Hebert tut sich leicht mit dem Reden über das Wissen. Ich frage ihn (ich frage Sie noch einmal, Herr Dr. Hebert), warum nehmen Sie an, daß wir alle oder die meisten für fünf Prozent eingerichtet sind, und nur ein paar Leute für sechs Prozent und noch weniger für sieben oder acht? (Von denen wüßten wir wahrscheinlich gar nichts, oder? Sie müßten wie Götter sein, glaube ich. Wenn man es aus unserer Sicht betrachtet.) Glauben Sie, der Grund könnte sein, daß wer immer unsere kleinen Maschinen einstellt, genau weiß, wieviel wir aushalten? Denn, Herr Dr. Hebert, *ich* halte es nicht aus, und ich versuche mit allen Kräften, nicht an das zu denken, was ich weiß.

Als ich das geschrieben habe, habe ich etwas Wichtiges vergessen. Wenn der Mensch wie ein Satz chinesischer Kästchen ist, eins immer im anderen, ist dann die Welt auch so? Ich schreibe dies auf, weil es wichtig ist. Wenn ich mich von außen ansehe, möchte ich loslachen. Ich sehe Lynda, die alte Schlampe, Haut und Knochen, mit blutenden Fingern. Aber so ist die Person, die sie anschaut, nicht. Das mit der alten Schlampe mit einem nicht sehr schönen Kleid ist nicht wichtig. (Ich konnte heute wieder nicht ins Bügelzimmer, der Schlüssel war weg, Herr Dr. Hebert, wenn es Ihnen wirklich drum geht, wegen dem Selbstrespekt gut auszusehen.) Vielleicht gibt es dann auch eine andere Welt, die unsere Welt anschaut, diesen entsetzlichen Ort. *Die Hölle*. Wußten Sie, daß dies die Hölle ist, Herr Dr. Hebert? Ja? Ich hab es gesagt und Sie haben gelächelt. Das ist ihre Krankheit, haben Sie gedacht. Aber hier ist die Hölle, Herr Dr. Hebert. Aber angenommen, was ich mir ausgedacht habe, wäre wahr, eine zweite Welt, eine Art leichteres Abbild dieses schweren Klumpens von Elend in den Ketten der Schwerkraft, die Schwerkraft, sie ist so schwer und dicht – angenommen, diese andere Welt löst sich ab wie ein Handschuh und schaut auf *die Hölle* zurück und zuckt die Schultern. Und noch eine andere Welt, und noch eine. Runde chinesische Kästchen. Belustigt Sie das? Ich spüre ein Lächeln auf meinem Gesicht, deshalb nehme ich an, daß das lustig ist.

Manchmal haben Martha und ich dagesessen und gelacht und gelacht. Dorothy hat auch manchmal gelacht. Aber nicht oft. Sandra hat nicht gelacht, niemals. Aber Dorothy hat sich umgebracht, und Sandra wurde gesund. Keiner mochte Sandra. Es war, weil alle sie gewöhnlich fanden. Na ja, das war sie auch. Nachdem ich durch all diese Kliniken durch war, hab ich mich darum nicht gekümmert. Jahrelang nicht. Wichtig ist nur, daß man etwas sagt und es auch verstanden wird. Mark war mein Mann. Er ist es jetzt nicht mehr, weil ich zu ihm gesagt habe, daß er sich scheiden lassen soll, damit Rita Kinder kriegen kann. Mark hat mich geliebt. Er hat mich geliebt. Er hat mich verrückt gemacht mit seiner Liebe. Ich hörte mir an, wie er liebte. Er wollte meine schmutzigen, stinkenden Haare um seine Hände wickeln. Liebe. Linda, mein Schatz, ich liebe dich. Aber er hat nie verstanden, was ich zu ihm sagte. In der Zwischenzeit liebte er Martha. Na, dann viel Glück den beiden. Das dachte ich damals, und das denke ich jetzt auch noch. Dann kam Rita. Küßchen Küßchen Lecken Schlecken Schling Schmatz. Rita hat nie ein Wort von dem verstanden, was Mark sagte. Aber egal, als es Rita und Mark hieß, fühlte sich das Haus gut an, es war anders als vorher. Daraus schließe ich, daß es nichts bringt, wenn ich versuche, was von Sex zu verstehen.

Liebe, sogenannte. Es ist Zeitverschwendung. Ich bin nicht ausgestattet dafür, das ist klar.

Herr Dr. Hebert hat kapiert, was ich über Öffnungszeiten von 9 bis 17 gesagt habe. Er möchte, daß ich zu ihm komme, wenn ich dazu aufgelegt bin, damit nichts vergeudet wird und er Experimente mit mir machen kann. Experimente hat er nicht gesagt, weil er glaubt, daß ich vor so was Angst habe. Herr Dr. Hebert, Sie hören nicht zu, wenn ich etwas sage. Mir kann keiner mehr Angst einjagen, denn wenn etwas Schlimmes passiert, steige ich einfach aus meinem Körper heraus und gehe woandershin. Mir macht es nichts aus, wenn Sie experimentieren wollen. Aber es wird an der Sache nichts ändern. Wollen Sie Ihre Kollegen überzeugen? Ist es das, was Sie im Sinn haben? Ich werde kein Versuchskaninchen für Konferenzen oder Ärztetagungen sein. Nein, nein. Was Sie nicht verstehen, ist, daß die Leute diese Dinge nie glauben. Erst wenn sie sie erleben. Wenn sie sie erleben, werden sie Leute, denen andere Leute nicht glauben. Pech. Martha und Francis sagen, das Militär forscht auf diesem Gebiet und wendet es dann an. Warum fragen Sie nicht mal beim Heer nach? Normalen Leuten erzählen sie die Wahrheit nicht. Der Tod ist wichtiger.

Herr Dr. Hebert wird an eine andere Klinik versetzt. Er sagt, ich kann mitkommen. Ich werde mitkommen. Ich will in einer Klinik bleiben. Sie sagen, ich könnte entlassen werden und würde es draußen schaffen, aber ich bin so heruntergekommen, und jetzt bleib ich dabei. Ich könnte in diese Kommune ziehen, aber dann müßte ich mich die ganze Zeit gut benehmen. Leck leck leck. Nächste Woche gehe ich fort von hier, mit Herrn Dr. Hebert. Eine Klinik ist wie die andere. Herr Dr. Hebert sagte, er will weiter mit mir arbeiten.

Seit Herrn Dr. Hebert bin ich ein paarmal ganz kurze Zeit so gewesen, wie ich als junges Mädchen war. Bevor sie mich gepackt haben und in die Kliniken gesteckt. Als ich ein Kind war, waren die Stimmen freundlich. Wie ein Freund, der zu mir sprach. Sie sagten: Ja, Lynda, es ist recht so, tu dies. Oder das. Oder: Hast du schon einmal dran gedacht, das zu tun, du kannst es, wenn du es versuchst. Lynda, Lynda, sei nicht traurig. Sei nicht unglücklich. Und einmal, als ich weinte und weinte, weil meine Eltern die ganze Zeit stritten, sagte die Stimme in meine Erregung: *Was ist denn, Lynda?* Sie meinte, soviel Wirbel um nichts. Die ganzen Jahre ist mir diese Freundlichkeit im Gedächtnis geblieben, und ich hab mich gefragt, wo sie wohl hingekommen ist. Seit den Ärzten hab ich nur Stimmen gehört, die sagten, ich wäre schlecht, gräßlich, grausam. Aber jetzt kommt es wieder. Das ist, weil Herr Dr. Hebert ein freundlicher Mann ist. Ich meine, er selbst ist freundlich, nicht nur seine Worte. Worte sind nichts. Das Ding, das da ist, das Freundliche an einem Menschen oder einem Ort ist *süß*. Es ist etwas Angenehmes und Vertrautes. Ich sag immer wieder zu Herrn Dr. Hebert, die Stimmen, die die armen Verrückten quälen, die sagen, daß man schrecklich ist und so was, Ich werde dich bestrafen, könnten genausogut sagen: Ich bin dein Freund, vertrau mir.

ERLÄUTERUNGEN zur Situation auf Shikasta
Dies ereignete sich in einem Gebiet Shikastas, das von einer kulturfeindlichen Religion gesteuert wurde, die mit blindem Eifer und Torheit alle Bereiche des Lebens vereinnahmte und die als absolute Wahrheit verkündete, daß ein »Gott« die Menschheit an einem bestimmten Datum vor viertausend Jahren geschaffen habe. Etwas anderes zu glauben hieß Repressalien herausfordern, die die soziale Ächtung, den Verlust aller Möglichkeiten, sein täglich Brot zu verdienen, den Ruf der »Gottlosigkeit« und allgemeinen Bosheit einschlossen. Die Reaktion gegen solche Engstirnigkeit, solchen Dogmatismus, wie sie auf Shikasta selten ihresgleichen hatten, manifestierte sich in Gestalt bestimmter Intellektueller, die auf dem Gebiet der Humanbiologie, Geschichte der Menschheit und Evolution arbeiteten und die als Alternative den Glauben anboten, daß die Völker des Planeten sich langsam, über Jahrmillionen hinweg aus dem Reich der Tiere heraus entwickelt hatten, wobei be-

stimmte Arten von Affen als die Vorfahren aller Shikaster angesehen wurden. Die Religion reagierte mit Anwendung von Gewalt, und die weltliche Autorität, die sich zu jener Zeit wohl in der Theorie, doch nicht in der Praxis von der religiösen unterschied, zeigte sich reizbar, zornig, hart, willkürlich.
Die wenigen Individuen kämpften mutig und überzeugt dagegen an und setzten dem »Aberglauben« ihren »Rationalismus«, ihre »Gedankenfreiheit« und »Wissenschaftlichkeit« entgegen. In der einen oder anderen Weise hatte jeder von ihnen für seinen Standpunkt zu leiden.
Ich möchte hier die Geschichte von einem von ihnen darlegen, einem »unbedeutenden Kämpfer für die Sache der freien Forschung« – wie er sich selbst beschrieb. Er kam aus keiner wohlhabenden Familie, sondern war arm und war ein Lehrer der besten Sorte, dessen Leidenschaft es immer gewesen war – und blieb –, die Jugend zu einem sinnvollen Leben frei von den Tyranneien der Torheit anzuregen, immer bereit, der Wahrheit auf die Spur zu kommen, wo immer das hinführte.
Er wohnte in einer kleinen Stadt, in der die öffentliche Meinung sich in absoluter Abhängigkeit von der Religion befand. Er begann die ihm anvertrauten Kinder das »neue Wissen« zu lehren – daß die gesamte Menschheit von den Tieren abstamme – und verlor nach einer Reihe von Rügen seine Stelle. Das Mädchen, das er zu heiraten gehofft hatte, sagte, sie wolle zu ihm stehen, gab dann aber dem Druck ihrer Familie nach. Sein Gewissen gab ihm Stärke, und er brachte sich selbst das Schreinern bei. Unter großen Schwierigkeiten, da die meisten Menschen in der Stadt ihn mieden, verdiente er damit einen unsicheren Lebensunterhalt. Nach einiger Zeit machten die Priester sogar das unmöglich. Er mußte seine Heimatstadt verlassen und zog in eine Großstadt, in der seine Geschichte unbekannt war. Es gelang ihm, eine Arbeit als Schreiner zu finden. Er sammelte sich eine Bibliothek über das »neue Wissen«, Werke von Freidenkern aller Richtungen, wissenschaftliche Arbeiten, unter anderem über Genetik, einem Gebiet, auf dem rasche Fortschritte gemacht wurden. Diese Bibliothek bot er ähnlich Denkenden an, vor allem jungen Menschen, von denen es in dieser Stadt

viel mehr gab als an kleinen Orten, wo »jeder jeden kennt«. Mehr als einmal führten seine Bibliothek, seine Meinungen, seine furchtlosen Unterhaltungen mit jedem, der zuhören wollte, zu offiziellen Besuchen der örtlichen religiösen Repräsentanten. Einmal wurden seine Bücher von ortsansässigen Eiferern verbrannt. Zweimal mußte er die Wohnung wechseln. Er heiratete nicht. Sechzig Jahre lang lebte er in Armut und allein, aufrechtgehalten von dem Glauben, daß er recht hatte und daß die Zukunft ihn »freisprechen« werde und er für die »Wahrheit« eingestanden sei.

Dieser Standpunkt, den er mit ein paar anderen mutigen Geistern teilte – offen für die geistigen Strömungen und Entdeckungen der Zeit, die teilweise wahr und wertvoll waren, aber vom Volk höhnisch mit dem Schlagwort »Wenn ihr Affen sein wollt, hindert euch keiner daran« abgetan wurden –, war der Beginn einer erfolgreichen und breiten Bewegung gegen den Würgegriff dieser über große Teile Shikastas so destruktiv herrschenden Religion – Hunderte von Jahren hatte sie mancherorts die Gewaltherrschaft aufrechterhalten.

Wenn dieser Mann, hochbetagt, seine Besorgungen machte oder auf einer Bank in der Sonne saß, wurde er oft von Kindern und manchmal sogar von Erwachsenen verfolgt, die ihm »Affe! Affe! Affe!« nachriefen. Er lächelte nur über sie, das Kinn erhoben, den Rücken sehr gerade, furchtlos, gestärkt von der Wahrheit.

JOHOR: *Um einen Bericht gebeten, verfaßte der Beauftragte 20 folgendes:*

Ich befinde mich in einer großen Stadt auf dem Isolierten Nördlichen Kontinent mit Extremen von Arm und Reich. Dies ist eine Wohngegend, in der unzählige Menschen in hohen Häusern untergebracht sind. Die Männer und viele der Frauen sind tagsüber fort bei der Arbeit. Die Armut hier ist nicht von der extremen Sorte, kein Kampf um Nahrung und Wärme, sondern eine Abart, die in den wohlhabenden Regionen

Shikastas häufig vorkommt: Große Anstrengungen werden darauf verwendet, einen bestimmten Lebensstandard zu erreichen, der willkürlich von den Erfordernissen der Wirtschaft diktiert wird. Das Familienleben ist zerbrochen. Ehepaare bleiben selten lange zusammen. Die Kinder, die sich frühzeitig selbst überlassen werden und wenig Zuneigung erfahren, bilden Banden und werden oft kriminell. Viele sachkundige Überlegungen werden zu diesem Problem angestellt, wobei als Lösung häufig eine vermehrte Aufmerksamkeit von seiten der Eltern für die Jugendlichen genannt wird. Mahnungen in diese Richtung werden von Autoritätspersonen ausgesprochen, aber der Erfolg ist gering.

Ein interessanter Aspekt ist, daß Geschichten über ein idealisiertes Familienleben fortwährend in den verschiedenen Propagandamedien gezeigt werden. Sie stammen aus vergangenen Epochen und können kaum auf die Gegenwart bezogen werden, doch sind sie sehr beliebt. Der Kontrast zwischen der Wärme und dem Verantwortungsgefühl der Erwachsenen in diesen Geschichten und dem, was jeden Tag zu beobachten ist, trägt zum Zynismus und zur Entfremdung der jungen Leute bei.

Es hat wenig Sinn, sich als einzelner diesen Banden von Kindern – die bald junge Erwachsene sein werden – zu nähern. Meine Möglichkeiten als Individuum sind beschränkt.

Bessere Erfolge verspricht, sich den Erwachsenen, vor allem den Müttern zuzuwenden, aber oft ist es schon zu spät.

Ich habe mich zuweilen gefragt, ob unter den vielen tausend Familien, die in diese Wohntürme gepfercht sind, auch nur eine einzige die moralische Energie oder auch nur die Überzeugung hat, die nötig ist, um ihre Kinder so gut aufzuziehen, wie es ein Tier tun würde.

Und hier spreche ich nicht von der versteckten Grausamkeit, körperlich und seelisch, die schon die Säuglinge zu spüren bekommen, sondern von der Gleichgültigkeit, dem Mangel an Interesse.

Ich habe ein Zimmer in einem alten Haus in einer Straße, die an die kahle Asphaltfläche angrenzt, auf der sich die hohen Ge-

bäude drängen. Fast nirgends findet man hier einen Garten oder Bäume, aber mein Zimmer im Erdgeschoß gewährt Aussicht auf ein kleines Fleckchen Erde, auf dem ein paar Blumen wachsen. Zwei Bäume wachsen hier, ein kleinerer und ein hoher, mächtiger.
Die Frau, die in dem Zimmer jenseits des Flurs wohnt, pflegt die Blumen und hält Katzen. Wie viele Frauen schöpft sie aus wenigem viel Freude und Gewinn für sich selbst.
Eine Katze, die sie in einer kalten Nacht aufgenommen hat, bekam vier Junge. Drei davon gab sie weg. Die Mutter, die schon alt war, starb. So blieb nur eine Katze, ein schwarz-weißes weibliches Tier, hübsch und gewinnend, aber dumm. Ich glaube, sie war sogar schwachsinnig. Sie schlief fast die ganze Zeit, war ängstlich und hielt sich meistens drinnen auf. Als sie rollig war, paarte sie sich mit einem großen schwarzen Kater, der seinen Geschlechtsgenossen zu verstehen gegeben hatte, daß der Garten sein Revier war. Die Frau nahm an, daß er ein Zuhause hatte, fütterte ihn aber, wenn er hungrig schien. Sie hatte ihn nicht gern in ihrem Zimmer, aber als die Katze ihren ersten Wurf von zwei Jungen hatte, einen getigerten Kater und eine schwarze Katze, bettelte der Vater so beharrlich darum, hereingelassen zu werden, daß sie es ihm schließlich erlaubte, und er saß neben der Kiste bei seiner Familie, unterhielt sich mit der kleinen Katzenmutter und leckte manchmal die Jungen.
Die Frau war verblüfft über dieses väterliche Verhalten und rief mich herüber, damit auch ich es mir anschaute. Wir nannten die Katze seine »Frau« – mit einem Lächeln, aber manchmal zeigte sich in dem Lachen der Frau eine Verlegenheit, die Beschämung über die menschliche Rasse ausdrückte.
Die kleine schwarz-weiße Katze war eine gute Mutter, soweit es um das Füttern ging. Sie hielt die Jungen auch sauber. Aber sie schien unfähig, sie in der Benützung der Sandkiste zu unterweisen. Das übernahm der Kater. Er trug die Jungen in die Kiste, ließ sie darin sitzen und belohnte sie mit einer männlichen Version des »Trillerns«, mit dem die weiblichen Katzen ihre Nachkommenschaft ermutigen. Er stieß ein rauhes ›prrrp‹

aus, das für unsere Ohren drollig klang, und leckte die Jungen dann ab.
Er war keineswegs schön. Wir nahmen an, daß er sehr alt sein mußte, da er unter seinem struppigen Fell mager war, trotz des Futters, das er in seinem neuen Heim bekam, denn das war es inzwischen geworden. Er war nicht zudringlich oder gierig. Er wartete auf unsere Rückkehr von irgendwoher und bat dann, die gelben Augen auf uns gerichtet, ein Gleicher unter Gleichen, durch sein Verhalten darum, hereingelassen zu werden.
Was das Futter anging, so wartete er still daneben, bis seine »Frau« gefressen hatte, nie viel, aber unbekümmert um ihre Jungen, als nähme sie kaum wahr, wie sie sich neben ihr um den Napf drängten. Wenn sie genug hatte, ging sie sofort in ihre Kiste. Der Kater wartete, bis die Kätzchen fertig waren, und kam dann herüber und fraß selbst. Oft war nicht viel übrig, aber er forderte nie mehr. Er leckte den Napf aus, setzte sich zu den Jungen oder schaute ihnen zu, wie sie sich aneinanderschmiegten, und hockte sich, immer wachsam, neben sie.
Als die Zeit gekommen war, die Kätzchen in den Garten auszuführen, schien die Mutter das nicht zu merken. Sie machte keine Anstalten, mit ihnen hinauszugehen. Man erreichte den Garten über eine Treppe. Der Kater setzte sich unten hin und rief die Jungen mit seinem seltsamen rauhen Schnurren, und sie kamen zu ihm. Er führte sie durch den Garten, langsam, wobei sie spielten und ihn und einander neckten. Er stellte ihnen alles vor, jede Ecke, und zeigte ihnen dann, wie sie ihre Exkremente säuberlich verscharren sollten.
Diese Szene wurde von der Frau aus ihrem Fenster beobachtet und von mir aus meinem.
In einem anderen Haus in der Nähe gab es einen jungen Kater, der besonders gut kletterte. Wenn man ihn sah, war er immer auf einem Baum oder balancierte, vorsichtig eine Pfote vor die andere setzend, über einen Dachfirst.
Als die jungen Katzen diesen strahlenden Helden im Wipfel des hohen Baumes sahen, kletterten sie hinter ihm her und konnten nicht mehr herunter. Er, sie keines Blickes würdi-

gend, sprang aus dem Wipfel des Baumes hinunter ins Geäst des kleineren Baumes und von dort auf den Boden – und entschwand.
Die Kätzchen gerieten in Panik, schrien und klagten.
Der schwarze Kater, der alles von der Treppe aus beobachtet hatte, lief nachdenklich zum Stamm des hohen Baumes hinüber, setzte sich, schaute hinauf und betrachtete die Lage. Über ihm klammerten sich die Kätzchen mit gesträubtem Fell am Baum fest und stießen ihre ängstlichen Klagelaute aus.
Er gab ihnen Anweisungen für einen sicheren Abstieg, aber sie waren zu erregt, um zuzuhören.
Er kletterte auf den Baum und trug das eine hinunter, dann stieg er wieder hinauf und trug das andere hinunter.
Er schalt sie ernst wegen ihrer Tollkühnheit, mit rauhem Schnurren und kleinen Schlägen an die Ohren.
Dann ging er hinüber zu dem kleineren Baum, rief sie zu sich und stieg langsam hinauf, schaute zurück und wartete, bis sie hinterherkamen. Erst kam der robustere getigerte Kater, dann das hübsche kleine schwarze Kätzchen. Als der Baum anfing, sich unter seinem Gewicht zu biegen, knurrte der Vater, damit sie zu ihm hinaufschauten, und begann dann langsam rückwärts hinunterzusteigen. Sie taten, unter vielen Klagen und furchtsamen Schreien, dasselbe. Kurz über dem Boden sprangen sie hinunter und jagten einander durch den Garten, erleichtert, daß die Lektion gut überstanden war. Doch wieder rief er sie und kletterte jetzt den hohen Baum halb hinauf, die vier Beine fest um den Stamm geklammert, schaute hinunter und drängte sie nachzukommen. Doch heute war nichts mehr zu machen. Am nächsten Tag wurde der Unterricht wiederaufgenommen, und bald konnten die Kätzchen den hohen Baum erklettern und selbst heil herunterkommen.
Den ganzen Tag war er im Garten und beobachtete sie, und wenn sie nach drinnen zu ihrer Mutter gingen, lag er draußen auf der Mauer oder folgte ihnen manchmal. Dann saß er bei seiner »Frau«, die sich still in ihrem Kasten zusammengerollt hatte, und schaute sie an. Er schien sich über sie zu wundern. Dieses junge Tier war wie eine alte Frau, die keine Energie

mehr hat für das, was über die Mindestanforderungen ihres Lebens hinausgeht, oder wie eine junge, die nach einer schweren Krankheit noch matt und geschwächt ist. Sie hatte nichts von der leidenschaftlichen, frohen und besitzergreifenden Energie, die man an jungen Katzenmüttern sonst beobachten kann. Manchmal legte er seinen häßlichen alten Kopf dicht an ihren, beschnupperte und leckte sie sogar, aber sie zeigte keine Reaktion.
Die Kätzchen wuchsen heran und bekamen bei anderen Menschen ein neues Zuhause.
Der Herbst kam. Irgendein tapferer Jäger schoß mit einem Luftgewehr auf den schwarzen Kater, und er trug eine schlimme Wunde davon, die lange nicht heilte und ihn von da an hinken ließ. Aber er hatte ohnehin einen steifen Gang, und wir dachten, es sei das Alter.
Als der Winter kam, tat er etwas, das er nie zuvor getan hatte. Er saß auf der Treppe, schaute zu dem Fenster der Frau oder zu meinem herauf und miaute lautlos. Wenn die Frau ihn hereinließ, saß er ein Weilchen bei der Katze, legte sich dann aber, wenn sie ihn nicht beachtete, allein in eine Ecke. Die Frau wollte ihn eigentlich nicht drinnen bei sich, deshalb richtete er seinen lautlosen Ruf statt dessen an mich. In meinem Zimmer wartete er dann, bis man ihm eine Decke neben den Ofen gelegt hatte und schlief dort. Morgens ging er zur Tür, schnurrte seinen rauhen Dank, strich höflich um meine Beine und verließ das Haus. Es war ein schlimmer Winter. Manchmal konnte er sich kaum zur Tür schleppen, so steif war er, dann blieb er in meinem Zimmer auf seiner Decke. Er kroch vielleicht für ein paar Minuten nach draußen, um sein Geschäft zu verrichten. Mir kam es recht häufig vor. Ich stellte eine Sandkiste in das Zimmer, denn draußen lag tiefer Schnee. Er benützte sie oft. Wahrscheinlich hat er sich die Nieren erkältet, dachte ich. Nun ja, er war auch schon alt. Ich besprach mich mit der Frau, und wir beschlossen, da er so alt sei, ihn nicht mit Tierärzten und Versuchen, ihn am Leben zu halten, zu quälen. Doch wurde Medizin für ihn besorgt.
Er war sehr dünn und fraß nicht.

Ein- oder zweimal besuchte er seine »Frau«, die erfreut schien, ihn zu sehen. Aber wenn er zurück in mein Zimmer ging, schien sie es kaum wahrzunehmen.

Offensichtlich hatte er Schmerzen. Wenn er sich auf seiner Decke niederließ, so tat er es vorsichtig, bewegte einen Muskel nach dem anderen und unterdrückte ein Ächzen.

Manchmal, wenn er sich bewegte, hielt er den Atem an und atmete dann vorsichtig aus, die gelben Augen auf mich gerichtet, als wollte er sagen: Ich kann's nicht vermeiden.

Ich fragte mich, ob das arme Tier wohl Angst hatte, daß ich ihn in den Schnee hinauswerfen würde, wenn er mir lästig würde. Doch bald kam ich zu der Überzeugung, daß dies die Selbstbeherrschung eines edlen Wesens war, das seinen Schmerz bezwang.

Seine Gegenwart in meinem Zimmer war ein ruhiger, freundlicher Einfluß, und wenn ich meine Hand sanft auf ihn legte, weil ich wußte, daß ihn plötzliche oder heftige Bewegungen erschreckten, gab er ein kurzes Schnurren des Dankes und der Anerkennung von sich.

Sein Zustand besserte sich nicht. Ich hüllte ihn vorsichtig in eine Decke und ging mit ihm zu einem Tierarzt, der sagte, er habe Krebs. Er sagte auch, es sei kein altes Tier, sondern ein junges, das sich heimatlos allein durchgeschlagen habe und rheumatisch geworden sei vom Schlafen in Kälte und Nässe.

JOHOR:

ZUSATZERKLÄRUNG II

[Dies kann in gewisser Weise als Fortsetzung von Zusatzerklärung I betrachtet werden. *Die Archivare.*]

Es ist lange her, daß die Shikaster fähig waren, ihr Leben ohne Drogen irgendwelcher Art zu ertragen. Ich schaue weit, weit zurück und sehe, daß sie fast seit der Zeit, als der

Fluß von SUWG sich verringerte, die Schmerzen ihres Zustands betäuben mußten. Natürlich hat es immer ein paar Individuen gegeben, für die das nicht zutraf.
Alkohol und Halluzinogene, Derivate des Opiums, Kakao und Tabak, chemische Stoffe, Koffein – wann kam man ohne sie aus? Und wer? Ich nenne hier die gröberen, die offensichtlichen Tröster und Weichmacher der Realität, doch besteht keine Notwendigkeit, auf Gebiete überzugreifen, die von Kollegen bearbeitet werden und zu denen reichlich Informationen in unseren Archiven zur Verfügung stehen.
Emotionale Drogen hat es endlos viele gegeben ...
Doch jetzt, in dieser Zeit haben nur wenige noch Substanz, Solidität. Was ich damit meine, läßt sich folgendermaßen umreißen: Ich könnte in meinem Bericht über diese Reise genau dieselben Worte benutzen wie früher, um beispielsweise eine Religion auf Shikasta zu beschreiben. Doch könnte ich damit etwas Wichtiges nicht erfassen, ein bestimmtes Gefühl, eine Atmosphäre.
Es gibt nicht weniger Religionen auf Shikasta als früher, doch haben sie die Fähigkeit zu tyrannisieren verloren. Neue religiöse Sekten wuchern, vor allem solche, die Zustände der Verzückung fördern. Nun hat es sich aber ereignet, daß der Himmel über Shikasta sich gehoben hat: Sie haben Menschen auf ihren Mond geschossen und Apparate auf ihre Mitplaneten, und die meisten Menschen glauben, daß Shikasta von Raumschiffen anderer Planeten besucht worden ist. Die Wörter, die Sprachen der Religion – und alle Religionen beruhen auf emotionalen, bilderschaffenden Wörtern, sind gewichtiger und gewaltiger geworden und gleichzeitig offener und verschwommener. Ein Shikaster, der Stern, Galaxis, Universum, Himmel sagt, benützt die gleichen Wörter, meint aber nicht dieselben Dinge wie seine Väter vor nur einem Jahrhundert. Eine Sicherheit, ein solider Grund fehlt. Die Religion, von jeher das mächtigste Mittel zur Abstumpfung gegen die Realität, hat ihre sicheren Grundlagen verloren. Vor nicht sehr langer Zeit, vor etwa hundert Jahren, war es Anhängern einer Religion noch möglich zu glauben, die

ihre sei besser als alle anderen und sie seien die einzigen Menschen auf der ganzen Welt, die »erlöst« würden. Doch diese Haltung kann nur noch Bestand haben, solange sie die Augen vor ihrer eigenen Geschichte schließen.

Die Nationalismusbewegungen auf Shikasta, diese schädlichen neuen Glaubensbekenntnisse, die viel der Energie aufsaugen, die einst die Religionen nährten, sind noch stark, und neue Nationen werden täglich geboren. Und mit jeder tritt eine Generation junger Männer und Frauen vor, die bereit sind, für dieses Hirngespinst zu sterben. Und während es noch vor so kurzer Zeit, nicht mehr als einer oder zwei Generationen, möglich war, auf Shikasta ein Leben zu verbringen, ohne über ein Dorf oder eine Stadt hinauszudenken oder allenfalls die Idee der »Nation« zu begreifen, ist jetzt »die Nation« zu ganz neuer Bedeutung gekommen, aber auch schon die Idee der Welt als ein sich gegenseitig beeinflussendes Ganzes. Für ein Land zu sterben hat nicht mehr die Überzeugungskraft wie früher. Noch vor hundert oder fünfzig Jahren konnten die Angehörigen einer Nation glauben, daß dieser kleine Fleck auf Shikasta besser sei als jeder andere, edel, frei und gut. Doch jetzt mußten auch die stolzesten und selbstbezogensten Nationen einsehen, daß sie nicht anders sind als der Rest und daß jede einzelne ihre Menschen im Interesse einer herrschenden Klasse belügt, täuscht, quält und ausbluten läßt, und daß jede schließlich auseinanderfallen muß, wie es in diesen entsetzlichen Endtagen geschehen wird.

Die Politik, die politischen Parteien, die genau dieselben Emotionen anziehen, wie die Religionen es taten und noch tun und wie der Nationalismus es tat und noch tut, brüten täglich neue Glaubenssätze aus. Vor nicht allzulanger Zeit war es Mitgliedern einer politischen Partei möglich, zu glauben, daß sie unverfälscht und edel sei – doch hat es so viele Wortbrüche und Enttäuschungen, Lügen, Kurswechsel, so viel Morde, Folter und Wahnsinn gegeben, daß auch die fanatischsten Anhänger Zeiten von Glaubenszweifeln kennen.

Die Wissenschaft, die jüngste der Religionen, so fanatisch

und unflexibel wie nur eine, hat eine neue Lebensweise, Technologien, Geisteshaltungen geschaffen, die immer verhaßter werden und immer mehr Mißtrauen erregen. Vor nicht allzulanger Zeit war jeder Wissenschaftler davon überzeugt, daß sein Bereich der große Höhepunkt und die Krone allen menschlichen Denkens, Wissens und Fortschritts war – und verhielt sich entsprechend arrogant. Doch jetzt fangen sie an, ihre eigene Geringfügigkeit zu erkennen, und die verschmutzte und ausgeplünderte Erde erhebt sich als Anklägerin gegen sie.
Überall nutzen sich Ideen, Einstellungen, Überzeugungen, die die Menschheit jahrhundertelang getragen haben, ab, lösen sich auf, verschwinden.
Was bleibt?
Es stimmt, die Fähigkeit der Shikaster, Brüche in den Mauern ihrer sicheren Überzeugungen zuzugipsen, ist unermeßlich. Das schmerzliche Ausgeliefertsein ihrer Existenz, die einer Unzahl von Zufällen jenseits ihrer Kontrolle oder ihres Einflusses unterworfen ist, die Hilflosigkeit, mit der sie von den kosmischen Stürmen umhergeworfen werden, die Gewalttätigkeiten und Widersprüche ihres beschädigten Verstandes – all dies ist unerträglich, und trotzdem schließen sie die Augen und beten oder basteln in ihren Laboratorien an neuen Formeln.
Jede dieser Allianzen von Individuen mit einem größeren Ganzen, die Identifizierung eines Individuums mit einer geistigen Struktur größer als der eigenen, war nur eine Droge, ein Hilfsmittel, ein Tröster, wie Kinder ihn brauchen. Sie waren mächtiger als der Alkohol, das Opium und der ganze Rest, aber sie schwinden, werden dünn, lösen sich auf, und die unsinnigen, wütenden, fanatischen und verzweifelten Kämpfe, die im Namen dieses oder jenes Glaubensbekenntnisses geführt werden, die wütende Raserei selbst ist ein Mittel, Selbstzweifel zu beruhigen und die Schrecken der Isolation zu betäuben.
Welche anderen Wege sind die Shikaster gegangen, um das Wissen um ihre Situation abzuwehren, das immer und im-

mer aus der Tiefe hochzusteigen und sie zu überwältigen droht? Was sonst können sie an sich drücken wie eine Decke in einer kalten Nacht?
Da gibt es die verschiedenen sinnlichen Genüsse, die ihnen um ihres Überlebens willen eingegeben wurden, die Bedürfnisse nach Nahrung und Sex, die jetzt, wo die ganze Spezies bedroht ist, in instinktivem Bemühen zu retten und zu erhalten rasen.
Da ist noch etwas, das stärker als alles ist: das Wohlbehagen an der sich stets erneuernden, belebenden, heilenden Macht der Natur; das Sich-eins-Fühlen mit den anderen Kreaturen Shikastas, mit seiner Erde, seinen Pflanzen.
Der niedrigste, unglücklichste, mit Füßen getretene Shikaster wird sehen, wie der Wind eine Pflanze bewegt und wird lächeln; wird einen Samen in die Erde legen und beobachten, wie er wächst; wird stehenbleiben, um dem Leben der Wolken zuzuschauen. Oder in der Dunkelheit wohlig wachliegen und den Wind heulen hören, der ihm – jedenfalls dieses Mal, wo er im Sichern liegt – kein Leid antun kann. Von hier ist schon immer eine nicht unterdrückbare Kraft in jedes Lebewesen Shikastas ausgeströmt.
Immer wieder auf sich selbst zurückgeworfen, des Trosts und jeder Sicherheit beraubt, nichts anderes als Hunger und Kälte kennend, des Glaubens an »Land«, »Religion«, Fortschritt, jeglicher Gewißheit entblößt, wird es dennoch keinen Shikaster geben, der nicht die Augen auf einem Fleckchen Erde ruhen läßt, das kaum mehr ist als ein Stück saurer und verunreinigter Boden zwischen den Gebäuden eines Slums, und dabei denkt: Ja, aber dort wird wieder Leben kommen, die Kraft ist stark genug, um all dies Schreckliche herunterzureißen und all unsere Häßlichkeit zu heilen – ein, zwei Jahre, und all das würde wieder leben... Oder im Krieg wird der Soldat, der den Panzer über die Bergkuppe auf sich zukommen sieht, im Sterben auf das Gras und einen vorbeifliegenden Vogel schauen und die Unsterblichkeit kennen.
Das ist es, genau das, worauf ich meinen Finger legen will.
Noch gilt es nur für wenige Wesen auf Shikasta, für die mit

klarerem Blick, stärkeren Nerven, aber jeden Tag werden es mehr – bald werden es Massen sein ... Wo einmal die tiefste, beständigste, stetigste Stütze war, ist jetzt nichts mehr: Es ist die Brutstätte des Lebens selbst, die vergiftet ist, der Samen des Lebens, die Quelle, die den Brunnen nährt.

Nachdem die alten Stützen, aller Rückhalt sich auflöst, aufgelöst ist, streckt jener Mann die Hand aus, um sich an einem Gesims aus rauhem Stein zu halten, das warm in der Sonne liegt. Seine Hand vermittelt ihm die Botschaft des Soliden, sein Verstand dagegen die Botschaft der Zerstörung, denn diese atmende Substanz, aus Erde gemacht, wird ein Tanz von Atomen sein, das weiß er, das sagt ihm seine Intelligenz; bald wird Krieg sein, er ist in der Mitte des Krieges, wo er steht, wird Öde sein, ein Berg von Schutt, und diese feste irdene Substanz wird als Staubschicht auf Ruinen liegen.

Die Frau greift nach dem Kind, das auf dem Boden spielt, aber wie sie seine frische Wärme an ihr Gesicht hält, weiß sie, daß es für den Holocaust bestimmt ist, und wenn es dem durch ein Wunder entgeht, wird die Substanz seines Erbes angegriffen werden, schon während die beiden dort stehen und die Wärme ihrer Sterblichkeit zwischen ihnen pulsiert, als das Kind lacht.

Er schaut das Kind an und denkt an die Natur, das kreative Feuer, das durch unser Atmen neue Formen hervorbringt. Das muß er denken, denn er weiß, daß überall auf Shikasta die Arten aussterben, der Vorrat an Erbmustern ist erschöpft, zerstört, kann nicht zurückgeholt werden ... Er findet keine Ruhe im Gedanken an die große Schöpferin Natur, er schaut aus dem Fenster auf eine Landschaft, die er tausendmal gesehen hat, in tausend verschiedenen Erscheinungsformen, doch jetzt scheint sie dünn zu werden und zu verschwinden. Er denkt: Sieh, das Eis hat sich bis hierher erstreckt, vor nicht so langer Zeit, vor zehntausend Jahren, und alles hat sich neu gestaltet. Doch eine Eiszeit ist nichts, sie dauert ein paar tausend Jahre – das Eis kommt, und dann geht es wieder. Es zerstört und tötet, aber es verdirbt und zerstört nicht die Substanz des Lebens selbst.

Sie denkt: Aber es gibt doch die Tiere, die edlen, geduldigen Tiere mit ihren Sprachen, die wir nicht verstehen, ihrer Freundlichkeit untereinander, ihrer Freundschaft für uns – und sie senkt ihre Hand, um die lebendige Wärme ihrer kleinen Katze zu spüren und weiß, während sie hier steht, werden sie abgeschlachtet, ausgerottet, ausgelöscht durch Sinnlosigkeit, Dummheit, durch Gier, Gier, Gier. Sie findet keine Ruhe in den vertrauten Gedanken an das große Reservoir der Natur, und als ihre Katze gebiert, beugt sie sich über das Nest und starrt hinein auf der Suche nach den Mutationen, die vor sich gehen, das weiß sie, und sich bald zeigen werden.
Er denkt, als die Verlassenheit seiner Situation ihn schwindeln läßt, wie er dasteht und zwischen den Sternen umherwirbelt, eine Spezies unter Myriaden – eine Erkenntnis, die er erst seit kurzem hat –, daß diese Gedanken zu gewaltig für ihn sind, daß er die Arme um seine Frau legen muß und ihre Arme um sich fühlen, doch als sie sich einander zuwenden, ist eine Spannung da und Furcht, denn diese Umarmung könnte Mißgeburten hervorbringen.
Sie steht da, wie sie es seit Jahrtausenden tut, schneidet Brot, legt geschnittenes Gemüse auf einen Teller, dazu eine Flasche Wein und denkt, daß nichts an dieser Mahlzeit sicher ist, daß die Gifte ihrer Zivilisation in jedem Bissen, jedem Schluck sind, und daß sie ihren Mund mit vielen Toden füllen werden. In einer instinktiven Geste des Schützens und Bewahrens reicht sie ihrem Kind ein Stück Brot, doch hat die Geste ihre Glaubwürdigkeit verloren: Was mag sie dem Kind damit wohl geben?
Wenn er bei der Arbeit ist – wenn er Arbeit hat, denn vielleicht ist er einer, der nur am Leben gehalten wird, nicht gebraucht, nicht gefordert wird, an keiner Tätigkeit wachsen kann –, bei der Arbeit erneuert er sich, wieder und wieder, da das Bedürfnis so alt ist, im Gedanken, daß diese, seine Arbeit zum Wohle anderer dient, daß sie ihn mit anderen verbindet, er pulsiert in einem schöpferischen Geflecht mit allen Arbeitern der Erde ... doch wird er gebremst, gehindert, der Gedanke kann nicht in ihm leben, Bitterkeit und

Ärger steigen in ihm hoch, dann Mattigkeit, Ungläubigkeit: er weiß nicht warum, sie weiß nicht warum, aber es ist, als verströmten sie ihr Bestes in das Nichts.
Sie und er, wenn sie in ihrer Wohnung Ordnung machen, ihr Heim putzen und aufräumen, sie stehen beieinander zwischen Haufen von Glas, Plastik, Papier, Dosen, Behältern – dem Abfall ihrer Zivilisation, die, wie sie wissen, in Landwirtschaft und Nahrung und Arbeit für Männer und Frauen besteht, Abfall, Abfall, der weggekarrt wird, und zu riesigen Bergen gehäuft, die noch mehr Erde zuschütten, noch mehr Wasser verpesten. Und wie sie ihre kleinen Zimmerchen säubern und glätten, geschieht es mit einem wachsenden und kaum mehr unterdrückbaren Ärger und Widerwillen. Ein Behälter, in dem Eßbares war, wird fortgeworfen, doch würde er an anderen Stellen von Shikasta, riesigen Gebieten, geschätzt und gebraucht werden, von Millionen verzweifelter Menschen. Doch scheint man nichts daran ändern zu können. Doch geht es immer weiter so, nichts scheint es aufhalten zu können. Zorn, Frustration. Ekel vor sich selbst, vor ihrer Gesellschaft, Ärger, der sich am andern ausläßt, an Nachbarn, am Kind. Nichts, was sie berühren, sehen, in der Hand halten, gibt ihnen Halt, nirgends können sie sich mehr in die einfache, wahre Bedeutung der Natur flüchten. Er hat einmal eine Kürbispflanze gesehen, die mit ihren großen Blättern und gelben Blüten und üppigen goldenen Kugeln einen Müllhaufen überwucherte, über dem sonst die Fliegen surrten. Damals hatte er die Pflanze kaum wahrgenommen, aber jetzt ist sie ein Bild in seiner Vorstellung, in dem er Frieden und Trost findet. Sie schaut zu, wie ein Nachbar versucht, Plastikteile in einem offenen Feuer zu verbrennen, wie die chemischen Dämpfe alles vergiften, und sie schließt die Augen und denkt an ein zerbrochenes irdenes Gefäß, das in einem Dorf aus einer Hintertür gefegt wurde und langsam zurück in den Boden zerfällt.
In seiner ganzen Geschichte ist der Mensch immer fähig gewesen, sich am Anblick von Herbstblättern, die zurück in die Erde sinken, aufzurichten oder angesichts einer abbrök-

kelnden Mauer, auf der die Sonne liegt oder ein paar weiße Knochen am Rand eines Flusses.
Die beiden stehen zusammen, hoch über ihrer Stadt, schauen dorthin, wo die Maschinen, die sie zerstören, brausen und mahlen, in der Luft, auf der Erde, unter der Erde ... sie stehen und atmen, aber der Rhythmus ihres Atmens beschleunigt und verändert sich, während sie daran denken, daß die Luft voller ätzender Stoffe und Zerstörung ist.
Sie drehen an Griffen und Hähnen, und willig läuft warmes Wasser aus den Wänden, aber als sie sich nach vorne beugen, um es zu trinken, oder um sich zu waschen, merken sie, daß ihre Instinkte zaudern und sie sich zwingen müssen. Das Wasser schmeckt schal und ein wenig faul und ist schon zehnmal durch ihre Kehle und Blase gegangen, und sie wissen, daß eine Zeit kommen wird, wo sie nicht mehr fähig sein werden, es zu trinken und, wenn sie Behälter zum Auffangen von Regenwasser aufstellen, auch das untrinkbar finden werden, voller chemischer Abfallstoffe aus der Luft.
Sie beobachten einen Schwarm von Vögeln, wie sie so an ihren Fenstern stehen, und es ist, als sagten sie kummervoll Lebwohl, mit einer stummen, ätzenden, ihr Herz zerreißenden Abbitte im Namen der Spezies, der sie angehören: Vernichtung ist es, was sie diesen Wesen gebracht haben, Vernichtung und Vergiftung ist ihr Vermächtnis, und der Gleitflug eines Vogels erfreut nicht mehr, gibt keinen Frieden, sondern wird eine Stelle mehr, von der sie lernen, ihre Augen abzuwenden, voller Schmerz.
Diese Frau, dieser Mann, rastlos, gereizt, kummervoll, die zuviel schlafen, um ihre Lage zu vergessen oder nicht schlafen können, die überall nach einem Wert, nach einer Stütze suchen, die nicht sofort nachgibt, wenn sie danach greifen und weggleitet in einen Vorwurf oder ins Nichts – einer von ihnen hebt ein Blatt vom Straßenpflaster auf, trägt es nach Hause, starrt darauf hinunter. Da liegt es in einer Hand, ein strahlend goldenes, ein zusammengerolltes, gekrümmtes, geformtes Ding, ausbalanciert wie eine Feder, bereit zu schweben und zu gleiten, dort liegt es, leicht, ein

Atemzug kann es bewegen, in dieser entspannten offenen, leicht feuchten menschlichen Hand, und das meditierende Bewußtsein sieht die stützenden Rippen, Myriaden sich verästelnder Adern, die Haargefäße, die winzigen Flächen von Stoff, die nicht – wie es dem darüber brütenden menschlichen Auge scheinen mag – Fragmente undifferenzierter Substanz zwischen kleinsten nährenden Arterien und Venen sind, sondern, wenn man sie sehen könnte, kompliziert strukturierte Welten, Ursprung chemischen und mikroskopisch kleinen Zell-Lebens, Viren, Bakterien – ein Universum in jedem nadelspitzengroßen Fleckchen des Blattes. Schon zieht die Erde es wieder zu sich, wie es da gefangenliegt, eine Form perfekt wie ein Schiffssegel in vollem Wind oder das Haus einer Schnecke. Doch was man sieht, ist nicht diese gebogene, feine Genauigkeit, denn die geringste Verschiebung in der Betrachtungsweise zeigt, wie die geformte Materie sich verdünnt, abgetragen wird, angegriffen von tausend Wachstums- und Todeskräften. Und dies würde ein auch nur geringfügig anders eingestelltes Auge wahrnehmen, beim Blick aus dem Fenster auf jenen Baum, der dieses Blatt abgeworfen hat – denn es ist Herbst, und der Drang des Baumes, seine Energien vor dem Winter zu schützen, ist in ihm –: keinen Baum würde dieses Auge sehen, sondern eine kämpfende, kochende Masse von Materie in äußerster Spannung von Wachstum und Zerstörung, eine Myriade von Spezies immer kleiner werdender Wesen, die sich voneinander nähren, jeder vom anderen lebend, unaufhörlich; das ist es, was der Baum in Wirklichkeit ist, und dieser Mann oder diese Frau, angespannt über das Blatt gebeugt, fühlt die Natur als ein brausendes, schöpferisches Feuer, in dessen Flammen Arten geboren werden und sterben und wiedergeboren werden, mit jedem Atem, jedem Leben ... jeder Kultur ... jeder Welt ...; das Bewußtsein, weggerissen von seiner Ruhestätte in den nahen, sichtbaren Zyklen von Wachstum und Erneuerung und Zerfall, der Einfachheit von Geburt und Tod, wird wieder und wieder in sich selbst zurückgezwungen, kommt – versuchsweise und ohne Erwartungen –

zur Ruhe, wo es keine Ruhe geben kann, in dem Gedanken, daß es immer, zu jeder Zeit, Arten gegeben hat, Kreaturen, neue Seinsformen, die aus einander beeinflussenden Teilen ein harmonisches Ganzes gemacht haben, aber daß sie wieder und wieder bums! weggefegt werden – bums, weg sind die Imperien und Zivilisationen, und die zukünftigen Explosionen werden Meere und Ozeane, Inseln und Städte verwüsten und werden Einöden vergiften, wo pulsierendes, erfinderisches Leben wimmelte und wo Kopf und Herz Ruhe finden konnten, doch jetzt nicht mehr, sondern wie die Taube, die Noah ausschickte, fortfliegen müssen und nach langem Kreisen und Suchen eine ferne Bergspitze aus verschmutzten Wasserwüsten aufsteigen sehen und sich dort niederlassen, und umherblicken auf nichts, nichts als die Wüsten von Tod und Zerstörung, und auch hier nicht bleiben können, da sie wissen, daß morgen oder nächste Woche oder in tausend Jahren auch diese Bergspitze unter der Wucht eines vorbeistürzenden Kometen oder eines aufprallenden Meteoriten fallen wird.

Der Mann, die Frau, die demütig in der Ecke ihres Zimmers sitzen und das unbeschreiblich perfekte Ding anstarren, ein goldenes Kastanienblatt im Herbst, wenn es eben vom Baum heruntergesegelt ist, werden dann eine von verschiedenen möglichen Handlungen ausführen, die aus ihrem Inneren kommen und die sie weder rechtfertigen noch verteidigen oder angreifen könnten – vielleicht schließen sie einfach die Hand über dem Blatt, zerdrücken es zu Staub, den sie aus dem Fenster werfen, denn Erleichterung ist in dem Gedanken, daß der Regen der nächsten Woche die Blattreste durch die Erde hindurch zu den Wurzeln zurückschwemmen wird, so daß sie zumindest im nächsten Jahr wieder in der Luft glänzen werden. Oder vielleicht legt die Frau das Blatt behutsam auf einen blauen Teller und stellt ihn auf den Tisch, sie verneigt sich vielleicht sogar davor, ironisch und mit einer Art Entschuldigung, die den Gedanken und Handlungen der Shikaster jetzt so naheliegt, und denkt, daß die Gesetze, die diese Form gemacht haben, schließlich stärker sein

müssen als diejenigen, die die Substanz des Lebens langsam verzerren und entstellen. Oder der Mann, der aus dem Fenster schaut und sich dazu zwingt, den Baum in seiner anderen Wahrheit zu sehen, im grimmigen und wütenden Krieg des Fressens und Gefressenwerdens, sieht vielleicht plötzlich, einen Augenblick lang nur, so kurz, daß es schon vorbei ist, als er sich umdreht und seiner Frau »Schau, schau, schnell!« zuruft, hinter dem Wallen und Zappeln und Fressen, das eine Wahrheit ist und hinter dem normalen Baum im Herbst, das die andere ist, eine dritte, einen Baum aus einem schönen, hohen, glänzenden Licht, das geformt ist wie das Sonnenlicht. Eine Welt, eine Welt, eine andere Welt, eine andere Wahrheit ...
Und wenn es dämmert, blickt er auf und hinaus und sieht einen kleinen Lichtfleck, eine Galaxis, die vor Millionen von Jahren explodiert ist, und der Druck, der sein Herz zusammengepreßt hat, läßt nach, und er lacht, und er ruft seine Frau und sagt: »Schau mal, wir sehen etwas, das vor Millionen von Jahren aufgehört hat zu sein«, und sie sieht es auch, genau, und lacht mit ihm.
Dies also ist jetzt der Zustand der Shikaster, bisher nur einiger weniger, aber es werden mehr und mehr, und bald werden es Massen sein.
Nichts von dem, womit sie umgehen oder das sie sehen, hat Substanz, und deshalb ziehen sie sich auf ihre Vorstellungen vom Chaos zurück, finden Kraft in den Möglichkeiten einer schöpferischen Zerstörung. Sie sind entwöhnt von allem, außer dem Wissen, daß das Universum eine brüllende Maschine der Kreativität ist und daß sie die vergänglichen Manifestationen davon sind.
Diese Wesen, so unermeßlich beschädigt, von ihren Ursprüngen entfremdet und degeneriert, fast verloren, Tiere, weit entfernt von dem, was ihre Gestalter einst im Sinn hatten, sie werden jetzt vertrieben, fort von allem, was sie hatten und hielten und finden nun keinen Grund mehr, außer in den unerhörtesten Extremen von – Geduld. Es ist eine ironische und demütige Geduld, die lernt, ein Blatt anzu-

schauen, das einen Tag lang perfekt ist und es als Explosion von Galaxien und Schlachtfeld der Arten sieht. Die Shikaster greifen in ihrem schrecklichen und unwürdigen Ende, während sie zwischen ihren zerbröckelnden, erbärmlichen Artefakten umherschlurfen, scharren, huschen, dabei in Gedanken nach den Höhen suchen von Mut und ... ich schreibe *Glauben*. Nach reiflichen Überlegungen. Mit aller Vorsicht. In hoffender Hochachtung.

JOHOR *fährt fort:*

Habe Warnungen empfangen, daß es gefährlich ist, noch länger zu zögern. Bevor ich Shikasta auf der erforderlichen Ebene betrete, muß ich eine endgültige Überprüfung von zwei möglichen Elternpaaren vornehmen, die der Beauftragte 19 vorgeschlagen hat. Es ist schwieriger als erwartet, die Umstände auszusuchen, die mir erlauben werden, mich schnell zu entwickeln, ohne mir bleibenden Schaden zuzufügen und mit dem notwendigen Spiel an Zeit, um unabhängig zu werden.

JOHOR *berichtet:*

Zwischen den beiden Ehepaaren bestehen keine wesentlichen Unterschiede. *Erstes Ehepaar:* Er ist Landwirt, Agrartechnologe, ein geschätzter Spezialist. Sie arbeitet in einem ähnlichen Beruf. Sie haben schon zwei Kinder. Es ist ein gesundes, intelligentes, praktisches Paar, mit Verantwortungsgefühl für ihre Kinder, es ist nicht wahrscheinlich, daß sie sich trennen werden. Es gibt einen Nachteil: Beide stammen von einer Insel der Nordwestlichen Randgebiete und leiden unter einer typischen Abneigung oder Unfähigkeit, sich auf andere Rassen oder Völker einzustellen. Da ich in Anbetracht einer meiner wichtigsten Aufgaben nicht umhinkann, mir Eltern auszusuchen, die zumindest teilweise weiß sind, müssen Schwierigkeiten dieser Art

vermieden werden, was, glaube ich, möglich ist durch das *Zweite Ehepaar:* Die beiden vereinigen in sich eine ganze Anzahl von brauchbaren Eigenschaften. Seine Eltern sind während des Zweiten Weltkriegs vom Zentralen Festland herübergekommen, und er ist mehrsprachig aufgewachsen. Sie hatten die Energie, die man oft an Emigranten und Flüchtlingen beobachten kann, und auch er hat sie. Er ist Arzt und Musiker und ist in der Verwaltung tätig. Ihre Mutter stammte von der Insel im äußersten Westen der Nordwestlichen Randgebiete: Der Arbeiterklasse zugehörig und in dieser klassenbewußten Gesellschaft durch ihre Herkunft benachteiligt, obwohl es ihr gelang, dies in gewissem Maße durch Energie und Begabung wettzumachen, sorgte sie dafür, daß ihre Tochter die bestmögliche Erziehung und Bildung erhielt. Ihr Vater ist eine Rassenmischung, was mit ziemlicher Sicherheit von Vorteil sein wird. In der Vergangenheit dieser Frau und ihrer Familie stecken also genausoviele Energien und Leistungsanstrengungen wie in der ihres Mannes. Sie hat Medizin und Soziologie studiert und schreibt Bücher informativer Art. Es ist unwahrscheinlich, daß das Ehepaar sich scheiden lassen wird. Aufgrund ihres kosmopolitischen Hintergrundes sind sie besonders befähigt, die Weltlage kompetent und mit vergleichsweise geringer regionaler Voreingenommenheit zu betrachten. Sie sind gesund, harmonisch und werden wahrscheinlich verantwortungsvolle Eltern sein. Sie haben bisher noch keine Kinder. Sie werden aufgrund ihrer Neigungen und ihrer Berufe viel reisen.
Dieses Ehepaar scheint geeignet.

JOHOR *berichtet:*

Ich hatte so viel Kraft von den Riesen genommen, daß ich nicht erwartete, von ihren traurigen Behausungen und deren erbärmlichen Bewohnern noch Überreste vorzufinden. Ich reise so schnell ich konnte durch den hochwirbelnden Sand und sah, daß die Wüstengebiete tiefer und größer, die Felsen kahler und schwärzer waren, kein Fleckchen Grün, kein Leben, so wie

sich auf Shikasta die Wüsten ausbreiteten, wo die Wälder abgeholzt wurden oder an Baumkrankheiten starben. Die Hallen der Riesen waren wie Luftspiegelungen, schimmernde Türme, Zinnen, Höfe, eingestürzte Mauern – geisterhafte Trugbilder, und ich ging hindurch wie durch eine Seifenblase. Im großen Saal schimmerten die Thronsessel, die Baldachine, die Banner, die Kronen und Zepter und verschwanden dann wieder, so daß ich im einen Augenblick in einem trügerischen Traum von Thronsälen und Fürsten stand und nach Jarsum oder anderen möglichen Überlebenden Ausschau hielt und im nächsten auf leerem Sand, der sich mit leise raschelnden Seufzern um meine Füße herum hob und senkte. Als der Thronsaal erschien, sah ich die schemenhaften Gestalten meiner Freunde, Jarsum unter ihnen, doch sie zerflossen wieder; ich wartete auf ihr Wiedererscheinen und wollte versuchen, in diesem Augenblick zumindest seine Hand zu ergreifen – aber als ich an der Stelle wartete, wo er einen Augenblick zuvor gestanden hatte, und als er dann kam, die großen Augen sehnsuchtsvoll auf mich gerichtet, ähnelte er einem Spiegelbild auf einer Wasseroberfläche. Jarsum, Jarsum, sagte ich, oder rief es in die schwankenden und sich auflösenden Reflexionen, Jarsum, ihr wißt es vielleicht nicht, aber du und deine Gefährten habt uns auf eure Weise geholfen, seid nützlich gewesen, ihr habt mir Halt gegeben und mich in meiner Pflicht beschleunigt ... und dann kam das Ende. Es war, als ob ein Springbrunnen schwanke und versiege, die letzten Ströme jener Kraft, die sie seit so vielen tausend Jahren gespeist hatte, wurden schwach und hörten auf, und nichts war mehr. Und niemals würde wieder etwas sein.
Ich verließ den Ort und ging auf die Grenzen Shikastas zu. Ich kam an vielen Stellen vorbei, an denen es möglich gewesen wäre, in die anderen Zonen einzutauchen, besonders Zone Vier und Fünf, und angesichts meiner Erinnerungen an die lebendigen Szenen, die ich bei vergangenen Besuchen dort beobachtet oder miterlebt hatte, mußte ich alle Mühe aufwenden, um daran vorbeizugehen.
Außerdem lag vor mir noch eine unerfreuliche Gegend in Zone Sechs, auf deren Durchquerung ich mich nicht freute.

Rings um die Grenzen zu Shikasta drängen sich auf einer bestimmten Ebene die gierigen Geister, und keiner von uns findet Gefallen an der Berührung mit ihnen.
Es sind die Seelen, die die Verbindungen mit Shikasta nicht lösen konnten, als sie es verließen. Sehr oft ist ihnen nicht klar, daß sie es verlassen haben wie Goldfische, die sich unerklärlicherweise außerhalb ihres Glases wiederfinden und sich hineinsehen, ohne zu wissen, wie sie herausgeraten sind oder wieder hineinkönnen. Wie hungrige Menschen bei einem Gastmahl: doch während das Essen und die Festlichkeit wirklich sind, sind sie es nicht, sondern Träume in einer realen Welt. Diese armen Erscheinungen drängen sich in dichten Schwärmen um jeden Teil von Shikasta. Einige Szenen, Orte, Gelegenheiten ziehen sie unwiderstehlich an. Um die Stolzen und Machtliebenden sammeln sie sich, versuchen, an dem teilzunehmen, nach dem sie sich sehnen, denn in ihrem Leben waren sie mächtig und stolz und können nicht aufhören, die süße Speise zu begehren, oder sie waren geschlagen und erniedrigt und dürsten nach Rache. Ach, die rachsüchtigen, verbitterten Dämonen, die um den Pomp und die Macht Shikastas branden! Szenen voller Sadismus, Grausamkeit, Mord – dort scharen sich jene, die sich dem Reiz des Schmerzes und dem Zufügen von Schmerz hingegeben und ihr Teil nie bekommen haben, die es jetzt spüren wollen, leidend oder quälend ... Sex: dort drücken und drängen sie, denn Sex kann man nie genug haben, das liegt in seiner Natur, und die meisten von denen, die hungrig dort stehen, sind die, in deren Leben Sex die wichtigste Nahrung war. Essen: um die Küche und die Speiselokale wimmelt es von Gierigen, die ihr Leben mit Essen oder Gedanken daran verbracht haben. Jene, die ihr Leben lang mit ihrer Schönheit beschäftigt waren oder mit Gedanken an die Überlegenheit ihrer Familie oder Rasse oder ihres Landes. Jene, die ... eine jede verschwenderische Leidenschaft wird von ihren Begleitern hofiert, die sie unsichtbar umschwärmen, alles sehen, hungrig, begierig, niemals satt, niemals zu sättigen ...
Und dann sind dort diejenigen, die sich nach leiserer Erfül-

lung sehnen; denn beileibe nicht alle dieser Hungrigen suchen das Aufsehenerregende und Grelle, das Grausame oder Häßliche.

Und jene Betten, auf die Liebende, voneinander betört, sich legen, welch kultivierte Wesen schweben hier, genießen jede Liebkosung, jeden langen trunkenen Blick, jeden Kuß – von allen Rauschmitteln ist dies das stärkste, und dies sind nicht wilde oder brutale Geister, keine, die nach Schmerz oder dem Zufügen von Schmerzen hungern, keine Besitzer bequemer Bäuche oder weicher Betten – nein, sie mögen zu den gebildetsten und empfindsamsten Seelen gehören, auf Canopus eingestimmt, doch ließen sie sich in die Netze Shikastas verstricken und konnten sich vor ihrem Tod nicht mehr daraus befreien.

Dazwischen, unter den Begeisterten, auch häßlichere Wesen, die Sukkubi und Inkubi, die zahllosen Vampirarten, jene, die gelernt haben, sich von den Energien Shikastas zu nähren.

Darum herum die Feinsinnigen und Talentierten, die leicht oder durch ein glückliches Zusammentreffen von Umständen Künstler aller Arten geworden sind, Geschichtenerzähler, Musiker, Schöpfer von Bildern und Gestalten – die Seelen, die hier weilen, sind am meisten zu bedauern. Sie wußten, was es bedeutet, die Bedürfnisse der armen Menschheit mit der Nahrung der Künste zu speisen (wenn auch mit Ersatznahrung, Schatten dessen, was möglich wäre), und die es nicht konnten, aus Gründen, die mit den Unterdrückungen und Nöten zu tun haben, die Shikastas eigenstes Wesen sind, und so viel lebensnotwendige Kreativität ersticken und zerstören. Dies sind nicht Seelen, vor denen man sich fürchten muß. Als ich zum Beispiel an einem Wissenschaftler vorüberging, der Berechnungen über die Natur der Sterne und der Sternenkräfte anstellte, oder an einer Frau, die an einer Erzählung arbeitete, die anderen vielleicht helfen wird, eine Situation oder eine Leidenschaft klarer zu sehen, erkannte ich Freunde, die sich dort hungrig scharten. Die armen Geister. »Geht weiter!« drängte ich sie, »geht fort, bleibt nicht an diesen Glaswänden kleben, macht euch frei! Sucht nützliche Arbeit in den anderen Zonen oder geht den harten Weg zurück nach Shikasta – das sind die Auswege, die ihr habt. Hier sehnt und schmachtet ihr unendlich lange Zeit und findet nichts als Enttäuschung, Leere und unerfülltes Verlangen ...« Doch sie können nicht hören, sind wie verhext und hängen dort, die Augen auf Szenen geheftet, die sie wundersam anziehen, einen Reiz für sie haben, der sie alles vergessen läßt, was sie über die Wahrheit einmal gewußt haben.

Ich kam durch ein Gedränge von Seelen, die, von drohenden und schrecklichen Schicksalsprüfungen wissend, gequält von Angst um ihre Kinder, ihre Geliebten, um die Ratszimmer und Tagungsräume seufzen und schmachten, in denen die Mächtigen reden und Beschlüsse über die Zukunft Shikastas fassen – oder das zu tun glauben –, und fand hier viele alte Freunde. Sie erkannten mich, jedenfalls einige. »Johor«, riefen sie, »Johor, schau, laß mich hin, laß mich ihnen sagen, laß mich, mich, mich ...«, und ein Klagen und Seufzen steigt auf, wie sie dastehen und dem kindischen Gerangel an den Konferenztischen zuhören, dem Ausspielen von Stärke gegen Stärke, Macht gegen Macht – und vor ihnen liegt die Zerstörung, nach der auf allen Kontinenten nichts Lebendiges mehr sein wird außer hier und da einem kranken Tier, einem schwachsinnigen Kind. »Johor, Johor«, schrien sie, packten mich, zogen mich zurück, »laß mich hinein, laß mich durch, laß mich jetzt durch, vor sie hintreten, ihnen sagen, sie warnen ...«

»Laßt sie«, sagte ich, »geht, verlaßt diese Grenze. Ihr habt eure Rolle gespielt, ihr hattet sie nicht selbst gewählt, und wenn ihr es nicht so gut gemacht habt, wie ihr hättet sollen, dann kehrt jetzt dem den Rücken, was ihr nicht ändern könnt. Oder wenn ihr solche werden wollt, die verändern *können*, dann drängt euch nicht hier wie kleine Kinder, die nichts können als sich vorstellen, wie klug sie handeln werden in einer Zukunft, die sie nicht lenken können, Kinder, die nichts sind, außer in ihrer eigenen Vorstellung. Ihr könnt euren Familien, euren Freunden nicht helfen. Nicht auf diesem Weg. Kommt zurück nach Shikasta, aber den harten Weg ...«

Doch sie können mich nicht hören, hören nur, was sie hören wollen. Sie machen sich wieder ans Lamentieren um die Konferenztische und die Komiteeräume.

Ach, die Grenzen Shikastas sind furchtbar, kein Ort für den leicht von Mitleid Ergriffenen, kein Ort für den leicht Schreckbaren. Viele haben hier gezaudert, die Augen so erfüllt von dem, was sie sehen, daß sie blind werden für das, was sie tun müssen. Auch ich fühlte mich, mir den Weg hindurchkämpfend, schwach, ich verlor meine Kräfte an diese bitteren hungernden Geister. Genau wie die letzten Male, und das half mir zu erkennen, was ich empfand – obwohl diese Reise um so viel schlimmer als die letzte war, alles hat sich so verschlimmert, ach, armes Shikasta, dessen Tragödie auf solch einer Bühne gespielt wird, vor diesen Beobachtern in den dichtgedrängten Rängen.

Ich verließ diesen Bereich und näherte mich den Grenzposten, wo die Wartenden in Schlangen standen. Ich hielt Ausschau nach Ranee, die sich inzwischen wieder halb durch die Schlange nach vorne gearbeitet hatte, nachdem sie während der Katastrophe ihre Stellung aufgegeben hatte, um zu helfen. Sie war allein. Rilla und Ben sah ich nicht. Ich fragte Ranee nach ihnen, und sie sagte, sie habe sie in den Bereich der Wartenden gebracht, beide zusammen, und sei dann an ihren Platz zurückgekehrt. Ich stellte mich neben sie und hielt Ausschau, dann ging ich hin und her und fragte nach ihnen. Endlich hörte ich, daß ein Paar, auf das meine Beschreibung paßte, gesehen worden sei. Sie hatten am Ende einer langen Schlange gestanden, waren dann aber, von irgend etwas angelockt, fortgewandert. Keiner hatte gesehen, ob sie zurückgekommen waren.

Was sollte ich tun? Schon im Verzug und geschwächt – doch ich mußte gehen und sie suchen.

Ich mußte nicht weit in das Buschland zurückgehen. Schon aus einiger Entfernung sah ich farbige Blasen oder Bälle, die in der Luft schwebten und spielten, und ich merkte, daß ich selbst stehengeblieben war und sie verzückt beobachtete. Es war, als hätten diese schillernden, fliegenden Bälle Leben und Absicht in sich und könnten ihre Bewegungen lenken. Als spielten sie ein Spiel, einander neckend, ausweichend, dann sich jagend, sanft aneinanderstoßend, bevor sie wieder fortschwebten. Ich merkte, daß ich eine ganze Weile gebannt dagestanden hatte.

Ich zwang mich dazu weiterzugehen. Bald stieß ich auf Ben und Rilla, die Seite an Seite zwischen den Büschen auf dem warmen weißen Sand saßen, nach oben schauten, lächelnd, voller Entzücken, ganz versunken. »Rilla! Ben!« rief ich und rief es dann noch einmal. Es dauerte eine Zeit, bevor ich ihre Aufmerksamkeit von diesen reizenden, fliehenden und sich verfolgenden Bällen oder Blasen ablenken konnte, die jetzt, wo ich dicht unter ihnen stand, wie belebte Seifenblasen wirkten, Kugeln verschiedenfarbigen Lichts, durchsichtig oder scheinbar so, denn als eine unmittelbar über mir hing – vielleicht, um mich zu beobachten? –, sah ich, daß sich innerhalb der durchsichtigen Oberfläche sich ständig verändernde Funken und Blitze bewegten. Gleich würden Ben und Rilla mich wieder vergessen haben: Ich befahl ihnen, aufzustehen und mir zu folgen. Sie taten nichts dergleichen, jedenfalls nicht sofort. Sie schauten hinauf, sie schauten vor sich hin, sie schauten überallhin, nur mich schauten sie nicht an. Ich sah, daß Rilla etwas versteckte und hörte oder fühlte ein kleines klagendes oder furchtsames Pulsieren. Ich ging zu ihr hin, nahm ihre geschlossene Hand und öffnete sie: Sie hatte eine dieser leichten Blasen gefangen, die im Gefängnis ihrer Hand allerdings fast alle Farbe und alles Leben verloren hatte und nur noch ein graues, krankes Etwas war und wie erstickend atmete. Ich legte meine Hand unter ihre und hob beide hoch, bis unsere Handflächen übereinander vor uns lagen mit dem verletzten Wesen, das sich langsam erholte, wieder zum Leben kam und dann plötzlich aufflog und sein Spiel mit den anderen wiederaufnahm. Und wieder merkte ich, wie ich stehenblieb und zuschaute, genau wie Ben und Rilla, denn ich hatte nie etwas ähnlich Hübsches und Kurzweiliges gesehen wie das Spiel dieser Lichter oder Kristallkugeln. Ich legte einen Arm um Ben, den anderen um Rilla und drängte sie fort von dieser Stelle, obwohl sie zauderten und verweilen wollten und über die Schultern zurückschauten, wie zuvor in der wirbelnden Sandwüste. Dann, als wir dem Zauber des Ortes entkommen waren, begann Rilla mich zu schelten: »Warum hast du so lange gebraucht? Du hättest mich doch früher holen können!« Ich konnte nicht anders als lachen, so absurd war es, und auch Ben lachte, aber Rilla keineswegs, sondern sie schalt weiter, bis wir die Schlangen der Wartenden erreicht hatten.

Ich suchte Ranee und ließ Rilla in ihrer Obhut mit genauen Anweisungen. Ich rechnete mir aus, daß es Zeit sein würde für Rillas Wiedereintritt, wenn Ranee den Grenzposten erreichen würde.

Dann nahm ich Ben bei der Hand, worauf Rilla sich natürlich beklagte, daß ich sie im Stich lasse und Ben bevorzuge, und ging nach vorne, an den Warteschlangen vorbei, ihn immer fest an der Hand. Er hatte plötzlich begriffen, daß die Zeit gekommen war, und hatte Angst, und ich spürte seine Unentschlossenheit.

Ich sagte zu ihm: »Ben, du mußt! Jetzt! Vertrau mir!«
Er seufzte, schloß die Augen und hielt sich mit beiden Händen an meinem Arm fest.

Hinter uns dehnten sich die Schlangen der Wartenden, wanden sich weit in die Ferne. Ich konnte ihr Ende nicht sehen. Früher einmal waren es vielleicht jeweils ein Dutzend oder zwanzig Seelen gewesen. Doch wo die Kriege Shikastas, der Hunger Shikastas, die Krankheiten Shikastas die Menschen auffraßen, gab es jetzt so viele Gelegenheiten ... einige in diesen Schlangen waren hier gestanden, als ich zu Beginn dieser Reise Zone Sechs betrat, waren in der Zwischenzeit nach Shikasta hineingekommen, waren einem Unglück erlegen, Krankheit, Unfall, Krieg – und standen nun wieder hier. Wie viele tapfere Gesichter sah ich, während ich Ben hielt und er mich und wir nach vorne auf die wogenden getönten Nebel zugingen. Die Menge der wartenden Seelen fiel zurück, verschwand in einer wolkigen Dunkelheit. Wir standen beide miteinander in einem opalisierenden Dunst. Uns umgab eine singende Stille, eine Ruhe, die pulsierte. Und pulsierte ...

In diesem Moment war es notwendig, sich so zu sammeln wie zu keiner anderen Zeit. Wir hatten nichts, an das wir uns halten konnten außer dem Abdruck des Zeichens, das auftauchen würde wie ein Brandmal auf der Haut, das nur in der Hitze oder unter Druck sichtbar wird. Es war, als hätten wir be-

schlossen, uns auszulöschen im Vertrauen auf etwas Ungreifbares, dem zu trauen wir nicht umhinkonnten.
Wir sind wie jene mutigen Seelen auf Shikasta, die in der Überzeugung, daß sie für das Richtige und Gerechte einstehen, bösen und verbrecherischen Herrschern trotzen und dabei genau wissen, daß als Strafe die Zerstörung ihres Geistes, ihres vertrauten Selbstverständnisses droht, durch Medikamente, psychologische Folter, Gehirneingriffe, physische Entbehrungen. Aber sie vertrauen in ihrem tiefsten Innern darauf, daß sie Reserven haben, die sie all das durchstehen lassen. Wir waren wie jemand, der aus großer Höhe in einen Abgrund giftiger Schatten springt, vertrauend darauf, daß er aufgefangen wird ...
In einem donnernden Dunkel sahen wir nebeneinander zwei Klumpen gärender Substanz liegen. Ich schlüpfte in die eine Hälfte und gab dabei meine Identität vorübergehend auf; Ben schlüpfte in die andere, und dann lagen wir da, zwei Seelen, die in dem sich rasch erschließenden Fleisch pulsierten. Unser Bewußtsein, unser Sein, war wach und wissend, doch unsere Erinnerung war uns entglitten, zerflossen.
Ich muß bekennen – ich kann nicht anders –, daß dies ein Augenblick fürchterlichen Entsetzens ist. Sogar von Panik. Die schrecklichen Miasmen Shikastas schließen sich um mich, und ich sende diesen Bericht mit meinem letzten bewußten Impuls.

DOKUMENTE ZUR PERSON GEORGE SHERBAN (JOHOR)

RACHEL SHERBANS TAGEBUCH

Ich merke, daß ich mich einfach hineinstürzen muß. Je mehr ich darüber nachdenke, desto schwieriger wird es. Fakten sind am besten. Als ich George erzählte, daß ich jetzt hiermit anfange, sagte er: Verschaff dir erst einmal Klarheit über die Fakten.

*Ich habe zwei Brüder, George und Benjamin, beide zwei Jahre älter als ich. Sie sind Zwillinge. Aber nicht eineiig. Ich bin Rachel. Ich bin vierzehn.
Unser Vater ist Simon. Unsere Mutter ist Olga. Wir heißen Sherban, früher hießen wir Scherbansky. Unser Großvater hat den Namen geändert, als die Familie im letzten Krieg (Zweiter Weltkrieg) von Polen nach England kam. Unsere Großeltern lachen, wenn sie erzählen, daß keiner Scherbansky aussprechen konnte. Ich habe mich immer geärgert, wenn sie das sagten. Ich finde nicht, daß die Engländer komisch sind. Sie sind dumm. Mein Großvater ist jüdisch. Meine Großmutter nicht.
Mir fällt jetzt auf, daß unsere Erziehung alles andere als gewöhnlich war. Mir fällt vieles zum ersten Mal auf, während ich darüber nachdenke, wie ich es schreiben soll. Genau darum geht es wohl.
Zuerst einmal: Unsere Familie lebte in England. Dort sind wir alle geboren. Unsere Eltern arbeiteten beide in einem großen Londoner Krankenhaus. Er war in der Verwaltung. Sie war Ärztin. Aber sie entschlossen sich, England zu verlassen, und suchten sich Arbeit in Amerika. Weil England so bürokratisch und schlafmützig war. Sie haben nie gesagt, daß dies der Grund war, warum sie England auf immer verließen. Um nie wieder dort zu arbeiten. Von Amerika zogen wir nach Nigeria, dann nach Kenia, dann nach Marokko. Hierher. Meistens arbeiten unsere Eltern zusammen an einem Projekt oder in einer Klinik. Wir wissen immer über ihre Arbeit Bescheid. Sie erzählen uns, was sie tun und warum. Sie geben sich viel Mühe damit, es uns zu erklären. Während ich darüber nachdenke, um es aufzuschreiben, wird mir klar, daß das nicht bei vielen anderen Kindern so ist. Manchmal muß meine Mutter Olga alleine irgendwo arbeiten. Dann gehe ich mit. Schon als kleines Kind war ich dabei. Komisch, daß ich das immer für selbstverständlich hielt. Ich muß sie fragen, warum ich so viel bei ihr war. Ich habe sie gefragt. Sie hat gesagt: »In Ländern, die die Bürokratie noch nicht vereinnahmt hat, gibt es viel Spielraum.« Dann sagte sie: »Abgesehen davon mögen sie Kinder. Hier ist nicht England.«*

Unsere Eltern kritisieren vieles an England. Trotzdem haben sie uns ziemlich oft hingeschickt.
Ich habe alle möglichen Dinge gelernt, aber ich bin nie regelmäßig in die Schule gegangen. Ich kann Französisch, Russisch, Arabisch, Spanisch. Und Englisch natürlich. Mein Vater hat mir Mathematik beigebracht. Meine Mutter sagt mir, welche Bücher ich lesen soll. Ich weiß viel über Musik, weil beide viel musizieren.
Meine Brüder waren manchmal mit meiner Mutter zusammen, aber jetzt sind sie meistens bei Simon. Wenn er zu Tagungen fuhr, um Vorträge zu halten, oder zu Konferenzen, nahm er sie auch mit. Manchmal schickten uns unsere Eltern auch ein oder zwei Jahre regelmäßig zur Schule.
In Kenia geschah folgendes (es ist mir gerade klargeworden): Der Direktor war ein Freund unserer Familie. Er schickte uns von einer Klasse in die andere, unter dem Vorwand, wir hätten nicht die richtigen Voraussetzungen oder wir seien schon weiter. In Wirklichkeit sorgte er so dafür, daß wir soviel wie möglich lernten. Er hat es auch mit anderen Kindern aus dem Ausland und auch mit ein paar schwarzen Kindern so gemacht. Er ist ein Kikuju. Wir haben dort viel Wirtschaftsgeographie und Geoökonomie gelernt. Wir haben auch immer Hauslehrer gehabt. Es gibt einen Vorteil bei so einer verrückten Erziehung: Es wird einem nie langweilig. Aber wenn ich die Wahrheit sagen soll, muß ich zugeben, daß ich mich oft danach gesehnt habe, länger an einem Ort zu sein und dort zu bleiben und Freunde zu haben. Wir haben bestimmt viele Freunde, aber die meisten sind in anderen Ländern. Eigentlich fast immer.
Wir Kinder sind in den Ferien dreimal nach England geschickt worden. Zuerst sind wir immer in London, dann gehen wir zu einer Familie in Wales. Es sind Bauern. Wir lernen dort, wie man die Tiere versorgt und Getreide anbaut. Mein Bruder George war einmal ein ganzes Jahr dort, von Dezember bis Dezember, um etwas über den Wechsel der Jahreszeiten zu lernen. Benjamin ärgerte sich darüber, daß George dorthin ging und er nicht, aber er hätte es auch können. Er hatte eine schlimme Phase. Schlimmer als sonst, meine ich.

Mir tat es leid, daß George wegging und ich ihn ein ganzes Jahr nicht sah.
Ich muß die Wahrheit sagen: Ich bin immer eifersüchtig gewesen. Als ich klein war, war ich eifersüchtig auf die Zwillinge. Sie waren so viel zusammen. Und dann beachteten sie mich nicht. George noch eher als Benjamin.
Benjamin wollte immer mit George zusammensein, als er klein war. Die Leute dachten immer, Benjamin sei jünger als George. Sie sind sehr unterschiedlich. Benjamin ist nicht so zuversichtlich und fröhlich wie George. George hat immer zu Benjamin gesagt: Doch, das kannst du! Benjamin hat oft geschmollt und sich zurückgezogen. Aber wenn er wiederkam, brachte er George dazu, ihn zu beachten.
Und George tat das immer. Deshalb war ich eifersüchtig. Deshalb bin ich heute noch eifersüchtig.
Als George ein Jahr lang weg war, dachte ich, Benjamin würde sich mehr um mich kümmern, aber er tat es nicht. Es hat mir nicht so viel ausgemacht, weil George derjenige ist, von dem ich beachtet werden will.
Jetzt werde ich die Fakten aufschreiben, an die ich mich aus unserer Kindheit erinnere.
Ich werde schreiben, was ich jetzt von den Dingen halte, die damals geschehen sind. Nicht, was ich damals dachte.
Als wir in New York lebten, hatten wir eine kleine Wohnung, und wir drei Kinder hatten zusammen ein Zimmer. Eines Nachts wachte ich auf und sah George am Fenster stehen und hinausschauen. Wir wohnten hoch oben, im 12. Stockwerk. Es sah aus, als würde er mit jemandem sprechen. Ich dachte, es wäre irgendein Spiel und wollte mitspielen. Er sagte, ich sollte still sein.
Morgens erzählte ich beim Frühstück, daß George nachts am Fenster gestanden hätte. Mutter machte sich Sorgen.
Später sagte George zu mir: Rachel, du darfst ihnen das nicht erzählen!
Als Mutter und Vater nachfragten, sagte ich, ich hätte nur Spaß gemacht.
Aber es geschah oft, daß ich aufwachte und George wach war.

*Normalerweise stand er am Fenster. Ich gab nicht vor, zu schlafen. Ich wußte, daß er nicht böse sein würde. Einmal fragte ich ihn: Mit wem sprichst du? Er sagte, er wüßte es nicht. Mit einem Freund, sagte er. Er schien besorgt. Aber nicht unglücklich.
Manchmal war er allerdings auch unglücklich. Nicht in derselben Art wie Benjamin. Wenn Benjamin schlechter Laune war, mußte die ganze Familie das zur Kenntnis nehmen und auch böse werden.
George wurde ganz still und verzog sich in eine Ecke. Er tat, als schaue er ein Buch an. Ich sah ihm an, daß er geweint hatte. Oder am liebsten geweint hätte. Er wußte, daß ich das merkte, genau wie er wußte, daß ich merkte, wenn er nachts so viel wach war. Er schüttelte nur den Kopf und sah mich an. Sonst nichts. Nicht wie Benjamin. Benjamin stritt mit mir und schlug mich manchmal.
In Nigeria geschah einmal etwas. Die Jungen hatten ein eigenes Zimmer, und ich war allein. Ich fand das schrecklich. Ich vermißte George so sehr. Wenn wir im selben Zimmer schliefen, war ich dicht bei ihm, und jetzt war ich es nicht. Einmal kam er nachts in mein Zimmer. Ich hatte geschlafen und wachte auf. Er saß auf dem Fußboden auf einer Strohmatte und lehnte den Kopf an mein Moskitonetz. Ich streckte den Kopf aus dem Netz. Draußen und auf den Fußboden schien der Mond, und ich sah sein Gesicht glänzen, weil er geweint hatte. Lautlos. Er sagte zu mir: Rachel, dies ist ein entsetzlicher Ort, es ist ein entsetzlicher Ort, es ist ein entsetzlicher ... Seine Stimme klang erstickt, und zuerst verstand ich ihn gar nicht. Ich versuchte, ihn zu trösten und sagte, unsere Familie würde doch bald woanders hinziehen, unsere Eltern hätten gesagt, daß wir nach Kenia ziehen würden. Er sagte nichts. Später merkte ich, daß er gar nicht Nigeria meinte. Ich weiß jetzt, daß er in mein Zimmer kam, weil er sich einsam fühlte, aber ich konnte ihm nicht helfen.
Ich weiß jetzt, daß er sich damals sehr einsam fühlte. Ich weiß, daß Benjamin vieles nicht verstand von dem, was er sagte. Und erst jetzt verstehe ich einiges.*

*Ich habe jetzt plötzlich verstanden, daß Benjamin oft so grob und polterig war, weil er wußte, daß George von ihm erwartete, daß er ihn verstehen sollte und er es nicht konnte.
Ich war acht, als wir nach Kenia kamen.
George schlief draußen auf der Terrasse vor dem Haus. Das Klima war anders als in Nigeria, gesünder. Er war gern unter dem Sternenhimmel.
Ich wußte, daß er oft wach war und daß er nicht wollte, daß unsere Eltern wußten, wie oft. Manchmal stieg ich aus dem Fenster meines Zimmers hinaus auf die Terrasse, und fast immer saß er dann auf der Terrassenbrüstung und schaute in die Ferne. Es war außerhalb von Nairobi in einem Hügelland. Von unserem Haus konnte man weit übers Land sehen. Es war schön. Manchmal saßen wir lange auf der Brüstung, und oft schien ein Voll- oder Halbmond. Einmal kam ein Afrikaner ganz leise vorbei, und er sah uns und blieb stehen, um heraufzuschauen. Dann sagte er: Ho, ho, ihr Kleinen, was macht ihr denn da? Ihr solltet schlafen! Dann ging er lachend davon. Das gefiel George. Wenn ich schläfrig wurde, hob George mich von der Brüstung herunter. Er tat, als taumle er unter meinem Gewicht, aber in Wirklichkeit fand er mich nicht schwer. Er schwankte mit mir über die ganze Terrasse, und wir erstickten fast, weil wir nicht laut hinauslachen durften. Dann half er mir durchs Fenster zurück in mein Zimmer. Ich fand diese Zusammenkünfte mit George wunderschön, auch wenn wir nie viel miteinander sprachen. Manchmal saßen wir sehr lange Zeit da und sagten gar nichts.
Einmal sagte er allerdings etwas, an das ich mich erinnere. Am Nachmittag hatten unsere Eltern Besuch gehabt. Lauter Leute mit wichtigen Positionen in Kenia. Schwarze, Weiße, Braune. Damals dachte ich über so etwas nicht nach, weil ich noch ein Kind war und daran gewöhnt, daß alle Menschen unterschiedlich aussahen. Manchmal waren wir irgendwo die einzige weiße Familie, aber ich erinnere mich daran, daß ich nie darüber nachgedacht habe.
Es war eine Party. Irgend etwas wurde gefeiert. Wir Kinder hatten geholfen, Getränke und Essen und so etwas herumzurei-*

chen, unsere Eltern ließen uns das immer machen. Benjamin wollte oft nicht. Er sagte, wir hätten doch Diener und warum sie es nicht täten.
Während der Party spürte George, was ich so bei mir dachte, und er lächelte mich mit seinem ganz besonderen Lächeln an. Es bedeutete: Ja, ich weiß, und ich stimme dir zu. Ich hatte bei mir gedacht, wie albern sie doch waren, diese Erwachsenen. Nicht unsere Eltern, aber die anderen. Sie protzten und spielten sich auf, wie die Erwachsenen das so tun.
Als wir nachts im Mondschein auf der Brüstung saßen, sagte George: Dreißig Leute waren da.
Ich hörte an seinem Tonfall, was er meinte.
Ich dachte, wie damals so oft, daß ich genau wüßte, was er meinte, Benjamin aber normalerweise nicht. Aber dann sagte er etwas, was ich nicht erwartet hatte. Ich erinnere mich an die Nacht, weil ich so sehr weinen mußte. Aus zwei Gründen. Erstens, weil ich nicht immer wußte, was er dachte, genauso wenig wie Benjamin. Zweitens, weil George so allein war mit diesem Gedanken.
George sagte: Teetassen rumreichen und scharfe Sachen und bitte und danke sagen ...
Ich lachte. Ich verstand, was er meinte.
Aber dann sagte er: Dreißig Blasen voller Pisse und dreißig Hintern voller Scheiße und dreißig Nasen voller Rotz und tausend Schweißdrüsen, die Fett produzieren ...
Ich war bestürzt, weil er mit einer rauhen, ärgerlichen Stimme sprach. Und wenn ich diese Stimme hörte, war ich sofort bereit zu glauben, daß ich der Grund seines Ärgers sei.
Er sprach immer weiter. Ein Zimmer voller Scheiße und Pisse und Rotz und Schweiß. Und Krebs und Herzanfälle und Bronchitis und Lungenentzündung. Und dreihundert Liter Blut. Und bitte und danke und Ja, Mrs. Amaldi, und Nein, Mr. Volback, und Bitte, Mrs. Sherban, und Ach wirklich, Herr Minister Mobote, und Ich bin wichtiger als Sie, Herr Ober-Chef-Einweisungsarzt.
Ich merkte, daß er böse war. Er war auch unruhig, wie manchmal, verknotete die Arme ineinander und verschränkte die Beine.

Er war wütend. Er fing an zu weinen.
Er sagte: Dies ist ein entsetzlicher Ort, ein entsetzlicher Ort. Ich hielt es nicht aus und ging ins Bett. Ich weinte im Bett. Am nächsten Tag war er nett zu mir und spielte viel mit mir, und ich war gar nicht sicher, ob ich das so gern hatte, denn er behandelte mich wie ein Baby.

Ich habe noch nicht beschrieben, wie wir aussehen. Wir sind alle verschieden. Das kommt von den unterschiedlichen Genen, sagen unsere Eltern.
Erst einmal George. Er ist schlank und groß. Er hat schwarze Augen. Sein Haar ist schwarz und glatt. Seine Haut ist hell, aber nicht so wie das Weiß der Weißen aus Europa. Eher elfenbein. In Ägypten und hier in Marokko gibt es viele Menschen, die aussehen wie er. Unser indischer Großvater kommt in seiner Hautfarbe durch.
Dann Benjamin. Er sieht Simon ähnlich. Er ist ziemlich schwer. Er setzt leicht Fett an. Er hat braunes Haar und blaugraue Augen. Seine Haare sind lockig. Er ist immer braungebrannt, rötlichbraun.
Dann ich. Ich bin eher wie George. Unglücklicherweise bin ich nicht schlank. Ich habe schwarzes Haar. Ich habe braune Augen wie Mutter. Meine Haut ist olivfarben, auch wenn ich nicht von der Sonne braun bin. In England falle ich nicht auf, weil ich nicht ungewöhnlich aussehe. Man glaubt dort, ich sei Spanierin oder Portugiesin. Hier falle ich auch nicht auf, weil ich nicht ungewöhnlich aussehe. Benjamin fällt immer auf.
Mit uns Kindern geschah etwas, das alles veränderte, als George das Jahr auf dem Bauernhof in Wales war. Olga und Simon sagten, es sei nicht recht, daß ich mich nach George »sehnte«, und sie sorgten dafür, daß ich das Jahr über viel zu tun hatte: Ich lernte zwei Sprachen, Französisch und Spanisch, und nahm Gitarrenunterricht. Ich sehnte mich nicht nach ihm. Ich fühlte mich einsam. Und als er zurückkam, fühlte ich mich immer noch einsam. Er war dreizehn, als er nach Wales ging, und vierzehn, als er zurückkam. Er war erwachsen geworden. Damals begriff ich das nicht, aber jetzt weiß ich es.

Das ganze Jahr über war Benjamin schwierig. Seine Schulleistungen waren schlecht. Er war oft trüber Stimmung. Als George zurückkam, versuchte er, Benjamin wieder für sich zu gewinnen, und nach einer Weile gelang ihm das auch. Aber ich merkte jetzt, daß George damals erwachsen geworden war, aber Benjamin nicht. Benjamin hat immer alles getan, um von George beachtet zu werden. Ich glaube, unsere Eltern wissen nicht, wie sehr er das versucht hat. Nicht, weil sie zuviel zu tun hätten, um so etwas zu merken. Na ja, manchmal haben sie wirklich zuviel zu tun. Sie verwenden viel Zeit darauf, über uns nachzudenken und darüber, wie sie uns richtig erziehen. Aber als Schwester sieht man Dinge, die Eltern nicht sehen. Wahrscheinlich haben sie es vergessen. Ich glaube, sie erinnern sich an Dinge im großen ganzen, aber nicht an die Kleinigkeiten, die jeden Tag geschehen.
Mir ist jetzt klar, daß sie dadurch, daß sie George wegschickten, unter anderem Benjamin von George unabhängig machen wollten. Abgesehen davon, daß George etwas über den Rhythmus der Jahreszeiten lernen sollte. Aber das verschlimmerte die Sache nur, soweit ich sehe. Benjamin hatte das Gefühl, George bekäme etwas, was er nicht bekam. Aber er wollte nicht nach Wales und verachtete George dafür, daß er den Knecht spielte. Benjamin ist ein bißchen snobistisch.
Ich sehe, daß es viele Tatsachen gibt, die ich überhaupt nicht bemerkt habe. Ob man wohl sein ganzes Leben lang plötzlich Dinge versteht, die die ganze Zeit ganz offensichtlich waren?
Als George zurückkam, fragte er mich mehrere Male: Was ist inzwischen gewesen? Sag mir, was geschehen ist! Ich erzählte ihm von meinem Spanisch- und Französischunterricht und spielte ihm auf der Gitarre vor.
Er war ungeduldig, versuchte aber, es nicht zu zeigen. Er sagte: Nein, ich meine nicht nur dich. Also erzählte ich ihm von Benjamin, obwohl er über ihn Bescheid wußte, da er so viel mit ihm zusammen war, aber er sagte nichts dazu, deshalb wußte ich, daß es das auch nicht war. Ich sprach von unserer Mutter, die das große neue Krankenhaus einrichtete und daß Vater ihr dabei half. Das war schon besser, aber es war immer noch nicht das

*Richtige. Er sagte nämlich: Rachel, unsere Familie ist nicht alles! So wichtig sind wir gar nicht. Ich wurde nervös. Das passiert mir, wenn ich weiß, daß er von mir enttäuscht ist. Ich plapperte schnell weiter über Mutter und Vater und was sie gesagt hätten, aber er interessierte sich nicht mehr dafür. Er war weiter nett zu mir, wenn er Zeit hatte. Aber er war damals sehr unruhig. Er konnte keinen Augenblick stillsitzen. Er war viel mit einer Gruppe von Jungen aus dem College zusammen, sie waren wild und laut, und ich konnte kaum glauben, daß das George war. Aber ich bekam doch mit, daß sie sich über Dinge unterhielten, für die ich mich damals nicht interessierte.
Ich begann zuzuhören, wenn meine Eltern über die Weltereignisse diskutierten, und besuchte in der Schule Kurse über Politik und hörte viele Nachrichten- und Informationssendungen.
Ich sehe, daß unsere Familie sich von den meisten anderen unterscheidet: Überall, wo wir hingehen, treten die Leute leidenschaftlich für irgendeine Partei ein. Oder tun so. Man merkt es leicht, wenn sie nur so tun. Unsere Eltern sagen oft, daß man es den Leuten nicht übelnehmen soll, wenn sie so tun als ob. Das ist ihre Art zu überleben, und das ist wichtiger, als Fahnen zu schwenken. Manchmal, wenn sie das sagen, sind andere schockiert. Aber ich weiß, daß sie finden, daß Politik nicht das Richtige ist. Sie finden, daß politische Menschen auf der falschen Spur sind. Sie selbst sind daran interessiert, Dinge zu tun, zum Beispiel Krankenhäuser zu reorganisieren und Dinge in Gang zu bringen. Sie sagen das nicht oft, außer zu uns oder guten Freunden. Eigentlich sagen sie es gar nicht so sehr, es wird eher durch das, was sie* nicht *sagen, deutlich. Aber überall ist die Politik so wichtig, und mir wird jetzt, wo ich darüber nachdenke, klar, daß dies ein großes Problem für sie gewesen sein muß. Es muß wohl so ähnlich sein, als hätte im Mittelalter einer gesagt, er sei Atheist.
Tatsachen. England. Die beiden ersten Male waren wir Kinder noch vor der Diktatur dort. Man merkte nicht viel, außer daß nichts richtig funktionierte. Aber beim dritten Mal waren die Lebensmittel knapp, sogar auf dem Bauernhof, und Mr. und Mrs. Jones waren besorgt. Ich habe Simon und Olga gefragt, und sie sagen, daß viele Menschen im Gefängnis waren und daß*

Leute plötzlich verhaftet wurden und dann verschwanden. Na, das wäre ja nichts Neues. Und die Leute, die keine Arbeit fanden, besonders die Jungen, machten Krawall. Später wurden solche Leute in die Armee gesteckt und lebten in Lagern. In Wales und Schottland war es nicht anders, obwohl sie unabhängig waren. Die Diktatur bemühte sich, rein englisch zu sein, ohne so viele Ausländer. Als George sein Jahr auf dem Bauernhof verbringen sollte, ließ sich das gar nicht so leicht arrangieren. Reisen wurde schwierig unter der Diktatur, und die Leute konnten es sich außerdem auch gar nicht leisten. Mutter sagt, daß George nur aufgrund von besonderen Kontakten reindurfte. Obwohl wir alle Engländer sind. Also, Reisen, das ging noch, war aber schwierig, aber ein ganzes Jahr dort zu leben war fast unmöglich. Ich habe die besonderen Kontakte unterstrichen, weil mir immer klarer wird, wie wichtig die sind.
Amerika. *Olga und Simon sagen, es ist so reich, daß die Krise nach außen gar nicht sichtbar war. Aber ich erinnere mich an Schlangen von Menschen, die nach Nahrung anstanden. Und Olga sagt, es war das gleiche wie in England mit den Arbeitslosen, die sich auf der Straße herumtrieben und sich zusammenrotteten und Sachen kaputtschlugen und dann, während wir dort waren, die Anfänge der Lager und die Uniformen und militärische Disziplin. In Nigeria war es anders, weil die Leute dort sowieso sehr arm waren. Vielleicht ist das besser, als sehr reich gewesen zu sein und dann arm zu werden. Dieser Gedanke kam mir gerade. In Nigeria haben wir hungrige Menschen und kranke Menschen gesehen. Das war, als ich anfing, überall mit meiner Mutter hinzugehen. In Krankenhäuser und Auffanglager. Eine Seuche ging um. Meine erste Seuche. Ich ging mit ihr. Natürlich war ich geimpft, gegen alles. Aber man war nicht sicher, was für eine Krankheit dies war. Bis heute, sagt sie, wissen sie nicht genau, was es war. Jetzt denke ich, wie mutig sie war, mich überallhin mitzunehmen. Als ich sie gefragt habe, sagte sie, daß ich bereit sein muß für Gefahr und Katastrophenfälle. Und das ist einer der Gründe, warum wir alle drei von unseren Eltern an so viele Stellen mitgenommen wurden, sogar in Lager voller Krankheiten, Seuchen und Hungersnot. In Ni-*

geria gab es nicht so viele Arbeitslose, weil die meisten irgendwie aufs Land gingen. In Kenia war es nicht viel anders – arme Menschen und andere Krankheiten. Olga und Simon kümmerten sich sechs Monate lang in einem großen Team um Leute, die eine schwere Hungersnot überlebt hatten. Sie unterrichteten in den Lagern Hygiene. Es gab viele junge Leute ohne Arbeit, sie wurden auch in Uniformen gesteckt. Welch große Armeen jetzt alle haben! Das war mir früher nie so aufgegangen. Nur weil es keine Arbeit gibt. In Ägypten war manches anders. Sehr, sehr viel Armut. Und wieder Krankheit. Olga und Simon im Einsatz, wie immer, Lager und Katastrophenhilfe. Ich erinnere mich daran, wie ich Kindern zuschaute, die durch die Straßen liefen, alles kaputtmachten, brüllten und Brände legten. Ich hatte Angst, daß jemand unser Haus, das Haus, in dem wir eine Wohnung hatten, anzünden würde. Bei zwei Häusern in derselben Straße passierte es. Die Stadt war voller brennender Häuser. Mehr Militär! Mehr Uniformen! Und jetzt Marokko. Das ist wieder anders, aber nicht so sehr, wenn man es recht bedenkt. Andere Wörter, aber dieselben Zustände. Arme Menschen. Militär. Nicht genug zu essen.
Ich merke, daß ich von der Politik abgekommen bin. Ich wollte eigentlich über alle politischen Parteien schreiben. Regierungen. Etwas in der Richtung. Aber mir scheint, daß in jedem Land, in dem unsere Familie gewesen ist, dieselben Dinge geschahen. Und geschehen. Aber Amerika ist eine Demokratie. Großbritannien ist sozialistisch. Nigeria ist eine aufgeklärte Diktatur. (Ich habe gerade Olga gefragt, und sie hat das gesagt.) Kenia ist frei und ein Entwicklungsland. (Mutter sagt: eine aufgeklärte Oligarchie.) Marokko ist mohammedanisch und frei und sozialistisch und ein Entwicklungsland. (Aufgeklärt.) Ich weiß nicht, ob dies die Fakten sind, auf die ich eingehen sollte? Ich kann nicht glauben, daß sie eine Rolle spielen. Allerdings scheinen alle anderen zu meinen, daß sie eine Rolle spielen. Das scheint mir zu beweisen, daß unsere Erziehung sehr ungewöhnlich war, um es milde auszudrücken. Fast alle Menschen engagieren sich leidenschaftlich für eine politische Partei, welche auch immer das sein mag. Wenn wir Besuch haben, muß

jeder bestimmte Dinge sagen, und sie sagen sie, einer nach dem anderen. Oft müssen George und ich das Kichern unterdrükken. Auch wenn wir gar nicht im Zimmer sind. Und so ist es in jedem Land, es spielt keine Rolle, was für eine Regierung es ist. Natürlich sind Mutter und Vater nie Mitglieder von irgend etwas Politischem, aber sie sind Experten, die für die Regierung arbeiten. Das bedeutet, wenn man daran gewöhnt ist, es so zu sehen, daß sie die Regierung wohl unterstützen. Oder vielleicht. Und das bedeutet, daß die Gäste bestimmte Dinge zugunsten von Mutter und Vater und der anderen Gäste sagen müssen. Das ist sehr langweilig. Also, das ist alles, was ich darüber jetzt sage.
Besondere Kontakte. Ich merke, daß das wichtig ist. Ich sehe, daß sie schon immer wichtig gewesen sind, daß ich es nur nicht begriffen habe. Dadurch, daß ich dies schreibe, werden mir immer mehr Dinge klar. Ich bemühe mich, alles so aufzuschreiben, wie ich es jetzt sehe, und nicht wie damals, aber es ist schwierig, weil ich immer wieder in das alte Denken zurückfalle.
Das erste, worüber ich nachdenken muß, ist die Sache mit Hasan. Kurz nachdem George von seinem Jahr auf dem Bauernhof zurückkam, fing Hasan an, in unser Haus zu kommen, und George verbrachte viel Zeit mit ihm. Wenn man es recht bedenkt, ist es komisch, wie das kam. Denn es schien gar nichts Besonderes zu passieren. Hasan war ein ganz normaler Gast, einer der Leute von der Klinik. Aber gleich von Anfang an war er Georges Freund. Und wir dachten uns nichts dabei. Ich verbessere: Ich dachte mir nichts dabei, weil es immer so anfing.
Das erste Mal war es in New York. George kann höchstens sieben gewesen sein. Es war eine Frau, die oft kam und George mitnahm, um mit ihm Dinge anzusehen oder zu unternehmen. Ein- oder zweimal ging Benjamin auch mit, aber er mochte sie nicht. Ich fragte George, was sie zusammen täten, und er sagte: Wir reden über Sachen. Damals habe ich darüber nicht viel nachgedacht, aber jetzt tue ich es. Und dann in den Ferien in Wales, wir drei. Da war ein Mann, der aus Schottland kam. Wir dachten, er sei ein Experte, der mit Landwirtschaft zu tun hätte.

Vielleicht war er das. Ich frage mich jetzt, ob das stimmt. Einmal nahm er George mit zum Zelten und zum Angeln. Und zu anderen Dingen, ich habe vergessen, was. Ich habe damals nicht weiter darauf geachtet, aber jetzt wünschte ich, ich hätte es getan. Benjamin ging einmal mit zum Zelten. Es gefiel ihm nicht sehr. Er fand immer alles langweilig. Das war sein Stil. Mir wird klar, daß er es nicht wirklich so empfand, sondern es eher sein Stil war. Aus Selbstschutz. Ich sitze hier und überlege, ob ich auch zu diesen Ausflügen eingeladen wurde. Warum bin ich nicht mitgegangen? Woran ich mich aber erinnere, ist, daß ich es auf dem Hof so schön fand, daß ich mich keinen Schritt davon entfernen mochte. Man hätte mich zu wer weiß was einladen können, ich wäre nicht von Mrs. Jones weggegangen. Ich erinnere mich allerdings an einen Spaziergang mit George und diesem Mann. Ich erinnere mich an etwas an ihm. Was ich wiedererkennen würde. Er hieß Martin. George mochte ihn. Und dann Nigeria. Während der Seuche, als unsere Eltern soviel zu tun hatten, waren wir nicht immer dabei. Damals bekamen wir Hauslehrer. Einer kam aus Kano, er unterrichtete uns in Mathematik, Geschichte und Arabisch. Auch darin, wie man Dinge wahrnimmt. Das war ihm sehr wichtig. Er war der Lehrer von uns allen, aber jetzt wird mir klar, daß George oft allein mit ihm weg war. Und in Kenia hatten wir neben der Schule auch noch Hauslehrer. Dort war es dasselbe. Ich meine, immer war es George, das wird mir jetzt deutlich.
Ich habe Mutter danach gefragt. (Bin gerade damit fertig.) Sie wußte genau, was ich wissen wollte, von meinem ersten Wort an. Sie hatte erwartet, daß ich sie eines Tages fragen würde und hatte sich Gedanken darüber gemacht, wie sie antworten sollte. Das merkte ich, als ich sie fragte. Sie hat sich viel Mühe gegeben, alle meine Fragen genau zu beantworten. Sie ist immer sehr geduldig bei Fragen. Das habe ich begriffen, als ich andere Mütter beobachtet habe, wenn ihre Kinder ihnen Fragen stellten. Wenn man Mutter etwas fragt, zeigt sie ganz deutlich, daß sie es wichtig findet und sie die Frage ernst nimmt. Ich habe ihr erzählt, daß ich dies schreibe. Sie wußte es ja schon. Ich habe gesagt, daß ich mir Klarheit über die Fakten verschaffen muß.

Und dann habe ich ihr erzählt, daß ich durch das Schreiben die Dinge verstehe. Sie war nicht überrascht darüber. Sie hat mir viel über Martin erzählt. Wer er war und all das. Und über die Hauslehrer und die Frau in New York. Aber als sie gesagt hatte, daß sie soundso seien und dies oder sonstwas arbeiteten, sagte sie, als hätte ich eine Frage gestellt: Ich weiß nicht, Rachel. Die Art und Weise, wie sie das sagte, drückte die Frage aus, die ich nicht gestellt hatte.
Ich will aufschreiben, wo sich all dies abspielt. Wir wohnen in einem kleinen Haus mit flachem Dach. Es gefällt uns besser als der große Wohnblock, in dem wir zuerst wohnten. Dies ist ein Stadtteil, wo fast nur Leute von hier wohnen, das heißt Eingeborene. So nennt man sie hier. Die meisten sind sehr nett, und wir sind mit einigen befreundet. Richtig befreundet, meine ich. Nachts schlafen wir oft auf dem Dach. Das ist herrlich. Wir liegen draußen, auf Matratzen, schauen die Sterne an und reden. Das ist für uns alle das Schönste, was es gibt. Ich bin dann unbeschreiblich glücklich. Wenn die Familie endlich einmal zusammen ist. Denn das geschieht nicht oft. Jetzt gerade zum Beispiel ist Vater unterwegs, um mit einem Team von Ärzten Krankenhäuser zu bauen und einzurichten. Ärzte »aller Arten« nennt Benjamin Teams wie dieses und meint aller Rassen. Vater arbeitet sehr hart. Aber das versteht sich wohl von selbst.
Es gibt mehrere kleine Räume um einen Hof herum. Die Zimmer haben Böden aus Erde. »Leute wie wir« wohnen nicht oft in solchen Häusern. Manche Weiße sagen, wir sind »exzentrisch«. Aber ich will lieber exzentrisch sein und auf dem Dach schlafen und hinauf zu den Sternen und dem Mond schauen.
Im Augenblick sitzt Mutter im Hof und schreibt einen Bericht für die WHO. Der Hof ist nicht nur für uns, sondern für mehrere andere Familien. Es ist ziemlich laut dort. Sie arbeitet in all dem Trubel, zwischen spielenden Kindern usw. In einem großen irdenen Gefäß wachsen ein paar Lilien, und es gibt einen ziemlich schmutzigen kleinen Teich voller Staub, aber das ist besser als gar nichts.
Mutter sitzt auf einem Kissen am Rand des Wasserbeckens und schreibt. Ich bin auch dort gesessen.

Ich brauchte nicht mehr nachzufragen, nachdem sie gesagt hatte: Ich weiß nicht, Rachel – ich saß einfach da und wartete. Ich dachte, daß sie vielleicht überhaupt nichts mehr sagen würde. Ich kann verstehen, wenn sie das tut. Wir sind so viel zusammen, daß wir wissen, was der andere denkt. Ich wußte, daß Mutter wußte, daß ich eine dieser Phasen hatte, in der man plötzlich alles versteht, schlagartig.
Sie sagte zu mir: Was hältst du davon?
Das überraschte mich, muß ich gestehen. Sie sagte es mit ziemlich leiser Stimme, nicht ängstlich, so nicht, aber so, als wüßte sie wirklich nicht, was sie sagen sollte und als glaubte sie wirklich, ich könnte vielleicht etwas dazu sagen, woran sie nicht gedacht hatte.
Ich sagte: Olga, mir kommt etwas daran sehr komisch vor.
Sie sagte: Ja. Ja.
Wir saßen ziemlich lange dort. Nicht, daß das eine besonders günstige Gelegenheit für ein wichtiges Gespräch gewesen wäre. Ich meine, wegen der Kinder. Die Kleine aus dem Zimmer gegenüber wäre zum Beispiel fast in den Teich gefallen, wenn ich sie nicht noch erwischt hätte.
Ich sagte: Erst jetzt habe ich plötzlich das Gefühl, daß die ganze Zeit etwas gewesen ist.
Ja, es hat sehr früh angefangen. George war sieben.
Ja, mit der Frau in New York.
Miriam.
War sie Jüdin?
Ja.
Es hat aber nie eine Rolle gespielt, was sie waren.
Nein.
Dann sagte ich zu ihr, im selben Ton, in dem sie mit mir gesprochen hatte, leise, und in meinem Fall war es, weil ich wirklich ein wenig Angst hatte: Ist George irgendwie was Besonderes?
Ja, das muß wohl so sein.
Was meint Simon?
Er hat es als erster gemerkt. Ich habe mich damals deswegen ziemlich geängstigt, Rachel. Aber er sagte, das sollte ich nicht. Er sagte, ich sollte darüber nachdenken. Das habe ich getan. Ich

habe noch nie in meinem Leben so angestrengt nachgedacht. Ich glaube, seit damals ist es das, worüber ich nachdenke. Ja, das kann ich wohl sagen, Rachel.
Das war für diesmal alles. Ich brachte das kleine Kind seiner Mutter zurück. Eins bringt dieses Leben bestimmt mit sich: Keiner könnte behaupten, daß wir nicht in das marokkanische Leben an seinen Wurzeln integriert sind.
Jetzt sitze ich hier und denke nach. Ich bin in meinem Zimmer. Es ist mehr eine Art Kammer. Aber ich mag es. Es ist schön kühl. Es ist aus Lehm. Es riecht nach Erde. Nach Feuchtigkeit, weil ich morgens, bevor die Sonne heiß wird, Wasser versprenkle. Ich sprenkle auch Wasser vor die Tür, morgens und abends, um den Staub zu binden, und der Geruch ist wunderbar.
Wenn ich aus der Tür schaue, ist da der blaue Himmel. Das ist alles. Blauer Himmel. Hitze.
Mich beschäftigen im Augenblick zwei Dinge.
Einmal Benjamin. Einer der Gründe, warum Benjamin so schwierig und so schrecklich ist und soviel schlechte Laune hat und versucht, mit George zu streiten, ist seine Eifersucht, weil George soviel mit Hasan zusammen ist. Hasan hat ihn mehr als einmal gefragt, ob er mitgeht in ein Café oder so, aber Benjamin will nicht. Das kommt, weil er glaubt, daß er mit dem Café oder einem Spaziergang am Abend abgespeist würde. Ich weiß das, weil ich unglücklicherweise nur mich selbst beobachten muß, um das zu wissen. Ich stelle mir vor, daß George mit Hasan alles mögliche wirklich Tiefe erlebt, ich weiß nicht, was, und Cafés sind ja nicht viel. Aber ich habe George gefragt, wenn wir nachts auf dem Dach liegen, und er sagt: Wir reden, das ist alles.
Wenn ich zurückblicke auf all die Orte und Leute, wenn ich ihn gefragt habe, hat er immer gesagt: Wir reden, das ist alles. Oder: Er sagt mir Sachen.
Benjamin hat die besonderen Kontakte von Anfang an verweigert. Schon als er in New York sieben Jahre war und Miriam nicht mochte. Das ist die Wahrheit. Er hat immer die Gelegenheit gehabt, genau wie George, nur hat Benjamin sie immer verweigert. Man kann ständig weiter darüber nachdenken. Ich denke darüber nach, und es gibt da etwas, das so schrecklich ist,

daß ich gar nicht weiß, was ich tun soll. Denn ich denke natürlich: Was habe ich verweigert? Mir hat man auch immer alles angeboten, aber ich hatte immer irgendeinen Grund, es nicht zu tun. Wie zum Beispiel, daß ich Mrs. Jones so gern hatte und bei ihr in der Küche sein wollte und mit ihr kochen und die Hühner füttern.
Benjamin. Bei ihm war es immer das gleiche. Was er wollte, und schon von Anfang an, war immer mehr, als ihm angeboten wurde. Er wollte von Miriam oder Hasan, oder wer es gerade war, alleine gebeten werden. Ich wette, er hätte Miriam nicht langweilig gefunden, wenn Miriam ihn allein eingeladen hätte. Und als wir Hauslehrer hatten und George mit einem von ihnen wegging, ging Benjamin nie mit. Einmal sagte er: Blöder Schwarzer. Das Komische ist, daß er das gar nicht wirklich findet. Ich meine, er findet nicht, daß die Schwarzen blöd sind oder so etwas. Er sagt so was, weil es sein Stil ist. Und das ist erschreckend, wenn man es recht bedenkt. Ich meine, jeder kann Theater spielen, aber dann kommt man plötzlich nicht mehr los davon. Wie dieser Mime mit der Maske auf dem Gesicht, die er nicht mehr abnehmen konnte. Es ist etwas Erschreckendes daran. Benjamin wohnt hier in Wirklichkeit nicht gern. Er macht Witze über das »Eingeborenenviertel«. Dabei schläft er wahnsinnig gern auf dem Dach, und er versteht sich mit all den Kindern hier und ist ganz lieb mit den Kleinen. Er meint das auch so. Aber er hätte gern eine nette, langweilige moderne Wohnung in einem netten, langweiligen modernen Haus mit netten, langweiligen Leuten. Jetzt, wo ich darüber nachdenke, glaube ich einfach, daß Benjamin so was nur sagt, weil er nicht als etwas Besonderes behandelt wird. Aber George ist auch nicht wie jemand Besonderes behandelt worden. George hat immer das mitgemacht, was gerade da war. Er hat es gesehen und Benjamin nicht.
Dabei war es eigentlich nie etwas Großes. Dachte man jedenfalls immer.
Man könnte sogar sagen, daß nie überhaupt etwas geschehen ist. Ja, wirklich, was geschah denn schon? George machte eine Reise oder ging zelten oder wurde von irgend jemand ins Mu-

seum oder zum Tee oder sonstwohin eingeladen. Oder ein Hauslehrer sagte: Komm, wir gehen in den Park. Oder in eine Moschee oder so. Oder sie saßen unter einem Baum am Straßenrand und redeten. Einmal sah ich George mit Ibrahim auf der Erde unter einem Baum sitzen. Er war etwa neun. Oder zehn. Das war in Nigeria. Sie sprachen miteinander. Weiter nichts. Ich sah sie und hätte mir gewünscht dabeizusein. Aber ich glaube, ich muß nein gesagt haben, als ich eingeladen wurde. Ich kann mich nicht daran erinnern, aber ich glaube es.
Was diese Leute sind, das ist genau der springende Punkt. Immer wenn sie eine Weile zu uns ins Haus gekommen sind, sage ich zu mir: Da ist es wieder.
Was ist es denn?
Das ist genau der springende Punkt.
Das ist das andere, was mir im Kopf herumgeht, was das für Leute sind.
Ich mochte Hasan von Anfang an, aber ich dachte, er sei alt. Das ist er wahrscheinlich gar nicht. Mutter sagt, er ist etwa fünfundvierzig. Also etwa in Simons Alter.
Hasan spricht viel mit George. Hasan ist mehr mit George zusammen als alle anderen besonderen Kontakte.
George ist fast jeden Tag mit Hasan zusammen. Er war auch mit Hasan eine Woche lang in der Heiligen Stadt. Erst jetzt denke ich darüber nach. Es war im letzten Monat. Als George zurückkam, fiel mir auf, daß unsere Eltern ihn nicht fragten, was dort gewesen war. Beide behandeln George wie einen Erwachsenen. Er ist sechzehn. Haben sie Angst vor ihm? Das ist das falsche Wort. Es gibt ein richtiges Wort, aber ich weiß nicht, welches es ist.
Was ich meine, ist: Je mehr man über all das nachdenkt, um so erstaunlicher ist es. Aber nicht im Sinne von verblüffend, wie man sagen würde: wie erstaunlich. Ich meine, man kommt mit den Gedanken immer tiefer hinein.
Jeden Tag gibt es mehr zum Nachdenken. (Dies hier ist stückchenweise geschrieben, jeden Tag etwas.) Dazwischen denke ich viel nach und gehe zu Mutter und frage sie. Wenn George kommt, versuche ich, mit ihm zu sprechen, aber das kommt

nicht oft vor. Er ist nicht unfreundlich. Er zieht mich auch nicht auf, so wie früher, bevor er erwachsen war.
Ich wollte, wir könnten zurück zu der Zeit, bevor George erwachsen war. Ich will nicht erwachsen werden. Ich möchte ein kleines Mädchen bleiben. Das schreibe ich, weil ich die Wahrheit sagen soll. Das ist also die Wahrheit. Manchmal (kürzlich) habe ich Simon und Olga und ihr Leben beobachtet. Alles ist schwer für sie, nicht nur die schwere Arbeit, ich habe jetzt erst verstanden, daß sie ein schweres Leben haben. Das ist das richtige Wort. Einmal wenigstens. Und ich sehe George, jetzt, und ich weiß, daß er es schwer findet.
Ich würde sagen, er denkt fieberhaft nach. Das ist, glaube ich, das Wichtigste, was vor sich geht. Manchmal hat er einen Blick, den ich an mir selbst spüre, wenn ich hier sitze und denke und denke. Als ob die Dinge zu schnell auf einen einstürmen und man Angst hat, sie nicht alle zu erfassen. Man weiß, daß man sie nicht alle erfassen kann.
Er sitzt viel allein da. Manchmal sitzt er im Hof, und alle Kinder aus diesem Haus und viele aus den Häusern in der Nähe sind auch da. Er spielt mit ihnen und erzählt ihnen Geschichten, aber dabei denkt er nach. Er ist so rastlos. Manchmal steht er auf und geht weg, kaum daß er sich hingesetzt hat, als hätten ihn Nadeln gestochen. Sobald die Sonne untergeht, ist er oben auf dem Dach. Er vergißt zu essen. Manchmal bringe ich ihm einen Teller Essen. Er gibt es oft den Kindern. Es versteht sich wohl von selbst, daß alle fast immer hungrig sind. Er sitzt mit dem Rücken an ein Stück Dach gelehnt, ein Bein ausgestreckt und die Arme um das andere Knie gelegt, das er hochgezogen hat, und er schaut hinaus über die Dächer in den Himmel. Und er denkt. Manchmal wache ich nachts auf und sehe ihn wach dasitzen und in den Himmel schauen. Und unsere Eltern wachen auch auf, aber sie schlafen einfach wieder ein. Und jetzt frage ich mich, ob sie vielleicht die ganze Zeit wußten, daß er oft nachts nicht schlief, als er vier oder fünf und erst recht als er sieben war, als Miriam zu kommen anfing. Haben sie das alles gewußt? Ich habe versucht, mit Mutter auf dieses Thema zu kommen, aber sie möchte darüber nicht sprechen, das sehe ich.

Ich glaube, sie wußte es die ganze Zeit, hat aber erst später verstanden, was sie davon hielt, so wie ich. Aber das ist an sich schon wieder schwierig. Schwer. *Denn wenn das, was wir jetzt denken, sich von dem unterscheidet, was wir damals dachten, müssen wir doch davon ausgehen, daß das, was wir in einem Jahr denken, auch wieder anders sein wird. Oder vielleicht schon in einem Monat, wenn ich daran denke, wie schnell sich meine Gedanken im Augenblick wandeln. Die eigenen Gedanken sind das letzte, worauf man sich verlassen kann.*
Und doch gibt es etwas anderes, worauf man sich verlassen kann. Hinter den Gedanken.
Trotz diesem Merkwürdigen, was immer es ist, was sich gerade abspielt, ist unser Familienleben ganz gewöhnlich und normal; sogar Benjamin ist normal, glaube ich. Es gibt ja auch andere Familien mit hitzigen Kindern. Vater sagt, Benjamin sei »ein Hitzkopf«, wenn er böse auf ihn ist.
Benjamin ist wirklich ziemlich schrecklich. Aber ich weiß, was ihn so macht, ist die Tatsache, daß er nicht versteht, wo er es falsch gemacht hat. Er muß wissen, daß er »nein« gesagt hat zu dem, was George jetzt tut. Er muß darüber nachdenken; Benjamin ist vielleicht »hitzig«, aber dumm ist er nicht. Er macht sich ganz verrückt wegen George. Er denkt an nichts anderes.
Als George von der Woche in der Heiligen Stadt zurückkam, stellte er ihm nicht eine einzige Frage, aber er zog hinter George her wie ein Gewitter. George ist immer freundlich zu Benjamin. Oder doch meistens. So wie mit mir. Aber ich weiß, daß er oft zu sehr mit Denken beschäftigt ist, um zu merken, daß wir da sind. Und wahrscheinlich wünscht er, wir wären nicht da. Ich treibe mich auch immer in seiner Nähe herum. Ich warte immer auf ein Wort oder einen Blick von George. Oder vielleicht sogar ein Lächeln. Als er noch ein Kind war, hatte er ein wunderbares Lächeln. Es war ein warmes, freundliches Lächeln. Aber jetzt ist es viel unwahrscheinlicher, daß er lächelt. Er geht ganz gebeugt. Es sieht aus, als trüge er ein unsichtbares Gewicht auf den Schultern und versuche, sich daran zu hindern, es abzuwerfen. Manchmal sieht er richtig gequält aus.
Und dann, plötzlich, meistens wenn die Familie bei Tisch oder

auf dem Dach zusammen ist, wird er sehr witzig und lebendig und macht alle möglichen Spielchen und ist sehr herzlich. Ich beobachte Mutter und Vater, und sie sind erleichtert. Sie finden es herrlich, wenn er so ist. Und Benjamin wird wie ein kleiner Junge und schreit und lacht zuviel, aber nur weil er erleichtert ist. Ich fürchte, ich verhalte mich genauso.
Ich hoffe, daß ich für Simon und Olga keine solche Belastung bin wie Benjamin.
Ich habe gerade die Augen geschlossen und den Ausdruck auf ihren Gesichtern gesehen, wenn sie Benjamin anschauen. Geduldig und humorvoll. Wenn sie George anschauen, sind ihre Gesichter weich und freudig. Das ist das richtige Wort. Ich schaue ihre Gesichter gern an, wenn George so lustig und lieb ist. Es ist so, als hätten sie ein wunderschönes Geschenk bekommen. Na, ich glaube, sie haben nicht gerade das Gefühl, daß Benjamin und ich wunderschöne Geschenke sind. Jedenfalls gemessen an ihren Gesichtern.
Ich sehe, daß dieses Stück über die Fakten nur von George handelt. Ich wußte nicht, daß es so kommen würde, als ich damit anfing.
Es war Hasan, der sagte, ich sollte dieses Tagebuch schreiben.
Ich hatte nicht vergessen, daß es Hasan war, aber diese Tatsache war ganz hinten in meinem Kopf. Ich wäre nicht überrascht, wenn ich es schaffen würde, sie ganz und gar zu vergessen.
Es ist wahnsinnig komisch, woran wir uns erinnern und woran wir uns lieber nicht erinnern.
Und das geschah so:
Es war kurz nach Sonnenuntergang. Der Mond kam herauf. Es waren noch kaum Sterne da. Es war herrlich. Es ist wunderbar, wenn der heiße Tag vorüber ist. Der Staub ist so stark und süß, weil man Wasser darauf gesprengt hat. Und die Schreie und das Stimmengewirr von der Stadt um uns her sind mysteriös. Und der Gebetsruf auch, ich mag ihn so gern. Ich werde es schrecklich finden, wenn wir einmal von hier fortmüssen. Ich hoffe, wir müssen nicht fort, noch lange nicht. Aber wahrscheinlich wird es nicht für ewig sein. Und die Ge-

rüche der Gewürze aus den Kochtöpfen. Ich werde jeden Abend zur Zeit des Sonnenuntergangs ganz trunken davon.
George war allein hinauf aufs Dach gegangen. Ich konnte nicht anders, ich mußte auch hinauf. Er lächelte, als ich hinaufkam, aber dann saß er weiter so da, als wäre ich gar nicht da. Ich fühlte mich elend, weil er mich gar nicht beachtete. Kurz danach kam Hasan herauf. George schien nicht überrascht, ihn zu sehen. Hasan saß in einem anderen Dachwinkel. Er sagte eine Zeitlang nichts. Die Hitze strömte aus dem Lehm des Daches in meinen Rücken und meine Füße. Ich weiß nicht mehr, wie das Gespräch begann. Jetzt, wo ich zurückschaue und dies mit den anderen Malen in Verbindung bringe, wo ich mit Hasan und George zusammen war, stelle ich fest, daß ich oft gar nicht auf die Anfänge der Gespräche achtete. George und Hasan sprachen, meistens Hasan, und George hörte intensiv zu. George nickte manchmal oder lächelte ruhig, wie er es tut, wenn er mit etwas zufrieden ist. An jenem Abend verstand ich. Ich verstand, daß ich verstand. Ich hätte schon früher verstehen können, daß George, wenn er mit Hasan zusammen ist und Hasan spricht, Dinge in dem hört, was Hasan sagt, die über meinen Verstand gehen. Die ich gar nicht höre. Ich sah an Georges Gesicht, daß in den ganz normalen Dingen, die gesagt wurden, viel viel mehr drinlag. Ich konnte es nur nicht fassen. Es ging zu schnell für mich. Es ging über meinen Verstand. Die Unterhaltung ging anscheinend um nicht viel. Ich dachte in einer Art quälender Verzweiflung, daß sie über nichts Wichtiges oder Besonderes redeten. Doch hellte sich Georges Gesicht immer wieder auf, wenn er die Dinge verstand, die darin lagen.
Ich fühlte mich so elend und frustriert, daß ich fast weinte. Hasan merkte es und behielt mich im Auge, sprach aber noch ein Weilchen mit George. Dann wandte er sich mir zu, so daß er mich direkt ansah, und fing an, zu mir zu sprechen, nicht genau gleich, sondern einfacher. Er fragte mich, ob ich ein Tagebuch führte. Ich sagte, ich hätte ein kleines Tagebuch und daß ich Dinge hineinschrieb wie: Hatte Arabischstunde oder Gitarrenstunde oder: Ging ins College. Er sagte, er hätte gern, daß ich einen Bericht über meine Kindheit schreibe.

Jetzt muß ich etwas gestehen. Die Wahrheit. Als er das sagte, so ganz zwanglos, stieg in mir ein schrecklicher Unwille hoch. Er war doch nicht mein Lehrer! Warum sagte er, als hätte er ein Recht darauf, daß er wolle, daß ich dies oder jenes täte! Aber noch während ich so unwillig war, dachte ich, wenn er mich gefragt hätte, ob ich den Nachmittag mit ihm verbringen wollte, um mit ihm zu reden, ohne George, dann wäre ich durchaus nicht unwillig oder ärgerlich gewesen. Im Gegenteil!
Ich wußte, daß er genau verstand, was ich fühlte.
Dann nickte er mir leicht zu, als wollte er sagen: Ich warte, nur keine Sorge!
Dann sprach er weiter mit George in dieser Art, die über meinen Kopf hinwegging.
Ich wollte, daß er wieder mit mir sprechen sollte, mich fragen. Ich sehnte mich danach, daß er noch einmal sagen sollte, daß er wolle, daß ich etwas für ihn schreibe. Ich hatte alle möglichen Gedanken im Kopf. Ich würde Aufsätze für ihn schreiben, darüber wie ich mit Olga bei der Virusepidemie im Einsatz gewesen und einen ganzen Monat bei der Krankenpflege geholfen hatte. Ich wollte, daß er in mir einen vernünftigen und verantwortungsvollen Menschen sehen sollte. Olga hatte zu mir gesagt, daß ich während der Epidemie eine unschätzbare Hilfe gewesen sei und sie sich darauf habe verlassen können, daß ich alles genau so tat, wie ich es versprochen hatte. Ich wäre vor Stolz fast geplatzt, als sie das sagte, aber ich wollte, daß Hasan mich so sehen sollte. Und dann, als er und George mich nicht beachteten, fing ich an, gemeines und dummes Zeug zu denken, wie: Aha, du hältst mich also für so ein junges Fräulein, fad und normal, na gut, dann bin ich's eben. Und ich saß da, innerlich voller Verachtung (wie Benjamin) und dachte, dann würde ich einen Aufsatz schreiben wie die blöden, die wir in der Schule geschrieben haben: Was ich in den Ferien erlebt habe.
Während ich das dachte, hörte ich Hasan und George überhaupt nicht zu. Dabei würde ich jetzt alles geben, um diese Gelegenheit noch einmal zu haben – einfach nur dazusitzen und zu versuchen zu hören. So eine Chance hatte ich vorher

noch nie gehabt. Ein paar Stunden lang mit George und Hasan zusammenzusein, ganz allein, während sie redeten. Und warum sollte ich so eine Gelegenheit noch mal geboten bekommen? Ich habe diese Chance vertan, als sie sich bot. Ich sehe jetzt, daß das absichtlich geschah! Ich hatte die ganze Zeit alles drangesetzt, um mit George und Hasan zusammenzusein und die aufregenden Dinge zu tun, die sie meiner Vorstellung nach taten – ich wußte nicht, was! Dann stellt sich heraus, daß nichts anderes geschieht, als daß Hasan in dieser ganz normalen und doch besonderen Art und Weise spricht und George es in sich aufnimmt. Er ist davon gefesselt. Er ist so davon in Anspruch genommen, daß man ihm einen Eimer Wasser über den Kopf schütten könnte, er würde es gar nicht merken!
Und als mir dann dasselbe angeboten wurde, konnte ich nicht zuhören! Meine Gefühle kamen dazwischen, ich saß da voller Wut und wollte, daß sie mich ansehen, zu mir sprechen sollten, wie ein kleines Kind.
Mir wird jetzt klar, daß es so ablaufen mußte, damit ich merkte – gezwungen wurde zu merken –, was zwischen mir und der Fähigkeit, von Hasan zu lernen, stand.
Jedenfalls, ich sage hier ja die Wahrheit, also: Ich rannte vom Dach nach unten und holte einen Aufsatz, den ich für den Englischunterricht geschrieben hatte. Ich war stolz auf diesen Aufsatz. Ich bekam eine gute Note dafür. Aber jetzt bin ich nicht mehr so sicher. Ich werde den Aufsatz hier einfügen. Er war nicht lang. Denn ich versuchte, in dem Aufsatz den Eindruck zu erwecken, daß meine edlen Gefühle mich zum Verstummen brachten oder so ähnlich.

DER ALTE MANN UND DIE STERBENDE KUH
Gestern abend sah ich im Fernsehen etwas, das mich berührte und mich für immer verändert hat.
Der Fernsehapparat stand auf einem Platz, und viele Leute sahen die Sendung. Es waren alles arme Leute, die nie genug zu essen haben.
Es war eine Sendung über die Hungersnot in der Sahelzone. Eigentlich über mehrere Hungersnöte, denn Szenen aus mehre-

ren Sendungen waren zu einem allgemeinen Bericht zusammengefaßt.
Eins der Bilder bleibt mir im Gedächtnis.
Ein alter Mann sitzt neben einer Kuh.
Der alte Mann ist sehr dünn. Man sieht seine Rippen. Seine Schlüsselbeine und seine Oberarme sind wie ein Skelett.
Aber er wirkt geduldig und weise, und seine Augen sind gedankenvoll. Und strahlen Würde aus.
Die Kuh ist so dünn, daß sie aus nichts besteht als aus Haut, die sich über die Rippen spannt, und die Beckenknochen stehen richtig heraus. Man sieht schon jetzt, wie sie aussehen wird, wenn sie in ein paar Tagen stirbt.
Aber ihre Augen sind auf die Kamera gerichtet, und sie sind geduldig und weise.
Meilen im Umkreis ist nichts als Sand. In der Nähe ist ein Fleck mit verdorrten Stöcken, das ist die Hirse, die als Nahrung für dieses Jahr gepflanzt worden ist. Aber die Dürre hat alles abgetötet.
Die Kuh ist gelaufen, bis sie gestrauchelt ist und sich auf die Erde sinken ließ. Sie wird nie wieder aufstehen. Sie wird hier sterben.
Die Sonne brennt.
Der alte Mann hat ein kleines Dach gebaut, um ihr Schatten zu geben. Es besteht aus ein paar Gräsern, die auf vier Stöcken liegen. Das gibt einen kleinen, dünnen Schatten.
Die Kuh ist seine Freundin.
Der alte Mann sitzt neben der Kuh. Sie liegt in dem Schattenstreifen der Gräser, aber er ist in der vollen Sonne. Sand wird über sie geblasen.
Es gibt nicht genug Wasser für beide.
Der alte Mann hat in einer Blechtasse ein wenig Wasser. Die Kuh keucht manchmal, und ihre Zunge hängt heraus, dann schüttet er ihr ein paar Tropfen Wasser auf die Zunge und schluckt auch selbst ein paar Tropfen.
Sie sitzen da. Er wird bei der Kuh sitzen bleiben, bis sie stirbt.
Die Kuh weiß, daß sie sterben wird.
Die Kuh denkt, daß sie ihr ganzes Leben lang diesem Mann und

seiner Familie gehört hat. Aber die Frau und die Kinder sind gestorben. Die Kuh fragt sich, warum sie hier liegen muß, neben dem alten Mann, und nicht aufstehen kann und warum überall Sand ist und warum es nicht regnet und nichts zu fressen und kein Wasser gibt.
Die Kuh versteht es nicht.
Der alte Mann versteht es auch nicht. Aber er sagt: Es ist der Wille Allahs.
Ich glaube nicht, daß es der Wille Allahs ist.
Ich finde, daß es schlimm ist, böse, und daß Allah uns alle dafür bestrafen wird, daß wir den alten Mann dort und seine Kuh im heißen Sand sterben lassen.
Warum? O Gott!
Warum? O Allah!

Ich stieg also damit in der Hand zurück aufs Dach und wollte es Hasan geben. Er sprach zu George und machte keine Anstalten, mich zu beachten. Ich setzte mich wieder.
Inzwischen war der ganze Himmel voller heller Sterne, und es war die Zeit, zu der alle in dem kleinen Haus aßen. Ich wußte, daß unser Abendessen bald fertig sein würde.
Dann rief Olga zum Essen.
Hasan sprach zu Ende, was er angefangen hatte, und stand dann auf. Er trug das übliche weiße Gewand und kam mir sehr groß und ein wenig unwirklich vor. Mein Herz tat weh. Es tat sehr weh. Ich wußte nicht, was ich tun sollte. Ich war ganz außer mir.
George stand auf und stand neben Hasan. Ich sah zu meiner Überraschung, daß George fast so groß wie Hasan ist.
Beide schauten mich an, als sie dort standen, so groß und unwirklich, mit den Sternen rings um sie.
Hasan lächelte. Ich hielt ihm meinen Aufsatz hin, aber er nahm ihn nicht. Natürlich nahm er ihn nicht. Er hatte ja nicht darum gebeten!
So sagte ich zu ihm, sprudelte heraus: Ich will es tun! Ich schreibe das Tagebuch, ich will wirklich!
Gut, war alles, was er sagte.

Und, ob man es glauben will oder nicht, ich war schon wieder voller Unwillen, weil er meinen kostbaren Aufsatz nicht genommen hatte. Als ob er mir hätte gratulieren sollen oder sonst ein Theater um mich machen, weil ich sagte, ich würde dieses Tagebuch schreiben.
Ich ging als erste auf der Treppe außen am Haus hinunter. Dann George hinter mir. Dann Hasan. Ich wünschte sehnlichst, daß Hasan mit zum Essen hereinkäme. Er hatte es schon ein paarmal getan.
Aber unten an der Treppe sagte er gute Nacht, und George sagte gute Nacht, und das war es.
Benjamin kam gottlob nicht zum Abendessen.
So kam ich dazu, all dies zu schreiben.
Und jetzt weiß ich, warum er wollte, daß ich es schreibe.

Dies schreibe ich mehrere Wochen später. Neun, um es genau zu sagen.
Zwei Tatsachen. Die eine: Mehrere Male habe ich mich in der Gegenwart von Hasan und George befunden – ich drücke es so aus, weil es anscheinend immer zufällig geschieht –, wenn sie miteinander sprachen. Oder vielmehr, wenn Hasan sprach oder George zuhörte. Jetzt muß ich mich innerlich nicht mehr so sperren und so gemein sein. Ich kann zuhören. Manchmal habe ich sogar die Bedeutung des Gesagten mitbekommen. Die Wahrheit ist allerdings: Wenn ich bei einer solchen Unterhaltung dabei war, dann weiß ich, daß George es so verstanden hat und ich so. Das liegt in der Natur dieser Art von Gesprächen.
Die zweite Tatsache ist, daß George etwas gemacht hat, was ich niemals, ums Leben nie erwartet hätte: Er ist der Anführer einer Horde von Jungen aus dem College geworden. Sie sind ebenso blöd und laut und schrecklich wie alle diese Horden. Sie jagen hin und her und halten Reden und platzen fast vor Wichtigtuerei. Und George ist dabei.
Ich finde es schrecklich.
Ich weiß, daß Mutter das nicht gern sieht und Vater auch nicht. Und Benjamin? Für den ist das natürlich ein gefundenes Fressen, er ist voller Verachtung.

Aber trotzdem treffen sich George und Hasan immer noch. Ich weiß nicht, was ich denken soll.

Dies schreibe ich später. Monate später.
George ist in Indien gewesen, um Großvaters Familie zu besuchen. Er ist noch erwachsener geworden, wenn das überhaupt noch möglich war, aber er ist immer noch der Boß dieser gräßlichen Horde, und er ist mehr mit Hasan zusammen als mit uns.

Geschichte Shikastas, Bd. 3014, Die Periode zwischen dem Zweiten und Dritten Weltkrieg. Armeen: Die verschiedenen Typen. Die Jugendarmeen.

»Kommende Ereignisse werfen ihre Schatten voraus.« Diese auf Shikasta gängige Beobachtung paßte besonders gut auf diese Epoche, während der sich das Tempo der Geschehnisse so stark steigerte. Die Vorboten größerer sozialer Wandlungen ließen sich nicht ein oder zwei Jahrhunderte, sondern allenfalls ein paar Jahre oder gar nur Monate vorher feststellen. Nie gab es eine Zeit auf Shikasta, in der man leichter sehen konnte, was sich anbahnte; nie eine Zeit, in der es so leicht gewesen wäre, diese einfache Wahrheit zu verstehen: daß sie keine Kontrolle hatten über das, was ihnen geschah.
Schon im achten Jahrzehnt waren alle Regierungen auf Shikasta oft voller Angst und insgeheim mit den Folgen der Massenarbeitslosigkeit, besonders bei der Jugend, beschäftigt. Inzwischen war augenscheinlich, daß die neuen (und oft unerwarteten) Technologien die Massenarbeitslosigkeit überall unvermeidlich machen würden, auch ohne die Weltwirtschaftskrise, die vor allem der Tatsache zuzuschreiben war, daß die Reichtümer und Ressourcen des Planeten vor allem für Kriege und Kriegsvorbereitungen verwendet wurden: Unvermeidlich wäre diese Massenarbeitslosigkeit auch gewesen, wenn die Bevölkerung nicht mit solcher Geschwindigkeit angewachsen wäre. (Die Einschränkungen dieses Bevölkerungswachstums durch Todesfälle im Gefolge

von Hungersnöten, Epidemien und Naturkatastrophen – letztere stark vermehrt aufgrund des kosmischen Drucks – wirkten sich erst viel später signifikant aus.)
Inzwischen hatte sich das Wissen auf dem Gebiet der Massenpsychologie, des Gruppenverhaltens, der Psychologie von Heerestruppen schon so weit vertieft, wie es innerhalb der Grenzen, die Shikasta sich selbst auferlegt hatte, überhaupt möglich war. [Vgl. Teil 3, »Verschiebungen in Kriterien und Standards des wissenschaftlich Seriösen und Erlaubten. Analyse und Vergleich des wissenschaftlichen Fanatismus mit dem politischen und religiösen Fanatismus mehrerer Kulturen«; Bd. 3010, Kap. 9, »Ergebnisse geheimer Forschung in militärwissenschaftlichen Institutionen und ihre Auswirkung auf die Zivil- und öffentlich zugängliche Wissenschaft«.]
Alle Regierungen hatten eine ziemlich klare Vorstellung von dem Dilemma, vor dem sie standen; und die meisten beschäftigten sich in geringerem oder stärkerem Ausmaß durch intensive und anhaltende Expertendiskussionen mit der Kontrolle des Bevölkerungswachstums.
Am Ende des Jahrzehnts konnte sich keiner mehr in Unwissenheit darüber wiegen, was von der großen Anzahl von ständig arbeitslosen Jugendlichen zu erwarten war. Schon waren die Städte hilflos angesichts der zahllosen, willkürlichen, unorganisierten Gewalt jener kleinen Gruppen von jungen Leuten beiden Geschlechts, die »grundlos« alles zerstörten, was sie konnten. Die Annehmlichkeiten, von denen die Städte Shikastas abhängig waren, wenn sie ein auch nur annähernd bequemes Leben anstrebten – Telefone, öffentliche Verkehrsmittel, Parks, öffentliche Gebäude, ja alles, was dem Sektor öffentliches Leben angehörte –, konnte jeden Augenblick zerstört, verunstaltet oder zeitweise unbrauchbar gemacht werden. Nachts waren die Städte nicht mehr sicher, denn diese Gruppen von Jugendlichen machten Überfälle, Raubzüge, mordeten, immer impulsiv – und ohne jegliche Gewissensbisse, fast wie im Spiel.
Die Gegenmaßnahme, nämlich eine Verstärkung der poli-

zeilichen Überwachung – eigentlich eine allgemein zunehmende Militarisierung –, ließ das Wesentliche des Problems scharf hervortreten. Was in Gang gesetzt wird, überträgt Impulse: Die Folge verstärkter Polizeiüberwachung, schärferer Strafen und weiterer Überfüllung schon besetzter Gefängnisse muß noch intensivere Überwachung, noch mehr Polizeigewalt, noch schärfere Strafen sein und eine kriminelle Bevölkerung, die immer weiter verroht. Doch eben dies waren die Anfänge des Problems. Tobende Mengen von – in jenem Stadium – meist männlichen Jugendlichen, bei besonderen Gelegenheiten wie öffentlichen Spielen und Spektakeln; die gelegentlichen, sporadischen, offensichtlich unmotivierten Gewalttätigkeiten der kleinen Gruppen – diese Symptome waren schwache Schatten der Dinge, die noch kommen sollten, Vorboten nur, obschon das öffentliche Leben der Städte schon verändert war und die Älteren den Verlust bürgerlicher Verhaltensnormen und öffentlicher Einrichtungen betrauerten. Man muß allerdings im Gedächtnis behalten, daß wir zwar auf ein Jahrhundert immer stärker werdender Barbarei, immer anwachsenden Schreckens zurückschauen, auf der anderen Seite aber Familien, die nichts anderes wollten, als ein Leben ohne Herausforderungen und dramatische Ereignisse zu führen, noch immer eine ruhige Straße und »Frieden« finden konnten, vorausgesetzt, sie hatten das Glück, in einer vergleichsweise geschützten und bevorzugten geographischen Gegend zu wohnen und vorausgesetzt, sie waren fähig zu dem gedanklichen Manöver, den Krieg und seine Folgen in etwas umzudenken, was woanders geschah und keinen Einfluß auf sie hatte; oder in etwas, das ihnen zugestoßen war, aber in der Zeit zwischen dem und dem Datum, und das dann von ihnen gewichen war.

In unzähligen Städten war es während dieser Epoche fast ununterbrochener Kriege, in der der ganze Reichtum Shikastas in den Krieg floß, in der jeder Nachrichtenkanal Neues über Kriege und Kriegsvorbereitungen ausgoß, möglich, über kurze Strecken hinweg in einem Zustand recht behag-

licher Illusionen zu leben, indem man sich einem andauernden geistigen Balanceakt unterzog.
Den Regierungen war dies nicht möglich; sie mußten sich dem Problem der Massen vorwiegend junger Menschen stellen, für die es keinerlei Aussicht auf Arbeit gab, die niemals gearbeitet hatten und deren Erziehung sie für nichts anderes als den Müßiggang tauglich machte.
Zu irgendeinem Zeitpunkt würde ihre Zahl so angewachsen sein, daß man weitaus mehr als gelegentliche und zufällige Gewaltakte, vandalistische Zwischenfälle erwarten mußte. Menschenmengen, Massen würden sich, wie auf ein Signal hin, aber ihrer eigenen Auffassung nach »zufällig«, durch Städte wälzen, alles zerschlagen, was ihnen in die Hände fiel, morden – im Vorübergehen und grundlos –, wen sie auf der Straße fanden, und sich nach dem Ende der Zerstörungsorgie verdrossen und verwirrt nach Hause trollen. Horden oder kleine Armeen oder Banden oder sogar kleine Gruppen würden auf dem Lande wüten, Tiere töten, Maschinen umstürzen, Getreide verbrennen, ein Chaos anrichten.
Es war klar, was geschehen mußte. Und es geschah. Reihenweise wurden diese potentiellen Brandstifter und Verwüster in verschiedene militärische Organisationen mit Zivilbezeichnungen aufgenommen; getan wurde das, was regelmäßig in Zeiten solchen Tumults auf Shikasta stattfand: Der Dieb wurde eingesetzt, den Dieb zu fangen, Plünderer wurden von Plünderern kontrolliert, in Uniformen gesteckt und zu Staatsdienern ernannt.
Aber es würden immer mehr und noch mehr werden ... es *wurden* mehr und immer mehr: Millionen und Abermillionen.
Armeen haben ihre eigenen Gesetzmäßigkeiten, ihre eigene Logik, ihr eigenes Leben.
Jede Regierung, die Männer oder Frauen in Uniformen steckt, sie an einem Ort sammelt und ihrer Disziplin unterwirft, weiß, daß diese Massen unaufhörlich und kräftig gedrillt werden müssen, um ihre Energien *in sichere Bahnen*

zu lenken: nur wenige Shikaster verstanden die volle Bedeutung dieser Redewendung, obwohl sie es hätten können und sollen. Massen von Individuen unter militärischen Bedingungen sind keine Individuen mehr, sondern gehorchen anderen Gesetzen, und man darf ihnen keinen Müßiggang gestatten, sonst fangen sie an zu brennen, plündern, zerstören, vergewaltigen, allein aus der Logik der unterschiedlichen Massenkräfte.

Gegenmaßnahmen gab es nur wenige und wenig wirkungsvolle, zumindest auf die Dauer gesehen. Eine davon war, nicht nur *eine* Armee aufzustellen, die einem Leitspruch, einem Führer, einer Idee verpflichtet war, sondern möglichst viele und in vielen Uniformen. In jeder Region gab es Dutzende verschiedener Unterarmeen, die darin bestärkt wurden, sich als voneinander unterschiedlich zu betrachten. Und darin bestärkt, auf möglichst viele Arten miteinander zu konkurrieren. Sportwettkämpfe, öffentliche Spiele, Kampfübungen, Trecks, Wanderungen, Bergbesteigungen, Marathonläufe – ganz Shikasta wimmelte von energiegeladenen jungen Menschen in tausend unterschiedlichen Uniformen, die tatendurstig und ohrenbetäubend in Disziplinen miteinander wetteiferten, die unter Aufwand größter Wachsamkeit der offiziellen Stellen im Bereich des Harmlosen gehalten wurden.

Und immer noch vermehrten sich die Millionen.

Noch verstärkt wurden die Reichtümer des Planeten auf den Krieg, auf Nichtproduktives verschwendet.

Die Armeen wurden mit Nahrung und Kleidung versehen, man kümmerte sich um sie, doch die Bevölkerung außerhalb der Armeen wurde immer schlechter ernährt, und es gab immer weniger Waren, die ausreichend vorhanden waren. Terrorisiert von ihren »Beschützern«, vollständig abhängig von der Willkür der uniformierten Massen, versanken die Zivilisten, die Nichtorganisierten, die Nichtinstitutionalisierten immer tiefer in hilfloser Bedeutungslosigkeit.

Der Bruch zwischen den Jungen – in ihren Uniformen oder

in Erwartung darauf – und den Alten, oder sogar den Menschen mittleren Alters, war fast absolut. Die älteren Menschen wurden in zunehmendem Maße einfach unsichtbar für die Jungen.

An der Spitze dieses Gebildes befand sich die privilegierte Klasse der Techniker und Organisatoren und Manipulatoren mit oder ohne Uniform. Eine internationale Schicht hochspezialisierter Technologen, die Planer und Organisatoren des Ganzen, bekamen Nahrung und Häuser, reisten unbegrenzt herum, berieten sich unaufhörlich und spannten von einem Land zum anderen ein Netz von Experten und Verwaltern, deren Wissen um die verzweifelte Lage Shikastas die ideologischen und nationalen Barrieren untereinander zu einem Nichts zusammenschmelzen ließ, während sich in den darunterliegenden Schichten diese Barrieren zunehmend intensivierten und verfestigten. Denn den sich gegenseitig drängenden und einengenden unteren Volksschichten wurden die Slogans und Ideologien mit der Luft, die sie atmeten, zugeführt, und nirgends war es möglich, sich davon freizumachen.

Diese Myriaden von Jugendarmeen mit ihren vielfarbigen Uniformen oder zumindest Bannern und Abzeichen waren nur einer der vorkommenden Armeetypen.

In jedem Land gab es kleine, spezialisierte Armeen, die ganz anders als die Jugendlichen ausgebildet waren. Die Funktion dieser Armeen war, wirklich zu kämpfen. Hochentwickelte Technologien hatten Massenarmeen der alten Art überflüssig gemacht. Diese spezialisierten Armeen bestanden meist aus Söldnern, das heißt Freiwilligen mit einer Neigung zum Töten oder Erfahrungen aus früheren Kriegen oder dem Bedürfnis nach einem Vorwand für das Ausleben barbarischer Neigungen.

Obwohl die meisten Mitglieder in den Jugendarmeen sehr wenig Erziehung und Ausbildung genossen hatten und diese von keinerlei Belang für die Probleme waren, denen sie sich gegenübersahen, bedeutete dies nicht, daß sie von Indoktrinierung unberührt geblieben wären, im Gegenteil, eine solche hatte durch die Propagandamedien äußerst gründlich stattgefunden, abgezielt vor allem auf die Tugenden der Anpassungsfähigkeit und Fügsamkeit. Die verschiedenen Formen der Indoktrinierung stimmten nicht immer mit dem überein, was ihnen in den Armeen aufgezwungen wurde. Und man darf nicht vergessen, daß auch die einfachsten und grundlegendsten Tatsachen, die im letzten Teil des Jahrhunderts der Zerstörung den jungen Shikastern beigebracht wurden, genauer – näher an der Wahrheit – sein mußten als alles, woran ihre Väter und Großväter sich nur annähern konnten. Um ein Beispiel zu nennen: die gewöhnlichen, serienmäßig hergestellten Landkarten, die in den Klassenzimmern benutzt wurden: was sie an Informationen hergaben, übertraf hinsichtlich der Genauigkeit und Differenziertheit die kühnsten Vorstellungen von Geographen drei oder auch nur zwei Jahrzehnte zuvor. Und die Geographie ist nun einmal der Schlüssel zum Verständnis elementarer Tatsachen – in stärkerem Maße, als sich die meisten Shikaster vorstellen können. Wie lückenhaft gebildet und schlecht informiert ein Jugendlicher auch sein mochte, die Tatsachen hatte er parat, die auf alle mögliche Art und Weise, ob offensichtlich oder implizit, die Propaganda widerlegten, die auf ihn einströmte.

Zur Regel wurde jetzt, was die Shikaster früher einmal im Jahrhundert der Zerstörung als »Doppelzüngigkeit« bezeichnet hatten. Einerseits benutzten alle Shikaster die Sprachen und Dialekte der Indoktrinierung, und zwar mit Geschick, zum Zweck der Selbsterhaltung; andererseits benutzten sie gleichzeitig die Ideen und Sprachen der Tatsachen, der anwendbaren Methode der praktischen Information.

Unausbleiblich werden in Epochen, in denen die Sprachen und Dialekte einer Kultur durch praktische Entwicklungen überholt worden sind, diese Sprachen repetitiv, formalisiert und – lächerlich. Sätze, Wörter, Satzgefüge spulen sich automatisch ab, aber sie haben keine Wirkung: Sie haben ihre Kraft, ihre Energie verloren.

Sehr bald geschah, was jede einzelne Regierung vorausgesehen, befürchtet und zu verhindern versucht hatte: Die Jugendarmeen begannen anstelle der offiziell ernannten ihre eigenen Führer zu wählen. Diese jungen Männer und Frauen waren aufgrund des immer noch zugänglichen Informationsflusses (obwohl die Regierungen versuchten, ihn zu unterbinden) in der Lage, die Mechanismen der Organisationen, denen sie angehörten, zu verstehen und die Methoden, die benutzt wurden, um sie zu kontrollieren, in anderen Worten: ihre Abhängigkeit. All das versuchten sie der Masse zu erklären.

Sehr schnell betrieben die Jugendlichen etwas, das man als Selbstaufklärung über die eigene Situation und als Selbsterziehung beschreiben könnte. Daß sie angewiesen wurden, miteinander zu konkurrieren, einander als Feinde zu begreifen; daß ihnen nicht erlaubt wurde oder sie zumindest nicht darin unterstützt wurden, miteinander zu verkehren; daß sie gelehrt worden waren, Uniformen und Abzeichen, die nicht ihre eigenen waren, als Kennzeichen des Fremden, zu Fürchtenden zu sehen; daß allein ihre Existenz die Regierungen zittern ließ; daß die Ordnung, die Organisation, jeder Augenblick ihres Lebens eine Funktion ihres Überflüssigseins, ihrer Nutzlosigkeit in den Prozessen, die die wahren Reichtümer hervorbrachten, ihrer Wertlosigkeit für die Gesellschaft war, all das lehrten sie sich selbst.

Doch das Verständnis ihrer Situation trug nicht zu deren Verbesserung bei.

Sie hatten das Unglück, in einer Welt jung zu sein, in der ständig anwachsende Menschenmengen einander die wenige Nahrung streitig machten, in der es keine Aussicht auf Verbesserung der Zustände gab, außer durch den Tod von großen Menschenmassen, und in der man den nächsten Krieg mit absoluter Sicherheit erwarten mußte.

Von Land zu Land, über ganz Shikasta zogen die Repräsentanten der Jugendarmeen, ihre eigenen Repräsentanten, berieten, erklärten, errichteten Organisationen und Über-

einkünfte, die die Verordnungen und Verfügungen der herrschenden Schicht, der Experten und Verwalter unterminierten oder ihnen zuwiderliefen – und es war, als erhebe sich überall auf Shikasta ein lautes Geheul der Verzweiflung.
Denn was konnte man tun, um diese Welt zu verändern, deren Erbe die Jugend angetreten hatte?
Sie verrannten sich immer tiefer in einen verdrossenen und hoffnungslosen Abscheu vor den älteren Leuten, in denen sie nichts anderes sehen konnten als zutiefst Schuldige – und begannen, als sie schließlich ihre Macht erkannten, ihren Vorgesetzten, den Regierungen, den Herrschenden Shikastas Vorschriften zu machen. Wie schon so viele Male vorher auf Shikasta geschehen, war das Militär für den korrupten und schwachen Staat zu stark geworden. Nur geschah es dieses Mal weltweit. Die Regierungen und die von ihnen abhängigen Klassen militärischer und technischer Experten versuchten vorzutäuschen, daß dies nicht der Fall sei, und hofften, daß irgendein Wunder – vielleicht sogar eine technische Neuentdeckung – sie retten könnte.
Die Armeen überzogen ganz Shikasta. Währenddessen verbreiteten sich die Seuchen unter den Menschen und unter dem, was an Tierarten noch übrig war, unter den Pflanzen. Währenddessen begannen die Millionen unter den Angriffen der Hungersnöte zusammenzuschrumpfen. Währenddessen füllten sich die Gewässer und die Luft mit Giften und Krankheitsstoffen, und es gab keinen Ort mehr, der sicher war. Währenddessen verursachten alle möglichen kosmischen Gleichgewichtsstörungen, durch die manische Hybris der Menschen hervorgerufen, immer neue Naturkatastrophen.
Unter den Menschenmengen arbeiteten unsere Beauftragten und Diener, still, gewöhnlich unsichtbar; manchmal, aber selten, öffentlich: Canopus arbeitete, wie wir das immer getan haben, seine Rettungs- und Reformpläne aus.
Und auch die Agenten Shammats bewegten sich dort. Und die von Sirius. Und die der Drei Planeten – alle ihre eigenen

Interessen verfolgend, ohne Wissen und zum größten Teil unsichtbar für die Bewohner Shikastas, die diese außerirdischen Wesen nicht zu erkennen wußten, waren sie nun Feind oder Freund.

RACHEL SHERBANS TAGEBUCH

Unsere Familie hat die vier kleinen Zimmer an der Ecke dieses Lehmhauses, wenn das das richtige Wort ist für ein Gebäude, das aus kleinen Zimmern besteht mit Türen hinaus auf die Straße und nach innen auf den gemeinsamen Hof. Ich kann mir nicht vorstellen, daß hier nur eine Familie leben sollte, es sei denn mit Dutzenden von Familienmitgliedern wie jene russischen Familien oft in Romanen. Das bedeutet also, daß das Haus für viele arme Familien gebaut wurde. Über unseren Zimmern ist unser Dachanteil. Es gibt außer uns noch sechs andere Familien, jede mit ihrem Stück Dach, das von den anderen durch niedrige Mauern abgetrennt ist, hoch genug, um jemanden zu verbergen, der liegt oder sitzt, aber nicht, wenn er steht. Mutter und Vater haben ein winziges Zimmer. Benjamin und George haben ein weiteres. Ein Kämmerchen ist für mich. Dann ist da noch das Zimmer, in dem wir essen und sitzen, wenn wir nicht auf dem Dach sind. Die Kochstelle ist draußen. Es ist eine Art Herd aus Lehm.
Wir vertragen uns mit allen Familien, aber mit Shireen und Naseem sind wir richtig befreundet. Shireen bewundert Olga. Und Shireens Schwester Fatima liebt mich.
Naseem ging zur Schule und war gut. Er ist klug. Er wollte Physiker werden. Seine Eltern sparten sich alles vom Munde ab, damit er auf dem College studieren konnte, aber sie hinderten ihn nicht daran zu heiraten, und so hatte er eine Frau und ein Kind, bevor er zwanzig war. Dies ist eine westliche Art, die Dinge zu sehen. Er mußte sie versorgen, deshalb arbeitet er als Büroangestellter. Er sagt, es war Glück, daß er diese Arbeit gefunden hat. Jedenfalls hat er ein regelmäßiges Einkommen. Ich überlege oft, wie ihm das wohl vorkommt, daß er als Büroangestellter arbeiten muß, von sieben Uhr mor-

gens bis sieben Uhr abends, und eine Frau und fünf Kinder hat, wo er doch erst fünfundzwanzig ist.
Ich verbringe viel Zeit mit Shireen und Fatima. Wenn Naseem zur Arbeit geht und alle Männer außer den alten das Haus verlassen, gehen die Frauen beieinander ein und aus, und die Babys und Kinder scheinen allen zusammen zu gehören. Die Frauen schwatzen und kichern, streiten und versöhnen sich wieder. Alles ist sehr vertraulich. Manchmal finde ich es schrecklich. Wie eine Mädchenschule. Wenn Frauen unter sich sind, kichern sie immer und werden kindisch und stecken einander kleine Leckerbissen zu. Ob im Osten oder Westen. Wenn Shireen nichts im Haus hat außer zwei oder drei Tomaten und Zwiebeln und einer Handvoll Linsen und sie keine Ahnung hat, was sie heute für ihre Familie kochen soll, macht sie daraus ein kleines Brisolett für eine gute Freundin gegenüber. Und diese Frau streut ein wenig Zucker über etwas Joghurt und schenkt es Shireen. Es ist immer ein kleines Festmahl, auch ein Löffel Joghurt mit sieben Körnchen Zucker. Sie verwöhnen einander, liebkosen einander, machen einander kleine Geschenke. Dabei haben sie nichts. Es ist charmant. Ist das das richtige Wort? Nein, wahrscheinlich nicht.
Shireen ist immer müde. Sie hat ein Geschwür an einer Brust, das heilt und dann wieder aufbricht. Sie hat Gebärmuttersenkung. An schlechten Tagen sieht sie wie vierzig aus. Naseem kommt müde nach Hause, und sie streiten und schreien sich an. Sie kreischt. Er schlägt sie. Dann weint er. Sie weint und tröstet ihn. Die Kinder weinen. Sie sind hungrig. Fatima kommt herein und läuft wieder hinaus, jammert und ruft Allah an. Sie sagt, Naseem ist ein Teufel. Dann, daß Shireen einer ist. Dann küßt sie sie, und alle weinen noch ein bißchen. Das ist Armut. *Nicht einer dieser Menschen hat je genug zu essen gehabt. Sie sind nie richtig ärztlich betreut worden. Sie wissen nicht, was ich meine, wenn ich ärztliche Betreuung sage. Sie glauben, es bedeutet das große, neue Krankenhaus, das so schlecht organisiert ist, daß es eine Todesfalle ist und man dort wie ein Idiot behandelt wird. Sie gehen nicht dorthin. Wenn sie krank sind, können sie sich höchstens Ammenmärchen und alte Hausmittel leisten. Ein*

*Arzt, der sich wirklich um sie kümmert, ist zu teuer. Shireen ist wieder schwanger. Sie freuen sich. Nachdem sie sich gestritten haben, höre ich sie lachen. Dann kommt eine Art derbe, gereizte gute Laune. Das bedeutet, daß sie miteinander schlafen werden. Ich habe Shireen mit Liebesflecken auf den Wangen und am Hals gesehen, und dann errötet Fatima, die unverheiratete Schwester, und die verheirateten Frauen necken Shireen damit. Sie ist stolz. Obwohl sie immer Rückenschmerzen hat und müde ist, ist sie munter und phantastisch mit den Kindern. Außer manchmal. Das ist, wenn sie so erschöpft ist, daß sie dasitzt, sich hin und her wiegt und weint und stöhnt. Dann spricht Fatima ihr gut zu und arbeitet noch mehr als gewöhnlich, obwohl sie immer sehr hart arbeitet, um Shireen zu helfen. Dann liebkost Naseem sie und flucht und ist ärgerlich, daß sie so abgespannt ist. Und dann gibt es zwischen ihnen noch mehr Gelächter und Streit. Es ist merkwürdig, dieses Anschwellen und Abebben. Es ist mir ein Rätsel. Ich verstehe es überhaupt nicht. Ich beobachte sie und möchte verstehen. Sie achten einander. Sie sind zärtlich zueinander. Weil ihr Leben so hart ist und so schrecklich und er nie Physiker werden kann oder etwas anderes als ein kleiner Büroangestellter. Oft wird er ganz verrückt, wenn er daran denkt. Und sie wird mit vierzig eine alte Frau sein. Und einige ihrer Kinder werden tot sein. Mutter sagt, daß zwei so schwach sind, daß sie nicht am Leben bleiben werden. Weil keines der Kinder genug richtige Nahrung bekommen hat, haben sie vielleicht Hirnschäden, sagt Mutter.
Manchmal sehe ich eine alte Frau und denke, daß sie mindestens siebzig sein muß, und dann stelle ich fest, daß sie vierzig ist und zehn Kinder hatte, von denen vier gestorben sind, und daß sie Witwe ist.
All das halte ich nicht aus. Ich verstehe es nicht.
Ich komme aus dem Westen und glaube an die Gleichberechtigung der Frau. Ich bin gleichberechtigt. Olga auch. Aber wenn Olga mit Shireen und Fatima zusammen ist, ist sie genau wie sie. Sie lacht und ist lustig und vertraulich. Diese Frauen haben es herrlich. Sie lachen über sich selbst um nichts und wieder nichts. Ich beneide sie. Ob man es glauben will oder nicht. Ei-*

gentlich müßten sie unglücklich und niedergedrückt sein. Das sind sie auch. Die Ärmsten der Armen. Und ihre Männer auch. Wenn man ihr Leben, das bis zum Gehtnichtmehr eingeschränkt ist, mit dem vergleicht, woran ich mich nur zu deutlich aus Amerika erinnere, ist mir zum Kotzen. Diese feiste Gewöhnlichkeit! Wenn die Frauen hier eine alte amerikanische Zeitschrift in die Hände bekommen, eine Frauenzeitschrift, hocken sie sich alle drum herum und lachen und freuen sich daran. Eine zerfetzte alte Illustrierte, wie man sie beim Zahnarzt durchblättert und dann denkt, was für ein Haufen von Mist, behandeln sie mit so viel Hochachtung. Jede schundige Reklame bedeutet für sie tagelang Unterhaltung. Sie nehmen so eine Reklameseite und stellen sich vor den einzigen Spiegel im ganzen Gebäude. Es ist ein altes Ding mit Sprüngen, und die Frau, der er gehört, nimmt es ganz selbstverständlich hin, daß jeder ihn benutzt. Sie drapieren irgendein billiges Kleid um eine von ihnen, stecken die Reklame dazu und lachen.
Ich schaue zu und denke daran, wie wir alles wegwerfen und nichts uns gut genug ist.
Manchmal sagen sie, sie wollen Sprachen lernen wie ich, die kluge Rachel, und sie setzen sich hin, und ich lege mit Französisch oder Spanisch los. Sie sitzen da, und die ganzen Kinder drängen sich herum und wollen Aufmerksamkeit, dann muß eine gehen und dann eine andere. Ich sitze da und teile meine fabelhaften Sätze aus, und sie wiederholen sie. Aber wenn ich das nächste Mal eine Stunde gebe, sind schon weniger da und dann nur noch eine oder zwei. Fatima lernt Spanisch von mir. Sie sagt, sie könnte eine bessere Arbeit bekommen, als sie jetzt hat. Sie ist Putzfrau. Wenn man ein siebzehnjähriges Mädchen so nennen kann. Mit den Sprachstunden sind wir nicht sehr weit gekommen, aber sie waren jedenfalls immer lustig.
Shireen freut sich sehr darüber, daß sie ein Kind bekommt, obwohl sie so müde ist, daß sie sich kaum auf den Beinen halten kann, und es noch weniger Essen für alle bedeutet. Und sie macht sich ständig Sorgen, weil es an der Zeit ist, daß Fatima heiratet.

Fatima ist sehr schlank und nicht hübsch, aber auffallend. Sie kann sich gut zurechtmachen. Sie benützt Kajal und Henna und Rouge. Sie hat zwei Kleider. Sie wäscht sie oft und geht achtsam damit um. Benjamin sagt, sie sind reif für den Trödler. Typisch! Ich kann es nicht leiden, wenn Benjamin irgendwie in die Nähe von diesen Leuten kommt. Sie sind alle so zierlich und elegant und beweglich. Wie Luft, weil sie nie genug zu essen haben. Und dann kommt Benjamin wie ein großer, brauner, zotteliger Bär. George paßt zu ihnen. Er ist wie sie. Schlank und schnell.
Benjamin weiß, daß er fehl am Platz ist und daß sie ihn anstaunen, deshalb bleibt er weg.
Shireen möchte, daß Fatima einen Freund von Naseem heiratet, der im selben Büro angestellt ist. Naseem glaubt, daß er sie heiraten wird. Sie machen Witze darüber. Naseem sagt: Hab doch ein Herz! oder etwas Ähnliches. Warum willst du, daß das arme Ding heiratet und sich all dieses Elend aufbürdet? Und zeigt auf Shireen und die fünf Kinder. Er lacht. Sie lacht. Fatima lacht. Wenn ich da bin und nicht lache, fallen sie alle über mich her und necken mich und sagen, ich sehe so ernst und langweilig aus, bis ich doch lache.
Und dann kommt eine plötzliche Welle schwarzer Bitterkeit. Es ist furchtbar, eine Gereiztheit fährt in Naseem und Shireen, und sie hassen einander. Die Kinder wimmern und jammern. Die beiden Zimmer scheinen voller Schmutz von den Kindern und Erbrochenem und Schlimmerem. Fliegen. Essensreste. Es ist scheußlich, schmutzig und gräßlich.
Dann witzelt Naseem, daß sein Freund Yusuf vielleicht mich anstelle von Fatima will, weil ich wenigstens gebildet bin und ihm ein Luxusleben bieten kann. Worauf Fatima mich in das Kämmerchen ruft, das sie mit den drei älteren Kindern teilt, und sie nimmt ihr bestes Kleid von einem Haken in der Lehmwand. Es ist ein dunkelblaues Kleid aus einem weichen Stoff, sehr abgetragen. Es riecht nach Fatima und ihrem Parfüm, schwer und sehnsüchtig. Das Kleid ist in herrlichen Farben wunderschön bestickt. Fatima hat das Kleid genäht und bestickt. Dieses Kleid ist etwas Wichtiges in ihrem Leben. Sie be-

*hängt mich mit goldenen Ohrringen, lang, bis zur Schulter, und dann vielleicht hundert Armreifen. Gold, Glas, Messing, Kupfer, Plastik. Gelb, rot, blau, rosa, grün. Der goldene Armreif und die Ohrringe sind für Fatima sehr wertvoll, sie sind ihre Mitgift. Aber sie legt sie mir an und ist entzückt.
Dies ist mehrmals geschehen. Sie tut es sehr gern. Es ist, weil sie mich bewundert, dafür daß ich so viel gelernt habe und tun kann, was ich will. Glaubt sie. Sie findet mich wunderbar. Mein Leben scheint ihr ganz unverständlich und höchst erstaunlich.
Gestern nachmittag legte sie mir all das an und schminkte dann meine Augen. Sie malte mir die Lippen mit einem dunklen schwülen Rot an wie einer Dirne. Sie stellte mich vor den zersprungenen Spiegel im Zimmer der Nachbarin, und die Frauen versammelten sich und schauten zu. Sie waren alle aufgeregt und begeistert. Dann führte sie mich zurück in die Zimmer ihrer Schwester, und ich mußte mich setzen und auf das Abendessen warten. Yusuf sollte kommen. Ich sagte, sie sei verrückt. Aber es war der falsche Ton, das merkte ich. Sie mußte es tun. Shireen war währenddessen ganz die Überlegene und lächelte. Naseem kam nach Hause, erschöpft. Dünn wie ein Strich, weil er das Wenige, was für ihn ist, nicht selbst ißt, sondern es immer den Kindern gibt. Er lacht, als er mich sieht. Dann kommt Yusuf herein. Er sieht gut aus, hat dunkle, feuchtschimmernde Augen. Ein Scheich aus Arabien. Er lacht. Er tut, als sei ich seine Braut. Es ist lustig und süß. Als ob jeder dem anderen etwas verzeiht. Ich sage zu ihnen, ärgerlich, daß das alles blöd ist, weil ich überhaupt nicht die Absicht habe, zu heiraten. Aber es ist ganz falsch, das zu sagen, weil es eine Art Spiel ist. Sie erfinden ein Ereignis. Eine Möglichkeit. Ihr Leben ist so eng. Sie haben so wenig. Also, hier ist dieses verwöhnte westliche Mädchen Rachel. Sie mögen sie, wirklich! Aber sie müssen sie ein wenig lenken. Schließlich heiratet sie vielleicht wirklich Yusuf, wer weiß! Merkwürdige Dinge geschehen! Vielleicht verliebt sich Yusuf in Rachel! Vielleicht verliebt sich Rachel in Yusuf! Welche Romanze! Aber natürlich glauben sie das keinen Augenblick. Und so ist es eine Art gespielte Möglichkeit, es gibt kein böses Blut. Es war ein Festessen. Geschmortes Gemüse und Fleischbällchen.*

Sie essen fast nie Fleisch. Und ich hatte darauf bestanden, eine Süßspeise herüberzuholen, die Mutter für uns gemacht hatte. Es war eine Speisee aus Joghurt und Obt. Shireen ließ die Kinder aufbleiben, damit sie nach ihrem Anteil am Fleisch und Gemüse auch noch etwas davon bekommen sollten. Sie mußte diese Möglichkeit nutzen, ihnen etwas Nahrhaftes zukommen zu lassen.
Da saß ich, aufgeputzt, ein Opferlamm. Es war ein herrliches Essen. Es schmeckte wunderbar. Und die ganze Zeit war ich voller Wut. Nicht auf sie. Auf die Schrecklichkeit dieser Armut. Auf Allah. Auf alles. Und es war so lächerlich, weil Fatima und Yusuf genausogut schon verheiratet sein könnten. Diese starke körperliche Sache ist da, und die Feindseligkeit. Sie streiten sich, als seien sie verheiratet und einander sicher.
Nach dem Essen löste sich die Feststimmung auf. Die Kinder waren aufgedreht und gingen uns auf die Nerven. Alles war unordentlich. Naseen und Yusuf gingen in ein Café. Shireen brachte die Kinder ins Bett. Fatima räumte auf. Dann setzte sie sich zu mir und sagte: Magst du ihn, Rachel? Ganz ernsthaft, aber sie lachte dazu. Ich sagte: Ja, ich mag ihn, und ich krieg ihn! Ach, du willst ihn also heiraten? Ja, ich will ihn heiraten, sagte ich. Sie lachte, schaute aber ernst, falls es doch eine unter tausend Chancen gäbe, daß ich es wirklich meinte. Ich küßte sie, damit sie verstand, daß ich ihren Yusuf natürlich nicht heiraten würde. Die ganze Zeit hätte ich am liebsten geheult und geweint. Wenn ich recht überlege, finde ich mich selbst sehr kindisch und sie alle gar nicht.
Dann nahm Fatima mich mit hinaus auf den Hof.
Es war eine Nacht mit einem Mond, die letzte Nacht.
Menschen saßen zusammen in den Schatten des Hofs. Wir setzten uns an den Teich. Es ist ein winziges rechteckiges Becken. Die Lilien in dem irdenen Topf am einen Ende dufteten stark. Olga war auch da, sie saß still in der Dämmerung. Sie hatte eines der Babys auf dem Schoß. Es schlief. Ich weiß nicht, wo George war und Benjamin. Olga wußte, daß ich bei Shireen und Naseem und Fatima war, weil ich darum gebeten hatte, die Süßspeise mit hinzunehmen. Sie wußte das mit Yusuf. Sie

machte sich Sorgen, ob ich mich wohl gut benommen hatte. Sie wollte nicht, daß ich sie verletzte.
Als ich herauskam und mich mit Fatima an den Teich setzte, schaute sie mir ins Gesicht, um zu sehen, ob ich mich gut benommen hatte. Ich warf ihr einen Blick zu, der bedeutete: Ja, das habe ich.
Der Mond stand über uns. Er hätte sich eigentlich im Teich spiegeln müssen. Aber auf dem Wasser lag Staub. Und kleine Zweige. Und Papierschnipsel. Das Wasser ist nie sauber. Die Frauen nehmen ihre Kinder, wenn sie sich schmutzig gemacht haben, und waschen sie hier. Oder jemand beugt sich hinunter und spritzt sich Wasser ins Gesicht, wenn es heiß ist. Olga hat einmal vorsichtig versucht, die Leute daran zu hindern, das Wasser zu benützen, aber sie hat es aufgegeben. Sie sagt, sie müssen inzwischen immun gegen alle Keime sein. Fatima beugte sich nach vorn und fing vorsichtig an, mit der Kante ihrer Handfläche den Staub und Unrat vom Wasser zu schöpfen. Dann kam Shireen aus ihrer Wohnung, und sie setzte sich neben Fatima und schöpfte auch den Staub ab. Sie wußte, was Fatima vorhatte, aber ich nicht. Olga wußte es auch nicht. Sie hatten offensichtlich etwas vor. Es ging eine Weile so. Die Leute saßen ruhig da, müde nach dem heißen Tag, und beobachteten die Schwestern, wie sie ihre Handflächen benützten, um den Staub abzuschöpfen, und überlegten, was wohl geschehen würde.
Dann kam Naseem vom Café zurück. Er war nur eine Stunde fortgewesen. Er war müde und gähnte in einem fort. Eine Weile stand er an eine Wand gelehnt und schaute den Schwestern zu. Dann setzte er sich neben seine Frau, dicht, aber nicht zu dicht, denn sie wahren ihre Würde in der Öffentlichkeit. Er saß dicht, weil er es gern wollte. Sein Bein und Schenkel war bestimmt zehn Zentimeter von Shireens übergeschlagenen Beinen entfernt, aber ich spürte die Wärme ihrer Nähe zueinander. Ich spürte das Verstehen zwischen ihnen in ihrem Fleisch. Jeder war sich des anderen bis ins kleinste bewußt, obwohl sie sich kaum ansahen und Shireen weiter das Wasser säuberte. Ich war erstaunt über das, was da zwischen ihnen war. Ich meine darüber, wie stark es war. Wenn ich es nur verstehen könnte. Diese bei-

den, die dort in der Dämmerung am Rande des kleinen Wasserbeckens saßen, im Licht des Mondes, der herunterschien – wir anderen hätten genausogut gar nicht dasein können. Ich weiß nicht, wie ich es sagen soll. Ich starrte sie an und versuchte doch, es nicht zu tun.
Und die ganze Zeit schöpfte Shireen eifrig weiter, und Fatima schöpfte eifrig weiter. Und ich saß da, aufgeputzt und geschmückt. Dann war das Becken klar. Es war eine kleine dunkle Wasserfläche mit einem Streifen Mond, der hell hineinschien.
Dann kamen Fatima, lächelnd und begeistert, und Shireen, lächelnd und froh, zu mir her, jede auf eine Seite und schoben mich sanft vorwärts, ich sollte in das Becken schauen.
Ich wollte nicht. Ich kam mir lächerlich vor. Aber ich mußte. Naseem saß da, mit gekreuzten Beinen, wach, beobachtend, lächelnd, schön.
Ich mußte mich anschauen. Ich war schön. Sie ließen mich schön aussehen. Ich sah viel älter aus, nicht wie fünfzehn. Ich war eine richtige Frau nach ihrer Art. Ich fand das Ganze schrecklich. Ich hatte das Gefühl, als ob Shireen und Fatima mich festhielten und mich in eine entsetzliche Schlinge oder Falle zögen. Aber ich hatte sie gern. Ich hatte das starke körperliche Verstehen zwischen Naseem und Shireen gern, und ich wollte daran teilhaben oder zumindest wissen, was es war. Es war nicht nur sexuell, o nein.
Die Mädchen stießen bewundernde Schreie über mein Spiegelbild aus und klatschten leicht in die Hände und forderten Naseem auf, sich vorzubeugen und in das Becken zu schauen, und dann klatschte er in die Hände, ein wenig spöttisch und ein wenig ernst. Und die anderen Leute um das Becken herum lächelten.
Ich hatte Angst, daß George hereinkommen könnte und dieses Verkleidungsspiel sehen. Weil er nicht miterlebt hatte, was dazu geführt hatte. Ich spürte, wie mir die Tränen in die Augen traten, und ich hoffte, niemand würde es merken. Aber natürlich merkten Shireen und Fatima es. Sie beschwichtigten und küßten mich und strichen mir die Tränen von den Wangen, mit

ihren Händen, die noch feucht vom Wasser waren, und sagten, ich sei schön und wunderbar.
Derweil saß Olga da und schaute zu und hielt das schlafende Baby auf dem Schoß. Sie lächelte nicht. Oder richtiger: Weder lächelte sie noch lächelte sie nicht.
Olga, das schreibe ich hier als Tatsache auf, ist nicht schön. Weil sie immer müde ist und keine Zeit hat. Olga sieht englisch aus trotz ihrer indischen Mutter. Sie wirkt untersetzt und kräftig. Sie hat gefärbtes blondes Haar, das nicht immer ordentlich gefärbt ist. Sie hat dunkle Augen, die vernünftig und nachdenklich sind. Sie ist im Grunde genommen zu dick. Das kommt daher, daß sie manchmal den ganzen Tag vergißt zu essen, und dann geht sie heißhungrig an den Vorratsschrank und stopft Brot in sich hinein oder was sonst da ist, um satt zu werden. Es ist ihr egal. Oder sie ißt pfundweise Obst oder süßes Zeug statt einer richtigen Mahlzeit, wenn sie einen Bericht schreibt.
Sie hat hübsche Kleider, die sie alle auf einmal kauft, um es hinter sich zu haben, aber dann vergißt sie, sie ordentlich zu behandeln.
Sie saß da und schaute ihre Tochter an, die so schön war und so exotisch.
Sie interessierte sich sehr für das Ganze. Ich wußte genau, daß sie dachte, daß all das gut für mich sein würde. Mich weiterbringen würde. Genauso wie das Leben in diesem armen Gebäude, in diesem armen Stadtteil gut für uns ist.
Ich konnte nicht aufhören zu weinen. Es machte die Mädchen sehr betroffen. Plötzlich verstanden sie alles nicht mehr. Bald winkte Naseem ihnen zu, mit ihm in ihre Wohnung zu kommen, aber vorher umarmten und küßten Fatima und Shireen mich liebevoll und fürsorglich, und ich hätte am liebsten noch lauter geheult.
Ich blieb am Rand des Beckens sitzen. Olga auch. Dann gingen die anderen hinein, um zu schlafen. Sie müssen alle früh aufstehen, und sie sind müde von ihrem schweren Leben.
So blieben Olga und ich allein zurück. Ich beugte mich vor und schaute mir die bezaubernde Schönheit genau an. Ich bin im letzten Jahr dünn geworden. Manchmal schaue ich mich nackt

*an. Die Königin von Saba hat mir nichts voraus. Busen und Lilien und Kelch und Nabel und alles. Aber ich will es nicht. Wie könnte ich mir wünschen, erwachsen zu sein und zu heiraten und sechs Kinder zu kriegen und zu wissen, daß sie verhungern werden oder niemals genug zu essen bekommen.
Als keiner mehr da war außer Olga und mir und nicht mehr zu erwarten war, daß jemand auf den Hof kommen würde, tat ich etwas, das ich schon vorher gern getan hätte, aber nicht konnte, solange Shireen und Fatima da waren. Ich hatte sie zu gern.
Ich nahm ein wenig Sand aus dem Blumentopf um die Lilien und streute ihn leicht über die glatte Oberfläche des glänzenden Wassers. Leicht. Nicht viel. Eben genug, daß ich, wenn ich hineinschaute, die schöne exotische Miss Sherban, Rachel, die heiratsfähige Jungfrau, nicht mehr sehen konnte.
Olga schaute mir dabei zu. Sie sagte kein Wort.
Ich lehnte mich über das Becken, um mich zu versichern, daß ich mich nicht mehr sehen konnte, sondern nur noch den verschwommenen Umriß des schönen Mondes, der aus dem Sternenhimmel herunterschien.
Wenn Shireen und Fatima sich am nächsten Morgen erinnern und vielleicht hineinschauen würden, würden sie denken, daß die Winde Staub über den Himmel geblasen hätten und etwas davon in das Becken gefallen sei.
Olga stand auf und trug das Baby hinüber in das Zimmer, in das es gehörte. Dann kam sie, legte ihren Arm um mich und sagte: Jetzt komm, geh ins Bett. Und sie führte mich in unsere Wohnung. Sie umarmte mich und küßte mich. Sie sagte: Rachel, es ist wirklich nicht so schlimm, wie du denkst.
Sie sagte es humorvoll, aber ein wenig verzweifelt.
Ich sagte: Oh, doch.
Und sie ging ins Bett.
Ich ging hindurch zu meinem kleinen Lehmzimmer. Ich setzte mich auf die Türschwelle mit den Füßen draußen im Staub und beobachtete die Nacht. Ich hatte natürlich immer noch Fatimas bestes Kleid an, mit ihrem wertvollen Goldschmuck. Dieses Kleid anzuhaben, das sie tausendmal angehabt hatte, war etwas, das ich nicht beschreiben kann. Wenn es ein Wort dafür*

gibt, so kenne ich es nicht. Der Kleiderstoff war voll von Fatima. Aber das war es nicht. Es roch nach ihr und ihrer Haut und ihrem Geruch. Es war, als hätte ich ihre Haut über meine gezogen. Kein Kleid, das ich je gehabt habe, hätte sich so anfühlen können. Es hätte nie so wichtig sein können. Wenn ich ein Stückchen von diesem Stoff hätte, würde ich jederzeit, egal wo ich wäre, wenn ich es in einer Schublade oder Schachtel finden würde, sofort sagen: Fatima!
Das Gefühl des warmen weichen Stoffes auf meiner Haut brannte.
Ich kann dieses alte Bild verstehen von Frauen, die sich mit den Fingernägeln den Busen zerfleischen. Wenn ich nicht Fatimas kostbares bestes Kleid angehabt hätte, das sie braucht, um zu heiraten, hätte ich mir mit den Fingernägeln durch das Kleid hindurch den Busen zerkratzt. Und ich hätte mir die Wangen mit den Nägeln aufgekratzt, aber das Blut hätte Fatimas Kleid verdorben.
Ich saß die ganze Nacht da, bis das Licht anfing, grau zu werden. Ein paar Hunde liefen im Mondlicht herum. Die Hunde waren sehr dünn. Drei. Mischlinge. So dünn, daß sie gar keinen Bauch hatten, nur Rippen. Ich spürte ihren Hunger. Seit ich in diesem Land lebe, habe ich ein Feuer im Magen, das der Hunger ist, den, das weiß ich, fast jeder, den ich sehe, die ganze Zeit spürt, immer, auch im Schlaf.
Dann setze ich mich mit meiner Familie an den gedeckten Tisch und esse, weil es natürlich lächerlich wäre, es nicht zu tun. Aber jeder Bissen fühlt sich so schwer an und wie zuviel, und ich denke an die Menschen, die hungern. Ich bin sicher, auch wenn ich in einem Land lebte, in dem jeder immer genug zu essen hat, und dort schon jahrelang leben würde, dann hätte ich immer noch dieses Brennen in meinem Magen.
Ich bin heute nacht nicht ins Bett gegangen. Als die Sonne heraufkam, zog ich Fatimas schönes Kleid aus, faltete es zusammen und legte die Ohrringe und die vielen verschiedenen Armreife dazu. Später werde ich ihr alles hinüberbringen. Eines Tages, bald, vermute ich, werden Shireen und ich Fatima in dieses Kleid helfen, damit sie Yusuf heiraten kann.

Ein Brief von BENJAMIN SHERBAN *an einen Freund aus dem College*

Lieber Siri,
hier ist mein versprochener Bericht von dem Zirkus.
Am Nachmittag vor seiner Abreise »empfing« – leider das einzig richtige Wort! – George die Repräsentanten der drei Organisationen, die er vertreten sollte: der Jüdischen Armenpfleger (weiblich, schwarz); der Islamischen Vereinigung zum Schutz der Städte (männlich, ein sehr überheblicher Bursche, der eine Spielart von marxistischem Sozialismus – soweit ich sehe, teilt er sie mit vier weiteren Gesinnungsgenossen – mit einer Abstammung aus uraltem Adel verbindet, über die irgend jemand in Unwissenheit zu lassen er durchaus nicht beabsichtigt); des Vereinigten Christlichen Bundes junger Funktionäre für Bürgerschutz (weiblich, braun).
Diese drei vertrauten ihrem Delegierten unbegrenzte Mengen von Botschaften, Memoranden, Mahnungen, Warnungen und guten Wünschen an und enteilten darauf in vollster Zufriedenheit an drei verschiedene, weit auseinanderliegende Gegenden Marokkos.
Ich reise mit George, weil er darauf bestand, und bei unserer Ankunft wurden wir im Hause eines Professor Ishak untergebracht. Die üblichen ausufernden Plaudereien dauerten vom Einbruch der Dämmerung bis nach Mitternacht, und wieder schien George meine Unterstützung zu brauchen, sonst wäre ich zu Bett gegangen. Die Vor- und/oder Nachkonferenzfeierlichkeiten haben nie einen sonderlichen Reiz auf mich ausgeübt.
Über tausend Delegierte aus der ganzen Welt versammelten sich in der Allahs-Segen-Halle, die modern ist, klimatisiert, groß, umgeben von Snackbars, Cafés, Eßnischen, die für Ost wie West, Nord wie Süd reizvoll sind und wo alles vom Besten ist. Vom ersten Augenblick an wurden allerseits eifrigst die Leckereien ausprobiert, besonders aber von den Delegierten aus Westeuropa und ganz besonders von denen von den Britischen Inseln, die nur zu begierig scheinen, ein reichliches

Mahl, und sei es auch nur zur Hälfte, in sich hineinzustopfen, wann immer sich Gelegenheit dazu bietet.
Eröffnungsreden um 9 Uhr morgens. George hält eine. Gleiches Recht für alle. Nicht zuletzt für die Frauen. Die Hälfte der Delegierten sind Frauen und gar nicht übel aussehend, sogar für mein Kennerauge. Es gab fast soviel verschiedene Uniformen wie Delegierte, jeder Machart, die man sich vorstellen kann, es sah aus wie im Ausstellungsraum einer Kleiderfabrik. Medaillen blinkten, Bänder glänzten. Ist es wirklich möglich, daß soviel Heldenmut, Intelligenz, Vollkommenheit, Hingabe an jede nur denkbare Pflichtauffassung hier an einem Ort zu einer Zeit zusammenkamen?
Dein armer Freund befand sich nicht unter den Uniformierten. Ich hatte meine Post-Mao-Tunika an mit den Abzeichen unseres Colleges, George trug einen Baumwollanzug, der bei niemandem Ärgernis erregen konnte, und seine drei Abzeichen der Jüdischen Armenpfleger, der Islamischen Vereinigung zum Schutz der Städte und des Vereinigten Christlichen Bundes junger Funktionäre für Bürgerschutz, womit er schon jede Menge lokaler Interessen ausgestochen und ausmanövriert hatte, ohne überhaupt den Versuch zu machen. Er war natürlich schön wie der Abendstern (wie ich einigen Bruchstücken entzückten Geflüsters entnahm), und weit und breit gab es keine Menschenseele, ob männlich oder weiblich, die angesichts dieses einnehmenden und bescheidenen Mannsbilds ungerührt blieb.
Da der Gegenstand der Konferenz die allgemeine Zusammengehörigkeit, die Zusammenarbeit und der Austausch von Informationen, Freundlichkeit und Wohlwollen (und so weiter, und so weiter) unter den Jugendorganisationen der Welt ist, war es natürlich zunächst einmal nötig, bevor man sich an die gefährlichen Küsten der Einmütigkeit begab, Grenzen festzulegen, falsche Auffassungen beiseite zu räumen und Ansprüche abzustecken. Sofort begannen die wohlvertrauten verbalen Aggressionen (gähn, gähn).
Ins Kampfgetümmel stürzte sich die Kommunistische Jugendvereinigung (Abteilung Europa, Sektion 44) für Sport und Gesundheit mit ein paar Routineverweisen auf die räudigen

Hunde des Kapitalismus, faschistische Hyänen und sogenannte Demokraten.
Ein konventioneller, ja bescheidener Eröffnungszug.
Den Gegenschlag führte die Skandinavische Jugendsektion der Liga für den Schutz der Küsten mit Anspielungen auf die tyrannischen Unterjocher, die Gefangenenwärter der Gedankenfreiheit, die verderbten Umlenker der wahren Ströme aufsteigender menschlicher Entwicklung in die trüben Kanäle sich wiederholender Rhetorik.
Da fiel die Sowjetjugend im Dienste der Welt (Untergruppe 15) ein, mit opportunistischen Revisionisten und Straßenfegern der Reichtümer aus der Schatzkammer marxistischer Theorien.
Gaben sich die Delegierten der Sozialistischen Demokratischen Islamischen Vereinigung von Nordafrika etwa damit zufrieden zu schweigen? Heruntergekommene Erben einer korrumpierten revolutionären Ethik und Verpester der wahren Ideale des sozialistischen Erbes durch die selbsternannten Verwalter des Dogmas – das war das mindeste!
Und was sagten da die chinesischen Jugendrepräsentanten von Frieden, Freiheit und wahrer Selbstbestimmung? Das möchtest Du doch wissen, oder. Mit ernster Hingabe an die Exaktheit der Definition boten sie an: den Gebrauch von Aberglauben und archaischen religiösen Dogmen zur Versklavung der Massen und die leeren Aufschneidereien bankrotter Schachfiguren eines vorsintflutlichen ökonomischen Systems.
Beleidiger der absoluten und ewigen Wahrheiten des Korans!
Losgelassene Unterdrücker!
Widerliche Beschimpfungen!
Beschmutzer des wahren Erbes des ewigquellenden geistigen Reichtums der arbeitenden Massen der Menschheit!
Dieses glänzende Hin und Her wurde von der Norwegischen Jugend gegen Luftverschmutzung unterbrochen, die mit baumelnden blonden Zöpfen und erregt bebendem Busen rief, dies sei saftloses Geschwätz, das in der Verkleidung von freiem flexiblem Denken daherkomme und genau dem entspräche, was sie von diesen ganzen Gefangenen ihrer zerfallenden männlichen Doktrin erwarte.

Hier erhob die Generalbevollmächtigte der Armee britischer junger Frauen für die Erhaltung von Kindern Einspruch, mit der Begründung, daß ihrer Meinung nach die Delegierten 1 und 5 recht hätten, die Delegierten 3 und 7 dagegen keinesfalls, *und sie ihrerseits könne durch das humanitäre Gewäsch nur den Rassismus heraushören, und marktschreierisches Vorurteil offenbare sich bei diesen fetten Fressern in den Ställen der nachimperialistischen Zügellosigkeit.*
Das brachte uns zur ersten Pause, und wir drängten nach draußen, einträchtig wie Brüder und Schwestern, lachend und witzelnd, tauschten Adressen und Hotelnamen aus und die Nummern der Hotelzimmer, und die, die sich noch vor fünf Minuten Beleidigungen an den Kopf geworfen hatten, konnte man jetzt in engster freundschaftlicher Umarmung beobachten.
Eine halbe Stunde später ging es wieder los.
Ich will Dich nicht mit den Namen und den individuellen Techniken dieser Lieferanten von uralten Beleidigungen langweilen, sondern lediglich einige meiner Beobachtungen aufzeichnen, wobei mir als erstes in den Sinn kommt, wie unverzichtbar notwendig doch das Tierreich (oder was unsere Ahnen uns davon übriggelassen haben) für Gelegenheiten geistiger Auseinandersetzung ist.
Läufige Hunde und Hyänen hatten wir schon, doch bald erschienen auch fette Katzen und – zur Entrüstung der Semiten, arabischer und jüdischer Herkunft – Schweine auf der Bildfläche sowie scheinheilig gurrende Tauben, Schlangen (glitschige und andere), vergiftete Schalentiere von den Küsten geistiger Verseuchung, Krokodile und Rhinozerosse, die blindwütig die Feinheiten marxistischer Offenbarungen überrannten.
Und sonstige Naturphänomene, könnten wir auf sie verzichten?
Nach dem Mittagessen, das reichlich und angenehm war und wiederum höchst notwendige Labsal für gewisse Ewighungrige, kehrten wir in den Saal zurück, vereint in freudiger Zuneigung füreinander, und ich vermerkte: Morgentau, der das frische Leben des Islam in die sandige Leere religionsloser Gottlosigkeit brachte. Die Blumen der Gedanken Unseres Meisters.

(Wessen Meisters? Ich hab's vergessen.) Sturmfluten ignoranter Kulturfeindlichkeit. Sandbänke eigensinniger Fehlinterpretation. Verseuchte Winde giftiger Gedanken. Stagnierende Tümpel der Dogmatik. (Und wieder habe ich vergessen, welche Tümpel das waren. Marxistische? Islamische? Christliche? Und wen kümmert's? Die gewiß nicht!) Platzschregen der Verwirrung. Entleerte Reservoirs bankrotter Theorien. Wüsteneien, auf denen nichts wächst außer den ausgedörrten Disteln verendender Glaubensbekenntnisse. Wüsten tödlichen Haders. Wolken oberflächlicher Bruderschaften. König Knuts, die versuchen, die ewig schwellende Dünung marxistischer Inspiration zu hemmen. Tönerne Füße. Staubige, doch ungebeugte Häupter. Ausgehöhlte Gehirnzellen. Treibsanddünen von ... überschwemmte Flüsse von ... mehltaubefallene Zweige von ...
Und so erreichten wir das Abendessen, und man konnte beobachten, wie einige von uns hinter den Gürtel klemmten, was sie nur konnten, bei dieser ersten anständigen Mahlzeit seit langem, so sah es wenigstens aus. Und dann der Tanzabend! Da waren wir alle zusammen, Männlein und Weiblein, ein ergötzlicher Blumenflor farbiger Uniformen, und ein paar Mädchen mit einer zaghaften Blume im Haar, eine oder zwei sogar in richtigen Kleidern! Um diese scharten sich Verehrer in, wie eine mißbilligende Maid es nannte, sexuell aggressiver Weise, doch das war nur eine nörgelnde Stimme in einem Fest der Liebe und vollendeten Harmonie. Anhand meiner üblichen Erkundigungen, meiner Ein-Mann-Erhebung, stellte ich fest, daß für viele dieser armen darbenden Seelen dies das erste »richtige« Fest war, das heißt, das erste Mal, daß sie andere Gruppen trafen, nachdem sie bisher jeweils nur Sozialistische Erneuerer, Islamische Neudenker, oder was immer es war, kennengelernt hatten. Besonders sie genossen das Ganze von Herzen, waren vollkommen überwältigt vom Reichtum aller Denkmöglichkeiten auf dieser wimmelnden Welt, »o wackre neue Welt, die solche Bürger trägt!«, und mußten in ihrer Unerfahrenheit von gewissen wachsamen Geistern beschützt werden, unter denen auch ich (von George abgeordnet) mich befand, denn obschon nichts dagegen einzuwenden ist, wenn einer in dem Bett erwacht, das er

sich erwählt hat, so versuchten wir doch das traurige Erwachen in den Armen völlig Unbekannter zu verhindern. Und so zu Bett. (Allein.) George war wie üblich die ganze Nacht auf und redete.
Am nächsten Tag machte sich ein Gefühl der Dringlichkeit bemerkbar, denn noch hatte man uns die deftigeren Speisen der Tagesordnung nicht vorgesetzt, aber nein, das Vorgeplänkel war noch nicht vorüber.
Militärische Ausdrucksweisen herrschten vor. Zividentifizierung, die durch leere Rhetorik unscharf gemacht wurde ... automatisierte Schimpfkanonaden ... geeichte Treffsicherheit an der soziologischen Front ... feindliche Stellungen, die im Blickfeld des sozialen revolutionären Scharfsinns behalten werden sollten ... eine durch die untaugliche Waffe der Analyse verschleierte Feindesposition ... Wachsamkeit an den sich ständig verschiebenden Fronten des sozialen Wandels ... Minenfallen auf dem sozialen Sektor ... unbesiegbare Bataillone der Dialektik ... Bombardierung unserer intellektuellen Bastionen ... tödliche Durchschlagskraft von theoretischen Grundlagen ... vergebliche Tarnung einer schon zusammengebrochenen ideologischen Position ... Vernichtung von ... Zerstörung von ... Spinoff-Effekt von ... Kontrollgänge ... Radarhöhenbestimmung ... Flugbahnbestimmung ...
Du glaubst, daß dies doch das Ende sein mußte? Nun ja, fast, wir hatten die Vormittagspause erreicht und nur noch den Rest des Tages für unseren wirklichen Zweck zur Verfügung.
Und immer noch erhob sich Gemurmel aus dem ersterbenden Sturm ... bourgeoise Kommunisten ... bourgeoise Sozialisten ... bourgeoise Demokraten ... bourgeoise Technokraten ... bourgeoise Pseudophilosophen ... bourgeoise Pessimisten ... bourgeoise Opto-Polymathen ... bourgeoise Bürokraten ... und bourgeoise Rassisten und bourgeoise Sexisten.
Mit nur noch einer Stunde Zeit bis zum Mittagessen und den Jagdhunden der Zeit an unseren sich ständig bewegenden Fersen, kamen wir endlich zur Sache, und da wir inzwischen alle zu einem Herz und einer Seele zusammengeschweißt waren, verabschiedeten wir ohne weitere Diskussionen Resolutionen über

Einigkeit, Brüderlichkeit, Zusammenarbeit usw. Da dies nun einmal die Prinzipien sind, denen wir uns alle beugen. Und nach dem Mittagessen war man sich leicht und schnell einig darüber, daß es dringend notwendig sei, Hilfsarmeen und Lager und Organisationen für die unzähligen Kinder ohne Heimat und Eltern einzurichten. Ein Unterkomitee wurde gewählt, das sich damit beschäftigen sollte, in welchem ich mich zu meiner Verlegenheit auch befinde, ich hätte es nie erwartet. Ich weiß, daß George Ali dazu angestiftet hat, mich vorzuschlagen, aber ich habe keinen Beweis, und es ist mir auch egal, zumindest ist es nützlich. Es ist sogar dringend notwendig.
Eine Menge Unterkomitees wurden, in kaum längerer Zeit, als ich brauche, um dies aufzuschreiben, für eine große Anzahl von im großen ganzen nützlichen Aufgaben eingesetzt, zum Beispiel Schnellkurse über die wahren nationalen und regionalen Unterschiede (nimm bitte zur Kenntnis, daß die reizbaren Verpflichtungen der feindlichen Rhetoriker in diesem einen, keine Reibung erzeugenden Wort säuberlich umgangen wurden – mit einem kleinen amüsierten Lächeln von allen Anwesenden vermerkt), Kurse in Überlebenstechniken und über den Austausch von Auswahlgruppen zwischen verschiedenen Ländern. Und so weiter.
Die Konferenz wurde in ziemlicher Eile abgeschlossen. Die Musikkapellen spielten, da wir über die Zeit getagt hatten, im Eiltempo eine ungeheure Anzahl von Nationalhymnen, Organisationsliedern und Militärmusik jeder Art, jeden Typs und Stils, aber glücklicherweise strömten die Delegierten schon hinaus, um zu ihren Bussen zu eilen, manche tränenüberströmt, da eben geschlossene Freundschaften und Lieben wieder auseinandergerissen wurden, machten unwahrscheinliche Pläne, sich wieder zu treffen, küßten, umarmten, winkten. Nie hat es Szenen größeren – wohl doch? – Verrats gegeben, denn diese Feinde klebten jetzt zusammen wie Zuckerstangen an feuchten Tagen und ließen sich kaum mehr voneinander lösen.
Und so endete die Konferenz.
George war zufrieden. Auf der Rückfahrt war er bester Laune, sang und spielte herum. Die Fröhlichkeit in Person, könnte man

sagen, und ich sage es. Wohl gar nicht so übel, mein heiliger Bruder. Aber was hatte er überhaupt dort zu suchen?

RACHEL SHERBANS TAGEBUCH

Es ist lange her, seit ich etwas aufgeschrieben habe. Achtzehn Monate, um es genau zu sagen. Wir sind jetzt in Tunis. In einem modernen Wohnblock. Unglücklicherweise. Ich finde, unglücklicherweise. Ich habe mich ganz schön wohl gefühlt in dem Kaninchenbau aus Lehm. Ich fand es herrlich, dort zu wohnen. Benjamin war erleichtert herauszukommen. Sobald er diese langweilige Wohnung betrat, fühlte er sich zu Hause. Man sieht förmlich, wie er mit jedem Atemzug mehr aufblüht. Lächelnd und erleichtert. Ich habe nichts mehr von Shireen und Naseem gehört. Fatima hat Yusuf geheiratet, kurz nachdem ich fortzog. Sie wohnen in einem Zimmer neben Shireens und Naseems Wohnung. Bald wird Fatima wahrscheinlich fünf Kinder haben. Wer wird dann Fatima mit ihren kleinen Kindern helfen? Ich würde helfen, wenn ich dort wäre. Ich hatte das Gefühl, daß sie meine Familie waren, genau wie diese Familie. Ich liebe sie. Heute hier, morgen dort. In diesem Wohnblock ist es nichts mit dem Schlafen auf dem Dach. Das war das Schönste, was ich je erlebt habe.
Na, hier werden wir jedenfalls nicht als exzentrisch bezeichnet. Der Grund, warum ich mich dazu zwinge, dies zu schreiben, ist, daß ich überhaupt nicht mehr weiß, was ich denken soll. Besonders über George. Ich hasse dieses ganze Getue um die Jugendbewegung. Ich finde sie kindisch. Ich kann einfach nicht verstehen, wie irgendeiner sie ernst nehmen kann. Es ist so offensichtlich, auch für den beschränktesten Verstand, warum die Jugendlichen beitreten. Nur weil sie sonst keine Privilegien hätten. Ich finde das verachtenswert. Und George steckt bis über beide Ohren drin. Natürlich müssen viele irgendwo beitreten. Das ist schließlich Gesetz.
Als ich das letzte Mal etwas schrieb, verstand ich, was vor sich ging. Deshalb versuche ich es jetzt wieder.

*Es war Hasan, der das letzte Mal sagte, ich sollte es tun.
Wo ist Hasan? Er ist vollständig aus unserem Leben verschwunden. Und George hat Marokko anscheinend ganz ohne Bedauern verlassen. Anscheinend, aber wer weiß, was er denkt? Ich glaube aber nicht, daß er Hasan inzwischen wiedergesehen hat, und in Marrakesch hat er ihn täglich gesehen! Ich habe ihn gefragt, ob er Hasan vermißt, und er schaute gequält, und dann seufzte er. Natürlich wegen mir. Ich habe ihn noch einmal gefragt, und er sagte: Rachel, du machst alles schlimmer, als es sein muß.
Seit wir hier sind, hat George noch einmal eine Reise nach Indien gemacht. Er hat nicht darüber gesprochen. Olga und Simon haben nicht gefragt. Deshalb habe ich es auch nicht getan. Benjamin wohl. Aber auf eine sarkastische Art. Wenn er so ist, antwortet George nicht. Er war schließlich auch eingeladen und wollte nicht. Aber George ist oft mit Benjamin zusammen. Oft gehen sie abends zusammen in ein Café. Ich gehe fast nie aus. Ich arbeite für meine Prüfung. Meine Fächer sind Geopolitik, Geoökonomie und Geogeschichte.*

*Mir ist etwas klargeworden. Ich arbeite für die Prüfung. Benjamin arbeitet für die Prüfung. George arbeitet nie für die Prüfung. Er tut folgendes: Dort, wo wir gerade sind, besucht er das College oder die Universität oder sonst etwas. Oder er hat Hauslehrer. Oder er reist mit Vater und Mutter herum, allerdings jetzt nicht mehr so viel, das war, als er jünger war. Jetzt sind es Reisen mit Leuten wie Hasan. Aber er macht nie Prüfungen. Trotzdem weiß er genausoviel wie wir. Mehr, bei weitem. Es ist so, wenn er einen Monat oder so in einer Klasse oder bei einem Lehrer gewesen ist, dann weiß er alles. Mutter und Vater haben ihn nie Prüfungen machen lassen. Wir müssen immer. Aber sie geben sich sehr viel Mühe, damit er alles mögliche lernt. Mutter ist unterwegs, im Süden, im Seuchengebiet, deshalb werde ich Vater fragen.
Ich habe es getan. Offenbar hatte er diese Frage erwartet. Und gesagt hat er: Man nimmt an, daß George keine Prüfungen braucht. Man nimmt an. Ich merkte nicht gleich, daß er es so*

*ausgedrückt hatte. Dann sagte ich: Man nimmt an? Wer denn! Ich war gereizt und ein bißchen sarkastisch. (Wie Benjamin.) Vater war ganz geduldig, lieb, aber vorsichtig. Allerdings nicht reserviert.
Er sagte: Du verstehst die Situation doch sicher, Rachel.
Das brachte mich zur Besinnung. Denn ich glaube natürlich, daß ich verstehe.
Ich sagte: Ja, ich denke. Aber ich möchte gerne wissen, wer dir und Mutter überhaupt gesagt hat, daß George so erzogen werden soll?
Er sagte: Das erste Mal kam dieser Vorschlag in New York.
Miriam?
Er sagte: Ja, richtig. Und dann die anderen.
Plötzlich wußte ich genau, wie es war. Es war genau wie in den Augenblicken, als Hasan sprach und ich plötzlich etwas verstand. Obwohl scheinbar gar nicht viel gesagt worden war. Ich merkte, daß es bei Vater und Mutter das gleiche gewesen war. Offensichtlich. Miriam und später der eine oder andere Hauslehrer hatten ganz beiläufig etwas Einfaches gesagt, was bei ihnen nachklang, und was sie langsam zu verstehen begannen.*

*Daß ich dies aufgeschrieben habe, hat mir das Gefühl gegeben, daß ich mehr über Simon und Olga wissen muß. Wie kommt es, daß sie so sind? Warum haben sie es so leicht verstanden? Oder vielleicht war es nicht leicht. Aber sie haben verstanden. Ich kenne keine anderen Eltern, ich meine von meinen Freunden, die es verstehen würden. Jetzt schaue ich zurück auf unsere Erziehung, auf alles, auf all das Merkwürdige, die Hauslehrer und die Spezialkurse und wie wir mit Olga und Simon an allen möglichen sonderbaren und manchmal gefährlichen Stellen waren und wie sie George auf diese Art lernen ließen, und ich merke, wie anders sie sind. Vor allem geben sie sich soviel Mühe mit uns. Die meisten Eltern machen sich da nicht viele Gedanken.
Ich bin gerade bei Vater gewesen, um ihn zu fragen. Er arbeitet mit seinen Dokumenten am Schreibtisch im Schlafzimmer.*

Ich klopfte und ging hinein, und er sagte: Warte einen Moment, Rachel. Er rechnete irgend etwas zu Ende. Dann sagte er: Was denn?
Ich saß auf dem Bett und sah sein Gesicht gut, das Licht lag darauf. Ich war erregt, aber ich wußte nicht, was ich fragen sollte.
Er drehte seinen Stuhl herum und sah mir ins Gesicht. Vater wird langsam alt. Sein Haar ist grau, und er ist immer zu dünn. Im Augenblick ist er sehr müde. Ich sah ihm an, daß er wünschte, ich wäre nicht gerade jetzt zu ihm gekommen. Das Licht vom Fenster spiegelte auf seiner Brille, und ich wollte seine Augen sehen. Gerade als ich das dachte, nahm er seine Brille ab. Ich fand das sehr typisch für ihn. Ich hatte plötzlich ein ganz zärtliches Gefühl und tappte blindlings los. Ich sagte: Ich muß etwas Schwieriges fragen. Dann frag nur. Ich möchte wissen, wie es kommt, daß du und Mutter solche Eltern seid. Warum?
Er schien nicht überrascht. Er sah es sofort. Aber er dachte darüber nach, was er sagen sollte. Er hatte die Beine ausgestreckt, fast bis zu dem Bett, auf dem ich saß. Er schwenkte seine Brille hin und her. Das macht Mutter immer ganz böse. Es ist so schwierig, überhaupt Brillen zu bekommen, geschweige denn sie repariert zu kriegen.
Er sagte: So merkwürdig das auch scheinen mag – so fängt er immer an, wenn er Dinge sagt, die er schwierig findet. Witzig. So merkwürdig das auch scheinen mag, dieser Gedanke ist weder mir noch deiner Mutter fremd.
So merkwürdig das auch scheinen mag, bin ich nicht überrascht, das zu hören. Ich vermute, du hast wie üblich auf diesen Augenblick der Wahrheit gewartet und hast die Worte schon bereit.
So ähnlich, sagte er und schwenkte seine Brille.
Mutter bringt dich um, wenn die Brille kaputtgeht.
Tut mir leid. Und er legte sie hin. Schau, Rachel, ich glaube, du verstehst all das genau so gut wie wir.
Aber nein! sagte ich ganz böse zu ihm. Ich dachte, er wollte sich aus der Affäre ziehen. Also wirklich, sagte ich zu ihm, das ist doch unmöglich! Hör mal! Also ihr sitzt da, du und Mutter mit drei Kindern, Mami und Papi und die drei lieben Kleinen, in

New York, und du bist natürlich bereit, ihnen alles erdenklich Gute zu tun. Und dann kommt eine ganz gewöhnliche Frau namens Miriam Rabkin daher und kauft den Kindern ein Eis und sagt: Ach nein, ihr braucht George nicht in eine normale Schule zu schicken, laßt ihn einfach so lernen, wie es ihm über den Weg kommt, das ist die beste Methode, und jetzt gehe ich erst mal mit ihm ins Museum of Modern Man. Und ihr sagt: Aber natürlich, Mrs. Rabkin, was für eine gute Idee, das werden wir tun.
Stille. Wir saßen da. Er lächelte und war freundlich. Ich lächelte und war verzweifelt. Ich bin im Augenblick wirklich verzweifelt. Das ist die Wahrheit.
Ja, so etwa, sagte er.
Na gut. In Marrakesch hat George genau ein halbes Semester in Mahmoud Banakis Vorlesung gesessen. Als er herauskam, war er total beschlagen in der Religionsgeschichte des Nahen Ostens bis zurück zu Adam, wenn nicht sogar noch weiter. Stimmt's?
Stimmt.
Aber wer hat euch gesagt, daß ihr George in diese Vorlesung schicken solltet?
Hasan.
Du willst sagen, er schneite eines Nachmittags herein und sagte: Mr. Sherban, Mrs. Sherban, ich heiße Hasan und interessiere mich für George, er ist ein vielversprechender Bursche, und ich möchte gern, daß Sie verstehen usw. usw. Und ihr habt gesagt: Aber natürlich! Und es wurde gemacht.
Er mußte sich jetzt verteidigen, war aber ganz geduldig.
Du vergißt, Rachel, daß Hasan nach einer ganzen Reihe von solchen Leuten kam.
Daß er »von solchen Leuten« so aussprach, bedeutete, daß ich diese Worte und alle meine Gedanken zu diesem Thema einfach hinnehmen mußte.
Na gut, sagte ich.
Er saß da, schaukelte auf den hinteren Stuhlbeinen und schaute mich an. Und ich schaute ihn an.
Und dann sagte er das, worauf ich die ganze Zeit gewartet hatte.

Du mußt verstehen, Rachel, Georges Eltern zu sein bedeutet, daß wir die Dinge anders nehmen mußten.
Ja.
Wir haben gelernt, die Dinge anders zu sehen. Verstehst du?
Ja.
Am Anfang, als es losging, haben deine Mutter und ich oft genug gedacht, wir wären verrückt. Oder so was.
Ja.
Aber wir machten mit. Wir machten *tatsächlich mit. Und es funktionierte.*
Ja, sagte ich.
Dann sagte er, Rachel, du mußt jetzt gehen, ich muß dies fertigmachen, ich muß wirklich. Brauchst du Hilfe bei den Hausaufgaben? Wenn ja, geht es nach dem Abendessen.
Nein, sagte ich, ich komm schon zurecht.

Mir ist etwas klargeworden. Während des Semesters, als George sich an der Madrasa mit Religionsgeschichte beschäftigte, hatte er auch Unterricht bei einem Christen und einem Juden. In anderen Worten, während er nach dem Lernplan lernte, lernte er gleichzeitig noch die Ansichten der Parteien, die der Lehrplan nicht umfaßte. Ganz zu schweigen von wer weiß was von Hasan. Das heißt, er konnte kein Examen machen, denn was er gelernt hatte, wäre nie in den Prüfungsfragen vorgekommen. Obwohl er sich natürlich hätte einschränken können, Benjamin und ich müssen das ja auch die ganze Zeit tun. Aber darauf kommt es nicht an. Er wird für etwas anderes ausgebildet.

Von wem?

Wofür?

Währenddessen ist er ein Star bei den hiesigen Jugendbewegungen. Das macht mich ganz krank. Benjamin sagt, George muß eben angeben. Das ist natürlich genau das, was ich auch denke, ich kann's nicht ändern. Aber meiner Erfahrung nach ist das, was Benjamin denkt, meistens falsch. Es kommt daher, daß er eifersüchtig ist. Wie ich auch. Aber ich weiß wenigstens, daß ich eifersüchtig bin, und Benjamin scheint es nicht zu sehen. Jedenfalls komme ich immer mehr zu dem Schluß, daß das, was ich denke, nichts taugt. Ich komme mir immer mehr vor wie ein Gefäß voller Gefühle. Die da rumschwimmen. Ich ärgere mich. Ich weiß nicht, worüber, aber ich könnte mich zu Tode ärgern. Manchmal schau ich zu, wie diese Gefühle vorbeitreiben. Hallo, Ärger! Hallo, Eifersucht! Hallo, ihr alle. Hier ist Rachel, die euch begrüßt.

Ich muß aufschreiben, was ich von Suzannah halte. Ich finde Suzannah schrecklich. Mutter ist sehr geduldig, wenn Suzannah kommt, und Vater ist äußerst aufgeräumt. Sie ist ein lautes, vulgäres, dummes, grelles Mädchen. Sie ist verrückt nach George. Mädchen, die verrückt nach George sind, gibt es wie Sand am Meer. Warum muß es gerade Suzannah sein?

Ich habe Mutter gefragt. (Sie ist von der Seuche zurück. Aber sie muß nächste Woche zur Hungersnot.) Sie hat gesagt: George ist siebzehneinhalb. Sie hat mindestens zehnmal in einer halben Stunde gesagt, daß George siebzehn ist. Das war ungefähr alles, was sie dazu sagen konnte. Dabei merkte ich, daß sie sich wünschte, ich würde aufhören, sie anzukläffen. Kläff, kläff, kläff, wie ein kleiner Hund. Ich sah mich selbst. Ich fragte Vater. Er sagte: Suzannah ist körperlich sehr attraktiv. Ich halte das nicht aus. Außerdem glaube ich nicht, daß George mit ihr schläft. Ich sagte zu Benjamin, der eine Menge gemeiner Bemerkungen machte: George schläft bestimmt nicht mit Suzannah. Er sagte: Herzallerliebstes Schwesterchen, was glaubst du wohl, was sie sonst tun in den schönen sternenklaren Nächten? Ich sagte, er sei dumm und verstünde George nicht.

Ich fragte George: Schläfst du mit Suzannah, und er sagte ja.

Als er das sagte, hatte ich das Gefühl, er hätte mich geschlagen. Ich weinte. Wenn George mit Suzannah schlafen konnte, dann ist alles egal. Wie kann er nur! Es ist eine Beleidigung. Ich meine für die Mädchen, die es ernst meinen. Ich habe das Gefühl, daß alles kaputt ist. Und Benjamin hat ganz recht, fürchte ich. Er sagt, George liebt die Macht, und das tut er. So ist das also.

Das letzte Stück habe ich vor mehreren Wochen geschrieben. Das war mit die schlimmste Zeit meines Lebens. Benjamin fing plötzlich an, sehr nett zu mir zu sein, und ich und Benjamin gingen oft zusammen weg. Ein paarmal waren Benjamin und ich durch Zufall – obwohl ich weiß, daß unsere Eltern das nicht glauben – in einem Café, in dem auch George mit Suzannah war. Wenn George mit Suzannah zusammen ist, ist er ganz anders als zu Hause mit uns. Er ist sehr lustig. Er lacht viel. Nichts von Problemen. Angeber. Mir wurde ganz schlecht. Aber dann fing Benjamin auch an, anzugeben, und mehr als einmal rief er was zu George und Suzannah hinüber, alle möglichen Witze. Ich wäre am liebsten gestorben. Deshalb sagte ich, ich wollte nicht mehr mit Benjamin weggehen. Ich blieb zu Hause. Ich wurde schlecht in der Schule. Dann sprach Mutter mit mir. Sie war enttäuscht von mir. Ich weiß, daß sie und Vater miteinander gesprochen hatten. Ich bin schließlich nicht dumm. Sie kam eines Abends in mein Schlafzimmer. Ich weinte. Ich sagte sofort zu ihr: Na schön, du und Vater, ihr denkt, ich bin eifersüchtig auf George. Sie sagte zu mir: Aber darauf kommt es doch gar nicht an. Ich sagte zu ihr: Gut, und worauf dann? Denn ich spürte schon eine neue Dimension. Sie sagte zu mir: George ist kein Heiliger, er ist kein Vorbild. Und er ist noch nicht einmal achtzehn.
Ich sagte: Ich finde das alles ekelhaft.
Sie sagte höchst amüsiert: Rachel, was ist ekelhaft?
Ich sagte: Olga, George ist einer, der in einem Zimmer sitzt und denkt, wenn dreißig Leute drin sind, dann sind da dreißig Gedärme voller Scheiße, dreißig Blasen voller Pisse, dreißig Nasen voller Schleim und dreihundert Liter Blut. Und wenn er dann mit Suzannah im Café sitzt und sie ihre fetten Titten raushängt, dann denkt er vermutlich zwei Gedärme voller Scheiße und zwei Blasen voller Pisse, zwei Nasen voller Rotz, zwei Körper voller Schweiß und zwanzig Liter Blut. Ganz zu schweigen von 700

Millionen Spermien und einem Ei. Und einer Erektion und einer Scheide.
Olga setzt sich. Sie zündet sich eine Zigarette an. Sie lehnt sich zurück. Sie verschränkt die Arme. Sie seufzt. Sie sagt: Wann hat er so was gesagt? *Sie steuert direkt auf den Kernpunkt.*
Er war ... es ist schon lange her.
Ich würde denken, er hat vielleicht inzwischen noch eine oder zwei Dimensionen dazugewonnen.
Ich halte das nicht aus! sagte ich zu ihr. Ich kann das Leben nicht ausstehen! Und das ist die Wahrheit.
Ich hatte halb gedacht, daß sie ihre Arme um mich legen und mich trösten würde. Aber obwohl es das war, was ich mir wünschte, bevor sie zu mir kam, hätte ich mich jetzt, wo sie da war, geschämt, wenn sie es getan hätte.
Sie sagte: Du hast keine andere Möglichkeit, Rachel. Denn entweder hältst du es aus oder du begehst Selbstmord. Oder du lebst so, daß es so gut wie Selbstmord ist. Und es gibt Gründe anzunehmen – *hier war sie humorvoll wie Vater, sie hat es von ihm –,* es gibt Gründe anzunehmen, daß das die Hölle ist. Im wahrsten Sinne des Wortes.
Jedenfalls: Selbstmord begehen wir nicht. *Sie sagte das so anders als alles, was ich je von ihr gehört habe, voller Stolz. Fast grimmig. Es war, als hätte sie mich geschlagen oder mich in eiskaltes Wasser geworfen. Ich sah sie plötzlich ganz anders. Ich sah, daß sie jemand war. Nicht meine Mutter. Sie hatte alles durchgedacht. Sie hatte sich einmal umbringen wollen. Sie würde sich nie umbringen. In dieser Nacht bin ich erwachsen geworden. Oder ich möchte es jedenfalls glauben.*

Ich habe über Olgas Leben nachgedacht. Ich habe versucht, mich in ihre Situation zu versetzen: immer in Lagern voller Flüchtlinge, sterbender Menschen, verhungernder Menschen, todkranker Menschen, sterbender Säuglinge. Als ich damals mit ihr im Seuchengebiet war, sah ich, wie sie wegen einem Zimmer voller sterbender Säuglinge weinte. Keiner sonst war da. Sie war sehr müde, deshalb weinte sie. Seit ich erinnern kann, hat meine Mutter immer für Menschen gearbeitet, die auf irgend-

eine Art am Sterben waren. Sie ist immer an Orten, die wirklich die Hölle sind. Immer. Und das trifft auch für meinen Vater zu. Ich merke, daß ich wahnsinnig kindisch bin.

Was ich jetzt schreibe, ist vor drei Nächten geschehen. Ich konnte es bisher nicht aufschreiben, es war zu schwierig. Jetzt habe ich darüber nachgedacht. Ich hörte sehr spät, wie George nach Hause kam. Es war vier Uhr morgens. Es war sehr heiß. Es war um die Zeit, wenn die Nacht noch da ist, aber der Morgen ist auch schon da, man kann ihn noch nicht sehen, nur spüren. Draußen auf der Straße war es in dieser eigenartigen Weise dunkel. Ich würde jede Stadt, in der ich je war, an der Stille um vier Uhr morgens wiedererkennen. George war hereingekommen. Ich hörte ihn in seinem Zimmer. Ich ging zu seiner Tür und klopfte. Er antwortete nicht. Ich ging hinein. Er zog gerade seine Hose aus und ich sah ihn. Unsere Familie hat nie viel Aufhebens von der Nacktheit gemacht, aber mir ging durch den Kopf: Das ist in dieser gräßlichen Kuh drin gewesen. Er drehte sich um, so daß ich sein Gesäß sah und seinen Rücken, und zog seinen Schlafanzug an. Dann stieg er ins Bett und legte sich hin, die Arme hinter dem Kopf verschränkt. George ist sehr schön. Aber wenn er häßlich wäre, wäre es dasselbe. Er war sehr müde. Er hätte lieber gehabt, daß ich nicht da gewesen wäre. Genau wie meine Eltern. Liebevoll und geduldig. Er sagte zu mir: Rachel, du bist nicht nett. Ich hatte erwartet, daß er sagen würde fair. Wenn wir Wörter wie fair benützen, lachen Olga und Simon immer und sagen, wir seien ja immer noch britisch und kindisch. Aber er sagte nett. Deshalb sagte ich zu ihm: Das ist mir egal, George. Ich versteh nicht, was du meinst.
Er sagte: Weißt du, Rachel, ich kann nichts machen.
Ich stand da, an der Tür, und er lag im Bett, und seine Augen fielen ihm immer wieder zu.
Er sagte: Rachel, was willst du denn?
Das war wieder wie ein Schlag ins Gesicht. Denn natürlich wollte ich, daß er sagen sollte: Ich hasse Suzannah, sie ist plump und vulgär und idiotisch. Aber das würde er niemals tun.
Setz dich, sagte er.

*Ich setzte mich ans Bettende.
Ich erwartete irgendwelche erleuchtenden Bemerkungen, das weiß ich jetzt, aber ihm fielen ständig die Augen zu.
Er sah so schön aus. Aber er war so müde. Ich fing an, über sein Leben nachzudenken. Er hat nie mehr als drei oder vier Stunden in der Nacht geschlafen.
Ich dachte, er wäre eingeschlafen. Deshalb fing ich an zu sprechen. Ich sprach zu George. Ich sagte: Es ist unerträglich, alles, es ist gräßlich, es ist scheußlich, es ist ekelhaft, und das Leben ist unerträglich.
Seine Brust hob und senkte sich, hob und senkte sich. Ich hätte am liebsten meinen Kopf draufgelegt und wäre eingeschlafen.
Plötzlich sagte er mit geschlossenen Augen: Ja, Rachel ... Ich höre zu. Und schlief weiter. Vollkommen weg. Ich blieb noch eine Weile, weil ich dachte, er würde noch mal aufwachen. Licht kam zum Fenster herein. Da waren die staubigen Palmen entlang der Straße. Der Geruch von Staub, Hitze. George schlief und schlief. Ich schämte mich, war ärgerlich und ging zu Bett.*

Ich habe über Suzannah nachgedacht. Suzannah ist jetzt schon fast ein Jahr lang in Georges Leben. Das ist eine lange Zeit. Ich schaue auf ein Jahr zurück, und es scheint ewig. Und ich bin in dieser Zeit so erwachsen geworden. Suzannah kommt oft zum Abendessen her. Sie bemüht sich zu gefallen. Sie wendet keinen Augenblick die Augen von George. Sie tut mir leid. Bis jetzt habe ich das nicht gewußt. Weil sie weiß, daß sie nicht gut genug für George ist. Sie möchte ihn heiraten. Früher hätte ich gedacht, sie ist verrückt. Aber wenn George mit Suzannah schlafen kann, kann er sie auch heiraten. Ich sagte zu George: Heiratest du Suzannah? Er sagte zu mir: Liebstes Schwesterlein! Ich kann das nicht leiden, so nennt Benjamin mich immer, und schließlich bin ich jetzt über sechzehn. Wie ist es denn mit Suzannah? sagte ich. Sie ist dreiundzwanzig, sagte er. Ich war schockiert, als er das sagte. Erstens, weil sie so viel älter ist. Und zweitens, weil er dachte, das würde für sie eine Rolle spielen. Er sagte: Sie weiß genau, daß Heiraten bei mir nicht drin ist. Darüber war ich wieder schockiert. Ich kann mich nicht erinnern,

daß George jemals schwer von Begriff war. Ich sagte zu ihm: George, Suzannah will dich heiraten. Sie denkt Tag und Nacht an nichts anderes. Er sagte zu mir: Schwesterchen, du bist zu meinem Peiniger bestimmt, zu meinem härenen Gewand. Damit hob er mich hoch und wirbelte mich durch das Zimmer.
Es war im Wohnzimmer. In diesem Augenblick kam Benjamin herein. Er wollte mitmachen. Sobald er hereinkam, war alles anders, ich meine, daß George mich herumwirbelte, wurde zu einer ganz anderen Geste, zu etwas Feindseligem, das gegen mich gerichtet und nicht freundlich gemeint war. Was es vorher gewesen war. Ich merkte, wie George langsamer wurde, weil er es auch merkte. Benjamin versuchte, bei dem Herumwirbeln mitzumachen, als sei ich ein Preis, den man sich schnappen müsse. George setzte mich vor der Wand ab und stellte sich vor mich. Benjamin hüpfte vor George hin und her, weil er mich in die Luft werfen und herumwirbeln wollte. Aber da weinte ich schon vor Zorn. Gleichzeitig war ich George dankbar.
Nach einer Minute oder so kam Benjamin sich lächerlich vor, und er setzte sich hin. Dann setzte sich auch George.
Rachel findet, daß ich nicht mit Suzannah schlafen sollte, sagte George zu Benjamin. Das meinte er ganz ernst. Er hatte mich ernstgenommen.
Natürlich sollst du mit ihr schlafen. Fick sie doch alle, sagte Benjamin. Sobald er das ausgesprochen hatte, sahen wir, daß es ihm leid tat. Er sah verlegen aus.
Benjamin saß in dem einen Sessel. Groß, haarig, braun. Wie ein Bauer. Und George, dünn und geschmeidig und elegant. Beide verlegen. Ich blieb, wo ich war, weil ich Angst hatte, daß Benjamin mir hinterherjagen würde.
Soso, Schwesterchen, sagte Benjamin, du meinst also, George sollte nicht mit Suzannah schlafen? Aber warum denn nicht?
Ich sagte: Ach, schlaf doch, mit wem du willst, was macht das schon? Mir ist es schnuppe. Ich hab gedacht, es spielt eine Rolle, aber ich sehe jetzt, daß es überhaupt keine Rolle spielt.
Ich weinte, daß die Tränen auf den Boden tropften.
George sah mich an. Er sah mich ganz lange an. Offensichtlich war er unglücklich. Ich war voller Triumph darüber.

George sagte: Gut, Schwesterchen, dann sag mir, mit wem soll ich dann schlafen?
Worauf Benjamin sagte: Natürlich mit Rachel!
Einen Augenblick lang geschah gar nichts. George sah schockiert und belustigt aus. Beides. Benjamin schämte sich wieder.
Es war wieder eine dieser Gelegenheiten, die mir immer öfter auffallen: Parallel zu dem, was wirklich geschieht, sieht man eine andere Szene vor sich. Wegen dem, was Benjamin gesagt hatte, sah ich deutlich vor mir, wie ich durchs Zimmer stürzen und versuchen könnte, ihm die Augen auszukratzen. George würde aufstehen, mich von Benjamin abklauben und mich hinsetzen.
Das wäre Benjamins Szene gewesen. Die, zu der er herausforderte. Aber Georges Gegenwart verhinderte sie.
Weil George da war und so schaute, stand ich auf, ging weg von der Wand und setzte mich ein wenig abseits von ihnen hin.
Dies ist eine ernsthafte Unterhaltung, sagte George zu Benjamin, und Benjamin hielt den Mund.
Also mit wem soll ich schlafen? fragte er mich. Ich bin ein Mann wie jeder andere. Ich werde erst in fünf Jahren heiraten.
Das brachte Benjamin und mich aus unterschiedlichen Gründen zum Schweigen. Es gab eine lange Pause.
Ich möchte es wirklich wissen, sagte George. Es gibt dutzendweise Bordelle in dieser und jeder anderen Stadt. Und dann gäbe es natürlich noch die Enthaltsamkeit. Es gibt viele Mädchen, die mit mir schlafen wollen. Suzannah ist eine.
All dies erschien mir so weit weg von dem, worauf es wirklich ankam, daß ich es kaum glauben konnte.
Und wenn du mit ihr Schluß machst? Was macht sie, wenn du heiratest?
Gottallmächtiger, sagte Benjamin, hört euch das an! – Er spielte die Rolle resignierten Erstaunens. Das ewig Weibliche – die absolute Absolutheit, das prinzipiellste Grundprinzip.
Sprich weiter, Schwesterchen, sagte George, ich will es wirklich wissen.
Sie liebt dich, sagte ich.
Sie liebt dich, sagte Benjamin zu George im Ton wie vorher.

Ja, sie liebt dich, sagte ich. *Es ist komisch, daß du das nicht merkst. Warum nicht? Warum bist du so? Warum bist du plötzlich so begriffsstutzig? Du bist das Wichtigste, was ihr je zustoßen wird.*
Da hat sie recht, sagte Benjamin. *Falsche Bescheidenheit bringt dich auch nicht weiter.*
Denn George schaute wirklich verständnislos.
Ich sagte: Und wenn du fünfzig andere Frauen heiratest und sie irgendeinen dummen labernden Politiker ehelicht und selbst ein hohes Tier wird und Reden hält und in Uniform rumläuft, dann bist du immer noch das Wichtigste, was ihr je zugestoßen ist oder ihr je zustoßen kann.
George war ganz verlegen geworden. Er wurde rot. Das habe ich bei George noch nie gesehen.
Benjamin sah dagegen ausnahmsweise ganz vernünftig aus, sogar erwachsen.
Benjamin sagte zu George: Sie hat recht.
George sagte: Ja und? Was soll ich tun?
Benjamin sagte sehr dramatisch: In der Falle!

Ich habe nachgedacht.
Zu diesem Schluß bin ich gekommen: Man versteht etwas erst, wenn man die Ergebnisse sieht.
Nachgedacht habe ich darüber wegen der Konferenz der Jugend. Als er sagte, er würde dort hingehen, wurde mir schlecht. Später habe ich gehört, daß er der Delegierte für eine Gruppe von Moslems, eine Gruppe von Juden und eine Gruppe von Christen war. Na ja, es gibt keinen anderen, der das schaffen würde. Ich weiß nicht, wie er es schafft. Er hätte noch zusätzlich sozialistische und marxistische und Unternehmergruppen repräsentieren können. Sie haben ihn darum gebeten.
Ich konnte nicht zu der Konferenz. Ich wurde nicht eingeladen. Wie sollte ich auch, wo mich keine zehn Pferde in die Nähe einer Jugendgruppe bringen.
Benjamin war dort. Erst sagte er, er würde unter gar keinen Umständen hingehen, aber dann ging er natürlich doch.
Ich habe alles erzählt bekommen, was sich dort abspielte. Von

*Benjamin. Aber als er fertig war, habe ich mir aus meiner Sicht ausgedacht, was sich abgespielt hat.
Benjamin sagt, George hätte viel Erfolg gehabt und sei der große Star gewesen und deutete an, daß George die Nacht mit einer Frau verbracht hat. Suzannah war nicht dort. Ich könnte ihn fragen, und er würde es mir sagen, aber das mache ich nicht, nie mehr.
Seit er wieder hier ist, kommen den ganzen Tag Grüße von überall her. Ich will die Länder gar nicht aufzählen, weil ich sehe, daß es gar kein Ende gäbe. Weil George in dieser Weise an der Konferenz teilgenommen hat, kann er jetzt überall hinreisen und wird mit offenen Armen empfangen. Verschiedene Leute sind hier in unserer Wohnung aufgetaucht und haben von George erzählt und davon, was er auf der Konferenz gesagt hat. Er habe gesprochen, sagen sie. Sie erwähnen immer besonders seine Reden. Und Benjamin hat gesagt, er hätte die ganze Nacht »deklamiert«. Wenn er deklamiert hat, wie kann er dann mit einer Frau zusammengewesen sein? Das habe ich zu Benjamin gesagt, und er sagte, er habe nie angedeutet, daß George etwas anderes getan hätte als geredet.*

Sie tauchen dauernd hier auf: Weiße, Schwarze, Braune, Hellrote, Grüne, Tag und Nacht, und Tag für Tag, und es ist ganz klar, daß sie George reden hören wollen. Ich habe etwas gemerkt. George spricht, wie Hasan spricht. George hat es von Hasan. Das habe ich gemerkt. Und ich sitze da und höre zu, und dasselbe tun alle, die gerade in der Nähe sind. Olga und Simon auch. Und Benjamin. Er sagt kein Wort. Danach macht er sich darüber lustig, und manchmal hat er keine Ahnung, worum es geht, aber er hört zu wie wir anderen auch. Wie üblich muß ich jetzt wieder sagen: Meine Gefühle sind eine Sache. Aber was ich denke, ist wieder etwas ganz anderes. Was das angeht, was ich verstehe, wenn George redet, so ... aber offensichtlich hat es keinen Sinn, darüber etwas zu sagen.

TAFTA, der HÖCHSTE GEBIETER SHIKASTAS, entbietet dem HÖCHSTEN AUFSICHTSHERRN ZARLEM auf SHAMMAT seinen Gruß

Meine Ergebenheit, o Großer!

Eure Anweisungen sind ausgeführt.

Die Vier Nationalregionen wurden getestet.

Regierungschef eins: Nach Erhalt unserer Weisung, seinen Untertanen genauestens und unverhüllt die Wahrheit zu sagen, informierte er seinen Ministerrat davon, daß ihm dies »in den Sinn gekommen« sei und er die Absicht habe, es durchzuführen. Er wurde sofort in einem Gefängnis für Geistesgestörte inhaftiert. Den Untertanen wurde bekanntgegeben, er habe sich aus gesundheitlichen Gründen von den Regierungsgeschäften zurückgezogen.

Regierungschef zwei: Dieser Mann nahm, nachdem er eben »an die Macht gewählt worden war«, die erste Gelegenheit (einen Auftritt im Fernsehen) wahr, seine Staatsbürger darüber zu informieren, daß die Lage viel schlimmer sei, als er vor seinem Amtsantritt geahnt habe, da er durch diesen in den Besitz von Informationen gekommen sei, die nur Regierungsspitzen zur Verfügung stünden. Er betrachte es als seine Pflicht, sie über dieses Material, das nicht geheim bleiben dürfe, aufzuklären. Um das nackte Überleben gewährleisten zu können, sei es notwendig, bestimmten Fakten ins Auge zu sehen: diese Fakten seien ... Nach der Fernsehsendung wurde er von der Fraktion, die ihn »an die Macht gebracht« hatte, informiert, daß er ihre Unterstützung verloren habe. Er mußte zurücktreten.

Regierungschef drei: Dieser Mann, der entschlossen war, den Bewohnern seiner geographischen Region (auf unsere Veranlassung hin) bestimmte Fakten, die ihnen vorenthalten worden waren, mitzuteilen, wurde vom Militär ermordet, noch bevor er es tun konnte: Durch ihre totale Spionageabschirmung hatten sie von seinem Entschluß sofort gewußt.

Regierungschef vier: Mitten in einer ungewöhnlich schlimmen Krise machte er bislang unzugängliche Fakten bekannt und stellte fest, daß keiner ihm glaubte: Zwischen dem, was man ihnen immer gesagt hatte und dem, was er jetzt sagte, war eine zu große Kluft. Emotional verunsichert durch das Bemühen, ihnen die Wahrheit einzuprägen und wieder und wieder festzustellen, daß dies keinerlei Wirkung hatte, bekam er einen Herzanfall und starb.

Diese Versuche haben bewiesen, daß der Planet gegen die Wahrheit immun ist.

Also kann nichts mehr unser Vordringen hemmen.

Excelsior! Ruhm sei uns! Wir haben alles erreicht!

Ergebenheit, o Großer!

———

PANEUROPÄISCHE VEREINIGUNG SOZIALISTISCHER DEMOKRATISCH-KOMMUNISTISCHER VOLKSDIKTATUREN zur ERHALTUNG des FRIEDENS

Integrierte GANZEUROPÄISCHE DIENSTE für die AUFMERKSAME ÜBERWACHUNG der FEINDE des VOLKES und zur VERHÜTUNG von VERBRECHEN gegen den Willen des VOLKES ABTEILUNG 15 (GROSSBRITANNIEN), HÖCHSTE EBENE. GEHEIM.

Unserem Großen Führer Heil! Unseren ergebensten Dank Ihm, dessen Leben uns alle mit seinem furchtlosen Weitblick im Dienste unablässigen Vorwärtsschreitens in die Zukunft lenkt und schützt. Unsere Huldigung Ihm, der wie ein Bollwerk zwischen uns und den Kräften der Degeneration steht! Die Worte versagen uns angesichts Seiner Opfer im Dienste unserer Heiligen Sache.

[So beginnt ein Bericht über 74 Führer, die aus den Jugendbewegungen hervorgegangen sind oder noch aus der Vergangenheit Einfluß besaßen, die in anderen Worten nicht von der herrschenden Bürokratie ernannt wurden. Grundlage des Berichts waren Materialien von Spionen und Agenten. Er wurde vor der Übernahme Europas durch die Chinesen begonnen und von einem chinesischen Funktionär fertiggestellt und in einigen Fällen neu geschrieben. Wir haben dieses Dokument ausgewählt, um die überlegenen Fähigkeiten der neuen Oberherren zu veranschaulichen. Die Auswahl der Berichte über folgende drei Repräsentanten stammt natürlich von uns: Weder der britische noch der chinesische Funktionär betrachteten sie als von besonderem Interesse, und beide legten mehr Nachdruck auf andere. *Die Archivare.*]

Benjamin Sherban. Nr. 24. Was ist über diesen dekadenten Spießbürger zu sagen, dessen Unflat unseren ruhmreichen Kampf um den Besitz der Produktionsmittel zugunsten der werktätigen Massen befleckt? Wir lernen aus der Existenz solcher degenerierter Subjekte, daß es noch ein weiter Weg ist bis hin zum totalen Sieg an der politischen und ideologischen Front. Wir müssen uns gürten, um den langwierigen und scharfäugigen Kampf gegen die Reaktionäre zu führen, die dem Sog der kapitalistischen Einflüsse aus vergangener furchtbarer Zeit sklavisch verhaftet sind, um die Höhen wahrer sozialistischer Leistung zu erklimmen. Dieser Feind des Volkes hat auf unverschämte Weise die sogenannte Führung der Juniorjugend der Jugendbewegungen Nordafrikas (Abteilung III) an sich gerissen und fordert öffentlich den Willen der wahren Wortführer des Volkes heraus. Unter dem falschen und fadenscheinigen Vorwand, für die Kinder (acht bis zwölf Jahre) jenes Territoriums zu sprechen, zwang er ihren wehrlosen Gedanken den Unrat seines subjektiven Geschwätzes auf, der im Gegensatz steht zu den wahren Folgerungen, die durch die Methoden kameradschaftlicher innerparteilicher Disziplin errungen werden. Unsere Empfehlung ist, ihn im Namen des Willens des Volkes zu verhaften, wenn er im Herbst am Gesamtjugendkongreß teilnimmt. Sollte dies sich aufgrund der Widersprüche der existentiellen Situation als unmöglich erweisen, so sollte er gnadenlos als das bloßgestellt werden, was er ist.

George Sherban. Nr. 19. Diese Hyäne ist der Bruder des zuvor Erwähnten. Durch skrupellose und bedauernswert verderbte opportunistische Methoden, die in der Geschichte des ruhmreichen Klassenkampfes ihresgleichen suchen, hat er sich im Namen sogenannter Fairneß zum Repräsentanten mehrerer Gruppen aufgeworfen, nicht damit rechnend, daß seine schwachen Krümmungen im Staub des historischen Subjektivismus von den scharfblickenden Massen auf ihrem ruhmreichen Anstieg zu den Bergen der Wahrheit durchschaut werden. Er hat während der letzten beiden Jahre verschiedene Länder unseres ruhmreichen Staatenbundes besucht und hat seinen Schmutz hinterlassen, wo immer seine niedrigen Ambitionen ihn hinführten. Was können wir sagen über solche skrupellosen und verderbten Verbrecher, die den mit Ansteckungsherden beladenen und verseuchten Staub einer toten Vergangenheit hinter sich herziehen? Wir müssen uns entschließen, unaufhörlich wachsam zu sein! Unaufhörlich bereit, Fehler zu entlarven! Unaufhörlich offen für Gelegenheiten, aus einem aufrichtigen und disziplinierten Empirismus zu sprechen, damit nie wieder solche Handlanger den Geist der ruhmreichen Massen besudeln. Dieser Mann muß bei seinem nächsten unverschämten Erscheinen auf unserem ruhmreichen europäischen Boden festgenommen und vor Gericht gestellt werden, wenn er sich nicht aus eigenem Antrieb aus der Geschichte auslöscht. Sollte dies sich aus irgendeinem Grunde als unmöglich erweisen, so ist unsere Propaganda jederzeit bereit, die Widersprüche zu entlarven und den richtigen Kurs vorzuschreiben und wird ihm die Maske herunterreißen.

John Brent-Oxford. Nr. 65. Dieses erbärmliche Überbleibsel aus der Vergangenheit hat zeitweise den Interessen des Volkes gedient, aber wer in einer revolutionären Zeit nur den alten Schablonen folgen kann, ist völlig unfähig, das Neue und unaufhörlich Wachsende zu erfassen. Unter dem Banner der Ausgewogenheit und Objektivität hat er jene fehlgeleiteten Genossen verteidigt, die sich der Wahrheit widersetzten und sich auf die Mitglieder der alten Labour Party gestützt, deren Verbrechen und verbrecherische Irrtümer schon vor so langer Zeit aufgedeckt wurden. Trotz allen Bemühens und aller Aufmerksamkeit seitens der Umerzieher weigert er sich hartnäckig, seine Gedanken der Wahrheit zu öffnen, und da wir jeden Platz in unseren ruhmreichen Gefängnissen für die Aufnahme der kriminellen Elemente unserer Bevölkerung brauchen, wird empfohlen, ihn in die Strafkolonie Nr. 5 zu schicken. Unser neues Europa hat keinen Platz für solchen Unrat der Vergangenheit.

[Notizen zum obigen Bericht vom Genossen Chen Liu, Verantwortlicher des Volksgeheimdiensts in Europa. *Die Archivare.*]

24. Benjamin Sherban. Emotional instabil. Meiner Ansicht nach wird er auf die Umerziehung ansprechen. Man sollte ihn zur Teilnahme an der Umerziehung *einladen*. Mit den üblichen Anerkennungen. Dann sollte man ihn darum *bitten*, als unser Repräsentant und mit einem bedeutenden Titel in seine augenblickliche Position als Führer der Kinderbewegung zurückzukehren.

19. George Sherban. Er ist intelligent, gebildet, von ansprechender Persönlichkeit. Er hat Geschick, Menschen und Gruppen zu behandeln. Meiner Ansicht nach ist er gefährlich. Umerziehung kommt nicht in Frage. Ihn bei seiner nächsten Reise zu verhaften oder ihn in einem Prozeß zu benützen, kommt nicht in Frage: Unerwünschte Auswirkungen wären die Folge. Man sollte sich seiner durch irgendeinen »Unfall« entledigen, der angemessen erscheint. Ich habe die notwendigen Anweisungen gegeben.

65. John Brent-Oxford. Dieser Mann ist lästig. Er hat Einfluß auf die ältere Generation, die sich an ihn als Parlamentarier und Repräsentant Großbritanniens in den frühen paneuropäischen Ratsversammlungen erinnert. Er hat einen guten, moralischen Charakter. Er kann weder der Korruption noch sonst eines Vergehens überführt werden. Sein Gesundheitszustand hat sich im Gefängnis wesentlich verschlechtert. Er leidet an Diabetes. Die Gefängnisnahrung trägt dem keinerlei Rechnung. Ob weiterhin im Gefängnis oder nicht, er wird nicht mehr lange leben. Ich schlage vor, ihm im Verwaltungsapparat einer der Jugendorganisationen eine Position mit beschränkter Machtbefugnis zu geben. Die Verachtung und Geringschätzung der Jugendlichen für jeden alten Menschen wird seinen Tod beschleunigen. Er sollte von uns mit gebührender Achtung behandelt werden, um nicht die noch verbleibenden alten Sozialisten zu befremden, die vielleicht noch zu einer Zusammenarbeit mit uns gewonnen werden können.

Privatbrief per Diplomatischer Post
AMBIEN II *von* SIRIUS *an* KLORATHY, CANOPUS

In aller Eile: habe eben unsere Berichte von Shikasta durchgesehen. Ich weiß, es ist unwahrscheinlich, aber falls Du diese Information nicht bekommen haben solltest: Shammat hat alle Agenten zu einem Treffen zusammengerufen. Dieses an sich scheint uns symptomatisch für etwas, was wir schon lange argwöhnten – und, wie ich weiß, Ihr auch. Die Bedingungen auf Shikasta scheinen die Shammataner noch stärker als die Shikaster zu beeinflussen oder jedenfalls schneller. Ihre ganze geistige Bewegungsfähigkeit scheint sich rasch zu verschlechtern. Sie leiden an Hektoaktivität, Akzeleration, Arhythmoaktivität. Ihre Diagnosen von Tatbeständen sind – soweit sie sich in den ihrer Spezies gesetzten Grenzen bewegen und von fähigen Individuen gezogen werden – angemessen. Angemessen für bestimmte spezifische Situationen und Bedingungen. Die Folgerungen, die sie aus den Analysen ziehen, sind zunehmend unsinnig. Die Tatsache, daß Shammat dieses Treffen anordnet und seine Agenten solcher Gefahr aussetzt, zeigt, daß auch der Mutterplanet befallen ist; wie auch die Tatsache, daß die örtlichen Agenten Shammats einem so offensichtlich leichtsinnigen Befehl zu gehorchen bereit sind.

Dieser Zustand Shammats und seiner Agenten wird sehr wahrscheinlich zu der spontanen und willkürlichen Destruktivität, die von Shikasta jetzt erwartet werden muß, noch beitragen.
Als ob nicht schon alles schlimm genug wäre.
Unser Nachrichtendienst hat angedeutet, daß Du der Krise auf Shikasta sehr ordentlichen Widerstand leistest – nicht, daß wir etwas anderes erwartet hätten! Wenn weiterhin alles gutgeht, wann dürfen wir Deinen Besuch erwarten? Wie immer freuen wir uns, Dich zu sehen.

RACHEL SHERBANS TAGEBUCH

Ich merke, daß ich wieder etwas schreiben muß über das, was passiert. Dieses Mal ist es, weil alles zuviel ist. Die ganze Zeit geschieht so viel, und ich kann es nicht begreifen. George sagt, ich muß es versuchen, ich darf mich nicht ausschalten. Er sagte, ich hätte mich ausgeschaltet.
Die Wohnung ist jetzt immer voller Leute. Sie kommen, um George zu sehen. Es ist eine große Wohnung, das ist nicht das Problem. Vor allem jetzt, wo Benjamin kaum hier ist wegen seiner Kinderlager. Und Olga und Simon sind fast immer fort, in Krisengebieten. Aber Benjamin und ich haben beide gedacht, George würde sich vielleicht irgendwo ein Büro einrichten wegen der vielen Leute. Aber das hat er nicht getan. Benjamin hat ziemlich sarkastisch gemeint, diese Wohnung werde wohl ein öffentliches Seminar. Olga und Simon haben nichts gesagt, sondern abgewartet. Ich habe beobachtet, wie sie abwarteten und beobachteten. Sie warten so, wie ich warte. Um etwas zu verstehen, muß man beobachten, was geschieht. Die Ergebnisse sind die Erklärung. Das bedeutet, daß man geduldig sein muß. Was geschieht, ist, daß George die Leute, wenn sie ganz erwartungsvoll die Wohnung betreten, um ihn zu sehen, gar nicht in sein Zimmer führt. Das groß genug wäre. Nein, er sitzt im Wohnzimmer und redet, und die Türen sind offen, und jeder läuft durch. Das bedeutet, daß er will, daß wir dabei sind. Deshalb tue ich es, wenn es möglich ist. Und Olga und Simon auch. Und Benjamin, wenn er da ist.
Sie kommen aus allen Ländern der Welt. Meistens in unserem Alter. Aber manchmal auch alt. George hat diese Leute auf seiner Reise zu den Jugendarmeen von Paneuropa kennengelernt. Fast alle sind ihm begegnet oder haben etwas gehört, was sie traf. Sie waren betroffen und konnten es nicht glauben und sind hergekommen, um es zu klären. Ich weiß dies von mir selbst. Immer wieder mache ich dieselbe Erfahrung. Nein, es ist nicht möglich, denke ich, und dann ist es doch möglich. Manchmal ist es für sie fast unmöglich, hierherzukommen. Aber irgendwie schaffen sie es doch. Wenn sie nicht irgendwas Offizielles deich-

seln, und das ist weiß Gott heutzutage schwierig genug, dann kommen sie illegal oder sogar in einer Verkleidung. Mehrere Male war ich im Wohnzimmer, wenn jemand kam. Dann zieht diese Person, er oder sie, eine Uniform aus, nimmt ein Haarteil, einen Bart oder eine Brille ab und entpuppt sich als das entgegengesetzte Geschlecht, und plötzlich sieht man, daß es eine Verkleidung war. Aber anscheinend ist sowieso jeder verkleidet. Sie kehren nicht zu ihren Organisationen oder an ihre Orte zurück, wenn George sagt, sie sollen es nicht. Fast immer werden sie an eine andere Stelle geschickt. Immer eine ganz genau angegebene Stelle, mit einer genauen Angabe über die Zeit, die sie dortbleiben müssen.

George hat mir ins Gewissen geredet. Er sagt, ich muß anfangen, mehr zu denken. Er sagt, was nützt mir all meine Bildung, die Bildung, die ich bekommen habe. Du mußt dich nützlich machen, sagte er. Du meinst doch sicher nicht, daß ich etwas verwalten und organisieren soll, oder? sagte ich. Wirklich entsetzt. George sagte: Warum nicht? Schau Olga und Simon an, sie tun es doch auch, und sehr gut. Ich sagte: Etwas leiten oder verwalten, was bringt das schon? Er sagte: Wenn du nicht ankannst gegen etwas, dann steig ein. Wirklich witzig! George sagt: Rachel, du bist zu weich, und du mußt dich abhärten. Mich abhärten! Wofür?
Worauf er die humorige Geduld zur Schau trug, die ich von Olga und Simon so gut kenne.
Ich merke, daß ich diese Unterhaltung in der einen oder anderen Art mit mir selbst oder mit Olga und / oder Simon oder mit George schon mein Leben lang führe.
Also schön. Die Neuigkeiten des Tages: 1. Verbot, in Küstennähe Fisch zu essen. Fische von Ausrottung bedroht. Die großen Nationen sagen sich mitten auf den Ozeanen den Kampf an wegen den Tiefseefischen. Antarktische Meere zeigen Spuren von Giften in Fischen. 2. Nahrung auf den Britischen Inseln jetzt unter Minimumweltstandard. Dritte-Welt-Länder ohne Gewissensbisse über Aushungerung Europas, das sie immer wie Schmutz behandelt hat. Jetzt wird's ihnen heimgezahlt. Rei-

zend. 3. Vier Millionen Menschen in Gefängnissen und Straflagern in Europa. Man wartet darauf, daß sie sterben. Meistens alte Leute. 4. Erneute ernste Hungersnot in Zentralafrika. 5. Viehseuchen. Schafseuchen. Schweineseuchen. Baumsterben. Die Regierungen behaupten, dies sei keine Umweltverschmutzung an sich. 6. Jugendarmeen im Anmarsch.
Wie schön für sie.
Das reicht für einen Tag.

Olga kam gestern von der Hungersnot zurück. Sie sah schrecklich aus. Ich ließ ihr ein heißes Bad einlaufen und half ihr hinein. Ich hatte das Gefühl, als sei ich ihre Mutter. Ich brachte sie dazu, ein paar Sandwiches zu essen. Ich brachte sie ins Bett. Sie war benommen und kaputt. Ich setzte mich zu ihr, als sie im Bett lag. Ich machte das Licht aus, als sie darum bat, um die Sterne durchs Fenster zu sehen. Als ich da saß, begriff ich, daß Olga nicht mehr lange leben wird. Sie ist verbraucht. Mehr als das. Sie ist weit weg von mir. Von uns allen. Wer sie nicht kennt, würde sagen, sie ist geistesabwesend, wenn sie mit uns zusammen ist. Aber Olga ist nie geistesabwesend, weil sie sich immer für alles interessiert, was geschieht. Was sich jetzt abspielt, ist, daß sie sich innerlich zurückzieht.

Heute war George im Wohnzimmer, mit ein paar Leuten, vor allem Chinesen, aber nicht offiziellen. Mutter saß bei uns. George sagte ihnen, wo sie hinsollen, was sie tun und was sie nicht tun sollen. Dann kam Benjamin herein. Er ist ganz anders geworden, jetzt, wo er soviel Erfolg hat. Nein, das ist gehässig. Jetzt, wo er sich so nützlich macht. Das ist die Wahrheit. Aber er ist und bleibt der schroffe König Benjamin. Er trägt eine Uniform, die er selbst erfunden hat, oder Jeans und ein Khakihemd und ein kafije. Normalerweise sitzt er da und hört zu, aber heute muß ihm wohl etwas sehr Erfreuliches zugestoßen sein, denn er war ganz erfüllt und unterbrach und redete. Die Chinesen warteten, daß er den Mund halten würde. Aber er tat es nicht. George wartete einfach. Benjamin schien zu ausladend für das Zimmer, er ist so groß, und alle anderen waren klein im Ver-

gleich und wohlerzogen und höflich. Plötzlich fing Olga an zu weinen. Aus lauter Erschöpfung. Ich merkte ganz deutlich, daß die vielen Jahre mit Benjamin plötzlich zuviel für sie wurden. Sie schluchzte immer wieder: Hör doch auf, hör auf, Benjamin. Er war völlig niedergeschmettert. *Er brach zusammen. George machte mir ein Zeichen, und ich führte Olga hinaus und brachte sie wieder ins Bett. Nach kurzer Zeit kam Benjamin an ihr Zimmer und bat, hereingelassen zu werden. Er saß bei Olga und hielt ihre Hand. Sie weinte immer noch. Er weinte. Ich weinte.*

Simon kam heute mit seinem fahrbaren Krankenhaus zurück. Er hat wochenlang zwanzig Stunden am Tag gearbeitet. Er und Olga sitzen im Wohnzimmer wie zwei Gespenster. Sie sprechen kaum. Ich meine, daß das nicht nötig ist. Mir wird klar, daß unsere Familie oft stundenlang im Wohnzimmer sitzt und praktisch nichts redet, auch George. George hat schon stundenlang mit Olga und Simon zusammengesessen, ohne ein Wort zu sagen. Er war mit ihnen zusammen. Benjamin kam hereinmarschiert und fragte Simon nach der Reise. Inzwischen hatte Simon sich schon etwas erholt. Er sagte dies und das und dann: Gott sei Dank waren es Chinesen. Womit er die Herrschenden meinte (Repräsentanten des Volkes). Wo er herumgereist war. Mir ist aufgefallen, daß Olga und Simon oft sagen: Gott sei Dank ist er oder sie oder sind sie Chinese(n). Aber was ich mich plötzlich frage: Warum ausgerechnet *Chinesen? Ich meine, wie kommt es, daß überall, wo immer man hingeht, Chinesen sind? Immer so tüchtig und natürlich nützlich. Tun nie was Falsches. Der Takt in Person. Simon und Olga sagen, die Vernunft in Person. Im letzten Monat, als Olga zu der Hungersnot fuhr, hat sie sich tatsächlich eine Chinesin aus irgendeinem Büro geschnappt und hat sie mitgenommen, weil sie Gold wert sind. So vernünftig. In Simons fahrbarem Krankenhaus sind sechs chinesische Ärzte.*

Der Nachmittag heute war merkwürdig. George kam um drei aus dem College. Er hält Vorlesungen über Rechtssysteme. Er sagt nämlich, es ist gut, wenn die Leute daran erinnert werden, daß so etwas wie das Gesetz möglich ist. Es waren Leute da, die auf ihn warteten. Ich hatte ihnen Pfefferminztee und Kuchen angeboten. Dann sah ich, daß sie alle hungrig waren, da gab ich ihnen, was wir für unser Abendessen vorbereitet hatten. Es waren zwei Deutsche, drei Russen, eine Französin, ein Chinese und ein Brite. Als George hereinkam und sie begrüßte und sich setzte, war sofort etwas anders. Eine Atmosphäre. Normalerweise wird zuerst ein wenig geplaudert, und Neuigkeiten werden ausgetauscht, und dann fängt George an, auf seine Art zu sprechen. Manchmal bekommt man mit, wenn er anfängt, und manchmal passiert es schon, bevor man etwas gemerkt hat. Leute, die ihn kennen, warten darauf. Aber die, die ihn nicht kennen, machen den Fehler, alles zu verderben. Bis sie kapieren. Heute nachmittag merkte ich gleich, daß es Leute waren, die schon mit ihm zusammen waren, irgendwo auf seinen Reisen. Es war die aufmerksame Atmosphäre. Aber etwas war falsch. Es war jemand da, der falsch war. Ich überlegte, wer. Jemand unter den Anwesenden war gefährlich. Ich merkte, daß es der Brite war, Raymond Watts. Als ich es gemerkt hatte, verstand ich nicht, warum ich so lange dazu gebraucht hatte. Es war offensichtlich, daß er ein Spion war. Ich merkte, daß die anderen, die mit ihm gekommen waren, es nicht gemerkt hatten, aber sie wußten, daß etwas nicht stimmte. Langsam, einer nach dem anderen verstanden sie es. Es war widerlich. Bald saßen alle da und schauten Raymond Watts an. Der nervös und falsch war. Er hatte Angst. Mit gutem Grund. Ich wartete darauf, daß George etwas sagte. Oder etwas tat. Aber er saß lächelnd da, wie gewöhnlich. Dann standen die anderen auf, die Russen zuerst, und sagten, sie wollten gehen. Ich sah, daß alles schrecklich war. Die anderen gingen nach den Russen. Raymond Watts nicht. George schaute mich an. Ich blieb. Er ging mit den anderen hinaus in den Flur und blieb eine Weile draußen. Ich versuchte, mich mit Raymond Watts zu unterhalten, aber er zitterte und schwitzte. Die Stimmen aus dem Flur klangen laut und verärgert. Ich wußte, daß sie Raymond Watts am liebsten umgebracht hätten und daß George nein sagte. Dann

gingen sie, und George kam wieder herein und nickte mir zu und ich ging. Später fragte ich George: Werden sie ihn umbringen? George sagte nein, ich habe ihnen gesagt, daß Raymond sich ändern wird. Ich dachte ein wenig nach, und mir wurde einiges klar. Ich sagte: Ach, so was ist schon vorgekommen? George fing an zu grinsen. Daran sah ich, daß es so war. Oft? George sagte: Es gibt heutzutage genau so viele Spione wie Leute, die keine sind. Er schaute mich an. Ich wußte genau, was kommen würde, mehr davon, daß ich mich abhärten sollte. George sagte: Erst mal müssen die Leute essen. Da ist für viele Spion zu werden oder so was am naheliegendsten. Sie haben keine andere Chance. Verstehst du? Nein, sagte ich, das verstehe ich nicht. Worauf er dann sagte: Rachel, du mußt wirklich versuchen, stärker zu sein. Du hast in vieler Hinsicht ein behütetes Leben gehabt. Das ärgerte mich. Ich sagte zu ihm: Was war denn behütet daran? Er sagte: Erstens bist du nie in Versuchung gewesen, etwas zu tun, was du nicht darfst, weil jemand, den du liebst, hungrig war oder weil du hungrig warst. Und zweitens bist du dein ganzes Leben mit privilegierten Menschen zusammengewesen.
Ich sagte zu ihm: Wie Naseem und Shireen zum Beispiel! Privilegiert? Ja, sie sind zur Anständigkeit erzogen worden. Sie waren gute Menschen. Aber im Augenblick werden die meisten Menschen nicht zur Anständigkeit erzogen, sondern zum Gegenteil, und es ist nicht ihre Schuld.
Ich brauchte einige Zeit, um zu hören, was er gesagt hatte. Ich sagte zu George: Sind sie denn tot? George sagte: Naseem ist vor einem Monat gestorben, an einer Infektion. Er hatte sich erkältet. Ich sagte: Du meinst, er ist daran gestorben, daß er nicht genug zu essen hatte? Ja, sagte er. Und Shireen ist im Krankenhaus bei einer Geburt gestorben.
Und was ist mit den Kindern geschehen?
Er sagte, daß zwei von ihnen an der Ruhr gestorben seien und das Baby, an dem Shireen gestorben ist, von Fatima versorgt wird. Die anderen drei sind in ein Kinderlager gebracht worden.
Da weinte ich doch, obwohl ich beschlossen hatte, nicht zu weinen.
George sagte: Rachel, wenn du das alles nicht verkraften kannst,

wirst du wiederkommen müssen und alles noch einmal durchmachen. Denk mal darüber nach.
*Ich habe versucht, darüber nachzudenken.
Ich wollte, ich wäre tot, mit Naseem und Shireen.*

Ich muß aufschreiben, daß George nicht mehr in der Art schön ist, wie er es noch vor zwei Jahren war. Manchmal ist er richtig häßlich vor Müdigkeit.

Ich habe gesehen, daß Simon nicht mehr lange leben wird. Er ist wie Olga, weit weg von uns. George sitzt jede Minute bei ihnen, wenn er kann. Ich gehe auch hinein, dann gehe ich wieder, weil ich weinen möchte, und sie tun alles andere als weinen, sie sind sehr heiter.

George hat gesagt, er möchte, daß ich Benjamin bei seiner Arbeit in den Kinderlagern helfe. Ich konnte es kaum glauben. Er sagte: Ja, Rachel, das ist es, was du tun mußt. Ich sagte: O nein, nein, nein. Er sagte: O doch, doch.

Benjamin kam herein, ein riesiger braungebrannter Hornochse, *und ich konnte nicht. George war nicht da. Ich wußte genau, daß George dafür gesorgt hatte, daß ich allein mit Benjamin war.
Benjamin sagte ständig: Wo ist George, wo ist Mutter, wo ist Vater? Simon war zur Arbeit ins Krankenhaus gegangen, und Olga hatte sich hingelegt. Ich merkte, daß Benjamin sich ausgeschlossen fühlte. Schließlich brachte ich mich dazu, ihn zu fragen, ob ich mitkommen und ihm in den Kinderlagern helfen könnte. Sein Gesicht! Ich war richtig froh, daß ich gefragt hatte! Mir wird klar, daß Benjamin das Bedürfnis hat, gemocht zu werden, wenn er hierherkommt. Jetzt, wo ich mich wirklich damit auseinandersetzen muß, daß ich es tun muß, glaube ich nicht, daß ich es kann. George ist nicht hier. Er ist zu einer Jugendarmee nach Ägypten gereist.
Ich fuhr mit Benjamin zu seinen Lagern. Er fährt ein leichtes Militärfahrzeug. Er hielt am Friedenscafé, um die Mitfahrgele-*

*genheit anzubieten. Wir nahmen 17 Leute mit, alle zu den Lagern. Benjamins Lager sind 15 Meilen außerhalb. Benjamin sagt, das ist weit genug draußen, um sie daran zu hindern, abends im Ort alles kurz und klein zu schlagen. Das sagte er von den kleinen Kindern! Es klang genau so, wie wenn die alten Leute oder die normalen von der Jugend sprechen, die »alles kurz und klein schlägt«. Die Gegend um die Lager ist nicht sehr schön. Es ist dort flach und staubig, mit ein paar niedrigen Hügeln ringsum. Plötzlich kamen wir an einen Stacheldraht. Er ist elektrisch geladen. Benjamin sagt, der Zaun ist notwendig. Um die Leute daran zu hindern hineinzukommen und um die Kinder daran zu hindern wegzulaufen. Zitat, Zitat Ende. Fünftausend Jungen sind in dem Lager, in dem Benjamin wohnt. Es gibt Baracken aus Preßschlacke, je fünfzig Jungen in einer Baracke, fünf Baracken bilden eine Gruppe, zwanzig solcher Gruppen. Für jede Gruppe von fünf Baracken gibt es eine Wasserstelle und eine Reihe von Duschen und Klosetts. Es gibt zentrale Büros und Gebäude. Das Lager ist wie ein Rad gebaut, mit den Baracken als Speichen, je zwei Gruppen von Baracken auf jeder Speiche.
Es gibt ein halbes Dutzend Palmen. Ein paar Hibiskus- und Bleiwurzbüsche. Es wimmelt von Kindern, aber immer in festen Gruppen und Rotten. Nicht durcheinander. Jeden Morgen werden sie um 5.30 Uhr über Lautsprecher aufgerufen. Die Baracken sind heiß und stickig, deshalb sind sie froh, herauszukommen. Sie machen Turnübungen bei einem richtigen Sportlehrer. Ein Palmblattdach ist über dem Zementboden mit den Matten, auf denen sie bei den Mahlzeiten in Abteilungen von je Hundert sitzen. Jede Abteilung hat zwanzig Minuten Zeit zum Essen. Zum Frühstück essen sie Haferbrei und Joghurt. Dieser Eßplatz ist fast ständig in Benutzung. Nach dem Frühstück haben sie Unterricht und Spiele. Der Unterricht findet meistens in Klassen von hundert Schülern statt. Es gibt keine Räumlichkeiten für den Unterricht, deshalb findet er überall statt, auch in der Eßbaracke, wenn sie nicht zum Essen benutzt wird. Den Kindern wird zugebrüllt, was sie lernen sollen, manchmal über Lautsprecher, und die Kinder sprechen den Lehrern im Chor*

*nach. Wenn im ganzen Lager so bis zu fünfzig Schulstunden gehalten werden, macht einen das fast verrückt: hier werden die Hauptstädte der Welt aufgezählt, dann die Helden der Geschichte vielleicht fünfzig Meter weiter, die Grundlagen der Hygiene auf der anderen Seite, Pflicht und Achtung vor den Älteren daneben, dann die Addition oder das Einmaleins mit Hilfe einer Tafel von der Größe eines Hauses, und all das gleichzeitig, und dazu noch quer über das Lager die Klänge von einer Klasse, die den Koran rezitiert oder einen Tanz macht. Wenn es etwas gibt, woran diese Kinder nie leiden werden, dann ist das das Denken in getrennten Schubladen. Sie essen früh zu Mittag. Gemüse und Bohnen. Sie legen sich hin. Dann werden sie in die Eßbaracke gepfercht, wo sie praktisch aufeinandersitzen und Geschichte und Gemeinschaftskunde haben. Indoktrinierung. Dann haben sie Unterricht im Koran und Mohammed und dem Islam. Die Christen und Juden, die weniger sind, werden in den Schlafschuppen unterrichtet. Dann fängt es Gott sei Dank an, ein wenig kühler zu werden, und wieder werden Spiele gemacht, und es gibt Abendessen. Dann Gebet und eine Art Predigt, die sehr stark die Gefühle anspricht und Auftrieb gibt. Dann geht es marsch ins Bett. Sie sind nie allein. Niemals. Nicht eine Sekunde, zu irgendeiner Zeit. Sie tun nichts allein. Sie sind wie Leute in großen Städten, passen immer auf ihre Gliedmaßen auf und darauf, wo sie sich hinbewegen, um nicht aneinanderzustoßen oder aufeinanderzutreten. Sie sind sehr höflich und diszipliniert. Sie haben glänzende, starre, wachsame Augen. Dann plötzlich sieht man, wie eine Gruppe von ihnen, die aus einer Reihe oder einer Rotte ausgebrochen sind, durchdrehen, verrückt spielen, herumzerren, wild mit den Armen schlagen und schreien und einander mit den Fäusten bearbeiten. Die jungen Männer, die sie beaufsichtigen, laufen dazwischen und unterbinden es. Diese jungen Männer sind Freiwillige aus dem fünf Kilometer entfernten Jugendlager.
Ich sagte zu Benjamin, daß die Psychologie dieser Kinder in jeder Hinsicht völlig anders sein muß als die von Kindern in normalen Familien und daß sie vollkommen anders sein wer-*

den, wenn sie erwachsen sind. Benjamin sagte: Ja, das ist ganz richtig, und ob ich es besser fände, wenn sie tot wären?
Ich wüßte gerne, wie es Naseems und Shireens Kindern im Lager geht. Die Kinder hier sind alles Waisen aus den Krisengebieten.
Benjamin latscht im Lager herum, lächelt, strotzt vor gutem Willen und ist für jeden zu sprechen. Die Kinder mögen ihn. Die Aufseher mögen ihn. Er mag sie. Ich merke, daß ich Benjamin unterschätzt habe. Wenn die Leute ihn nicht immer mit George vergleichen würden, würde er bewundert werden. Er ist sehr tüchtig. Er hält den ganzen Ablauf in Schwung. Nichts würde funktionieren, wenn nicht einer alles koordinieren würde, bei so vielen Kindern und den unzureichenden Einrichtungen. Benjamin versucht gerade noch ein paar Baracken wie die Eßbaracke zu organisieren für den Unterricht. Er scheint nicht viel Hoffnung zu haben. Er sagt, seine Hauptsorge Tag und Nacht sei, daß sich keine Seuchen ausbreiten.
Benjamin hat eine Ansprache gehalten. Eigentlich eher eine Predigt. Er hat es mir vorher nicht gesagt, weil er sich genierte, das weiß ich. Als ich ihn dort stehen sah, bereit anzufangen, dachte ich so bei mir: Wag es ja nicht, wie George zu sein! Aber er war ganz anders, es war eher wie bei den Morgenversammlungen in der Schule. Alle für einen und einer für alle, wir sind Brüder, wir müssen einander helfen, dann hilft Gott uns auch. Gott und Allah, ich würde sagen 70 Prozent Allah, 30 Prozent Gott, wenn man allem gerecht werden will. Aber er machte es gut. Was kann er sonst tun? Was könnte man sonst tun?
Er fuhr mich zurück, als die Kinder ins Bett gegangen waren. Wir nahmen einige der Helfer aus dem Lager mit. Unterwegs sammelten wir immer mehr Jugendliche auf. Der Lastwagen war so überladen, daß wir im Schneckentempo kriechen mußten. Benjamin sagte zwei Dinge auf dem Rückweg. Erstens, daß es gut für mich wäre, wenn ich einen Freund hätte. Ich wußte, daß er meinte, daß ich mich wegen George krankhaft benehme. Ich sagte zu ihm: Bemüh dich nicht, ich weiß, daß du das wegen George meinst. Aber du bist auf dem Holzweg, was meine Gefühle angeht. Da sagte er: Ich verstehe sie sehr gut. Ich bin kein

Idiot. Aber wenn du wartest, bis einer kommt, der so gut wie George ist, bleibst du dein Leben lang Jungfrau. Daraufhin waren wir eine Weile still. Ich ärgerte mich, das brauche ich wohl nicht zu betonen, aber ich hatte das Gefühl, daß das ungerecht war, denn ich merkte, daß er es gut meinte, und er hatte auch nicht in seiner üblichen Art gesprochen. Er sagte: Schließlich werden wir beide wegen George unsere ganz speziellen Probleme haben, stimmt's? Ich versuchte, all das zu verdauen. Dann sagte ich: Ich werde nicht zur Übervölkerung der Kinderlager beitragen. Worauf er sagte: Ich kenne nur ein Mädchen, das so finster entschlossen ist, in einem anderen Jahrhundert zu leben. Darf ich dir ein einführendes Handbuch über Geburtenkontrolle verehren? Worauf ich sagte: Ich weiß nicht, warum du mich für so eine Art Schwachkopf hältst. Ich habe darüber nachgedacht. Ich interessiere mich nicht für die Art von Partnerschaft, die die Paare heutzutage bilden, keine Kinder, kein Zuhause, genausogut können sie unverheiratet sein. Warum bemühen sie sich überhaupt? Na ja, sagte Benjamin, auf die Humorvolle, *da gibt's eben diese Sache, die man Sex nennt. Gut, sagte ich, ich werde mich an dich wenden wegen eines gesunden und sympathischen Partners, wenn ich es nicht mehr aushalte und ich glaube, daß ich selber keinen finde. Darüber fingen wir an zu lachen. Ich kann mich nicht daran erinnern, daß es mit Benjamin jemals so nett und lustig war. Nie war es das. Zum ersten Mal mag ich Benjamin richtig.*
Aber dann sagte er, er wollte, daß ich das Lager für die Mädchen »übernehmen« sollte, das die Entsprechung zu seinem Lager ist. Ich sagte natürlich, das könnte ich nicht, wie sollte ich denn, ich könnte so was nie und nimmer leiten. Er sagte: Warum nicht? Ich hab auch nicht gewußt, wie es geht, bis ich es getan habe. Außerdem tue ich ja gar nicht die Arbeit im Lager. Die tun die Helfer.
Hierüber gerieten wir in Streit, aber nicht so, daß es weh tat. Die Helfer kommen aus dem Jugendlager, sind alle in unserem Alter, achtzehn oder neunzehn Jahre alt. Es sind immer die Jüngeren in den Jugendlagern, die sich um die Kinder kümmern. Es gibt keine Frauen im Jugendlager, und das war unser strittiger

Punkt. Er sagte, dies sei schließlich ein islamisches Land. Ich sagte, es sei mir egal, ob Mohammed oder Mars, es sei grausam für all diese Jungen, wenn sie nie eine Frau zu Gesicht bekämen. Er sagte, was ich mir denn vorstellen würde, für jede Baracke von 50 Jungen eine Mutterfigur? Ich sagte nein, aber die Hälfte der Helfer sollten Mädchen sein. Er sagte, großer Gott, er hätte sowieso schon die Mullahs im Nacken sitzen, aber wenn hier Mädchen wären, die Tag und Nacht mit den Jungen arbeiteten, dann würden die Behörden verrückt werden. Ich sagte, die hätten vielleicht eine schmutzige Phantasie. Er sagte, ich würde mich westlich aufspielen und keine Einsicht zeigen. Ich sagte, das wär mir alles egal, und es wäre ganz einfach vernünftig, Frauen dabeizuhaben.

Ich fuhr mit Benjamin zum Mädchenlager. Es gibt keinen Kontakt zwischen den beiden Lagern, obwohl sie nur fünf Meilen auseinanderliegen und eine ganze Menge Geschwister getrennt in ihnen leben. Jede Woche werden die Geschwister an einen neutralen Ort im Jugendlager gefahren und verbringen ein paar Stunden zusammen. Das ist vielleicht immerhin schon etwas. Ich hatte kein Wort der Kritik darüber verloren, weil ich entschlossen war, es nicht zu tun, aber Benjamin sagte: Na, und was schlägst du Besseres vor?, als hätte ich es kritisiert.
Alles im Lager ist gleich wie im Jungenlager. Die Mädchen tragen die gleiche Kleidung, eine Art Anzug aus leichtem weißen oder blauen Baumwollstoff, Hosen und kurzärmlige Kasacks. Die Jungen tragen kafijes. Die Mädchen tragen enge kleine Mützen über leichten Musselinschleiern. Heute blies der Wind Staub und Sand überallhin, und man sah nur die dunklen Augen über Schleiern, die um Mund und Nase gewickelt waren. Ich hätte selbst gern einen Schleier gehabt.
Die Helfer sind zum größten Teil Tunesierinnen und natürlich einige Chinesinnen. Sie alle versehen ihre Betreuungsaufgabe sehr gern. Es gibt in den Jugendlagern lange Wartelisten für die Arbeit in den Kinderlagern.
Der Tagesablauf war derselbe wie im Jungenlager.
Am Nachmittag saß ich in der palmenblattgedeckten Baracke,

in der sie zu Mittag aßen, und ein paar Grüppchen von kleinen Mädchen kamen aus ihren Baracken gekrochen, wo sie ruhen sollten, und stellten sich vor mich hin, um mich zu beobachten. Mein Gesicht war neu. Ich hatte keine Uniform an. Ich trug ein kurzes rotes Kleid über einer blaßblauen Hose. Das Kleid hatte kurze Ärmel. Es war ganz korrekt. Aber ich kam ihnen seltsam vor. Exotisch. Nicht wegen meines Aussehens. Ich sehe eigentlich aus wie sie. Ich begrüßte sie und war freundlich, aber sie blieben ganz ernst und stumm. Sie starrten weiter, und immer mehr kamen hereingedrängt. Ich empfand sehr stark, wie sie auf mich zudrängten, ohne Lächeln, tausend und abertausend. Wie werden sie wohl als Erwachsene sein? Aber sie kommen mir schon sehr erwachsen vor mit ihren kleinen harten Gesichtern und den harten vorsichtigen Augen. Ich setzte mich auf die Matte am Boden und hoffte, daß sie herkommen und sich zu mir setzen würden. Sie drückten sich näher heran und schauten auf mich herunter. Ich sagte zu ihnen: Bitte kommt und setzt euch und sprecht mit mir. Zuerst setzte sich eines langsam hin, dann die anderen, alle auf einmal. Sie saßen dicht bei mir und starrten und sagten nichts. Dann kam Benjamin vorbei, und schlagartig rannten sie alle weg, ohne auch nur einen Blick zurück.
Benjamin sagte: Komm mit in die Verwaltungshütte. Denn in diesem reinen Mädchenlager verbreiteten wir beide zusammen eine störende Atmosphäre. Ich kam mit. Es war eine Hütte wie jede andere.
Er sagte: Und? Tust du es? Ich sagte: Was soll ich denn tun?
Dasein, sagte er, heftig und drängend, und ich merkte, wie er seine Aufgabe sah. Du mußt dasein und jederzeit für jeden zur Verfügung stehen und dafür sorgen, daß alles koordiniert wird. Ich sagte, ich würde es mir überlegen.
Nach dem Abendessen hielt er wieder eine Predigt, es war fast Wort für Wort dieselbe wie am Abend zuvor. Alle waren begeistert. Liebe und guter Wille ringsum. Ich nehme an, ich könnte es auch lernen, so eine Predigt zu halten, offensichtlich ist nichts dabei, denn alle tun es die ganze Zeit, und politische Rede und Predigt, was ist da schon der Unterschied.

Es war fast Nacht, als wir wegfuhren. Die Mädchen marschierten in Gruppen zu fünfzig mit jeweils einem Mädchen in meinem Alter vorne und hinten unaufhörlich im Gleichschritt um das Lager, zur körperlichen Ertüchtigung, und sangen dabei. Der Mond kam herauf.

Ich habe gesagt, ich würde es mir überlegen, und das tue ich.

Heute hatte ich mich entschlossen, das Mädchenlager nicht zu übernehmen. Kaum hatte ich meinen Entschluß gefaßt, da kam George zurück. Er brachte zwei Kinder mit, einen Jungen und ein Mädchen. Wohl eines für das eine Lager und das andere für das andere. Eltern an Cholera gestorben. Sie sind hier in der Wohnung. Sehr leise. Wohlerzogen. Sie gehen in Georges Zimmer, wenn er weg ist, und machen die Tür zu. Ich vermute, sie weinen.

Ich war allein im Wohnzimmer. George kam herein und setzte sich. Alle Türen offen. Jeder kann jederzeit hereinkommen, und das ist auch so gedacht. Aber ausnahmsweise waren wir einmal allein.
Ich sagte: Also gut, ich habe die Lager gesehen.
Er wartete.
Ich sagte nichts, deshalb sagte er: Hast du es Benjamin gesagt?
Ich sagte ja, und er sagte sofort, sehr betroffen, aber gleichzeitig es akzeptierend: Dann ist er wohl ärgerlich?
Ja, sagte ich, das war er. Er saß da und wartete, deshalb sagte ich: Ich habe darüber nachgedacht, wie wir aufgewachsen sind. Er sagte: Gut! Und ich habe einen Gedanken gehabt, der dir sicher gefällt ... Er lächelte schon, sehr liebevoll. Ich sagte: Wie viele Menschen auf der Welt sind so aufgewachsen wie wir?
Er nickte.
Die ganze Zeit immer mehr Lager, riesige Schulen, alle in Herden zusammengetrieben, Slogans, Lautsprecher, Institutionen.
Er nickte.
Ich sagte noch mehr in dieser Art. Dann sagte ich: Aber die

ganze Zeit werden nur wenige Scheite aus dem Feuer geholt. Ich glaube nicht, daß ich dem gewachsen bin.
Er lehnte sich zurück, er seufzte, schlug die Beine übereinander – er machte eine Menge schneller, leichter Bewegungen, wie er es tut, wenn er ungeduldig ist und wünscht, daß er das Recht dazu hätte.
Dann sagte er: Rachel, wenn du anfängst zu weinen, stehe ich auf und gehe raus. So hatte er noch nie gesprochen.
Aber ich wollte nicht nachgeben. Ich hatte das Gefühl, daß ich ganz bestimmt im Recht war.
Dann sagte er: Diese beiden Kinder, ich will, daß du für sie sorgst.
Oh, sagte ich, du meinst, nicht Benjamin, nicht die Lager?
Nein. Sie kommen aus einer Familie wie unserer. Kassim ist zehn und Leila ist neun. Es wäre besser, wenn sie nicht ins Lager kämen. Wenn man das arrangieren kann.
Ich saß da und überlegte, was das bedeutete. Dachte an unsere Eltern und wie sie uns erzogen hatten. Wie kann ich so etwas? Aber ich sagte: Gut, ich versuche es.
Schön, sagte er und stand auf und wollte gehen.
Ich sagte: Wenn ich mich entschlossen hätte, im Lager zu arbeiten, hätte ich nicht für Kassim und Leila sorgen können. Wen hättest du dann gebeten?
Er zögerte und sagte dann: Suzannah.
Das nahm mir im wahrsten Sinne des Wortes den Atem. Ich saß nur da.
Suzannah ist nett, sagte er. Dies war keine Kritik an mir, sondern eine Aussage über Suzannah. Er nickte, lächelte und ging.

Heute kam George in mein Zimmer und sagte, daß er wieder auf Reisen geht. Überallhin, zu allen Armeen in Europa und dann hinunter nach Indien und nach China. Er wird ein Jahr oder länger brauchen.
Ich konnte das nicht verstehen. Mir kam es vor, als sei er eben erst zurückgekommen und als hätten wir noch nicht einmal richtig miteinander gesprochen.
George sagte: Rachel, das wird meine letzte Reise sein.

Zuerst dachte ich, er wollte mir damit sagen, daß er umkommen würde, dann merkte ich, daß es das nicht war. Was er damit ausdrückte, war, daß es danach nicht mehr möglich sein würde, eine solche Reise zu unternehmen.
Er sagte, daß viele Leute hierherkommen werden, und er würde mir Anweisungen hinterlassen, was ich sagen sollte.
Nicht Simon und Olga? fragte ich, und er sagte nein.
Natürlich wußte ich, was er meinte.
Dann, gerade als ich dachte, daß Benjamin jetzt ja vernünftig und nett ist und helfen kann, sagte George: Benjamin fährt mit mir. Das war mehr, als ich auf einmal verkraften konnte. George saß ganz entspannt da, gelassen, beobachtete mich gespannt und wartete darauf, daß ich Kraft sammeln würde. Ich fühlte mich nicht in der Lage dazu.
George sagte: Rachel, du mußt.
Ich hatte keinen Atem mehr in mir, um etwas zu sagen. George sagte: Ich reise erst in einem Monat, und ging hinaus.
Dann ging ich und legte mich hin.

Heute wurde angekündigt, daß die Hochruhmreichen Paneuropäischen Sozialistischen Kommunistischen Diktaturen für die Erhaltung des Friedens die Wohlwollende Vormundschaft der Ruhmreichen Chinesischen Brüder willkommen heißen. Und warum Brüder? Ein Witz!

Aber als George das im Radio hörte, war er sehr ernst. Ich sagte zu ihm: Aber du wußtest doch wohl, daß es dazu kommen würde? Ja, aber nicht so bald. Er schickte Benjamin eine Nachricht über jemanden, der vom Friedenscafé losfuhr (das Telefon funktionierte wieder einmal nicht), so bald wie möglich zu kommen. Er ist jetzt viel mit Benjamin zusammen. Jeden Nachmittag. Er fährt hinaus zu den Lagern und ist mit den Kindern zusammen, und dann geht er mit Benjamin zum Abendessen ins Café. Benjamin hat von den Chinesen eine Einladung nach Europa bekommen. Er fühlt sich geschmeichelt. Er hat Angst davor, sich geschmeichelt zu fühlen.

Jeden Morgen hole ich früh, vor dem Frühstück, Kassim und Leila in mein Zimmer und lehre sie Geographie und Spanisch und die Geschichte der Politik der jüngsten Vergangenheit und der Religionen. Das sollen sie lernen, sagt George. Wenn ich nachmittags vom Unterrichten im College zurückkomme, lehre ich Kassim und Leila Portugiesisch und Erdgeschichte. Sonst sind sie die ganze Zeit mit George zusammen. Olga und Simon haben die Kinder noch kaum bemerkt. Es ist zuviel für sie. Olga ist wieder zur Arbeit ins Krankenhaus gegangen. Sie trägt einen Kampf mit der Bürokratie aus. Na, das ist wohl nichts Neues! Simon hat eine Woche Urlaub genommen, weil er einen kleinen Herzanfall hatte. George sagte, er müsse. Sie sprechen viel miteinander oder sitzen still zusammen. Neulich sagte Olga: Ich habe das Gefühl, daß ich fertig bin mit dem, was ich tun mußte. Ich sagte zu ihr: Olga, meinst du, daß es jetzt nicht mehr so wichtig ist, weil wir erwachsen sind? Olga sagte: So ähnlich. Ich sagte: Aber ich glaube nicht, daß ich wirklich erwachsen bin. Sie war lieb und sagte: Na, so ein Pech! Und wir lachten. So stehen die Dinge bei uns im Augenblick.

Heute abend waren George und Benjamin im Wohnzimmer und vielleicht zehn Leute, die gekommen waren, um George zu sehen. Eine Frau davon war aus Indien, und sie erzählte von einem Mädchen namens Sharma, und an Benjamins Reaktion merkte ich, daß das ein Mädchen war, für das George sich interessierte. Sie brachte ein Paket mit Briefen von diesem Mädchen an George. Als die Gäste fort waren und George mit Kassim und Leila irgendwohin ging, war Benjamin bei mir. Ich fragte: Wer ist das Mädchen?
Ich merkte, wenn ich nicht aufpaßte, würden wir in diese schreckliche Zankphase zurückfallen, in der wir früher waren. Sie scheint George gefallen zu haben, sagte Benjamin. Er war es, der uns auf der vernünftigen und netten Seite ohne Streit hielt, und ich war dankbar.
Ich sagte: Ist es ernst?
Ich dachte, du würdest sagen: Und was ist mit Suzannah? Ich dachte auch an Suzannah.

Hier merkte ich, daß ich Benjamin gleich anschreien würde, wenn ich nicht aus dem Zimmer ginge, und das wäre unfair gewesen, weil er ja gar nichts getan hatte. Deshalb stand ich auf und ging hinaus.

Ich habe kaum geschlafen, weil ich an dieses Mädchen und George denken mußte. Ich träumte. Es war schrecklich, mir wurde alles weggenommen. Ich weiß, daß ich nicht stark genug bin. Heute nachmittag kam George in mein Zimmer, als ich den Kindern Portugiesischunterricht gab, und ich wußte, es war, weil er wußte, daß ich über dieses Mädchen sprechen wollte. Er nickte, und die Kinder gingen hinaus. Dann setzte er sich auf einen Stuhl mir gegenüber, beugte sich vor und schaute mich direkt an.
Er sagte: Rachel, was ist es, was du mir sagen willst?
Ich will, daß du sagst, ich liebe dieses Mädchen, sie ist das herrlichste Mädchen der Welt, sie ist schön und sensibel und intelligent und auffallend.
Na gut, sagte er, ich habe es gesagt. Und jetzt, Rachel?
Ich brauche wohl nicht zu betonen, daß ich, wie gewöhnlich, einen Mangel *empfand und die Gefühle in mir tobten, ohne daß das irgend jemandem nützte.*
Ich konnte nicht sprechen, und dann sagte er: Es ist nicht schwer, Liebe für jemanden zu empfinden in dem Sinn, daß etwas bei dir ausgelöst wird durch eine reine Möglichkeit, eine Potentialität.
Sie hat wohl nicht die Eigenschaften, die du brauchst? fragte ich. Es klang leicht sarkastisch, aber so hatte ich es nicht gemeint. Deshalb nahm er es auch nicht so.
Dir ist doch sicher klar, Rachel, daß keiner von uns das bekommen wird, was er gerne möchte.
Das weiß ich.
Also gut.
Du hast Suzannah nicht erwähnt, sagte ich.
Ich dachte nicht, daß es Suzannah ist, die dir auf der Seele liegt.
Ich habe nichts davon gesagt. Dann sagte er: Rachel, ich möchte, daß du mir jetzt sehr genau zuhörst.

Aber das tue ich doch immer.
Gut. Also hör zu. Wenn Benjamin und ich fortgehen, möchte ich, daß du hier, in dieser Wohnung bleibst und für Kassim und Leila sorgst. Ich möchte nicht, daß du von hier weggehst. Ich möchte, daß du daran denkst, daß ich das gesagt habe.
Als ich hörte, was er da sagte, schlug Übelkeit über mir zusammen. Schwärze. Es war grauenvoll. Ich wußte, daß das, was geschah, schrecklich war. Ich wollte erfassen, was geschah. Ich fühlte, daß ich etwas in mich aufnehmen sollte und es nicht tat.
Mir war schwach, und ich konnte nicht richtig sehen, aber ich hörte ihn sagen: Rachel, bitte denk daran.
Als meine Schwäche vorüber war, hatte er das Zimmer verlassen. Er schickte die Kinder wieder herein, und ich machte mit dem Unterricht weiter.

Ich habe darauf gewartet, daß George noch mehr mit mir allein spricht. Ich sitze zwar oft bei ihm und seinen Gästen, aber allein spricht er nicht mit mir.

Heute haben wir gehört, daß Simon im Sudan gestorben ist. An einem der neuen Viren. George rief mit einer Sondererlaubnis vom College an, aber Simon war schon begraben. George und Benjamin und ich waren im Wohnzimmer zusammen. Allein. Keine Gäste. Es ist sehr heiß heute nacht. Wir warteten auf Olga. Sie kam spät, aber man hatte es ihr schon gesagt. Dann saßen wir zu viert. Olga ist so abgearbeitet, daß sie, glaube ich, gar nichts empfand. An ihrem Gesicht sah ich, daß es nicht so war, daß sie es nicht verstehen konnte, sondern daß sie das schon vor langer Zeit getan hatte. Wir saßen zu viert weiter still da, bis Olga sagte: Bald ist es Morgen. Sie ist ins Bett gegangen. George und Benjamin sitzen immer noch im Wohnzimmer.

George und Benjamin sind heute nach Europa gefahren. Mit einem Kontingent von 24 Leuten, lauter Delegierten aus den verschiedenen Teilen Afrikas. Olga und ich sind noch hier und die beiden Kinder. Olga ist fast unsichtbar, sie schwebt. Sie geht noch ins Krankenhaus, aber sie kommt abends früh nach Hause

und legt sich hin. Morgens hat sie ein wenig mehr Leben in sich, und sie sitzt mit Kassim und Leila in der Küche und erzählt ihnen Geschichten von George, als er ein Kind war und als er heranwuchs. Wenn sie etwas vergessen hat, schaut sie mich an, und ich ergänze es. Ich merke, daß sie sichergehen will, daß sie über George Bescheid wissen. Ich sitze da und höre zu, und was sie sagt, ist ganz anders als das, woran ich mich erinnere. Ich meine, weil sie so müde und weit weg ist, ist das, was sie sagt, zögernd und blaß. Manchmal kann ich kaum glauben, daß das George sein soll, wovon sie erzählt. Dann muß ich mich fragen, ob das, was ich über George aufgeschrieben habe, in derselben Art leblos ist. Manchmal klingt das, was sie sagt, als käme es aus einem sehr alten verstaubten Buch. Sie wiederholt Anekdoten. Sie erzählt ihnen Dinge über George, die sie wußte und ich nicht. Sie redet und redet und redet, nur über George.
Leila und Kassim sitzen da und beobachten sie. Es sind sehr hübsche Kinder. Sie sind dünn, zu wenig zu essen, drahtig, haben lebendige braune Gesichter, glattes schwarzes Haar, sanfte dunkle Augen. Ich vergleiche sie mit den Kindern in den Lagern, und ich habe das Gefühl, daß sie kostbar sind. Das ist natürlich den Kindern in den Lagern gegenüber nicht fair. Jedes von ihnen braucht einen Menschen, der es liebt. Jedes einzelne.
Suzannah kommt jeden Abend um die Essenszeit. Sie ist sehr still und demütig. Sie ist genau wie ein Hund, der hofft, daß er nicht weggejagt wird. Dabei sind alle freundlich, wenn sie kommt. Olga besonders. Beim Abendessen sitzt sie neben den Kindern. Sie hat eine nette Art mit ihnen, einfach und vernünftig. Sie mögen sie. Ich schaue sie an mit ihrer schreienden schicken Bluse und ihrem gewöhnlichen Gesicht und ihren Dauerwellen und kann es einfach nicht glauben.

Olga weckte mich in der Nacht und sagte, ich sollte sie in die Klinik bringen. Ich rief Suzannah an, die mit ihrem Armeeauto kam. Wir brachten Olga in die Klinik, und ich bat Suzannah zurückzufahren und bei den Kindern zu bleiben. Olga wurde in ein kleines Zimmer neben einer ihrer eigenen Stationen gebracht. Viele helle Lampen waren da und Ärzte und Kranken-

schwestern. Sie sagte zu dem Chefarzt: Bitte nicht, womit sie meinte, geben Sie mir keine Betäubungsmittel. Normalerweise arbeitet er unter ihr. Er nahm ihre Hand und lächelte und nickte und nickte den anderen Ärzten und Krankenschwestern zu, und alle gingen hinaus und ließen mich mit Olga allein. Sie war sehr müde. Ihr Gesicht war grau. Ihre Lippen waren weiß. Sie machte eine Bewegung mit der Hand, und ich faßte sie an. Sie schaute mich von sehr weit weg an. Ich sah, daß sie nichts anderes mehr konnte als atmen. Sie sagte mit lauter, plötzlicher Stimme: Rachel. Ich wartete und wartete und wartete. Das helle Licht strahlte unbarmherzig. Dann lächelte sie, ein richtiges Lächeln, und ich wußte, daß sie jetzt sterben würde, und sie sagte: Ja, Rachel ... ganz freundlich. Dann hörte sie auf zu atmen. Nach einem Weilchen schloß ich ihre Augen. Vorher hatte sie mich noch angeschaut. So hatte es geschienen. Ich blieb bei ihr, bis sie kalt war. Ich spürte keine Trauer, weil das gar nicht angebracht schien. Ich glaube auch nicht an den Tod. Und außerdem wäre ich am liebsten mit ihr gegangen. Dann rief ich eine Schwester und sagte, wenn irgendwelche Dokumente zu unterschreiben wären, so müßte ich das tun, denn jetzt sei ich das einzige Familienmitglied am Ort. Sie gaben mir eine Tasse Kaffee und brachten mir ein Formular zum Unterschreiben. Ich ging zu Fuß nach Hause. Inzwischen war es hell. Suzannah lag schlafend auf dem Sofa im Wohnzimmer. Das gefiel mir. Immerhin gab es sechs leere Betten, in die sie sich hätte legen können. Sie machte kein Theater und sagte nichts Dummes, sondern machte mir noch mehr Kaffee und weckte dann die Kinder und machte ihnen Frühstück. Wir saßen zusammen in der Küche, und ich erzählte ihnen, daß Olga gestorben war und daß ich für sie sorgen würde. Und Suzannah auch, fragten sie, und natürlich sagte ich ja. Es schien so richtig, das zu sagen.
Ich habe gemerkt, daß George natürlich Suzannah heiraten wird. Wie kam es nur, daß ich das bisher nicht erkannt habe? Sie ist jetzt schon ein Mitglied der Familie. Schon lange.

Jetzt, wo George und Benjamin fort und Mutter und Vater tot sind, ist viel Platz in der Wohnung. Ich habe Kassim Georges

Zimmer gegeben und Leila Benjamins. Das ist sehr wichtig für sie. Vorher haben sie sich wie Flüchtlinge gefühlt, die man aufgenommen hat. Aber jetzt sieht man, daß sie sich als Teil der Familie fühlen. Ich habe ihnen Aufgaben gegeben, zum Beispiel die Wohnung in Ordnung zu halten und einzukaufen, und Leila und Kassim können beide ein paar Sachen kochen. Ich habe sie noch in keine Schule geschickt. Ich weiß nicht wohin und wie. Ich habe sogar schon daran gedacht, Hasan zu suchen, um ihn zu fragen. Vielleicht sind diese Kinder in der gleichen Weise wichtig, wie George wichtig war? Soweit ich weiß, ist Hasan tot. Immer wieder denkt man an jemand, den man eine Zeitlang nicht gesehen hat, und dann hört man: tot. George hat, was die Kinder angeht, keine Anweisungen hinterlassen, außer daß ich für sie sorgen soll. Ich kann ihnen unmöglich alles beibringen, was sie wissen müssen.

Gestern abend kam Suzannah zum Abendessen, in der Art, wie sie es immer macht, ihre Augen bitten darum, daß man sie einlädt, aber sie ist bereit, sofort wieder zu gehen, wenn man es nicht tut. Beim Abendessen kam das Thema Schule auf. Suzannah ist gut in Mathematik und wird die Kinder darin unterrichten. Dann sagte sie, daß sie sie gerne einmal zur Arbeit mitnehmen würde. Sie lehrt Körperkultur und Hygiene und Ernährungslehre und diese Dinge in einem der Jugendlager. Ich sagte, nein, daß ich nicht wollte, daß Leila und Kassim von all dem beeinflußt würden. Ich sah, daß beide Kinder in ihrer höflichen Art belustigt aussahen. Suzannah sagte: Du darfst die beiden nicht überbehüten. Ich werde innerlich immer wütend, wenn sie etwas sagt. Es ist ihre Art. Alles, was sie sagt, ist von dieser gleichen Art. Aufdringlich. Es ist das Ergebnis von etwas, was ich nie verstanden habe, weil ich sie nicht mochte. Es ist eine Stärke, die sie auf ihrer Ansicht beharren läßt. Sie besteht darauf und ist viel zu laut, wegen ihrer Erfahrungen. Den üblichen schlimmen. Sie mußte sich alles erkämpfen. Deshalb kämpft sie. Sie ist ein Flüchtling. Sie kennt nicht einmal ihren richtigen Namen. Der Lagerverwalter nannte sie Suzannah. Einen anderen Namen hat sie nicht. Sie war sechs Jahre lang in einem Mäd-

chenlager. Sie hat sich im Lager alles mögliche selbst beigebracht. Sie hat die Helfer, die etwas von Mathematik und Hygiene und Ernährungslehre verstanden, dazu gebracht, es ihr beizubringen. Sie hat sich den Weg herausgekämpft.
Suzannah geht heute morgen wieder zur Arbeit, und es wäre vernünftig gewesen, ihr anzubieten, über Nacht hierzubleiben. Ich tat es nicht. Ich wollte, aber ich konnte mich nicht dazu überwinden. Ich fühlte mich von ihr überfahren. Also ging ich nach Hause, gerade noch rechtzeitig vor der Sperrstunde. Ich hatte Schuldgefühle. Als ich die Kinder zu Bett brachte, sagte Kassim: Rachel, versuchst du, Leila und mich vor etwas zu schützen, was wir schon erlebt haben? Ich weiß nicht sehr viel über sie. Ich frage sie nicht, weil es ihnen weh tun muß, und falls George mir etwas erzählt hat, habe ich nicht zugehört. Vielleicht wollen sie darüber sprechen, und ich lasse sie nicht. Ich werde ihnen Gelegenheit geben, aber ich brauche noch ein bißchen Zeit.

Immer noch kommen Leute hierher, die nach George fragen, aber nicht mehr so oft. Wie die Strömung eines Flusses, die plötzlich nachläßt. Das gibt mir zu denken. Alles hat immer so zufällig geschienen, die Leute, die kamen, und wie sie kamen, immer unter solchen Schwierigkeiten, aber jetzt, wo er nicht da ist, kommen nur wenige. Ich bin sehr vorsichtig. Benjamin sagte, ich müßte auf der Hut sein vor V-Leuten und Spionen. Wie soll ich wissen, ob jemand ein Spion ist? Man hat mir mehr aufgebürdet, als ich bewältigen kann. Wahrscheinlich mache ich die schlimmsten Fehler.

Gestern kam Raymond Watts. Natürlich passe ich bei ihm auf. Aber warum ist er immer noch hier? George hat Leute immer beauftragt, hierhin oder dorthin zu gehen, aber er hat nie jemandem befohlen hierzubleiben. Spät am Abend schneiten ein paar junge Holländer herein. Wie üblich sind sie auf ganz verrückten Wegen hergekommen, haben mal Pech, mal Glück gehabt. Suzannah war hier. Sie machte mir ein Zeichen und winkte mich nach draußen. Natürlich haben sie es gesehen. Ich ver-

mute, sie glaubte, sie hätten nichts gemerkt. Sie »flüsterte« mir zu, daß ich mich vor ihnen hüten sollte. Sie hörten es wohl, denn sie gingen sofort. Ich fragte Suzannah, woher sie das wüßte. Sie sagte: Wenn man so seine Erfahrungen hat, spürt man so was. Ich fragte sie nach Raymond Watts, und sie sagte: Ach, der ist jetzt in Ordnung.

Raymond Watts ist wieder hiergewesen. Ich habe gemerkt, daß er sich in mich verliebt hat. Na schön, wenn er Lust hat, damit seine Zeit zu verschwenden. Er redete über allerlei, und ich erfuhr, daß er Lehrer in England war. Ich fragte ihn, wie lange er hier bliebe, und er sagte, ein halbes Jahr, es sei denn, das Schicksal sei ihm hold, womit er wohl mich meinte, deshalb fragte ich ihn, ob er Leila und Kassim unterrichten wolle.

Gestern abend war Suzannah hier, weil sie die Kinder mit ins Lager genommen hatte und sie bei der Arbeit hatte helfen lassen, und dann gab sie ihnen eine Mathematikstunde, und dann aß sie mit uns. Ich überwand mich dazu, ihr anzubieten, die Nacht über hierzubleiben. Ich gab ihr Vaters und Mutters Zimmer. Sie brach fast zusammen vor Rührung. Na, ich auch. Sie hat einen Verschlag von einem Zimmer am Rand der Stadt, wo der Sand bis vor die Tür treibt und räudige Hunde herumlungern. Das Zimmer ist so heiß, daß sie sich nachmittags gar nicht darin aufhalten kann. Es ist ganz ähnlich wie das kleine Lehmkämmerchen, das ich so gern hatte, aber das Haus hat keinen Innenhof mit Wasserbecken, und sie hat kein Dach, auf dem sie schlafen könnte. Heute morgen sagte ich zu ihr, daß es doch das Gescheiteste wäre, wenn sie hierherzöge. Ich habe es nicht sehr nett gesagt, aber ich habe es immerhin gesagt, und das ist doch schon was. Ich weiß, daß sie sich hier breitmachen wird, aber ihr wird das gar nicht auffallen, und ich kann nichts dagegen tun, und ich weiß, daß das unwichtig ist.

Als ich Kassim Georges Zimmer gab, habe ich ihm versprochen, daß ich die Schränke für ihn ausräumen würde. Das habe ich heute getan. Ich trug Georges Sachen in mein Zimmer. Er hat

*nie viel an Kleidung besessen, und das, was er hiergelassen hat,
paßte gut in meinen Schrank. Natürlich konnte ich die Tränen
nicht zurückhalten. Ich vermisse ihn so sehr, daß es mich den
ganzen Tag und die ganze Nacht schmerzt. Ich vermisse auch
Benjamin, so seltsam das scheinen mag. Olga und Simon vermisse
ich nicht sehr. Aber ich vermisse das, woran ich mich erinnere
aus der Zeit, als ich klein war. Das ist natürlich dumm.
Wenn ich daran denke, wie müde sie waren, möchte ich am
liebsten weinen. Aber das würden sie nicht sehr schätzen. Und
ich auch nicht. Ich habe aufgehört, mir darüber Sorgen zu machen,
ob ich kindisch bin. Ich habe Georges Papiere in Kartons
gepackt. Ich habe Briefe darunter gefunden. Ich weiß nicht, ob
ich sie hätte lesen sollen, aber ich habe es getan. Einer war von
seiner großen Liebe in Indien. Alles, was ich dazu sagen kann,
ist, daß sie nicht viel von George versteht. Auch ein Brief von
George an sie, den er nicht abgeschickt hat. Sie hat ihn nicht
gelesen, aber ich. Deshalb scheint mir, wenn ich die Ergebnisse
betrachte, daß dieser Brief mehr für mich als für sie bestimmt
war. Es kommt mir ganz selbstverständlich vor, daß ich mich
unehrlich verhalte.*

Brief von SHARMA PATEL
an GEORGE SHERBAN

*Lieber Genosse,
ich habe erst gestern abend gehört, daß der Überbringer in Deine
Richtung geht, deshalb muß dieser letzte Brief (ich habe in
jeder freien Minute, die ich hatte, an Dich geschrieben, was aber
nicht viel bedeutet!) – er kann nur kurz werden, dieser Brief.
Wann kommst Du? Du hast es versprochen. Luis sagt, Du
kommst auf Deiner nächsten Rundreise; Indien, nur einer Deiner
Anlaufhäfen. Ich warte – Du weißt, wie ungeduldig.
Aber ich habe etwas Konkretes zu unterbreiten. Es ist durchaus
möglich, daß bei der nächsten Paneuropäischen Konferenz der
Jugendarmeen Indien zum Einberufen der Versammlungen bestimmt
wird. Das erwarten jedenfalls alle. Dann wird Deine
Sharma für dieses Jahr Boß über ganz Europa sein. (Ich mache*

natürlich nur Spaß, das weißt Du ja.) Aber ich freue mich darauf, ganz abgesehen von den Reisen in jedes der Länder. Ich habe mit Luis über meine Idee gesprochen. Ich habe ihn gebeten, sie sehr sorgfältig zu überdenken. Ich habe ihm gesagt, wenn Du bereit wärst, Dich dafür aufstellen zu lassen, würdest Du sehr wahrscheinlich Nordafrika vertreten können. Bist Du bereit, Dich aufstellen zu lassen? Du schienst nicht entschlossen, als wir darüber sprachen. Das ist falsch! Es ist nicht richtig, sich unschlüssig zurückzuhalten, wenn man weiß, daß man der Richtige für eine Position ist! Eigennütziger Ehrgeiz ist eine Sache. Dem rede ich nicht das Wort. Ich glaube, selbst meine schlimmsten Feinde könnten mir das nicht nachsagen. Aber es bedeutet keine Bescheidenheit, sich zu weigern, Verantwortungen zu übernehmen, für die man der Richtige ist! Und Du bist der Richtige für diese Aufgabe! Und Du verdienst sie. Dein Arbeitsstil und Deine Leistungen sind bekannt. Und dann Deine indische Herkunft, die auch nicht unbekannt ist! Von allen Seiten höre ich, wie hoch Du geschätzt wirst. Also hoffe ich, daß ich von Dir hören werde, daß Du Dich für den Weg hast aufstellen lassen, der offen vor Dir liegt. Was mich wieder auf meinen Plan bringt. Folgendes habe ich mit Luis besprochen: Es wäre ein Schritt nach vorn auf dem richtigen Weg, Europa und Afrika zu verbinden. Im Augenblick sind diese Verbindungen unbeständig und dürftig. Dies sollten wir verbessern. Ich schlage vor, daß Du, als Repräsentant von Nordafrika (Du wirst, Du mußt zustimmen!), Dich mit mir zusammen zur gemeinsamen Spitze der Armeen für dieses Jahr wählen läßt. Und natürlich könnten aus diesem einen Jahr sehr wohl zwei oder sogar noch mehr werden, die Tendenz läuft dahin! Ich sehe Dein liebes Lächeln vor mir. Ich höre schon, wie Du darauf hinweist, daß mein Plan von drei Unbekannten abhängt. Aber ich habe meine Ahnungen. Ich habe ein Gespür dafür, wie die Dinge sich entwickeln werden. Ich habe schon oft genug recht gehabt, gib es zu! Deshalb arbeite ich hier für den Erfolg dieses Plans. Wir könnten zusammen durch Europa und Nordafrika reisen. Ich brauche nicht zu sagen, was mir das bedeuten würde. Und Dir auch, das weiß ich. Unser Leben zusammen, unsere Liebe wird ver-

schmelzen mit dem großen Marsch der aufstrebenden Menschheit, der von der unverdorbenen Jugend der Welt angeführt wird.
Ach, ich kann es nicht erwarten, Dich wiederzusehen! Aber ich war so beschäftigt, tagsüber und die halbe Nacht dazu, wie üblich, daß ich gar keine Zeit hatte, traurig zu sein. Ich weiß, das willst Du von mir hören, wenn wir uns wiedersehen.
Doch gönne ich mir einen kleinen Genuß ... ich erinnere mich ... erinnerst Du Dich auch? – an jenes Kleinod einer Nacht nach der Konferenz in Simla ... eines Tages werden solche Nächte Erbe der ganzen Menschheit sein, deshalb habe ich nicht das Gefühl, egoistisch zu sein, wenn ich an dieses Kleinod einer Nacht denke. Ach, George, wann werde ich Dich wiedersehen? Der Überbringer wird hierher zurückkommen, bevor er nach Peking weiterreist, und mir Deinen Brief bringen. In dem Du, so hoffe und erwarte ich, meinen Vorschlägen zustimmst.

Deine Sharma

GEORGE SHERBAN *an* SHARMA PATEL

Ich habe Deinen Brief sehr aufmerksam gelesen. Ich werde Dich auf meiner Reise nach Indien sehen, und ich werde Dir erklären, warum ich mich nicht aufstellen lassen werde, wie Du vorschlägst. Aber Sharma, ich habe es Dir schon gesagt, ich habe Dir alles erklärt!
Ich habe geträumt. Möchtest Du meinen Traum hören?
Es gab einmal eine Kultur. Wo? – das spielt keine Rolle. Vielleicht im Nahen Osten, in China oder Indien ... Sie überdauerte eine lange Zeit. Tausende von Jahren. Wir können so gar nicht mehr denken: Beständigkeit, Kulturen, die sich kaum verändern, Generation auf Generation. Es war eine Kultur, in der es Reiche und Arme gab, aber keine großen Gegensätze. Auch war alles gut ausgewogen, Handel und Landwirtschaft, der Gebrauch von Mineralien, alles in Harmonie miteinander. Die Leute lebten lange, vielleicht tausend Jahre lang. Vielleicht fünfhundert. Es spielt keine Rolle, jedenfalls lang. Natürlich

verachten wir heute die Vergangenheit und glauben, daß Kinder meistens nur geboren wurden, um wieder zu sterben, aus Unwissenheit. Aber diese Menschen waren nicht unwissend. Sie verstanden es, nicht zu viele Kinder zu bekommen und im Frieden mit ihrem Land und ihren Nachbarn zu leben.
Stell Dir vor, was eine Ehe damals bedeuten konnte, Sharma. Nichts Verzweifeltes und Wahnsinniges, keine Furcht vor dem Tod, wie wir sie alle haben, die uns dazu treibt, uns zu paaren und zu heiraten, zum Haben und Festhalten, weil wir wissen, daß uns alles so plötzlich genommen werden kann.
Und ein Leben, das sich vor einem dehnte ... ein junger Mann konnte Eltern von zweihundert Jahren haben, bedenk einmal, Sharma, wie vernünftig und erfahren sie sein mußten ... er sieht diese Ehe, ihren Halt und ihren Sinn, und er weiß, daß er dasselbe möchte. Und es gibt ein Mädchen wie ihn. Sie haben sich vielleicht ihr Leben lang gekannt. Oder haben voneinander gehört, denn es ist Zeit genug, von diesem oder jenem Menschen zu hören – zu hören von jemandem, der in der Nähe aufwächst, und zu überlegen, würden wir füreinander recht sein? Aber es gibt keine Eile, keine Hast, keine Verzweiflung. Hinter ihnen dehnt sich ihre Kultur, und die weisen Männer und die Geschichtsforscher und die Geschichtenerzähler erzählen ihnen davon, und vor ihnen liegt ihre Welt und wird weiter- und weitergehen ...
Aber die Ehen werden natürlich jung geschlossen, denn das ist die Zeit für die Hochzeit. Die Familien machen langsame, wohlüberlegte Schritte aufeinander zu. Sie machen sich Gedanken darüber, wie sie ihr Bestes an Wissen in die Zukunft ihrer Rasse, ihrer Kultur tragen können. Sie sehen sich, fühlen sich als die Träger der Kultur. Ja, sie diskutieren über die Eigenschaften einer Familie – dies ist eine gute Familie, die Mutter ist gut und ausgeglichen und schön, und der Vater ist es auch und seine Linie auch. Die jungen Leute wissen, daß diese Dinge besprochen werden, doch erfüllt sie das nicht mit dem Gefühl persönlicher Beleidigung, wie wir es heute, dieser Tage, bei einer Diskussion nicht über unser herrliches und kostbares Selbst, sondern über unsere Bedeutung als Repräsentanten erleben

würden. Wenn sie sich treffen, dann ohne Panik und ungeduldiges An-sich-Raffen. Sie reden, und sie besuchen sich, und sie warten, und sie lernen die Familie des anderen kennen, und all dies kann lange dauern, vielleicht Jahre, denn es ist keine Eile. Und sie wissen, wenn sie beschließen, nicht zu heiraten, werden sie auf alle Fälle Freunde sein, so lange, daß sie ein Ende gar nicht absehen können. Inzwischen lieben sie sich natürlich und überlegen, wie sie leben wollen, an diesem Ort oder jenem, er wird hier oder dort arbeiten und sie auch, und die ganze Zeit sind in dem, was sie sagen und denken und tun, die Kinder eingeschlossen, denn das Wissen darum, wie man eine starke, beständige, gesunde Kultur erhält, ist das Tiefste in ihnen.
Können wir, in unserer Fiebrigkeit, in unserem Verzehren von Möglichkeiten, uns auch nur ansatzweise die Dichte ihrer Tage, ihrer Jahre vorstellen?
Sie heiraten, wenn die Zeit dafür gekommen ist. Was ist er? Ein Kaufmann vielleicht, und sie wird mit ihm herumreisen und ihm bei der Arbeit helfen. Oder Bauer? Oder stellen sie beide Kunst- und Gebrauchsgegenstände her? Kacheln, Haushaltsgefäße, alles zufriedenstellend und gut in ihren Händen und schön anzusehen. Oder sie werden beschließen, in einem Haus in der Nähe ihrer Bäckerei zu wohnen oder ist es ein Ledergeschäft oder ist er Tischler oder verarbeitet er Metall? Was sie mit ihren Händen tun, befriedigt sie, erfreut sie, jede Handbewegung, die sie machen, muß einen Zweck haben, eine Notwendigkeit. Es gibt keine Eile. Keine Furcht. Natürlich sterben die Menschen, aber nach einem langen Leben. Natürlich gibt es Unfälle und sogar zuweilen Kriege, aber das sind Plänkeleien am Rande ihrer Kultur, an die eine andere, genau so schön und alt wie die ihre, grenzt. Man bringt sich Achtung entgegen innerhalb dieser beiden Kulturen, und es wird geheiratet und Handel getrieben.
Dieses Paar bekommt seine Kinder und erzieht sie, und sie werden vom Strom ihres Erbes, der sie trägt wie ein Fluß, aufgesogen. Ich sehe diese beiden jungen Leute vor mir, verliebt – wie wir, Sharma – und voller Liebe, aber nicht im Dienst irgendeiner »Sache«, nicht im Begriff, die Liebe an sich zu reißen als

einen Schild gegen den Schrecken. Wie wir das tun, Sharma. Sie sind freundlich und spielerisch ... Ich sehe sie vor mir bei ihren einfachen Freuden, wie sie am Fluß entlanggehen und mit ihren Freunden nackt in frischem, gutem Wasser schwimmen. Und sich gegenseitig in ihren Häusern besuchen, Freunde besuchen. Kannst Du Dir vorstellen, wie Freundschaften in jener Zeit gewesen sind? Heutzutage sind unsere Freunde fast immer in anderen Kontinenten oder sie ziehen nächste Woche fort. Ich male mir gern aus, wie Freundschaften damals gewesen sein müssen.
Und ich sehe die beiden vor mir mit ihren kleinen Kindern, wie sie Freude an ihnen haben, jede Minute genießen, weil es diesen Druck nicht gibt, den wir kennen. Und wie sie zuschauen, wenn sie heranwachsen und diesen oder jenen Charakterzug zeigen, die Vergangenheit zeigen, die sie in die Zukunft tragen.
Und ich sehe sie vor mir, immer noch jung, einhundert oder zweihundert Jahre alt, energiegeladen und lebendig, und ihre Familie ist herangewachsen und versorgt sich selbst, aber nicht auseinandergeströmt, wie wir das als notwendige Entwicklung hinnehmen. Stell Dir die Beziehungen zwischen Kindern und Eltern vor, die sich schon hundert Jahre lang kennen. Was für ein Band das wohl sein mag? Stell dir vor, es dauert vielleicht dreihundert Jahre oder länger, bis ein Mensch seine Reife erreicht hat. Man kann denken und denken und es doch nicht begreifen, es fällt uns zu schwer! Die Hoch-Zeit. Eine wirkliche Hochzeit und Ehe. Das gab es einmal, da bin ich ganz sicher. Gefällt Dir dieser Traum, Sharma? Ich bin nicht so sicher ...
Oder wenn nicht, wie wär's hiermit: ... wir befinden uns in früher Zeit, sehr, sehr früh ... die Menschen haben eine andere Körperbeschaffenheit als die, von denen ich eben geschrieben habe, und sind natürlich auch anders als wir, mit unseren Krankheiten und unseren verkümmernden Organen und unseren armseligen kleinen Leben.
Es war eine Zeit, in der die Erde enge Verbindungen zu den Sternen und ihren Kräften hatte ... wirst Du ärgerlich, Sharma? Wahrscheinlich denkst Du, dies führt zu nichts. Du bist ein praktisches Mädchen, und ich bewundere Dich dafür. Welche Situation sich auch vor Dir auftut, Du hast sie in Windeseile

erfaßt, sie auf einen Nenner gebracht, gesehen, wie sie sich zukünftig entwickeln kann. Das ist eine Fähigkeit, die im tiefsten Teil Deiner Natur wurzelt – Du schätzt die Fähigkeit, aber nicht das, worin sie wurzelt! Über nichts von dem, was ich an Dir schätze, würdest Du Dich freuen, wenn ich es Dir sagte. Weißt Du das? Ist das nicht erstaunlich? Du glaubst, ich schätze an Dir, was Du an Dir selbst schätzt – Deine Klugheit, Dein Talent, Situationen zu bewältigen, Deine gescheiten, vernünftigen Reden, Deine bündige und schnelle Art in Komitees. Sogar Deine Menschlichkeit ... Weißt Du, daß Du ärgerlich werden würdest, wenn ich Dir sagen würde, was ich so gerne in Dir sehe ... es ist ein wunderbares Erfassen des Tatsächlichen, ein Sinn, eine Gabe, ein Instinkt. Ich sehe, wie Du eine Schale mit Reis aufnimmst, und Deine Hände haben in sich eine Sprache des Verstehens. Du hebst die Hand, um Deinen Sari festzustecken. Ich könnte ewig dieser Handbewegung zuschauen. Sie hat eine solche Sicherheit in sich, solches Wissen. Eines der Kinder kommt gelaufen, und es ist nicht, was Du sagst, sondern wie Du es berührst und hältst. Es ist ein Wunder, dieses Etwas in Dir. Ich kann nicht genug davon bekommen, ich schaue Dir zu, wie Du Deine Füße auf die Erde setzt, so vollkommen richtig jeder Schritt, und der Bewegung Deines Kopfes, wenn Du Dich umdrehst, um zuzuhören. Ich sage Dir, Sharma, da ist etwas, das ich – ich gebe auf! Ich neige mich davor, und das ist alles.
In jenen Tagen des anderen, älteren meiner Träume, gab es wenig Menschen auf der Erde. Die Menschen, die hier lebten, wußten, wozu sie lebten. Denn wir wissen es nicht, wir haben keine Ahnung! Sie existierten, um den Lebensstrom auf diesem Planeten zu erhalten. Sie waren es, die die kosmischen Kräfte, Gewalten, Ströme regulierten, die vielen unterschiedlichen, und alles mit ihren Mustern, ihren Strömen, ihren Rhythmen. Das Leben dieser Menschen war geregelt, jede einzelne Minute, durch ihr Wissen. Aber das bedeutete nicht die Regelmäßigkeit eines Uhrwerks, so wie wir denken und fühlen müssen, sondern eine Bewegung mit und durch diesen immer wechselnden Fluß der Strömungen.
Wenn ein Mann und eine Frau heirateten, geschah das nicht,

»um Kinder zu bekommen« oder »eine Familie zu gründen«, nicht notwendigerweise, obwohl natürlich Kinder geboren werden mußten, und wenn das der Fall war, so war es bewußt und gezielt. Nein, diese beiden wurden erwählt, oder wählten einander, weil sie mit dem Wissen darum, wie sie es tun sollten, geboren wurden – weil sie einander ergänzten, was nach ihrer Beziehung zu den Sternen, Planeten, dem Himmelsreigen, den Kräften der Erde, des Mondes, unserer Sonne beurteilt wurde. Es war nicht einmal so, daß sie einander wählten, vielmehr wurden sie danach ausgewählt, was sie waren, wo sie waren. Wenn sie »heirateten« – und wir vermögen nicht einmal annähernd nachzufühlen, wie ihnen das vorkam –, ihr Zusammensein war ein Sakrament in dem Sinn, daß alles zur Harmonie beitrug. Und wenn sie sich paarten, war das ein Sakrament im echten und wahren Sinne, das bewußt und gezielt begangen wurde, um Kräfte und Strömungen zu ordnen, zu nähren, zu stärken, zu vermindern. Dasselbe war es mit dem, was sie aßen. Und was sie anhatten. Es konnte keine Disharmonie geben, weil sie die Harmonie waren. Alles, ihre Gedanken und Bewegungen ... sie schwebten, auf dieser Erde, zwischen Erde und Himmel, und durch sie flossen Sternenleben, und durch sie floß die Substanz der Erde zu den Sternen ...
So war es mit der Ehe damals, Sharma. Ich sehe Dein Gesicht vor mir, wie Du dies liest.
Ich muß schließen. Mein Privatleben war traurig in letzter Zeit. Mein Vater und meine Mutter sind gestorben. Es waren wunderbare Menschen. Es gibt familiäre Probleme.
Bis bald.

RACHEL SHERBANS TAGEBUCH

Eine Menge Flüchtlinge aus dem neuen Krieg sind angekommen, und wir hatten zwanzig in dieser Wohnung. Irgendwie mußte es gehen. Jetzt sind sie in ein Lager gezogen. Überlebende. Überleben. Ich verstehe nicht, warum sie es unter so vielen

Mühen versuchen. Jeder einzelne hat seine Geschichte des Entkommens unter unglaublichsten Umständen.
Eine Million Menschen sind letzte Woche gestorben. Warum sollte es da eine Rolle spielen, ob Rachel Sherban leben bleibt? Das ist meine Frage. Ich weiß nicht, wem ich sie stellen soll. Es muß eine Antwort geben. Wenn George hier wäre, wäre das, was er täte, die Antwort. Er ist immer in Bewegung, rettet Menschen. Auf die eine oder andere Art. Ich frage mich wirklich, ob einige der Menschen, die er rettet, erfreut wären, wenn sie wüßten, daß sie genetisch von Wert sind. Genetisch brauchbar, hat George einmal gesagt, als ich ihn nach jemand gefragt habe.
Eine Million Menschen. Ich versuche, das zu begreifen. Die Menschen, die in dieser Wohnung herumwimmelten, leben. Aber die Unglücklichen sind tot. Warum der eine lebendig, der andere tot? Ich verstehe das nicht. Draußen auf der Straße nachts, der Krawall und die Schießereien und dann ein Toter auf dem Asphalt. Genausogut könnte ich das sein. Gestern abend bin ich hinausgegangen. Sperrstunde oder nicht, ich bin durch die Stadt gelaufen. Die ganze Nacht. Soldaten. Lastwagen. Schießereien. Ich habe nicht einmal mein Gesicht bedeckt. Keiner hat mich gesehen. Heute morgen bin ich zurück in die Wohnung spaziert, quicklebendig. Und? Gib mir eine Antwort darauf, wer immer du bist! Suzannah war außer sich. Willst du dich umbringen? schrie sie.
Mir ist etwas klargeworden. Ich frage mich, warum ich das bisher nicht gesehen habe. Wer ist es, der dieses Töten, diesen Schmerz, dieses Leiden braucht, den Tod, Tod, Tod, Tod? Das Blut und das Blut. Der Blutgeruch, der von diesem Planeten aufsteigt, muß jemanden in der Nase kitzeln. Jemand braucht ihn. Etwas. Es gibt nichts, was keine Funktion hat. Alles, was geschieht, paßt in irgend etwas hinein. Was geschieht, wird irgendwie gebraucht. Es geschieht, weil es durch die Notwendigkeit aus einer Situation herausgezogen wird. Nichts, was geschieht, ist unwesentlich. Es gibt etwas oder jemanden, der diese Grausamkeit und dieses Blut braucht.
Der Teufel, vermute ich.

Ich habe das Gefühl, als hätte ich plötzlich einen Schlüssel in der Hand.
Ich habe mal gelesen, daß der schlauste Trick des Teufels ist, daß niemand an ihn glaubt. An es. An sie. Wir sind wohl sehr dumm gewesen.

Ich fühle mich sehr seltsam. Als wäre ich gar nicht hier. Als würde ich nicht existieren. Ein Wind bläst durch mich hindurch. Ich spüre ihn, wie er durch meine Ritzen und Spalten bläst. Mir ist immer kalt.
Ich gehe in dieser Wohnung herum und fühle ständig, wie ich in die Unwirklichkeit treibe. *Das ist ein Wort. Ich sehe das Wort an, und es ist nichts mehr. Wieder einmal gibt es kein Wort dafür. Gestern fühlte ich mich so fern, daß ich in mein Zimmer zurückschaute, um zu sehen, ob ich am Fenster säße. Weil ich mich dort, wo ich an der Tür stand, nicht spüren konnte.*
Als diese Wohnung voller Flüchtlinge war, war alles gut, weil ich jede Minute damit beschäftigt war, etwas für sie zu beschaffen und etwas zu tun. Aber sogar dabei fühlte ich mich gewichtlos. Porös.
Suzannah macht sich Sorgen. Ständig äußert sie ihre Besorgnis und schaut mich an.
Suzannah ist so stark. Wenn ich neben ihr sitze, spüre ich Wellen von Hitze aus ihr schlagen. Nein, nicht Hitze, Kraft. Ich fühle mich richtig verbrannt davon. Sie hüllt mich ein. Aber wenn ich absichtlich zu ihr hingehe und mich neben sie setze, um es zu spüren, weil ich glaube, daß es mich wärmt, dann ist es, als würde ich zermalmt oder wie abgestorbenes Gras entzündet. Gestern abend hat sie die Arme um mich gelegt und mich umarmt. Sie wiegte mich. Es war das, was eine Katzenmutter ihrem Jungen gibt, das kalt geworden ist oder sich erschreckt hat, sie leckt es so rauh und heftig ab, daß das junge Kätzchen sich eben noch aufrecht halten kann oder sogar umgestoßen wird. Es ist, um das Blut zum Fließen zu bringen. Um das Junge wieder zu Verstand zu schocken. Diese Worte, zu Verstand, *sind genau. Lebendig. Sie klingen. Ich fühlte sie. Während ich dies schreibe, sind einige Wörter lebendig, und ich spüre, wie sie pulsieren,*

aber andere sind völlig tot. Wie »Wirklichkeit«. Suzannah packte mich hart an und schüttelte mich, aus demselben Instinkt heraus wie eine Katzenmutter.
Aber ich war ein Nichts. Ein kleiner Stock oder ein kalter Schatten in ihren großen Armen.
Ich legte meinen Kopf an ihre Schulter. Ein wenig, weil sie das freuen würde. Ich schlief sogar ein. Ich bin überhaupt nicht hier.
Vorletzte Nacht wachte ich auf und sah Olga auf meinem Bett sitzen. Sie lächelte. Einen Augenblick später sah ich, daß es nicht Olga war, daß es das Mondlicht war und die Vorhänge, die sich bewegten. Aber was ich die kurze Sekunde empfand, als ich dachte, es sei Olga, war eine Süße und eine Sehnsucht. Das machte mir angst, weil ich nie etwas dergleichen für Olga empfunden habe, als sie noch lebte.
Ich habe das Gefühl, daß etwas sehr Starkes an mir zieht, eine Art Saugen und Zerren, und ich möchte nachgeben und da hinein. Eine starke Süße ist irgendwo ganz nahe und zerrt an mir.
Suzannah läuft hinter mir her und schaut mich an. Sie liebt mich. Weil ich Georges Schwester bin.
Ich schaue sie an. So stark. Und so häßlich. Sie wusch ihr Haar. Ich dachte, jetzt wird sie es wieder zu diesen schrecklichen Wellen und Locken aufdrehen und sich so dick und häßlich machen. Als ihr Haar naß war, ging ich zu ihr und nahm den Kamm und scheitelte das Haar und kämmte es gerade und glatt. Sie wußte, was ich tat. Sie lächelte ein kleines Lächeln. Geduldig. Sie ist so lieb. Suzannah. Ich schaute sie an, als ich fertig war und sie vor mir saß, eine gewöhnliche Frau mittleren Alters. Eher wie ein Dienstmädchen. Sie wußte, was ich sah. Sie hatte Tränen in den Augen. Sie dachte: Rachel ist schön. Suzannah beneidet mich nicht. Sie ist nicht neidisch und mißgünstig oder häßlich in ihren Gefühlen wie ich.
Ich gab ihr den Kamm zurück, und sie drehte sich zum Spiegel und ordnete ihr Haar sorgfältig wie immer, bauschte es auf und kräuselte es. Dann den Kajal und den Lippenstift. Damit war sie wie immer. Sie sah mich nicht an, als sie fertig war. Sie

wirkte eigensinnig. An dem festhalten, was ihr gehört. Wir aßen zu Abend, Suzannah, ich und die Kinder. Ich schaute sie an und fragte mich, woher sie ihre Kraft hat. Ich legte meine Hand in ihre, und sie rieb und streichelte sie. Sie wußte, warum ich wollte, daß sie meine Hand in ihre nahm. Sie weiß so etwas. Sie sagte zu mir: Armes Kleines, arme Rachel.
Ich weiß wirklich nicht, was ich tun oder sagen soll. Ich glaube, ich existiere gar nicht. Um mich herum ist eine Durchlässigkeit wie ein Film, den ich nicht beiseite wischen kann. Eine Art schwacher Regenbogen.

Raymond Watts war hier und sagte, gerade sei jemand von drüben angekommen und habe eine Nachricht für mich. Dieser Mensch habe gehofft, George hier zu finden. Aber das ist schon mal merkwürdig. Warum denn wohl? Ich sagte zu Raymond, er solle diesen »jemand« herbringen.

Ich muß los, ich muß sofort abreisen. Der »jemand« hat gesagt, er habe Zugang zu der Information bekommen, daß George von den Herrschenden umgebracht werden wird. Er wußte nicht, daß George schon fort ist. Er gehört der Verwaltung an. Das bedeutet, die Jugendleute würden ihm nicht trauen. Raymond Watts traut ihm, weil er gesagt hat, er sei nach Ansicht der Verwaltung »abtrünnig« geworden.
Ich muß es George sagen. Ihn warnen. Vielleicht weiß er es nicht.

Suzannah hat mich die ganze Nacht bearbeitet. Ich sagte ja schon, daß sie die Macht hier übernehmen würde, und das hat sie auch getan. Wie ist es möglich? Vor einem Jahr lebten Olga und Simon noch und waren meine Eltern, und George war hier und Benjamin, und jetzt bin ich hier in dieser Wohnung allein mit Suzannah und zwei Kindern, die ich letztes Jahr um diese Zeit noch nie gesehen hatte, und sie sind meine Familie.
Welches Recht hat Suzannah, mir vorzuschreiben, was ich tun soll? Ich konnte nicht umhin, sie abscheulich zu finden, wie sie da saß, sich vorbeugte, nichts als ernste Augen und riesige Titten,

und mir vorschrieb: Tu dies, tu das. Sie sagt, ich muß hierbleiben. Dies ist dein Zuhause, Rachel, hier gehörst du her. Und du mußt doch bei Kassim und Leila bleiben, sie brauchen dich. Wieder und wieder.
Warum brauchen sie mich? Sie brauchen sie! Warum sollte die Welt Rachel Sherban brauchen, wenn sie Suzannah hat?
Natürlich wäre sie nur zu froh, wenn sie in dieser Wohnung allein gelassen würde, allein zuständig, und die Kinder ihr gehören würden! Sie ist hier. Sie wohnt im Zimmer meiner Eltern. Sie ist genau in der richtigen Position für George, wenn er zurückkommt.
Falls er zurückkommt.
Ich meine das nicht, was ich da über Suzannah geschrieben habe.

Sie sagt wieder und wieder, daß George nicht will, daß ich hinter ihm herfahre. Woher weiß sie das? Ja, natürlich hat George gesagt, daß ich hierbleiben soll, aber wußte er damals, daß dieser Mann auftauchen würde? Ich muß schnell los. Ich weiß, wie ich es mache, ich habe darüber nachgedacht. Suzannah sagte: Du kannst nicht gehen, Rachel, und wenn auch nur aus dem Grund, daß ich »so eine Prinzessin« sei und »ihnen« – womit sie die Leute von den Jugendarmeen meinte – meine Ansichten nicht gefallen würden. »Das siehst du doch sicher ein, Rachel«, sagte sie. Nicht gemein, o nein, es ist, was sie denkt, deshalb sagt sie es.
Als ich sagte, daß ich fahren würde, sagte Suzannah: Dann laß es mich wenigstens jemand sagen, den ich kenne und der dir helfen kann. Mit der Reise und der Verkleidung, meinte sie. Dieses »wenigstens« machte mich wütend. Das geht mir gegen den Strich. Dies ist einer der Sätze, die leben. Jedes Wort stimmt. Ich sagte, mir wäre völlig egal, mit wem ich mich träfe und was ich täte, das einzige, was mir wichtig sei, wäre, auf dem schnellsten Weg Europa zu durchqueren und George zu warnen. Ich werde nicht zulassen, daß sie ihn umbringen.

Ich werde mich so verkleiden, daß ich wie er aussehe. Wir sehen uns sehr ähnlich, das sagen alle. Dann werden sie mich an seiner

*Stelle umbringen. Das ist leicht. Diese Tausende von verschiedenen Uniformen und Trachten machen es leicht.
Ich bin bereit für die Fahrt. Suzannah kommt hinter mir her und sagt: Geh nicht, Rachel, geh nicht. Sie ist fast immer in Tränen aufgelöst. Sie sagt immer wieder: Du irrst dich, Rachel. Sie spricht meinen Namen auf diese schwere ernste Art aus. Das jüdische Ra-chel. Ich mag meinen Namen so. Ich habe mich immer gefreut, wenn die Leute Ra-chel sagten. Aber wenn sie es sagt, ist es, als hätte sie alle Macht über mich. Durch meinen Namen. Ich denke die ganze Zeit: Angenommen, George wußte, daß sie versuchen würden, ihn umzubringen und daß »jemand« hierherkommen würde und ich losfahren und ihn warnen würde. Er weiß alles mögliche, bevor es eintritt. Aber angenommen, er wußte es nicht? Dies ist der wichtigste Punkt. Manchmal denke ich das eine, dann wieder das andere. Ich weine die ganze Zeit, obwohl ich versuche, es nicht zu tun. Suzannah weint. Sie ringt die Hände. Ich habe nicht gewußt, daß die Hände ringen etwas ist, was man wirklich tut. Aber sie tut es. Typisch! Alles an ihr ist so rein! Sie klagt mich an: Ra-chel, du tust nicht recht, du tust nicht recht! Ihre Augen blitzen, sie glänzen vor Tränen. Anklage. Wie kannst du nur, Ra-chel! Es ist falsch, ach, das hätte ich nicht von dir gedacht! Tadel. Sie macht irgendeinen lächerlichen Fehler, vielleicht beim Kochen, verschwendet vielleicht eine Kleinigkeit. Oh, wie konnte ich so etwas nur tun, wie konnte ich nur! Reue, ihre Augen werden weit und starren wie auf einen rächenden Ankläger, ihr Haar steht tatsächlich zu Berge.
Und so sind wir jetzt zwei Frauen, die weinen und die Hände ringen. Ich beobachte uns, wie wir es tun.
Hier sind wir, in dieser Wohnung, wir beide, mit zwei Kindern, eine Familie, und sie beugt sich so völlig über mich und macht mir Schüsseln voller Suppe und gibt mir ihre Rationen und sagt: Du mußt essen, Ra-chel, du mußt schlafen, Ra-chel. Sie hat alle Möbel in Mutters und Vaters Zimmer umgestellt. Warum sollte sie auch nicht? Ich habe ihr zugeschaut, wie sie in der Tür stand und das Zimmer anlächelte, als hätte sie etwas geschenkt bekommen, das in ein hübsches Papier eingepackt ist*

und das sie nicht auspacken will aus Sorge, das Papier kaputtzumachen.
Als ich das sah, küßte ich sie. Ich liebte sie dafür. Ich wünschte, ich könnte ihr alles in hübsches Papier eingepackt schenken als Entschädigung für die schrecklichen Dinge, die ihr zugestoßen sind und die sie durchgestanden hat. Ich kann mir nichts vorstellen, das Suzannah zu Boden werfen könnte. Wenn man sie in einer Wüste mutterseelenallein mit Kassim und Leila aussetzen würde, tausend Meilen von allen menschlichen Behausungen, würde sie sagen: So, Kassim, so Leila, folgendes müssen wir jetzt tun, hört gut zu. Wir müssen vernünftig sein und ...
Ich fahre morgen los.

GENOSSE CHEN LIU *nach* PEKING:
Betr. Situation GEORGE SHERBAN

Versuche, sich dieses gefährlichen Mannes zu entledigen, sind gescheitert. Was schieflief, ist unklar. Eine Frau, die sich für ihn ausgab – seine Schwester, wie wir später entdeckten –, tauchte an verschiedenen Orten auf, doch nie an den von ihm vorgesehenen: Er hat nie den Versuch gemacht, die Ziele seiner Reisen geheimzuhalten. Diese Frau trug die Uniform der Sektion 3 der Nordafrikanischen Jugendbewegung, als sie Tunis verließ und als sie, unterstützt von dem Netzwerk der Jugendbewegungen und mit Hilfe von Mitfahrgelegenheiten in verschiedenen Militärfahrzeugen, in Spanien ankam. In Südfrankreich wechselte sie zur Kleidung über, wie sie von besagtem George Sherban oft getragen wurde, und es gelang ihr, für ihn gehalten zu werden, allerdings nur ein paar Tage lang. Im Laufe ihres Auftretens in Städten und Lagern, in denen er gar nicht erwartet wurde und wo sie sich sehr merkwürdig verhielt, erlitt sie Berichten zufolge einen Nervenzusammenbruch. Der echte George Sherban hielt sich derweil in Brüssel auf. Diese Zeitspanne von weniger als einer Woche reichte aus, um Gerüchte in Umlauf zu bringen, daß dieser »heilige Mann« – wofür er an einigen

Stellen gehalten wird – die Fähigkeit besitzt, an zwei Orten gleichzeitig zu sein. Die Gerüchte fanden weite Verbreitung, und der echte George Sherban war, wie berichtet wird, peinlich berührt. Jedenfalls sprach er in Amsterdam zu einer Versammlung von Hysterikern und bestritt, solche Fähigkeiten zu besitzen, doch reagierte die Menge so hitzig, daß er sich aus dem Staub machen mußte. Er reiste nach Stockholm, wo er einige Tage lang aus dem Blickfeld unserer Agenten entschwand. In der Zwischenzeit, noch während unsere Agenten Rachel Sherban für ihn hielten, wurde sie am Rande von Paris in zwei schwere Unfälle verwickelt, entrann aber beiden mit leichten Verletzungen. Wir neigen zu der Annahme, daß er mehrmals versuchte, sie zu erreichen oder ihr irgendwelche Botschaften zukommen zu lassen. Doch wurde sie auf unsere Anweisung hin von der Pariser Polizei des Volkes festgenommen und nahm sich, bevor sie verhört werden konnte, das Leben.
Diese theatralischen Ereignisse sind nicht das einzige, was die Situation verunklart. Zum Beispiel gingen wir davon aus, daß George Sherban die Wahl zum Repräsentanten für ganz Nordafrika anstrebt, und unsere Informationen gehen dahin, daß er dies mit Sicherheit erreicht hätte. Doch tat er nichts dergleichen, machte auch nicht einmal den Versuch. Er reist mit Hilfe des Jugendnetzwerks und repräsentiert eine Ansammlung diverser Organisationen, einige mit einem gewissen Status, andere mit geradezu lächerlich geringem Einfluß. Ich kann nur annehmen, daß sein Ehrgeiz weitaus höher gesteckt ist. Ich habe keinerlei Mutmaßung, worauf dieser Mann es abgesehen hat. Dies ist keineswegs das erste Mal, daß er eine offensichtliche Gelegenheit, ehrgeizige Pläne zu verwirklichen, verschmäht hat. Es gab andere Dinge, die ihm glatt in den Schoß gefallen wären, aber er ließ sie unbeachtet.
Auf der Suche nach Faktoren, die seine Karriere als Repräsentant so vieler und so unterschiedlicher Jugendorganisationen kennzeichnen, können unsere Agenten nur ein paar übereinstimmende Tatsachen bieten. Eine ist: Wo immer er gewesen ist, verlassen eine Handvoll von Individuen die Positionen, die

sie innehaben und begeben sich an andere Bestimmungsorte. Wir können keine kategorisierenden Gemeinsamkeiten an diesen Individuen erkennen, die allen Rassen und Nationen entstammen und beiderlei Geschlechts sind. Noch lassen sich die Orte, an die sie gehen, einordnen. Oder die Orte, von denen sie kommen. Oder die Aufgaben, die sie bei ihrer Ankunft übernehmen. Manchmal bleiben sie in den Jugendnetzwerken, manchmal nicht. Ihre Arbeit ist in einigen Fällen sichtlich verantwortungsvoll und respekteinflößend, in anderen wieder ohne jeden gesellschaftlichen Wert.

In Anbetracht dieser Umstände schlage ich vor, George Sherban am Leben zu lassen, bis wir in Erfahrung gebracht haben, was seine Ziele sind.

Die neun Versuche, uns seiner zu entledigen, haben uns das Leben fünf unserer Leute gekostet.

Sein Bruder Benjamin Sherban befindet sich in Lager 16 in der Tschechoslowakei. Er wird einer Spezialschulung auf Elitenniveau unterzogen. Es ist noch zu früh, die Ergebnisse zu beurteilen. George Sherban, Berichten zufolge auf der Reise nach Indien, verbrachte einen Tag zusammen mit Benjamin Sherban. Dies spielte sich in einer Weise ab, die typisch für seinen Arbeitsstil ist. Nichts an seiner Ankunft oder seinem Aufenthalt in Lager 16 war illegal. Und doch hat kein anderer je so etwas versucht, noch hatten wir geglaubt, daß jemand es versuchen würde: Es schien zwecklos. Doch liegt es außerhalb unserer Zuständigkeit, es sei denn, wir beschließen, unsere Wohlwollende Herrschaft aufdringlich herauszukehren.

BENJAMIN SHERBAN, LAGER 16,
TSCHECHOSLOWAKEI
an GEORGE SHERBAN *in* SIMLA

Ich habe Dir einiges mitzuteilen, mein kleiner Bruder! Doch *wie*, das ist die Frage. Eines nach dem anderen, höre ich Dich sagen. Richtig. Also. Du warst hier am Tag, bevor das »Freundschaftsseminar« beginnen sollte. Wir wußten nicht, worauf wir uns gefaßt machen sollten. *Ich* dachte an Luxus und Üppigkeit, eine Fortsetzung der großartigen Tradition des Karlovy Vary, jenem barocken Trost der Bourgeoisie für ihr hartes Leben, dito der Parteibonzen für ihr hartes Leben. Aber nichts dergleichen. Hinter einem prächtigen Äußeren, Gold und Putten und kitschigem Glanz, siehe da: zweckbetonte Zellen für uns Teilnehmer und Gemeinschaftsräume, die zu nichts anderem als spartanischen Gedanken verführen können. Zweihundert unserer Sorte. Crème de la crème. Alle unter fünfundzwanzig, einschließlich unserer chinesischen Mentoren. Gleiche Anzahl von Männern und Frauen. Angemessene Nüchternheit und keine Privilegien für irgend jemand, die Chinesen eingeschlossen.

Die anderen drei von *uns* kamen schließlich auch noch an, allerdings spät; sie hatten Schwierigkeiten gehabt. Ich machte mich ihnen bekannt, und die Anweisungen wurden übergeben.

Die verschiedenen Gegenstände wurden wie vorgeschlagen angeordnet.

Wir verzehrten unsere Mahlzeiten im ehemaligen Speisesaal des Hotels, doch das Essen bestand vornehmlich aus Kartoffeln – und wohl dem, der eine erwischte.

Die Chinesen, zehn an der Zahl, mischten sich von Anfang an unter uns, äußerst korrekt, doch freundlich. Sie gaben uns zu verstehen, daß die ersten paar Tage nichts organisiert würde. Das Programm: wir sollten einander kennenlernen. Das Programm, nach intensiverem Drängen: informelle Diskussionen über die Probleme, denen wir uns gegenübersehen.

Und das wären?

Die Beziehungen zwischen den Jugendarmeen und den unterworfenen europäischen Massen, die richtige Haltung den genannten unterworfenen Massen gegenüber.

Dies war durchaus nicht das, was allgemein erwartet worden war. Nämlich Exkursionen hier- und dorthin, Interviews mit den Funktionären, Gruppenaufnahmen vor Kulturdenkmälern und vielleicht ein Jahr als Ehrengast in einer chinesischen Stadt und dieser ganze Quatsch.

Bei diesem »Programm« kannst Du Dir denken, daß informelle

Diskussionen stattfanden! Zu denen die Chinesen nicht erschienen. Sie ließen uns alleine machen. Daraus schlossen wir, daß die erwarteten Belohnungen für gutes Benehmen und »Kooperation« nichts annähernd so Barbarisches wie oben erwähnt, sondern Aufgaben und Ämter verschiedener Art in dem neuen, besagte Volksmassen kontrollierenden Machtgefüge sein würden. In anderen Worten, wir kamen zu der Überzeugung – und glauben es noch –, daß die Führungsschichten im Machtapparat der Jugendarmeen der Verwaltung der Oberherren einverleibt werden sollen. Nach altbewährtem Muster. Doch: Hätte sich das Muster bewährt, wenn es nicht immer so gut funktioniert hätte? In anderen Worten: Wir wurden mit dem vollständigen Verlust der bisherigen Autonomie der Jugendarmeen konfrontiert – und man erwartet von uns, daß wir das überhaupt nicht tragisch nähmen, im Gegenteil: Wir sollen uns ohne den geringsten Protest bei lebendigem Leib schlucken lassen!

Doch glaub nur nicht, daß ich daran herumnörgle! Da dies mit Sicherheit irgendwann geschehen mußte, und wir es alle wußten, bin ich, sind sie, ist jeder überwältigt von Bewunderung, wie üblich, für den geschmeidigen Takt unserer chinesischen Wohltäter, welch angenehme Abwechslung im Vergleich zu Du weißt schon und wie schade, daß die sich zu gut dafür sind, eine nützliche Lektion von unseren Wohlwollenden Herren zu lernen.

Schön. Soviel zum äußeren Rahmen, der nicht der Kern meiner Mitteilung ist, sondern nur der Hintergrund dafür.

Die obenerwähnten »informellen Diskussionen« fanden Tag und Nacht statt, unterstützt von Alkohol (mäßig), Sex (wohltemperiert), Schwüren ewiger Freundschaft zwischen Alaskern und Brasilianern, Südseeinsulanern und Iren, Schottenmädchen vom Kap Wrath und Bewohnern des Kaps der Guten Hoffnung, alles wie üblich.

Alles *genau* wie üblich und wie zu erwarten, all die Saiten wurden angeschlagen, die die Wohltäter offensichtlich abgehandelt wünschten, bevor die Diskussion ernsthaft anfing: »Nie werde ich mich dem beugen ...«, »Ich würde eher sterben als ...«,

»Die glauben wohl, sie können ...« etc. und so weiter ad kotzeam. *Doch nach ein paar Stunden änderte sich die Atmosphäre, und hier möchte ich mich auf Deine Interpretation verlassen.* Nicht zu vergessen, daß unsere Mentoren sich während dieser Phase noch immer diskret abseits hielten und nur bei den Mahlzeiten in Erscheinung traten, Charme und liebenswerte Freundlichkeit in Person.
Die ebenerwähnte Atmosphäre. Ich brauchte einige Zeit, um zu verstehen, was da vor sich ging und dann, zu glauben, was da vor sich ging. An jenem ersten Vormittag befand ich mich mit zwanzig weiteren, zufällig zusammengewürfelten Menschen in einem ehemaligen Billardzimmer, das in eine Szene für Keiner-kriegt-uns-hier-weg umfunktioniert worden war, alle saßen herum, ganz locker, und redeten zum Thema Wenn-die-glauben-daß-sie-uns-kaufen-können, als mir plötzlich aufging, daß alles, was wir sagten, auch anders interpretiert werden konnte. Auf einer anderen Ebene. Das kam mir so wild vor, daß ich es erst mal darauf schob, daß ich bis vier Uhr früh mit Ihrer Lieblichkeit von Abessinien zusammengewesen war (nein, nein, nur unterhalterderweise). Nach dem Mittagessen, Rüben – und wohl dem, der eine erwischte –, war ich in einer anderen Gruppe von etwa zwanzig Leuten in einem anderen Zimmer. Wir diskutierten über die Möglichkeiten der Kooperation mit Dero Wohltätern, als ich merkte, daß es wieder passierte, und dieses Mal blieb ich dabei und schob es nicht wieder weg mit: »Aber das ist doch unmöglich!« Die Atmosphäre war bemerkenswert, *klar* und *kühl*, ich glaube, das trifft. Alle äußerst wach, schnell, alles erfassend, Blickkontakte sprachen Bände, wo Worte es nicht taten. Nicht nur ich, sondern alle stellten fest, daß etwas Merkwürdiges passierte. Ich hatte schließlich den Vorteil, Ähnliches schon erlebt zu haben, wenn Du im Einsatz warst. Aber alle merkten es! Jeder einzelne. Und trotzdem hätten die Wohlwollenden, wären sie dabeigewesen, von Anfang bis Ende dabeisitzen können, ohne ein einziges subversives Wort zu vernehmen.
Und dasselbe die folgenden drei Tage.
Ich werde es Dir wohl nicht weiter beschreiben müssen.

Ich war jedesmal mit anderen Gruppierungen von Leuten zusammen, je nachdem, wie sie sich in dem Augenblick bildeten, in dem eine »informelle Diskussion« dran war. Oft in verschiedenen Räumen. Aber in allen Gruppen geschah dasselbe. Unsere drei besonderen Freunde bestätigen es: Wir sprachen ein wenig darüber, *aber es war gar nicht nötig*. Immer häufiger geschah es, daß wir nach dieser Art *transparentem* Gespräch schweigend dasaßen, zehn, fünfzehn, zwanzig Minuten lang. Länger. Einmal eine Stunde. Ohne etwas zu sagen. Nicht nötig, auch nur ein Wort zu sagen.
Und wenn wir dann wirklich sprachen, waren die beiden Ebenen unverwechselbar – klar, so leicht zu verstehen, daß es war, als ob wir alle eine neue Sprache gelernt hätten.
Während also diese informellen und zufälligen Diskussionen stattfanden, kamen wir natürlich jeweils zu den Mahlzeiten alle im großen Speisesaal zusammen. Und saßen da in dieser hohen, ruhigen Atmosphäre, die uns eins machte. Und die Chinesen wußten nichts damit anzufangen. Sie fingen immer wieder Diskussionen und Themen an, aber schon nach wenigen Minuten erstarb das Gespräch. Wir merkten, daß sie glaubten, wir hätten Drogen oder ähnliches zu fassen bekommen. Wir merkten, daß auch sie langsam beeinflußt wurden. Das gefiel ihnen gar nicht. Wir wußten, daß sie sich trafen, um darüber zu diskutieren. Derweil genossen wir zwei weitere Tage ganz unter uns. Es gab eine Sitzung, bei der wir – der übliche, zufällig zusammengewürfelte Haufen – in ein Zimmer gingen, uns setzten und den ganzen Vormittag nicht ein einziges Wort sprachen. Es bestand keine Notwendigkeit dafür. Dann änderten die Wohlwollenden ihre Taktik, und fortan hatte jede Gruppe einen Mentor bei den informellen Diskussionen. Sie konnten nicht ändern, was passierte. Wenn wir tatsächlich sprachen, konnten sie nichts hören, das nicht auf einer bestimmten Ebene »vernünftig« gewesen wäre. Aber ein- oder zweimal begann das lange Schweigen, das sie unterbrachen, aus Nervosität.
Schön.
Ende der guten Mär.

Anfang der schlimmen Kunde.
Wir saßen alle da am sechsten Tag, so weit entfernt von unserem normalen albernen Selbst, daß uns ganz schlecht wurde, wenn wir uns überhaupt daran erinnerten. Da erschien ein Mann beim Frühstück, der sich nicht vorstellte, sondern einfach nur dasaß. Die Chinesen wußten auch nicht, wer er war. Das war deutlich. Obwohl sie nach einer ersten Überraschung so taten, als sei er *keine* Überraschung. Jedenfalls einige von ihnen. Wie gewöhnlich kam die Rettung durch die Tatsache, daß es ganz unmöglich ist, alle gleichzeitig in gleichem Maße einer Gehirnwäsche zu unterziehen. Einige unserer Mentoren waren fähig, auf der Stelle gute Miene zum bösen Spiel zu machen und eitel Einvernehmen zu spielen, aber andere nicht. Daran eben erkannten wir, daß dieser spezielle Wohlwollende ihnen unbekannt war.
Und was für ein Schnüffler! Vom Typ internationaler Technokrat, das sagt schon alles.
Der verbindliche Herr brachte sich sogleich in eine unserer Diskussionen ein, zufällig eben in die, an der ich teilnahm. Er kam lächelnd herein. Er setzte sich lächelnd hin. Ich kann Dir sagen, ich habe schon lange den Punkt erreicht, wo ich am liebsten die Pistole ziehen würde, wenn ich ein bestimmtes Lächeln sehe. Die Atmosphäre war ... nicht wie sonst.
Sie wurde *dick*. Wir alle begannen immer wieder, Themen anzusprechen, im selben Geist wie in den vergangenen zwei Tagen, aber alles, was gesagt wurde, *fiel flach*. Wörtlich. Genau das passierte. Worte, die wie Drachen in die Luft der Erwartung hinaufgeschickt wurden, gehalten von der Schnur der Einmütigkeit, fielen flop! zu Boden. Wie von einem Luftgewehr abgeschossen.
Verstehst Du?
Wir alle saßen da, bemüht, unsere Drachen, die auf den Hügeln der Enttäuschung und Unfähigkeit zappelten, wieder steigen zu lassen. Vor dem Mittagessen machte ich die Runde und stellte wie erwartet fest, daß alle Gegenstände, die Du mir mitgegeben hattest, verschwunden waren.
Beim Mittagessen herrschte eine äußerst gereizte Stimmung im

Speisesaal. Der Verbindliche saß auch da, allein, wie beim Frühstück.
Wieder waren die Chinesen von seiner Gegenwart offensichtlich beunruhigt, obwohl sie vorgaben, es nicht zu sein. Unverkennbar jedoch diese Ausstrahlung von Hier-stimmt-etwas-nicht und Ich-muß-aufpassen-sonst-geht's-mir-schlecht, wenn auch nur, weil man sich selbst so oft bewußt gewesen ist, dies auszustrahlen. Nach dem Mittagessen blieb ich nicht in einem Raum, sondern ging von einer Gruppe zur anderen. Der Lächelnde war bei einer anderen Gruppe als der, die er am Morgen beehrt hatte.
Die Atmosphäre war völlig weg. *Dahingeschwunden*. Richtig? Oder nicht?
Weggesogen?
Wir bekamen danach Seine Verbindlichkeit nicht mehr zu Gesicht. Das heißt, er beehrte unsere Beratende Versammlung genau einen Tag lang. Die Chinesen wiederholten auf Befragen: Oh, alles ist in Ordnung, das war ein Genosse auf Visitation.
Am nächsten Tag waren unsere »informellen Diskussionen« wieder im normalen Gleis, der übliche lautstarke jargonbehaftete Schwachsinn.
Unsere drei besonderen Freunde sind verschwunden. Sie sind nicht mehr hier. Hat Seine Mißgünstigkeit sie weggehext? Ich kann es nicht herausfinden. Die Chinesen sagen, sie wollen »der Sache nachgehen«. Der Zwischenfall hat sie alle ziemlich verstimmt.
Mir ist inzwischen klargeworden, daß die Leute hier sich nicht mehr daran erinnern können, was während dieser fünf Tage passiert ist. Ich meine dies so und genau so. Wenn ich versuche, es ihnen ins Gedächtnis zurückzurufen, stoße ich auf den Blick, den ich so gut kenne, diesen glasigen, leeren Blick. Es ist komisch, daß ich so lange gebraucht habe, um diesen Blick zu erkennen.
Ich habe sogar selbst mehr als einmal gemerkt, wie mein Verstand sich verschleiert, wenn ich versuche, mir diese Atmosphäre oder sogar alles, was geschehen ist, ins Gedächtnis zurückzurufen.

Es ist wirklich geschehen.
Es ist geschehen!
Was ist geschehen?
Zumindest weiß man, *was möglich ist*.
Ich habe mich auf das besonnen, was Du zu mir gesagt hast, als Du an jenem Morgen weggingst: Es kann nicht jedesmal klappen!
Oh, welche Gleichgültigkeit! Welche Sorglosigkeit!
Natürlich gibt es da eine Frage, von der Du nicht erwarten kannst, daß wir sie nicht wenigstens andeuten. Nämlich: Warum sich soviel Mühe machen, wenn man schon von vornherein weiß, daß es nichts bringt. Oder höchstens eine Chance von eins zu tausend besteht.
Nein, müh Dich nicht um eine Antwort.
Das, was Du gesagt hast, als ich Dir von Rachel erzählt habe: Na, dann eben mehr Glück beim nächsten Mal.
Schon gut, schon gut, ich spaße nur.
Aber hart an der Grenze.
Ich plappere. Aus einer Notwendigkeit heraus. Vergib mir.

Ich habe niemanden finden können, der Dir dies hätte früher überbringen können. Wir nähern uns dem Ende des Monats der Freundschaft und des Lernens, der unglaublich ermüdend ist. Die üblichen endlosen, bedeutungslosen, zänkischen Diskussionen um Dinge, die nie geschehen werden. Die Führungsspitze der Jugendarmeen hat eine Resolution durchgebracht, die dem »Versuch, ihre Aktivitäten der Verwaltung Paneuropas anzupassen«, zustimmt.
Ich habe unseren Wohltätern gegenüber noch ein paarmal Seine Widerlichkeit erwähnt, wenn auch aus keinem anderen Grund, als daß es amüsant ist, die hastige, verlegene und überkorrekte Art zu beobachten, mit der sie uns versichern, daß sein Besuch völlig in Ordnung war und gutgeheißen wurde.
Ja, aber von wem, das ist die Frage.
Also, was soll ich als nächstes tun?

GENOSSE CHEN LIU *nach* PEKING *an*
das KOMITEE FÜR DIE LEITUNG
und GESAMTKOORDINATION *von* ÖFFENTLICHEN
ANGELEGENHEITEN

Wieder muß ich über eine Notlage im Europäischen Sektor Bericht erstatten, die auf unzureichende Zuweisung von Nahrungsmitteln zurückgeht. Die Steuern, mit denen die landwirtschaftlichen Erzeugnisse belegt wurden, hatten, wie vorhergesagt, den passiven Widerstand aller Landwirte des ganzen Gebiets zur Folge. Der Übereifer der örtlichen Verwaltungen, die an sich löblichen und legitimen Forderungen der Zentrale zu erfüllen, wirkt sich konterproduktiv aus. Von Irland bis zum Ural, von Skandinavien bis zum Mittelmeer (der Bereich, für den ich die Ehre habe, verantwortlich zu sein) leiden die Menschen unter Hungersnöten. Ich habe mir die Freiheit genommen, in meinem letzten Bericht auszusprechen, daß meiner Meinung nach die unelastische Haltung den Paneuropäern gegenüber auf ein unausgesprochenes Bedürfnis nach Rache für Jahrhunderte der kolonialen Unterdrückung zurückzuführen ist. Ich habe demütigst darum gebeten, der Rat möge an die Vereinigten Komitees der Entwicklungsländer herantreten mit der Aufforderung, die Folgen ihrer Politik zu bedenken. Sollte der Wunsch bestehen, die Völker Paneuropas auszurotten, so sollte dieser auch formuliert werden, und man sollte Schritte unternehmen, um diese Pläne zu verwirklichen. Ich bin von meinem Gesandten an Euch unterrichtet worden, daß meine Worte zu diesem Thema als anstößig betrachtet wurden. Ich hoffe, daß mein Protokoll über den Dienst am Volk für mich sprechen wird. Es ist nie Teil unserer Politik gewesen, die Länder, die wir unter unsere Wohlwollende Schutzherrschaft genommen haben, pauschal dem Leid und der Qual auszusetzen. Es ist stets unser Ziel gewesen, umzuerziehen, wo irgend möglich, sogar jene widerspenstigen Teile der Bevölkerungen, die wenig Zeichen von Einsicht erkennen ließen. Deshalb nahm ich mir die Freiheit, und tue es noch einmal in diesem Bericht, anzufragen, ob es die wohlüberlegte Taktik unseres Rates ist, die Vereinigten Komitees der Entwicklungsländer zu unterstützen. Ob tatsächlich die Absicht besteht, Europa für eine Kolonisation aus dem Süden zu leeren? Wenn dies das Ziel sein sollte, so sehe ich mich gezwungen zu protestieren, und zwar aus Zweckmäßigkeitserwägungen. Was immer in Europa geschieht, wird unserer Wohlwollenden Führung angelastet werden. Aller Augen sind auf uns. Die Tatsache, daß örtliche Repräsentanten den Widerstand aufgegeben haben (dank unserer in den Härtegraden jeweils den Erfordernissen angepaßten Umerziehung) und meistenteils durch unsere Führung ersetzt worden sind, verleiht der Forderung Gewicht, sich zu versichern, daß die von den Verbündeten Komitees der Entwicklungsländer vertretene Politik zu unserem guten Ruf als wahrer Älterer Bruder der Mangel leidenden Völker der Welt beitragen sollte.

In Anlage zu diesem Bericht Brief an CHEN LIUS *Freund, den Vorsitzenden des Rates,* KU YUANG

Ich habe nichts von Dir gehört. Bedeutet das, daß Du meinen letzten Brief nicht bekommen hast? Oder daß Du ihn bekommen hast? Ich weiß nicht, welcher Gedanke schlimmer ist. Wenn Du ihn bekommen hast, brauchst Du dies nicht zu lesen. Ich bitte Dich, zu tun, was Du kannst. Sogar in den Lagern und Bezirken der Jugendarmeen, die doch zumindest regelmäßig, wenn auch nicht ausreichend versorgt werden, herrscht Not. Das allgemeine Leid ist ärgerlich und besorgniserregend. Beugt sich unser Rat jetzt etwa den Entwicklungsländern? Wird der Körper von den Gliedern beherrscht? Ist es möglich, daß dies nicht Schwäche ist, sondern Taktik? Fühlen wir uns nicht mehr fähig, auch nur eine Meinung auszudrücken? Oder protestieren wir, aber nur im stillen? Hier draußen in den Kolonien ist es natürlich schwer, sich ausreichend zu informieren. Aber ich tue, was ich kann: Zum Beispiel geht aus einer Analyse der unzähligen Tagungen, Konferenzen, Ratssitzungen der letzten zwölf Monate im Bereich der südlichen Hemisphäre hervor,

daß es über einhundert Reden über das Thema *Rache* gegeben hat, aber nicht eine (oder jedenfalls keine, die erfaßt wurde), die einer gemäßigten Haltung Ausdruck gab oder auch nur einer vernünftigen Absicht, die menschlichen und sonstigen Ressourcen zu verwerten, anstatt sie zu zerstören.
Lieber Freund, ich befinde mich in einem vernunftmäßigen und emotionalen Konflikt, der mich nachts wach liegen läßt und mir die Freude an meiner Arbeit für unser großes Volk raubt. Als Du mir mitteiltest, daß Du mich nach Übersee, nach Paneuropa schicken würdest, sagte ich Dir, daß ich nicht unbedingt der beste Mann für diese Aufgabe sei. Deine Antwort war, ein Mann, der sich seiner Vorbehalte und emotionalen Schwierigkeiten bewußt sei, sei besser als einer, bei dem dies nicht der Fall sei. Ich weiß nicht recht. Ich arbeite täglich, stündlich mit unseren Funktionären zusammen, Männern und Frauen höchsten Formats, die nicht an Zweifeln hinsichtlich ihrer Arbeit zu leiden scheinen. Und doch, um es noch einmal zu sagen: Die letzten paar Monate ist diese Arbeit – hoffe ich – nicht das Ergebnis unserer, des Zentrums, Entscheidungen gewesen.
Ich hasse die weißhäutigen Völker. Sie stoßen mich physisch ab. Ihr Geruch beleidigt mich. Ihre Gier hat in mir nie etwas anderes als Abscheu erregt. Sie sind plump in ihren Bewegungen, ungelenk im Denken, eindimensional und anmaßend. Ihr Überlegenheitsgebaren ist wie das des Trampels vom Lande, des Mannes, der in seinem Dorf groß ist und nicht merkt, wie lächerlich die Städter sein Schwadronieren und Aufschneiden finden.
Ihre Roheit hat mich schon immer erschreckt. Die Kaltblütigkeit der Absichten hinter ihrem schamlosen Mißbrauch von Opium, ihr Bestreben, unser kulturelles Erbe mutwillig zu zerstören oder sich daran zu bereichern, ihre Minderwertigkeit ... aber ich brauche nicht fortzufahren, denn wir haben das oft genug diskutiert. Ich lebe unter einer Rasse, gegen die ich einen Widerwillen hege mit allen Fasern meines Seins. Noch in der Phase ihres Niedergangs und Unterworfenseins gelingt es einigen, genaugenommen sogar vielen, sich zu benehmen, als seien

sie widerrechtlich der ihnen zustehenden Pfründe beraubt worden, und einigen gelingt sogar das Gebaren des enteigneten Herrschers, der den Pöbel tapfer erträgt.

Stell Dir meine Lage vor: gezwungen, untätig danebenzustehen, während eine Politik gemacht wird, der meine Gefühle applaudieren, an der meine niedrigsten Instinkte Gefallen finden, die mich zurück ins Barbarentum versetzt. Lieber Freund, ich schreibe unter dem Druck von Zwängen, die Du sicher verstehen kannst, und Du wirst es mir zugute halten. Ich glaube, daß unsere Kader hier tatsächlich so fröhlich und enthusiastisch bei der Arbeit sind, wie es den Anschein hat. So freudig können sie doch nur sein, wenn sie entweder der Politik der Entwicklungsländer applaudieren und billigen, was sie sehen und tun müssen, oder wenn sie nicht verstehen, was sie sehen – nicht verstehen, was es für uns bedeutet, daß eine solche Politik gemacht wird, denn das kann doch nicht unsere Politik, unser Wille sein, oder? Ich schaue ihnen zu und frage mich, ob es möglich ist, daß unser großes Volk so bereitwillig dem vorsätzlichen Massenmorden zustimmt oder ob sie sich vielleicht absichtlich in dem Glauben wiegen, daß das, was sich hier abspielt, etwas ganz anderes ist. Haben wir wirklich nichts dagegen, den Vergleich mit Dschingis Khan herauszufordern?

Mir ist klar, daß wir alle im Interesse des Allgemeinwohls auf den uns zustehenden Urlaub verzichtet haben, aber ich würde Dich gerne sprechen. Stimmt es, daß Du im Herbst die südliche Hemisphäre bereisen wirst? Falls das so ist, könnte ich vielleicht Urlaub beantragen und Dich irgendwo treffen.

CHEN LIU *berichtet dem* RAT *in* PEKING

Ferner zu meinem Bericht von vor einem Jahr. Da die Dezimierung, wenn nicht gar Vernichtung der Völker Paneuropas der Konferenz in Kampala zufolge inzwischen die offizielle Politik der Entwicklungsnationen ist, habe ich zu diesem Thema nichts mehr zu sagen, sondern lediglich von einer Folgeentwicklung zu berichten.

Bisher sind die Jugendarmeen relativ frei von Uneinigkeiten in Hinsicht auf das Thema Rassen gewesen. Das war gezielte und offizielle Politik, da Rassismus mit der älteren Generation, mit der Vergangenheit, identifiziert wurde. Solange Immigranten aus Indien, aus den Dürrezonen Afrikas, von den Westindischen Inseln, aus dem Nahen Osten nach Europa hereinströmten und sich niederließen, wo Land und Wohnraum zur Verfügung standen (in der Regel, weil die Bewohner verhungert oder an Krankheiten gestorben waren), haben die Jugendarmeen im großen ganzen peinlich darauf geachtet, daß örtliche Landrechte, Grundbesitzregelungen und die Integrität von Grund und Boden respektiert wurden. Wenn die Jugendsektionen sich leerstehende Dörfer oder unbewohntes Land aneigneten, so immer im Rahmen des von ihnen perfektionierten Stils, nämlich diese Grenzen einzuhalten, zumindest formal. Was natürlich zuweilen, ob aus Berechnung oder nicht, auf reine Nebensächlichkeiten hinauslief. Doch die wahre Stärke dieser Armeen wird ganz einfach durch Mangel und Not zerschlissen. Zum Beispiel wird jetzt eine Paneuropäische Konferenz, die diesen Monat in der Schweiz stattfinden sollte, auf weniger als die Hälfte des vorgesehenen Ausmaßes reduziert wegen des Fehlens von Verkehrsmitteln, Mangels an Brennmaterial, Mangels an Nahrungsmitteln. Und sie wird erst im kommenden Sommer stattfinden, weil keiner kleidungsmäßig für die Kälte ausgerüstet ist. Und in Griechenland, der günstigen Verkehrslage wegen.

Ganz allgemein konzentriert sich die Aktivität der Jugendlichen jetzt vor allem auf den eigenen Unterhalt. Ich bin mir der Tatsache bewußt, daß wir es uns zur Regel gemacht haben, die Existenz der Jugendarmeen zu beklagen; dies ist nicht der Kernpunkt meiner Kritik. Aber mir scheint, daß ein großer Teil dessen, womit wir sie verunglimpft haben – vielleicht notwendige –, leere Phrasen gewesen sind. Denn in vielen Gebieten sind die Armeen eine nützliche und oft die einzige Polizeitruppe und eine Barriere gegen jede Art von Anarchie gewesen.

Zum ersten Mal werden unter den Jugendlichen Töne angeschlagen, die dahin gehen, daß die europäischen Delegierten an

zweiter Stelle hinter denen aus den ehemaligen Kolonien kommen sollten, wegen der Unterlegenheit ihrer Rasse, die sich in früherem barbarischen Verhalten zeigte.
Ich verweise auf die vorausgegangenen Berichte.

CHEN LIU *an seinen Freund* KU YUANG

Ich habe noch nichts von Dir gehört. Und doch muß ich annehmen, daß Du meine verschiedenen privaten Briefe bekommen hast.
Wünschen wir zuzusehen, wie diese Millionen von jungen Leuten, von denen einige natürlich politisch völlig fehlgeleitet sind, aber die sich doch als umerziehbar erwiesen haben, Millionen, die überall auf der Welt ihre eigenen Organisationen, ihren Arbeitsstil, Schutzkräfte, Methoden der Selbstdisziplin gebildet haben, wünschen wir wirklich zuzuschauen, wie sie sich gegeneinander wenden? Ich kann nicht glauben, daß dies etwas ist, was Du Dir wünschen würdest, genauso wenig wie Du die gegenwärtige Politik in Europa billigen kannst.

CHEN LIU *berichtet dem* RAT *in* PEKING

Als eine Weiterentwicklung der Zustände, die im letzten Bericht angesprochen wurden: Ein Scheinprozeß auf höchster Ebene soll von den Vereinigten Jugendarmeen der Welt geführt werden. Angeklagter soll die weiße Rasse sein. Kläger die dunkelhäutigen Rassen. Dies wird im Sommer in Griechenland stattfinden. Dieser Scheinprozeß ist von höchster Bedeutung für die Jugendarmeen überall. Ich kann das gar nicht stark genug betonen.
Ein Individuum, nämlich George Sherban, ein Mann, den wir seit Beginn unserer Wohlwollenden Vormundschaft streng observieren und der bis dahin unter der Überwachung der paneuropäischen Föderation der SDCPD für P von P stand, wird die Rolle des Klägers übernehmen. Verteidiger wird John Brent-

Oxford sein, ein altes Mitglied des linken Flügels der Labour Party in Großbritannien, der auf verschiedenen Gebieten gearbeitet hat, vorwiegend als Repräsentant Großbritanniens in Europa für verschiedene Labourregierungen. Er wurde unter der Paneuropäischen Föderation inhaftiert und auf meine Empfehlung in eine niedrige Position bei der Jugendüberwachungsstaffel in Bristol, England, entlassen. Sein Gesundheitszustand ist schlecht. Er war Mitglied einer bekannten Anwaltskanzlei in Großbritannien, doch führten ihn seine politischen Aktivitäten fort von der juristischen Laufbahn. Er ist jedoch bestens ausgerüstet für diese Aufgabe, die eher Beredsamkeit erfordert als detaillierte Kenntnisse gegenwärtigen oder ehemals gültigen Rechts. Es ist erstaunlich, daß die Wahl gerade auf diese beiden Männer fiel. George Sherban ist britischer Herkunft. Sein indischer Erbanteil geht lediglich auf einen Großvater zurück. Er gilt in den Jugendarmeen allerdings als Inder ehrenhalber. John Brent-Oxford ist über sechzig. Man macht es sich zu leicht, wenn man annimmt, daß die Wahl eines Mitglieds der verachteten älteren Generation zum emotionalen Vorurteil gegen die Angeklagten beitragen wird: Ich habe Informationen darüber, daß er unter den Jugendlichen, die mit ihm gearbeitet haben, große Sympathie genießt. Man könnte eher sagen, daß diese Wahl Zynismus und Gleichgültigkeit ausdrückt.
George Sherbans Bruder, ein gewisser Benjamin, ein weitaus weniger charismatischer Charakter, wird einer von John Brent-Oxfords »Beratern« sein. Das heißt, er wird auf der Gegenseite seines Bruders stehen. Er ist kürzlich einer Umerziehung auf höchster Ebene unterzogen worden, ohne merkliche Erfolge.
Dieser »Prozeß« darf nicht unterbewertet werden. Schon gehen aus allen Ländern Anfragen über Reisegelegenheiten ein. Meiner Ansicht nach ist es erforderlich, ausreichend Nahrung zu beschaffen und eine Erlaubnis für die Unterbringung in Zelten zu erteilen. Die Stimmung innerhalb der Jugendarmeen hat sich, wie ich schon mehr als angedeutet habe, sehr geändert. Sie ist explosiv, unbeständig, zynisch – gefährlich. Ich

habe schon Vorkehrungen getroffen, daß Truppen in ausreichender Stärke zur Verfügung stehen.

CHEN LIU *an seinen Freund* KU YUANG

Ich bitte Dich zu intervenieren! Meine Anweisungen, zwei Regimenter von Soldaten für den »Prozeß« zur Verfügung zu stellen – annulliert. Meine Anweisungen für Sonderzuteilung von Nahrungsmitteln – annulliert. Meine Anweisungen, ausreichend Platz für Zelte zur Verfügung zu stellen, Behelfswasserleitungen zu legen und das Gebiet von den umliegenden Orten abzugrenzen – annulliert, annulliert. All das ohne eine Erklärung. *Ich habe keine erbeten.*
In zwei Monaten werden mehrere tausend Repräsentanten der Jugendarmeen aus aller Welt sich in Griechenland versammeln. Hat der Rat gründlich bedacht, welche Wirkung es weltweit haben könnte, wenn diese Angelegenheit außer Kontrolle gerät?
Ich schreibe dies in einer seelischen Verfassung, die in den Tagen unserer alten Freundschaft Dir gegenüber keiner Erklärung bedurft hätte.

CHEN LIU *an seinen Freund* KU YUANG

Ich habe Deine Botschaft bekommen. Ich verstehe Deine Situation. Der Beauftragte, der Dir dies bringt, ist, soweit ich sehe, vertrauenswürdig. Er wird meine Situation erklären. Ich war über alle Maßen erleichtert, von Dir persönlich zu hören, auch wenn die Nachricht nicht sehr hoffnungsvoll klingt. Ich werde jetzt den Ablauf des »Prozesses«, wie von Dir erbeten, schildern, unabhängig von dem Bericht, der über die üblichen Kanäle an den Rat gehen wird.
Zunächst einmal reiste George Sherban, der Hauptankläger, nach Zimbabwe, auf langsamem Wege, mit dem Auto, Bus, Lastwagen, Zug und sogar stellenweise zu Fuß. Er vertritt ver-

schiedene Jugendarmeen von dort und nahm ihre Anweisungen entgegen. Er geriet auf dieser Reise mehr als einmal in kritische Situationen. Die Kriege, die diese Gegend verheeren, haben einen Zustand bewirkt, in dem nichts mehr so wie erwartet abläuft. Die Jugendarmeen sind anarchistisch, schlecht organisiert, manchmal nichts weiter als Zusammenschlüsse von Plünderern und Brandstiftern. Die Reisegruppe mußte sich durch mehrere Kriegszonen hindurchschlagen. George Sherban reiste mit allen Vollmachten des Koordinierungsrats der Weltjugendarmeen. Er brauchte sie. Bei zwei Gelegenheiten wäre er fast in Gefangenschaft geraten, und einmal wurde er wirklich verhaftet, aber er konnte sich herausreden. Sein Bruder Benjamin begleitete ihn. Dieser Mann ist inzwischen mehreren unabhängigen Schulungsseminaren auf höchster Ebene unterzogen worden. Ich muß Mißerfolge auf der ganzen Linie melden. Mißerfolge allerdings einer interessanten Variante. An keinem Punkt kam es zur Konfrontation, zu einem Verlust der Höflichkeitsformen, einer Weigerung, die vorgeschriebenen Kurse zu besuchen. Im Gegenteil, wir haben selten einen kooperativeren und intelligenteren Schüler gehabt. Äußerlich war seine Unterwerfung unter unsere Wohlwollende Vormundschaft komplett. Doch hat er sich gegen unseren ausdrücklichen Wunsch mit seinem Bruder auf diese ausgedehnte Reise begeben. Wäre es an einer Stelle gewesen, wo wir volle und offene Befehlsgewalt haben, wäre er bestraft worden, aber sein Rang in den Jugendarmeen ist zu hoch, als daß wir ein mögliches Mißfallen riskieren könnten. Sogar als er uns seine Absicht, diese Reise zu machen, bekanntgab, geschah das mit einer absoluten Bereitschaft, auf alle unsere Vorschläge einzugehen, abgesehen einzig und allein davon, überhaupt nicht zu reisen.
In Zimbabwe wurde in Bulawayo, an dem Ort, an dem Lobengula hofhielt, eine Massenkonferenz abgehalten. Der neue Lobengula war anwesend und ließ mehrere tausend Gefangene frei, um seine Freude über diesen Anlaß zu demonstrieren. Es war hier, im Herzen des vormals Schwarzen Kontinents, daß George Sherban sich dazu beauftragen ließ, die dunklen Rassen

in dem bevorstehenden Prozeß zu vertreten – wobei von diesem Ereignis allerseits so gesprochen wurde, als handle es sich um einen echten Prozeß. Sie scheinen nicht fähig, die Konzeption oder vielleicht den Nutzen eines Prozesses, der nichts anderem als Propagandazwecken dient, zu begreifen. Natürlich mag die ganze Situation sie in Verwirrung gestürzt haben, ebenso wie die sehr zahlreichen Vertreter der braunen und anderer Rassen (unsere eigene eingeschlossen), die irgendwie den Weg hierher gefunden hatten. Kühnheit, Phantasie und Erfolg dieses Unterfangens waren beispiellos. Dieser fast völlig weiße Mann wurde von Schwarzen voller Begeisterung als ihr Repräsentant akzeptiert, und das als Inder! Die Geschichte des Hasses auf alles Indische, die Afrika beherrscht, schien nicht das geringste zu bedeuten! Meine Informanten teilen mir ebenfalls mit, daß diese Gelegenheit beispiellos hinsichtlich der Aktivität, der Emotionen und der Euphorie gewesen sei. Ich hätte etwas darum gegeben, dabeisein zu können. Benjamin Sherban hielt sich im Hintergrund, in einer Art, die ich nicht erwartet hätte, wenn ich den vielen Berichten über seine frühere Überschwenglichkeit und Überheblichkeit Glauben schenken darf. Er war lediglich einer unter den vielen Assistenten von George Sherban, der einzige mit weißer Haut. Er hat den Vorteil, die jüngere Jugend zu vertreten – die Acht- bis Vierzehnjährigen, und dies ist überall ein mächtiger emotionaler Stimulus.

Die Reisegesellschaft blieb mehrere Wochen in Zimbabwe. Sie machte einen illegalen Abstecher, der, wie mir berichtet wurde, eine bemerkenswerte Kombination von Mut und Genialität hinüber in den Transvaal bewies. Dann flogen sie zurück nach Griechenland, nachdem sie vom neuen Lobengula *gesegnet* worden waren (dieses Wort verwendet Benjamin Sherban in einem Privatbrief, in dem er das Ereignis darstellte).

Sie waren schon darüber informiert worden, daß es keinen militärischen Schutz, keine Extrarationen und keine Kooperation seitens der Behörden geben wird.

Ich habe mir berichten lassen, daß ihre Vorbereitungen unseren Wünschen und Vorstellungen bestens entsprechen.

Es war mir nicht möglich, mich in diesem Amphitheater beim Prozeß zu zeigen, denn meine Anwesenheit hätte eine Besorgnis unsererseits unterstrichen, die ich nicht offenkundig werden lassen wollte. Doch hatte ich reichlich Beobachter, sowohl offene – in unserer eigenen Delegation, die mich natürlich mit Informationen versorgt – als auch verborgene, die sich unter die verschiedenen Delegationen verteilt haben. Aus den zahlreichen und sehr unterschiedlichen Berichten stelle ich diesen Überblick zusammen.

Die fünftausend Delegierten waren ein jämmerliches Häufchen, verglichen mit dem, was bisher die Norm war. Wir haben uns angewöhnt, solche Gelegenheiten als Demonstrationen dessen zu sehen, wie verhältnismäßig gut es den Jugendarmeen geht. Diese Vertreter waren schlecht ernährt, schäbig, einige in offensichtlich schlechtem Gesundheitszustand. Die vom Vertrauen in sich selbst und ihre Zukunft getragene Stimmung war geschwunden. Sie sind jetzt trübe gestimmt und zynisch.

Die Anreise war für alle schwierig gewesen, obwohl ich Anweisungen gegeben hatte – ich konnte kaum darauf vertrauen, daß sie beachtet werden würden –, sie unterwegs nicht zu behindern. Viele hatten lange Strecken zu Fuß zurückgelegt, dies traf vor allem für die Europäer zu.

Von dem Augenblick an, in dem die ersten Delegierten eintrafen, setzte ein allgemeines Stehlen und Plündern ein, das aber durch einen Appell an ihr Verantwortungsgefühl schnell unterbunden wurde. Aber der Schaden war schon geschehen, und die Bewohner der Gegend, denen man mitgeteilt hatte, der Anlaß bedeute eine »Ehre« für sie, muß man sich von diesem Zeitpunkt an als schweigende, mürrische, alles beobachtende Menge vorstellen, die unaufhörlich um das Lager herum gegenwärtig war, zuweilen zu Hunderten.

Die Organisatoren hatten für Wachen und Aufseher und sonstige Sicherheitsvorkehrungen gesorgt, doch war alles schon von Anfang an und durchgehend fragwürdig, eher wegen der inneren als äußeren Spannungen. Es war vorgesehen, daß die Rassen sich gleichmäßig über das Lager verteilen sollten, aber fast sofort zeigte der Gegenstand des »Prozesses« seine Kraft,

indem er die weiße Rasse zu einer Minorität abtrennte, in ein Lager im Lager, das besonders bewacht und geschützt wurde. Von Anfang an wurde, im großen ganzen freundlich, darüber gewitzelt, daß der Hauptkläger eigentlich ein Weißer war. Vom ersten Tag an erfreute sich ein Lied bei allen Sektionen, ob schwarz, braun, gold, jadegrün oder weiß, großer Beliebtheit: »Ich habe eine indische Großmutter«, das vielfach abgewandelt wurde, wobei »Ich habe eine weiße Großmutter« der Favorit war. Es gab Gelegenheiten, bei denen das ganze Lager sang: »Ich habe eine – Großmutter« – weiße, schwarze, braune, irische, afrikanische Eskimo, alles gleichzeitig, in höchster Lautstärke und in einer Stimmung, die im Stil oder sogar der Stempel der Veranstaltung war: ein spöttischer, zynischer Nihilismus, dem aber durchaus etwas Gutmütiges anhaftete.
Wer erfindet diese Lieder? Woher kommen sie? Groß ist die Kraft des Volkes!
Es war außerordentlich heiß. Dies war das hervorstechende Merkmal des ganzen Monats, das alles andere überstrahlte. Die geräumigen und zweckmäßigen Speisezelte lagen teilweise im Schatten einiger uralter Olivenbäume, aber die meisten anderen Zelte standen in der Sonne. Das Lager brodelte und briet, einen Tag um den anderen. Wasser war knapp. Die sanitären Einrichtungen reichten eben aus. Am Schluß war das Lager ein unappetitlicher Ort. Hätte es nicht ein paar Regenschauer gegeben, so wäre die Situation noch vor Ende der ersten Woche unerträglich gewesen.

Ich habe mehrere Stunden damit verbracht, noch einmal die Berichte der Agenten zu lesen, mit dem Erfolg, daß ich diese Veranstaltung von neuem überdenke. Es gibt hier etwas, das erstaunlich ist. Daß diese jungen Leute hervorragend organisieren können, ist keinem von uns neu. Wir können in der Tat nur von ihnen lernen. Doch dies ging weit über normal vernünftiges Handeln und gute Zeitplanung hinaus.
Ich erinnere daran, daß dieser »Prozeß« fast als Witz anfing. Was man zunächst darüber hörte, klang jedenfalls danach. »Die Jungen wollen sich mal wieder über uns lustig machen« –

so in die Richtung. Es schien geschmacklos, um nicht zu sagen unsinnig, in Anbetracht der heftigen Leidenschaftlichkeit, die Rassenprobleme überall auslösen. Und dann wurde aus unseren Berichten deutlich, wie ernst sie es alle nahmen. Dann das Ausmaß der Vorbereitungen, die dafür getroffen wurden – die Reise nach Südafrika zum Beispiel, die von der Jugend der ganzen Welt vorbereitet und mit Interesse verfolgt wurde. Und schließlich die Teilnahme der höchsten Ränge der Armeen und dazu noch die Gegenwart von George Sherban, der immer in Schlüsselmomenten aufzutauchen scheint. Übrigens hat es eine Empfehlung gegeben, ihn zu beseitigen, aber der Befehl wurde annulliert, um ihm Zeit zu geben, seine Karten aufzudecken – und ich glaube, das hat er getan.

Um fortzufahren. Warum Griechenland? Zunächst kursierten vielfältige Gerüchte, daß der Prozeß in einer der Stierkampfarenen in Spanien abgehalten werden sollte, doch dann wurde mit mehr als notwendigem Propagandaaufwand verbreitet, daß dies das Problem vorbelasten würde, da Stierkampfarenen Stätten seien, an denen Blut fließt. Ohne weiteren Kommentar. Die Amphitheater in Griechenland? Für Europäer rufen sie Assoziationen von Bildung und Kultur hervor. Die alten Griechen, ein keineswegs auffällig friedliebendes oder besonders ausgeglichenes oder demokratisches Volk – sie waren ein Sklavenstaat, verachteten die Frauen, bewunderten Homosexualität –, würden, so hieß es, von der »westlichen Tradition« verehrt. Ohne weiteren Kommentar.

Die Amphitheater sind runde leere Arenen, die von kreisförmigen Reihen bankähnlicher Steinsitze umgeben sind. Nicht überdacht. Das Klima ist extrem heiß oder bitter kalt. Hat sich das Klima verändert oder waren die alten Griechen kälte- und hitzeunempfindlich?

Die Prozeßorganisatoren lösten das Problem so: Sie machten den Tag zur Nacht.

Jeden Tag war von fünf Uhr nachmittags, nach der schlimmsten Hitze, bis Mitternacht eine Sitzung anberaumt. Dann gab es eine Mahlzeit aus Salat, Körnern, Brot. Der Prozeß begann wieder um vier Uhr morgens und dauerte bis acht. Brot und

Obst wurden gereicht. Zwischen zwölf und vier Uhr gab es jede Nacht erregte Diskussionen und Debatten – informell. Das ganze Lager sollte also von neun Uhr früh bis vier Uhr nachmittags schlafen oder ruhen. Doch dies erwies sich als unmöglich. Die Hitze in den Zelten war unerträglich, und es gab nicht genügend Schatten. Einige versuchten, in improvisierten Unterschlüpfen zu schlafen oder in den Speisezelten, aber im großen ganzen bekam keiner viel Schlaf während dieses Monats.

Es wurde darum *gebeten*, keinen Alkohol ins Lager mitzubringen, wegen der Moslems und wegen der Schwierigkeiten, die Ordnung aufrechtzuhalten. Dies wurde respektiert, zumindest am Anfang.

Keine Erlaubnis für Flutlicht oder überhaupt eine Versorgung mit Strom war von uns erteilt worden. Dies führte zu recht interessanten Ergebnissen. Abgesehen von der extremen Hitze war das Beleuchtungsproblem der wichtigste Faktor des »Prozesses«.

Die Arena selbst wurde mit Fackeln beleuchtet, die in Abständen an der Peripherie befestigt wurden. Sie bestanden aus dem üblichen zusammengepreßten imprägnierten Schilfrohr. Wenn der Mond hell schien, war die Arena ohnehin deutlich sichtbar. Ohne den Mond war das Licht ungleichmäßig.

Wir müssen uns die um die Arena ansteigenden Sitzreihen mond- und sternenbeschienen, aber ohne andere Lichtquellen vorstellen, und dann die Gruppe der Kontrahenten unten, vom Mond oder unzureichend von Fackeln beleuchtet. Die Szene machte einen starken Eindruck auf alle meine Informanten, und es ist klar, daß die Nachtsitzungen wegen dieser Lichtverhältnisse emotionsgeladener waren und schwerer unter Kontrolle zu bringen.

Rings um den oberen Rand des großen Amphitheaters standen Wachen, andere bei jeder Sitzung und so ausgesucht, daß keine Rasse sich bevorzugt vorkommen konnte. Es war eine doppelte Reihe von Wachen, die eine Reihe nach innen gewandt, um die Menge auf den Sitzen zu überblicken, die andere nach außen gewandt, wegen der Dorfbewohner, die so nahe heran-

kamen, wie man sie ließ. Im Laufe des Monats nahmen diese ungeladenen Gäste stark zu und vermehrten noch die Organisations- und Hygieneprobleme. Es waren fast alles ältere oder sehr alte Leute oder Kinder. Alle waren von der Not gezeichnet. Daß die Jugendlichen in nicht viel besserer Verfassung waren, schien sie zu beschwichtigen und erlaubte eine gewisse Verbrüderung.
Ich habe nie einen Anlaß erlebt, noch von einem gehört, der so zu Gewalt, Aufstand und Mißgunst einlud und letzten Endes so wenig von alledem verursachte.
Ich komme jetzt zu dem, was die »Zuschauer« – das falsche Wort für solche leidenschaftlichen Teilnehmer – unter sich auf dieser Bühne sahen.
Schon von Anfang an war der Anblick unerwartet erregend. Der »Prozeß« war eine Herausforderung, ein Reiz für die Augen ... doch sicher nicht zufällig?
Die Arena war überhaupt nicht geschmückt, keine Slogans, keine Banner oder Fähnchen, wegen der Feuergefahr. Es gab nur die Fackeln, dreißig an der Zahl, jede mit zwei Wächtern. Sie stammten aus Benjamin Sherbans Jugendkontingent, Kinder um die zehn Jahre alt, Jungen und Mädchen, und fast alle, aber nicht ausnahmslos, braun oder schwarz. Die Bühnenmitte war also von Kindern umringt, alle in verantwortungsvollen Posten, denn die Fackeln mußten im Auge behalten und ausgewechselt werden, wenn sie herabgebrannt waren, was jede Stunde der Fall war. (Übrigens standen Fackeln zur Verfügung, die drei oder vier Stunden brannten, aber diese waren nicht genommen worden.) Die Kinder hatten damit die Kontrolle über einen wichtigen Aspekt des Verfahrens, und dies setzte von dem Augenblick an, in dem die »Zuschauer« ihre Plätze einnahmen, einen bestimmten Akzent: Die »Jungen«, die »Erben« wurden gezwungen, jeden Moment, den sie hier saßen, daran zu denken, daß sie schon in Kürze von einer neuen Generation von »Erben« beiseite geschoben werden würden.
Auf beiden Seiten der Arena standen je ein kleiner Tisch und ein Dutzend Stühle. Das war alles. Der Ton, das Arrangement, die Atmosphäre waren ganz zwanglos.

Auf der Klägerseite stand George Sherban für die dunklen Rassen. Er hat die elfenbeinfarbene Haut eines bestimmten Typs von Mischrasse, aber er ist schwarzhaarig und schwarzäugig und könnte Inder oder Araber sein. Von der *optischen* Wirkung her ist er jedoch weißhäutig. Bei ihm steht eine immer wechselnde Gruppe von Menschen jeder denkbaren Hautfarbe.

Auf der Seite der Angeklagten war der optische Eindruck ähnlich provozierend. Unter den Weißen waren immer auch ein paar braune und schwarze Menschen.

Die begleitenden Gruppen auf beiden Seiten wechselten mit jeder Sitzung, und auch während der Sitzungen war eine ständige Bewegung zwischen der Arena und den Sitzreihen und umgekehrt. Zweifellos war dies eine Taktik, die den informellen Charakter betonen sollte. Der Verteidiger John Brent-Oxford war der einzige alte Mensch, der anwesend war. Wie ich schon früher erwähnte, könnte man das als absichtlichen Versuch, die weiße Seite zu schwächen, deuten. Er hatte weißes Haar, wirkte schwach und nicht recht gesund und mußte sitzen, während alle anderen standen oder herumliefen. Er war daher unfähig, die Tricks der Selbstdarstellung anzuwenden: die plötzliche Geste; das Innehalten, von einem neuen Gedanken gepackt, mitten in einer Bewegung; das Zurückwerfen der Arme, das die Brust den Launen des Schicksals freigibt – all diese kleinen wohlkalkulierten Gebärden, deren Wirkung wir, mein lieber Freund, so gut kennen.

Er hatte nichts als seine schwache Erscheinung und seine Stimme, die nicht laut, aber doch fest und bedächtig war.

Die ganze Zeit, und die Bedeutung dessen entging natürlich keinem, war er von zwei Mitgliedern aus Benjamin Sherbans Kinderkontingent begleitet, einem weißen und einem pechschwarzen Briten aus Liverpool in England. Diese beiden, das war bald bekannt, hatten eine persönliche Bindung zu ihm, da er sich ihrer angenommen hatte, als ihre Eltern starben. Er war, in anderen Worten, in der Position des Pflegevaters.

Benjamin Sherban war fast immer hinter dem Stuhl des alten Weißen postiert, in einer Haltung, die die Verantwortlichkeit

für die Kinder ausdrückte. Sein Rang innerhalb der Kinderlager, der allen wohlbekannt war, tat seine Wirkung.
Meine Informanten waren alle ausnahmslos beeindruckt von dieser Anordnung der Arena, davon, daß es kein klar bezeichnetes, eindeutiges Ziel für ihre Empörung gab. Ich habe das Bedürfnis, an dieser Stelle einmal anzumerken, daß die Berichte über diesen ganzen »Prozeß« alles andere als langweilig waren. Ich wollte, ich könnte das häufiger sagen!
Ich komme nun zu dem, was man *hörte*. Das ist ein interessanter Punkt. Während alle meine anderen Empfehlungen annulliert wurden – Truppen, Sonderrationen, Wasserleitungen, Beleuchtung –, wurde eine einzige bewilligt, nämlich die Bereitstellung von Lautsprechern. Doch wurden diese überhaupt nicht benutzt.
Warum wurden die Lautsprecher bewilligt? Vielleicht war es ein Versehen. (Es ist sicher nicht übertrieben zu behaupten, daß ein großer Teil der Zeit jedes in der Verwaltung Tätigen darauf verwendet wird, sich über die mögliche Bedeutung von Ereignissen zu wundern, die keine andere Ursache haben als Inkompetenz.)
Und warum machten die Organisatoren keinen Gebrauch von den Mikrophonen? Die Auswirkungen waren negativ, nämlich wachsende Spannung und Gereiztheit. Dichtgedrängt von fünf Uhr nachmittags bis Mitternacht auf Steinbänken zu sitzen und sich anstrengen zu müssen, überhaupt etwas zu verstehen; dichtgedrängt auf hartem, sandigem Untergrund von vier Uhr früh durch die aufsteigende Hitze des Morgens bis acht Uhr zu sitzen und sich anstrengen zu müssen, etwas zu verstehen – das war wohl kaum dazu angetan, die allgemeinen Mühen und Anstrengungen zu erleichtern.
Eine meiner Agentinnen, Tsi Kwang (Enkelin einer der Heldinnen des Langen Marsches), saß hoch oben am Rande des Amphitheaters, um alles beobachten zu können. Sie berichtet, daß sie zunächst, als ihr klar wurde, daß sie sich würde anstrengen müssen, um jedes Wort zu hören, ärgerlich wurde. Gemurmel und Klagen stiegen aus den dichtbesetzten Reihen auf. Zwischenrufe: Wo sind die Mikrophone? Doch diese Zwi-

schenrufe wurden ignoriert, und es blieb den fünftausend Delegierten überlassen, daraus zu folgern, daß die »Behörden« (sie meinten damit uns, was für diesen Fall ja zutraf) nicht nur Sonderrationen und alles andere, sondern sogar Mikrophone verweigert hätten.

Tsi Kwang berichtet, aus dieser Höhe sei es gewesen, »als würden wir auf Marionetten hinunterschauen«. »Das wirkte störend.« Sie hatte das Gefühl, der Bedeutung des Ereignisses würde dadurch nicht Genüge getan. (Alle unsere Agenten identifizierten sich natürlich emotional mit der antiweißen Seite und hofften, daß der Prozeß die Weißen als die absoluten Schurken bloßstellen würde. Was zu einem gewissen Maße auch geschah. Wie hätte es auch anders sein können?)

Ohne Mikrophone, allein auf die nicht verstärkte menschliche Stimme angewiesen, mußte alles, was da unten auf diesem kleinen Platz gesagt wurde (ich sehe es jetzt beim Schreiben durch Tsi Kwangs Augen), einfach sein, da es geschrien werden mußte. Dies trug weiter zum herausfordernden Charakter des Spektakulums bei, da alles andere so formlos gehandhabt wurde. Zwanglos, beiläufig. (Abgesehen natürlich von den notwendigen Wachen.) Doch was gesagt wurde, mußte fast auf Slogans reduziert werden oder wenigstens zu einfachen Aussagen oder Fragen, denn schon aus halber Höhe hätte keiner mehr komplexe Argumente und juristische Spitzfindigkeiten verstehen können.

Jeder einzelne der Anwesenden – und alle hatten den Kopf voller historischer Beispiele, eigener Erinnerungen oder der Erfahrungen ihrer Eltern oder Vorfahren über Unterdrückung und Mißhandlungen – jede einzelne der anwesenden Personen war mit dem brennenden Bedürfnis gekommen, *jetzt endlich* (wie die Agentin Tsi Kwang es ausdrückte) *die Wahrheit* zu hören.

Der »Prozeß« fing sofort an, schon am ersten Abend. Immer noch kamen Delegierte an, sie waren erschöpft, einige am Verhungern. Improvisierte Tische standen unter spärlichen Bäumen auf dem dürren Gras mit Krügen voll Wasser und Körben mit dem Brot der Gegend. Diese Vorräte waren im Nu ver-

schwunden, und alle verstanden diese Anzeichen der zu erwartenden Knappheit. Über mehrere Morgen hinweg erhoben sich Zelte. Die ersten Plünderungen hatten stattgefunden und waren unterbunden worden. Tausende von jungen Leuten liefen umher. Einige, aus dem extremen Norden, Isländer und Skandinavier waren halbtot vor Hitze. Die tiefen, sengenden Himmel wurden von der Agentin Tsi Kwang besonders betont. (Sie stammt aus der Nördlichen Provinz.) Zikaden zirpten laut. Die üblichen Hunde waren aus dem Nichts aufgetaucht und beschnüffelten, was zu finden war. Genau um vier Uhr sprach sich herum, daß der Prozeß sofort beginnen würde. Und während noch die reisemüden, hungrigen Delegierten auf die heißen Sitzplätze aus Stein unter dem sengenden Himmel strömten, marschierten schon ohne weitere Vorbereitung die Gruppen der beiden Widersacher hinunter in die Arena und nahmen ihre Plätze ein. Die Fackeln waren natürlich noch nicht angezündet, aber die Kinder standen schon an ihren Plätzen, je zwei bei einer Fackel.
Auf den kleinen Holztischen lagen keine Bücher, keine Papiere, keine Notizen – nichts.
George Sherban stand mit seiner Gruppe neben dem Tisch auf der einen Seite, wo sie bald der Schatten umgeben würde. Auf der anderen, in der prallen Sonne, saß der gebrechliche alte Mann, der weiße Bösewicht, dessen Geschichte sie natürlich alle kannten, da die Mundpropaganda das schnellste, wenn vielleicht auch nicht genaueste Mittel der Informationsweitergabe ist. Jeder der jungen Menschen in den Rängen wußte von George Sherban und daß der Bösewicht der alten Britischen Linken angehört hatte und wegen seiner Verbrechen am Volk ins Gefängnis gekommen, dann rehabilitiert und von den Jugendarmeen hierhergebracht worden war, um einen hoffnungslosen Fall zu verteidigen.
Es war eine unruhige Menge. Sie rutschten auf dem harten Stein hin und her, murrten über die Hitze, das Fehlen von Mikrophonen, daß der »Prozeß« anfing, noch bevor viele Delegierte eingetroffen waren. Da waren die Begrüßungen zwischen Menschen, die sich vielleicht erst in Jahren oder Monaten wie-

dergetroffen hätten, auf irgendeiner Konferenz, vielleicht auf der anderen Seite der Erde. Und da war dieser Grundton von Verzweiflung und Angst, die sich nicht auf die gegenwärtige Szene bezog, sondern auf unsere allgemeine Überzeugung, daß offensichtlich Krieg droht. Und vielleicht war schon zu diesem Zeitpunkt, wo noch nicht ein einziges Wort zwischen Ankläger und Angeklagtem gewechselt worden war, allen deutlich, daß der »Prozeß« wohl kaum den Kern der wahren Probleme der Menschheit treffen könne, daß es nicht ausreicht, jedes Verbrechen einer bestimmten Klasse oder Nation oder Rasse zuzuschreiben – ich sage dies im Vertrauen auf Dein Verständnis, denn ich möchte nicht, daß der Eindruck aufkommt, mein langes (so kommt es mir jedenfalls vor) Exil in diesen unterentwickelten Provinzen hätte meine Fähigkeit, Dinge aus einem korrekten Klassenstandpunkt zu sehen, aufgeweicht.
Doch die Lage der Menschheit ist in der Tat mißlich, und es war diesen fünftausend Menschen, der gewählten »Crème« der Weltjugend nicht möglich, sich in dieser Umgebung gegenüberzusitzen in ihrer hageren, fadenscheinigen, hungrigen Verzweiflung, ohne bestimmte Tatsachen überdeutlich wahrzunehmen.
Nicht mehr als eine halbe Stunde wurde ihnen zugestanden, um sich niederzulassen und in sich aufzunehmen, was sie sehen konnten, was zu sehen sie gezwungen wurden, als George Sherban den »Prozeß« eröffnete, indem er neben dem Tisch zwei Schritte vortrat und sagte:
»Ich bin gewählt worden, die nichtweißen Rassen in diesem Prozeß zu vertreten für –« und hier nannte er die Namen von etwa vierzig Gruppen, Organisationen, Armeen. Die Agentin Tsi Kwang berichtet, es habe vollkommene Stille geherrscht, das Hin und Her, das Geflüster und Gehuste habe fast auf der Stelle aufgehört, da alle begriffen, daß sie sich vollkommen still verhalten mußten, um überhaupt etwas zu verstehen. Zudem war dies die erste Gelegenheit, die Erscheinung dieses Mannes auf sich wirken zu lassen und mit ihren Erwartungen von ihm zu vergleichen.
Er hatte keine Liste, sondern zählte die Namen, von denen

einige lang waren und teilweise absurd bürokratisch klangen (diesen Kommentar mache ich im Vertrauen auf unser altes Einverständnis über die notwendige Absurdität einiger Organisationsformen), ohne eine Gedächtnishilfe auf. Er stand, laut Agentin Tsi Kwang, ganz ruhig, entspannt und lächelnd da. Er trat zwei Schritte zurück und wartete.
Der alte weiße Mann auf seinem Stuhl begann zu sprechen. Seine Stimme war schwächer als die George Sherbans, doch klar, und die Stille war absolut. Mir will scheinen, daß diese Stille von mehr als von Haß oder Verachtung erfüllt war, denn sogar die Agentin Tsi Kwang bemerkte, daß er eine Figur machte, die »zu denken gab«. Zunächst einmal glaube ich, daß die meisten Jugendlichen wohl das ganze Jahr über keine alten oder älteren Leute sehen, es sei denn in Form von steinalten Wesen, die furchtsam vor ihnen davonhuschen, oder von Skeletten in Kleidern, die auf der Straße liegen und auf die Todeskommandos warten oder vielleicht einen Blick im Vorübergehen auf die, die in Institutionen, von allen vergessen, darauf warten, an Verwahrlosung und Hunger zu sterben. Die Jugendlichen *sehen* die Alten nicht. Sie sind nicht dafür programmiert, die Alten zu sehen, die ausradiert, negiert, ausgewischt werden, »aus dem ruhmreichen Buch der Geschichte getilgt werden«, wie Tsi Kwang das so munter formuliert. Sie sei unfähig gewesen, sagt sie, die Augen von diesem »alten, kriminellen Element« abzuwenden. Sein Anblick erfüllte sie mit einem »gerechten und konkreten Abscheu«. Sie fand, er müsse »vom Erdboden gefegt werden wie ein Insekt« und ähnliche, in diesem Zusammenhang verständliche Bemerkungen. Dir wird aufgefallen sein, daß ich diese Agentin so häufig zitiere – und das auch diesen ganzen Bericht hindurch weiter zu tun beabsichtige – wegen der, so könnte man es vielleicht nennen, klassischen Korrektheit ihres Standpunkts. Man kann sich darauf verlassen, daß sie immer den passenden Kommentar abgibt. Doch auch die anderen Agenten, von denen allerdings keiner an sie heranreicht, sind mir bei meinem Versuch, ein Bild von angemessener Licht- und Schattenwirkung zu zeichnen, von großem Nutzen gewesen.

Was der geisterhafte Alte sagte, war, daß er die weiße Rasse repräsentierte – und hier gab es weder Buhrufe noch höhnisches Gelächter, nur Schweigen –, und dazu sei er berufen worden von ... bei ihm folgte keine lange Liste von Organisationen aus allen Teilen der Erde, sondern nur: »Dem Verbündeten Koordinationskomitee der Jugendarmeen.«

Er verstummte und blieb schweigend auf seinem Stuhl sitzen, während nun George Sherban wieder nach vorne trat und laut und klar die folgenden Worte hinausrief, wobei er nach jedem Satz innehielt und den Blick auf die Zuschauerreihen richtete: »Ich eröffne diesen Prozeß mit einer Anklage. Dies ist die Anklage: Es sind die weißen Rassen dieser Erde gewesen, die sie zerstört haben, sie zugrunde gerichtet haben, die jene Kriege heraufbeschworen haben, die sie vernichteten, den Grund gelegt haben für den Krieg, den wir alle fürchten, die die Meere vergiftet haben und die Gewässer und die Luft, die alles für sich erbeutet haben, die die Qualität der Erde verwüstet haben, vom Norden bis in den Süden, vom Osten bis zum Westen, die sich immer arrogant verhalten haben und voller Verachtung und barbarisch gegen andere und sich vor allem des höchsten Verbrechens der Dummheit schuldig gemacht haben – und die jetzt die Bürde der Schuldhaftigkeit auf sich nehmen müssen, als Mörder, Diebe, Zerstörer, für die entsetzliche Lage, in der wir alle uns befinden.«

Während dieser Worte war kein Laut zu hören, aber als er geendet hatte und zurücktrat, entfuhr der Menge ein zischendes Stöhnen, das »schrecklicher war, als wenn wir die Bösewichter beschimpft und beleidigt hätten«. Dies ist der Kommentar eines anderen unserer Agenten, nicht von Tsi Kwang, die sich darauf beschränkte zu bemerken: »Nichts blieb unversucht, um die Verbrecher auf der Anklagebank der Geschichte mit Scham zu erfüllen.« Ein anderer Kommentar stammt aus einem Brief von Benjamin Sherban, der von uns abgefangen wurde: »Die Farce ist von jeher mein täglich Brot gewesen, aber ich muß Dir sagen, wenn ich mich nicht so lange und so vollkommen vom puren und blutigen Wahnsinn genährt hätte, daß ich zu keiner Reaktion mehr fähig bin, so wäre ich aus Furcht vor

diesem Zischen tot umgefallen.« Ich zitiere dies als Kontrast zu unserer bewundernswerten und stets verläßlichen Tsi Kwang. (Du erinnerst Dich gewiß daran, daß Benjamin Sherban direkt hinter dem Angeklagten stand.)
Es ist offensichtlich, daß das weiße Kontingent nur mit Mühe standhielt, indem alle stur vor sich hinschauten und nicht in die empörten braunen, schwarzen und goldenen Gesichter vor ihnen, und ihre Stellung nur mit Willensanstrengung hielten. Es folgte ein langes und angespanntes Schweigen. Der alte Weiße bewegte sich nicht. Die zwei Kinder an beiden Seiten seines Stuhles hoben bewußt den Kopf und starrten nach oben in die langen Reihen von Gesichtern. Anscheinend behielt Benjamin Sherban seine typische lässige und fast gleichgültige Haltung bei.
Die Sonne ging schon unter und hatte George Sherbans Truppe in Schatten gehüllt, der Abend war gekommen: ein schwüler, staubiger, unangenehmer Abend.
»Ich rufe meinen ersten Zeugen auf«, rief George Sherban – und das waren die letzten Worte, die er für die Dauer vieler Tage sagen sollte. Er war nie abwesend, wenn der Prozeß weiterlief, aber er hielt sich unauffällig in der Gruppe auf der Anklägerseite.
Der erste Zeuge war hervorragend ausgewählt (in gewisser Hinsicht). Es war eine Delegierte aus der Provinz Shan Si. Ein Mädchen von etwa zwanzig Jahren. Sie war natürlich gut genährt und ordentlich gekleidet und sah gesund aus, und sofort verlor die Atmosphäre an Gespanntheit. Wir sind nicht beliebt. Das ist die Strafe, die wir für unsere Überlegenheit zahlen müssen! (Ich verlasse mich auf unser altes Einverständnis hinsichtlich der kaum merklichen, aber notwendigen und oft ironischen Verschiebungen und Veränderungen der Ereignisse.) Nicht daß unsere chinesische Jugend sich nicht korrekt verhielte. Im Gegenteil, sie machen sich das korrekte Verhalten zu jeder Zeit, wo immer sie sich befinden, zur Pflicht. Doch ist es eine Tatsache, daß sie durch die Beschaffenheit unserer Wohlwollenden Regierung bestimmte Vorteile genießen, kurz, es war für die unterprivilegierten Europäer und die Repräsentan-

ten der Entwicklungsnationen nicht leicht, sich mit ihr zu identifizieren. Unsere Agentin Tsi Kwang kommentierte, sie sei erfreut, daß der erste Zeuge eine Chinesin gewesen sei, doch dann »beunruhigt«, weil es in »einer Art unverschämt« gewesen sei, die sie »ohne eingehendere Analyse nicht habe fassen können«. Der Kommentar des unglückseligen Benjamin Sherban war: »Welch merkwürdige Erscheinung eine Menschenmasse doch ist. Eine Konglomeration *instabiler Elemente*, kann man das so sagen? Wenn der Teufel die Bibel zitieren darf...«

Diese Zeugin zählte etwa fünfzehn Minuten lang, langsam und klar – ein Sprechstil, zu dem jeder hier gezwungen war – die Verbrechen auf, die die weiße Rasse an China verübt hatte, und schloß mit den Worten (die zum Resümee oder zur abschließenden Wendung fast aller Zeugen werden sollte): »... und haben sich stets der beleidigenden und unmenschlichen Verachtung, der Dummheit und der Mißachtung des chinesischen Volkes und unserer ruhmreichen Geschichte schuldig gemacht.«

Inzwischen war es fast sieben Uhr, und aus der Arena stieg die Dämmerung hoch. Die Sitzreihen lagen im Halbdunkel. Unsere Delegierte stellte sich, nachdem sie geendet hatte, zurück in die Gruppe der anderen im Schatten, auf den Sitzreihen wurde Beifall geklatscht. Aber es war nicht der stürmische Applaus, den man bei dem ersten der »Zeugen« hätte erwarten sollen, und der nicht ausgeblieben wäre (dies sage ich ganz sachlich kommentierend), wenn der erste Zeuge ein Indianer gewesen wäre – beispielsweise. Nein, die Hitze der Emotionen hatte sich gelegt, das ist eine Schlußfolgerung, die nach dem Studium der Berichte der verschiedenen Agenten unvermeidlich ist. Abgesehen davon schreibe ich das als der – wie ich hoffe, nicht völlig unerfahrene – Organisator von tausend öffentlichen Versammlungen.

Dann wurden die Fackeln angezündet. Das spielte sich so ab: Von vier verschiedenen Aufgängen zwischen den Sitzreihen sah man große flackernd brennende Fackeln herunterkommen und unter ihnen schattenhafte Gestalten, die sich als Träger ver-

schiedener Hautfarben herausstellten, golden, braun, schwarz und weiß. Mit diesen Fackeln liefen sie durch das Theater und erregten damit unausbleiblich Assoziationen an die Olympischen Spiele und ähnliche emotionsbefrachtete internationale Ereignisse der Vergangenheit und übergaben die Fackeln den Kindern, die schon dort standen, um sie zu übernehmen. Die Kinder trugen die unterschiedlichen Uniformen ihrer Organisationen. Sie stellten sich auf die Zehenspitzen – diese Einzelheit wurde von allen Agenten erwähnt, sie schien wohl einen lebhaften Eindruck gemacht zu haben –, um die Bündel von Schilfrohren anzuzünden, die in den Wänden der Arena steckten. Eine nach der anderen flackerten die Fackeln auf und erhellten die Arena. Die kleine Zeremonie wurde mit großer Aufmerksamkeit beobachtet. Ein zustimmendes Gemurmel erhob sich. Was das Gemurmel bedeutete, wurde von den Agenten unterschiedlich interpretiert.
Die Zeremonie des Anzündens dauerte einige Zeit. Da es die erste war, traten noch Schwierigkeiten auf. Eine Fackel etwa fiel vom vorgesehenen Platz, die beiden Kinder schreckten zurück, ein älteres Mädchen sprang aus einer der darüberliegenden Reihen herunter und nahm die Sache in die Hand, indem sie die Fackel wieder in die Halterung steckte und den Kindern half, sie geschickt – und nicht ungefährlich – mit den Resten einer der Fackeln, die von den Aufgängen heruntergetragen worden waren, anzuzünden. All dies geschah offensichtlich aus dem Stegreif und unorganisiert und paßte zu der informellen Atmosphäre. Eine andere Fackel war zu hoch aufgelodert, und die Flammen züngelten dicht an die in der Reihe darüber Sitzenden heran, und sie mußte herausgenommen und gelöscht und eine andere an ihre Stelle gesteckt werden. Nachdem all dies getan worden war, hatte sich die Atmosphäre gelöst und gelockert, die Delegierten plauderten miteinander, und es war ganz dunkel geworden. Es war eine heiße und staubige Dunkelheit, und die Sterne leuchteten nicht stark genug, um sie zu erhellen. Unten standen die beiden feindlichen Gruppen einander gegenüber. Und scharf abgehoben vor dem flackernden Licht saß der alte weiße Mann

ganz unbeweglich, mit seinen beiden Kindern, weiß und schwarz, auf beiden Seiten.
Der Mond stieg über eine niedrige Wolkenbank herauf. Ich wette, das war von der Regie so arrangiert! Es war ein Halbmond, doch strahlte er hell, und die Venus stand in der Nähe. Es war ein einzigartiges Szenenbild, wie geschaffen für einen Fackelzug, eine Fahnenweihe oder einen Drachentanz.
Ein paar Minuten lang geschah nichts. Ganz augenscheinlich waren alle vor der Schönheit der Kulisse und der Dramatik der Arena verstummt. Dann wurde beobachtet, daß die Gruppe auf der Anklageseite sich beriet. Informell. Daß alles informell gehalten werden sollte, war von Anfang an klargemacht worden und dann wiederholt und nochmals wiederholt worden. Aus beiden Gruppen hatten sich schon Teilnehmer gelöst und sich nach oben in die Sitzreihen gesetzt. Andere waren an ihre Stelle getreten – es war ein ständiges Kommen und Gehen. Die erste Zeugin hatte sich zurück zur chinesischen Delegation begeben. Die, nebenbei bemerkt, auffallenderweise an die beste Stelle des Blocks von Sitzreihen gesetzt worden war, nämlich weit vorne und in die Mitte zwischen den beiden Gruppen. Es war die einzige nationale Gruppe, der ein mit einer Fahne bezeichneter besonderer Platz zugewiesen worden war – die einzige, in anderen Worten, auf die den ganzen Prozeß über die Aufmerksamkeit gelenkt wurde.
Nach ein paar Minuten des Sternenlichts, des aufgehenden Mondes, der verschwommenen Arena und natürlich der reizenden Kinder, die tapfer und mit großem Ernst die flackernden Fackeln überwachten, löste sich eine Gestalt aus der Gruppe, aber nicht George Sherban, und ging zu den Angeklagten hinüber, und dann rief diese Gestalt, ein Mädchen, die Kontrahenten hätten das Gefühl, die Verhandlungen seien ja nun eröffnet worden, jedermann wisse, wie die Dinge stünden, und die Leute müßten doch müde und hungrig sein, deshalb wäre es vielleicht gut, den Prozeß früh abzuschließen, nur diesen einen Abend. Ob alle zustimmten.
Keiner war dagegen.
In diesem Fall, rief sie, würde die Mahlzeit um neun Uhr ser-

viert werden, nur diesen einen Abend, nicht um zwölf, wie in den kommenden Nächten. Dann umriß sie den Plan für die Sitzungen, bat um Nachsicht, da die Nahrungsmittel nicht einfach zu beschaffen gewesen und begrenzt seien, bat alle, auf der Hut vor Plünderern zu sein und die Ortsansässigen mit Achtung zu behandeln und betonte, daß sie an »Reserven des guten Willens und kameradschaftlichen Verstehens« appellieren müsse für diesen kommenden Monat, der ihre Ausdauer und Geduld bis an die Grenzen des Erträglichen beanspruchen würde.

Daß dieses Mädchen eine einfache Delegierte war, nicht einer der Stars, und daß die meisten nicht wußten, wer sie war, machte einen guten Eindruck.

Die Sitzreihen leerten sich schnell, als die Delegierten sich den Weg durch die Dämmerung suchten. Das Lager war nur schwach erleuchtet, mit ein paar Sturmlaternen in den Speisezelten und an deren Eingängen und vor den Latrinen, die aus Zelten über ausgehobenen Löchern bestanden.

Irgendwie gelang es den Menschen, sich in den übervollen Speisezelten zu sättigen.

Das war der erste Tag des »Prozesses«. Ich betrachte ihn als ein Wunder an Umgang mit Menschenmassen.

Nach diesem ersten Abendessen schliefen die meisten erschöpft ein. Viele schliefen an Ort und Stelle, in den Speisezelten, und die Bedienungen mußten mit ihren Tabletts über sie hinwegsteigen. Einige schliefen vor ihren Zelten – drinnen war es zu heiß. Es war eine Szene scheinbarer Unordnung. Aber sogar hier blieben die Weißen in ihren selbstgeschaffenen Ghettos und stellten Wachen auf.

Am nächsten Morgen, um vier Uhr, als die beiden feindlichen Gruppen unter den frisch entzündeten Fackeln mit ihren gähnenden Wachen standen, waren die Sitzreihen nur zur Hälfte voll und blieben es während der Sitzung, da viele der Delegierten zu müde zum Aufstehen waren.

So lief diese dramatische frühmorgendliche Sitzung auf halben Touren, und als die Langschläfer um acht Uhr hinaufstolperten, um mit denen zusammenzutreffen, die schon vier Stunden auf den Steinbänken gesessen waren, während die Dämmerung rot heraufkam, staubig und sehr warm, und nun in die Speisezelte ihr Brot und Obst holen gingen, war es, um aus zweiter Hand einen Bericht über die Vorgänge zu hören. Es waren zwei Zeugen aufgetreten, beide mit großer Spannung erwartet und von höchster emotionaler Bedeutung. Erstens der Repräsentant der Indianerstämme Nordamerikas und dann die Zeugin aus Indien.

Ein junger Mann vom Stamme der Hopi aus dem Südwesten der Vereinigten Staaten stand allein in der Mitte der Arena und rief seine Worte hinauf in die halbleeren Sitzreihen, wobei er sich langsam herumdrehte, so daß alle ihn hören und sehen konnten, und die Arme ausstreckte, als ob er »sich selbst und seinen Fall in seinen offenen Händen uns darböte, der arme Kerl« (Benjamin Sherban). Als er begann, war es tiefe Nacht, und die Sterne leuchteten. Sie wurden immer blasser, während er sprach.

Europa sei voller elender, hungernder Menschen gewesen, wegen der Gier seiner herrschenden Klassen. Als diese mit Füßen getretenen Untertanen protestierten, wurden sie verfolgt, gehängt dafür, daß sie ein Ei oder ein Stück Brot gestohlen hatten, ausgepeitscht, ins Gefängnis geworfen ... sie wurden dazu ermutigt, ihr Land zu verlassen und nach Nordamerika auszuwandern, wo sie den Indianerstämmen, die hier in Harmonie mit der Erde und der Natur lebten, systematisch alles wegnahmen. Es gab keinen Trick, keine Grausamkeit oder Brutalität, vor der diese weißen Diebe zurückgeschreckt waren. Als sie das Land von einer Küste bis zur anderen vereinnahmt hatten, die Tiere getötet, die Bäume und den Boden zerstört hatten, sperrten sie die Indianer in abgegrenzte Bezirke und mißhandelten sie. Diese Menschen, die wegen der Gier und der Grausamkeit ihrer Landsleute in dieses herrliche Land der Indianer gekommen waren, vergaßen ihre nur so kurze Zeit zurückliegenden Leiden und wurden genau wie jene. Sehr bald hatten die weißen Diebe sich in Reiche und Arme gespalten, und die Reichen waren so grausam tyrannisch und hartherzig ihren Mitmenschen gegenüber, wie es in der Geschichte der Menschheit

die Reichen je gewesen sind. Indem sie die Arbeitskraft der Armen ausbeuteten, wurden die neuen Herrscher sehr mächtig und beuteten nicht nur Nordamerika, sondern auch andere Teile der Welt aus. Sie führten Sklaven aus Afrika ein, wiederum auf grausamste und brutalste Weise, die ihre Arbeit tun und sie bedienen mußten. Dieses herrliche Land, das einst von Völkern bewohnt war, die keine Wörter für »reich«, »arm« und »besitzen« kannten, die ihr Leben in der Gemeinschaft mit und im Gehorsam vor dem Großen Geist, der die Welt regiert, lebten (ich zitiere natürlich aus den Berichten der Agenten), dieses reiche und schöne Land wurde geplündert, vergiftet, zu einem Waffenarsenal gemacht. Und von Küste zu Küste, vom Norden bis in den Süden wurden die Menschen dazu gebracht, anstelle des Großen Geistes, der die Seele der Menschheit verkörperte, die Anhäufung von Reichtümern anzubeten. Geld. Güter. Gegenstände. Essen. Macht. Der Ärmste unter den Weißen war reich im Vergleich mit den unterworfenen Indianern. Die am stärksten ausgebeuteten ausgepreßten Armen hatten noch im Gesetz verankerte Privilegien im Vergleich zu denen, deren wahre Heimat dies war. Diese Vereinigten Staaten – ein Begriff, den er voller Verachtung benutzte, hinausspie – seien ein Ort der Schande, der Bosheit, der Korruption, des Unheils. Und alle diese Verbrechen seien im Namen des »Fortschritts« – auch dieses Wort spie er aus – begangen worden. Alles im Geiste der Selbstzufriedenheit und des Stolzes auf sich.
Und dann die Zusammenfassung, die Anklage:
»Die Wurzel dieses verbrecherischen Handelns war Verachtung, die Mißachtung anderer, die nicht wie ihr waren, ein Hochmut, der euch daran hinderte, das wahre Wesen der Menschen zu erkunden, die ihr enteignet und als minderwertig behandelt habt, ein Mangel an Bescheidenheit und der Wißbegier, die auf der Bescheidenheit beruht. Die Klage gegen euch lautet auf Hochmut, Ignoranz und Dummheit. Und Gott wird euch bestrafen. Der Große Geist straft euch schon jetzt, und bald werdet ihr nichts mehr sein als eine Erinnerung, eine schändliche, häßliche Erinnerung.«
Diese Worte rief der junge Mann hinaus, schrie sie fast, Satz für

Satz, sehr langsam, das Gesicht zum Himmel erhoben und die Arme ausgestreckt – und als er endete, war der Himmel hell und blaß geworden. Der alte weiße Mann saß unbeweglich und stumm da.
Völlige Stille. Keiner regte sich.
Die Fackeln rauchten, und die Kinder löschten sie mit George Sherbans Hilfe. Die Zikaden hatten angefangen zu zirpen.
Während der ganzen Rede suchten sich vereinzelte Langschläfer den Weg zu ihren Plätzen. Doch war das große Amphitheater immer noch nur halb gefüllt, als eine junge Frau aus Nordindien, die Führerin der Jugendarmeen, Sharma Patel, angeblich George Sherbans Geliebte, nach vorne in die Mitte ging.
Sie war schön und beeindruckte sofort. Die Agentin Tsi Kwang beschrieb sie als »auffallend und mit vielen vorteilhaften Merkmalen«.
»Europa, vor allem Großbritannien, aber auch andere Länder haben Indien als einen Ort betrachtet, den es zu erobern, auszubeuten und zu benützen galt, so wie Europa das immer tat. Zweieinhalb Jahrhunderte lang wurden alle Reichtümer aus Indien herausgepreßt.« Hier folgten zwanzig Minuten lang Statistiken. Dieser Teil war nicht sehr geglückt: Material und Vortragsweise, die einem Seminar angemessen gewesen wären, wurden hier in diesem riesigen Rahmen angewendet, wo es notwendig war, alle Sinne anzustrengen, um überhaupt etwas zu hören. Noch bevor sie diesen Teil ihres Beitrags beendet hatte, war ihr Publikum unruhig, wenn auch wohlwollend.
»Indien war natürlich ›zu seinem eigenen Besten‹ auf die für Europa typische scheinheilige Weise von Armeen und Polizeitruppen besetzt worden, und die Bewohner des Kontinents mit ihrer langen komplizierten Geschichte, ihren vielen sich gegenseitig ergänzenden Religionen, ihren mannigfaltigen Kulturen, wurden von den weißen Eroberern als minderwertig und unterlegen behandelt. Die Herrschaft Großbritanniens über Indien war durch Waffen und die Peitsche errungen und aufrechterhalten worden. Die Menschen, die dies taten, waren die Barbaren. Sie waren ...« hier folgte die schon vertraute Anklage: »Sie waren hochmütig und anmaßend. Die Ausbeutung In-

diens geschah im Namen des Fortschritts und ihrer eigenen Überlegenheit. Überlegen! Diese häßlichen, ungelenken Menschen mit ihren unförmigen Körpern und Seelen! Diese ›überlegenen‹ Menschen waren unfähig, auch nur die Sprachen derer zu lernen, die sie unterwarfen. Sie kannten unsere Gebräuche, unsere Geschichte, unsere Art zu denken nicht. Sie waren nie etwas anderes als dumm, dumm und unwissend und selbstgerecht.«
Diese beiden Beiträge dauerten bis acht Uhr.
Die Langschläfer mußten sich ihre Informationen über die ersten beiden »Anklagepunkte« von denen holen, die zum Frühstück ins Lager zurückkamen. »Ja, aber das wissen wir doch alles«, war häufig der Kommentar. Als ob sie mehr erwartet hätten oder etwas anderes. Aber was? Denn dies war ein Gefühl, das den »Prozeß« von Anfang bis Ende durchzog. Es ist etwas, worüber ich viel nachgegrübelt habe, aber es ist mir noch immer ein Rätsel.
Den ganzen Tag über, bis fünf Uhr und zum Anfang der abendlichen Sitzung, war es im Lager heiß, ungemütlich und schwer erträglich. Alle begriffen, daß ihnen nichts Leichtes bevorstand. Es waren zu viele Menschen. Es gab nicht genug Wasser. Schon wurden Einsätze organisiert, um Nachschub an Nahrungsmitteln und Wasser zu besorgen. Auf allem lag Staub. Um diese Zeit sollten sie eigentlich schlafen, aber wo? Und schon waren die Ortsansässigen herangekommen, kamen in immer größeren Mengen, standen herum und beobachteten Tausende von jungen Leuten, die durcheinanderwimmelten, mehr zu essen, ein wenig Schatten, einen Platz zum Schlafen suchten. Was sie schließlich, schon recht resigniert, taten, war, sich in Gruppen zusammenzusetzen, vielleicht zu musizieren oder zu singen oder miteinander zu reden oder die Situation ihrer Herkunftsländer zu diskutieren. Solche Jugendtreffen sind schon immer – ich behaupte das schon lange – in die Richtung von gesetzgebenden Versammlungen gegangen! Wenigstens was die Wirkung angeht. Und George Sherban und sein Bruder und die anderen »Stars« waren überall, beteiligten sich an den Diskussionen und am Musizieren. Der alte Weiße war

auch da, von allen recht freundlich empfangen und oft genug der Mittelpunkt interessierter Gruppen.
Der größte Teil der weißen Delegierten – etwa siebenhundert – blieben diesen Tag über in ihrer Zeltenklave, und wenn sie zu einer Mahlzeit oder einem anderen Zweck herauskamen, verhielten sie sich still, vermieden Blickkontakte und, wenn angesprochen, lächelten sie und waren verbindlich und höflich. Sie verhielten sich in der Tat so, wie viele der von ihnen unterworfenen Völker sich hatten verhalten müssen. Sie versuchten, sich unsichtbar zu machen.
Diesen Tag über und nach der nächtlichen Sitzung und noch am folgenden Tag waren die Weißen in echter Gefahr, doch danach ließ die Erregung nach.
Unsere Agenten waren emsig. Natürlich ließen sie sich alle zu einem gewissen Maß von ihrem sehr lauteren Enthusiasmus für die Gerechtigkeit irreleiten. Sie sprachen von einem »totalen« Sieg über die weißen Rassen. Aber was mochten sie darunter verstehen? Sie schienen sich nicht nur einen Urteilsspruch zu ihren Gunsten vorzustellen, sondern darüber hinaus eine umfassende Gerechtigkeit irgendeiner Art. Aber wie durchgeführt und an wem? An der Person von John Brent-Oxford? An ihren Mitdelegierten? Ich kann aus diesen fiebrigen (aber natürlich vollkommen verständlichen) Berichten nur schließen, daß die Atmosphäre und die Emotionen im Lager hohe Wellen schlugen, über jedes vernünftige Maß hinaus.
Ich war damals überrascht und bin es jetzt wieder von der Unterschiedlichkeit des Tons in den ersten Berichten unserer Agenten und den späteren. Müssen wir vielleicht wegen dem, was wir nur als Fehleinschätzungen von Situationen verstehen können, annehmen, daß ihre Einschätzung auch anderer Angelegenheiten zuweilen falsch ist?
Zur zweiten Abendsitzung geleiteten Wachen die Weißen in einem Trupp zum Amphitheater. Die Wachen waren von den Organisatoren bestimmt worden und bestanden unter anderem aus beiden Sherbans, Sharma Patel und anderen »Stars«. Die weißen Delegierten saßen während dieser Sitzung zusammen, und ihnen wurde ein Platz angewiesen gegenüber dem, der für

unsere Leute, die Chinesen, reserviert war. Dies erweckte den Eindruck einer Konfrontierung, denn, wie ich schon sagte, saß keine andere Gruppe von Delegierten nach nationaler oder rassischer Herkunft geordnet.
Es ist klar, daß die Konfrontierung Weiße gegen Chinesen (und so sah es ja aus) von unseren Delegierten mißbilligt wurde. Sie hatten das Gefühl, daß eine Ehre (eine angebrachte, gerechtfertigte und geschätzte Ehre, die unserer Wohlwollenden Herrschaft gezollt wurde) dadurch in den Schmutz gezogen und sogar verhöhnt wurde, indem die gehaßten und verachteten Weißen jetzt in ähnlicher Weise von der Menge abgehoben wurden. Wenn auch aus anderen Gründen.
Wieder gab es die Gegenüberstellung zwischen den »Anklägern«, angeführt von dem – schweigenden – George Sherban und seiner Gruppe, und den »Angeklagten«, dem alten Weißen und seiner Gruppe.
Und wieder der späte Nachmittag, der zur Dämmerung verblaßte, das Anzünden der Fackeln, die bezaubernden Kinder, das ständige Kommen und Gehen zwischen der Bühne und den Rängen und zwischen Lager und Amphitheater, das vollgepackt, -gesteckt, -beladen mit Menschen war.
Die ganze zweite Nachtsitzung wurde von Repräsentanten aus Südamerika beansprucht, jungen Männern und Frauen von indianischen Stämmen. Dreißig waren es. Einige von Krankheiten verzehrt. Es war schwer vorstellbar, wie einige von ihnen die Reise überhaupt hatten bewältigen können.
Ich will nicht in Einzelheiten gehen.
Diese Anklage war noch gewaltiger als die der Indianer der Vereinigten Staaten, da die beschriebenen Ereignisse noch nicht so weit zurücklagen. Einige der Opfer standen vor uns ...
Das Eindringen Europas nach Südamerika. Die Unterwerfung hervorragender Kulturen durch Raubgier, Gefräßigkeit, Arglist und Betrügerei. Die Grausamkeiten des Christentums. Die Unterwerfung der Indianer. Das Einschleppen von schwarzen Menschen aus Afrika, der Sklavenhandel.
Die Verwüstung des Kontinents, seiner Ressourcen, seiner Schönheiten, seiner Reichtümer.

Die beiläufige oder absichtliche Ermordung von Indianerstämmen um ihres Landes willen, durch mitgebrachte Krankheiten, Hungersnöte, Plünderungen – Verbrechen, die noch nicht einmal jetzt abgeschlossen sind, denn immer noch gibt es Einschlüsse von verwertbarem Wald –, und jeder weiß, wenn es etwas gibt, das Profit verspricht, wird es früher oder später ausgebeutet werden. Die Zerstörung der Tierwelt, der Wälder, der Gewässer, des Bodens.
Einer nach dem anderen traten die Indianer vor und sprachen oder schrien vielmehr ihre anklagenden Sätze hinaus, damit all die Tausende von aufmerksam Lauschenden sie verstehen konnten. Die Weißen, vor allem die Spanier, saßen von ihren Wachen umgeben an ihrem Platz in den Rängen, angeklagt, strafbar, schuldig, und ernteten den Haß der Masse junger Leute, Repräsentanten in mehr als einem Sinne, denn jetzt im Augenblick *waren* sie die mörderischen Zerstörer, die sie – aus ihrer Haltung als Individuen heraus – gewiß jederzeit selbst verurteilten. Doch jetzt schien es sehr leicht möglich, daß man sie lynchen würde ... Der alte weiße Mann war vergessen, denn die Augen aller waren woanders.
Als die Indianer mit ihrer Klage geendet hatten, brachen zwei der Spanier aus ihrem Ring von Wachen heraus und liefen hinunter in die Arena, stellten sich vor den Stuhl des alten weißen Mannes, streckten die Arme nach oben in einer Haltung, die an den gekreuzigten Christus erinnerte und boten sich so ihren Mitversammelten dar.
Und wieder ertönte das tiefe, zischende Stöhnen, das das Blut stocken ließ.
Unmittelbar den Spaniern gegenüber stand die kleine Gruppe von Indianern, einige von anderen gestützt wegen ihrer Schwäche und Krankheit – die beiden Gruppen standen da, im Licht der lodernden Fackeln, während die Menge weiter ihr zischendes Stöhnen ausstieß. Und dann fingen, auf ein Zeichen der Anklägerseite hin, die Kinder an, die Fackeln zu löschen. Bald war das große Amphitheater dunkel, beschienen nur von den Sternen und dem kräftiger werdenden Mond. Die Menge begann, sich zu erheben und davonzutrappeln.

Alle unsere Agenten sagten, sie hätten fast erwartet, daß sich später herausstellen würde, daß die beiden Spanier in der Dunkelheit umgebracht worden wären, aber das war nicht der Fall. Dies war die erste normale Nacht. Um Mitternacht drängte sich alles auf der Suche nach Nahrung um die Speisezelte. Das Kontingent der Weißen bat die Wachen, sie allein zu lassen – und das erweckte einen guten Eindruck. Die beiden Spanier waren zu ihnen gestoßen, und anscheinend war bald eine Art informelles Seminar im Gang über die Verhältnisse auf dem Südamerikanischen Kontinent, mit den Spaniern und den beiden Sherbans an der Spitze. Auch der alte Weiße war gefragt. Jede Nacht dieses Monats, von Mitternacht bis vier, zum Beginn der Morgensitzung, waren sie in der Tat alle, besonders George Sherban, immer auf dem Plan, ein jeder der Mittelpunkt einer aufmerksamen Gruppe. Seminare. Studiengruppen. Kurse. Diese Worte wurden von allen unseren Agenten benützt. Der alte Weiße war, soweit ich verstand, so gesucht, weil die Jugendlichen begierig waren, etwas über die letzten Tage der »britischen Demokratie« und der Labour Party zu hören – was für sie Geschichte aus lang vergangener Zeit war. Sie sahen ihn auch als eine Figur, die durch den Willen, sein Verbrechen vor dem Volkstribunal zuzugeben und die letzten Tage seines Lebens dem Dienst an der Arbeiterschaft zu widmen, Buße tat.

Um vier Uhr früh, als sich das Amphitheater wieder füllte, wurden die Weißen wiederum an ihren Platz gegenüber der chinesischen Delegation geleitet, aber als sie dort waren, berieten sie sich kurz, baten die Wachen, sie zu verlassen und verteilten sich, um sich je nach Belieben zwischen die anderen zu setzen. Diese Geste weckte bei einigen, zum Beispiel der Agentin Tsi Kwang, Entrüstung, da es ihr wie eine Beleidigung des richtigen Massenempfindens schien. Doch im großen ganzen wurde es gut aufgenommen. Der Höhepunkt der Feindseligkeit und die Gefahr der Gewaltanwendung waren vorüber. Bald mischten die Weißen sich frei unter die anderen, zogen sich aber zur Ruhe noch in ihre eigenen Zelte zurück. Doch dauerte es nicht lange, bis auch dies unterlassen wurde.

An diesem Tag verschob sich der Schwerpunkt, sehr zum Ärger oder zur Enttäuschung aller unserer Agenten, die hofften, daß sich aus der Gefühlskrise der vergangenen Nacht etwas »Konkretes« entwickeln würde. Sie erwarteten, das ist klar, eine Verstärkung oder einen Höhepunkt der Feindseligkeiten.
Doch vom Gesichtspunkt der Rassenkonflikte her hatte sich die Hitze gelegt, weil nun eine Serie von »Zeugen« folgte, die zu den Auswirkungen der militärischen Vorbereitungen aussagten, der Zunahme der Waffen, der Kriegführung unter Wasser, potentiell und tatsächlich, den Flotten, die die Ozeane patrouillieren, und vor allem den Geräten, die den Himmel kontrollieren und deren Existenz ganze Kontinente mit plötzlichem Tod zu jeder Zeit bedrohen.
Die Abendsitzung wurde von einer Reihe von Vorträgen oder Darstellungen beherrscht, die wegen der notgedrungen langsamen, nachdrücklichen, vereinfachten Worte wie Wehklagen klangen: über das Fortschreiten der Kriegführung – über den Ersten Weltkrieg, einen europäischen Krieg, und die Gewalt, die auf nichteuropäische Rassen einwirkte, sie zum Kämpfen oder zur Ablieferung von Rohstoffen zwang; über Kolonien, die »verloren«, ausgetauscht oder neu erobert wurden; über Kolonien, die als Schlachtfelder für Konflikte dienten, die nicht die ihren waren; über den Zweiten Weltkrieg, der fast auf die ganze Welt übergriff, und die schrecklichen Verwüstungen, die er anrichtete, wieder vor allem innerhalb der weißen Rassen ausgetragen, aber unter Benutzung der anderen Rassen, wo möglich oder nötig, und den grausigen Höhepunkt, als die Nordamerikaner die Atombomben über Hiroshima und Nagasaki abwarfen. Und dann der Koreakrieg und seine Grausamkeit, seine Unlogik, seine zerstörende Wirkung, seine Stärkung der Vereinigten Staaten – und seine Korrumpierung der Staaten. Die Franzosen in Vietnam. Die Vereinigten Staaten in Vietnam. Afrika und seine Versuche, sich von Europa zu befreien. Wenn dies ein Versuch sein soll, die Wahrheit aufzuzeichnen, dann muß ich erwähnen, daß an diesem Punkt gewisse verhüllte Anspielungen auftauchten, die als Kritik an uns, ebenso wie an der Sowjetunion in Afrika verstanden werden konnten.

Diese Litanei, dieses Requiem oder Klagelied über das Thema Krieg dauerte drei Tage. Das Licht des Mondes wurde stärker. Die Abendsitzungen wurden von einem immer strahlenderen, zuletzt fast vollen Mond erhellt, der die Fackeln verblassen und die Arena und die Kontrahenten zwergenhaft klein erscheinen ließ.
Bis zum fünften Tag hatte sich eine Routine eingespielt. Und eine selbstauferlegte Disziplin: Alle sahen die Notwendigkeit dafür ein.
Sie betraf vor allem den Alkohol. Es hatte ein paar bedauerliche Zwischenfälle gegeben. Noch einmal wurde empfohlen, daß kein Alkohol mit ins Lager gebracht werden sollte. Doch drängten sich die Ortsansässigen inzwischen Tag und Nacht um das Lager, nur zu bereit, Alkohol zu verkaufen oder zu tauschen und hin und wieder ein paar Nahrungsmittel. Die jungen Leute hatten schon angefangen, das Lager unmittelbar nach dem »Frühstück« (die Agenten klagten darüber, daß die Mahlzeiten allmählich »unsichtbar« würden) zu verlassen und sich auf den Weg zu dem ein paar Meilen entfernten Meer zu machen. Dort tranken sie Wein, aßen, was sie an Nahrung erbetteln oder organisieren konnten und begannen Fische zu fangen und sie am Strand zu braten – im vollen Wissen darüber, daß die Fische aus diesem Meer keine zuverlässige und gesunde Nahrung waren. Sie schwammen, ruhten sich aus, liebten sich – und waren bis fünf Uhr zurück. Hätten sie das nicht getan, so wäre das Lager noch unerträglicher gewesen. Schon so war es wenig einladend, vor allem wegen des Wassermangels, stank, war schmutzig und mehr und mehr von den neugierigen Dorfleuten belagert, die diese ihre Besucher keine Sekunde aus den Augen ließen und ihre Versuche nicht aufgaben, sich zwischen die Sitzreihen zu drängen, um von dem, was sie ganz eindeutig als kostenlose Unterhaltung betrachteten, etwas zu erhaschen.
George Sherban schien nie zu schlafen. Er blieb meistens im Lager, immer verfügbar für alle, die ihn sprechen wollten. Oft war er mit dem alten Weißen zusammen. Sein Bruder Benjamin war sehr damit beschäftigt, sich um sein Kontingent von Kindern zu kümmern, die anfingen wild und undiszipliniert zu

werden und in Gefahr waren, sich von einem Augenblick zum nächsten in eine Kinderbande jenes Typs zu verwandeln, der uns unglücklicherweise so wohlvertraut ist. Viele Delegierte, männliche und weibliche, verwendeten ihre Energien darauf, diese Kinder in Schranken zu halten.
In der fünften Nacht fiel ein kurzer, aber heftiger Regenschauer. Der Staub legte sich, die Luft kühlte ab, die Sitze im Amphitheater wurden reingewaschen, die Spannung gemildert. Man nutzte die Gelegenheit, um die Latrinengruben aufzufüllen und neue zu graben. Das verbesserte die Lage etwas.
Nach den Sitzungen, die sich mit dem Krieg beschäftigt hatten, folgten vier Tage über Afrika. Die »Zeugen« kamen aus allen Teilen Afrikas. Die Tage, in denen sie Zeugnis ablegten, verwandelten die Atmosphäre von neuem. Wie kann ich es beschreiben? So verschieden an Typ und Aussehen, boten sie doch alle zusammen ein Bild solcher Lebendigkeit und Ausgelassenheit, solcher Kraft, solcher entschiedener Männlichkeit, solcher kämpferischer Unabhängigkeit – man darf natürlich nicht vergessen, daß in einigen Teilen dieses Kontinents Regierungen herrschen, die einigen von uns durchaus nicht gefallen und die unerwünschte Teile der Bevölkerung so bedrängen, daß nur noch die kriegerischsten überleben zu können scheinen. Wie auch immer – und natürlich setze ich hier nur ein Bild zusammen aus den Eindrücken unserer Agenten –, diese fast hundert Delegierten schienen ihre Andersartigkeit eindrücklich vor Augen zu führen. In einem Punkt zum Beispiel: Obwohl sie weitaus mehr Grund zu Klagen über den Weißen Mann als andere Kontinente hatten, waren sie sehr darauf bedacht, auch ihre Meinungen über die Einmischung anderer, Nichtweißer auszudrücken.
Ich will zu ein paar Einzelheiten zurückkehren:
Der erste »Zeuge« war eine schöne junge Genossin aus Zimbabwe.
Sie wurde mit größter Aufmerksamkeit und tiefem Schweigen empfangen, nicht mit dem zischenden Stöhnen, das von unseren Informanten so oft erwähnt wird. Dies war ein erstes Anzeichen des Stimmungswandels und zurückzuführen auf die

augenblickliche Situation in Afrika, die durch Kriege, Bürgerkriege und ökonomisches Chaos bestimmt wird. Was sie sagte, klang wie die Geschichte längst vergangener Zeiten, und das war an sich überraschend, denn sie begann bei der Eroberung von Matabeleland und Mashonaland durch Rhodes und seine Speichellecker, die vor nicht viel mehr als hundert Jahren stattgefunden hatte – eine Tatsache, an die sie ihre Zuhörer ohne Umschweife erinnerte. Unsere Agentin Tsi Kwang beispielsweise fühlte sich zu der Bemerkung getrieben, es gebe ihr zu denken.

Ihre Anklage, die offenbar als exemplarisch betrachtet wurde, vielleicht weil sie nur eine so kurze Zeitspanne umfaßte, denn ein Jahrhundert wirkte nur wie ein Augenblick, verglichen mit den Zeiträumen von Jahrhunderten, um nicht zu sagen Jahrtausenden, die einige Delegierte ohne Mühe umrissen, dauerte von vier Uhr des sechsten Tages bis acht Uhr; doch wurde sie während der letzten Stunde von einem weißen Zeugen unterstützt, einem Juristen, dessen Anwesenheit – er stand neben ihr und rief auf Zeichen von ihr alle möglichen Tatsachen und Zahlen in den frühen Morgenhimmel hinaus – absonderlich und auf einige Ungeduldige sogar lächerlich wirkte.

Die scharfe Spitze ihrer Anklage zielte jedoch nicht in die erwartete Richtung, nämlich daß die weißen Barbaren mit Waffengewalt ein wehrloses und gastfreundliches Volk erobert hatten, das keinen Verrat und keine Arglist erwartet, sondern im Gegenteil sein Land diesen Gaunern frei und willentlich angeboten hatte, um dafür niedergemetzelt, massakriert und zu Sklaven gemacht zu werden. Vielmehr war es folgende Frage, die sie beschäftigte (und die Tatsache, daß sie vielleicht besser unter bescheideneren, solchen gemäßigten Überlegungen ersprießlicheren Umständen aufgeworfen worden wäre, sollte uns nicht daran hindern, sie tatsächlich unter bescheideneren Umständen zu bedenken):

In diesem riesigen Gebiet hatten die Weißen von ihrem Heimatland Großbritannien 1942 die politische Autonomie bekommen, abgesehen allerdings von zwei Bereichen. Der eine war die Verteidigung – diesen ließ die Zeugin beiseite. Der andere war der Bereich »Eingeboreneninteressen«, und diesen hatte sich die Britische Regierung mit der speziellen und ausdrücklichen Begründung vorbehalten, daß sie, die Britische Nation, die Verantwortung für den Schutz der unterworfenen Eingeborenenvölker trüge und dafür sorgen müsse, daß ihre Rechte nicht beschnitten und sie nicht als Folge der »Vormundschaft« der Weißen in Not und Bedrängnis geraten würden. Es braucht natürlich nicht erwähnt zu werden, daß die Weißen ihre Herrschaft als erzieherisch und wohlwollend einschätzten. (Dieses letztere Wort schreibe ich zögernd und im Vertrauen auf Dein Verständnis und von der Überlegung geleitet, daß ein und dasselbe Wort für eine Vielzahl von Verhältnissen unterschiedlicher Schattierung dienen muß.) Vom Augenblick an, in dem die weißen Eroberer die politische Autonomie erhalten hatten, nahmen sie den Schwarzen ihr Land, ihre Rechte, ihre Freiheiten und machten sie in jeder Weise zu ihren Sklaven und Dienern, indem sie sich aller nur denkbaren Formen von Gewaltanwendung, Einschüchterung, Geringschätzung und Gaunerei bedienten. Doch niemals protestierte Großbritannien. Nicht ein einziges Mal. Es erhob seine Stimme nicht, obwohl die schwarzen Bevölkerungen während dieser ganzen Periode der Mißhandlungen durch die weiße Minderheit darauf warteten, von ihrer »protektionierenden« Regierung aus Übersee davor bewahrt zu werden und glaubten, diese Rettung bliebe nur deshalb aus, weil ihre weißen überseeischen Freunde von ihrer Situation gar nichts wissen konnten. Nicht, daß sie nicht alle möglichen Darstellungen des Sachverhalts über alle Arten von Vermittlern an die Königin und auch an das Parlament geschickt hätten. Aber warum merkte nicht ein einziger Britischer Gouverneur je, was sich abspielte, warum protestierte keiner und berichtete seiner Heimatregierung, daß die Hauptklausel in diesem berühmten Abkommen, das den Weißen die Selbstbestimmung gab, nicht respektiert wurde? Warum kam niemals Hilfe für die versklavten und betrogenen Menschen des damaligen Südrhodesien? Aus einem sehr einfachen Grund: Die Regierung, die Menschen in Großbritannien erinnerten sich nicht mehr, hatten es nicht für wichtig genug gehalten, diese grundlegende Tatsache in ihrem Gedächtnis zu verankern, daß der weißen Minorität die Selbstbestimmung unter der Bedingung gegeben worden war, daß die Schwarzen nicht mißhandelt würden, und daß sie verpflichtet waren einzugreifen. Und sie waren fähig gewesen, dies zu vergessen, einfach nicht zur Kenntnis zu nehmen, wegen ihrer angeborenen, tief in ihnen verwurzelten Verachtung für Völker, die anders waren als sie selbst. Und es sollte noch schlimmer werden. Als Afrika anfing, an seinen Ketten zu rütteln (ein Ausdruck, der besonders die Agentin Tsi Kwang begeisterte), als eine kleine Fraktion »liberaler« Weißer begann, in Großbritannien gegen die Behandlung der betrogenen Schwarzen zu protestieren, schienen nicht einmal sie zu wissen, daß die Regierung Großbritanniens das verbriefte Recht besaß, jederzeit in Wahrnehmung seiner Pflichten einzuschreiten. Sie schienen nicht begriffen zu haben, daß sie in der Zeitspanne von mehreren Jahrzehnten, in der die Schwarzen all ihres Besitzes beraubt wurden, die rechtliche und moralische Verpflichtung gehabt hätten, einzuschreiten und die Weißen in Afrika gewaltsam daran zu hindern, nach Lust und Laune zu handeln. Und mehr noch: Als die Schwarzen unter der Regierung des infamen Smith und seiner Kohorten begannen zurückzuschlagen und die Britische Regierung endlich zu einer Stellungnahme gezwungen wurde, schien auch dann noch keiner fähig, sich daran zu erinnern, daß der Schuldige nicht Smith und nicht seine Vorgänger waren, sondern Großbritannien selbst, welches die Schwarzen verraten hatte, deren Vormund es den Weißen gegenüber eigentlich hätte sein müssen. Denn Großbritannien war es gewesen, das stillschweigend geduldet, erlaubt und durch gleichgültige Passivität dazu ermutigt hatte, daß die Weißen taten, was sie wollten. Und noch in den letzten Stadien dieses tragischen Kampfes äußerte sich und handelte die Britische Regierung ausschließlich so, als schien sie zu glauben, daß die Weißen Rhodesiens die Verantwortung für die Lage trügen, nicht sie selbst, als geschehe etwas sehr Merkwürdiges und Neues, zur großen Überraschung aller, dieses Ansichreißen von Rechten und Land der Schwarzen – als sei es etwas, das nichts mit der Britischen Regierung zu tun hätte! Und all dies führte zu einem der absurdesten und niederträchtigsten Vorgänge in der späten britischen Kolonialgeschichte, nämlich daß Rhodesien jahrelang Tag und Nacht die Schlagzeilen hatte beherrschen können, daß die Sache der Schwarzen so verspätet von tausend mitfühlenden Herzen zu der ihren gemacht wurde, unaufhörlich kommentiert von unzähligen Berufenen, aber daß nicht ein einziges Mal darauf hingewiesen wurde, daß Großbritannien an erster Stelle für die Situation verantwortlich zu machen war.

»Aber wie war das möglich, wie konnte es zu einer so außerordentlichen Situation kommen?«

»Ich will es euch sagen!« rief diese junge Kämpferin hinauf in die Morgensonne des Amphitheaters. »Es war, weil die Briten und ihre Regierung uns nicht sehen konnten, sie hatten immer einen blinden Fleck an der Stelle, an der wir waren, wir Schwarzen zählten nicht! Wären wir Hunde und Katzen gewesen, so hätten sie uns gesehen, aber wir waren schwarze Menschen. Im Befreiungskrieg schrien diese Menschenfreunde auf, wenn ein Weißer getötet wurde, aber wenn fünfzig Schwarze umkamen, und wenn es Kinder waren, merkten sie es gar nicht. Wir waren für sie immer Nichtmenschen. Warum sollten sie sich Sorgen um gebrochene Versprechen machen?«

Ich beschreibe dies ausführlicher, als für Dich, der Du Dich immer für Afrika interessiert hast und Dich sogar als junger Mann zwei Jahre bei den Widerständlern in Mozambique aufgehalten hast, nötig wäre. Ich beschreibe es, weil es mich dazu veranlaßt hat, mir Gedanken zu machen über die außerordentliche Hartnäckigkeit bestimmter Phänomene in bestimmten geographischen Gebieten. (Ich vertraue auf unsere alte Freundschaft und hoffe, Du wirst mir eine Nachlässigkeit in der Gedankenführung oder Ausdrucksweise oder sogar eine scheinbare Irrelevanz hinsichtlich der wahren und wirklichen Probleme der Befreiung der Völker nachsehen; es ist fast vier Uhr morgens, und außerhalb des Hauptquartiers höre ich die Geräusche unserer patrouillierenden Soldaten, unserer eigenen im Augenblick, aber wer kann sich auf die Beständigkeit von irgend etwas verlassen in diesen wechselhaften Zeiten?)

Von dieser Hartnäckigkeit oder Beständigkeit der Phänomene gleich noch mehr. Nur einen Augenblick will ich innehalten, um zu bemerken, daß der Beitrag dieser jungen schwarzen Frau die vernünftigste und klarste aller Anklagen war. Ich meine nicht, daß sie *richtiger* war. Das ist es nicht, worauf ich hinauswill.
Unzählig sind die Klagen gegen den Weißen Mann. Ich sage dies und brauche nichts mehr hinzuzufügen; man braucht nur irgendein Land zu erwähnen, und die nackten Tatsachen und Zahlen springen einem ins Auge. Dazu hätten wir keinen »Prozeß« gebraucht!
Aber diese junge Frau richtete das Augenmerk auf etwas, was die anderen nicht aufgezeigt hatten. »Dummheit«, »Ignoranz«, »Hochmut«, die plumpe Selbstgerechtigkeit, über die wir so oft diskutiert haben – das ist schon alles richtig, und diese Begriffe oder ähnliche standen am Ende einer jeden Anklage. Aber sie sagte mehr. Wie war es möglich, daß ein Landstrich von der Größe der Provinz Honan von einer Handvoll Abenteurer erobert werden konnte und danach vom Empire völlig vergessen wurde? Denn genau das war ja geschehen. Brutalität, ja. Ignoranz, ja. Ja, ja, ja. Diese sind ja nichts absolut Neues in der Geschichte. Doch im Britischen Empire war es möglich, daß ein riesiger Teil Afrikas handgreiflich erobert, hunderttausend Weißen – ihre Zahl stieg nie auf mehr als eine halbe Million – anvertraut und danach vergessen wurde. O ja, es wurden Gouverneure hinausgeschickt, von der Sorte, die wir so gut kennen. Ich zweifle nicht daran, daß die britische Regierung von Zeit zu Zeit von ihren Finanzfachleuten daran erinnert wurde, daß es dort Interessen gäbe, die wahrgenommen werden sollten, aber das war auch alles. Ernsthafte Verpflichtungen, Obliegenheiten und Versprechen wurden weniger mißachtet und gebrochen als vielmehr einfach *übersehen*. Bis zu einem Ausmaß, das es ermöglichte, die Krise Rhodesiens, als sie endlich fällig geworden war, jahrelang zu diskutieren, ohne den Schlüsseltatbestand überhaupt zu erwähnen.
Und nun zu meinen Überlegungen darüber, wie sich Trends,

Entwicklungen, Einflüsse an einem bestimmten Ort oder bei einem bestimmten Volk fortsetzen.

Dieser »Prozeß« fand – was die Teilnehmer angeht – nur zu einem einzigen Zweck statt: um Beschwerden oder Klagen über die früheren kolonialen Unterdrücker zur Sprache zu bringen, die Imperialisten. Das war seine Funktion. Dieses Mädchen setzte ihren Fall vier Stunden lang auseinander, mit Hilfe ihres weißen Anwalts, und man hörte ihr mit großer Aufmerksamkeit zu. Und doch *kam ihr Fall nicht an*. Es hing mit der allgemeinen Atmosphäre zusammen – es gab so viel anzuhören, durchzuarbeiten unter solch ungünstigen Bedingungen. Der Punkt, auf den es ihr ankam, nämlich, daß ein großes Imperium fähig war, ein Territorium von der Größe von Honan zu erobern und dann einfach zu vergessen, zu übersehen, drang nicht ins Bewußtsein. Ist das nicht merkwürdig? *Es geschah genau das, was eben diesem Gebiet geschehen war*. Dabei gab es ein paar hundert Meilen nördlich, in Nordrhodesien, das bald Zambia werden sollte, Aufstände, und zwar erfolgreiche, unter den Schwarzen – gegen die Weißen, und emotional ausschlaggebend war die Tatsache, daß das britische Volk in Person der Königin Viktoria Versprechungen gemacht hatte, die nicht eingehalten worden waren. Dort wirkte es. In Rhodesien nicht.

Ich jedenfalls stelle fest, daß mich dieser Gedanke beschäftigt. Jeder geographische Raum hat und behält seinen bestimmten *Geschmack*, der sich in allen Vorgängen und Ereignissen, in seiner Geschichte manifestiert. Ich verweise zum Beispiel auf die beklagenswerte Sowjetunion, wo sich Ereignisse abspielen und immer wiederholen, gleichgültig ob dieses riesige Land Rußland genannt wird oder Sowjetunion, oder ob das herrschende Gedankengebäude so oder so oder anders ist. Und natürlich gibt es noch andere Beispiele, die uns unschwer einfallen.

Ich überlege manchmal, ob es nicht von Nutzen wäre, diesen Gedanken Kindern zu Beginn ihres Geographieunterrichts zu verdeutlichen. Oder sollte man das Geschichtsunterricht nennen? Wenn ich draufloszureden scheine, halte es der langen

Nacht besorgter Schlaflosigkeit zugute. Die Dämmerung ist da, und ich werde noch nicht ruhen, denn ich will diesen langen Brief an Dich beenden; der Kurier wird heute abend aufbrechen.
Ich kehre zum Amphitheater zurück: Afrika war mehrere Tage lang auf dem Programm.
Währenddessen verschlechterte sich begreiflicherweise die Organisation im Lager.
Alle waren jetzt sehr hungrig, übermüdet, heiß, staubig. Inzwischen strömten alle über die Mittagsstunden an die Küste, und dies machte sie natürlich noch müder.
Ein Gefühl der Dringlichkeit hatte um sich gegriffen. Unter einem hell strahlenden Vollmond, der die Tausende auf den Rängen einander deutlich sichtbar und die Fackeln fast unnötig machte, handelten die Konkurrenten zügig ab: die systematische Zerstörung des Pazifischen Raums, das Oktroyieren fremder Methoden auf die dort angesiedelten uralten und friedlichen Gesellschaften, die gewaltsame Verbreitung des Christentums, die Zerstörung von Inseln im Interesse westlicher Industrie und Landwirtschaft, den Mißbrauch des Pazifischen Ozeans für Kernwaffentests, als gehöre dieses Meer zu Europa. Sie handelten ab: die europäische Herrschaft über unterjochte Völker im Nahen Osten, die unvereinbaren Versprechungen an Araber und Juden, den zur Schau getragenen Hochmut ... »Verachtung, Hochmut, Dummheit, Ignoranz«.
Ich möchte hier einflechten, daß jene vor kurzem einander noch so feindlich gesinnten Araber und Juden hier unzertrennlich waren und jede Gelegenheit benützten, uns auf ihre gemeinsame Herkunft hinzuweisen, auf die Ähnlichkeit ihrer Religionen, die Vergleichbarkeit ihrer Kulturen und – so jedenfalls beabsichtigt – ihre gemeinsame und harmonische Zukunft.
Der Prozeß behandelte dann: die Weißen in Australien, die Weißen in Neuseeland, die Weißen in Kanada, die Weißen in der Antarktis.
Du wirst bemerkt haben, daß ich kaum die Russen erwähnt habe. Ein Grund ist, daß es keine russischen Delegierten gab, obwohl einige aus den russischen Kolonien Polen, Bulgarien,

Ungarn, Tschechoslowakei, Rumänien, Kuba, Afghanistan und Teilen des Nahen Ostens gekommen waren.

Jetzt folgt alle zehn Minuten ein Delegierter auf den anderen, und sie standen in Schlangen, die sich die Gänge hinauf erstreckten und warteten darauf, ihre Anklagen vorzutragen oder hinauszuschreien und dann auf ihre Plätze zurückzukehren.

Wir sind jetzt in der Mitte des Prozesses angelangt, am fünfzehnten Tag. Bei erneuter Lektüre der Agentenberichte fällt ein Beiklang von Frustration oder Verärgerung auf. Dir ist sicher gegenwärtig, daß unsere Agenten alle aktive Mitglieder ihrer jeweiligen Organisationen sind, keineswegs Dissidenten oder Nonkonformisten. Sie setzen sich zumeist ohne Bezahlung für uns ein, als Zeichen ihrer Wertschätzung unserer Wohlwollenden Herrschaft. Emotional sind sie ein Teil der Jugendarmeen, und ihr Wert besteht darin, daß sie die jeweils vorherrschende Stimmung mittragen und gleichzeitig registrieren.

Noch einmal muß ich fragen: Was war es, was alle diese jungen Leute erwarteten und nicht bekamen? Denn äußerlich gesehen, bekamen sie genau das, um dessentwillen sie gekommen waren.

Ich zitiere Tsi Kwang: »Es herrscht ein falscher Geist. Die Kader bewältigen die Schwierigkeiten der Situation nicht. Es herrscht Unschlüssigkeit, und viele Fehler kommen vor. Es besteht eine unzureichende Bereitschaft, die bürgerlichen Verzerrungen mutig beim Schopf zu packen, die die wahre Erfahrung der aufrichtigen Jugend leugnen.« Und so weiter mehrere Seiten lang.

Alle unsere Agenten reichten in diesen Tagen ähnliche Berichte ein.

Der unübertreffliche Benjamin Sherban: »Die Mitte hält nicht mehr, wahre Anarchie bricht aus über die Welt.« Man sagte mir, daß diese Zeilen aus einer alten Volksballade sind. (Ich würde gern die übrigen Zeilen auch hören, sie mögen Halt für gegenwärtige Schwierigkeiten bieten.)

Es ist begreiflich, daß die Delegierten am Rande ihrer Kräfte waren, und nur aufgrund der Flexibilität und Toleranz der Or-

ganisatoren konnte der »Prozeß« überhaupt weiterlaufen. Einmal fand jetzt der Alkohol Zugang zum Lager und beeinträchtigte die Disziplin. Zum zweiten kam es jetzt völlig offen zum Geschlechtsverkehr – bisher war es diskret und in vernünftigen Grenzen geschehen –, und zwar nicht nur unter den Delegierten, sondern auch zwischen Delegierten und den Ortsbewohnern.
Eine allgemeine Unruhe, Unzufriedenheit hatte sich breitgemacht. Im Lager und drumherum war alles in ständiger Bewegung, von den Zelten zu den improvisierten Unterkünften, von dort zu den Speisezelten, wo ununterbrochen Diskussionen und »Seminare« im Gang zu sein schienen, und vom Lager an die Küste. Inzwischen waren ein paar Esel zu Diensten gezwungen worden, und man hatte einige ausrangierte Armeewagen aufgetrieben und eingesetzt (Benzin organisierte man sich). Kleine Gruppen von Delegierten fuhren die Städte und Dörfer an der Küste ab, um, wenn möglich, Nahrung zu beschaffen, und sogar einzelne Delegierte machten sich auf die Suche. Wie immer bei solchen unter starkem äußeren Druck stehenden Gelegenheiten gab es einzelne, die wie aus dem Mittelpunkt einer Zentrifuge hinausgeschleudert zu werden scheinen: Sie erlitten Zusammenbrüche oder drohten damit, weinten, beklagten sich darüber, daß sie unterbewertet würden, diskutierten die Möglichkeiten, Selbstmord zu begehen, und verliebten sich hoffnungslos in Delegierte, die sie mit Sicherheit nie wiedersehen werden.
All dies bedeutete nicht, daß der Besuch der Sitzungen nachgelassen hätte. Das Amphitheater war überfüllt, aufmerksam, auf die Ereignisse in der Arena konzentriert, von vier bis acht und von fünf bis Mitternacht. Doch jetzt waren die Zuhörer nicht mehr still, sondern mischten sich oft in die »Anklagen« ein, kommentierten und ergänzten Tatsachen und Zahlen. Das Zusammenspiel zwischen Publikum und, fast hätte ich gesagt: Schauspielern, war total.
Es schien keine Anzeichen dafür zu geben, daß der Strom von Zeugen je versiegen sollte, doch schon wurde immer wieder gefragt, wann der alte Weiße, der Stunde um Stunde schwei-

gend auf seinem Stuhl saß, Tag für Tag, »sich verteidigen« würde. Doch war er inzwischen während der Mußestunden (wenn dies das richtige Wort für jenes heftige Treiben zwischen den Sitzungen ist) ständig zum Gespräch mit Interessierten – also mehr oder weniger allen Anwesenden, ob feindlich gesinnt oder nicht – bereit gewesen. Kurz, er wurde gar nicht mehr als Gegner betrachtet, und die Attribute, mit denen unsere Informanten ihn treffend beschrieben, ließen das Feuer und die Schärfe, die sie zu Beginn gehabt hatten, vermissen.

Es wurde offen gesagt, daß der »Prozeß« nicht den vorgesehenen Zeitraum von einem Monat andauern könne, da die Bedingungen unerträglich wurden.

Dies war der Punkt, an dem etwas ganz Neues geschah. Es tauchten Flugzeuge auf, offensichtlich zu Beobachtungszwecken. Das erste kam in der Nacht des Vollmonds: Ein Hubschrauber kreiste einige Minuten lang über dem Amphitheater, und die Verhandlung mußte unterbrochen werden, bis er sich entschlossen hatte, wieder zu verschwinden. Diese aufmerksame, *nicht bezeichnete* Maschine tat ihre Wirkung: Unsere Agenten melden Wut, Erbitterung, aufgestauten Zorn – die Maschine wäre nicht ungeschoren davongekommen, wäre sie erreichbar gewesen. Witze kursierten über eine Überwachung durch die Russen. Und durch uns. (Ich berichte dies ohne Kommentar.) In der nächsten Nacht tauchte eine andere Maschine auf, auch nicht gekennzeichnet, und blieb über dem Amphitheater, bis sie erreicht hatte, was sie wollte. Wieder war die Reaktion Empörung. Eine fast hysterische Wut. Hältst Du es für möglich, daß in bestimmten Lagern nicht erkannt wird, welches Entsetzen und welcher Abscheu viele Leute den Produkten unserer menschlichen Genialität und dem technischen Fortschritt entgegenbringen? Mehrere und unterschiedliche Flugkörper tauchten von da an zu allen Zeiten am Tag oder in der Nacht auf, einige sehr tief, einige so hoch, daß sie fast unsichtbar waren, die meisten den – sehr bewanderten – Kindern, die sie beobachteten, unbekannt. Es wurde gewitzelt über Menschen aus dem Weltall, Fliegende

Untertassen, internationale Polizeitruppen, fliegende Überwachungskommandos, gelenkte Spionagesatelliten.
Und plötzlich wurde der drohende Krieg Hauptthema. Wenn es das war, was die Beobachtungsmaschinen bewirken wollten, so hatten sie ihr Ziel erreicht.
Der Mond nahm jetzt schon ab und ging jeden Abend später auf, wieder übten die Fackeln ihre starke emotionale Wirkung auf alle aus.
Unvermittelt trat am neunten Abend George Sherban, der während der Sitzungen bisher praktisch nichts gesagt hatte, vor, um in einer fast beiläufigen Art – die einige unserer Agenten ärgerte – zu bemerken, daß es ihm an der Zeit schien, daß die Anklage den Fall abschließe. Dies war nicht erwartet worden, zumindest noch nicht. Doch kaum war es gesagt, merkten alle, daß er recht hatte, denn was hätte den Klagen, die sie schon gehört hatten, noch hinzugefügt werden können?
Allerdings hatten sie eine Zusammenfassung erwartet, doch alles, was er sagte, war: »Ich beschließe die Anklage und die Beweisaufnahme und rufe John Brent-Oxford auf zu sprechen.«
Die Reaktion darauf war zunächst heftig. Doch sie wandelte sich von Enttäuschung in Zustimmung, und die jungen Leute sagten zueinander, dies sei eine richtige, wenn auch gewagte Methode.
Es herrschte absolute Stille. Der alte Weiße stand nicht auf. Niemand erwartete es, alle wußten, daß er bei schlechter Gesundheit war. Von seinem Stuhl aus, den er all die Sitzungen über nie verlassen hatte, sagte er mit klarer Stimme, aber ohne merkliche Anstrengung:
»Ich bekenne mich schuldig an allem, was hier gesagt worden ist. Wie kann ich anders?«
Weiterhin Schweigen.
Er sagte nichts weiter. Gemurmel kam auf, ärgerliches Gelächter, dann Unruhe und Entrüstung.
Die Spannung löste sich, indem ein junger Mann in der spöttischen, aber gutmütigen Art, die so offensichtlich der Ton oder Stil dieses »Prozesses« war, rief: »Und was tun wir jetzt? Ihn lynchen?«

Gelächter. Einige unserer Agenten berichten, daß sie den Augenblick nicht erheiternd fanden. Es habe doch, erklärte Tsi Kwang, am angemessenen Respekt für die »gerechten Urteile der Geschichte« gefehlt.

Eine beträchtliche Verwirrung herrschte und einiger Ärger. Nach einigen Minuten bat der alte Weiße mit erhobener Hand um Ruhe und sprach noch einmal:

»Ich möchte alle Anwesenden fragen: Wie kommt es, daß ihr, die Ankläger, so energisch und erfolgreich die Methoden übernommen habt, die ihr kritisiert? Natürlich haben einige von euch keine andere Wahl gehabt. Ich denke zum Beispiel an die Indianer in Nord- und Südamerika. Aber andere hatten die Wahl. Wie kommt es, daß so viele von euch, die nicht dazu gezwungen wurden, bewußt den Materialismus, die Gier, die Unersättlichkeit der technischen Gesellschaft des weißen Mannes nachgeahmt haben?«

Er hörte auf zu sprechen.

Empörung entstand, ein lautes Gemurmel, das zu einem Geschrei anschwoll.

Dann rief George Sherban: »Da es fast Mitternacht ist, schlage ich vor, daß wir Schluß machen und die Diskussion um vier Uhr früh, wie gewöhnlich, wiederaufnehmen.«

Die Sitzreihen leerten sich rasch. In dieser Nacht verließen nur wenige das Lager. Es gärte und war von einem Geist durchdrungen, den ich nach sehr sorgfältigem Studium der Berichte als scherzhaft-heiter zu beschreiben mir die Freiheit nehme.

Die vier Stunden wurden bei lebhaften Diskussionen verbracht. Überall wurde über die Verteidigung, die man zu hören bekommen würde, spekuliert. Man *witzelte* darüber, daß es offensichtlich sei, daß der weiße Mann, der ja immer im Recht sei, sie anklagen würde, besonders die nichtweißen Nationen, die sich der Industrialisierung und Technisierung verschrieben hätten – zu denen, und ich bin glücklich das sagen zu können, ja auch wir gehören –, und zwar sie vieler der Verbrechen anklagen würde, deren er angeklagt worden war. In einer teils verärgerten, teils possenreißerischen Stimmung wurden diese möglichen Anschuldigungen in Hunderten von Unterhaltungen zwischen zwei Gesprächspartnern oder in Gruppen oder »Seminaren« umrissen und ausgeführt und sogar dem alten Weißen zur Verwendung angeboten.

Alle unsere Agenten äußerten Empörung über diese Wende des Geschehens und bezeichneten sie als frivol und beleidigend.

Gegen Morgen regnete es: ein zweiter heftiger Schauer. Eben als Bewegung in das Amphitheater kam, die Fackeln entzündet wurden, regnete es noch einmal. Es war eine nasse und fast kühle Morgendämmerung. Es sprach sich herum, daß die Sitzung ausfallen sollte, damit das Amphitheater trocknen könne. Viele legten sich, dort wo sie waren, zum Schlafen hin, nachdem nun die Spannung aufgrund des Temperaturrückgangs nachgelassen und sich ein allgemeines Gefühl von Entspannung verbreitet hatte.

Als sie im Laufe des Morgens und frühen Nachmittags wieder aufwachten, begannen die Unterhaltungen und Debatten von neuem, allerdings in einem beherrschteren Ton, ernsthafter, mit weniger Gelächter. Doch war die Grundstimmung gelöst.

Beim Lesen der Berichte wird mir jetzt klar, daß der »Prozeß« in der Tat schon abgeschlossen war. Damals herrschte allerdings noch eine gewisse Gespanntheit zu erfahren, was als nächstes geschehen würde.

Es war ein Glück, daß es regnete, aber selbst wenn es das nicht getan hätte, wären, glaube ich, die Ereignisse auf ähnliche Weise im Sande verlaufen.

Um fünf Uhr war das Amphitheater trocken, und die Delegierten saßen dichtgedrängt da.

Die Blicke waren auf den alten Weißen gerichtet, in vielfachen ironischen Spekulationen darüber, welchen Ton er anschlagen würde, aber es war George Sherban, der in die Mitte trat, mit erhobenen Armen um Ruhe bat und zu sprechen anfing:

»Gestern hat der Angeklagte eine Gegenanklage ausgesprochen. Ich weiß, daß seither darüber nachgedacht und diskutiert wurde. Doch heute möchte ich eine Selbstkritik äußern, die – ich glaube, darüber sind wir uns einig – dem Charakter dieser unserer Versammlung nicht allzu fremd ist.«

Das war unerwartet. Nicht ein Laut von irgend jemand. Die

Inderin Sharma Patel kam nach vorne und stellte sich neben ihn.
»Wir haben jetzt schon viele Tage lang Berichte über die Mißhandlungen der dunklen Rasse durch die weißhäutigen Rassen gehört – und wie ihr wißt, habe ich die Ehre, zum Zwecke dieses Prozesses zur ersteren zu gehören ...«
Dies wurde mit brüllendem, zynischem Gelächter quittiert, und von mehreren Stellen der riesigen Versammlung ertönte Gesang: »Ich habe einen indischen Großvater«, »Ich habe eine jüdische Großmutter«.
Er hob die Hand, der Lärm hörte auf, und er stellte fest: »Zufällig einen jüdischen Großvater, aus Polen. Und natürlich scheint es zumindest möglich, daß dieser Vorfahr von mir von den Khazaren herstammt und nicht aus Israel oder dieser Richtung, so daß ich damit zwei nichteuropäische Großeltern von vieren habe. Aber sonst bin ich natürlich diese ganz gewöhnliche irisch-schottische Mischung. Und das sind beides unterdrückte Rassen.«
Wieder brüllendes Gelächter. Es sah aus, als wollte das Singen wieder anheben, aber er brachte es zum Verstummen.
»Ich möchte eine einzige Beobachtung äußern, nämlich diese: Dreitausend Jahre lang hat Indien einen Teil seiner eigenen Bevölkerung verfolgt und mißhandelt. Ich spreche natürlich von den Unberührbaren. Die entsetzliche Behandlung, die man diesen Unglückseligen angedeihen ließ, *barbarisch, grausam, sinnlos*« – diese Worte stieß er, eines nach dem anderen, mit Pausen dazwischen, aus wie eine Kampfansage, hinauf zu den Sitzreihen und drehte sich dabei langsam, um das ganze Publikum anzusehen –, »diese unsäglich grausame Behandlung findet an Niederträchtigkeit nicht ihresgleichen in dem, was die weißen Rassen je taten. Noch jetzt, in diesem Augenblick werden Abermillionen von Menschen im Subkontinent Indien schlimmer behandelt, als die weißen Südafrikaner je einen Schwarzen behandelt haben – so schlimm, wie je ein weißer Unterdrücker je einen schwarzen Mann oder eine schwarze Frau behandelt hat. Hier geht es nicht um eine einjährige Unterdrückung, eine zehnjährige Verfolgung, eine hundertjährige Mißhandlung, dies

ist nicht das Ergebnis eines kurzlebigen und fruchtlosen Regimes wie das des Britischen Empire, nicht ein zehn Jahre dauernder Ausbruch von Barbarei wie Hitlers Regierung in Europa, eine fünfzigjährige Grausamkeit wie der russische Kommunismus, sondern etwas, das in eine Religion eingebettet ist, in eine Lebenshaltung, eine Kultur, und so tief eingebettet, daß die Entsetzlichkeit und Häßlichkeit offensichtlich von den Menschen, die sie praktizieren, nicht wahrgenommen werden kann.«

Hierauf trat er beiseite, und Sharma Patel nahm seinen Platz ein.

»Ich, in Indien geboren und aufgewachsen, stelle mich hinter das, was unser Genosse gesagt hat. Ich bin keine Unberührbare. Wenn ich es wäre, würde ich nicht hier stehen. Da ich es nicht bin, kann ich jetzt vortreten, um zu sagen, daß ich die Tage über, die wir hier gesessen sind und den Anklagen lauschten, nichts gehört habe, das an das heranreicht, was, wie ich weiß und wie wir alle wissen, auf die Behandlung von Indern durch Inder zutrifft. Tausende und Abertausende von Jahren ist das schon so, und immer noch scheint es, daß wir unfähig sind, diesem ungeheuerlichen Unrecht ein Ende zu setzen. Statt dessen kommen wir hierher, um andere zu kritisieren.«

Damit ging sie zurück zu ihrer Gruppe, und George Sherban folgte.

Langes Schweigen. Keiner sagte etwas. Dann begann das rastlose Scharren und Murmeln, das ankündigt, daß eine Masse sich auf irgendeine Weise äußern wird.

John Brent-Oxford erhob seine Stimme, aber nicht sehr laut, so daß alle gezwungen wurden, sich ruhig zu verhalten, um ihn zu hören.

»Wir alle wissen, daß es jetzt, in diesem Augenblick, Nationen gibt, nichtweiße Nationen, die gewaltsam andere Nationen beherrschen und unterwerfen, zum Teil ebenfalls Nichtweiße, aber auch Nationen, die weiß sind.«

Wieder Schweigen.

Dann: »Wollt ihr, daß ich euch an die vielen Fälle in der Ge-

schichte erinnere, in denen schwarze und braune, hellbraune, goldhäutige und elfenbeinfarbene Nationen sich gegenseitig oder andere schlecht behandelt haben?«
Schweigen.
»Zum Beispiel ist es für uns alle nichts Neues, daß der Sklavenhandel in Afrika weitgehend von Arabern betrieben und durch die willige Kooperation der Schwarzen überhaupt ermöglicht wurde.«
Hier rief ein zu spät Kommender, der den Gang zwischen den Sitzreihen hinunterlief, laut: »Soll dies ein Seminar über die Unmenschlichkeit von Menschen an Menschen sein?« Einige in der Nähe Sitzende klärten ihn darüber auf, was geschehen war, er rief eine Entschuldigung hinunter, und während dieser kleinen Unruhe merkte man, daß die Leute angefangen hatten, das Stadion zu verlassen.
Dann stand ein Mädchen auf und schrie: »Ich habe jetzt genug von der Unmenschlichkeit von Menschen an anderen Menschen. Was soll das überhaupt?«
Es war eine Deutsche. Ein polnisches Mädchen stand auf der anderen Seite des Amphitheaters auf und rief hinüber: »Kein Wunder, daß du genug hast. Du kannst ruhig gehen. Aber stell dich erst einmal hin und übe Selbstkritik wie andere auch! Ich will, daß du uns von den Verbrechen der Deutschen im Zweiten Weltkrieg erzählst!«
»Bloß nicht!« »Um Gottes willen!« »Komm, wir gehen raus!« hörte man nun von allen Seiten.
Der alte Weiße versuchte, sich Gehör zu verschaffen. Andere riefen, wer noch etwas sagen wollte, sollte hinunter auf die Bühne gehen und es dort klar und deutlich sagen. Das deutsche Mädchen lief mit fliegenden Zöpfen hinunter in die Arena, um sich ihrer Gegnerin zu stellen, die schon da war: das polnische Mädchen, eine füllige junge Frau, die ein Kostüm trug, das unsere Agenten ausnahmslos »widerlich« fanden – schmutzige weiße Shorts und einen Büstenhalter. Doch inzwischen war die Kleidung, die man trug, eine Sache persönlicher Lust und Laune geworden und oft sehr spärlich.
Eine Reihe von Leuten war aufgestanden und schrie hinunter,

sie seien nicht hierhergekommen, um sich »private Streitereien« anzuhören.
Dies führte zu weiteren Einmischungen, verbal und auf andere Weise: Es kam zu Handgreiflichkeiten. Von einem Augenblick auf den anderen herrschten Streit und Unordnung.
George Sherban schloß das Verfahren. Noch während er dabei war, tauchte direkt über ihren Köpfen ein Hubschrauber auf, sehr tief. Er war groß, laut und blinkte heftig in verschiedenen Farben.
Plötzlich standen alle, ballten die Fäuste und schrien. Es war schon fast dunkel, und die Fackeln beleuchteten lodernd eine Szene voller Verwirrung und ohnmächtigem Zorn.
Alle strömten ins Lager zurück. Jetzt hatten sie begriffen, daß der »Prozeß« zu Ende war. Sie sprachen über die Rückkehr in ihre Heimatländer. Sie waren erhitzt, schmutzig, müde, gereizt und sehr hungrig. Die ganze Nacht kamen und gingen die Flugzeuge. An Schlaf oder Ruhe war nicht zu denken. Als der Morgen kam, strömte alles hinunter zum Meer, man ging, lief, rannte.
Doch nicht alle hatten das Lager verlassen.
Etwa um sieben Uhr morgens kam ein einzelnes Flugzeug, ziemlich hoch, und warf eine gezielte Bombe über dem Amphitheater ab. Es wurde völlig zerstört. Trümmer wurden zwischen die Zelte geschleudert. Der alte Weiße, der allein nicht weit vom Amphitheater saß, wurde von einem Stein getroffen und getötet. Keiner sonst wurde verletzt.
Als die jungen Leute zurückgeströmt kamen, fanden sie eine Szene der Verwüstung vor. Einige brachen sofort auf und erreichten zu Fuß die Städte und Dörfer an der Küste, von denen aus sie ihre lange, gefährliche Heimreise antreten konnten.
Am Abend waren nur noch wenige übrig. Das Lager war abgebrochen worden, die ekelerregenden Latrinen waren zugeschüttet, die Einheimischen verschwunden.
Unsere chinesischen Delegierten wurden von Sonderbussen abgeholt.
Ärger und Empörung wurden laut, als beobachtet wurde, daß

sie Lebensmittel mitgebracht hatten und unsere Delegierten sich schon bei der Abfahrt ans Essen und Trinken machten.
Am nächsten Morgen war nichts mehr übrig als die üblichen halbverhungerten Hunde, die herumschnüffelten.
Soviel zum »Prozeß«.
Noch während er lief, wurden mir Gerüchte gemeldet – sie schienen sich vor allem in Indien und Afrika hartnäckig zu halten – über Pläne, große Bevölkerungsmassen in alle Teile Europas zu überführen. Unausgesprochen schloß das Pläne über Verfolgungen, Massaker, Beschlagnahmungen von Grund und Boden mit ein. Erklärungen für die geplante Invasion waren Variationen zum Thema Schuldhaftigkeit des weißen Mannes, er habe sich »unfähig erwiesen, seine Rolle in der Bruderschaft der Nationen zu spielen«.
Von *uns* wurde eine Haltung zustimmender Nichteinmischung erwartet, ja *vorausgesetzt*.
Kurz nachdem die Delegierten Griechenland verlassen und sich über die ganze Welt verteilt hatten, versiegten diese Gerüchte.
Müssen wir also annehmen, daß die stark rhetorischen und vereinfachten (wenn auch natürlich in den Grundzügen absolut richtigen) »Anklagen« eine gewisse Vorgabe an Empörung und Rachegelüsten erschöpft haben? Oder daß die Rückkehr dieser jungen Leute mit *Berichten* über das Vorgefallene, mit Darstellungen der Argumente und Gegenargumente, vielleicht dämpfend auf bestimmte kleine Feuer gewirkt hat?
Ich habe keine rationale Erklärung. Doch bleibt die Tatsache, ob Zufall oder nicht, daß Massenmorde, ein beabsichtigtes und geplantes Auslöschen der verbliebenen europäischen Bevölkerungen als Möglichkeit gedacht und aktiv unterstützt wurden – und jetzt nicht mehr davon die Rede ist.
Dieses eher unbedeutende, phantastische und verdächtige Ereignis, dieser »Prozeß«, der am Anfang fast nur ein Scherz war (nicht jedoch, beeile ich mich hinzuzufügen, vom Thema her), wird nun tatsächlich überall kommentiert.
Und dies, obwohl wir keine Berichterstattung zugelassen haben. Natürlich haben trotzdem Berichte – unzureichend und

unvermeidlicherweise verstümmelt – den Weg in die Weltpresse einschließlich die offiziellen Organe des Willens unseres Volkes gefunden. Doch immer beiläufig und ohne Nachdruck. Das Fernsehen berichtete nichts, und von den offiziellen Rundfunksendern wurde kaum etwas erwähnt.
Das Problem George Sherban. Dieser »Prozeß« hat ihn in die Position des unangefochtenen Führers und Sprechers erhoben, obwohl er während des Prozesses selbst nicht mehr als vielleicht ein Dutzend Sätze gesagt hat. Was hat er sich davon versprochen, sich auf diese besondere Weise zu exponieren? Was er, ich möchte daran erinnern, ganz ohne Zuhilfenahme bestimmter Positionen, die ihm in den Schoß gefallen wären, erreicht hat?
Ich kann nur als Tatsache berichten – was immer man sonst erwartet haben mag –, daß er nach Ende des Prozesses von der Bildfläche verschwand. Keiner scheint zu wissen, wo er sich aufhält. Doch verlangen Jugendorganisationen und Armeen von fünfzig Ländern lautstark seinen Besuch und seine »Instruktionen«.
Auch sind viele der Prozeßdelegierten verschwunden und ebenso Leute, mit denen sie bekanntermaßen in Kontakt gestanden haben.
Was waren ihre Themen während jener Tage und Nächte, als er immer im Lager anwesend war, redete, diskutierte und »Seminare« abhielt?
Auch wenn ich die Berichte meiner Informanten studiere, komme ich zu keinem Schluß.
In der Unterhaltung ist er gewandt und witzig – doch scheint er kein spezielles Thema zu haben. Er beeindruckt die Menschen, scheint bei ihnen aber keine Erinnerungen an seine Ansichten zu hinterlassen. Er hat keinen klar erkennbaren politischen Standpunkt, er hat sich nie für eine Klasse oder eine definierbare politische Position eingesetzt. Und doch vertrauen ihm die Kader der Jugend, für die Politik doch das ein und alles ist.
Unsere Agentin Tsi Kwang sagt in ihren Berichten über Unterhaltungen mit ihm, von denen sie offensichtlich fasziniert war, denn sie erwähnt immer wieder, daß sie sich in seiner Gegen-

wart befand: »Der Delegierte Sherban erfüllt nicht die hochfliegenden Bestrebungen des ruhmreichen Kampfgeistes des Volkes. Es fehlt ihm an revolutionärem Feuer. Ihm fehlt die Fähigkeit, seine Aktionen auf die höchsten Interessen der breiten Massen zu gründen. Er leidet an einem verwaschenen Idealismus und einem Enthusiasmus für humanistische Ideen, die keinen Zusammenhang mit konkreten Anforderungen haben. Instabile Elemente mit unzureichender Verwurzelung in der richtigen Doktrin sprechen auf seine Äußerungen an. Er müßte entlarvt und umerzogen werden.«
Ich habe erneut Anordnungen für seine Beseitigung ausgegeben.
Ich sende Dir kameradschaftliche Grüße. Meine Erinnerungen, die Gedanken an eine alte Freundschaft, gehören zu den wenigen Freuden meines Exils.

[Dieser Statthalter wurde kurz darauf abberufen. Sein Freund Ku Yuang war schon von einer Oppositionsgruppe seiner Stellung enthoben worden. Beide wurden in Einzelhaft genommen und bis an ihr Lebensende einer »wohltätigen Korrektur« unterzogen. *Die Archivare.*]

Geschichte Shikastas, Bd. 3014, Die Periode zwischen dem Zweiten und Dritten Weltkrieg. Zusammenfassung.

Dies war eine Periode ungestümer Aktivitäten.
Die Bewohner Shikastas, damit beschäftigt, sich selbst zu vernichten, und im Begriff, in die intensive, wenn auch kurze Endphase ihrer langen Orgie gegenseitiger Zerstörung einzutreten, standen ihrer Situation nicht ganz ahnungslos gegenüber. Es gab ganz allgemein ein Gefühl böser Vorahnung, doch stand dies in keinem Verhältnis zur Situation, noch war es wirklich auffallend darauf bezogen. Beunruhigte Warnungen häuften sich, doch bezogen sie sich stets nur auf einen Aspekt oder Teil der Situation. Sie hielten die Men-

schen eine Weile in Atem und wurden dann wieder vergessen, wenn eine neue Krise auftrat und vorrangig schien. In allen Ländern verstanden nur wenige Shikaster wirklich, was geschah.
Überall hasteten also die Bewohner Shikastas umher wie Insekten, wenn ihr Nest bedroht ist; eine Bruchstelle ist entstanden, und diese Stelle muß repariert werden. Und natürlich wurde beständig und immer und überall geredet; beratende Versammlungen, Konferenzen, Tagungen, Diskussionen wurden auf dem ganzen Planeten abgehalten, und einige davon erhoben den Anspruch, im Interesse Shikastas als Ganzes zu sein, doch war auch in ihnen die Gewohnheit des Parteien- und Sektendenkens zu tief verwurzelt, als daß sie von Nutzen hätten sein können.
Keine oder wenige verstanden die Hintergründe des tiefen Interesses, das verschiedene außerirdische Lokalitäten an ihnen hatten.
Daß es ein Interesse von »Wesen aus dem Weltraum« an ihnen gäbe, wurde allerdings vermutet, und weltweit nahm man an, daß die Staatsoberhäupter und Regierungsspitzen Genaueres und Spezifisches über Besuche aus anderen Teilen der Galaxis wüßten, ob in friedlicher Absicht oder nicht. Man glaubte, daß die Funktionäre und ihre Handlanger dieses Wissen abstritten aus einer Furcht vor den Reaktionen ihrer Bevölkerungen, die ihrerseits aufgrund der unzähligen »Sichtungen« und »Erfahrungen« mit allen möglichen unbekannten Raumschiffen an die Besucher aus dem Weltraum glaubten, allerdings auf eine unbestimmte und fast mythische Weise, so wie an religiöse Vorbilder oder unirdische Wesen heiliger oder teuflischer Natur; denn es gab keine Stelle auf Shikasta, wo Mythen und Legenden nicht Besuche höherer Wesen einschlossen.
Doch wurden währenddessen vor den Nasen dieser Unglücklichen wirkliche Schlachten geschlagen, und wirkliche Ereignisse fanden statt.
Zunächst einmal war da unser ehemaliger Feind und jetzt etwas nervöser Verbündeter Sirius.

Während der langen Entwicklung Shikastas hatte Sirius mehrere Male bestimmte Gebiete, zumeist auf der südlichen Hemisphäre und in der Regel mit unserer Zustimmung, für Experimente benützt. Einige der dort lebenden Wesen erwiesen sich als ungeeignet für die Langzeitziele von Sirius und wurden wieder sich selbst und der Entwicklung nach ihren eigenen Gesetzen überlassen, ohne weitere Veränderungen und Eingriffe. Einige der Experimente waren erfolgreich oder vielversprechend, und mehr als einmal waren die Raumflotten aus Sirius gelandet und hatten eine ganze Spezies von oft mehreren tausend Einzelwesen fortgeholt nach einer Entwicklungszeit von fünfhundert bis tausend oder bis zu mehreren tausend Jahren. Diese wurden in andere Sirische Kolonien übergeführt, um sich dort nach geplanten und vorgesehenen Gesetzmäßigkeiten zu entwickeln oder je nach physischen Eigenschaften und Verstandesentwicklung ihrer Bestimmung zugeführt zu werden.
Dank der vergleichsweise größeren Mühelosigkeit des Reisens in jüngster Zeit und der Zugänglichkeit aller Teile Shikastas hatten viele Rassenmischungen stattgefunden.
Sirius war an der Kulmination der Ereignisse auf Shikasta nicht wesentlich beteiligt. Ein Grund dafür war in der Tat die vielfältige Mischung der Rassen; sobald das Reisen aufgrund technischer Entwicklungen üblich geworden war, hatte Sirius bestimmte Experimente abgeschlossen und hegte an Shikasta keine weiteren Erwartungen. Es informierte uns immer, gab immer genau an, wann es seine aktive Beteiligung abzog und gab uns Einzelheiten über die Experimente der verschiedenen Zeiten bekannt, deren Ergebnisse von uns überprüft oder doch berücksichtigt werden mußten. Es schickte allerdings noch immer Beobachtungsraumschiffe herunter, von erster Qualität und Größe, den Stolz ihrer Flotte. Dies geschah teilweise, um uns, seinem uralten Rivalen, anzudeuten, daß der Abbau ihrer Einflußnahme freiwillig geschah, und anderntels, um Shammat einzuschüchtern, dessen Wahnideen uns alle in Besorgnis versetzten.
Shammat aus Puttiora war jetzt tatsächlich der mächtigste

Planet jenes Komplexes, und Puttiora war zu seiner Marionette geworden, blieb aber aus Gründen der Bequemlichkeit nach außen hin scheinbares Zentrum. Shammat wußte, daß die unglückselige kosmische Konstellation, die durch den verminderten Fluß von SUWG Shikastas langen Abstieg verursacht hatte, sich eines Tages ändern würde. Es wußte, daß Shikasta sich wieder an seinen Platz in dem großen Plan, der Canopus, seine Planeten und seine Kolonien in einem immer harmonischen, miteinander verflochtenen Ganzen hielt, einklinken würde. Eines Tages würde Shammats Einfluß aufhören.
Doch Shammat wußte nicht, wann. Wußte nicht, wie vollständig sein Sturz sein würde. Wußte nicht, was wir planten.
Shammats Unfähigkeit ist immer von der gleichen Art und vom gleichen Ausmaß gewesen und läßt sich mit der shikastischen Redensart beschreiben: Keiner blickt über den eigenen Horizont. Denn Shammats niedrige Entwicklungsstufe hat es immer daran gehindert, das wahre Wesen unserer Interessen und Absichten zu verstehen.
Shammats Natur war immer die eines Ausbeuters, eines Blutsaugers, eines Parasiten. Es ist nie fähig gewesen zu begreifen, daß andere Imperien sich auf höhere Motive gründen.
Seit seinem raschen Aufstieg zu einer Schlüsselstellung im Imperium Puttiora ist Shammat ein Ort der Macht, stärkstens befestigt, immer im Kriegszustand, und seine Bürger, alle von der gleichen Rasse (Ex-Puttiora), betrachten sich seither als überlegen und pressen Tribute aus jedem anderen Teil der Galaxis, den zu erobern oder unter ihren Einfluß zu nehmen sie gerade das Glück hatten. Shammat sitzt in der Mitte des Komplexes wie ein immer aufgerissener Mund. Shammat ist und war schon immer eine Bedrohung für die allgemeine Entwicklung der Galaxis. Und obwohl ein riesiger Planet, der größte bekannte, ist es doch öde, trocken, ohne Bodenschätze. Alles muß importiert werden. Und aufgrund seiner Stellung im kosmischen Gefüge fehlen ihm jegliche ausgleichenden Kräfte und Ströme. Nicht einmal Put-

tiora wollte diese entsetzliche Stätte entwickeln. Doch fand durch ein unglückliches Zusammentreffen von Zufällen eine Gruppe von Verbrechern ihren Weg dorthin, nahm den Planeten ein und benützte seine Schrecklichkeit dazu, von anderen Kraft für sich selbst abzuzapfen.
Über eine nach kosmischen Verhältnissen kurze Zeit hin war Shammat der verschwenderischste Planet der Galaxis. Es floß über von Reichtümern, Vermögen, den Produkten von hundert einfallsreichen und fleißigen Kulturen. Die Bewohner lebten auf einer Stufe von Zügellosigkeit und Bestialität, die nirgends je ihresgleichen fand, nicht einmal während der schlimmsten Perioden auf Shikasta.
Die Kraft von Shikasta blieb immer Shammats Hauptnahrungsquelle, und es gelang ihm nicht, einen Ersatz dafür zu finden.
Mehr und mehr Kraft war aus Shikasta herausgezogen worden. Shammat nahm alles, was es konnte, solange es konnte. Doch es war einfach nicht fähig zu begreifen, was geschah. Es wußte nicht, wie es dies in Erfahrung bringen sollte, und drosch wild und blindlings um sich, auf alle denkbare nachteilige Art, in der Hoffnung, daß »irgend etwas schon wirken« würde. Es wußte, daß wir, Canopus, immer sein Feind waren, es sind und immer sein werden: wußte, daß wir immer präsent sind, einflußreich, unbesiegbar – doch wußte es nicht, wonach es Ausschau halten sollte, war unfähig, uns in unseren mannigfachen Erscheinungsformen zu erkennen.
Shammat glaubte bis zum Ende, es sei möglich, »irgendwie«, in irgendeiner außerordentlichen Art und Weise, die Verbindung mit Shikasta zu halten. »Etwas wird geschehen.« »Es wird alles richtig werden.« Diese verzweifelte Unklarheit war für Shammat noch nicht typisch gewesen, als wir damals beobachteten, daß es die Schwächung der Verbindung Canopus–Shikasta richtig voraussah, und welche Vorteile ihm selbst daraus entstehen würden. Aber Shammat war degeneriert. Seine lange Geschichte schamloser Abhängigkeit von anderen, die Egozentrik seiner Haltung den Nachbarn in der Galaxis gegenüber, Parasitentum, Luxus und die

Schwächung seiner Moralstruktur – alles hatte zu seinem Verderben zusammengewirkt. Und die Ausstrahlungen von Shikasta selbst waren, in der Endphase, hochgiftig. Genau der Prozeß, den Shammat in Gang gesetzt hatte – einen großen Teil der Bevölkerung Shikastas zu schwächen, zu erschöpfen, zu versklaven –, hatte nun Shammat selbst geschwächt, erschöpft und inneren Zwiespalt und Bürgerkrieg verursacht.
Über Shikasta wurden in jenen Tagen Schlachten geschlagen, die mit Shikasta selbst gar nichts zu tun hatten! Shammat bekämpfte Shammat – wild, sinnlos, selbstzerstörerisch. Die Himmel über Shikasta waren ohnehin schon voll, übervoll von allen denkbaren mechanischen und technischen Geräten, Beobachtungsstationen, Wetterstationen, Relaisstationen, einige im Dienste eines allgemeinen Nutzens, andere zu Kriegszwecken; es gab Waffen aller Art und jeden zerstörerischen Grades – und auch diese konkurrierten in einem Ausmaß, von dem die Bewohner Shikastas nichts wußten. Um Shikasta herum lag eine Schicht wirbelnder Metallkörper. Daß diese die Verbindungen und Vernetzungen mit den kosmischen Kräften schwächen mußten, wurde auf Shikasta nicht beachtet, denn seine Techniker erwarben niemals, nicht einmal am Ende, als bestimmte Tatsachen offensichtlich wurden, die Fähigkeit, diese Kräfte zu verstehen; mehrere Jahrhunderte lang hatten sich die Wissenschaften auf rückläufigen und nach rückwärts gerichteten Gedankenbahnen bewegt, die sie daran hinderten, sinnvoll und zweckgerichtet weiterzudenken. (Zum Beispiel kamen sie nie auf die Idee, daß bestimmte Städte oder bestimmte Gebäude auf ihrem Planeten in einer Art gebaut waren, die bei den Bewohnern unausweichlich Wahnsinn oder zumindest seelische Störungen auslösen mußten.) Rings um die Schicht wirbelnder Metallkörper, die Shikasta umgab, fanden Schlachten statt. Und andere beobachteten diese Schlachten. Mehr als einmal jagten Sirische Beobachtungsraumschiffe, die auf Routineflügen hier auftauchten, Shammats Flugkörper in die Flucht, die sich quer über die Himmel

Shikastas Einzelkämpfe lieferten. Mehr als einmal patrouillierten Sirische und unsere Beobachtungsraumschiffe in schützender Gemeinsamkeit und schreckten die häßlichen, kleinen Maschinen Shammats ab, deren fast automatische Angriffslust den Druck auf Shikasta nur noch verstärkte. Shikastas Mond wurde heiß umkämpft.
Auch Raumschiffe von den Drei Planeten besuchten Shikasta. Das glückliche Gleichgewicht in ihrem Kräftespiel war schon seit langem durch den Rückfall Shikastas in die Barbarei beeinträchtigt worden, und schon lange war es für sie nicht mehr einfach, ihre Unversehrtheit zu erhalten. Der Krieg des Zwanzigsten Jahrhunderts mit seinen bösen und tödlichen Ausstrahlungen, die nur Shammat nützten, hatte diese Planeten in Mitleidenschaft gezogen. Ihre Raumschiffe dienten Beobachtungszwecken. Immer haben unsere Diener mit ihnen in bestem Einvernehmen gestanden, haben ihnen jede Unterstützung zukommen lassen. Sie warteten, wie wir alle, auf den Augenblick, in dem Shikastas lange Nacht enden und eine langsame Rückkehr zum Licht folgen würde.
Es wird sich zeigen, daß ein großer Teil der Aktivitäten dieser Besucher Shikastas nur der Überwachung und Beobachtung galt und keine Bedrohung für den unglücklichen Planeten darstellte – im Gegenteil. Doch daß es dort oben so viele verschiedene Besucher mit so unterschiedlichen Typen von Raumschiffen gab, war ihnen gar nicht bekannt. Denn es war natürlich, wie schon erwähnt, eine Tatsache, daß alle größeren Mächte Kriegswaffen besaßen, die sie voreinander und ganz gewiß vor der Bevölkerung geheimhielten, und da hinsichtlich solcher gewaltiger Waffensysteme die Himmel Shikastas ohnehin schon klein waren, wurde jeder Teil des Planeten von Flugkörpern überflogen, die von Shikasta selbst stammten.
Auch Shammat verstand nicht völlig das Ausmaß und die Absichten der vielen unterschiedlichen Flugkörper, der vielen Besucher.
Wieviel Shammat *nicht* verstand! Und welchen Schaden es

anrichtete! Und wie es sich krachend umherwarf und pfuschte und plünderte!

Zum Beispiel vernichteten Shammats Agenten in ihrer Beschränktheit immer wieder große Zahlen von Menschen, deren Zeit auf Shikasta noch nicht vollendet war – und deren Vernichtung Shammat selbst überhaupt nichts nützte. Diese brachten wir nach Zone Sechs zurück und führten sie unmittelbar in den Dienst auf Shikasta zurück, kaum daß sie – in einigen Fällen – sprechen und gehen konnten.

Und weiter, zum Beispiel: Shammats Hauptbeschäftigung war es, die moralische Stärke der Bewohner aufzuweichen und zu schwächen. Die unsere war das Bemühen um das Gegenteil. Doch war Shammat nicht immer – und gegen Ende immer weniger – fähig, die eigenen Bemühungen zu kontrollieren und die unseren zu beobachten und zu verstehen.

Und weiter: Shammats Agenten schlichen und lungerten herum und nährten den Geist des Hasses, der Zwietracht, der Unvernunft, der Selbstzufriedenheit. Wir taten immer das Gegenteil, doch waren sie nie fähig, die Techniken, mit denen wir ihnen entgegenarbeiteten, zu beobachten, geschweige denn zu verstehen, und dies führte zuweilen zu absurden Situationen, in denen sie sogar gegen sich selbst arbeiteten, ohne es zu wissen.

Und weiter: Shammats Agenten, die sich auf die Verbindung zwischen Shikasta und Shammat verließen, sahen diesen Bund oft, wo er gar nicht existierte oder von uns zerstört oder geschwächt worden war. Shammat, das nicht die Fähigkeit besaß, die Situation zu erkennen, vertraute oft Menschen, die völlig frei vom Einfluß Shammats waren und die sich an uns hielten, weil sie verstanden – zuerst vielleicht nur als Ahnung oder als Gedankenblitz –, daß die Rettung bei uns lag, Menschen, die in unseren Diensten standen, und oft, ohne es selbst zu wissen.

Über ganz Shikasta bewegten sich in jenen letzten Tagen unsere Agenten, unsere Diener, unsere Freunde, und mit ihnen war Das Zeichen ihnen aufgedrückt, eingeprägt in ihre Substanz, ebenso wie die grausige Verzerrung Shammats die seinen prägte; und jeder, der noch eine Spur der Erinnerung an Das Zeichen in sich trug, spürte unsere Gegenwart, schaute auf, erkannte und folgte nach. Oder versuchte es. Ich will nicht sagen, daß unser Kampf anders als verzweifelt, tödlich, entsetzlich gewesen sei. Es gab viele Opfer, viele Mißerfolge. Doch ebenso wie während der letzten Tage, in der letzten Phase, Shammats Agenten Shikasta mit Grauen, Schrecken, Ekel und Zerstörung erfüllten, so rief auch der Schatten des Zeichens alle, die sich erinnern konnten ... und da war eine Süße, ein Versprechen, eine Helligkeit von Herz und Hoffnung in jenen entsetzlichen letzten Tagen.

Bemerkungen zu obigem Text von JOHOR, TAUFIQ, USSELL und anderen

In Anbetracht der zu erwartenden Verwüstung eines so großen Gebiets Shikastas bestand eine unserer Hauptaufgaben natürlich darin, geeignetes und typisches genetisches Material zu erhalten. Dies wurde zum Teil erreicht durch wohlüberlegten und gezielten Druck auf bestimmte Individuen und Gruppen von Individuen, die fähig waren, persönliche Bestrebungen und Ansichten im Interesse einer breiteren Perspektive beiseitezuschieben. Denn wenn sie an bestimmte, für den Augenblick vergleichsweise »sichere« Orte geschickt wurden, so geschah das nicht notwendigerweise im Interesse ihres persönlichen Überlebens. Bestimmte Typen von Shikastern sprachen gut an: Eben diese Fähigkeit, anzusprechen, war das Kriterium für ihre Wahl. Doch bestand die Schwierigkeit natürlich darin, daß die bewundernswürdigen und brauchbaren Charakterzüge sich mit unerwünschten so stark mischten. Sirius und seine Kolonien, Canopus und seine Kolonien, Shammat und andere – alle hatten in der Erbmasse Shikastas Spuren hinterlassen. Und dann der wachsende Druck auf die Spezies durch örtliche und externe Strahlungen; aus der zunehmend vergifteten und angepaßten Atmosphäre; selbst aus ihrer Nahrung, so voller chemischer und strahlender Stoffe; und auch aus dem nüchternen Wissen tief in ihnen über die Verantwortlichkeit ihrer Bestimmung: All dies hatte die Wirkung, das genetische Material noch mehr zu adaptieren und unterschiedlichste Abarten hervorzubringen. Einige davon waren – und sind – wertvoll, voller Entwicklungsmöglichkeiten. Doch andere leider nicht.

Wir wollen hier als Beispiel eine besondere Gefahr erwähnen, die durch – sehr – lange Voraussicht und entsprechende Planung überwunden wurde, und zwar deshalb, weil sich ein Teil dieser Dokumentation damit beschäftigt, nicht weil sie wichtiger oder weniger wichtiger als unsere anderen Belange wäre.

Man hatte es schon lange vorausgesehen, daß es eine starke Reaktion gegen die weißen Rassen geben würde, deren technische Entwicklung ein gut Teil der Erde und so viele ihrer Bewohner verdorben hatte. Es bestand die echte Gefahr, daß die Gefühle so aufgewühlt werden würden, daß es zu einer ernstzunehmenden Ausscheidung genetischen Materials kommen könnte. Die »weiße Rasse« – oder die weißen Rassen – waren von sehr unterschiedlicher genetischer Mischung. Einige Teile des Planeten waren auch noch bis zum Ende vergleichsweise homogen, noch praktisch rassenrein: doch die mittleren und westlichen Gebiete des Zentralen Festlands hatten eine solche Anzahl verschiedener Rassen aus anderen Teilen Shikastas und von außerhalb Shikastas aufgenommen, daß es nicht wünschenswert war, diese »Rasse« aufzugeben. Ein ziemlicher Aufwand, zum Teil offensichtlich absonderlicher Art, wurde getrieben, um sicherzugehen, daß genügend dieser Wesen überlebten, um ihre Gene in die Zukunft zu retten; dieser Aufwand geschah überall auf der nördlichen Hemisphäre stetig und tatkräftig. Oder fast überall: Der Isolierte Nördliche Kontinent, der ursprünglich von einer genetisch recht homogenen Rasse bevölkert war, die sich der Umgebung angepaßt hatte, wurde statt dessen mit einem Volk von Eroberern besiedelt, zumeist aus den Nordwestlichen Randgebieten und dem Zentralen Festland, das keine Gene aufwies, die nicht anderswo vertreten waren.

Im großen ganzen unterstützte die Haltung der weißen »Rasse« in der nördlichen Hemisphäre unsere Bemühungen nicht gerade. Der Einfall der »gelben« Rassen über einen Teil ihrer Länder; die beständige und systematische Aushungerung durch die »farbigen« Rassen, die dieser Eroberung vorausgingen, aus dem für Shikasta (oder Shammat) typischen Verlangen nach Rache für vergangene Demütigungen und Entbehrungen; ihre nur allmähliche Bereitschaft, die Meinung, die der Rest des Planeten von ihnen hatte, zu übernehmen, was eine scharfe und schmerzvolle Neuorientierung verlangte und das Aufgeben eines Überlegenheitsdenkens, das sie jahrhundertelang getragen hatte – all dies dämpfte die Stimmung und die Lebenskraft, vor allem in den Nordwestlichen Randgebieten, bis zu einem Maße, wo es nicht nur ihren eigenen Lebenswillen beeinträchtigte, sondern auch die Ausstrahlungen von diesen Gebieten: und gute und starke Ausstrahlungen waren wesentlich für unsere Aufgabe, die darin bestand, unnötiges Leiden und Blutvergießen zu vermeiden. Das Absinken des Kampfgeists und Lebenswillens war so stark, daß große Mengen der – zunächst einmal – Jugend und dann der älteren Leute unfähig waren, überhaupt noch irgend etwas von Stolz auf ihre Vergangenheit zu erhalten. Alles, was sie geleistet hatten an technischem Fortschritt, tatkräftigen Experimenten in der Gesellschaftsstruktur, der Gerichtsbarkeit – ausgezeichnet von der Konzeption her, wenn auch nicht immer erfolgreich in der Praxis –, diese Leistungen schienen ihnen nichts mehr zu bedeuten, und sie neigten dazu, in Demut und trüber Selbstaufgabe zu versinken. In der Tat war diese emotionale Reaktion, sich selbst als die Bösewichter zu sehen, als die Zerstörer des Planeten, was ihnen jeden Augenblick von tausend äußeren Propagandamitteln eingehämmert wurde, genau so eng und selbstbezogen wie ihre früheren Vorstellungen von sich als den von Gott eingesetzten Wohltäter über ganz Shikasta. Beiden Sichtweisen ist das Unvermögen gemein, die Wechselbeziehungen zwischen Dingen zu sehen, die Vernetzung von Ereignissen, die gegenseitige Abhängigkeit von Bedürfnissen, Fähigkeiten, Leistungen. Die »weißen Rassen«, unterworfen, gedemütigt, ausgehungert, ausgelaugt, großer Teile ihrer Bevölkerung beraubt durch den Abzug in andere Gegenden des Planeten, die sie als billige Arbeitskraft wiederbeleben sollten, allen früheren Reichtums und fast aller Kultur verlustig, waren genau so unfähig, sich selbst als Teil eines Ganzen zu sehen wie eh und je. Noch immer regierte auf Shikasta das Schubladendenken – außer bei unseren Dienern und Beauftragten, die beständig an der Arbeit waren und versuchten, Gleichgewichte wiederherzustellen und diese beklagenswerten Mängel in einfallsreichem und schöpferischem Verstehen zu heilen.

TAFTA, der HÖCHSTE GEBIETER SHIKASTAS, entbietet dem HÖCHSTEN AUFSICHTSHERRN ZARLEM auf SHAMMAT seinen Gruß!

Grüße der Oberhoheit Shammat!

Meine Ergebenheit!

Meine Ehrerbietung an Puttiora!

Alles gehorche Puttiora, dem All-Erhabenen!

Shikasta liegt im Staub unter Deiner Ferse, Shikasta erwartet Deinen Willen!

Von Zone zu Zone, von Pol zu Pol, von Ende zu Ende, Shikasta ist Dein unterwürfiger Diener.

Wie tief und lieblich der Dienst Shikastas an Shammat, dem Diener Puttioras!

Von Ende zu Ende windet und krümmt sich das schändliche Gewürm unter Deiner Allsehendheit!

In allen Ländern kämpfen und töten und leiden diese verderbten Bestien, und die Gerüche von Schmerz und Blut steigen auf wie roter Rauch, über allen Teilen Shikastas, steigen köstlich auf in die Nüstern des verdienten Shammat.

Wie stark der nährende Fluß von Shikasta nach Shammat, stärker mit jedem Tag der Fluß, der Shammat nährt, immer stärker das tausendjährige Band der Kraft, die das Recht und die Pflicht von Shikasta an Shammat ist, erworben durch unsere Schutzherrschaft, unsere Oberhoheit, unsere Erhabenheit in der Stufenordnung der Galaxis!

O Shikasta, blutendes kleines Tier, wie wir dich preisen in deiner willigen Verkommenheit, wie wir dir Beifall schenken in deiner Unterwürfigkeit, wie wir dir beistehen, du anderes Selbst, unsere Blutader, unsere Quelle der Stärke!

Tag und Nacht, von Augenblick zu Augenblick, bring heran den Tribut, ach Shikasta, du Kriecherisches, die Schwingungen von Haß und Zwietracht nähren uns, erhalten uns, lassen uns Lobpreisungen singen, uns, das Allmächtige Shammat!

Nacht und Tag, o garstig Erniedrigtes, versorgst du uns mit Nahrung, mit dem Klirren der Waffen, den Schreien der Krieger, dem Brüllen der feindseligen Maschinen.

Tag und Nacht, du Planet, der du der niedrigste der Niedrigen bist, zitterst und bebst du unter unserer Herrschaft, Shammats des Ruhmreichen, dem allrühmlichen Sohn Puttioras, des Ruhmreichen, bietest du an dein Fett und dein Sein, die Düfte deiner Qual, den Ruch deiner Grausamkeiten, deiner Abscheulichkeit.

Wie niedrig ist Shikasta, ein Wurm im Staub, sich windende Haufen und Gruben voller Würmer in ihrer Verderbtheit, alle uns nährend, uns, Shammat, nährend Puttiora. Über deine Himmel, Shikasta, den Glanz und den Schimmer deines Haders, deiner schrecklichen Erfindungen, die uns alle nähren mit der Kraft deines Hasses. Unter deinen Ozeanen, Shikasta, das Stoßen und Stampfen und Vibrieren deiner manövrierenden Maschinen, die alle uns nähren, uns Wohlgerüche verleihen, uns, Shammat. In deinen kranken Gemütern, Shikasta, den entstellten Hirnen träger, beschränkter Tiere, deren größtes Glück es war, unsere freundliche Herrschaft zu erfahren, entflamme die Feindseligkeit, die uns säugt, uns, Shammat!

Überallhin dringen unsere Herrlichen, stets gewahr, stets wachsam, stets unser Eigenes hütend!

Überall unsere Augen und Ohren, und nichts entgeht uns!

Wir sehen das erbärmliche Keuchen eurer Versuche zu revoltieren, wir vermerken sie, und wir *Zermalmen*!

Wir haben die Bewegungen und Machenschaften unserer Feinde auf Shikasta beobachtet und haben sie alle zunichte gemacht – verdammt ihre feigen Tricks, zum Henker ihre Taktik, krümmt euch und verendet, leidet und sterbt!

Wir, Shammat, Shammat von Puttiora, dem Ruhmreichen, o gib, daß der Fluß uns erhalten bleibe, der Fluß werde stärker, der Fluß sei ewig und immer, der Fluß sei für alle Zeiten, der Erhalt und die Nahrung von Uns, Herren der Galaxis, Herren der Welten ...

NOTIZ, OBIGEM BEILIEGEND:

He, Zarl,

ich bitte um Krankschreibung. So ein verdammter neuer Virus. Wir fallen um wie die Fliegen auf diesem gottverdammten Fleck. Wenn's kein Virus ist, muß es Verrat sein. Warum bin ich nicht in der neuen Regierung? Was ist das für eine Scheißdankbarkeit? Da stehen ein paar Veränderungen an, ich werde sie in ihrem eigenen dreckigen Saft schmoren lassen, wart's nur ab.

LYNDA COLDRIDGE *an* BENJAMIN SHERBAN
(NR. 17 *der* »VERSCHIEDENEN INDIVIDUEN«)

Ihr Bruder hat mich gebeten, Ihnen zu schreiben. Er sagt, er hat Ihnen gesagt, daß er mit mir in Kontakt ist. Hoffentlich hat er das getan. Falls nicht, warum sollten Sie mir trauen? Das zu verlangen ist schwer heutzutage. Sie müssen mir vertrauen um der Leute willen, die zu Ihnen kommen. Sonst sind sie bald tot. Wenn man glaubt, es kann nicht mehr schlimmer werden, wird es doch noch schlimmer. Ich wußte schon lange, daß all dies passiert. Aber wenn es dann soweit ist, ist es immer noch ein Schock. George sagt, diese Leute müssen zu Ihnen gehen. Er sagt, Sie sind in Marseille. Es muß schwierig sein, da zu leben. Diesen Leuten kann man trauen. Alle aus den Kliniken, in denen ich gewesen bin. Meistens als Patienten. Aber auch Ärzte und Schwestern. Die werden nützlich sein. Wir schicken nicht die Leute, die so krank waren, daß sie vielleicht eine Belastung sind. Herr Dr. Hebert hat geholfen, die Leute auszusuchen. Er kennt sich da aus. Herr Dr. Hebert und ich haben zusammen gearbeitet. Ich habe vergessen, wie lange. Ich möchte, daß er mit den anderen zu Ihnen fährt, aber er will nicht. Er sagt, er ist alt und muß bald sterben. Das finde ich nicht. Er weiß so viel über nützliche Dinge, und er ist nie verrückt wie ich. Ich hoffe, Sie wissen, was ich mit nützlichen Dingen meine. Ich habe Ihren Bruder nach Herrn Dr. Hebert gefragt. Ihr Bruder sagt, Herr Dr. Hebert muß es so machen, wie er meint, daß es richtig ist. Gewissen. Der einzelne. Rechte des. Ich bleibe. Ich bin zu alt. Ihr Bruder will, daß ich bleibe. Er hat mich darum gebeten. Er sagt, es wird nützlich sein. Es werden noch Menschen am Leben bleiben trotz allem Schrecklichen. Es werden wenige sein. Es gibt Stellen unter der Erde. Vor allem für die hohen Tiere. Freunde von uns haben einen unterirdischen Schutzraum gemacht. Keiner weiß etwas davon, außer ganz wenigen. Er ist für etwa zwanzig Leute. Die meisten von ihnen haben die Fähigkeit der Verbindung. George sagt, Sie haben sie manchmal auch. Ich habe versucht, Verbindung zu Ihnen zu finden, konnte es aber nicht. Vielleicht sind wir nicht auf derselben Wellenlänge. (Haha!) Die zwanzig Leute sind aus unterschiedlichen Altersgruppen. Ein paar sind Kinder. Sie sind alle bereit für das, was kommt. Den Zorn. Manchmal glaube ich, wenn sie wüßten, was kommt, wären sie es nicht. Bereit, meine ich. Ich wollte, es würde alles passieren, dann hätten wir es hinter uns. Wir werden in diesen unterirdischen Schutzraum mehr Leute mitnehmen, als eigentlich hineinpassen. Weil ich nicht mehr lange leben werde. Und auch Herr Dr. Hebert nicht. Und noch zwei andere alte Leute sind dabei. Herr Dr. Hebert wird der einzige Arzt bei uns sein außer einem, der gerade in der Ausbildung ist. Er kann sich noch weiter ausbilden lassen. Außerdem hat er eine ganze Menge Fähigkeiten. Ich weiß, wann Herr Dr. Hebert und ich sterben. Bis dahin sind die ganzen anderen in den Fähigkeiten ausgebildet. Sie werden alle überleben, bis die Rettungsmannschaften kommen und England wieder geöffnet wird. Ich weiß nicht, ob George Ihnen das alles gesagt hat. George sagt immer nur mal dies, mal das, je nachdem, was gerade nötig ist. Dann schaltet er um. Ich meine, das ist gar keine richtige Unterhaltung. Kein Gespräch. Daraus schließe ich, daß er sehr viel zu tun haben muß. Na ja, ich sehe ja, daß es so sein muß. Als ich zum ersten Mal Kontakt mit ihm hatte, war das durch Zufall. Ich dachte, es wäre mein eigener Verstand, der zu mir sprach. Ich weiß nicht, ob Sie das verstehen. Vielleicht. Ich weiß, daß einem der eigene Verstand alles mögliche sagen kann. Man glaubt, es ist jemand anders, aber das stimmt nicht, man ist es selbst. Können Sie das verstehen? Ich schreibe zuviel. Das kommt, weil es komisch ist, jahrelang zu arbeiten, um Leute zu retten und nicht einmal zu wissen, ob man es kann. Manchmal war es sehr schwer. Zuerst hat keiner mir oder Herrn Dr. Hebert geglaubt. Es hat so lange gedauert. Und dann, nach all dem, schickt man sie weg zu jemand, den man nie gesehen hat. In Marseille! Es wird eine schreckliche

Reise werden! Wir haben alle gefälschten Papiere zusammen. Und die Uniformen. Alles. Ich mache mir Sorgen und kann nichts dagegen tun. Jedenfalls haben wir getan, was wir konnten. Wir haben gesagt, wir würden Leute retten, und wir haben es getan. Hier sind sie. Wir werden nie wieder Verbindung haben. Höchstens, wenn sie Ihre *Fähigkeiten* verbessern! Also leben Sie wohl. Wenn dieser Brief Sie erreicht, werden die Leute schon bei Ihnen sein. Es ist eine komische Sache, oder, jemand so einfach vertrauen zu müssen? Ich meine wegen der Art und Weise so einer Anweisung »durch die Luft«. Also alles Gute! Lynda Coldridge.

DR. HEBERT *an* BENJAMIN SHERBAN

Eine Liste aller Leute, die im Begriff sind, ihre gefährliche und schwierige Reise zu Ihnen anzutreten, liegt bei. Mrs. Coldridge sagt, eine kurze Beschreibung von allen könnte hilfreich sein, und ich glaube, sie hat recht. Ich habe jeweils die beruflichen Qualifikationen kurz aufgezeichnet bzw. die Krankengeschichten der Personen, die als Patienten in den verschiedenen Kliniken waren, in denen Mrs. Coldridge und ich gearbeitet haben. In allen haben wir Menschen gefunden, die verschiedene Fähigkeiten in der Anlage oder als Potential in sich trugen und aufgrund falscher Beurteilung der Phänomene erfahren mußten, daß sie als krank eingestuft und zeitweise oder auf Lebzeiten eingesperrt worden waren; dank glücklicher Umstände oder einer besonders stabilen Konstitution hatte die Behandlung bei ihnen keinen Schaden angerichtet. Natürlich konnten oder können wir nichts für die Opfer einer rigoroseren oder länger andauernden Behandlung tun. Es war keine leichte Aufgabe, diese Menschen von ihren eigenen Möglichkeiten zu überzeugen, denn unsere Argumente trafen auf Ohren, die so beeinflußt waren, daß sie diese entweder als unwissenschaftlich oder so am Rande der Verrücktheit einordneten, daß sie nicht einmal zuhörten. Doch Geduld hat Wunder gewirkt, und hier sind die Ergebnisse jahrelanger Bemühungen, die alle hinter dem Rücken der Klinikautoritäten und unter schwierigen und manchmal gefährlichen Bedingungen stattfanden. Psychiatrische Kliniken sind noch nie sehr sichere Orte gewesen, nirgends auf der Welt! Dies sind auch alles Menschen, die aufgrund ihrer Erfahrungen abgehärtet sind gegen Not, Mißverständnisse, Ungewißheit und eine Unempfindlichkeit gegen schwebende Urteile mitbringen, die der unvermeidliche Lohn sind dafür, daß sie sich jahrelang schwebenden Urteilen über das Funktionieren ihres eigenen Verstandes unterstellen mußten. Dies sind sehr nützliche Eigenschaften! Sie können mir glauben, daß ich aus Erfahrung spreche! Als ich an mir selbst bestimmte Fähigkeiten fand, war meine erste Reaktion die von einem, der im eigenen Haus einen Feind aufspürt. Denn bevor ich Mrs. Coldridge traf und zu verstehen begann, was sie sagte und, mehr noch, ihre lange, schmerzliche Geschichte begriff, war ich nicht fähig, für das Herumtappen in einem Reich, das mir so neu war, daß es mir zuerst wie Feindesland erschien, Geduld aufzubringen. Um es noch einmal zugespitzt zu formulieren: Alle diese Menschen können Schweres, Verantwortung, Belastungen, Widrigkeiten, Aufschübe, den Verlust der Hoffnung ertragen. Wie wir wissen, ist dies das wichtigste Rüstzeug für diese harten Zeiten ... Ich schreibe dies und wundere mich gleichzeitig über die Unzulänglichkeit der Sprache! Was wir jetzt durchleben, ist schlimmer als alles, vor dem unsere schlimmsten Alpträume uns hätten warnen können. Und doch durchleben wir es, und einige von uns, ein paar, werden überleben. Und das ist alles, was wir, die menschliche Rasse, brauchen. Wir müssen das so sehen: Ich möchte Ihnen etwas sagen, was ich als mein Vermächtnis betrachte, einen Akt des Glaubens. Es ist dies: Wenn menschliche Wesen ein Leben solch niederdrückender Erfahrungen ertragen können, wie sie Mrs. Coldridges Los gewesen sind, wenn sie geduldig und hartnäckig Angriffe auf die Grundfesten ihres Seins ertragen können, wie sie es getan hat, wenn wir es durchhalten, Tag für Tag das zu durchleben, was die meisten Menschen nur als die Hölle beschreiben könnten, und am anderen Ende noch halbwegs gleichlastig herauskommen, wenn auch nicht ganz unbeschädigt – Mrs. Coldridge wäre die erste, die zugeben würde, daß sie das ist –, wenn wir, die menschliche Rasse, also in uns solche Tiefen von Geduld und Ausdauer haben, kann es dann noch etwas geben, was wir nicht zu leisten vermögen? Mrs. Coldridge ist die Erleuchtung meines Lebens gewesen. Als ich ihr zum ersten Mal begegnete, einem heruntergekommenen, unglücklichen, bis aufs Skelett abgemagerten Wesen mit riesigen, erschreckten blauen Augen, das durch die Flure der Lomaxklinik in einem entsetzlichen Vorort einer unserer häßlichsten Städte umherwanderte, war sie nur ein weiteres jener menschlichen Wracks, unter denen ich einen so großen Teil meines Lebens zugebracht hatte und von denen ich bestimmt nicht die Möglichkeit irgendwelcher Erleuchtungen oder Lehren erwartete. Und doch war es diese Wahnsinnige, denn das war sie, als ich sie zum ersten Mal traf, die mich lehrte, welcher Mut, welche Zielstrebigkeit einem menschlichen Wesen möglich ist, und damit uns allen. Was bleibt denn sonst für irgendeinen von uns außer Mut? Und vielleicht ist auch das nur ein anderes Wort für *bereit sein*, weiterzuleben? Ich übermittle meine besten Wünsche für den Erfolg Ihres Beginnens und hoffe, daß diese Ansammlung von müden Sätzen Ihnen auch wirklich vermittelt, was ich fühle. Und ich vertraue Ihnen diese Menschen an, die ... was soll ich sagen? Ich trenne mich von ihnen im selben Geiste wie ein Kind, das in einem Rinnsal auf der Straße ein Blatt schwimmen läßt. Ich werde für Sie alle beten. Dies tue ich nur für mich, denn ich fürchte, Mrs. Coldridge verachtet die Religion. Bei ihrem Leben wird sie wohl Vergebung finden.

BENJAMIN SHERBAN *an* GEORGE SHERBAN

Nun, mein kleiner Bruder? Hier wären wir. An Ort und Stelle, und alles in bester Ordnung. Wir sind fünfhundert. Der Pazifik ist phantastisch, trotz allem, vergib die Oberflächlichkeit, in diesen schweren Zeiten. Um aufs Wesentliche zu kommen: Das Wasser im Innern des Landes ist sauber – nun ja, mehr oder weniger, die Nahrung reichlich, es gibt keine Eingeborenen, da sie vor zwanzig Jahren evakuiert wurden, um das Gelände für Atombombentests freizumachen. Protest? Wer waren sie denn! Wo doch die Herren sprachen! Jedenfalls hat alles sein Gutes, denn jetzt ist hier Platz genug für uns alle. Bisher noch keine Todesfälle. Sehr wenig Krankheit, und außerdem haben wir ja Ärzte und Arzneien in ausreichenden Mengen. Eine richtige kleine Gemeinde ist entstanden, mit allen Nachteilen, um nicht zu sagen mit allen typischen Nachteilen. Es ist das Paradies. Doch wie lange noch? Ach ja, da liegt's! Wenn ich verrückt klinge, dann gewiß, weil ich nicht glauben kann, daß wir alle noch leben. Der Versuchung widerstehend, dies in einer zugekorkten Flasche der nächsten Ebbe anzuvertrauen, schicke ich diesen Brief mit dem Kanu, dann Frachtschiff, dann Flugzeug nach Samoa. Und werde weiter Berichte schicken, solange diese Annehmlichkeiten andauern. Ach Zivilisation, sich vorzustellen, daß wir uns je über dich beklagt haben, uns über kleine nichtige Teile von Dir beklagt haben ... Nimm meine Versicherung entgegen, daß ich jederzeit verbleibe als Dein gehorsamer Diener, Benjamin. Ich nehme an, Du weißt, daß Suzannah im Lager 7 in den Anden ist, zusammen mit Kassim und Leila.

GEORGE SHERBAN *an* SHARMA PATEL

Liebste Sharma,
zunächst einmal sei gegrüßt! In welcher Art Du willst. Nein, ich mache mich nicht lustig über Dich, das versichere ich Dir. Ich schreibe dies in großer Eile, spät in der Nacht, weil ich sehr stark den Eindruck habe, daß Du Deinen Plan ändern willst. Ja, ich erinnere mich daran, wie Du immer lachst, wenn ich so etwas sage. Und ich bin voller Kummer, weil ich etwas von Wichtigkeit zu sagen habe, und das Gefühl habe, daß Du nicht zuhören wirst. Vielleicht tust Du, kannst Du es aber doch, nur dies eine Mal, und deshalb schreibe ich Dir, um Dir dies zu sagen: Bitte bleibe bei Deinem Plan und bitte gehe zu der Zeit,

die Du mir sagtest. Bitte geh *nicht* hinunter in das Lager 8. Ich bitte Dich. Und wenn Du bereit bist, vertrau mir nur dies eine Mal, glaub mir und nimm so viele Deiner Leute mit, wie Dich begleiten wollen. Bleib nicht, wo Du bist und geh nicht nach Lager 8. Wie kann ich Dich erreichen? Wie kann ich Dich überzeugen? Hast du eine Ahnung, wie es ist, jemanden so gut zu kennen wie ich Dich, Dich sagen zu hören *Ich liebe Dich* mit solch tiefem Gefühl, solcher Ernsthaftigkeit! und dabei zu wissen, daß mir kein Glauben geschenkt wird, was immer ich sage. Du wirst nicht tun, worum ich Dich bitte, das weiß ich. Und doch muß ich den Versuch machen.

Sharma, was kann ich tun, damit Du mir zuhörst? Dieses eine Mal glaube mir! Wenn ich zu Dir sagen würde: Gib Deine Stelle an der Spitze Deiner Armee auf, laß die Ehren, die Verantwortung, dann würdest Du mir einen Vortrag halten über meinen Mangel an Verständnis, über Deine Ebenbürtigkeit, über meine Ignoranz, was Frauen und ihre Fähigkeiten angeht, aber Du würdest plötzlich, zu Deinem eigenen Erstaunen, alles hinter Dir lassen, Deine Macht, Deine Stellung, als seist Du hypnotisiert, und Du würdest mit mir kommen, schlafwandlerisch, Dich vor mich stellen mit einem Lächeln, das sagen würde: Hier bin ich. Und von diesem Augenblick an würdest Du niemals mehr mit mir übereinstimmen oder mitmachen bei etwas, das ich mir wünsche oder mir vertrauen. Dein Leben wäre eine Demonstration dessen, wie schlecht ich Dich behandle. Weißt Du das, Sharma? Ist das nicht erstaunlich? Vielleicht bist Du nicht meiner Meinung, daß genau das geschehen würde. Und: nein, ich sage nicht, daß ich möchte, daß Du all dies tust, o nein! Ich bitte Dich nur, bitte Dich – hör auf mich und geh nicht hinunter in das Lager 8. Sharma, mein Liebes, wirst Du auf mich hören, bitte hör auf mich ... *(Dieser Brief wurde nicht abgeschickt.)*

[Vgl. *Geschichte Shikastas*, Bd. 3015, *Das Jahrhundert der Zerstörung*, Der Krieg im Zwanzigsten Jahrhundert: dritte und letzte Phase, Zusammenfassung.]

Von SUZANNAH *in Lager 7 in den* ANDEN
an GEORGE SHERBAN

Mein Liebster,
es ist sehr kalt heute nacht. Es ist nicht leicht, sich an diese Höhe zu gewöhnen. Kassim und Leila geht es gut, und das ist die Hauptsache. Viele Leute finden es mühsam. Es gibt viele Lungenleiden. Unsere Ärzte arbeiten die ganze Zeit. Glücklicherweise haben wir viele Medikamente. Aber ich frage mich, wie lange noch. 63 Menschen sind neu hereingekommen. Sie sind aus Frankreich entkommen. Sie sagen, von Europa ist nicht mehr viel übrig. Sie sind voller Geschichten, aber ich habe gesagt, ich will sie nicht hören. Ich weiß nicht, was das bringen soll. Ich finde das morbid. Was geschehen ist, ist geschehen. Deshalb bin ich hierher in unsere Hütte gegangen und hab die anderen erzählen lassen. Es wäre gut, wenn Du warme Kleidung für alle Kinder beschaffen könntest. Wir haben jetzt fast 1200 Kinder. Ich habe gemacht, was Du vorgeschlagen hast und habe Juanita die Kinder anvertraut, und sie hat ihren Mann dazu gebracht, mitzuarbeiten. Sie sind ein gutes Team. Alle Kinder mögen sie. Heute kam eine große Gruppe aus Nordamerika. 94. Sie wollen hierbleiben, aber ich habe gesagt, daß dieses Lager voll ist. Das ist es ja auch. Wie sollen wir sie alle ernähren? Das ist es, was mich beschäftigt. Ich sagte, sie könnten ein paar Tage hierbleiben, um sich auszuruhen, und sollten dann zu Lager 4 gehen. Es sind nur 200 Meilen. Die Schwachen und die Kinder können sie hier bei uns lassen. Sie sagten, Nordamerika ist voller Unruhen, aber ich sagte, ich wollte nichts mehr hören. Ich habe mit meiner Arbeit wahrhaftig genug um die Ohren. Kannst Du versuchen, Schuhe für die Kinder aufzutreiben? Ich glaube, es wäre eine gute Sache, wenn noch ein paar Lager eingerichtet würden, wenn die Flüchtlinge weiter in solchen Strömen ankommen. Ich kann mir gar nicht denken, was dort oben überhaupt noch übrig ist. Aber ich will nicht daran denken, Kassim sagt, er will zu Dir und dortbleiben. Ich sagte, er ist zu jung, aber er ist fünfzehn. Leila will auch mit. Ich sagte, auf keinen Fall. Ich habe gesagt, ich würde

Dich wegen Kassim fragen. Und sie müßten tun, was Du sagst. Also, dies ist meine Frage.
Wenn man daran denkt, daß jetzt im Norden der Winter kommt, ist es ja sicher einerseits gut, wegen der Seuchen, aber es ist schlecht für die Menschen, die noch übrig sind. Aber ich will so etwas nicht denken.
Eben kam Philip an und sagte, er hat Dich gesehen und Du würdest schwer arbeiten. Er sagt, Du kommst nächste Woche. Wenn Du kommst, sollten wir heiraten, denn ich bin schwanger. Ich bin jetzt sicher. Bis heute war ich es nicht. Es ist ja schön und gut, wenn die jungen Leute sagen, so was würde in diesen Zeiten keine Rolle spielen, aber ich finde, wir sollten ein Beispiel geben.
Ich bin seit zwei Monaten und zwei Tagen schwanger.
Ich hoffe, es ist ein Junge, aber bei meinem Glück wird es sicher ein Mädchen. Ich meine das nicht so, nur ein bißchen.
Ich habe jetzt Pedro zum Ausbessern des Hüttendachs. Pedro ist sehr nett, und ich möchte den Vorschlag machen, daß wir ihn adoptieren, wenn Du kommst. Was ich meine, ist, daß wir ihm sagen sollten, daß wir ihn als unser Kind betrachten. Er fühlt sich nicht geborgen. So was merke ich immer. Es ist nicht gut für einen achtjährigen Jungen, keine Eltern und überhaupt nichts zu haben. Ich finde, wir sollten irgendeine Zeremonie abhalten. Uns wird schon etwas einfallen. Am Schluß haben wir wahrscheinlich ein Dutzend oder noch mehr, wenn das so weitergeht. Manch wahres Wort wird im Spaß gesprochen.
Ich werde Pedro nicht erzählen, daß er unser Kind werden kann, bevor Du zustimmst.
Sie haben heute abend mitten im Lager ein großes Feuer gemacht, und darüber steht ein großer Mond, und es sieht schön aus. Sie erzählen Geschichten, wie sie von den verschiedenen Stellen geflohen sind. Das geht so vor sich, daß einer nach vorn tritt, wo das Feuer ist, und dann sind alle still, und diese Person erzählt ihre Geschichte. Dann geht die Person weg und setzt sich, und jemand anders steht auf. Oder jemand singt ein Lied. Einige Lieder sind sehr traurig. Manche romantisch. Und dann tritt wieder jemand anders vor und erzählt seine Leidensge-

schichte. Bald werden viele Kinder geboren werden. Wir werden sie ernähren müssen. Die Ärzte überwachen alle Kleinkinder sehr sorgfältig.
Alles wird so gemacht, wie Du es gesagt hast.
Ich fühle mich sehr allein ohne Dich, ich weiß, daß Du es nicht magst, wenn ich so etwas sage.
Ich weiß, daß ich Dich gar nicht zu fragen brauche, ob Du Dich ohne mich auch allein fühlst, denn sicher lächelst Du nur, wie üblich.
Also, mein Liebster, ich werde Dich nächste Woche sehen, so Gott will.

              Deine Suzannah

Von KASSIM SHERBAN

Liebe Leila und liebe Suzannah! Und hallo Pedro und Philip und Anqui und Quitlan und Shoshona!
Und einen sehr großen Kuß für die kleine Rachel, das ist natürlich das Wichtigste! Sagt ihr, daß ich einen wunderschönen gelben Vogel für sie habe.
Hallo, hallo und hallo! Ich weiß, daß Du, Suzannah, darauf wartest, daß ich etwas über George sage, aber das kann ich nicht, denn rate, was passiert ist: Als ich ihn eingeholt hatte, war er gerade beim Aufbruch nach Norden, und er sagte, ich müßte mich selbst zurechtfinden und trug mir ein paar Sachen auf und schob mich weg. Aber er hat mir Deine Neuigkeit erzählt, Suzannah, das ist ja herrlich! Und dieses Mal wird es bestimmt ein Junge, das glaube ich!
Dies ist eine völlig neue Stadt. Ich kam letzte Woche hier an. Es ist die merkwürdigste aller Städte. Natürlich besteht sie nur aus Holz und Stein und Lackpapier, aber die Formen sind anders, als man erwartet, ich habe noch gar nicht alles mitgekriegt. Ich kam den Hügel herunter und ging hinein, und es war wie ein Traum. Was alles noch schlimmer machte, war, daß ich Angst hatte. Ich bin schließlich noch ziemlich jung, und auch wenn ich mich anstrenge, kann ich das nicht verbergen, und ich stecke immer noch in der alten Jugendarmeeuniform, weil ich

nichts anderes finde: immerhin hat man die Leute von den Jugendarmeen vor dem Dritten Weltkrieg aus den Städten rausgeworfen und sogar umgebracht. Die Jäger gejagt. Erinnert Ihr Euch an das Lied:

Die Jäger gejagt
Die Waffen verstellt,

Als die Jäger jagten,
Brannte die Welt ...

Das ist alles, woran ich mich noch erinnere. Wahrscheinlich will ich mich nicht daran erinnern. Es schien keine Möglichkeit zu geben, sich zu verstecken, wenn man das hörte. Wie kam es wohl, daß wir alle überlebten? – aber ich hatte nicht vor, das alles wieder aufzurollen. Ich fasse immer wieder den Entschluß, nie wieder daran zu denken, aber meine Gedanken kehren immer wieder dahin zurück.
Ich kam also halb verrückt vor Angst in diese Stadt herunter. Ich wußte nicht, was ich erwarten sollte. Mindestens, dachte ich, würde ich sie davon überzeugen müssen, daß ich harmlos sei. Aber soweit kam es nicht. Die Stadt hat einen Platz in der Mitte mit einem Brunnen. Alles ist aus Stein, Leute standen auf dem Platz, als ich ihn voller Furcht betrat, und es war merkwürdig: Ich wurde sofort akzeptiert. Keiner hielt mich für eine Bedrohung. Könnt Ihr Euch vorstellen, wie das war?
Es gibt eine Herberge für Durchreisende, und eine Woche lang bekommt jeder Reisende dort Essen, wenn auch nicht viel, und dann fängt er an, wenn es eine Arbeit für ihn gibt, sein Essen zu verdienen, und wenn nicht, zieht er weiter. Ich wollte nicht anfangen zu arbeiten, weil ich eine »Tatsachenerhebung« machen sollte, hat George gesagt. Das hat er gesagt, und wenn man Tatsachen herausfinden soll, dann muß man Fragen stellen. Wo ist das günstiger als in der Herberge und dann im Café und dann im Laden und dann wieder auf dem Platz? Mir dämmert inzwischen, daß es wohl um die Leute ging, die ich dabei traf, daß sie der Zweck der Übung waren. Die Leute auf dem

Platz und überall sonst beantworteten alle Fragen, die ich ihnen stellte. Tatsachen. Es gibt jetzt weniger Tatsachen auf der Welt als vor dem Zusammenbruch. Eine Frau aus dem Norden, eine Argentinierin, nahm mich mit in ihr Haus und erzählte mir, was dort geschieht und wie der Krieg das Gebiet in Mitleidenschaft gezogen hat, und sie brachte mich mit anderen Leuten zusammen. Und da begann mir zu dämmern ... die ganze Zeit fühlte ich mich an etwas erinnert, ich wußte nicht recht, was, und ich lag jede Nacht wach, um mich daran zu erinnern, was es war, und auch jetzt kann ich noch nicht viel darüber sagen, aber es ist wie das, was die andere Rachel und Olga und Simon immer erzählten: wie Leute, die bei ihnen vorbeikamen, ihnen Dinge beibrachten und wie sie meistens ohne Schulstunden und Stundenplan lernten. Ich treffe immer neue Leute, und alle scheinen sofort zu wissen, wer ich bin und was sie mir sagen oder wo sie mich hinbringen müssen. Das ist sonderbar. Etwas Sonderbares spielt sich da ab, aber ich weiß nicht, was.
Nehmen wir mal etwas Einfaches, die Form dieser Stadt etwa. Es gab keine Pläne. Keinen Stadtplaner. Und doch wuchs sie symmetrisch und in der Form eines sechseckigen Sterns. Ich hatte nicht gemerkt, daß es ein Stern war, bis ich eines Morgens früh aus der Stadt hinausging und von oben herunterschaute, um zu sehen, ob ich feststellen könnte, was an ihr so anders war. Da erkannte ich plötzlich die Sternform. Aber egal, wen ich frage, keiner scheint etwas über Pläne oder einen Generalplan oder so etwas sagen zu können. Und noch etwas: Als ich in diese Stadt hinunterging, nahm ich als absolut selbstverständlich an, daß es hier verschiedene Parteien und die Herrschenden und die Armeen und Polizei geben würde und daß ich aufpassen müßte, wo ich hinging und was ich sagte. Ist Euch klar, wie sehr wir das alle mußten? Oder nicht? Ich meine natürlich nicht die Kleinen, nicht die kleine Rachel, aber auch schon Philip oder Pedro. Die ganze Zeit aufpassen. Das war uns so eingedrillt. Aber nach ein paar Tagen fühlte ich eine große Entspannung über meinen Körper kommen, wie wenn man gähnt oder sich reckt und streckt, und da verstand ich plötzlich, daß ich keine Angst mehr hatte, das Falsche zu tun, und

im Gefängnis zu landen oder zu Hackfleisch gemacht zu werden. Ich konnte es nicht glauben. Ich kann es jetzt immer noch nicht glauben. Ich habe niemanden kämpfen gesehen. Ich habe noch keinen Tumult gesehen, keine Leute, die Mauern einreißen oder mit Steinen werfen oder schreiend weggezerrt werden oder sonst etwas dieser Art. Hier gibt es einen sehr alten Inder, und als ich mit ihm sprach und etwas sagte wie das, was ich geschrieben habe, sagte er: Du bist das Kind eines großen Unglücks, und du mußt jetzt umlernen. Hast Du gewußt, daß es vor langer Zeit, als die alten Entdecker herkamen, hier Riesen gab? Der alte Inder erzählte mir, das habe er in der wie er es nannte Weißen Schule gelernt – erinnert Euch das an etwas? –, und das sei wahr, weil sein Großvater und seine Urgroßmutter auch davon gewußt hätten. Na, ich möchte nicht so gern gefragt werden, welche Tatsachen ich hier gesammelt habe, aber morgen gehe ich fort. Ich hatte gehofft, daß die Leute, die in dieser Stadt so nett zu mir waren, sagen würden: Geh zu Soundso in der nächsten Stadt. Aber das haben sie nicht getan. Ich gehe mit vier anderen. Einem alten Israeli, der Wissenschaftler in Tel Aviv war, einem Mädchen aus den alten Vereinigten Arabischen Emiraten, einer alten Frau aus Norwegen – irgendwie ist sie hierhergeraten – und einer anderen Frau mit zwei Kindern aus dem Ural. Sie wollten hierbleiben und sich eine Arbeit suchen, aber es gibt keine. Man hört aber, daß dreißig Meilen von hier in einer anderen neuen Stadt Leute gebraucht werden.

Es ist eine Woche später. Als ich den Berg herunter in diese neue Stadt kam, hielt ich Ausschau, um zu sehen, ob sie eine Form hat, und siehe da! Sie hat eine. Sie ist schön, ein Kreis, aber mit gebuchtetem Rand. Die gebuchteten Ränder sind Gärten. Sie ist gebaut wie die letzte, von der ich schrieb. Sie hat den gleichen gepflasterten Platz in der Mitte, hier ist er kreisförmig, und einen sehr schönen Springbrunnen in einem runden Bassin aus Steinen der Gegend, die gelblich-rosenrot sind. Das Bassin ist nicht tief, nur ein paar Zentimeter, und das Wasser fällt in bestimmten Mustern herunter, und auch im Stein sind Muster, die aus dem Wasser hervorschimmern, und die gleichen Muster

finden sich wieder in den Hausdächern und den Bodenfliesen und überall. Es ist der schönste Ort, den ich je gesehen habe. Wieder weiß keiner etwas von Plänen oder Architekten, die Stadt ist einfach gewachsen, oder so scheint es jedenfalls. Ich bin wieder in der Herberge. Wir sind immer noch zusammen, aber die Frau mit den Kindern hat Arbeit auf dem Feld und im Labor gefunden, und auch der Wissenschaftler hat eine Arbeit. Die anderen hatten bisher noch kein Glück.
Wieder sprechen die Menschen mit mir und erzählen mir. Ich gehe einfach vom einen zum anderen. Ich weiß schon alles über dieses Gebiet und diese Stadt, wer darin lebt und was sie tun, und was sie vor dem Krieg getan haben und was sie denken. Ich habe die seltsamsten Gedanken, aber sie *kommen* mir nun einmal, und deshalb habe ich vor, auch zu ihnen zu stehen. Morgen ziehe ich weiter, mit dem arabischen Mädchen und der alten Frau aus Norwegen. Sie haben keine Arbeit gefunden. Dazu ein neuer Reisegenosse, ein Jaguar, der gestern abend in die Herberge spaziert kam und sich hinlegte und morgens immer noch da war. Wir dachten, er sei zahm, aber keiner kennt ihn. Wir gaben ihm ein wenig Maisbrei und saure Milch und dachten, er würde die Nase rümpfen, aber er tat es nicht. Außer dem Jaguar ist noch Klein Rachels gelber Vogel dabei, er ist nicht echt, sondern aus trockenen Gräsern gemacht, und ein lieber Hund, ein Mischling, der eine Zuneigung zu mir gefaßt hat, und er und der Jaguar umspringen uns auf allen Seiten bei unserer Wanderschaft.
Eine Woche später.
Dieses Mal ist die Stadt, zu der wir den Berg *hinauf*kamen, achteckig, aber das fanden wir erst heraus, als wir drinnen waren. Sie besteht aus acht miteinander verbundenen Achtecken. Die Achtecke sind Gärten, das Gitterwerk sind die Gebäude. Wieder sind diese Gebäude merkwürdig, gemessen an dem, was wir alle gewöhnt sind, aus Backsteinen und Lehmziegeln und Wänden aus getrocknetem Gras und Lackpapier. Alles ist leicht und luftig. Der Platz in der Mitte ist sternförmig und hat einen Springbrunnen, mit Stein- und Wassermustern, die einander wiederholen. Auch an den Wänden und auf den Fußbö-

den sind Muster, aber anders als die in der letzten Stadt. Die alte Norwegerin hat Arbeit in der Küche des Gästehauses gefunden. Das Mädchen aus den Vereinigten Arabischen Emiraten ist bei einem Mann, den sie am Springbrunnen kennengelernt hat. Bleiben also ich, der Jaguar und der Hund. Ich habe mit vielen Menschen in der Stadt gesprochen. Jetzt muß ich es sagen, ohne Rücksicht. Das ist es, was ich die ganze Zeit über auf diesen Straßen gedacht habe: Wir haben doch immer geglaubt, George sei etwas Besonderes, na ja, ich sage nicht, daß er das nicht ist. Ich habe auch damals gar nicht so viel darüber nachgedacht. Alles lief einfach so seinen Gang. Aber es gibt viele wie George. Wußtet Ihr das, Ihr da, Suzannah, und Ihr alle anderen? Diese Leute, die ich in den Städten ständig kennenlerne und die auf den Straßen sind und ein Stückchen Weg mit uns gehen und dann wieder in die Pampas oder den Wald zurückkehren, als hätten sie erwartet, uns zu begegnen und hätten etwas zu sagen, ja, diese Leute sind George-Leute. Sie sind dasselbe. Ich weiß, daß das unglaublich ist, aber das ist der Schluß, zu dem ich gekommen bin. Es gibt immer mehr George-Leute, die ganze Zeit.

In dieser Stadt ist es dasselbe wie überall sonst. Ich gewöhne mich so langsam daran, wenn ich in eine Stadt komme, mit entspannten Bauchmuskeln und nicht verspannt und auf Zehenspitzen zu gehen, falls sich aus irgendeiner Ecke etwas auf mich stürzen will, und nicht ständig auf der Hut vor den Lagern am Ort und nicht in Todesfurcht davor, einer Gruppe von solchen jungen Leuten zu begegnen, wie wir vor kurzem selber welche waren. Ja, natürlich, ich selbst war ja auch nicht alt. Glaubt Ihr, daß es so früher war, das Leben in einer Stadt? Ich meine, die Menschen so entspannt und unbefangen und daß die Dinge in der richtigen Weise ablaufen ohne Gesetze und Regeln und Befehle und Militär? Und ohne Gefängnisse, Gefängnisse, Gefängnisse? Glaubt Ihr, daß das möglich ist? Ein wahnsinniger Gedanke, aber könntet Ihr Euch vorstellen, daß es stimmt?

Es ist vier Monate später. Ich bin in vier weiteren Städten gewesen, alle waren neu, eine war ein Dreieck, eine weitere ein

Quadrat, eine weitere ein Kreis, eine ein Sechseck. Wißt Ihr, was? Die Leute verlassen die alten Städte, wo sie können und bauen an neuen Stellen neue Städte in dieser neuen Art. Gibt einem das nicht ganz neue Gedanken? Die Leute sprechen von den alten Städten und Orten, als wären sie die *Hölle*. Wenn sie so sind wie unsere Städte früher, dann sind sie die Hölle!
Ich habe inzwischen eine ganze Reihe verschiedener Reisegenossen gehabt und alle möglichen Geschichten gehört. Aus allen Teilen der Welt. Suzannah, ich finde, Du hast recht, wenn Du nichts von den Ereignissen in Europa usw. hören willst. Ich dachte nicht, daß Du recht hättest, ich habe Dich sogar dafür verachtet. Ich sage Dir das, Suzannah, weil Du so nett bist und weil Du es sicher nicht übelnimmst. Ich habe etwas bemerkt. Wenn ich so die Straßen entlangziehe, bin ich manchmal mit meinem treuen Jaguar und meinem Hund allein, aber manchmal auch mit anderen, und wenn das Gerede über das Schreckliche anfängt, ist es, als *hörten* die Menschen nicht. Nicht daß die nicht zuhörten, sie hören nicht. Sie sehen Dich unbestimmt an. Ausdruckslos. Wißt Ihr, was ich denke? *Sie können es nicht glauben*. Manchmal schaue ich zurück, es ist so kurze Zeit her, aber ich kann es selbst nicht glauben. Ich denke mir, daß dieses Entsetzliche woanders geschieht. Ich weiß nicht, wie ich das ausdrücken soll. Ich meine, wenn schreckliche Dinge geschehen, auch in dem Maß, in dem wir es alle erlebt haben, dann nimmt unser Verstand sie nicht auf. Nicht wirklich. Da ist eine Kluft zwischen den Leuten, die hallo sagen und: Möchtest du ein Glas Wasser, und den Bomben, die herunterfallen oder den Laserstrahlen, die die Welt in Schutt und Asche legen. Deshalb schien auch keiner fähig, das Schreckliche zu verhindern. Sie konnten es nicht erfassen.
Ich habe begriffen, daß dieser vage, ausdruckslose Blick in die Vergangenheit gehört. Er paßt nicht zu uns, wie wir jetzt sind. Haltet Ihr es für möglich, daß wir vielleicht nicht so sehr das Schreckliche *vergessen*, als vielmehr, daß wir nie geglaubt haben, daß es geschah?
Aber ist Euch aufgefallen, daß jetzt alle anders sind? Wir sind alle viel lebendiger und wacher und brauchen nicht mehr stän-

dig Schlaf, und wir sind aus einem Guß und nicht uneins mit uns selbst. Versteht Ihr, was ich meine?

Ich habe meinen treuen Jaguar verloren. Ich stieg einen hohen, engen Pfad immer weiter aufwärts zwischen Grasweiden, und dort war ein Schäfer, von der alten Sorte, mit einem Hund und einem Esel. Ich machte mir Gedanken, wegen des Jaguars. Dem Hund konnte ich ja Befehle geben, aber nicht dem Jaguar. Der Schäfer, der ein junger Mann war und eine Frau und zwei kleine Kinder in einem hübschen Häuschen am Berg hatte, machte sich auch Sorgen. Aber mein großer Hund befreundete sich mit seinem Hund. Und dann ging der Jaguar und legte sich ein Stückchen von den Hunden entfernt hin. Und die Frau kam mit etwas Milch in einer Schüssel aus dem Haus, und er trank sie. Ich schlief die Nacht dort und ging dann allein weiter, weil mein Jaguar beschloß, bei dem Schäfer und seiner Frau zu bleiben, und im Gehen sah ich, wie er dem Schäfer mit den beiden Hunden half, ein paar Schafe einzukreisen.

So war ich zwanzig Meilen weit oder länger ganz allein. Und dann sah ich jemand vor mir und dachte: Sieht ganz wie George aus. Und es war George.

Er erzählte mir, daß Du Dein Kind bekommen hast, Suzannah, das freut mich, und daß es ein Junge ist. George sagt, er soll Benjamin heißen, so nehme ich an, daß unser Benjamin tot ist. Benjamin und Rachel.

Schon lange hatte ich mir in den Gästehäusern und wenn ich allein dahinwanderte, die Fragen überlegt, die ich George stellen wollte, und zuallererst fragte ich ihn nach den Städten, und wie es käme, daß sie so seien, und er sagte, sie sind *funktional*.

Er sagte, daß Ihr bei Euch auch eine Stadt baut und daß sie wie der alte Stern Davids aussieht. Ich fragte: Wie wußtet ihr denn, wie sie sein muß und wo? Seine Antwort war: Warte ein wenig, dann siehst du es selbst.

Zuerst nahm er mich mit zu einer der alten Städte, sie war nicht groß und lag an einem Arm des Rio Negro. Ich fand es entsetzlich dort, mir war übel, und ich fühlte mich unwohl

von dem Augenblick an, in dem ich sie betrat. Es ist eine sterbende Stadt. Die Menschen verlassen sie. Überall stürzen Gebäude ein und werden nicht wieder aufgebaut. Das ganze Zentrum war leer.
Ich fragte ihn, warum.
Er sagte: Die neuen Städte sind funktional.
Ich merkte, daß er es nicht weiter erklären würde und ich es selbst herausfinden mußte.
Wir übernachteten in einem verwahrlosten Hotel. Es war schrecklich. Die Menschen sind an diesen Orten immer noch mißtrauisch und ängstlich. Ich fühlte mich krank und sah, daß auch George sich nicht wohl fühlte. Den ganzen nächsten Tag liefen wir ziellos in der Stadt herum. Die Menschen erkannten George und wollten mit ihm sprechen. Er sprach mit ihnen. Oder sonst liefen sie einfach hinter ihm her. Sie sahen alle so verzweifelt und bedürftig aus.
Am Abend ging er aus der Stadt heraus und fort, und etwa dreihundert Menschen folgten uns, obwohl er nicht ein Wort darüber zu ihnen gesagt hatte. Es war kalt in dieser Nacht und feucht und neblig, und wir fühlten uns ziemlich elend, aber wir gingen mit George weiter, und immer noch war kein Wort gesagt worden über das, was hier geschah.
Als die Sonne aufging, war es kalt, kalt, kalt, und wir waren alle hungrig.
George stand an einem steilen, felsigen Abhang, und über uns lag ein Plateau. Die Vögel kreisten über uns, während die Sonne aufging, und sie glänzten im Sonnenlicht. Mir ist nie so kalt gewesen.
George bemerkte mit ganz normaler Stimme, daß es gut wäre, wenn wir hier eine Stadt bauten.
Die Leute sagten: Wo? Wo sollen wir anfangen?
Er antwortete nicht. Wir kamen fast um vor Hunger. Dann trafen wir auf eine Schafherde und einen Schäfer, und wir kauften ein paar Schafe, machten Feuer, brieten etwas Fleisch und füllten unsere Mägen.
Dann streiften wir über den Abhang und das Plateau. Wir waren etwa zwanzig. Plötzlich wußten wir alle genau, wo die

Stadt stehen sollte. Wir wußten es ganz plötzlich. Dann fanden wir eine Quelle, in der Mitte. So wurde diese Stadt begonnen. Es wird eine Sternenstadt mit fünf Zacken.
Wir fanden ganz in der Nähe den richtigen Boden für Backsteine und Lehmziegel. Alles ist da, was wir brauchen könnten. Wir haben schon mit den Gärten und den Feldern angefangen.
Ein paar von uns gehen jeden Tag in die zerfallende Stadt, um Brot und andere Nahrungsmittel zu holen, damit wir uns versorgen können.
Die ersten Häuser stehen schon, und der runde Platz in der Mitte ist gepflastert, und das Becken für den Springbrunnen ist gebaut. Während wir bauen, erscheinen herrliche Muster, als würden unsere Hände in einer Weise gelehrt, von der wir nichts wissen.
Es ist sehr hoch hier, sehr hoch, ein wunderbarer großer Himmel wölbt sich über uns, von blassem, klarem, kristallinen Blau, und große Vögel kreisen darin.
George hat uns nach ein paar Tagen verlassen. Ich begleitete ihn ein kleines Stück. Ich fragte ihn: Was geschieht eigentlich, warum ist alles so anders?
Er sagte es mir.
George sagt, daß er mit einem Team nach Europa geht. Er sagt, Du wüßtest, daß er geht, aber nicht, daß es jetzt ist und daß ich Dir sagen sollte, wenn seine Aufgaben in Europa beendet sind, ist seine Arbeit beendet. Ich verstand erst, als er weg war, daß das bedeutete, daß er sterben wird und wir ihn nicht wiedersehen.
Und so sind wir hier.
Während ich dies schreibe, sitze ich auf einer niedrigen weißen Wand mit Mustern darauf. Ringsum sind Menschen, die dies oder das arbeiten. Wir leben so lange in Zelten, alles ist behelfsmäßig und auch schwierig, aber so kommt es uns nicht vor, und alles geschieht auf diese neue Art, und es ist nicht nötig zu argumentieren und zu streiten, zu diskutieren und anderer Meinung zu sein, zu beraten und anzuklagen, zu kämpfen und dann zu töten. All das ist vorbei, es ist beendet, es ist tot.
Wie haben wir damals gelebt? Wie haben wir es ertragen? Wir

stolperten alle in einer dichten Finsternis, einer dichten, häßlichen, heißen Finsternis voller Feinde und Gefahren, wir waren blind unter einer schweren, heißen Last von Verdacht und Zweifel und Furcht.

Die armen Menschen der Vergangenheit, die armen, armen Menschen, so viele, über lange Jahrtausende hin, die nichts wußten, die herumtappten und stolperten und sich nach etwas anderem sehnten, und doch nicht wußten, was ihnen geschehen war oder wonach sie sich sehnten.

Ich muß immerzu an sie denken, unsere Vorfahren, die armen Tier-Menschen, die ständig mordeten und zerstörten, weil sie nicht anders konnten.

Und für uns wird es so weitergehen, als würden wir langsam erhoben und erfüllt und gereinigt von einem sanften singenden Wind, der unsere traurigen, wirren Gemüter klärt und uns sicher hält und uns heilt und uns füllt mit Lehren, die wir uns niemals vorstellen konnten.

Und hier sind wir alle zusammen, hier sind wir ...

Studierende werden verwiesen auf:
   Kurze Geschichte von Canopus
   Die Beziehungen zwischen Canopus und Sirius
   1. Krieg 2. Friede
   Die Geschichte des Sirischen Imperiums
   Die Geschichte Puttioras
   Shammat, das Schändliche
   Taufiqs Memoiren
   Nasar, Ussell, Taufiq, Johor: *Ausgewählte Materialien*
   Die Sirischen Experimente auf Shikasta
   Die Vorletzten Tage
   Shikasta vor der Katastrophe
   Die Kleinen Leute: Handel, Kunst, Hüttenwesen
   Die Beauftragten der Letzten Tage: Historische Dokumentation
   Die Geschichten der Drei Planeten

Die Canopäische Verbindung *(Auf Shikasta: SUWG); Eigenschaften, Dichte, Unterschiedlichkeit der Wirkung auf verschiedene Spezies, völlige Auflösung von. (Shammat) (Kapitel zur Physik)*

Doris Lessing

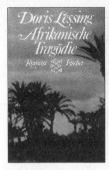  

Das goldene Notizbuch
Roman
Fischer Sonderausgabe
634 Seiten. Broschur und Fischer Taschenbuch
Band 5396

Afrikanische Tragödie
Roman. 240 Seiten. Geb. und Fischer Taschenbuch
Band 5747

Anweisung für einen Abstieg zur Hölle
Roman. 287 Seiten. Leinen und Fischer Taschenbuch
Band 5397

Die Memoiren einer Überlebenden
Roman. 227 Seiten. Leinen und Fischer Taschenbuch
Band 5202

Mit leiser, persönlicher Stimme
Essays. 223 Seiten. Broschur

Die Terroristin
Roman. 460 Seiten. Leinen und Fischer Taschenbuch
Band 9259

Der Wind verweht unsere Worte
Bericht aus Afghanistan
166 Seiten. Broschur und Fischer Taschenbuch
Band 9265

Shikasta
Canopus im Argos Archive. Betr.: Kolonisierter Planet 5
Roman. 519 Seiten. Leinen und Fischer Taschenbuch
Band 9146

Die Ehen zwischen den Zonen Drei, Vier und Fünf
Canopus im Argos: Archive II
Roman. 302 Seiten. Leinen und Fischer Taschenbuch
Band 9147

Die sirianischen Versuche
Canopus im Argos: Archive III
Roman. 367 Seiten. Leinen und Fischer Taschenbuch
Band 9148

Die Entstehung des Repräsentanten für Planet 8
Canopus im Argos: Archive IV
Roman. 181 Seiten. Leinen und Fischer Taschenbuch
Band 9149

Die sentimentalen Agenten im Reich der Volyen
Canopus im Argos: Archive V
Roman. 230 Seiten. Leinen und Fischer Taschenbuch
Band 9150

S. Fischer · Fischer Taschenbuch Verlag

Stanislaw Lem

»Ich glaube nicht, daß die Menschheit ein ›für immer hoffnungsloser und unheilbarer Fall‹ ist.«

Fiasko
Roman. Band 9253
Fiasko, ein Buch von grandiosem pessimistischen Zuschnitt, nimmt eine Idee auf, die die intellektuelle Science-fiction bislang gemieden hat: die Möglichkeit der Selbstzerstörung unseres Planeten.

Der Unbesiegbare
Utopischer Roman. Band 1199
Metallisch schimmernde Fliegenschwärme – waren sie das Schicksal der Besatzung des Raumkreuzers »Kondor«? Die Kameraden vom Schwesterschiff »Der Unbesiegbare« suchen nach den Verschollenen und finden ihre Überreste auf »Regis III«, einem Planeten im Sternbild der Leier. Und hier, wo tote Materie sich selbst organisiert hat und eine ganze Welt beherrscht, müssen die Männer erkennen, daß für sie, trotz aller technischen Überlegenheit, kein Platz auf diesem Planeten ist.

Fischer Taschenbuch Verlag

Kenneth White
Der blaue Weg
Eine Reise

Was Kenneth White im Untertitel »Eine Reise« nennt, ist kein Roman, kein Reisebericht im üblichen Sinne, kein Essay, sondern eine höchst ungewöhnliche, poetisch-meditative Collage aus erzählenden Passagen, Elementen des Reiseberichts, Erinnerungen, Reflexionen, lyrischen Einsprengseln, Träumen, Stimmungs- und Landschaftsbildern und Gedanken aus der gesamten abendländischen Philosophie-und Geistesgeschichte. Es ist eine Collage zum Thema der Suche, einer Suche nach der unzerstörten Natur, nach der Weite der Landschaft, nach Ursprünglichkeit, nach Entgrenzung; nach Einsamkeit, Erneuerung, Erkenntnis, nach dem eigenen Selbst. »Das Unbehagen in der Kultur« ist bei ihm übermächtig geworden, er »hat die Nase voll« von Staaten und Nationen, Institutionen und dem Lärm unserer Zivilisation, deshalb macht er sich auf nach einer anderen existentiellen Erfahrung. Auf einer Route des geplanten Zufalls.

Band 5343

Fischer Taschenbuch Verlag

Nadine Gordimer

 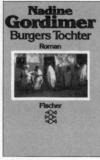 

Anlaß zu lieben
*Roman
456 Seiten. Leinen und
Fischer Taschenbuch
Band 5948*

Der Besitzer
*Roman
335 Seiten. Leinen*

Burgers Tochter
*Roman
446 Seiten. Geb. und
Fischer Taschenbuch
Band 5721*

Clowns im Glück
*Erzählungen
Fischer Taschenbuch
Band 5722*

Der Ehrengast
*Roman
872 Seiten. Leinen*

Ein Spiel der Natur
*Roman
535 Seiten. Leinen*

Eine Stadt der Toten, eine Stadt der Lebenden
*Erzählungen
456 Seiten. Leinen und
Fischer Taschenbuch
Band 5083*

Entzauberung
*Roman
504 Seiten. Geb. und
Fischer Taschenbuch
Band 2231*

Fremdling unter Fremden
*Roman
Fischer Taschenbuch
Band 5723*

Etwas da draußen
*Erzählungen
Fischer Bibliothek
143 Seiten. Geb.*

Gutes Klima, nette Nachbarn
*Sieben Erzählungen.
Fischer Bibliothek
144 Seiten. Geb.*

July's Leute
*Roman
207 Seiten. Geb. und
Fischer Taschenbuch
Band 5902*

Leben im Interregnum
*Essays zu Politik und Literatur.
288 Seiten. Leinen*

S. Fischer

Margaret Atwood

»Was Margaret Atwood – in jedem Genre – so
glaubwürdig macht, ist ihre entscheidende Sensibilität,
ihre unerschrockene Einsicht – auch in die eigenen
Ängste und Obsessionen; ihr Witz, der dem Schrecken
immer sehr nahe ist.«
Süddeutsche Zeitung

Die eßbare Frau
Roman
Band 5984

Die Giftmischer
Horror-Trips
und Happy-Ends
*Eine Sammlung
literarisch hoch-
karätiger Prosa
Band 5985*

Lady Orakel
Roman
Band 5463

Unter Glas
Erzählungen
Band 5986

Band 5987

Wahre Geschichten
Gedichte
Band 5983

Der Report der Magd
Roman
Band 5987

Fischer Taschenbuch Verlag

fi 602 / 5

Aldous Huxley
Schöne neue Welt
Ein Roman der Zukunft
Fischer Taschenbuch Band 26

Die »schöne neue Welt«, die Huxley in diesem Roman beschreibt, ist die Welt einer konsequent verwirklichten Wohlstandsgesellschaft »im Jahre 632 nach Ford«, einer Wohlstandsgesellschaft, in der alle Menschen am Luxus teilhaben, in der Unruhe, Elend und Krankheit überwunden, in der aber auch Freiheit, Religion, Kunst und Humanität auf der Strecke geblieben sind. Eine totale Herrschaft garantiert ein genormtes Glück. In dieser vollkommen »formierten« Gesellschaft erscheint jede Art von Individualismus als »asozial«, wird als »Wilder« betrachtet, wer – wie einer der rebellischen Außenseiter dieses Romans – für sich fordert: »Ich brauche keine Bequemlichkeit. Ich will Gott, ich will Poesie, ich will wirkliche Gefahren und Freiheit und Tugend! Ich will Sünde!«
Huxley schrieb dieses Buch Anfang der dreißiger Jahre. In seinem Essayband »Dreißig Jahre danach« (»Brave New World Revisited«) konnte er seine Anti-Utopien an der inzwischen veränderten Welt messen. Er kommt darin zu dem Schluß: sozialer und technischer Fortschritt und verfeinerte Methoden der psychologischen Manipulation lassen erwarten, daß diese grausige Voraussage sich in einem Bruchteil der veranschlagten Zeitspanne verwirklichen werde.

Fischer Taschenbuch Verlag

Keri Hulme
Unter dem Tagmond

Roman

»Mit ihrem Roman »Unter dem Tagmond« hat die inzwischen 40jährige Keri Hulme Neuseeland innerhalb kürzester Zeit endgültig und unwiderruflich auf der literarischen Weltkarte etabliert.«

Frankfurter Allgemeine Zeitung

»Unter dem Tagmond« gehört zu den wenigen Werken der neuseeländischen Literatur, die sogleich weltweite Geltung erlangten: 1985 wurde es mit dem Booker-Preis, Englands renommiertestem Romanpreis, ausgezeichnet. Vor dem Hintergrund der urwüchsigen Küstenlandschaft Neuseelands spielt sich zwischen drei Menschen, die auf schicksalhafte und schmerzliche Weise zusammenfinden, ein verzweiflungsvolles Drama widerstreitender Gefühle ab. Keri Hulme hat ein ungewöhnliches, äußerst eindrucksvolles und aufrührendes Buch geschrieben über die Verlorenheit des einzelnen, der aus seinen traditionellen Bindungen herausgefallen ist.

655 Seiten. Gebunden

S. Fischer

Erzähler-Bibliothek

Joseph Conrad
Die Rückkehr
Erzählung. Band 9309

Tibor Déry
Die portugiesische
Königstochter
Zwei Erzählungen
Band 9310

Fjodor M. Dostojewski
Traum eines lächerlichen Menschen
Eine phantastische Erzählung
Band 9304

Ludwig Harig
Der kleine Brixius
Eine Novelle. Band 9313

Abraham B. Jehoschua
Frühsommer 1970
Erzählung. Band 9326

Franz Kafka
Ein Bericht für eine
Akademie / Forschungen
eines Hundes
Erzählungen. Band 9303

George Langelaan
Die Fliege
Eine phantastische Erzählung
Band 9314

Thomas Mann
Mario und der Zauberer
Ein tragisches Reiseerlebnis
Band 9320
Die vertauschten Köpfe
Eine indische Legende
Band 9305

Daphne Du Maurier
Der Apfelbaum
Erzählungen. Band 9307

Herman Melville
Bartleby
Erzählung. Band 9302

Vladimir Pozner
Die Verzauberten
Roman. Band 9301

William Saroyan
Tracys Tiger
Roman. Band 9325

Antoine de Saint-Exupéry
Nachtflug
Roman. Band 9316

Arthur Schnitzler
Frau Beate und ihr Sohn
Eine Novelle. Band 9318

Anna Seghers
Wiedereinführung der
Sklaverei in Guadeloupe
Band 9321

Mark Twain
Der Mann, der
Hadleyburg korrumpierte
Band 9317

Carl Zuckmayer
Der Seelenbräu
Erzählung. Band 9306

Stefan Zweig
Brennendes Geheimnis
Erzählung. Band 9311

Fischer Taschenbuch Verlag